第一卷

赵宪章　顾华明　主编

文学与图像

江蘇教育出版社
JIANGSU EDUCATION PUBLISHING HOUSE

图书在版编目(CIP)数据

文学与图像. 第一卷 / 赵宪章主编. —南京:江苏教育出版社,2012.9
ISBN 978-7-5499-2330-4

Ⅰ.① 文… Ⅱ. ①赵… Ⅲ. ①中国文学-文学史研究-文集 Ⅳ. ①I209-53

中国版本图书馆 CIP 数据核字(2012)第 226534 号

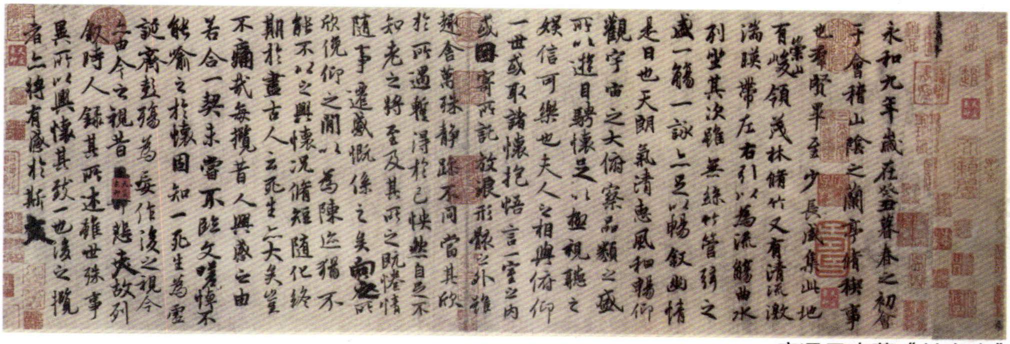

唐冯承素摹《兰亭序》

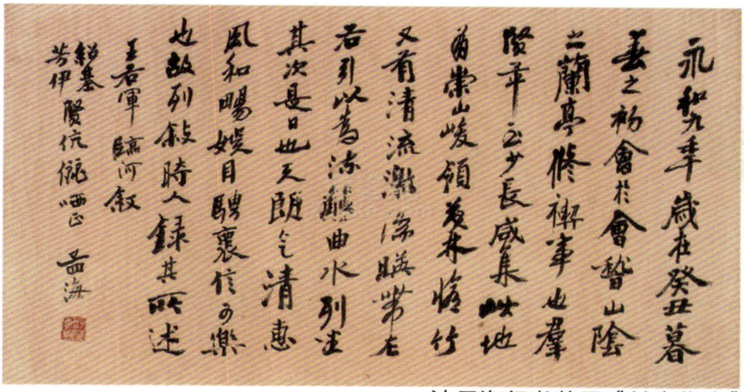

沙孟海行书节录《兰亭集序》

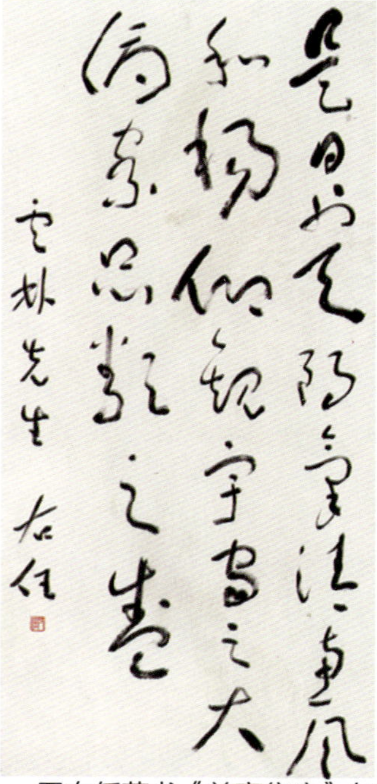

于右任草书《兰亭集序》句

《明妃出塞图》局部

倪田《明妃出塞图》

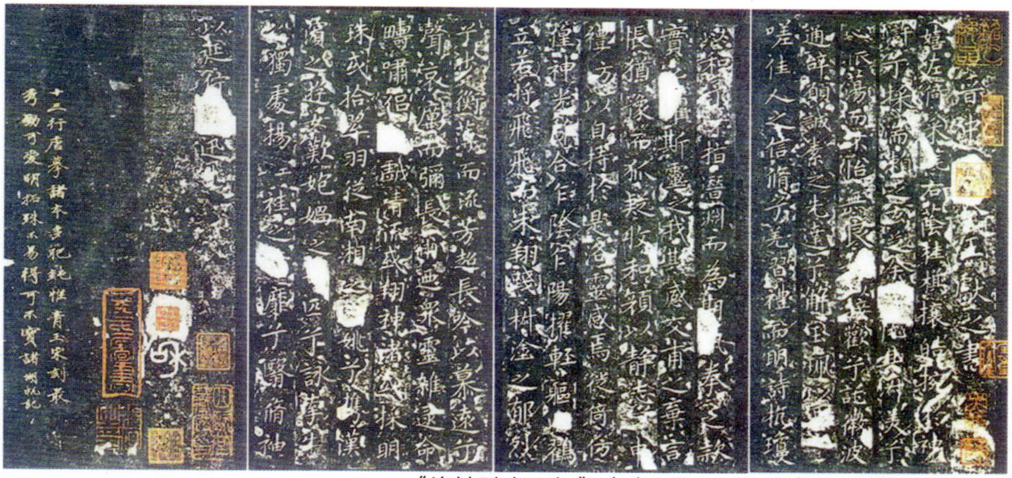

《洛神赋十三行》（碧玉石版初拓本）无锡博物馆藏拓本

清萧晨《洛神图》扇画

谢环《杏园雅集图》局部

《五同会图》局部

《甲申十同年图》局部

《杏园雅集图》局部（翁万戈藏）

张大千仿任子明《东坡居士笠屐图》

清任熊《东坡先生笠屐图》

《对倒写真集》
（左为图册封套，中为书封面，右为书内扉页，图片经特别处理）

《花样年华》
（电影通过横移镜头处理二人一墙之隔的空间距离，图片经特别处理）

《私恋》1959版书影

《对倒》形式结构的灵感
来自一帧错体邮票

《梦街》1958版书影

《衣想》书影

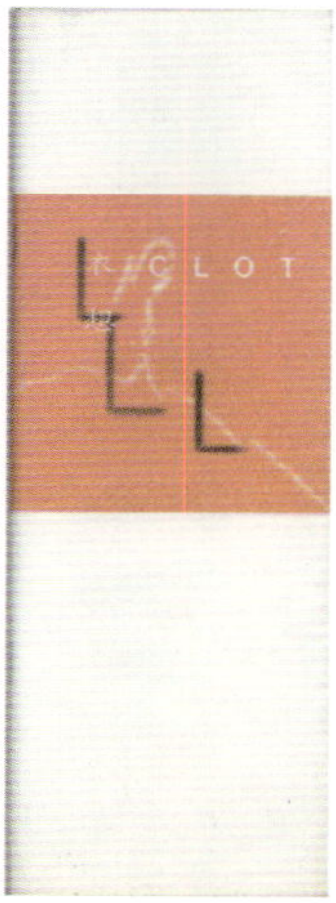

《芭比娃娃》图像

《衣想》中页

《潮流女神》图像

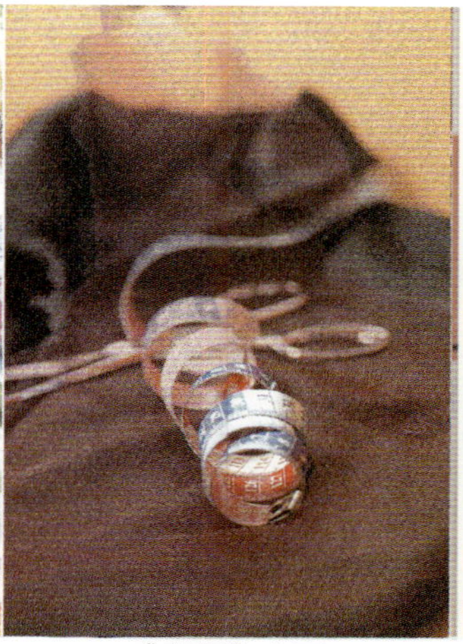

《衣想》中页

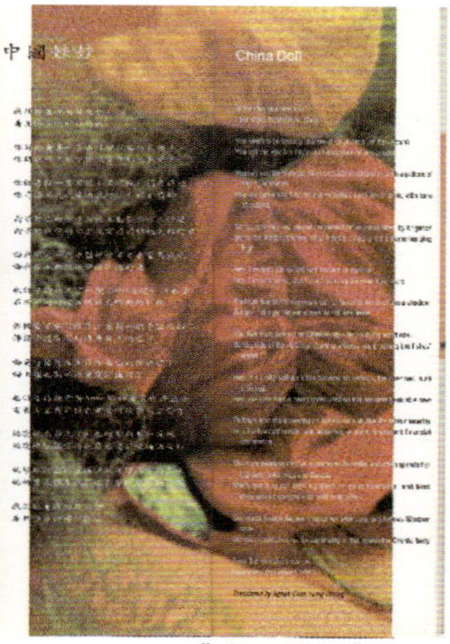

《中国娃娃》图像

发现婴儿摩西（年代不详）

所罗门断案（1999）

大卫与扫罗（2001）

迦拿婚筵（1996）

目　　录

域外传真

学术纵论

文学图像文献存目

创 刊 辞

赵宪章

2010年秋,《中国文学图像关系史》获准南京大学立项。这是值得我们记住的事件。正是由于这个项目,我们近百位学者走在了一起。此前,大家被“学科”和“单位”格式化在不同的圈子,从事着各不相同的研究;此后,我们的学术兴趣开始“转向”,为了一个共同的目标——编撰这部史无前例的跨学科的关系史。该《关系史》规划13卷(15册),约750万字,没有现成的参照,没有充分的积累,“平地起高楼”式的庞大建构需要多年努力。《文学与图像》的创刊就是试图集纳各方贤达,共同为我们的研究贡献智慧和力量;它既是本课题组发表中期研究成果的园地,更是我们倾听方家声音、观看万家灯火的平台。

一百年前,王国维曾经感叹“凡一代有一代之文学……而后世莫能继焉者也”[①],充满了文学的自信与豪迈;一百年后的今天,文学的风光不再,哪种样式为现今时代之天骄,人们已经很难说出,因为整个文学的“模样”已经模糊不清。如果一定要拎出某种文体,那么,毫无疑问是和图像的关系密切,甚或是被图像符号咀嚼过了的叙事作品。在这类“新文体”中,“白纸黑字”经过它的反刍已经改变了原有的模样,“文学读者”已经变身为“文学看客”。这就是当下的“一代之文学”?于是,便有文学志士们惊呼“图像时代的来临”和“文学命运的终结”!可以说,当今之时代,文学和图像的关系复杂多变前所未有,二者的剑拔弩张前所未有,它们的痛苦纠结前所未有;令人特别忧虑的是,此境此势遥遥无穷期,图像对于文学的饕餮将愈演愈烈,因为一日三变的“技术”就是它的生产力。

当年的王国维处于两个世纪之交。就世界文学的总体运程而言,在他

---

① 王国维:《宋元戏曲考·自序》,谢维扬、房鑫亮主编:《王国维全集》(第3卷),杭州:浙江教育出版社2009年版,第3页。

之前的19世纪，显然是一个集中关注“文学与社会”的时代；在他之后的20世纪，则是一个集中关注“文学与语言”的时代；由此我们似乎有理由推断：21世纪或将开启一个“文学与图像”的新时代。就文学的现实遭遇而言，这种可能性是存在的；就文学和图像的关系史而言，这种可能有其必然性，因为文学就是“语象”的艺术，“象”使文学作为语言文本确立了它的自主性。如是，王氏“一代有一代之文学”将在另外的意义上被改写，他的文学研究路径也将随之有所改变。例如，仅仅研究《屈子文学之精神》是不够的，还要研究屈子文学与图像的关系；仅仅言说《人间词话》是不够的，还要言说诗词和图像的关系理论；仅仅描述《宋元戏曲史》是不够的，还要描述戏曲戏剧的“语-图关系史”；仅仅有《红楼梦评论》是不够的，还要对《红楼梦》和图像的关系进行评论……这样，文学研究的空间将被大大拓展，文学研究的路径将被另外分支，文学研究的学术理想将被重新定义。毫无疑问，现在所展现的是不同于王氏时代的新的学术地平线，可谓不仅“一代有一代之文学”，同时，“一代有一代之新学”。

文学与图像的关系研究之所以是一门“新学”，不在于它顺应了跨学科的“新时尚”，而在于探讨文学与图像究竟在何种意义可以勾连或通约，在其对峙和联姻的背后究竟隐藏着怎样的哲学理念，如此等等。因为所谓“跨学科”，并不在于对同一对象展开多学科研究，这一意义上的“跨学科”古已有之，而是在不同的学科之间发现新问题、阐发新观念。我们在文学和图像之间发现新问题，说到底是思考语言和图像两种符号及其互文对于人的存在意味着什么。这就是王氏所谓“古来新学问起，大都由于新发见”[①]。正是基于这一“新学”理念，王国维引领了一代学术新风。一百年之后的今天，又一个时代的学术新风已经拂面。我们已经感觉到了她的来临、她的清新、她的诱人。

实际上，20世纪西方的“语言论转向”和“图像学兴起”，已经涉及文学与图像的关系，尽管当时并没有这一命题，却为我们提供了多元理论参照。就像当年王国维受益于西学之精义，我们今天的文学与图像关系研究，也应从西方的语言学和图像学中汲取灵气。因为文学既然是“语言”的艺术，语象

① 王国维：《最近二三十年中中国新发见之学问》，谢维扬、房鑫亮主编：《王国维全集》(第14卷)，杭州：浙江教育出版社2009年版，第239页。

和图像的关系就是这一研究的根本。另一方面，由于汉字构型、汉语文化和汉语思维的特殊性，使这一关系在中国语境中尤其密不可分、复杂多变，积累了相当丰富的学术资源。所谓图与书、诗与画、经史图绘、小说和剧本的插图、文学的影像改编等，就是一个有待重新开发或继续深度开发的学术宝库。对于这些问题，古代先贤们已有相关论述，特别是在诗画关系方面。但是，总体来看，古代学术资源基本上是在经验层面展开，缺乏形而上的和系统的哲理思考。最主要的是，先贤们并未面对我们今天所面对的现实——文学遭遇到了“图像时代”，以及由此而来的“文学危机”。这个现实是严峻的、揪心的；这个危机是深刻的、持续的；何为化解良方，我们至今不知所措。这就是《文学与图像》面世的现实理由，也是所有人文学术应有的现实关怀。

文学图像关系研究的现实关怀远不止此。这是因为，在所谓“文学危机”的背后，还有整个人类所面临的“符号危机”，那就是上世纪下半叶电视文化普及以来，人类社会开始经受的图像符号的挑战。这是更深刻、更严峻的危机。美国学者尼尔·波兹曼为此写过一本《娱乐至死》，深刻批判了以电视为代表的图像文化，斥之为足以让美国人“娱乐至死”的大众传媒。值得注意的是：波兹曼在上个世纪80年代中期写作这本书的时候，互联网还没有进入日常生活，所谓“娱乐至死”不过是他的一个隐喻；而在当今的网络时代，“网瘾”所导致的“娱乐至死”已经成为血淋淋的事实。[①] 事实是，包括电视和网络在内的所有图像，“娱乐”正是它的符号本质；图像作为最强势的娱乐符号，正在迅速而无节制地、强行而不加商量地侵入包括政治和意识形态在内的每一方寸。在图像符号的强力诱惑下，人类的思考习惯正在逐步丢失，人类的语言能力正在慢慢萎缩。更可怕的是，这种“丢失”和“萎缩”是在不知不觉中进行的，就像青蛙跳进正在加热的温水中，大限将至还浑然不知。这就是“文学危机”背后的“符号危机”，一种涉及人类存在的更沉重和更挠心的危机。人文学术不能在这样的危机面前无动于衷，不能面对这样的现实保持沉默，需要对“语言”和“图像”重新认识，需要对它们之间的符号关系做出有说服力的阐释。文学与图像的关系就是“语-图”符号关系的典

① 2012年1月31日，春节的喜庆气氛还未散去，台湾新北市一名23岁男子在连续网游23小时之后在网吧暴死。当警方抵达时，发现他的尸体仍然端坐在电脑前，两手伸长的模样好像仍在一手打键盘、一手握鼠标……“网瘾”所引发的此类悲剧已经多次见诸报端，屡见不鲜。

型案例,“文学与图像”是“语言与图像”研究的题中应有之义。当然,这种阐释决不能仅是价值评判的,主要还应当是学理层面的;前者寓于后者,后者包括前者,价值判断应在学理分析中自然彰显。

CNKI检索显示,我国学界重视文学与图像的关系研究是从2000年开始的。就此而言,可以将其称为“新世纪”的“新学问”。2000年至今,以“文学”和“图像”为主题的论文831篇(以“语言”和“图像”为主题的论文高达2 146篇),数量可观。这些研究的主要贡献是为我们的学术转向拉响了警报,即用充满真情实感的“呐喊”,把一个鲜活的、有意义的问题推到了学术前沿。另一方面,由于我们对现代西学的过分迷恋,本土意识不够明晰也就在所难免,停留在文化研究层面反复“打滑”似乎成了必然。有前车之鉴,《文学与图像》创刊后应当继续前行而不是原地打滑:它应当更加注重中国传统和本土资源,更加强调历史纵深感和实证精神,更加关注个案分析和小中见大。特别是对于图像符号的解读,在细小的线条和不经意的笔墨中发现问题是成功的关键,天马行空式的“屠龙术”当然无济于事。

《文学与图像》是一个新刊物,它所涉足的是一个新领域,也在孕育新的学术生命。另一方面,大凡“新”的东西,同时也意味着幼稚和“短命”。《文学与图像》的幼稚可以走向成熟,但愿它不是后者。如果不幸而言中,那也是非学术因素使然。无论怎样,文学与图像的关系研究必将引发越来越多的关注,越来越多的学人会对这一“新学”产生兴趣,原因很简单——这是人文学术的良知和责任。

2012年初夏

理论研究

先秦语-图一体对后世语-图关系的影响

包兆会　周　展

内容提要：中国的语言与图像有着不解之缘。这种联系始于远古，表现在中国古代文化诸如图形文字、甲骨文中的视觉造型、画题诗、中国书法等方面。本文分析了书、画与线条的紧密关联，认为中国的书法与绘画，在形、神、义等方面都有着相似性。书法艺术内蕴风骨，汉字书法独特的美也受到了造型艺术的影响。先秦语-图一体的语-图结合方式对后世的语-图关系影响不仅表现在后世的书法艺术、"书画同源"上，也表现在中国人的形象化思维和现当代的美术字、文字意象设计上。徐冰、谷文达等汉字艺术家就开辟出了新的语言与图像结合方式。

关键词：语-图一体　书画同源　形象化思维　现代新书法

中国的语言与图像有着不解之缘。从四五万年前的岩画开始算起，二者在长达数万年的相互交缠中，彼此渗透、彼此影响。表现在中国古代文化诸如图形文字、甲骨文中的视觉造型、画题诗、中国书法等方面。甚至一直到当代的"语-声-图"三者交织的电子媒介。每个时代都有每个时代语-图关系的个案，而这一切的源头都可追溯到先秦语-图关系。这也不得不让人惊叹中国语-图关系生命力之强。

在岩画与图形文字时期，语言与图像还不轻易地分离，从一定意义上来看，这些文本既是语言又是图像。一直到殷商甲骨文的出现，先秦语-图关系走到了一个分岔点，由语-图一体走向了语-图分体。但先秦语-图一体的语-图结合方式对后世的语-图关系影响甚大，这不仅表现在后世的书法艺术、"书画同源"上，也表现在中国人的形象化思维和现当代的美术字、文字意象设计上。

一、语-图一体与"书画同源"

"仓颉造书，史皇制画。"[①]《山水纯全集》又云："史皇状鱼、龙、龟、鸟之

* 本文是教育部人文社会科学青年基金项目"先秦两汉图文关系研究"(11YJC751001)阶段性成果。

① 语出《世本》，作者不详，西汉刘向校订。

迹。”[①]中国古代的画史著作把传统绘画的创始者归之于传说中的黄帝轩辕氏之臣子史皇。但实际上美术考古所提供的美术起源信息远早于黄帝时代。早在旧石器时期,无名氏在岩壁上就留下了刻画图形,尽管无名氏并非以画家自居,作品也以模拟实物为目的,这确实是史前的画作——人类似乎天生就具有艺术的素质,这种感觉无需培养,只要有一个发现的契机。画作年代越早,其实际作用就越大。在文字出现之前,绘画作品就是人类用以交流的有效工具之一。秦汉的画作承接远古绘画功能,也主要以此用来祭祀和图腾崇拜,此时的画作还不是以艺术创作的形式出现,画的内容与形式也相对比较固定。当时即使是作为装饰性的画作实用性也较强。后来,随着图像的功能细化,开始出现了以人物为主,辅以配景的画作。魏晋以后,独立的山水、花鸟画开始形成。中国画有文人画与匠人画之分,逮至宋徽宗赵佶设立画馆,文人画滋兴,与书法并称。中国画在内容和艺术创作上,体现了古人对自然、社会及与之相关联的政治、哲学、宗教、道德、文艺等方面的认识。

“书画同源”这一说法在历史上早有认识,并流传已久,最早论述当推唐代张彦远,其在《历代名画记·叙画之源流》中云:“颉有四目,仰观垂象。因俪鸟龟之迹,遂定书字之形,造化不能藏其秘,故天雨粟;灵怪不能遁其形,故鬼夜哭。是时也,书画同体而未分,象制肇创而犹略。无以传其意,故有书;无以见其形,故有画。”是故知书画异名而同体,书与画未分。意为中国绘画和中国书法关系密切,两者的产生和发展,相辅相成。

现代潘天寿先生在《听天阁画谈随笔》中详细地阐述了书画渊源之关系:“然考吾国初期文字,以墨线为表达,象形为组成,与原始绘画,实同一渊源。故吾国文字学者及绘画史论家,均有‘书画同源’之说,以此也。是后虽分道扬镳,独立体系,仍系兄弟手足,有同气连枝之谊,至为密切,迄今犹然。”[②]书画以墨线为表达,象形为组成。两者在表现形式方面,尤其是在笔墨的运用上具有相似的规律性。真正让二者同气连枝的,乃是其表情达意方式相类似。

由于书画同源,中国画在线、形、神、义四个方面都与书法艺术有着密切关联,同时也使中国书法与绘画在很多方面有共同点。首先,两者都是点与

---

① 北宋韩拙:《山水纯全集》,文引自张同标《北派山水画论研究》,北京:人民出版社 2006 年版,引言。

② 潘天寿:《听天阁画谈随笔》,上海:上海人民美术出版社 1980 年版,杂论。

线的艺术，线条本身都有粗细、浓淡、疏密等变化层次。其次，两者工具相同，毛笔是一种中国特有的刚柔并济的书写工具，书画作品都讲究执笔、运笔的气韵，“骨丰肉润，入妙通灵”[①]。再者，整幅的书画强调架构，分布要错落有致，即使留白也是构图的一种需要，堪分奇正。最后，对于书画的欣赏，讲究气韵生动，不一定追求相似，但追求神肖，南朝王僧虔在《论书》中提出“神彩为上，形质次之”就是这个意思。

书法与绘画的众多共同点归根结底，基于中国书、画均仰赖线条来构形。“线”所形成的艺术特性是中国古代艺术风格中独具风格的一种特性。中国画同西方画相比，是一种以线条为主的绘画艺术，其挥洒收放都在一横一竖间。纯粹的笔法技巧受人重视。无论是书法还是绘画，线条不仅肩负着细部琢磨，也决定了整体的形态。

关于线条的特殊魅力，中外学者都有不少论述。法国学者弗朗索瓦·陈将绘画与书法称为中国的笔划艺术，并认为线条构成了中国独有的具有生命力的作品。他说：“画家因此必须先掌握笔划艺术。这里的笔划艺术不仅是简单地勾勒出形状规则物体的轮廓。一笔划下，‘锋、推、收’一气呵成，成为独立的有生命力的实体。笔划粗细兼有，或浓或淡，集形状与色彩，体积与节律于一身，表现了人与宇宙隐秘冲动之间的整体性。”[②]中国画跟书法都不追求完全模仿外部特征，而是“首先尽力捕捉他所致力于表现的物体的内部线条”。[③]宗白华先生在《中国书法里的美学思想》中谈到汉字成为艺术品的两个因素：其一中国人的起始是象形的，其二中国人用毛笔，中国人自殷商时代就开始使用的“特殊的工具”，巨细收纵，变化无穷。正是这种“特殊的工具”成就了线的艺术。[④]

线条富于变化性，这种变化不仅体现在构形方面，更体现在不同时代的不同审美意识对线条的浸润与影响。线条也可反映时代特性。原始岩画中的线条自由不拘，古朴自然，对人的动作的描绘流畅和谐。彩陶上的线条较为抽象，横平竖直。后来的线条渐渐开始有了曲直、正反、长短、顿挫、转折以及空间感。对线条的描绘是一种简单而富含感情的艺术。

---

① 王僧虔：《笔意赞》。

②③ 转高居翰、何惠鉴等：《外国学者论中国画》，长沙：湖南美术出版社 1986 年版，第 69 页。

④ 宗白华：《中国书法里的美学思想》，载《哲学研究》1962 年第 1 期，第 63 页。

书法与绘画都是线条表意实践过程中的展现。中国书法是纯粹线条化的艺术,“中国书法,是节奏化了的自然,表达着深一层的生命形象的构思,成为反映生命的艺术。”[①]书法将线条艺术的魅力发挥得淋漓尽致,刚柔并济,浓淡合宜,轻重缓急,恰如其分。而中国画更是讲究笔法与技巧,靠“骨法用笔”来凸显深浅厚薄,以支撑画者情感的表达。有了线条,中国画之艺术哲学——理、意、气、趣而后见。中国画向来不重形似,作为一种抒发胸臆的艺术,灵动而自由的线条正是最符合其要求的工具。

书画仰赖线条,线条将书画二者联系在一起。书画同源就在于书和画都使用线条,而线条在语-图一体时代,在同一文本中既是文字的线条,也是图形的线条,只不过后来线条或在汉字(甲骨文、金文)中使用,或在图像(青铜器图案、先秦帛画、壁画)中使用。

中国画在形、神、义三个方面也与书法艺术密切关联。中国画的主要摹写对象是自然,这一特征始终与远古时期的图形有密切的关系。顾名思义,中国画是中国文化的一种艺术表现方式,从表现手法到审美态度,都完全融合了中国人的思维与兴趣。甚至中国的自然条件、气候地理都对中国画有潜移默化的渗透。中国画“分三科”:人物画、花鸟画、山水画。人物画一般所画的对象是社会关系,而非仅仅是人物本身,透过人物以传达民情。花鸟画则是自然之物,体悟生命之真。山水画以山水为媒介,畅游自然,实际上是人与自然的交涉。中国画这三个题材相互补充,构成了中国古代画家心目中的宇宙整体。不管后世的中国画怎样分类,风格和技巧发生了很多变化,但有一条不变,即绘画须有形,无形不成画。南朝颜延之云:“图载之意有三,一曰图理,卦象是也;二曰图识,字学是也;三曰图形,绘画是也。”[②]原因是中国画在源头上与中国书法同源,都与形有关。

在拓形的基础上,中国画还强调传达人物或自然的内在本质及其神韵,相较而言,形似只是浅层的匠人画,神似才是画家所追求的。图形文字的创造与运用充满了意会与想象,不正是不求全刻但求神似吗?这一点正与中国书法追求的骨法相通。这正体现了中国人思维方式中追求言外之意,在绘制上追求以形传神。东晋大画家顾恺之著有《画论》、《魏晋胜流画赞》和

① 宗白华:《艺境》,北京:北京大学出版社 1987 年版,第 36 页。
② 引自唐代张彦远《历代名画记》卷一《叙画之源流》。

《画云台山记》三本绘画理论书籍，提出了“以形写神”、“尽在阿堵中”的传神理论。谢赫《画品》云画有六法：一曰气韵生动，二曰骨法用笔，三曰应物象形，四曰随类赋彩，五曰经营位置，六曰传模移写。这六法自古很难兼之，但气韵生动可谓是古人对画作的最高要求，以二维的作品表达深层的内容。观人画者，能从中获得与画家的交流才是真正懂画。

从绘画所运用的语言角度来说，中国画使用的语言与中国书法如出一辙，二者都是以刚柔并济的毛笔、粗细浓淡的墨以及明暗晕染的纸作为工具语言。使用同一种语言，自然有相似的表达。中国画讲究点与线的组合，寥寥几笔点出心中所想。中国画在形态上未必惟妙惟肖，因为如果太相似则破坏了它自身的妙处。

中国画的传神还表现在画作的风格受到社会的影响，在不同的时代绘画有不同的风韵。同样是人物画，汉代是宽袍大袖，气度扬扬，虽神采各异，天然风韵自成。魏晋人物画分疏密，疏体泱泱，简练概括，人物造型精练，单纯。密体则画风细致绮丽，人物造型细节到位，色彩丰富。至唐，吴道子突破了唐朝重彩积染的华丽画风，创造了水墨淡彩及白描的新形式，“落笔生风”，执笔千钧，追求遒劲雄壮，飞扬流动的美感，“吴带当风”，其用色也是以自然取胜。古人能从执笔处感悟到画者神采。

在远古人类对眼前所视的事物进行描摹的时候，他们可能并没有给予对象物一个固定的称呼，也许在他们眼中，万事万物只有食物与非食物的分别（以生存为第一考虑）。然而随着经验的增长，远古人类开始意识到，某一特定种类重复出现，因而有必要对此进行归类。表现在岩画或者图形文字中就是以某物的部分或特征部位作为其代表，这是作画时的一种简化。渐渐地，在进行原始崇拜的时候，像太阳神这种被认定是具有能量的事物开始反复出现，作为先人崇拜的对象。太阳神成为一种神祇的代表。随着人们对大自然认识的加深，开始出现了与太阳神相类似的一一对应的人为赋予的含义。这种对目标物进行赋义，并将之表现在画作中以显示某种意义的做法，发展到中国画，就是特定的意象的出现。

以特定的意象来表达统一的意义，中国画中屡见不鲜。而有些则是中华民族长久以来默认的象征物。其精神内涵已经获得了人们的认同。如画莲等同于出淤泥而不染，画梅则是志在高洁不惧严寒。因为被画的对象具有特定的赋义，画作本身要求反而不高。

总之,中国的书法与绘画,在形、神、义等方面都有着相似的地方。两者皆脱离了符号表达功能,成为欣赏的对象。与其将书与画两者分开,不如认定二者相互影响。图形文字生发汉字,汉字经过发展,衍生出书法艺术,书法以其独特的排兵布阵式的艺术表达以及自由多变的字体字形变异直接或间接影响了对中国画的欣赏取向。以书法入画,也是后代文人画家所追求的,目的是抒发他们自身的情怀。南唐后主李煜曾用金错书法画竹,明代董其昌指出"士人作画,当以草隶奇字之法为之,树如屈铁,山如画沙"[①],清初四王[②]也强调用笔。近现代吴昌硕、潘天寿与齐白石等人无不精通书法,并将书之技巧、心法融于绘画中,取得了极高的成就。可见书法对中国画的影响之深。

二、语-图一体的汉字遗存——汉字书法与视觉造型

象形表意文字是现存最古老的文字,两河流域的苏美尔楔形文字与中国的甲骨文字都有着悠久历史传统的象形表意文字。[③] 中国初始的象形表意文字是商周时期的甲骨文和金文,其中有大量的象形与指事功能的原始文字。这些文字本身就具有绘画因素。汉字是一种可视性、提炼式的图画,本身构造就合乎图案的造型法则。就传统观念而言,文字是概念化的意义,而图形是形象化的意义。两者都以表达意义为出发点。由于汉字演变至今已变得十分洗练、抽象,如果将汉字所承载着的信息还原出来,展现的不是文字,而是图画。

文字的形成与发展与人对客观事物的认识能力、理解能力以及展现能力有关,它能更直接反映人的思维的发展。作为描述对象的事物虽然没有发生变化,但因为人的思维的变化,一些抽象的形象开始衍生,写实的画像逐渐变成线条化的文字。这种思维的提升与书写工具的更新换代,共同孕育了中国独一无二的线条与构图的艺术——书法。书法对汉字进行了颇为挑剔的抽象与净化,不仅成就了自身,其蕴含的艺术能量也指引了中国其他的一些造型艺术。毋庸置疑,书法艺术蕴含了华夏民族的审美取向。

中国书法艺术源远流长,书法大家代有人才出,各善其书。东汉有"草

---

① 董其昌:《画禅室随笔》卷二《画诀》。

② 指清代文人画家王时敏、王鉴、王翚、王原祁。

③ 郑若葵:《解字说文——中国文字的起源》,成都:四川人民出版社 2004 年版,第 27 页。

圣”张芝、“飞白妙有绝伦，动合神功”的蔡邕；三国有“胡肥钟瘦”的胡昭与钟繇；东晋羲之献之父子“二王”称赞；唐代“颜筋柳骨”（颜真卿、柳宗元）各有千秋，怀素“狂草”，欧体谨严（欧阳询），世代相传；“宋四家”苏黄米蔡（苏轼、黄庭坚、米芾、蔡京），一代风骚；元代赵孟頫，明代董其昌，成为集大成者。直至今日，书法作为一种传统的艺术，一直得到人们的重视与喜爱。各个时期的大家擅长的书体亦有分别。清代梁山献云，“晋人尚韵，唐人尚法，宋人尚意，明人尚态”①，由于受到政治原因、社会经济因素等的影响，每个时代的字形结构各有不同。

中国的书法按照书写形式的不同分为篆、隶、楷、行、草五大类书体。甲骨文与金文在周朝演变为钟鼎文，后又演变为大篆（籀文）。秦统一七国，“书同文，车同轨”。宰相李斯创小篆，统一了战国以来各国的文字。到汉代出现了隶书，去繁就简，变圆为方，便于书写。书体发展的黄金时期是汉代，在这一时期，隶、楷、草、形书都应运而生。

书法是一种文字，又兼具视觉造型，书写者的内心情感就在文字的书写形式及视觉造型上。长期以来，书法家如画家一样，都在努力追求笔墨所形成的线条的艺术性和生命力。梁武帝萧衍在《答陶隐居论书》中云：“画促则字势横，画疏则字形慢；拘则乏势，放又少则；纯骨无媚，纯肉无力，少墨浮涩，多墨笨钝，比并皆然。”笔墨之运用尽在细微章法。清代刘熙载《艺概》曰：“书之要，统于‘骨气’二字。骨气而曰洞达者，中透为洞，边透为达。洞达则自之疏密肥瘦皆善，否则皆病。字有果敢之力，骨也；有含忍之力，筋也。用骨得骨，故取指实；用筋得筋，故取腕悬。”强调书法中的骨气二字。后汉大书法家蔡邕云：“凡欲结构字体，皆须像其一物，若鸟之形，若虫食禾，若山若树，纵横有托，运用合度，方可谓书。”②书法中的“像其一物”并非以实物的外形来套入书法作品之中。这种做法只能相当于是图案，“始终无法影响到中国书法的深层性质”③。像其一物的“像”并非外形上的类似，而是精气神上的相通，“外师造化，中得心源”。元代赵子昂习字“为”，为表现动感，将其拟为鼠形，穷极鼠形的各种姿态，以求“为”显得更有生气，丰满而意味深远。④

① 清代梁山献：《评书帖》。
② 转引自宗白华：《中国书法里的美学思想》，《哲学研究》1962 年第 1 期，第 62 页。
③ 邱振中：《书法的形态与阐释》，重庆：重庆出版社 1993 年版，第 233 页。
④ 宗白华：《中国书法里的美学思想》，《哲学研究》1962 年第 1 期，第 62 页。

我们对书法之美的判断已经上升为一种视觉上的欣赏。书法的乐趣在于变幻与组合,唐代大书法家欧阳询曾留下真书字体结构法三十六条之多。此三十六条中包括排叠、避就、顶戴、穿插、向背、偏侧,等等。此三十六法介绍了字体结构的三十六种可能。宗白华认为诸法都是“以美为目标的”①。为了创造美的印象,而无所谓原本的体格。因而“象形美已沉隐于河底,上面浮动的是书写意趣及笔画间架的抽象美形式”②。书法的美不再是写得端正,五种书体都在强调一种整体性。书法作品中的文字只不过是构成作品的一个个变化无定的元素,真正欣赏的对象是书法中线条挥洒之美、运笔节奏之美、章法气场之美、疏密排布之美以及书人性灵之美。

汉字书法独特的美与其造型有着极大的关系。文字所对应的内容是固定的,但通过文字所创造出来的图视觉造型是千变万化的。即使是写同一内容,不同的书体也有其不同的风味。此外,汉字书法的欣赏讲究个体与整体的结合。整幅字的字体结构、空间排列、笔划走势不一,都导致了视觉造型的多样化。

东晋书法家王羲之的惊世名作《兰亭集序》因其龙跳虎跃之神采成为世人公认的瑰宝。全文中共21个之字,写法每每不同。《兰亭集序》仿佛成为了一块书法名家的“试金石”,历代摹本不断,其中唐代冯承素所摹之“神龙本”③(见彩色插页)被公认为最似真迹。近代书法家于右任甚爱《兰亭集序》,强调摹写兰亭要“得其神”,他所书之草书节录《兰亭集序》(见彩色插页),虽然只有寥寥几句,却气度不凡,笔画简单,造型优美,精气内蓄,墨酣力足,给人以饱满浑厚的感觉,隐隐有大智若愚之感。现代书法家沙孟海一直非常关注《兰亭集序》的相关书法。作为碑派书法大家,沙孟海风格以浑穆雄强著称。其所临的行书《兰亭集序》(见彩色插页)斜画紧结,线条爽利干净,于纵横之间任其自然。与于右任风貌不同,整体看来,风格古拙朴茂,略有古意。

三、中国人形象化的思维

中国人的语言习惯中,形象化的特征非常明显,具有特别发达的“语象”。“无论是哲学思想领域,还是科学技术园地,抑或文学艺术范畴,几乎

---

① 宗白华:《中国书法里的美学思想》,《哲学研究》1962年第1期,第67—73页。

② 王朝闻:《中国美术史·夏商周卷》,济南:齐鲁书社2000年版,第391页。

③ 其卷引首处有“神龙”二字的左半小印,故而得名。

无处不有'象'的形影。论天体,讲'天象';说人体,讲'脉象';谈思维,则有想象、表象、意象、印象、具象、抽象,等等。至于作为民族文化之典型代表的汉字,更是与'象'存在着深厚执着的意绪与难解难分的情缘。"①形象化思维是一种特殊的认识世界的方式,也是中国人擅长的对世界的认识方式。

一般认为,中国人形象化的思维可以追溯到远古时期。中国汉字造字中的象形字与会意字就有很明显的象形性。甲骨文的造型与人们的视线有关。甲骨文中的一些造型艺术流传至今,依然寄存于汉字之中,这种语-图一体的源头性的交织从心理上影响了中国人的视知觉心理。"如'日'字、'月'字,心理上是一种仰视的意象,尽管它们已不再像日形、月形;'水'字、'田'字,则变为俯视的意象。此事易明,但是同样作为'水'旁,'河'、'江'、'湖'、'泊'等字,在心理上是一种横向平面的视知觉;而'泪'、'瀑'、'淋'、'浇'等字中,'水'的意象则为一种由上而下的视知觉心理。这种由不同视知觉心理抽象而成的字或词,在人们认识这些字、词时又出现了心理上不同的视觉意象的还原,当然这些还原的意象是存在各种差异的。如果是拼音文字,这种字形上的视知觉的意象心理是无从谈起的。"②

除了单个的字,书法家程抱一对"木末芙蓉花"进行了分析,认为这是一个较好的中国诗句的视知觉形象的例子。"按照顺序来读这几个字,人们会产生一种目睹一株树开花过程的印象(第一个字:一株光秃秃的树;第二个字:枝头上长出一些东西;第三个字:出现一个花蕾,"艹"是用来表示草或者叶(葉)的部首;第四个字:花蕾绽放开来;第五个字:一朵盛开的花)。"③这个例子非常精彩地说明了汉语的符号的形象性可以给人直接的视觉形象,甚至不依靠对汉语的理解。

语-图一体的这种天然联系不仅影响了语言与图像这一层面,对于文学与文学图像、文学与图像等层面也有影响。这是因为形象化思维方式是中国人"地生"④的一种思维方式。在经历了后天学习之后,形象化成为中国人的思

---

① 王作新:《汉字结构系统与传统思维方式》,武汉:武汉出版社1999年版,第17—18页。

② 姚淦铭:《汉字心理学》,南宁:广西教育出版社2001年版,第73页。

③ 程抱一,任教于巴黎第三大学东方语言文化系,是法国著名华裔作家,法兰西学院终身院士,诗人,书法家。"木末芙蓉花"引自其著作《中国诗画语言研究》,涂卫群译,南京:江苏人民出版社2006年版,第13页。

④ 不是天生具有,是在文化传承过程中,比如学习书法笔画以及字形义后慢慢形成,所以姑且称为是"地生"。

维方式,这种思维方式会映射在其各种艺术创作中,尤其表现在中国作家在文字表达和文学创作过程中所具有的视觉性,这个视觉性表现在汉字具有图画的特点,文学创作过程中"象"(物象、意象等)的伴随。李彦锋在其博士论文《中国绘画史中的语-图关系研究》一文中指出,汉语言的文字具有视知觉意象。而这种视知觉意象对中国人生理上的影响使得中国人的大脑左右半球获得功能均势。[①] 对于这种深刻的形象化思维方式,身在其中的中国人对这方面的感悟可能不如旁观者西方人深刻。西方人看到汉字首先不是从意义出发,而纯粹以视觉的角度来体会,觉得每一个汉字都像是一幅图画,一个比喻,一个象征或一首诗。确实,中国书法在一些人看来就像是抽象画一般。很多外国留学生学汉字还有说成"画汉字"的,不习惯说"写汉字"。中国的文学也就在这种汉字意象思维的基础上,创造了辉煌的诗、词、曲、赋等艺术形式。中国古典诗歌中,审美意象往往是借物比喻,这正是中国式形象思维的一个证据。"象者所以存意,得意而忘象"[②],以象抒情正是中国诗人所擅长的方式。

总之,无论是语-图一体抑或是语-图分体和合体,语-图关系的内在联系始终存在,因为这种联系已经渗透至中国人的生活和思维中,中国人形象化的思维又促进和维系了这种语-图的内在关系。书法与绘画只不过是这一枝头上开花结果的表现。

四、语-图一体与现当代美术字和文字意象设计

语-图一体的语言与图像的结合方式不但影响了后世语-图关系,也影响了现当代的美术字和文字意象设计。

文字装饰美化在我国古已有之。然而,由于历史跨度长、朝代更迭频繁,丰富多彩的美术字多分散于历史文物之中。美术字是技术时代审美倾向的产物。余秉楠先生说:"美术字是运用装饰手法美化文字的一种书写艺术。"[③]自最早的五大类书体开始,中国的汉字字体历经了多次变化,最终形成了现代汉字简洁流畅的笔画。美术字是在此基础上进行美化的一种产

① 详见李彦锋:《中国绘画史中的语-图关系研究》,上海大学,博士论文,2010年,第167-170页,未刊稿。

② 王弼:《周易略例·明象》。

③ 余秉楠:《美术字》,北京:人民美术出版社1980年版,第1页。

物。当代的美术字是对汉字书法的又一次挖掘，除了美化之外，更多的是满足装饰的作用。从装饰这个意义来说，美术字是被赋予了装饰功能后的文字。美术字本身也就是一种新型的图形文字。具有符号和装饰双重属性的美术字让我们很自然联想到先秦语-图一体时代的一些符号。

现当代文字装饰美化表现在笔画图形化上，即把汉字的某个或多个笔画形象化。把笔画变成某种图形组合成汉字，如鸟虫体，在历史上有较早渊源。它是一种源自于春秋中后期至战国时代盛行于南方诸国(吴、越、楚、蔡等)的一种特殊文字，特色是每一笔划都是模仿鸟类的各种姿态，有时候一个字甚至由十只鸟构成，原本称为鸟虫篆或鸟虫书。现当代艺术家的鸟虫体则依照现代字体为基础，在形体美化上比先前获得更大发展。

现当代汉字的意象设计则是将文字的特定含义通过字体形象视觉化构成自身趣味，赋予文字强烈的视觉意念。意象文字超脱了具象从实际出发的束缚，将具体固有的“形”，提练成抽象传神的“意”。形义同构是利用含义相似和形式相似进行双重构成，这种方法具有很强的视觉冲击力。

汉字被公认为世界上最难理解的文字之一，很多西方人对汉字的具体意义并不十分了解，却着迷于中国的汉字书写艺术。一些现当代艺术家创造出形似汉字却并不表达实际意义的“天书”来，他们的作品走出了国门，受到了外国人的青睐。

1999年，来自中国福建的艺术家徐冰获得美国文化界最高奖：麦克·阿瑟奖(Mac Arthur Award)。他独创的“新英文书法”受到了英语与其他语种国家的热捧。所谓的“新英文书法”，其实就是以中国汉字书法的书写技巧来书写英文字母，并对每一个英文单词进行重新组合，使之符合中国书法的审美要求。图1中展示的是26个英文字母所对应的书法写法。为满足汉字书法的书写要求，徐冰在对英

图1　新英文书法的26字母

文字母的写法进行规定的时候，有些用了大写，如字母A，有些则是小写，如字母d。有些大小写都进行了说明，如字母I，大写则如“工”字，小写则如部首“讠”。

新英文书法的创新之处并不仅仅只是将英文字母书法化，更具有创新的地方在于，他将一个英文单词拆成若干字母，通过组合，构成一个形似汉字的英文单词。如图2所示，乍一看，这像是一幅中国的书法作品，细看却发现，每个字的构成都是英文字母。组合在一起来看，这幅字表达的含义就是“Art For The People”。本身单词所具有的字母经过重新的排列组合，用中国书法的方式书写之后，构成了一幅“新英文书法”。徐冰的这一创新打破了中国方块字与英语之间的界限，以一种巧妙的方式将二者合而为一。这是对固定思维模式的挑战。

图2

除了徐冰，还有一些艺术家也在中国传统艺术形式的创新方面进行了探索。早在上世纪80年代，先锋艺术家谷文达就摸索出一套新的艺术创作方式，以错位的、肢解的书法文字来作画，让画境符合文字本身的含义，达到一种双重表达的效果。图3名为霜雪图，图中的汉字是由霜字与雪字二者合并组成的，取其共同的部首雨字头，再将雨字头下的“相”与“彐”重组，构成了新的汉字。整幅图的基调阴沉、苍茫，也颇有几分霜雪下的萧肃之感。

图3　霜雪图

无论是徐冰还是谷文达，他们之所以能够取得成功，除个人思维方式的开放与锐意进取的精神之外，更仰仗于中国语言文字与图像之间的天然联系。

中国书法与绘画本同根同源。中国汉字具有图像的属性，很多汉字都极富画面感。书法更是语-图一体的展现。先秦以来的语-图关系的内在联系渗透至中国人的生活以及思维，使中国人形象化的思维特别明显，而中国人形象化的思维又促进和维系了语-图的这种内在联系。今天，在全球化时代，人们对于图像的欣赏不分国界与语言，只需达成视觉上的共识便可赢得认同。图像所具有的这种普世性让语-图一体的结合方式具有很大的发展潜力。现当代美术字尤其艺术家文字意象设计所焕发出的活力在提醒我们，语-图一体的语-图关系值得重视，而作为语-图一体源头的先秦语-图一体，更值得我们今天学界重新审视和研究。

作者简介

包兆会(1972—)，男，浙江临海人。南京大学文学院副教授，硕士生导师。研究方向为古典美学、庄学和文图关系研究。发表学术论文四十多篇。

周展(1986—)，女，安徽巢湖人。南京大学文学院文艺学专业2009级硕士研究生。研究方向为文艺基础理论。

历史研究

· 文 · 学 · 与 · 图 · 像 ·

视觉隐喻观照下圣像破坏运动时期的“语-图”关系分析

郭 伟

摘要：本文以视觉隐喻为理论契入点，经过研究发现，如果说由耶稣基督、圣母、圣徒等构成的圣像是以感性意象为单位，按照某种特定的意图，以融合或聚合的方式编织起来的具有合成性结构的图像的话，那么，作为虚拟时间的空间化构型，圣像视觉隐喻通过图像符号在不同时期的具体表现形态，不仅反映出了人类隐喻性思维过程中语言和图像的悖论性共存与相互协作关系；而且揭示出了圣像视觉隐喻中典型的“语-图”关系所包蕴的深刻的时空观念：耶稣是人类为自己的内禀时间属性所作的宗教意义上的空间塑形，即在天上和人间重建正义、仁爱王国的“神人”结合体。在这一意义上，耶稣不仅是神、人和神人之间媒介的三位一体，而且是时间、空间与人的形象三者合一的视觉隐喻——耶稣以承载人类原罪、作为人类赎罪的形象，在视觉时间理性的强力压制中，逐渐开启了人们对于内禀时间属性的体验。

关键词：圣像破坏运动　视觉隐喻　“语-图”关系　时空观念

文本或图本中语言和图像之间的关系，是文艺理论领域研究的热点。学界对此问题的持续关注和深入探讨，使分析的广度和深度不断拓展，在理论和方法上取得了重要突破。就本课题的研究而言，最具理论和方法论意义的共识主要表现在以下两个方面：一是以人类思维的隐喻性作为统摄“语-图”关系的理论基点，二是在具体的研究过程中采用共时和历时相结合的方法展开分析，而不是单纯局限于共时层面。

人类思维的隐喻性，如卢梭所说：“就像情感是引发人类说话的第一动机，人类最初说出来的就是比喻。最先产生的是图像性的语言，确当的意义则是后来才找出来的。”[①]换言之，隐喻是思维进行“语-图”转换的中介。其中，言辞隐喻是思维对感性意象进行语言构绘的结果，而视觉隐喻则是思维

---

① 转[英]约翰·伯格：《看》，刘惠媛译，南宁：广西师范大学出版社2001年版，第8页。

对感性意象进行图像构型的产物。也就是说,言辞隐喻和视觉隐喻分别是语言和图像在特定条件下的具体实现。据此,对于语言和图像关系的研究,实质上应转化为对言辞隐喻和视觉隐喻之间关系的探讨。

为了进一步推进"语-图"关系问题的研究,本文将以人类思维的隐喻性作为理论统摄点,对西方圣像破坏运动时期的"语-图"关系之争进行个案考察。着重从以下几个方面展开研究:首先按照将社会运动还原为美学问题的分析思路,对圣像破坏运动及相关概念进行必要说明,论述围绕视觉隐喻和言辞隐喻分析圣像中语言和图像关系的可行性;在此基础上,分析圣像视觉隐喻中语言和图像之间的剧烈冲突,从而对这一运动中所折射出来的典型的"语-图"关系问题进行探讨:即作为人类使用的两种最基本的表意符号,语言与图像在人类的隐喻性思维中有着既悖论性共存又相互协作的特殊关系。

一、视觉隐喻观照下分析圣像中"语-图"关系的必要性和可行性

圣像破坏运动始于拜占庭帝国的伊苏利亚王朝皇帝利奥三世(Leo Ⅲ)于 726 年夏季颁布的《禁止崇拜偶像法令》,止于 843 年摄政皇后提奥多拉(Theodora)颁布的反对破坏偶像的《尼西亚法规》。这一运动是一场神学教义论争,核心问题:究竟能否为耶稣基督和圣母圣徒立像?圣像能否传达出教徒心中基督和圣母圣徒的神性?如果答案是肯定的,又如何传达?这些从基督教诞生之日起就一直备受关注的话题,最终引发了一场轰轰烈烈的持续 117 年的圣像破坏运动。

具体而言,在穆斯林皇帝卡利夫·雅基德(Khalif Yazid)723 年下令销毁叙利亚和巴勒斯坦基督教会所有的圣像之后,犹太人也加入了这场废除圣像的运动之中。接着,拜占庭皇帝利奥三世更是坚决反对"偶像崇拜",于 726 年颁布《禁止崇拜偶像法令》,同时派人除去君士坦丁堡铜铸城门上的巨幅基督像。由于格里高利二世(St. Greogory Ⅱ)不承认这一法令并把皇帝驱逐出教会,这一政教之争逐渐引发了普通民众的大规模暴乱。但利奥皇帝继续下令销毁所有圣像,并大肆逮捕和惩罚反对者。731 年,新教皇格里高利三世(St. Greogory Ⅲ)召开会议宣布开除全体反圣像崇拜者的教籍。利奥又以剥夺教皇的征税权和管辖权进行回击。利奥逝世后,其子君士坦丁五世(Constantine Ⅴ)变本加厉反对圣像崇拜,在彻底废弃图像的同时,残

酷打击、迫害圣像拥护者。754 年，由 338 位主教参加的君士坦丁堡会议通过决议，禁止通过人类的艺术，比照任何别的人体，以一种尘世的材料把具有光荣人性的基督绘为图像。至 787 年在尼西亚召开的第七次大公会议时，这一决议才被废除。并且，与决议内容完全相反，此次大公会议进一步肯定了圣像崇拜的合法性。不过，从 813 年开始，利奥五世统治时期又开始了第二次反对圣像崇拜运动。直到 843 年皇后提奥多拉召开宗教会议颁布反对破坏圣像的《尼西亚法规》，才正式结束了绵延一个多世纪的圣像之争，拥护圣像崇拜者获得了最终的胜利。

波兰美学家沃拉德斯拉维·塔科维兹(Wladyslaw Tatarkiewicz)指出，如果暂时抛开这场论争的政治、宗教(如处于统治地位以及依附于统治者的高级僧侣与忠实于传统的下级教士、修道士和人民大众这两种社会力量间的对抗)因素，那么关于圣像崇拜论争的基本原因就是两种神学教条和两种产生于神学的艺术观之间的对立。同时，也是拜占庭所具有的形象的希腊文化与抽象的东方文化之间的冲突。

我们认为，在关于圣像破坏运动的四种主要原因中，产生于两种神学观念之间的艺术观之争是这一运动的更为重要的内部动因，也就是长期以来隐匿在思想史和艺术史中的语言和图像关系之争。所以塔科维兹说，圣像之争最初是宗教性质的，但实际的主题是美学性质的。尽管争论是围绕神学理论展开的，却与美学和艺术相关。

进一步来说，由耶稣基督、圣母、圣徒等构成的圣像是一种视觉艺术的修辞构建，耶稣不仅是神、人和神人之间媒介的三位一体，而且是时间、空间与人的形象三者合一的视觉隐喻。所谓视觉隐喻(visual metaphor)，通俗地说就是运用视觉语言“打比方”。英语中“metaphor”一词是从希腊语“metaphora”演变而来的。希腊语“metaphora”是由词根“meta”和后缀“pherein”构成的，其中前者的意思是“跨越”，后者的意思是“传送”。从词源学的角度上看，“隐喻”在希腊文中的字面义为“将某物传送过去”。作为语言学的一个初始范畴，其基本义则是将某物视为另一物，即“意义的转换”：赋予一个词它本不具有的涵义，或者用一个词表达它本来表达不了的意义。视觉隐喻的基本内涵也是将某物视为另一物和意义的转换。但是，随着视觉隐喻在艺术史中所呈现出的表现形态不断发生演变和更迭，其内涵和外延也产生了相应的调整和变化。

本文所说的视觉隐喻是一个广义的艺术学、美学范畴,是指视觉艺术中所使用的以相似性或创造相似性为基础构造某种特定艺术形式的修辞手法。我们可以对视觉隐喻作出一个解释性的界定:即以感性意象(sensuous image)为单位,按照某种特定的意图,以融合或聚合的方式生成的具有合成性结构的图像。这与亚里士多德、莱考夫(Lakoff)和约翰逊(Johnson)、保罗·德曼等所持有的广义的隐喻观相一致。例如,亚里士多德将一切修辞现象构成均视为隐喻性语言;而除了通常所说的隐喻之外,莱考夫和约翰逊把转喻、提喻(synecdoche)和反讽(irony)等都当做了隐喻;①保罗·德曼则认为讽喻和象征也是两种隐喻方式。视觉隐喻的具体表现形态是视觉艺术的形式载体——图像。主要包含三种基本形态:静态图像,即图画(picture),如绘画、平面设计等;动态图像,即影像(figure),如戏剧和舞蹈等;景观(spectacle)图像,如建筑、雕塑、园林等。视觉隐喻的"合成性结构"是指使用多种艺术手段使图像呈现出不同于日常事物所具有的常态形式,以生成具有无穷暗示力的不确定性意义,从而使观者的想象力得到最大限度的激发。正如伽达默尔所说,艺术与非艺术之所以相对,在于前者意义的不确定性中似乎具有无穷的暗示力,而后者则一俟获得意义之后,其过程便告完结。② 换个角度来看,如果说言辞隐喻是对语言规约意义和日常用法的偏离的话,③那么视觉隐喻就是对图像写实性意义的偏离,或者说,"隐喻图像涉及对于普遍公认的标准描绘模式的有意违反"④。

由于言辞隐喻"熔概念与图像于一体",而"概念与图像的这种联系带给我们一种恍然大悟,一种见识或一种认识,将我们习以为常的感觉、概念或事件置于一束全新的光线之下"(加布里埃尔·利科语)⑤。事实上,视觉隐喻更为鲜明地体现了语言(概念)与图像的交汇和融合。因为视觉隐喻

① 束定芳:《隐喻学研究》,上海:上海外语教育出版社2000年版,第11页。

② [美]保罗·德曼:《解构之图》,李自修译,北京:中国社会科学出版社1998年版,第4页。

③ 亚里士多德最早从修辞学角度对"偏离"进行了描述:"当它使用与日常的用法格格不入的词语时,它变得高贵起来,并且摆脱了平庸。"可以看出,亚氏对偏离的判断是以词语的日常用法为标准的,即凡是在语义和形式上不同于日常的词语,均可以视为"偏离"。转[法]保罗·利科:《活的隐喻》,汪堂家译,上海:上海译文出版社2004年版,第17页。

④ John M. Kennedy, "Metaphor in pictures," *Perception*, No. 11, 1982, p. 589.

⑤ 冯小虎:《隐喻——思维的基础、篇章的框架·前言》,北京:对外经济贸易大学出版社2004年版,第1页。

的构建本身，就是语言和图像相互影响、相互作用的过程。首先，作为视觉思维对自在场域和感知场域进行相似性突显的产物，视觉隐喻的生成过程是一个融合了先见的理解过程，在这一过程中语言和图像之间具有共生关系，或者说视觉隐喻是一个语言和图像的共生体。其次，艺术创造物化阶段的编码也是一个语言和图像相互协作、相互影响的互动过程。

需要说明的是，圣像视觉隐喻是为了更好地展示耶稣承载人类原罪、为人类赎罪的形象，从而在虚拟时间中进行的空间化构型。人类虚拟“心理时间”有两种不同呈现方式：视觉时间和内禀时间。前者是以爱因斯坦狭义相对论为基础，以光速在任何参照系中均不发生变化为逻辑坐标，依靠视觉来确定空间事件的客观标识，又称“钟表时间”，即外在时间。后者指与自然生命体相一致的人的生命节奏，即人们以直觉体验来把握的生命过程，也就是内在时间。

以视觉隐喻为理论契入点进行观察可以发现，从初期圣像由简单的象征符号到粗糙的平面化构型，再到笼着光环坐在王座上的世俗化形象的嬗变过程看，圣像中所能呈现出的神性无疑主要是凭借人物头顶的“光环”等辅助性视觉符号来显现的（如图所示）。而圣像本身能否呈现出神性以及如何具象化的问题越来越遭到人们的质疑，这样就慢慢分化出偶像崇拜者与反圣像崇拜者所持有的两种截然不同的神学教义和艺术观念。也就是说，观念的对立实质上是如何认识视觉隐喻中语言与图像之间的关系，以及如何处理两者之间矛盾。质言之，就是图像能否寓含神性，又如何才能真正地体现出神性的问题。

半身基督像(6 世纪)

二、圣像破坏运动时期圣像中语言与图像的剧烈冲突

一直以来，基督教偶像崇拜者和反对圣像崇拜者对图像和语言之间的关系就有着不同的认识。偶像崇拜者首先看到了图像所具有的模拟语言观念的功能。他们认为圣像是宣传基督教教义的一种载体。早在圣像破坏运动开始之前，教皇格里高利一世就曾明确指出：“崇拜圣像是一回事，而用这

些形象去告诉大众应该崇拜什么则是另一回事。形象对无知的人们的作用,就像经文对受过教育的人们的作用一样。”①也就是说,圣像是基督教教义的一种言说载体,对于那些不具有文字读解能力的人们而言,它具有与经文同等重要的教育功能。显然,格里高利一世们看到了图像对语言的模拟功能。但是教义如何通过图像传达出来呢?这一追问实际上触及了圣像崇拜者的核心观念,他们认为存在着神人二性而被具体化了的神。关于正统基督教所采取的这种耶稣基督神人二性的“双重位格”理论突出表现在著名的“迦西顿信经”(The Chalcedon Creed),即教会于451年在迦西顿举行的第二次大公会议上形成的一条教义:“唯一和同样的圣子、我们的主耶稣基督,不论在神格还是人格上都是完美的,是真正的神也是真正的人,有着正常的灵魂和肉身。在神格上与圣父是同质的,在人格上与我们是同质的,在所有的方面都同我们一样,没有罪过。按照神格为圣父关注,在最近的日子里,为了拯救我们,主基督按照人格自上帝的母亲、处女马利亚而生。唯一和同样的基督、圣子、主具有两种本性,不可混淆、不可改变、不可分割、不可分离。”②可以说,“在以后1500年间,这条教义一直是关于耶稣位格的正统信仰的定义”。③ 在这一教义中,道成肉身的耶稣基督神人二性是交融一体的,藉此,圣母、圣徒及其他受造物也都依凭这一理论成为神性与人性的合一。既然神人二性合一,那么,道成肉身,神性必然寓含在人性之中,因而,可以通过塑造出既属人的形象而又寓含神性的圣像来表现神性。由此,他们已经触及了图像所具有的自指功能及其背后的隐喻功能。其实质是要创造出兼具神、人和表现神人一体性的具体图像这样一个三位一体(圣父、圣子、圣灵)的圣像。

反对偶像崇拜者的核心思想也源于耶稣基督的神人二性理论,不过,他们认为神性并不存在于偶像之中。因为圣经教义本身就反对基督自我偶像化。《出埃及记》中的摩西十诫明确禁止对上帝进行描绘,禁止制作偶像,甚至禁止表现任何生物,从而禁止崇拜和侍奉偶像:“不可为自己雕刻偶像;也不可做什么形象仿佛上天、下地和地底下、水中的百物。不可跪拜那些像;也不可侍奉它,因为我耶和华你的神,是忌邪的神。”(《出》二十:4)再如《申

① [英]休·昂纳、约翰·弗莱明:《世界美术史》,毛炎君等译,北京:国际文化出版社1989年版。
② 潘道正:《基督圣像:从冲突到审丑》,载《吉林师范大学学报》2009年第1期,第30页。
③ [美]帕里坎著:《历代耶稣形象》,杨德友译,上海:三联出版社1999年版,第108页。

命记》所言:“有人制造耶和华所憎恶的偶像,或雕刻,或铸造,就是工匠手所做的,在暗中设立,那人必受诅咒!’”(《申》二十七:15)从教义可见,禁止制作和崇拜偶像的根本原因在于“我耶和华你的神,是忌邪的神”,也就是说,基督的神性不在偶像之中,偶像与神之间有着重要的区别,因此,偶(图)像并不具备传达不可言传的神性的功能。

事实上,神人二性观念强调偶像与神之间存在着本质差异,这一差异揭示出了视觉隐喻中语言和图像之间的重要区别。首先,图像是一种虚指性符号。① 这是因为具有限制性自主言说的图像在所指分蘖(语义分化)未能实现的情况下生成的惰性图像②容易产生歧义,从而使图像的能指产生虚假与真实之争。第一位使用拉丁文写作的重要的基督教作家,北非思想家德尔图良(Terltullian)指出:“试问创造人像能使上帝高兴吗?上帝禁止制作人和偶像,更不用说他本人的偶像,真实的创造者不爱虚假,对他来说,所有虚构的东西都是虚假的。”③也就是说,在一些教父们的眼中,偶像属于虚构的东西,因此是虚假的。既然制作出来的偶像是虚假的,那么,神性更不可能存在于虚假之中。其次,图像不可能真正表达某一观念。神学家中的唯灵论者认为任何艺术都无法真正表达出耶稣基督的神性之所在,因为神是无法用具体的形象来表现的。换言之,神性是无法寓含在任何比照人体绘制的图像艺术之中的。

通过分析偶像崇拜者和反对圣像崇拜者之间的分歧我们发现,在某种意义上讲,反对偶像崇拜者不但更尊崇圣经教义,而且对于神性和图像之间的关系有着更为明确而深刻的认识。但是,为什么圣像破坏运动的结果是偶像崇拜者获得最后的胜利呢?

三、圣像视觉隐喻中语言和图像关系的重新定位

我们认为,偶像崇拜者最终的胜利是一种带有东方神秘主义深深烙印的希腊美学的胜利。其本质是在论争甚至激烈对抗的条件下,对视觉隐喻

① 赵宪章:《语-图符号的实指和虚指——文学与图像关系新论》,载《文学评论》2012 年第 2 期,第 88 页。

② 即不具有特定意图、非偏离、所取之效为实用性的图像。

③ 转引自[波兰]沃拉德斯拉维·塔科维兹:《中世纪美学》,褚朔维等译,北京:中国社会科学院出版社 1991 年版,第 34 页。

中语言和图像关系中所折射出的时空观念的重新梳理、重新定位。

首先,图像的虚指性并不影响它作为指向永恒神性的表现媒介。就宗教唯灵论的拜占庭神学、美学思想最重要的表现形式绘画而言,塔科维兹指出:"尽管拜占庭绘画可以画人,但画家要表现的并非肉体而是灵魂。肉体只是灵魂的一种象征,当时的一个神学家写得好:'好的画家只画灵魂而不绘肉体。'艺术为了达到这一目的,就要使肉体尽可能简化为最抽象、最简单的有机体,使之非物质化,这是关于拜占庭肖像画应注意的首要问题。"[①]重要的是,想要在绘画中寓含神性,就要尽量摒弃能使用刺激感官知觉的艺术形式,从而使图像成为指向神性(观念)的符号载体,而不是指向人类感官愉悦享受的视觉刺激。因而,源自《圣经》的基督教神秘主义美学坚信艺术中存在着象征的、超时间的和最终的形式。这也是初期神学美学中一个重要的关于绘画与原型关系的教义问题。塔科维兹认为,亲偶像崇拜者的神秘主义美学是希腊教父和伪狄奥尼修斯(Psevdo-Dionysius)美学的发展,它是基督教东方世界的一个极端却典型的产物。正如神学家伪狄奥尼修斯所说,外观中有真实,画像中有原型,一个存在于另一个之中,只是本质不同。神学家们把终极的观念称为"原型",塔科维兹进一步指出,绘画与原型问题中所折射出来的"本质与理念或永恒的原型具有统一性"的问题,是一个"短暂之物"与"永恒之物"的二元关系问题,即每种短暂之物在永恒世界中都有其原型,画像的目的就是显示其短暂形式的原型,使观看者凝神观照,将他的注意力引向永恒之物,静心默祷上帝。绘画本身只是一种手段,而不是目的,它的真正对象是不可见的。"通过可见的影像,我们的心灵会随着灵魂的升华而追寻那不可见的伟大神祇。"[②]这是从哲学维度对艺术中的语言和图像关系进行的分析。

如果说神性作为一种理念的语言形式是一种不可见之物的话,那么,图像就是指向这不可见之物的媒介,如同禅宗中常说的"指月之指"。圣像拥护者西奥多鲁(Theodorus Studites)则坚信画像分有原型。另一个神学家大巴塞尔也说:"艺术家画的画像是原型的转换,凭借艺术家的观念和手的感觉,将原型的外观移入材料,从而分有原型的属性。"[③]也就是说,基督的形象与基督不仅外形相似,而且所指向的神性也有着高度的一致性。他们充分

---

①② [波兰]沃拉德斯拉维·塔科维兹:《中世纪美学》,褚朔维等译,第46页。
③ 同上,第56页。

认识到了耶稣基督具有神、人和象征符号三重性的特质：即耶稣基督是神、人以及连接神人之间的媒介。正如瑞士现代神学家卡尔·巴特（Karl Barth）在其《神学教义学》中所言：“在上帝和人之间，上帝自己和作为人的他自己，站着耶稣基督这个人，在两者之间做媒介。在他之中，上帝向人显示他自己。在他之中，人看见并认识上帝。在他之中，上帝站在人之前，人站在上帝之面前，就像上帝的内在意愿，就像与这意愿相一致的人的内在的律命。”[①]这里显露出来的是一种深受东方抽象哲学思想影响的痕迹。

第二，图像是终极宇宙秩序的一种神圣显现。伪狄奥尼修斯的神学与宇宙论是审美式的。在其《天阶体系》一书中，伪狄奥尼修斯认为，作为神圣起源与阶层秩序的阶层体系是一种秩序、理解和行动，这种神圣行动包含了洁净（purification）、光照（illumination）与完善（perfection），是上帝的属性与行动。但同时，上帝又是超出了洁净、光和完全完善本身，是所有阶层体系的原因，又远远超出神圣的事物。作为层级式的宇宙系统是要引导人达到与神合一的超验地位：“阶层体系的目的在于使物能够尽可能地与上帝相像并与他合一。上帝在阶层体系中是所有理解和行动的首领。它永远直接地关照上帝的美。”（伪狄奥尼修斯语）[②]因而作为一种美感关系的宇宙世界在形态上表彰为神圣之美，即上帝的“神圣显现（thoephany）”。[③]

第三，图像是“存有”与“非存有”的形而上世界的映射。中古世纪最伟大的爱尔兰神学家之一爱留根纳将“拜占庭神学之父”马克西姆（Maxium the Confess）和伪狄奥尼修斯的著作译为拉丁文，成为奠定狄氏对中世纪拉丁神学影响的基石。爱留根纳并不止步于译介工作，他也是一位充满原创性的思想家。他认为，世界万物是上帝的神圣显现，所以，人们可以凭借理性通过自然而知道上帝。他把存有界分为四大类：“创造而非被造”，为上帝；被造亦可创造，为永恒的理念、属类与形式，为万物之动因；“被造而不能创造”，为人类；“非创造非被造”并非无存有，而是“上帝绝对超越的自身奥秘，为人所无法参透的永恒秘密”。[④]因此，上帝在其自身的绝对超越中，是不同于世间万物的有限存在的。上帝既非“存有”，亦非“不存有”，上帝是超越

① [瑞士]卡尔·巴特：《教会教义学》，何亚将、朱雁冰译，北京：三联书店1998年版，第102页。
② （托名）狄奥尼修斯：《神秘神学·中译本导言》，包利民译，北京：三联书店1998年版，第15页。
③④ 同上，第8页。

"存有"与"不存有"。正如伪狄氏所言:"他并不包容于存在之中,存在反而被包容于他之中。"可以说,"爱氏的基督论补充了狄氏思想系统中的最大缺陷,爱氏以基督为'创造性之智慧',而人为'被造之智慧',基督之智慧必通过道成肉身,才能使人与万物得着真正之智慧,明白上帝之奥秘。"①

第四,语言和图像皆有着表达形而上观念的局限性。伪狄奥尼修斯在《圣名论》和《象征神学》中讨论了语言和图像之间的关系:"在《圣名论》中我说明了把上帝称为善、存在、生命、智慧和力量的意义,以及其他与上帝的概念名称有关之事。在《象征神学》中我讨论了用从我们的感知物得出的东西对上帝做的类比。我谈了我们对于他具有的意象、形式、模样,与他相称的手段、他的居所,以及他的衣着……以及我们对于他所有的这一类意象,这一类被上帝的象征表现的工作所塑造的意象……事实是:我们飞升得越高,我们的词语越局限于我们所能形成的观念,所以当我们进入超出理智的黑暗之中时,我们将发现自己不仅词语不够用,而且实际上是无言和不知……但是现在我的论证从在下者向超越者上升,它攀登得越高,语言便越力不从心;当它登顶之后,将会完全沉默,因为它将最终与那不可描状者合为一体。"②可见,无论是语言还是图像在面对"那不可描状者"的时候,所能够做的只能是沉默,并以沉默的形式与"那不可描状者"合为一体。

第五,语言和图像关系中涉及时空问题。我们知道,由于神学家奥古斯丁"有力地维护了圣经所说的'世代'的'事物与时机的秩序'这一概念,反对历史是重复的,'同一世俗事件要被同样循环周期复演'的理论"③。他认为,基督的生、死和复活是一个唯一的、不可重复的事件,同时又是一个信息和"从人类起始就已宣告的秘密"。正是因为考虑到了这一点,道森(C. Dawson)才稍许夸张地说奥古斯丁"不仅是基督教历史的奠基人",而且是世界上第一个发现时间的意义的人。所以,对于奥古斯丁而言,时间和历史是至关紧要的[英语该词为 crucial,与十字架(cross,crux)为一词根],是 crucialis 这个词字面意义上的"紧要",因为这个词类属于 crux Christi,亦即基督的十字架;基督上十字架既是他的救赎工作所在,也是供人模仿的典范。被

① (托名)狄奥尼修斯:《神秘神学·中译本导言》,包利民译,北京:三联书店 1998 年版,第 9 页。
② 同上,第 101—102 页。
③ [美]帕里坎:《历代耶稣形象》,杨德友译,上海:三联出版社 1999 年版,第 34 页。

看做是历史转折点的耶稣生平事件不仅影响了对历史的解释，也改变了对历史的编写。欧洲日历后来变成现代世界大多数国家和地区通用的日历，这一事实表明关于耶稣形象意义的这一观点，已经被承认为历史转折点，作为发展过程的历史的转折点和作为叙事方法的历史的转折点。① 可以说，在圣像这一视觉隐喻中，如果说本体是道成肉身的“基督的生、死和复活”的话，喻体则是“耶稣基督所代表的神性、宇宙的秩序以及形而上的奥秘”，表现媒介则是圣像，那么，生死复活作为一个永恒的循环是人类也是宇宙也是形而上奥秘之所在，这既是当时人们对时间属性同时也是对空间内涵的深刻认识，于是，世界从这一个节点开始，有了一个真正的命名——公元。虽然它仅是一个时间的节点，但是，由于这个时间节点中包蕴着耶稣基督这一个指涉着人类命运的符号载体，它又成了空间属性的最佳印证物。在这一意义上，耶稣基督不仅是神、人和神人之间媒介三位一体，而且是时间空间的合一。而人就是时间空间中的一个感知介质，从此，属于人类的叙事才有了隆重的开始。

从时间性的角度观察，可以说语言显示了两种时间性：一，人类以及万物等实存者短暂时间性；二，人类的思想、神性、宇宙的秩序以及形而上的奥秘的永恒时间性。据此，在圣像破坏运动中人们认识到了这样几方面的内容。首先，图像就是对这两种时间的一种空间性呈现。其次，能够呈现短暂时间性的图像就是我们前文所说的惰性图像；而能够呈现出永恒时间的图像就是具有隐喻意义的“积极图像”②。再则，以短暂的肉身性时间无法呈现永恒的神性、秩序与奥秘的永恒时间性，即并不是空间性的图像无法承载时间性的语言观念的问题，而是只能显现短暂时间性的空间性图像（如纯粹自然主义的立体造型的肉身塑像）无法承载永恒时间性观念的问题。不过，圣像破坏运动并没有辩证地探查到图像依赖空间性并加以抽象化，可以完成从惰性图像到积极图像的救赎，从而也就实现了从短暂时间到永恒时间的突破，以实现自身的蜕变这一重要环节。

由此，为了实现这些美学思想和观念，基督教艺术自然而然地排斥追求物质性和现实性的立体造型。但正如塔科维兹所说，这种要求艺术模仿原型而

① [美]帕里坎：《历代耶稣形象》，杨德友译，上海：三联出版社 1999 年版，第 34—38 页。
② 积极图像是指那些承载艺术家特定意图且该意图能够如期实现为艺术性效果，实施了某种“积极修辞”的图像。

不是表现短暂事物的美学,几乎没有给艺术家的想象和观念的创新留有余地,从而形成了一种固有的肖像画法和不易更动的法则,禁锢了艺术家的创造力。这就使艺术家的地位比希腊化时期更低,艺术也逐渐成了与个人无关、无个性特征的东西。也就是说,为了追求绘画中对于神性观念的寄寓,图像尽可能地收束其具象的视觉刺激功能,向着某种具有特殊性目的的抽象模式靠拢。

正如"二希"文化的融合形成了新的基督教文化一样,寓含神性的圣像是古希腊具象艺术和东方抽象艺术相互碰撞、相互融合而结出的独特视觉艺术品。而"对美的这两种截然对立的态度——美是无益的和美是神性的具体体现,在整个中世纪的基督教审美理论中长期存在"①。不过,圣像破坏运动最终遗留下来的依然是一个关于语言和图像的关系问题:"由于反偶像崇拜者捣毁了大量艺术品,支持偶像崇拜者得势以后,也毁掉了反偶像崇拜者的大量著作,使他们的著作所剩无几。"②这一结果充分反映出了圣像视觉隐喻中语言和图像的悖论性共存关系。

随着圣像破坏运动的结束,经历了基督教文化占据主导地位的中世纪前期五百年间的圣像系列视觉隐喻中语言和图像的协作与冲突,寓含永恒时间性的语言开始以不可遏抑之势迅速浸淫在图像之中。此后,在又一个五百年的中世纪中后期这一段时间里,获得胜利后的图像如何通过艺术技巧来呈现耶稣基督的神性便是一个值得慎重考虑的问题了。比如,如图是一个约1150年的罗马式椴木雕刻《圣母子》,圣母和小耶稣都以比例失真来塑造一种特殊的视觉效果。人物的眼睛一律画在脸部的中线以上,加以极度的夸张,眼眶开度很大,露出大块眼白,且向一个方向凝视,眼神中充满令人敬畏的睿智、仁慈,以意指精神性内涵。手的姿势也被赋予特定的意义,长长的手臂、手指以戏剧性姿势指向其所具有的超自然力量。即便是衣服上的褶皱也不是为了显示衣服下面肢体的形状,而是作为一种装饰元素,通过突出强调的轮廓线增强了人物形象的平面化效果。除此之外,鲜明的颜色也是美的要素之一,就是要通过

罗马式椴木雕刻
《圣母子》

① [波兰]沃拉德斯拉维·塔科维兹著:《中世纪美学》,褚朔维等译,第12页。
② 同上,第50页。

色彩的渲染使艺术品的形式放射出光辉来,从而以金碧辉煌的黄色衬托出圣母的威严,以艳丽的红色烘托圣母的高贵,以使完美和秩序服务于对至高至上心灵的呈现。可以说,圣像破坏运动之后艺术家们逐渐找到了某种特殊的艺术技巧(变形等),从而使图像传达某种不可言传的观念(如神性)成为可能,这也是视觉隐喻中语言与图像相互协作关系的一种印证。

不止如此,通过对圣像破坏运动反映出来的圣像视觉隐喻中典型的“语-图”关系所作的考察,我们还可以发现:人类不仅为自己创造了作为超验存在的万能“上帝”,而且再造了上帝之子耶稣基督。随着耶稣的诞生,人类的时间观念在悄悄地发生着重大的变化。由于“逻各斯借耶稣基督而变成人,基督是逻各斯的化身,是‘有血有肉’的逻各斯”。[①] 古希腊-罗马文明与古希伯来文明相融合的产儿,耶稣形象体现了人类视觉时间与内禀时间属性的高度一致性:耶稣首先使人类的视觉时间开始有了具体的表征形式:公元纪年。并且因为这个时间节点中包蕴着耶稣这一个指涉人类命运的符号载体,耶稣基督的形象同时也就成了某种空间属性的最佳印证物。换言之,耶稣是人类为自己的内禀时间属性所作的宗教意义上的空间性塑形——将在天上和人间重建正义、仁爱王国的“神人”结合体。在这一意义上,耶稣不仅是神、人和神人之间媒介的三位一体,而且是时间、空间与人的形象三者合一的视觉隐喻:耶稣以承载人类原罪、为人类赎罪的形象,在视觉时间理性的强力压制中,慢慢开启了人们对于内禀时间属性的体验。对于广大信众而言,这意味着一方面要抗拒长期以来占据心灵的视觉时间属性,另一方面则有机会在内心深处体察内禀时间属性在具体空间中的实现形态。

■ 作者简介

郭伟(1974—),女,河南尉氏人。河南大学文学院副教授,南京大学文学院文艺学博士。

① 梯利著、伍德增补:《西方哲学史》,葛力译,北京:商务印书馆 2005 年版,第 155 页。

“昭君出塞”故事的图像接受

李征宇

摘要：“昭君出塞”的故事起源于西汉元帝之时，在此后的传播过程中不断丰富，逐渐成为重要的文艺主题，后世许多文人以各种文学形式进行演绎。该故事在明清时期以戏曲小说形式进行传播，其中许多刻本附有插图，以图像的形式配合文字内容共同叙事，文图结合增强了该故事的艺术感染力。以“昭君出塞”为题材的文人画早在宋金时候便已出现，明清之时，形式更加多样，图像元素也日益丰富，历代画家根据自身对于该故事的理解，创作出不同形态的昭君出塞图。不同文艺形式如戏曲、小说插图与文人绘画之间，文图结合方式不同，其藏育的文化意蕴、叙事效应的强弱也各有不同。

关键词：昭君出塞　图像　接受　叙事

杜甫《咏怀古迹·其三》云：“一去紫台连朔漠，独留青冢向黄昏。”[①]叙写王昭君出塞和亲，最终只留下青冢屹立于塞北草原上的故事。她的悲怨，以及为国为民的大义成为两千多年来文人题咏的重要题材，在各体文学中都有谱写，逐渐形成了一种文学主题。在此过程中，围绕昭君出塞的故事，衍生出各类不同的文学创作，如诗词歌赋、传奇小说、戏曲戏剧等，呈现出内容不断丰富，情节不断延展，形式不断多样的发展状态。特别是明清时期，随着版画的流行，书籍与图像结合，围绕“昭君出塞”主题的小说戏曲出现了大量插图。同时，这一主题也成为文人画的重要题材，画家往往突破文字的限制，在艺术的殿堂内充分发挥自己的想象力，以自己非凡的创造使流传千年的昭君出塞主题出现了图像化的表现形式，他们还在绘画中广泛题词，使昭君出塞的故事既未失掉文学的传统，又出现了文学与图像相结合的新形式。正是这种文学与图像的结合的方式，使这个流传两千多年的故事焕发出新的风采。

---

① 杜甫著，仇兆鳌注：《杜诗详注》，北京：中华书局1979年版，第1499页。

一、史实及其故事展衍

昭君出塞和亲，历史上确有其事。根据班固《汉书》的《元帝纪》和《匈奴传》的记载可知，王昭君名嫱，字昭君，西汉南部秭归（今属湖北）人。王昭君本是“良家子”，汉元帝时被选入宫中。竟宁元年（前 33）春天正月，匈奴呼韩邪单于入汉朝见，自言愿作汉室女婿，请求与汉朝和亲，并且保证汉朝疆界将不会再受侵犯，兵戈战争从此止息。汉元帝感其不忘汉朝恩德、仰慕礼义，此次又修朝贺之礼，所以将“待诏掖庭”未被皇帝御见的宫女王昭君赐给呼韩邪单于作为阏氏（匈奴王后的称号）。建始二年（前 31）呼韩邪单于死，前阏氏子代父立为单于。王昭君依照当时匈奴的习俗，嫁给后单于。这就是昭君故事的简单史实。

南朝刘宋史学家范晔撰写《后汉书》时，又在《南匈奴传》中写入王昭君的事迹。他在史书中明说：“时呼韩邪来朝，帝敕以宫女五人赐之。昭君入宫数岁，不得见御，积悲怨，乃请掖庭令求行。”①也就是说，王昭君因入宫多年未得皇帝恩幸，而主动地请求去匈奴和亲，并非《汉书》所谓的被动地被汉元帝赐给呼韩邪单于。《后汉书》不仅写明王昭君的态度和心理，而且对她的仪表也有生动的描绘：“呼韩邪临辞大会，帝召五女以示之。昭君丰容靓饰，光明汉宫，顾景徘徊，竦动左右。帝见大惊，意欲留之，而难于失信，遂与匈奴。”②在这里不但有对王昭君容貌衣饰、风采仪态的描绘，同时也描述了汉元帝欲赐不忍，欲留不能，既爱怜昭君天姿国色，又不肯失信于匈奴的矛盾心理。此外，《后汉书》还交代了昭君在呼韩邪单于死后，不愿嫁给继任单于的继子，她曾“上书求归”，但是“成帝敕令从胡俗，遂复为后单于阏氏焉”。③

由上可见，《后汉书》所记载的昭君故事，已经不像《汉书》那样简略，可能吸收了部分民间传说，加上了一定程度的文学描写，王昭君已粗具悲剧人物的雏形。

传为东晋葛洪所撰的《西京杂记》中也记录了王昭君的事迹，与《后汉书》相比，更具传奇色彩。在此书中记述了王昭君之所以多年未被元帝宠幸的原因：“元帝后宫既多，不得常见，乃使画工图形，案图召幸之。诸宫人皆

---

①②③ 范晔：《后汉书》，北京：中华书局 1965 年版，第 2941 页。

赂画工,多者十万,少者亦不减五万。独王嫱不肯,遂不得见。”①于是,王昭君故事中又增添画工索贿的情节。及至“匈奴入朝,求美人为阏氏,于是上案图,以昭君行。及去,召见,貌为后宫第一;善应对,举止娴雅。帝悔之,而名籍已定。帝重信外国,故不复更人。乃穷案其事,画工皆弃市,籍其家,资皆巨万”。②被斩画工共有毛延寿、陈散、刘白、龚宽、阳望、樊育等六人,其中毛延寿排名在前,而且善于画人物,“为人形,丑好老少,必得其真”③。其余五人主要擅长布色或画“牛马飞鸟”,人物画不如毛延寿,这也可能是后世将罪责加诸毛延寿一人身上的重要原因。

《琴操》一书中也记载了王昭君之事,与《后汉书》、《西京杂记》相比,其虚构成分更多。其中最明显的一点便是,该书记述王昭君不肯依“胡礼”再嫁给前阏氏的儿子,“乃吞药死”。这是从封建礼教的贞操观念出发,对《汉书》所载王昭君史实做出的重大改动。《琴操》还写王昭君死后葬于匈奴境内,“胡中多白草,而此冢青”④,这便是“青冢”的由来。

在《西京杂记》与《琴操》之后,西晋石崇在其作《王昭君辞》之序中曾说:“王明君者,本是王昭君,以触文帝讳,改焉。”⑤为避晋文帝司马昭之讳,王昭君从西晋始又被称为明君或明妃。石崇还写道:“昔公主嫁乌孙,令琵琶马上作乐,以慰其道路之思,其送明君亦必尔也。其造新曲,多哀怨之声。”⑥从此王昭君又与琵琶结下了不解之缘。

至此,后世昭君出塞故事的所有元素均已基本具备,如画工毛延寿索贿、昭君心存怨恨、和亲、琵琶、思乡、青冢等,一个比较成熟的故事开始形成。又因魏晋南北朝时期,中国南北分裂,国势颓败,北方边疆受到侵扰,许多家庭被迫离散,不少人被掳而离开家园,在动荡中惨死他乡。所以,王昭君的命运得到民众的深切同情,他们纷纷在昭君故事中倾注他们自己的爱憎,从而使昭君故事得以广泛流传,并得到巨大发展。

到了唐宋时期,随着边塞诗的发展,昭君出塞的故事更是受到文人的重视,包括李白、杜甫、白居易、欧阳修、苏轼、王安石等人在内,几乎所有著名

---

①② 葛洪:《西京杂记》,北京:中华书局 1985 年版,第 9 页。

③ 同上。

④ 蔡邕:《琴操》,见《续修四库全书》第 1082 册《子部・艺术类》,上海:上海古籍出版社 2002 年版,第 145 页。

⑤⑥ 萧统:《文选》,北京:中华书局 1977 年影印胡刻本,第 393 页。

的诗人，都有歌咏王昭君的诗作。他们都向王昭君一洒同情之泪，哀怜她离乡去国葬身沙漠的悲剧，也有借王昭君遭遇浇自己块垒，寄托自己身世之慨的。与此同时，《王昭君变文》也已出现，为后世昭君故事小说化开了先河。

二、戏曲、小说版画图像

元代，随着一种新兴的文学样式——戏剧的成熟，昭君出塞的故事也被编为戏剧搬上舞台。据《录鬼簿》载，关汉卿有《汉元帝哭昭君》，吴昌龄有《月夜走昭君》，张时起有《昭君出塞》等①，皆已佚失。现存剧作只有马致远的《汉宫秋》（全名《破幽梦孤燕汉宫秋》）。《汉宫秋》是马致远的代表作，也是昭君出塞故事系列中最有影响的文学作品，同时也是迄今为止能见到的最早的昭君戏。这部杂剧集中了前代笔记小说、文人诗词和民间讲唱文学的成果，又根据时代的需要，添加了新的内容，使昭君出塞故事有了重大发展。

首先，该剧颠覆史实，继承《王昭君变文》的写法，把汉元帝时的民族关系，描写成汉弱匈奴强，昭君远嫁是匈奴恃兵强取，而不是汉元帝的恩赐。其次，该剧采用了毛延寿贪贿舞弊的情节，并把他的身份由普通的画工改为“中大夫”，又增加了毛延寿献图叛国的剧情。再次，把王昭君的宫女身份改为皇妃，将其宁愿牺牲自己去“和番”写成是为了“国家大计”，最后昭君行至两国交界的“黑龙江”时投水而死。此外，该剧还创造性地增添了元帝与昭君之间的爱情故事。《汉宫秋》的出现为明清两代昭君出塞故事的流传和发展奠定了基础，对后世戏曲和小说产生了重要影响。

明代以昭君出塞故事作为题材的剧本有陈与郊的杂剧《昭君出塞》，现存《盛明杂剧》本，还有无名氏的传奇《和戎记》，现存明万历年间金陵富春堂本，以及《青冢记》三种。在这三种杂剧中，最值得注意的是《和戎记》，全名为《新刻出像音注王昭君出塞和戎记》，凡 2 卷 36 折，存本第 25、27、33 折略有缺图。剧中情节多与正史不符，当本于民间传说。

《和戎记》不仅在故事情节上与传统昭君戏有很多区别，而且由于其出现于版画艺术蓬勃发展的明代中晚期，其刻本中开始出现插图。明代中晚期，随着市民阶层的兴起与各地的版刻术蓬勃发展，版画艺术得到了长足的发展，许

---

① 钟嗣成：《录鬼簿》，见中国戏曲研究院编：《中国古典戏曲论著集成》（二），北京：中国戏剧出版社 1960 年版。

多戏曲小说都附有木刻插图,鼎盛一时,其中金陵、建阳、新安等地成为明代版刻中心,其版画各有特色,在民间流传极广。在版刻兴盛的时期,几乎无书不图,甚至连儒家的经典“四书五经”等都附有插图,在此背景之下,《和戎记》中出现图像也就顺理成章。《和戎记》最早的刻本今已不可考,其中是否有插图也不可知,现存的明万历年间金陵唐氏富春堂刻本《和戎记》中,已经出现插图(《古本戏曲丛刊二集》据此本影印),这是现存昭君戏刻本中第一个拥有插图的刊本。

富春堂乃明代金陵著名书肆,主人唐富春,字子和。富春堂所刻戏曲小说,版刻精美,多有插图。所镌传奇剧曲有《李十郎紫箫记》、《虎符记》、《玉钗记》、《白蛇记》、《拜月亭记》、《刘智远白兔记》、《易鞋记》、《重订赵氏孤儿记》、《南调西厢记》、《和戎记》、《千金记》等,多至一百数十种,皆有繁复的插图。插图人物脸部刻画生动,尤能以简明的线条,表达内心深刻情感。唐氏诸刻,仍保留画版顶端和左右两边的横标和竖标。许多刻本极富技巧,内容丰富多彩,人物突出,情趣浑厚。

富春堂刻本《和戎记》共有插图16幅,全部为书内插图,单面方式。形式上全部采用传统的单面通栏,其中上栏标目,下部则绘图,一目了然,标目结合剧本内容则使读者很容易了解插图所要展示的情节,这是金陵富春堂刊本的一大特色。虽然剧本内容写的是汉代故事,但在剧中大量采用明代制度,这直接影响到插图对人物服饰、动作等的描绘,比如插图中所有官员的服饰均为明官的典型服饰,头戴幞头,身穿前后有圆形补子的长袍官服,匈奴人则同样身穿前后有补子的长袍官服,只是头戴长翎冠以区别汉臣,双方皆行跪拜礼,坐于高背椅子上。一般而言,富春堂刻本大多用笔粗壮,风格雄健,尤其注重黑白对照,构图以人物为主,背景为辅,特别擅长利用戏剧性的排列充实图像内容,比如《昭君出塞》图(见图1)。

图1 富春堂本《和戎记·昭君出塞》①

① 《王昭君出塞和戎记》卷下第二十九折,《古本戏曲丛刊二集》,上海:商务印书馆,1955年据明富春堂刊本影印。

该图插入剧本第二十九折中，背景为毛延寿点破萧善音身份，单于恼怒不已，处死萧之后命再度出师攻伐汉境，索要昭君。平帝无计可施。昭君见状上本，愿"舍一人之命，保全万载之邦，救万民之难"，前往和番。平帝只得依允，让敌兵先退三日，再送昭君出城。是日，昭君父母王朝珊夫妇、兄王龙、妹秀真一家送其出关。昭君辞别父母，将入北国，心恋平帝，发誓："宁作南朝黄泉客，不作番邦掌国人。"

画面左侧枪戟林立，预示边境危急，番邦大军兵临城下，咄咄逼人；右侧则画一线城墙，墙上有一道城门，代表昭君一家已在城外，左右两侧图像将背景略作交代。画面大部分则被四位人物占据，其中王昭君居于正中，冠插长翎，身披长帔，与番邦服饰一致，说明其正准备前往番邦和亲。其左有一女子，一手捧琵琶，一手牵马，其右一女一男，大约为昭君父母。面对离别，昭君不胜哀伤，正掩面哭泣，昭君母正在安慰其女，仿佛可以听到其用轻声细语慰藉女儿，其父则一脸无奈，愁容满目。该折有两曲正好说明昭君此时的哀怨之情，"【亭前柳】黑暗暗楚天云，滴溜溜泪珠倾，扑簌簌红叶坠。咭(叽)叮当，响秋砧。雁儿儿，你在空中叫(叫)，断肠声，怎割舍断肠人。""【一盆花】迤逦风霜历尽望，黄沙漠漠霜草，烟凝轧轧，车儿更提铃，跎的跎蹬，骆驼牵引，路儿又不平，月儿又不明，强把琵琶吭吭砰砰，拨着数声，总是离情。"①曲词与画面结合，把昭君之怨展现得淋漓尽致。该图用笔粗犷，画面疏朗，聊聊数笔，将人物服饰、动作、表情等准确表现出来，特别是左幅枪戟，右幅城墙并立，将图像背景交代得清清楚楚。总而言之，该图完全依照剧本而绘，图像中的事物、人物以及人物动作等无不切合剧本第二十九折的内容，可以断定，该图的刻绘者对该剧内容应该做过比较充分的了解，才能领悟该出剧情所蕴含的深意，由此而能绘出切合剧情的图像。

清初方来馆白云道人编选的《方来馆合选古今传奇万锦清音》，共收录明末清初多种传奇，多为当时市井流传的弋、昆演出剧目，清顺治十八年(1661)方来馆镌刻刊行。该书同样收录了该曲，该本也有插图，据傅惜华《中国古典文学版画选集》可知，插图形式为卷首冠图，单面圆式，傅作中同

① 《王昭君出塞和戎记》卷下第二十九折，《古本戏曲丛刊二集》，上海：商务印书馆，1955年据明富春堂刊本影印。

样选取了《昭君出塞》图(见图 2)。该图中心部分即昭君一行三人,其中昭君坐于马背,手持琵琶,左后方一侍女手持旗旆,右后方一侍女站立。图像右下方绘有两面旗帜,两位胡人,应是前来迎接昭君的队伍。昭君一行人所立之处,两旁山石磷磷,乱树横生,不似塞外之景,然而天空中又有鸿雁群飞,云彩飘扬,一派塞外风光。

图 2 《万锦清音・昭君》①

而陈与郊所撰的《昭君出塞》只是一折的短剧,并见于作者的《麒麟罽》传奇,作为戏中串戏之用。该剧本于《西京杂记》,集中写王昭君别离时的悲苦,全剧只写到昭君出玉门关为止。此剧虽有一二语取自马致远《汉宫秋》杂剧,但结构与立意不落臼窠。焦循称其写昭君,不言其死,亦不言其嫁,写至出玉门关即止,最为高妙②。

《盛明杂剧》乃明人沈泰编辑的明代戏曲剧本集,共 60 卷,分初集、二集两集,每集 30 卷,每卷 1 个剧本,共收明杂剧 60 种。初集于崇祯二年(1629)刊行,二集于崇祯十四年(1641)刊行。武进董氏诵芬室于 1918 年翻刻了初集,1925 年又翻刻了二集。中国戏剧出版社 1958 年据诵芬室刊本影印出版,所有入选的剧本都配有单面方式的插图。

图 3 《盛明杂剧・昭君出塞》③

与略显粗犷,用墨稍重的万历富春堂刊本《和戎记》相比,《盛明杂剧》本《昭君出塞》的插图(见图 3)要显得更加精细,用墨更加均匀,画面的构图也显得更有章法层次,显示出明代中晚期版画技艺的进步。以其中第二幅《昭君出塞》图为例,可以看到这样的风格。《和戎记》中的《昭君出塞》

① 傅惜华:《中国古典文学版画选集》,上海:上海人民美术出版社 1981 年版,第 870 页。

② 焦循:《剧说》,见中国戏曲研究院编:《中国古典戏曲论著集成》(八),北京:中国戏剧出版社 1960 年版,第 190 页。

③《盛明杂剧》一集《昭君出塞》。

图完全遵照剧本内容而绘，图中的枪戟林立、城墙围绕以及昭君父母等图像都是传统昭君故事所无，昭君等人的动作也贴合剧中的一些唱词唱段。而《昭君出塞》剧中的《昭君出塞图》则与其完全不同，更加符合传统昭君故事，如唐宋诗词、元马致远《汉宫秋》等中的故事情节。

图中大致可以分为上下两个部分，中间以一道山梁隔开。下面一行五人，二女三男，最左边一男应为仆役，短打装扮，束腿，戴帻，手握马缰，立于马前。其后另有一男子，同样为仆役，手持旗旆，旗尾随风飘扬。画面最右边一男子，即剧中的护送官员，身着长袍，头戴短脚幞头，面右坐于马上，拱手，似正在作别。中间两位女子则分别为昭君及其侍女，其中昭君乘坐于马上，身穿毛领长帔，回头面左，右手略微举起，应是与最右边的官员告别。昭君身后为其侍女，手抱琵琶，同样回头面左。

在该剧最后，行到玉门关后，昭君依依不舍，她说：“俺只着马儿款款行车儿，慢慢随缘，何这般样到得快也。”即便心中万分不愿，却还是走到玉门关前。众人都劝她早点过关，此时昭君心里百味杂陈，怨恨、不舍、愤懑等，她唱道：“觑中常扣紫缰，觑中涓泣红妆，西出阳关更渺茫，似仙姝投鬼方，如天女付魔王。”并且嘱咐护送官员：“还宫奏当今主上，只说感皇恩去国，婆娘若问咱新来形象，休道比旧时摧丧。”[①]然后连喊两声“好恨”，一腔悲怨喷薄而出。

此图所表现的即昭君回头嘱咐送行官员的一幕，镌刻者用极其精细刀法将该剧最后的场景全部表现了出来，包括驻马、送行、作别、悲叹等，毫无疑问，全剧的高潮就在昭君的两声长叹中，而镌刻者恰好将这一幕完整地记录在了这幅图中，完全把握了“最富于孕育性的顷刻”。不仅完美地传达出原剧的情节，而且提升了剧本的叙事张力，观者将图文结合之后，可以更加强烈地感受到剧本原有的悲怨之情。

此外，该图上半部分出现的则是三位胡人，两人持枪，一人扛旗，均骑马，所表现的应该是番王派来迎接昭君一行的队伍，这样就补足了原剧中所无的情节，交代了昭君出关后的故事发展。图中所绘的景色中远山叠嶂，山峦起伏，寥寥几笔，明暗交替，将山石的形状描绘得栩栩如生，虽然不符合关外的景色，但刻工高超的技艺仍可见一般。

---

① 沈泰：《盛明杂剧》一集《昭君出塞》，北京：中国戏剧出版社，1958 年据 1918 年诵芬室翻刻本影印，第 6 页。

清尤侗有《吊琵琶》杂剧[①]，全剧4折1楔子(楔子在第一、二折之间)，作于顺治十八年(1661)。《曲海总目提要》卷20著录，谓："前三折与《汉宫秋》关目略同。但元曲全用驾唱，此用明妃自抒悲怨为小异。第四折引入蔡琰，自伤与昭君同，酹酒青冢，故谓之《吊琵琶》。"[②]该剧与其他昭君戏不同之处在于，其叙昭君在出塞途中投水自尽，其魂魄却回到汉宫，梦中与元帝相会，诉说衷情，恳请元帝赡养其父母，元帝醒后不胜惆怅。若干年后，蔡琰被匈奴掳去，为左贤王阏氏，某日她携酒肴至青冢祭奠昭君，并对昭君弹奏《胡笳十八拍》，倾诉不幸遭遇及思归之情，该剧可见清初邹式金编《杂剧三集》(又名《杂剧新编》)。薛旦有《昭君梦》剧，同样见于邹式金编《杂剧三集》，演昭君于塞外悬念汉帝，梦中由氤氲大使指引，逃入玉门关，重回汉宫。该剧卷首有插图一幅(见图4)，所刻内容即昭君梦中之事，昭君身着胡装，伏案酣睡，此时其魂魄已于梦中飞出，画面最上方即表现昭君跨天马行于云彩之中，正茫然之际，氤氲大仙赶来给她指引去汉宫的道路。

图4 《杂剧三集·昭君梦》[③]

明清时代，昭君戏曲广为流行，但多歌颂她与元帝爱情，昭君自杀，既为朝廷殉身，又为元帝尽节，统一于爱国、忠君观念中，皆与史实背离，如《和戎记》、《昭君出塞》、《吊琵琶》等。独《昭君梦》，系遵照史实令其和番，下嫁呼韩邪单于，且其情节十分奇特，以梦结构全剧，所有剧情都在梦中完成。

从图像上看，《杂剧三集》的插图镌刻十分细致，画面虽然繁复，却显得井井有条，格局有序，不管是《吊琵琶》中的《蔡琰祭奠》图，还是《昭君梦》中的《昭君入梦》图，其布局都十分有条理，结构清晰，一目了然。刻绘者对于剧情的把握也十分到位，没有误刻的情况，也没有过度阐释剧情。此外一些细节上也十分注重，比如《蔡琰祭奠》图中，青冢所处之地古柏森森，符合墓地的实际，而

① 邹式金：《杂剧三集·吊琵琶》，北京：中华书局，1958年据1941年诵芬室翻刻本《杂剧新编》影印。
② 董康：《曲海总目提要》，北京：人民文学出版社1959年版，第954页。
③ 邹式金：《杂剧三集·昭君梦》。

《昭君入梦》图中将昭君置于穹庐之中，同样符合西北少数民族的游牧习性，甚至此图的右上角还特别添上月亮与星辰以代表夜晚，符合昭君入梦的实际。

清代昭君出塞故事又由戏曲进入长篇小说创作领域，嘉庆年间出现了题为《双凤奇缘》的小说，署《绣像双凤奇缘》，原名《昭君传》，凡 20 卷 80 回，作者不详，嘉庆十四年（1809）序刻本，卷首之序署“雪樵主人梓定”。全书文笔浅陋粗劣，毫无剪裁地结合了前代昭君故事，把《和戎记》中的王秀真改名赛昭君，又增加了林皇后和一个与昭君同时被选入宫中被封为西宫名叫定金的美女，并插入与昭君原本无关的李陵被擒、苏武和番的故事，以凑成 80 回长篇，昭君出塞故事本身并没有新的演变。针对其诸多史实错误，以及颇多乖谬之处看，此书当是知识水平不高的民间文人或书商所编撰。

上海古籍出版社《古本小说集成》影印复旦大学藏道光二十三年（1843）卧云书阁藏版本，该书卷首冠图，单面方式。整体而言，该刊本质量下乘，尤其是插图，镌刻手法拙劣，形象失真，明显为民间水平低下刻工所为。同时，由于该书之图冠于卷首，且每图刻一人，也就失去了扩充叙事的意义，与其他小说插图相比，其叙事上相差甚远。不过值得注意的是，该本的每幅插图上均有作者的题记，如汉元帝图（见图 5）上有“一代风流主，三更配合缘。山河谁保固，全杖两婵娟”，昭君图上则是“只因妾貌却如花，薄命红颜自怨嗟。一出汉国谁是伴，凄凉马上弄琵琶”，其题记承小说而来，与小说意蕴一脉相承，既讽刺元帝面对外敌入侵的无能为力，又同情昭君出塞和亲的悲惨命运。

图 5 《绣像双凤奇缘·汉元帝》[①]

三、纸本、绢本绘画图像

随着宋代绘画黄金时代的开始，昭君出塞故事开始成为文人画家所着眼的主题。据《宣和画谱》卷七载，北宋大画家李公麟曾作《昭君出塞图》[②]，

① 《古本小说集成》编委会编：《双凤奇缘》（上），上海：上海古籍出版社，1994 年据复旦大学图书馆藏道光二十三年卧云书阁本影印，第 1 页。

② 《宣和画谱》，见于安澜编：《画史丛书》第 2 册，上海：上海人民美术出版社 1962 年版，第 77 页。

藏于宫廷,惜已不传。据清代陈邦彦选编的《历代题画诗》可知,宋代除了李公麟的《昭君图》,还有无名氏所作的《明妃出塞图》、《明妃辞汉图》、《明妃上马图》等①,今均不可见。

图6 《明妃出塞图》②

现存最早的表现昭君出塞故事的绘画作品为金代(或宋代)宫素然的《明妃出塞图》(图6,局部图见彩色插页),现藏于日本大阪市立美术馆。图绘昭君出使匈奴,跋涉塞外的情景。图中两人策马前行,一人肩扛黑色日旗,塞外朔风正厉,两人均缩颈躬身,其中一人抬臂遮挡风沙,连马也低首缓行。昭君与一女侍骑马随后,昭君左手上举置于颔下,神态从容,两马夫在前徒步揽辔,女侍手抱琵琶转颈以避寒风。其后一组人马聚拢在一起,呵冻冲寒而行,衣带、发辫随风飘举,一人驾鹰策马殿后。

画家线描准确流畅,通过人物的动态、神态很恰当地表现出寒风凛冽的塞外特征和行旅的艰辛。用粗笔淡墨写出塞外苍茫萧瑟的荒凉景色,笔墨

① 陈邦彦选编:《康熙御定历代题画诗》(上),北京:北京古籍出版社1996年版,第514—515页。

② 中国美术全集编辑委员会:《中国美术全集·绘画编·3·两宋绘画·上》,天津:天津人民美术出版社1997年版,第160页,图版59。日本大阪市立美术馆藏。

纯熟，勾线流畅。以人物、犬马的动作表现出风之肆虐呼啸，也反衬出王昭君镇静、从容的面貌。此卷与传世金张□(或作踽)《文姬归汉图》所绘情节、构图大同小异，估计都应是有本之作。

南宋末年，中原涂炭，不仅宋后妃、宫女遭元蒙凌辱，夏国、金国也同遭此命运。夏主虽“纳女请和”(《元史·太祖本纪》)，终不免于一亡；金主守绪兵败自焚死，叛臣崔立献汴城降元，后妃嫔女及其他宗室五百余口被蒙古兵押解“赴北”(《金史·哀宗本纪》)，“俄遣诣青城，皆为北兵所杀，如荆王、梁王辈、皆预焉，独太后、皇后、诸妃嫔宫人北徙”①。张天锡身为金朝大臣，痛心于贞佑二年(1214)向蒙古请和“奉卫绍王公主归于大元太祖皇帝”(《金史·宣宗本纪》)，遂作《题〈明妃出塞图〉》诗，有“玉颜胡沙”之恨。张天锡所题是否即为宫素然之作，暂难确定，不过云此作有倾吐国仇家恨之意，大致不差。

元明时期，有关昭君出塞主题的绘画作品仍然层出不穷，惜多已不传，《历代题画诗》中著录元明有关昭君故事的题画诗 24 首，多为题《昭君出塞图》，可见此时，该故事已经成为文人画的重要题材之一，其中元代著名诗人王思廉与虞集均有题咏传世。王思廉的《昭君出塞图》云：“黄沙堆雪暗龙庭，马上琵琶掩泪听。汉室御戎无上策，错教红粉怨丹青。”②根据其讽刺汉室御敌无方的内容看，此时有关昭君出塞故事的背景已经开始偏离史实，不过这也跟当时蒙古族争夺正朔，统治中原的现实密切相关。大部分的作品均为借古讽今之作，反对和亲，同情昭君，带有强烈的民族意识，与马致远《汉宫秋》的主旨相一致，不过虞集的《题〈昭君出塞图〉》则另有所表，诗云：“天下为家百不忧，玉颜锦帐度春秋。如何一段琵琶曲，青草离离永未休。”③很明显，他认为昭君远嫁并不可悲，并规劝后人不必为此大做文章，虞集入元之后，曾加官晋爵，荣显一时，他有此语，不足为怪。

自从毛延寿出现于昭君出塞故事中后，关于图绘的情节就在后世文人作品中层出不穷，不过大部分人都对毛延寿的索贿表示批判态度，认为他是造成昭君悲剧的根源，正如李商隐的《王昭君》诗所云：“毛延寿画欲通神，忍为黄金不为人。”④不过北宋王安石的《明妃曲》却大做翻案文章，有云：“意态由

---

① 刘祁：《归潜志》，北京：中华书局 1983 年版，第 130 页。
②《康熙御定历代题画诗》(上)，第 517 页。
③ 同上，第 516 页。
④ 李商隐著，冯浩笺注：《玉谿生诗集笺注》，上海：上海古籍出版社 1979 年版，第 734 页。

来画不成,当时枉杀毛延寿。"[①]关于绘画是否能够客观反映真实,从古至今都是一个众说纷纭的话题,不过"求真"却一直是中国绘画史上长久的主题。《西京杂记》中并没有画工故意丑化昭君的情节,反倒说:"有杜陵毛延寿,为人形,丑好老少,必得其真。"[②]王安石认为毛延寿的失误正在于"求真"不成,颇有几分道理。明丘浚接续王安石的翻案文章,其《题〈明妃图〉》:"莫向西风怨画师,从来旸谷日光遗。当时不遇毛延寿,老死深宫谁得知。"[③]认为昭君之所以能够出深宫,往塞外,功在毛延寿将其丑化,这样的说法令人耳目一新。

图7 《人物故事图·明妃出塞》(仇英)[⑤]

明清两代已近于当世,故而昭君出塞题材的绘画作品保存较多,异彩纷呈。明中期著名画家仇英即有多幅有关昭君出塞的作品存世,其中一幅名为《昭君出塞图》,扇页,金笺设色,现藏于南京博物院;另一幅则名为《明妃出塞》(见图7),藏于北京故宫博物院,为其《人物故事图册》中的一页。

仇英的《人物故事图册》,全册共10页,是其工笔重彩人物侍女画的代表作,所画人物多属传统题材。表现历史故事的有《贵妃晓妆》、《明妃出塞》、《子路问津》;属于寓言传说的有《吹箫引凤》、《高山流水》、《南华秋水》;描绘文人逸事的有《松林六逸》、《竹院品古》;取之古代诗词的有《浔阳琵琶》、《捉柳花图》。

其中《明妃出塞》所绘为昭君离故国,到不毛之地的旅途情形。画中右为身着红袍的匈奴使者,冠皮质羯尾冠,有傲然自得神情。护卫四人,或捧盒或持凤首瓶,或操旌旄。另有跨马携犬前引者一人。明妃坐驼车,二着唐人侍从

---

① 王安石著,李璧笺注,高克勤点校:《王荆文公诗笺注》,上海:上海古籍出版社2010年版,第141页。

② 《西京杂记》,第9页。

③ 《康熙御定历代题画诗》上,第517页。

⑤ 中国古代书画鉴定组:《中国绘画全集·第14卷·明·5》,《人物故事图册》之一,杭州:浙江人民出版社;北京:文物出版社2000年版,第92页,图版101。故宫博物院藏。

装束者护卫，二胡人正以杖支驼首，仿佛有正止其渡水惊恐之意。远处平沙连绵不绝，三五旅人，散见沙际，恶山阴黯，形容前途茫茫，故国远隔的情景。仇英此本虽然明妃之装束均误作唐式，但鞍马车具，甚具古风，诚属不易。

与其他有关昭君出塞的作品相比，该图着力于真实，首先其背景为沙漠，明清刊本中的许多插图均将昭君出塞的背景设为山谷之中，大树森森，明显不符合塞外实情。其次，该图中昭君坐于驼车之中。许多作品，包括宫素然的《明妃出塞图》所绘昭君形象，均坐于马背，妇女骑马盛行于唐，汉则不然，故仇英此作更近真实。再次，由于昭君一行人正行走于沙漠之中，故而出现驼车，画家于细节处十分着意。

清代画作中有关昭君出塞故事的作品有冷枚、华嵒、费丹旭、倪田、李熙的《昭君出塞图》，沈韶的《昭君琵琶图》，徐宝篆的《王昭君图》等。清人之作，已不再着意于全面表现昭君出塞，而是选取其中一景，绘三两人物，甚至仅绘昭君一人，身披大裘，怀抱琵琶，孤立于画面之中，疏朗而重点突出，比如华嵒的《昭君出塞图》(见图 8)。

图 8 《昭君出塞图》(华嵒)[①]

① 华嵒绘：《扬州画派书画全集·华嵒》，天津：天津人民美术出版社 1998 年版。上海博物馆藏。

图中描绘了王昭君作伫立沉思观望状，后有二侍女随从，一为汉人侍女手捧琵琶，一为匈奴人侍女手挽披巾，前一匈奴人侍从正手牵骏马，马作回望状，马鞍上饰以龙纹。整幅画面构图平稳，只是匈奴人侍从牵马时的姿式有一点动感。人物造型沉稳，为了国家、为了民族存亡，昭君远嫁匈奴呼韩邪单，她作沉思状，有一种对汉族恋恋不舍的内涵情感。脸部刻画为典型的瓜子脸，清秀雅丽。

特别是该画的右上角将石崇的《王昭君辞》全文录下，文图相配，更反衬出昭君的凄态，仿佛就是该诗中“仆御涕流离，辕马悲且鸣，哀郁伤五内，涕泪露珠续”①的具象化，令人怆然不已。华嵒充分领悟了石崇诗作中的悲怨之气，以高妙手法将其具象化，使题词与图像达到了完美契合。

清末民初的任伯年画派的倪田延续了简约之风，其《昭君出塞图》(见彩色插页)自题为“一望关河萧索”，从题即可知，该画主题为写昭君思乡之情。画面景色肃杀枯败，塞外深秋，寒气袭人。一身胡服穿戴的昭君，一手执马鞭，一手执缰绳，似刚下马背。空中几只南归的大雁吸引了她的目光，让她不觉黯然神伤，萌生故国千里、归期如梦之感。画家较少用线条勾勒，以墨彩直接渲染。师法任伯年的小写意人物画，却又独具一格，笔法更为自由，写中带工，收敛自如。背景以淡彩渲染烘托，以红、绿、黑等重色为主调，形成较为强烈的视觉效果。笔不显而意满，景不实而韵足，格调清新雅致，是一幅难得的佳作。

图 9 《昭君出塞图》
(费丹旭)

大雁常常出现在中国文学中。汉代苏武正是凭借雁书而成功归汉，画家图绘昭君望雁的姿态，一方面借用“衡阳雁去无留意”，引起昭君思乡；另一方面也是借用苏武的典故。其题词则化用柳永《曲玉管》词中“望关河萧索，千里清

① 《文选》，第 393 页。

秋，忍凝眸"之句，用其悲秋苦情之意，与画中大雁南飞，满目萧瑟的景色十分契合。其图、其典、其意都透露出浓郁的中国画特色，不管在艺术上，还是在意蕴上，都达到了相当高的层次。

作者简介

李征宇（1984— ），男，湖南长沙人。淮阴师范学院运河文化研究中心。

《洛神赋》与《洛神赋》图的文图创作

王怀平

内容提要:《洛神赋》是曹植创作的文学名篇,作品在前世文学的基础上塑造了飘逸娴静、楚楚动人的洛神形象,抒发了有情人心心相印的美好感情与彼此不能相守的眷念与惆怅。曹植在创作中改变了前世文学中洛神形象的精神内涵,体现了人性自觉时代人们对人的情感、精神的尊重。《洛神赋》塑造的洛神形象因为其丰富的情感、饱满的精神而成为图像艺术创作青睐的对象,顾恺之《洛神赋图》、卫九鼎的《洛神图》、萧晨的《洛神图》扇画等图像作品见证了《洛神赋》对《洛神赋》图像创作的影响,洛神形象在互为关照的融通性的文图创作中不断得到丰富与发展。

关键词:宓妃　洛神　洛神赋　洛神赋图　文图创作

《洛神赋》是魏晋南北朝时期曹植创作的名篇。作品描述了作者于朝京归藩途中,在洛水河畔得遇美貌的洛神,作者和洛神相互爱慕,但是因为"人神之道殊",两人不能相守,男女主人公只得依依不舍,含恨离去。作品表现了有情之人相爱的美好感情与彼此不能相守的眷恋和惆怅,塑造了美貌、多情、守礼的洛神形象。《洛神赋》叙述的故事意趣丰富,人物形象个性饱满,感情浪漫而缠绵,这些丰富的人性精神内涵,成为自魏晋以来多位画家、书法家、影视创作者再创造的文本基础,因此,在文学以外的艺术世界,《洛神赋》形成了不断演绎的存在形态。

一、宓妃形象的文学演变与《洛神赋》的文学创造

洛神在我国古代典籍中就已存在,司马迁《史记》中有"若夫青琴宓妃之徒"①,

---

* 本文系教育部人文社科研究规划基金项目"魏晋南北朝图文关系研究"(12YJA751056),安徽省高校省级人文社科重点研究项目"魏晋南北朝文学与绘画的图-文通会"(SK2012A005)阶段性成果。

① 司马迁:《史记》第9册,北京:中华书局1982年版,第3039页。

三国时魏国的如淳认为："宓妃，伏羲女，溺死洛水，遂为洛水之神。"[①]宓妃就是洛神。如淳的说法源自古代传说。在上古神话传说中，宓妃是伏羲的女儿，因为渡洛水覆舟淹死，成了美貌的洛神。这一说法在曹植的《洛神赋》中也有体现，他在洛水河畔感慨："古人有言，斯水之神，名曰宓妃。"[②]可见曹植笔下的"洛神"就是神话传说中的宓妃，《洛神赋》的创作是建立于前世文学的基础之上。在传说的故事中，洛神与黄河之神河伯门当户对，结合为夫妻，可是，因为河伯吩咐巫妪每一年为他挑选一个年轻美貌的女子为新娘，对洛神感情不专，受到伤害的洛神，在偶遇侠骨热血的后羿之后，便与后羿产生了爱情[③]。在神话传说的故事中，洛神美貌、多情，对待情感率真、自由，并且无视礼节的束缚。显然，洛神的多情与自由等精神追求背离了主张"克己复礼"的传统儒家道德要求，因此在儒学兴盛的先秦两汉，洛神是文学作品中一个被批评的形象。如屈原《离骚》云：

> 忽反顾以流涕兮，哀高丘之无女。溘吾游此春宫兮，折琼枝以继佩。及荣华之未落兮，相下女之可诒。吾令丰隆乘云兮，求宓妃之所在。解佩纕以结言兮，吾令蹇修以为理。纷总总其离合兮，忽纬繣其难迁。夕归次于穷石兮，朝濯发乎洧盘。保厥美以骄傲兮，日康娱以淫游。虽信美而无礼兮，来违弃而改求。[④]

从这段文字中可以看出，屈原原本认为宓妃很完美，但是当他走近宓妃并追求她时，发现宓妃虽然美貌却骄傲无礼，因而离开了宓妃，而去追求其他女子。屈原对宓妃无礼的批评态度，见证在传统儒家道德标准中宓妃并非是一个美好的形象。屈原对宓妃的批评态度在汉代多位文学家的创作中得到延续与发展。如扬雄《甘泉赋》曰：

> 想西王母欣然而上寿兮，屏玉女而却宓妃。玉女无所眺其青胪兮，宓妃曾不得施其蛾眉。方揽道德之精刚兮，侔神明与之为资。[⑤]

---

① 司马迁：《史记》第 9 册，北京：中华书局 1982 年版，第 3040 页。
② 郁贤皓：《中国古代文学作品选》第二卷，北京：高等教育出版社 2010 年版，第 172 页。
③ 参见章行：《山海经现代版》，上海：上海古籍出版社 2007 年版，第 60—62 页。
④ 朱东润：《中国历代文学作品选》上编第一册，上海：上海古籍出版社 1991 年版，第 281—282 页。
⑤ 扬雄：《甘泉赋》，见张启成、徐达《汉赋今译》，贵阳：贵州人民出版社 2001 年版，第 235 页。

西王母也是神话传说中的形象,但是扬雄对待西王母和宓妃的态度完全不同,褒扬西王母,而贬低宓妃。因为西王母为天子祝寿,能够以精深的道德之旨与神灵同趣,并咨询于神灵,可是在传说中宓妃缺乏的正是道德涵养,所以宓妃和玉女都得退下,玉女不能眺送秋波,宓妃也没能舒展美丽的眉毛,显然宓妃与玉女的美貌在道德为重的语境中失去了原有的光彩,无美可言,扬雄用“却”字表达出对宓妃的轻视。扬雄在《羽猎赋》中甚至提出“鞭洛水之宓妃,饷屈原与彭胥”。① 宓妃成为与作者尊敬的屈原、彭咸、伍子胥等人相反的形象,一个“鞭”字表现出扬雄对宓妃反感与斥责。在扬雄之后东汉张衡亦论及宓妃,《思玄赋》有言:“载太华之玉女兮,召洛浦之宓妃……虽色艳而赂美兮,志浩荡而不嘉。”②

在张衡看来,宓妃与玉女娇媚、艳丽,但是自己志存高远不为之动,因此佳人的美丽也只能落得被冷落的下场。

魏晋之后随着社会的发展以及玄学、佛学等注重人主观精神思想的兴盛,人们对主体的情感、自由、个性逐渐开始自觉,因而宓妃的形象在文学作品中也发生了很大的变化。曹植的《洛神赋》是“感宋玉对楚王说神女之事,遂作斯赋”,此赋在人性自觉的历史语境中塑造的洛神形象,以前世文学为基础,改变了传统宓妃形象的内涵,在我国古代文学中血肉丰满、熠熠生辉。具体包括如下几个方面:

其一,曹植笔下的洛神,其美具有丰富生动的内涵。先秦两汉文学中洛神的美貌只限于简单词语的描述,而在曹植的《洛神赋》中,这些词语的概括意义已经转化为栩栩如生的形象。如屈原描述洛神的“信美”、张衡中描述的“色艳”,而在曹植《洛神赋》中都表现为外形、仪态、容貌、服饰、神情动作以及品格,等等。如洛神的外形“翩若惊鸿,婉若游龙”,洛神的容貌“荣曜秋菊,华茂春松”,洛神的服饰“奇服旷世,骨象应图”,洛神的神情“远而望之,皎若太阳升朝霞。迫而察之,灼若芙蕖出渌波”,作者用一系列美妙动人的比喻,表现出洛神那轻捷柔婉的动态和娴静庄重的静态之美,并以“鸿”、“龙”、“太阳”、“朝霞”、“芙蕖”、“渌波”等具象的喻体将洛神存在于先前文学中的抽象之美具象化,又以秋菊、春松作比,将洛神无形的高贵仪态与高尚

① 扬雄:《甘泉赋》,见张启成、徐达《汉赋今译》,贵阳:贵州人民出版社 2001 年版,第 316 页。
② 张衡:《思玄赋》,见张启成、徐达《汉赋今译》,贵阳:贵州人民出版社 2001 年版,第 440 页。

品格有形化，洛神经过曹植的创造已经完全被形象化，其美所在也由先秦两汉的概念转变为栩栩如生的具体内容。

其二，洛神由神灵而成为可亲近的对象。在上古传说以及先秦两汉的文学作品中，洛神是天上的女神，在《洛神赋》中，曹植受宋玉《神女赋》创作的启发，将这位女神引入人间，叙述的是洛神在洛水河边与人之间的故事，因此洛神就不再是先前文学作品中描述的那个天上神灵的形象，她有人的外形、美貌、情感、品德，与人同形同性，对人有着爱慕之情，也是人倾慕的对象，和人心心相印、恋恋不舍，洛神从天上走近人间，俨然已经从女神变为神女，成为人可见可感的一个美的形象。

其三，洛神形象富含深刻的人性内涵。先秦两汉作品中的洛神大多因执着于自我情感与个性而违背了儒家之“礼”，从而成为批评的对象。在《洛神赋》中，曹植并不否定“礼”与美之间的关系，曹植描绘洛神的美其中就有：“嗟佳人之信修兮，羌习礼而明诗。”他也认为守礼是一种美德，在“我”看来，洛神的美好，就包括明礼义又善言辞，懂“礼”是洛神之美的具体体现，但是，洛神之美的主体构成不是体现为她守礼，而是她的人性内涵，她有人的美貌和情感，有对情感的真诚，和爱情失落时的惆怅。显然在曹植笔下，是否守“礼”已经不是构成洛神之美的主要内容，相反洛神信守的人神之“礼”却是情感惆怅，爱情失落的根本原因，所以作者说“恨人神之道殊兮，怨盛年之莫当”，现实的无形之“礼”在《洛神赋》中已经是划在洛神和作者美好情感之间的一条分界线，它清晰可见，体现了作者重人性而轻礼节的处世态度。

二、《洛神赋》的图像创作

由于曹植的艺术创新，洛神形象已经具有丰富的人性内涵，洛神从天上走近人间，从经学时代走入人性自觉的历史时期，她的形象栩栩如生，她具有人的美态与品格，她体现了魏晋时期人的自觉精神。正是因为曹植这样切合时代的继承与创新，洛神的形象才能既具有远古传说中的神秘，也富有人性的情志，并且成为日后文艺创作实践中不断表现的对象，其中图像艺术对洛神形象的创作集中地体现了曹植在洛神形象创作中的重要意义。图像艺术指的就是以构图、色彩、造型、空间、运动等图像符号作用于人视觉的艺术，它包括绘画、电影、电视以及以线性构图和动态空间为追求的书法等艺术。曹植的《洛神赋》成为图像世界《洛神图》创作的文本基础，陆机在《文赋》中有言:“宣物莫大于言,存形莫善于画。”①在魏晋时代,人们已经认识到以色彩、构图等形式进行表现的图像在表现形象中具有不可取代的价值和意义,曹植在《洛神赋》中对洛神的形象化创作无疑也拉近了图像艺术与洛神形象的距离,随后出现的顾恺之《洛神赋图》、传为陆探微的白描本《洛神赋图》、王羲之的楷书作品《洛神赋十三行》、李照道《洛神图》、北宋佚名《洛神赋图卷》、李公麟临《洛神赋图》、卫九鼎的《洛神图》、赵孟頫的行书作品《洛神赋》、仇英的《洛神图》、文徵明《洛神图》、董其昌行书《洛神赋十三行补》、唐寅《洛神图》、汪道昆的《洛水悲》插图、陈宝叔《洛神图》扇画、萧晨的《洛神图》扇画、任率英的年画《洛神》和京剧电影《洛神》、电视剧《洛神》等作品,这些作品中的图像创作无不与曹植《洛神赋》直接相关,见证了曹植《洛神赋》在“洛神”图像艺术创作中的重要意义,如下几个作品更是突出地显现了《洛神赋》中的洛神形象在不同图像符号的文图会通中的艺术演变,这些图像作品由于创作所处的时代不同,“洛神”图像的内涵和表现方式也有差异,形成了各具特点的文学与图像艺术的关系。

顾恺之的《洛神赋图》原作已佚,流传于世的是宋代的摹本,纵 27.1 厘米,横 572.8 厘米,北京故宫博物院藏。较早提及顾恺之与他创作《洛神赋图》的是宋代陈思编撰的《两宋名贤小集》,其后有宋代王铚撰写的《雪溪诗集》、明代茅维的《南阳名画表》和明代汪砢玉的《珊瑚网》。从前人的研究与描述来看,摹本接近顾恺之的真迹,体现了顾恺之创作的追求。顾恺之《洛神赋图》的创作是以曹植《洛神赋》的内容为主要依据,以藏于故宫的乾隆定本《洛神赋图》为例,可以看出曹植《洛神赋》对《洛神赋图》的影响。

首先,《洛神赋图》以卷轴连环的形式克服了图像艺术在表现时间中的局限,从而绘构了《洛神赋》叙述故事的时间过程。《洛神赋》第一部分描绘了主人公朝京归途至洛川看到洛神,画卷的第一部分以山坡的场景开始,清水涟涟,绿山环绕,一派生机盎然。主人头戴高帽被七八名侍从簇拥,在画面偏中位置占据了宽幅的三分之一,与洛神隔水相对,整个场面开阔自如,展现了《洛神赋》中男女主人公见面时的浪漫场景。曹植《洛神赋》第二部分描绘了洛神的美貌,画卷的第二、三部分绘构的就是洛神的美,画卷中洛神的身姿飘逸,她扭头回视于松菊之间,目光正与岸边主人公遥遥相对,再现

① 王伯敏:《画学集成·六朝—元》,石家庄:河北美术出版社 2002 年版,第 96 页。

了《洛神赋》中诗意浪漫的意境。在画卷的第三部分中出现了对洛神的特写式的描绘，特写中高高的发髻、飘动的裙裾、柔美的线条成为依据《洛神赋》中洛神动态美的具体表现。曹植《洛神赋》第三个部分细腻刻画了男女主人公的互相爱慕，画卷的第四个部分形象地刻画了他们心心相印的爱慕之情。《洛神赋》最后描绘了有情人不能相守的惆怅徘徊与流连忘返，画卷的第五部分绘构了男女主人公依依不舍的惆怅与伤感景象。总之，《洛神赋图卷》以卷轴绘画的"连环画"形式再现了《洛神赋》的内容，图像中的"洛神"也因此体现了《洛神赋》中的精神内涵，她美貌飘逸、多情守礼。

其次，创作者运用了创造性的手法与色彩、构图、光线等图像符号图像化的表现方式传达了《洛神赋》中语言富含的意义。如洛神在《洛神赋图》的轻捷飘逸之美，创作者以"春蚕吐丝"般的手法细致地刻画了这种美的状态，后人称这种技法为"高古游丝"描，这种表现方式对后世的中国画造型产生很大影响。在创作中，创作者为了突出《洛神赋》中语言传达的浪漫风格，图卷借用色彩、空间构图等加以体现，如在第一部分，为了突出洛水河边的浪漫场面，卷轴由下至上大片的空间都铺陈了悦目的绿色，绿山、绿树、绿草，剩下的空间则绘上几笔绿杨，作为山坡的远景，主人公与他的侍从立于画面的偏中位置，在他们之外的空间，绿色所占面积越来越大，视觉上感觉越来越浓，一派浪漫开阔的春天景象由此打开，很好地体现了《洛神赋》中语言传达的浪漫特点。在对人物的塑造中，色彩成为重要的表现元素，从画中可以看到人物衣着的色彩，其明暗程度具有较大差别，侍从以绿灰为主，而红色与黄色较亮的颜色则集中在主人公的衣着上，使得男女主人公从群像中能够突显出来，也能融入整体的绿色自然背景中，既突出了男女主人公的热情、浪漫情绪与情感，也营造了他们情绪与情感生成的美好氛围，很好地体现了《洛神赋》中自由和谐的感情力量。

顾恺之的《洛神赋图》以色彩、笔线、构图、空间等图像符号再现了曹植《洛神赋》的叙事内容，画作彰显了魏晋人性自觉时代人们对美好情感与个性的尊重，作品中洛神自由飘逸的身姿、宛若仙界的意境、男女主人公若即若离的关系以及众多神灵的形象见证了洛神形象中的神性特点，这一特点在同时代图像作品中多有体现，东晋王献之的《洛神赋十三行》就是一幅这样的作品。

东晋顾恺之《洛神赋图》(摹本)

《洛神赋十三行》是王献之传世的楷书作品，内容为曹植《洛神赋》中的一段，自“嬉”字起，至“飞”字止，共有二百三十四字。据载，其墨迹在宋代有两本，即晋麻笺本和唐硬黄本，后来两墨本均佚失而不知下落，仅留刻本传世，今只传宋人贾似道所刻的石本，共十三行，因石色如碧玉，世称“碧玉十三行”(见彩色插页)。《洛神赋十三行》作为书写《洛神赋》文字的书法作品，它书写的文字是言说《洛神赋》叙事内容的基本符号，书法中的结构、笔法也是传达意义和绘构图像的重要符号。例如《洛神赋十三行》的楷书结构有宽绰舒展，典雅大方的特点，小楷字偏小，笔画安排是传达意蕴的关键，王献之此帖，笔画粗细均匀而且变化不大，其目的就在于通过稳定且宽绰舒展的结体，给人以舒展明朗的图像感觉，从而通过收放自如，典雅大方的美感，体现《洛神赋》中男女主人公典雅美好的爱情。又如王献之《洛神赋十三行》，在笔法上的突出特点就是错落有致，笔势秀逸、自如，这种特点在作品中以图像的形式再现了《洛神赋》中洛神千娇百媚的姿态和男女主人公起伏跌宕的情感。因此可以说《洛神赋十三行》中书法的文字、结构、笔法、空间等形式，是模写和体现《洛神赋》内涵与洛神之美的重要符号，它们将洛神带进了一个新的图像世界，在这个新的艺术世界，洛神神性的飘逸自由成为图像符号表现的重要对象，因此可以说在王献之笔下《洛神赋》言说的是人与神的故事，洛神是具有神性的形象，但是唐代之后，在图像艺术创作中，这种创作倾向发生了变化。

《洛神图》是元代卫九鼎的绘画作品。从唐代开始，在《洛神赋》的研究中出现了李善关于《洛神赋》创作的注解：“魏东阿王汉末求甄逸女，既不遂，太祖回，与五官中郎将。植殊不平，昼思夜想，废寝与食。黄初中入朝，帝示植甄后玉镂金带枕，植见之，不觉泣下。时已为郭后谗死，帝意亦寻悟，因令太子留宴饮，仍以枕赍植。植还，度轘辕，少许时，将息洛水上，思甄后，忽见女来，自云：我本托心君王，其心不遂。此枕是我在家时从嫁，前与五官中郎将，今与君王。遂用枕席，欢情交集，岂常辞能具？为郭后以糠塞口，今被发，羞将此形貌重睹君王尔。言讫，遂不复见。所在遣人献珠于王，王答以玉佩。悲喜不能自胜，遂作《感甄赋》。后明帝见之，改为《洛神赋》。”[1]这就是著名的“感甄说”的始端，曹植个人的生活与情感经历因为李善关于“感甄说”的注解

① 萧统编、李善注《文选》第二册，上海：上海古籍出版社 1986 年版，第 895—896 页。

而被人们理解为《洛神赋》内容的一部分,洛神的形象也因为甄后而更加真实、生动。

卫九鼎的《洛神图》体现了人们在接受李善注解之后对《洛神赋》新的理解。画中有倪瓒的题诗:"凌波微步袜生尘,谁见当时窈窕身。能赋已输曹子建,善图唯数卫山人。云林子题卫明铉洛神图,戊申。"倪瓒认为,曹植能写出旷世名作是因为他见过洛神的"窈窕身",显然曹植见到的洛神只能是甄后,这显然是倪瓒对"感甄说"的想象与运用。卫九鼎的创作也明显受到"感甄说"的影响,画面以洛神转身回眸,衣带飘扬,神情婉转再现了《洛神赋》中洛神"翩若惊鸿,婉若游龙"的动态美,但是与顾恺之《洛神赋图》相比,卫九鼎《洛神图》的创作手法较为简洁,风格更为现实,虽然细腻地描绘了若隐若现绿色的山峦,并以此来衬托水面的开阔和浩渺,但是整体风格较为写实,创作中塑造的洛神如人间美女,真实、亲切。

《洛水悲》是明代剧作家汪道昆的杂剧,作品中有两幅插图。第一幅插图描绘的是,在烟波浩渺的洛水河畔,洛神凌波而立,身旁两位侍女捧百和香、持七宝扇,她们之间正在对话,图画的景象具体展现了《洛神赋》中洛神之翩若惊鸿,婉若游龙的美好形象。第二幅插图描绘的是男女主人公相见的场景,图中人物的神态、表情、姿势及周围场景等都皆具表现力,体现了《洛神赋》中男女主人公的情感缠绵与惆怅。这两幅插图和前世洛神图像相比最大的不同就是洛神已走出水面,能够壁厢立地,洛神图像已经显现出世俗化特点。如果说在图像世界是因为顾恺之的《洛神赋图》的创作,洛神从仙界来到凡界,那么是因为这两幅插图,洛神从洛水河畔走进了人间的生活。

《洛神图》扇画多人创作过,其中清代萧晨《洛神图》扇画的艺术性较强(见彩色插页,设色,纸本,纵 18.8 厘米,横 53.5 厘米)。画图以细笔淡墨勾画晕染出烟波浩渺的水面之上洛神风姿飘摇,凌波而行,体现了《洛神赋》语言中传达的洛神轻盈和飘逸之美。人物几乎全以白描手法绘构,只略以艳色点染,色彩对比之间感性地传达出《洛神赋》中洛神形象的清新与灵动。画中流畅宛转线条营构的空静幽远的意境隐露出落寞哀怨的情感,具体地表现了《洛神赋》中有情人不能厮守的惆怅。画中意境空灵、洛神形象飘飘如仙,寄寓了创作者多情浪漫的思绪与惆怅飘逸的怀古情调,体现了清代时期,《洛神赋》在被世俗化理解中的另一种接受与展示,这种创作倾向,在当代图像艺术创作中依然存在。

《洛神赋》到了当代图像演绎比较有代表性的则是京剧大师梅兰芳在1955年主演了京剧电影中的洛神角色。当时，姜妙香饰演曹子建。电影《洛神》从李善注解的“帝示植甄后玉镂金带枕”开始，展现了诗人曹植前往京都拜见其兄曹丕，曹丕赐他以玉缕金带枕，归途宿于洛川驿中，有神女示梦，自称宓妃，嘱咐曹植明日赴洛川一会，曹如约前往，湘水神妃引他与宓妃相会，宓妃告诉曹植与之有前缘，曹植与宓妃虽然彼此心心相印但最终还是互通款曲，依依道别。显然电影《洛神》的故事源自《洛神赋》与李善的《文选》注本，在表演中梅兰芳改变了京剧旦角传统的化装方法，扮相妩媚高雅，楚楚动人，并以如行云流水、倏忽万变的舞蹈语言表现了《洛神赋》中洛神的轻盈优雅的体态，洛神之美在电影动态摄影和开放自由的图像中得到动态化的呈现，人物的台词更是与《洛神赋》直接呼应，如洛神有段台词：“翩若惊鸿来照影，宛如神龙戏水滨。徙倚彷徨行无定，看神光离合乍阳阴。”原意就是来自《洛神赋》的内容。因此，可以说在电影《洛神》中，源自《洛神赋》的台词与尊重《洛神赋》艺术美感的扮相、表演、摄影共同演绎了当代图像世界洛神的形象。镜头之中的洛神，她时而自由飘逸，宛如天仙，她时而惆怅不安，形同人间女子，这体现了当代图像创作者对《洛神赋》的人性与神性内涵的兼容性理解。

正是在上述文图创作中，《洛神赋》与《洛神赋》图共同演绎了人神相爱不能相守的凄美故事，塑造了飘逸娴静、楚楚动人的洛神形象，文学语言与图像符号也在互为观照的融通性创作中体现了不同时代创作者对洛神的理解与感受。文学作品的内容在图像世界中被场景化，《洛神赋》中描述的男女主人公相见到分别的过程在场景化的图像符号中得到清楚的展示；人物形象被具象化，在《洛神赋》中需要借助读者想象而生成的男女主人公形象在《洛神赋》图像作品中清晰可见，其富含的美貌、美态，人物的性格与情致也在人与人的关系、人与物的关系、人物动作、人物表情中表现了出来；情感与思绪被空

1955年电影《洛神》剧照，梅兰芳饰演洛神

间化,《洛神赋》中诗性浪漫的惊喜、忘我、痴迷、心心相印、依依不舍的情思在《洛神赋》图像作品中的远近、高低、大小差异的景别空间中释放着可感可知的力量,给人以美与启发。《洛神赋》正是在这样的文-图的图文演绎中成为名作、名篇。

作者简介

王怀平(1968—),女,安徽巢湖人。安徽财经大学文学与艺术传媒学院中文系副教授,南京大学文学院2010级文艺学专业博士研究生。主要研究方向:文学与图像艺术批评。

京官雅集观念的嬗变及其雅集图

张高元

摘要:京官雅集是明人雅集的形式之一,雅集产生了雅集图和雅集文学。雅集文学反映了雅集观念的变化:雅集形象是国家道德形象的象征,雅集形象是历时抒情空间的再现,雅集形象是自我形象的观照和与先贤同构的历时定位。雅集图对雅集观念的实现主要是通过选取简练场景,采用线性前景空间描绘雅集参与者的肖像,引用典故,将历时想象与当下雅集结合,形成视觉和语言的共同体,实现现实生活与理想生活的当下统一。

关键词:雅集图　雅集观念　肖像象征　历时空间

雅集具有悠久的历史,三国的曹植就在西园邀集文人,苏轼、王铣等名流经常集会,白居易致仕后与诸老游戏洛中,宋代杜衍、毕世长等致仕后,退居睢阳(即今河南商丘),为五老会。这期间,产生了大量文艺作品,其中以宋人的《西园雅集图》和《睢阳五老图》最具代表性。前者通过典型场景再现文人雅集活动,后者通过人物肖像塑造了致仕官员严肃儒雅的形象,开启了后世雅集图的两种范式:以场景描写为主,以切磋文艺为目的的文人雅集和以肖像再现为主,以公暇休闲为目的的官员雅集。

明代社会历经太祖、高祖之后,形成了统一安定的局面,尤其是宣德、成化、弘治期间,国家安定繁荣,读书人或出仕,或隐居在家,官场山林界限明确,雅集活动主要在官员宅邸和隐士山房间举行。从雅集的地点和人物来看,官员雅集主要集中在翰林院,不管是明代初期的杏园雅集,还是中期吴宽、倪岳等人进行的雅集,都可以看出雅集是官场生活的一部分。雅集的重点不在文图活动本身的艺术性,而在文图活动的纪实性、可视性和观念性,即雅集活动作为可以观看的图像资料和它传达的观念才是他们真正期待获得的成果,所以他们一再强调其图像草草留影,不计工拙,其诗文是为了图写盛世,表彰令德。并且,明初绘制京官闲暇雅集的画家主要是宫廷画家,他们要参照翰林们的观念来绘制图像,画家的附属地位使得画作的象征性寓意胜于艺术性表现。而隐居雅集则主要集中在山林,是具有隐逸身份的艺术家、诗人进行的活动,比如沈周的有竹居雅集,文徵明的园林雅集,这一部分雅集主要秉承元末雅集传统并将元末绘画精神阐述为清雅与士气,使之与俗气的匠画分离。所以,参与隐逸文人的雅集成为高雅艺人的象征,而雅集中艺术创作本身成为高雅艺术产生的标志,其艺术观念更是艺术品格的评价标准。雅集活动以文人交游、切磋艺术思想、即兴创作为主要内容,是艺术活动的典型环境,也是文图结合的自觉形式。虽然当时产生的文艺作品并不一定具有很高的价值,但是文艺活动本身成为典型创作素材,催生了大量的文艺作品,比如沈周《魏园雅集图》、文徵明《惠山茶会图》,并且这一部分作品本身反过来又具有象征隐逸品格、艺术高雅性和独立性的作用,所以是艺术家关注的重点。虽然如此,明代雅集的共同特性也比较明显:雅集在于表达观念。明人的观念意识非常强,明人的观念来自对前人的解读与改造,这在明代文艺领域中的复古思想可见一斑。明人在解读前代雅集图时,一方面,不断地把这种观念用于自我再现,力图与古人同构,形成想象的共同体。另一方面,明人却在不断地改变传统,表达新的观念,如巫鸿所说:“复古正是由其变化多端却又不断重复的观念、形式及语境所定义的。”[①]复古必然与创新并存。不过,具体到雅集来说,官员闲暇雅集和文人隐逸雅集传承的观念是不同的,前者立足于官方意识形态,再现官员的生活情态与树立可视的礼仪典范密不可分,后者侧重于隐居中自我身心的自适自在以及情感抒发。

根据记载,明代翰林闲暇雅集活动很多,流传下来的作品主要有《杏园雅集图》、《甲申十同年图》、《五同会图》与《竹园寿集图》。本文就以这些作品为例来分析明代京官闲暇雅集的文学与图像的关系。

一、雅集观念三变

明人官员闲暇雅集模式是京官们聚集在某官的私家园林里诗酒歌咏、丝竹清谈,然后请宫廷画家绘制图像,以资纪念。宫廷画家参与雅集活动,然后画下雅集盛况,官员们创作诗歌、序文以说明此次雅集的目的、内容以及意义。所以,基本上文图并行产生。宫廷画家的学识不及翰林们,宫廷画

① [美]巫鸿:《时空中的美术》,北京:三联出版社 2009 年版,第 4 页。

家的创作重点不在于通过雅集表达自身的观念，而在于如何改造已有的雅集图式来切合翰林们的雅集观念。所以，雅集图是观念先行的艺术创作活动。考察雅集图中的诗文会发现，明代京官们的雅集观念在变化：再现具有象征意义的箴戒闲适，抒写沧桑变化的情感空间，将同僚的高尚德行与先贤的业绩并题，来实现自我与先贤的同构。当然，考察明人雅集图绘会发现，还有不变的成分：力图把官员们的肖像表现在线性的前景空间上，突出其相对静态官服形象，传达某种或隐或显的示范意义，而这些又与参与者的雅集观念形成了或隐或显的呼应关系，反映官员雅集观念的多维性和暧昧性，所以，明代京官雅集图合文人趣味与肖像展示为一体。

第一，杏园雅集的观念：象征仪范的形象

三杨的杏园雅集与《杏园雅集图》开明人翰林雅集的先河，并成为典范。此次雅集是在继承西园雅集、香山九老集会、睢阳五老会精神的基础上展开的一次翰林雅集。其文艺活动、组织目的和图文结合的文艺形式都具有标志性，在整个明代官员心中引起了共鸣，并且在此后引起了源源不断的回响。

《杏园雅集图》杨荣后序说："正统二年丁巳春三月朔，适休暇之晨，馆阁诸公过予，因延于所居之杏园，永嘉谢君庭循旅寓伊迩，亦适来会。时春景澄明，惠风和畅，华卉竞秀。芳香袭人，觞酌序行，琴咏间作，群情萧散，衎然而乐。谢君精绘事，遂用着色写同会诸公及当时景物。"[①]可知杏园雅集是十位翰林惠风三月在杨士奇府邸举行的雅集。这场雅集的目的有三个方面：从个人身心来说，"劳息张弛之宜，则虽古之人有所不废"，[②]所以翰林们在夙兴夜寐的操劳后，邀集"意气相投"的同志"联镖越闾闬"、"萧爽坐林馆"，[③]是一张一弛的体现。从流芳美名来说，香山九老，洛中十二耆英致仕后逍遥林下的故事至今传为美谈，而"考其实，爵位履历，非同出一时，联事一司"(《杏园雅集图后序》)。意思说，香山九老与洛中十二耆英是后人附会的故事，是文人的理想而不是事实，而三杨则是同时同朝举行的雅集，真实性更加可靠，更值得传为美谈。就为国家履行责任来说，"海内宴安，民物康阜，而近职朔望，休沐，聿循旧章。予数人者，得遂其所适，是皆皇上之赐"(《杏园雅集图后序》)，所以歌颂

① 杨荣：《文敏集》，台湾商务影印文渊阁四库本 1240 册，卷 14，第 204 页。
② 杨士奇：《东里续集》，文渊阁四库补配文津阁四库本，卷 15。
③ 杨士奇：《东里续集》，卷 56。

和图记太平盛世是他们对皇上恩赐的感谢和应尽责任。“合欢情所洽，辅仁道攸赞。各期励乃修，庶用表桢干。”（杨士奇《杏园雅集》）大家在一起畅情切磋，可以互相勉励，辅助仁道，更好为国家效力。还可以“因宴乐而戒怠荒”（《杏园雅集图后序》），勉励自己和同仁，不要因欢乐而懈怠，而要更加努力为政。就树立典范来说，翰林们绳勉文翰，必须树立规范的文风，这通过他们质朴的文字和对道德的强调可以体现出来。如杨士奇说：“主宾相和敬，济济圭璋粲。清言发至义，连续如珠贯。雅韵含宫商，高怀薄云汉。”（杨士奇《杏园雅集》）直接叙述行酒、清谈、听曲，而没有对美丽的园林加以渲染。而其他几个翰林的文章也是非常质朴，对美丽的园林多关注其惠风、鸟喧等景色，这些意象虽然效仿兰亭，却蒙上了一层《诗经》味道。翰林们的品德与外在形象同样也要为官员们提供典范。前序说：“备菁莪之仪，洽台莱之意”（《杏园雅集序》）。《诗・小雅・菁菁者莪序》：“菁菁者莪，乐育材也。君子能长育人材，则天下喜乐之矣。”[①]翰林们要具备“菁莪”的仪范，要展示自己作为人才的培养者和领导者应该具有的典范形象，而图形就非常好地达到这个目的。翰林们作为国家重要人才也要保持高尚的品德和符合礼仪的节操。所谓“于于衣冠之聚，皆羔羊之大夫”（《杏园雅集序》）。《诗・召南・羔羊序》：“羔羊，鹊巢之功致也。召南之国，化文王之政，在位皆节俭正直，德如羔羊也。”[②]衣冠之聚会都是有德行而节俭的士大夫，进退有节，彬彬有礼。这一点通过他们的肖像和节制的行动表现得非常清楚。可见，这一场雅集意义非常重大，与其是说是一场雅集，不如说是京官如何休闲的示范，处处弥漫着严格的礼仪意识和典范展示的意味，尤其是利用《诗经》中《小雅》与《召南》的典故将兰亭的轻松玄虚文人丝竹氛围改换为典正肃穆的庙堂雅乐气息，这又与《诗经》的歌唱特性暧昧地交缠在一起，令人不得不遐想，他们听的乐曲是否就是《诗经》的乐曲呢？[③]

第二，翰林同年会记与甲申十同年会：历时的抒情空间

正如三杨自己期望，杏园雅集果然成为后世典范，被不断观看和摹写，

---

① 阮元：《十三经注疏・毛诗正义》，北京：北京大学出版社 1999 年版，第 83 页。

② 同上，第 628 页。

③ 关于这种转化，有学者已经有研究，如付阳华《由文人雅集图向官员雅集图的成功转换——析明代〈杏园雅集图〉中的转换元素》，《美术》2010 年第 10 期。关于是否歌诗，有待考证，据《玉堂逸音——杏园雅集图一卷考析》附录诗歌，中有“再饮歌伐木”，“载歌蟋蟀诗”。

1477年倪岳的《翰林同年会图记》(不存),1499年的《竹园寿集图》、1503年的《甲申十同年图》和1502年的《五同会图》都是以杏园雅集为榜样,绘制而成。不过随着举行雅集的人物变化,其观念也在悄悄转变。

倪岳《翰林同年会图记》详细记载了此次雅集活动:“时予辈同年之士之在翰林者,离合之余,始获萃处京师……闻滇南高司训雅善绘事,乃于是岁十二月二日谨治具予家,折柬以速。诸君次第毕至。即席,请如故事,命高为诸君写小像为图,各赋诗于其后,卷成而予归。”[①]“如故事”即如杏园雅集故事来绘像,而其内容也极力模仿杏园雅集,如执笔书写、鼓琴与听琴、展卷联观、徐徐而来者。从题诗和序文来看,此次雅集的变化非常明显。倪岳诗云:

> 忆归鳌禁直,爱说杏园图。(时因举三杨诸先生《杏园雅集图》以为之倡)诸老留遗事,中朝仰盛谟。文章臻道妙,勋烈应时须。允矣推先达,因之启后涂。倾心瞻斗岳,拭目见眉须。旷邈宜重续,招邀不再呼。会当清燕合,身及太平娱。高节偏怡晚,深期直过晡。香山藉居易,洛社重宽夫。江右来三俊(明仲、曰川、敷五皆江右人),吴中得二儒(亨父、鼎仪皆吴人)。玄晖才更逸(鸣治),原甫志非迂(尚质)。独贡荆山璞(宾之),连收闽海珠(师召、汝贤皆闽人)。洋洋怀泌水(孟阳),落落耻齐竽。调律夔音协,封山舜业符。(是会凡十二人)奇逢如有待,雅集幸无渝。诗话呈新草,歌词据槁梧。永怀兰在室,尽醉酒盈壶。点染争毫末,观瞻动座隅。丹青差可托,卷帙自应俱。翠竹鸾仪整,苍松鹤骨癯。何劳问工拙,聊足记形模。异产关河隔,同升雨露濡。论交千古尚,投分寸诚孚。艺苑联珂入,经帷接佩趋。冰衔今岂远,天路昔非殊。礼法从容地,才猷次第摅。正缘师孔孟,端合谢轩虞。张弛遵前轨,荒凉愧此区。流传从竹帛,想念在桑榆。厚意知堪信,芜言恐未愚。[②]

可见,此次雅集从道德仪范转向雅集活动描绘、人物的情感表达。雅集的目的在于娱乐自身,彰显自我。首先,倪岳把三杨等人的高风亮节、文章

---

① 倪岳《翰林同年会图记》,《青溪漫稿》,卷16,清武林往哲遗著本。
② 同上,卷3,清武林往哲遗著本。

雅道与勋业圣谟作为歌颂的要点,已经把作为国家形象的官员、立志为国家尽职的三杨从为娱乐辩护的谨慎肃穆形象中带出来,直接歌颂人才的杰出,肯定先贤才能;并且认为推崇先贤是为了启发后人,把自己的雅集同僚比附于香山九老,认为他们是俊杰儒者、海上明珠,具有朴质而颖锐的品格,立志建立功勋。所以,雅集由形象展示变成了自我讴歌,雅集的作用在于知音相赏,表彰人品。

其次,这次雅集的重点从三杨象征性娱乐和简单歌咏盛世转变为诗文切磋、品画和书法学习的欢乐氛围。他们主动交换新作,咏诵新词。当场挥毫,倾动邻座。兰室咏怀,醉酒尽欢。与钱习礼的"倾座聆清言","旨酒盈华尊"①相比,整个雅集场面简直就是一次狂放的文会,让人不禁想起西园雅集中东坡、米芾挥毫的瞬间豪情。在三杨那里,诗歌不计工拙,三杨渴望流传下来的是盛世故事,而倪岳的集会上,翰林们希望丹青将他们的文艺流传下去,所以他们对文学的艺术价值有要求,尤其是李东阳作为文坛领袖,经常在唱和中磨练诗艺。品玩字画是明人雅集活动非常重要的内容,相对于三杨点到即止的品玩,李东阳确实沉浸其中,并且还教儿辈参与其中,暗示了雅集是师傅、弟子同时登场,切磋艺术与诗文的场所。这正是吴中雅集的一个特色。对礼仪也变得比较宽容。杨荣后序说翰林们"衣冠伟然",王英说"既醉礼尤肃",周述说"雅咏足怡性"。倪岳的集会虽然看不见人物形象,但是从从容礼法、醉酒尽欢、倾动邻座可以看出,他们要轻松很多。

第三,雅集活动表达的情感和效仿文体的变化也非常明显。三杨通过暮春景物描写、循序琴觞来表达闲适的快乐,倪岳则说到兰室咏怀、翠竹、苍松、瘦鹤这些比较孤高的意象,来暗暗表达他们的文人品格。李东阳的诗歌则集中表达了心中蟠结的情感,并引入私人恩怨将个人情绪宣泄无遗。李东阳效仿韩体,以"时"为韵,从过去、现在、将来三个层面来感慨人生多变和友谊的珍贵:

南宫同甲第,翰署同文词。功业复同志,希皋慕龙夔。官曹有燕会,亦以存箴规。唯君与张子,前后伤分睽。归衢振天翮,鵷凤已满

① 转引李若晴:《玉堂遗音:〈杏园雅集图〉卷考析》附录,《美术学报》2010年第4期。

池。尔来又十载，欻见星霜驰。……中披见肝胆，外枿无藩篱。我怀久屈郁，如以结就觿。如鹰掣条旋，如骥辞衔羁。又若万里冰，流飙荡空澌。经冬抱深癖，不得窥檐楣。咫尺乃如此，况居天一涯。开图见诸老，云是先朝遗。三杨二王辈，风采犹当时。我初敛容立，已乃再拜之。感今复怀旧，欢乐无易兹。君生在单阏，我岁一纪差。佳儿胜冠带，字画解倔奇。人言颇类我，我书讵宜师。渠自有父风，外人那得知。尔曹已少壮，我岂犹童儿。从此老铅椠，虚名竟何施。不如且饮酒，我饮不满卮。初心抱虚警，筋力当及斯。前贤勿复道，恐为尔辈嗤。①

他回忆了登科之时，同年们怀着同样的志向在翰署工作，举行雅集的情况，以及同年之间分歧，多年之后相见，披肝沥胆的真诚。更非常传神地描绘了自己郁结的心灵，说到年齿已老，空怀虚名，儿孙长大，学业已继父志，我辈只好饮酒，不敢道前贤，以防被耻笑。这简直就是知心朋友伤老感时的殷殷私语，非常巧妙地抓住了“时变”在他们心灵引起的复杂情绪。

其实，从选择韩愈“园林穷胜事，钟鼓乐清时”②(《奉和仆射裴相公感恩言志》)分韵，可以看出李东阳等人对雅集看法的变化和唱和诗歌格调的变化。三杨诗歌非常质朴直白，尤其是对《诗经》的引用，更显示了他们推崇诗歌的道德内容，而李东阳的诗歌则极尽铺张来描写自己的郁结心情，显得奇宕诡丽，基本符合韩体风格。其实，韩愈此诗写作背景是裴度左迁仆射，言志感恩，韩愈和其诗，勉励他与范蠡一样，功成身退，雕琢小诗。而倪岳此次集会也是在倪岳将归家丁外艰的情况下开展的，是暂时退隐的表现。可见，诗风和参与人境遇的改变，说明了雅集性质由展示形象变成了抒写心情。雅集的目的不仅是畅适心情，更具有送行意味。倪岳说：“时予辈同年之士之在翰林者，离合之余，始获萃处京师，而予复将有归省之举……归未几时而存亡去住之感交错于前者多矣。”③可见，翰林们东奔西走，仓促集会，伤感

---

① 李东阳：《李东阳集》，长沙：岳麓书社 1984 年版，第 140—141 页。

② 诗云：“文武成功后，居为百辟师。林园穷胜事，钟鼓乐清时。罢落遗高论，雕镌出小诗。自然无不可，范蠡尔其谁?”见屈守元主编：《韩愈全集校注》，成都：四川大学出版社 1996 年版，第870 页。

③ 倪岳《翰林同年会图记》，《青溪漫稿》，卷 16，清武林往哲遗著本。

情绪比较浓烈,雅集图的目的不再是交付子孙收藏,以便瞻仰,而是宽慰桑榆之年的遐思。简言之,雅集从面向公众的形象塑造变成了面向知音的情感抒写,其中悲欢离合的情感动荡增加。

《翰林同年会图记》中诗歌的情感表达是基于人物品格的个人化表达,而甲申十同年会与五同会则形成集体时间回溯与同构意识。处于集体中的情感表达比较温和朦胧,却共同营造历时性心理空间。甲申同年会由明朝甲申(1467)科进士组成。王世贞在《甲申十同年图跋》中说:"明兴人才之盛独称孝庙时,而孝庙诸大臣又独称甲申成进士者。中间如刘忠宣、戴恭简、李文正、谢文肃、王襄敏及庄懿公,皆扬历中外,位承弼著,笃斐声,其他类亦廉洁好修之士……以香山洛社之耆俊不在野而在朝,固可以仰窥孝庙如神之智,其一时景物光彩为人所艳羡而不可得者,仅此图在览之。"[①]可见,甲申科的进士人才济济,他们定期举行聚会,修同年之好。谢铎《病中不及预同年会柬席上诸公》说:"三百人中今十人,回头二十七年春。蘧蘧枕畔梦未觉,落落天边星已晨。病来苦恨路歧隔,欢在且教樽酒频。勋名镜里各自爱,莫问谁家发似银。"[②]刘大夏在《题同年卷次诸公韵卷有序乃西涯阁老所撰》"晓露晨星尚十人"[③]中表达了随着时光流逝,同年们年华已去,勋业不再的感慨。其中最出名的一次是《甲申十同年图》。根据李东阳的序言,此次聚会在闵珪家举行,由画师绘像,其后为七律唱和诗,共18首,每人或两首,或一首,唯李东阳三首。李东阳序言从物情齐与不齐的角度交代了与会者的年龄、相貌,聚会目的和聚会的缘由:

> 物之不齐,物之情也。十者数之成而亦数之渐,以吾十人者得之于四十年之余,良不为少,然以二百五十人者而不能二十之一,则谓之多亦不可也。以年论之,闵公年七十有四,张公少二岁……且以地以姓论之,无一同者,以官则六部之与都察院其署与职亦莫能以皆同,盖所谓不齐者如此。然摅志效力,各执其事,以赞扬政化、期弼天下於熙平之

---

① 王世贞:《弇山四部稿》129卷,明万历刻本。

② 曹学佺编:《石仓历代诗选》,卷395,文渊阁补配文津阁四库本。

③ 刘大夏:《刘忠宣公遗留》,卷3,清光绪元年刘乙燃刻本。

域，则未始不同。[①]

不齐者是寿命有短长、年齿有先后，地域、姓氏以及官职各不相同，而齐者即各尽其职，辅弼朝政，以达到天下太平。李东阳力图泯灭不齐，而从齐处寻求共鸣，可见“同”在于他们心中的地位非常重要，而心理之“同”可以再现于绘画之空间。或许，翰林们正是在画中见出了心理之同，才欣然图写和赏玩自我。也因为求同，李东阳否定了“时考而世讲”的制造故事和播扬美名的聚会目的，认为诗歌不是香山与五老的致仕闲适小诗，而是国吏的“思职勤事”的和平充裕之诗，其作用在于功成身退后“寄情寓意”，以拟想太平盛世气象。但是从诗歌内容来看，诗人们带入时光流逝和世事沧桑的惆怅以及对交谊的笃信和珍惜。刘大夏《题同年卷次诸公韵，卷有序乃西涯阁老所撰》云：

蚤年汇进晚相亲，晓露晨星尚十人。许国共怜青眼旧，论交谁谓白头新。极知文盛曾唐宋，敢说科名又甲申。珍重少年黄阁老，挥毫摹写意殊真。

瘴雨蛮烟忆岭南，偶来今日共清醺。榜中人物刚逢十，图内分曹且列三。心尚古人思后乐，身从剧地抱中惭。白头重会应谁健，世务还能扪虱谈。[②]

甲申科取士 250 人，可谓人才汇进，而今剩下的却只有 10 个人，寥若晨星。青眼相怜，白头论交，此时此地，一切均是笑谈。可见他们心中雅集的时间意识已经由三杨从古到今的线性时空变成了以今忆往的同构时空。前者目的在于攀比、表现、展示、自足，通过象征叙事来传达意义，后者的目的在于体验、叙说、冥想、回忆，通过抒情性的同构时空确认存在的历时与当下合一，这也是中国抒情文学怀古意识的反映。这种时空同构在《五同会图》（绢本设色，纵 41 cm，横 181 cm，局部图见彩色插页）中强调得更加明显，但是也稍有变化，主要表现为对当时之同的强调。五同会由吴宽、李杰、陈璚、

① 董斯张：《吴兴艺文补》，卷 31，崇祯六年刻本。
② 刘大夏：《刘忠宣公遗留》，卷 3，清光绪元年刘乙燃刻本。

王鏊、吴洪组成,所谓五同是指“同时也,同乡也,同朝也,而又同志也,同道也,因名之曰五同会,亦曰同会者五人耳”。他们在公暇常常举行聚会,“坐以齿定,谈以音谐,以正道相责望,以疑义相辨析。兴之所至,即形于咏歌;事之所感,每发于议论,庶几古所谓莫逆者也。”①《五同会图》是在吴宽家举行的一次聚会,也是五位同仁在北京的最后一次聚会,其中流露出此时此地之同构非常明显。吴宽《五同会》云:“日高连步出金闺,乡里衣冠比聚奎。已幸容予为五一,不劳邀客向东西。古人事例□真率,流俗杯盘□整齐。”②通过闲适的聚会,诗人展现了同心相惜的归宿感,而归宿是不同于个人情感外向抒发的另一种情感表达,此种表达所要寻找的是共同体,是情感向空间的漫溢,从而营造某种氛围。所以吴宽回到了三杨的当下性,改造了三杨的象征性,而寻找一个情感团体,将情感融入其中,成为一种情境。

第三,竹园寿集:个人功业和才能的肯定

1499年吴宽倡导主持了竹园寿集,目的在于庆祝吏部尚书屠滽、户部尚书周经、右御史侣钟三人六十大寿。据吴宽记载,此次聚会有十人参加,以写诗为主要活动,写诗形式有唱和和集古句,内容基本是祝寿,成果丰富,“有寿章以来亦无若此盛者”③。此次雅集继承了翰林同年会雅集写诗传统和对人物功业的肯定,但是重点不在对自身品格的肯定,而在对自身奋斗的肯定。吴宽的寿集序中,着重写到三公福禄来自早年刻苦学业而登科,经过考察,并累建劳绩才得以登大僚。直接颂扬他们为国家选拔人才,储蓄国资,表率群吏,振扬风纪的杰出贡献。最后,三公福禄来自盛世天子的提拔。总之,三公福禄荣耀来自个人经过国家逐层考核和自己为国尽职,才获得如此殊荣,充分肯定了个人奋斗的重要性。

从竹园雅集中诗歌内容亦可以看出,诗歌情绪由伤时感事转变为平和清真。除了集古句外,两组唱和诗歌以“真”和“垠”为韵,表达他们真诚的祝福和自然平和的真意。其中“垠”韵,赞颂了三寿星“辅翊明皇安九垠”,德行照耀八垠,表达了再造兰亭风流和逍遥山间、“归钓五湖垠”的美好愿望。其中“真”韵,则流露了“樽前漏性真”④,真诚颂扬了三寿星的功业,赞赏了他们

---

① 吴宽:《匏翁家藏集》,卷44,四部丛刊景明正德本。

② 同上,卷30。

③ 同上,卷44,四部丛刊景明正德本。

④ 引自版画《二园图》中《竹园寿集图》题跋。版画刻于1560年,美国国会图书馆藏善本。

堪比青竹的清真之美。这些情感从当时祝寿场景和人物身份出发自然而贴切，抹去了对道德和福禄的抽象强调，是情景交融的佳作。相对于三杨对园林环境的抽象描写，此次雅集诗中却多次用风竹、细雨、花香比兴，如“露下高松如细雨，风回修竹满清尘”，“阶翻夜合香飘席，窗绕筼筜净绝尘”，“漫听曲奏南飞鹤，笑看波扬东海尘”，来表达三位寿星高洁清真的品格和旷达的心境，也更加具有诗意。

竹园雅集诗歌中另一个特色是对自我形象的定位和与先贤同构。不管是在杏园雅集，还是翰林同年会中，参与者都没有思考自我形象，而在此处却出现了很多古人，如吴宽把寿星们比做“韩子立朝犹此秩”，司马光入真率会，“更待他年为此集，香山容我作刘真”。屠滽则比较历代同龄圣贤，说：“争如伯玉能希圣，徒仰宣尼善诱人。我已龙钟携短策，谁能矍铄净边尘。梦中曾学斑斓舞，惆怅醒来却不真。”根据文中自注，伯玉 60 岁化圣，孔子 65 岁教书育人，马援 62 岁征战武陵蛮，自己则渴望策杖乡里，穿莱衣娱乐双亲，做个狂客，在剡曲湖山等待季真。通过比较，可以看出屠滽的理想是归隐田间享受天伦，其人格大概是逍遥狂客。秦民悦则称赞三寿星“好学远宗东鲁叟，豪吟近逼盛唐人”。这些人物功业显赫、才情横溢、闲适真率，是他们理想的先师，引用他们的事迹说明了他们渴望与他们同一，这也反映在绘画中出现画图场景。

竹园雅集的变化主要表现在雅集以吟诗为主，目的在于表达真诚的祝福，通过比附先贤确定自己的人格形象，用平和的情感来颂扬三寿星卓越的功勋，肯定他们非凡的个人才能。相对于杏园雅集参与者代表的国家形象来说，竹园雅集和翰林同年会的参与者都走向自我的肯定与回归，前者积极肯定了个人功业，后者表达了对个人高洁品格的赞颂和人生不得意的感慨以及知音难赏的苦闷。前者的心态较为安适满足，后者则相对沉郁怅惘。从情感的大基调来说，竹园雅集对杏园雅集闲适格调有所回归，但是他们对先贤的理解已经不同。杏园雅集的参与者为了在事实上与先贤平等，他们侧重于炫耀同官禁署和参加雅集的荣耀，香山、五老更多是参照对象，而不是学习和品格比附的对象。竹园雅集的参与者却把先贤作为自己的理想对象，从心性和人品上比附他们，渴望获得他们的闲适与旷达，所以更侧重对自由和真情的回归，以及个人的审美形象的历史定位。

总之，就雅集的观念来说，杏园雅集是国家官员形象的象征，代表严肃的礼仪。翰林同年记与甲申十同年会目的在于抒发情感，竹园雅集目的在于颂扬个人才能和寻求历史同构。

二、雅集图对雅集观念的阐释

由于雅集观念先行和雅集图产生模式的特殊，雅集图是对雅集观念的阐释。但是图像如何表达观念，如何反映情感，以实现绘画和文字之间的互文性?

第一，《杏园雅集图》：肃穆的象征和欲望的延伸——肖像与器物

《杏园雅集图》现存两卷，绢本设色 37×401 cm，镇江市博物馆藏(局部图见彩色插页)。绢本设色 36.6×204.6 cm，美国新罕布什尔州翁万戈收藏(局部图见彩色插页)，此本丢失另一卷中的一个人物。[①] 两卷图均再现了徐步前来、石屏闲谈、品玩古画三个场景。但是画面内容和风格有些不同，镇江本谢环款步而来，四个仆人载礼物正经过园中小桥。周述、李时勉、陈循绕过古树前来。翁本中徐步前来的三人分开，变成一人笼手前来，两人缓步而来。镇江本杨士奇袖手端坐似乎正在与杨荣闲谈，王直笑对观众。翁本则三人在玲珑石下交谈。镇江本杨溥居中构思，王英侧身观看，钱习礼倚案前视，童子陆续搬来卷轴、纸张铺开，正准备品题。翁本则是童子挑高字画，三人欣赏。两本人物皆朝服端坐，但是翁本人物动作幅度明显较大。两本器物与童子的表现也有差异。镇江本石凳棋盘、几案、珊瑚枝、古器与书籍等器物基本上正面取景，具有链接空间的作用，而链接作用通过童子侍奉器物表现出来。翁本器物采取侧面表现、棱角分明、颜色浓艳，并且与主要人物处于“竞争”之中，加剧了画面的动态感。

这幅图如何表现雅集的观念呢?首先画家选取了来客、闲谈、品玩字画三个场面(图 1)，简约地表达了这场雅集活动的内容。其次，为了达到庄严肃穆的效果，画家通过幅度非常小的人物动作，刻意以一系列最具包蕴的瞬间来收敛人物的情感。同时，道具采取正面取景来化动为静，将向外彰显的活动转化为向内暗示的思想，这样有意识的消除画面的声音效果，以静默暗示庄严。再次，《杏园雅集图》的庄严象征形象是对《西园雅集图》转化的结果。

---

① 还有版画本，刻印于明代嘉靖年间，现藏美国国会图书馆，可能是后人根据《杏园雅集图》创作的版画作品，所以不看作《杏园雅集图》。

前者将米芾题壁转化为石屏下闲谈，方整的石屏掩盖了石壁岩层的棱角和传达的豪放情感，而人物坐在石屏或玲珑石下，与天子屏风相似，转化为权力的象征，而杨荣叙画的顺序也是从石屏开始，印合了画家与三杨对雅集象征的认同。前者将《西园雅集图》中李龙眠绘《归去来兮辞》场景和坡公题写的场景转化为看画与卷轴陆续搬来的场景，有意识淡化"画中画"的隐逸思想，传达出"香山洛社之耆俊不在野而在朝"（王世贞语）的品题闲适。《杏园雅集图》对前景空间重视和线性安排人物的方式也是绘画象征的重要方面。《西园雅集图》的纵深空间可以将人的视线推向远方，从心理上力图模拟山林乐趣。而《杏园雅集图》将画面放在前景和人物肖像上，其展示人物的功能非常明显，并且他们的眼睛或多或少都伸向画外，似乎也在召唤观众的介入。展示与召唤双重作用加强了象征的视觉性，从而使人们认识到图像的价值和意义。《杏园雅集图》的官服、石屏、线性前景的表达方式成为后来雅集图的表现摹本。

图 1 《杏园雅集图》局部

但是，图像并不仅仅是雅集观念的对等阐释，这在翁本中表现得比较明显。据考证，镇江本是杨士奇请画家专门绘制的作品，[①]而翁本可能是当时场景的再现。翁本的特色在于人物场景化趋向增强，画面的连贯性和空间严谨性减弱，瞬间场景的独立性增强，比如用看画来代表品题字画，将读者的视野转入品画本身，引导读者去思考所看之画，而不是展示看画人的形象。翁本中器物不仅仅是空间链接的静态附属物，而且与主要人物保持一种"竞争"关系，在相对狭窄的空间中器物并未因被使用而淹没，而是器物围绕在人物左右，器物尺寸大，角度倾斜，线条刚劲，色泽鲜丽和浓重并存，处于与人物大致平行的狭窄平面上，展示的功能大于使用功能。某种程度上说，翁本不太符合三杨强调的"既醉礼亦肃"的庄重形象，倒是从反面为"因

① 详见陆九皋:《谢庭循杏园雅集图卷》,《文物》1963 年第 4 期。

宴乐而戒怠荒”敲响了警钟。

第二,《甲申十同年图》:自我观照的瞬间喜悦,文对图的历时扩展

《甲申十同年图》(局部图见彩色插页),绢本设色,纵 48.5 cm,横257 cm,现藏故宫博物院。画面分三曹,主要人物穿着官服,面对前方,眼睛炯炯有神,表现出慈祥的笑意,甚至有些惊喜的表情,似乎对自己的写真充满喜悦与好奇。童子或整理书籍,或正准备送盘盏,童子之间交流自然,深情喜悦。芭蕉和玲珑石结合自然,设色温和,用墨朦胧。梅花怒放,山石温和,丛篁风响,树木枝叶繁茂,并且恰到好处安排在人物身后,起到祝寿、听松、预示前程的作用。整个画面格调非常高雅,充满喜悦之情,是用精工笔法描摹的生动的写意画。

如果说《杏园雅集图》中人物主要是在园林中展示自己,那么《甲申十同年图》则有意削弱园林幽赏的闲适主题,画像更加明确地摆在一条长线上,人物的重心不是端庄的朝服,而是炯炯有神的眼睛,似乎展示人物本身喜悦心情成为画家关注的焦点。并且,画面背景与童子联系在一起,形成独立空间,却与画面主要人物分离,使得主要人物定格在注视前方的瞬间,力图通过传达像主的心情,实现与外在观众的交流。但是《甲申十同年图》与十同年题诗相比较,二者传达的情感又不同,画像中表达瞬间欢快,而题画诗多表达人生感慨,努力寻找共同体,情感向空间的漫溢,从而营造情境交融的氛围,力图扩大肖像的情感意义。画像对诗歌思想进行了大量的删节,单从图像入手,可能还没法理解他们内心世界的纷繁。

第三,《竹园寿集图》:图和文的应和

《竹园寿集图》(图 2),绢本设色,纵 33.8 厘米,横 395.4 厘米。现藏北京故宫博物院。竹园寿集的主题是祝寿,而祝寿的方式是同僚唱和祝寿诗,《竹园寿集图》基本上围绕这一主题反复渲染。画面由两组意象构成,一是题竹、题画;一是舞鹤娱亲、行酒祝寿以及梅花鹿等瑞兽。其具体内容:“其始并湖石坐者,左为侣公,右为许公。一童子拍手导鹤舞以娱之为周公。坐稍远使其二子共具,伯曰太学生孟捧杯前行,仲曰刑部主事曾方拱立听命。并立竹间者,左为李公,右为顾公,皆凝然有思,若索句状。屠公则章已成,一童子捧砚,从竹下书。据石案而题卷者为予,共案坐而持笔者为王公,执尘尾者为闵公,亦若有所思者。独坐而握卷则为秦公,其集句已就之时。欤若二君,左为纪,右为文英,展画并观而图终焉。园中草木非一种,而竹多且

图 2 《竹园寿集图》

茂,故以竹园寿集题卷首。卷成,转写各得一卷,藏于家。"①画面的重心在于展现不同写诗场景,吴宽"首赋四韵为倡,诸公咸和之。秦公别集古句,诸公又和之。周公复自有作,又咸和之",共有七人参加这次集会,写了 45 首祝寿诗。

图像与文学的对应关系除了吟诗祝寿场景的再现,还表现为对《西园雅集图》主题的回归。画中的题竹、拂尘与绘画场景是画家对《西园雅集图》的继承与改换。题竹虽然不是《西园雅集图》的直接表现主题,但是东坡题竹典故非常流行,某种程度上可以说题竹是对《西园雅集图》的回响。执拂尘与竹林结合起来更是让人想起《西园雅集图》逃禅主题,似乎暗示着吴宽等

① 吴宽:《竹园寿集序》,《匏翁家藏集》,卷 45,四部丛刊影明正德本。

人可能参禅。绘画主题再次出现，具有特别的意义。不管是《杏园雅集图》还是《甲申十同年图》都将绘画场景弱化，或者简单化为展纸题画，《竹园寿集图》却直接将绘画主题放入画面，回应《西园雅集图》中李龙眠绘《归去来兮辞》主题同时，又将陶渊明的隐逸思想转化为对自身形象的自觉观照，这与题画诗对个人功业的肯定形成了应和关系，说明了吴宽等人自我意识的萌发，此自我意识又不同于甲申十同年对自我高洁品格的抒情性肯定，而是对个人建功立业的积极肯定，转向个体自觉。由展示给他人到观看自我，参与者们越来越将视角转入内心深处，力图跨越当下，寻找精神同构。虽然，此处视角内转受制于官员雅集的模式，不如《西园雅集图》采用山林空间那么彻底，但是向内的趋势说明了参与者对官场的脱离，而进入心灵自适。

三、结语

明代京官雅集比较多，其特点非常明显，主要表现在三个方面：第一，从雅集观念来说，雅集观念经历了从三杨注重雅集的图绘太平，象征官员形象，讽谏纵乐的作用，到倪岳等人抒发郁闷不得志的心情、切磋文艺，到吴宽对个人奋斗功业的肯定以及对文人雅趣生活的提倡三个发展阶段。第二，从图像表现来说，图像对雅集观念的阐释采用较为稳固的模式，即官服出场、前景线性空间再现人物肖像，器物暗示或象征人物品格，强调为国效力的目的。明代京官将雅集的地点从山林搬入私家园林，将画面纵深视角转化为前景横向视角使得画面的肖像展示性加强，反映了明代前期士大夫对自我形象的探索，以及对图像再现自我形象的充分肯定。这也说明了明人雅集不是在庙堂上模拟山林气息，表达强烈的归隐渴望，而是借着幽赏园林来增进友谊、共勉为国尽职，展示大隐隐于市的盛世荣耀。图像的外向型彰显和人物动作的含蓄庄重具有强烈的仪式象征的作用，代表着国家的京官形象。图像通过具体的园林空间将雅集参与者“求同”意识表达出来，建立起历史空间和当下空间的统一。不管是三杨象征仪范的空间，李东阳世事沧桑的情感空间，还是吴宽“五同”意识下的闲适空间，都应和着诗歌中强烈的“求同”意识。视觉空间和心理空间在图像与诗歌之间自由地滑动，形成诗性空间，作为一种标志、一种体验，他们获得了此时此地的灵韵，实现了观与思的结合，诗人建构和显现了自我的时代形象与历史根基，也拉开了朝堂与山林的距离，传达明代官方“三绝”意识。第三，从雅集图的产生模式来看，京官雅集是京官与宫廷画家共同合作的产物，宫廷画家的低下地位使得绘画服务于京官们的雅集观念，图像的肖像形式和对传统雅集图式的大量简化，使得个人情感表现薄弱，艺术家创作空间非常狭小，图像与文学的互文性呈单纬趋势，图像形式主要作用在于确认和辨识参与者的存在，从而迅速再现可能的场景，而图像所反映的雅集观念却倚靠对诗文的解读，所以诗文左右着图像的意义。

如果将明人雅集放在雅集图和雅集文学的长河中，可以发现，明代的京官雅集形式非常特别，通过对肖像的再现和对传统雅集题材中诗意场景的简化尽力抽掉了雅集的文学性和艺术性，把雅集活动定义为园林幽赏，把闲适乐趣转化为人格象征，扩大了雅集图像与文学之间的分离。但是，雅集吟诗主题保留下来，成为后来雅集的传统，也成为明代雅集的突出特色。相对于文人雅集对情感空间的融合性和哲理性表现来说，官员雅集中诗歌与图像的相对独立，丰富了雅集的艺术形式，使得以图像再现的雅集图形成了较为成熟的表现模式，对肖像画与肖像文学的发展（人物像赞）有积极的意义。但是，毕竟这种形式离诗性化的雅集传统较远，所以它也很快被文人雅集取代，变成了值得回想的雅集形式，其意识形态特色超越其艺术特色，对于表现明代官员的复杂心态有一定的价值。

总之，明代官员雅集图像与文学的特色在于象征性、肖像性、认同性。

作者简介

张高元（1982—　），女，湖北宜城人。南京大学文学院2010级博士生。主要研究方向文艺美学和古代文学。

翁方纲对苏轼画像的题跋及东坡笠屐图情结

傅元琼

摘要:苏轼是翁方纲最为敬重的先贤。翁方纲作为金石书画收藏家与题跋大家,创作了大量关于苏轼不同版本画像的题跋。其题跋内容主要包括两个方面,其一是对苏轼真实面貌的辨正,以对陆恭所赠"坡公真像"的系列题跋为代表,其中多考订之笔;其二是围绕东坡笠屐图的题赞,这类题赞虽亦含考订,但较前一类作品更见翁方纲之性情。东坡笠屐图自其产生之初至明清,逐渐被赋予了丰富的意蕴,不仅文人争相仿作,关于东坡笠屐图的题跋,也产生了大量作品。翁方纲对笠屐图的题写,紧密结合苏轼的性情与诗文风格;同时,这些题跋也寄托了翁方纲对苏轼师从、敬重与缅怀的深切情感。

关键词:翁方纲　苏轼　画像题跋　笠屐图

翁方纲作为书画题跋创作数量最多的作家,他的画像题跋不仅涉及众多人物画像,而且对于同一人物多种画像的题写在其题跋中也较为常见。翁方纲对某一人物画像创作的题跋数量,往往与其对此人的尊敬程度或者说是对此人学术、诗歌创作主张的认同程度密切相关。翁方纲画像题跋着墨较多的有苏轼、黄庭坚、虞集、李梦阳、王士禛等人的画像。在诸多先贤中,最为翁方纲敬重的当属苏轼,他对苏轼画像题跋的次数也相应最多。翁方纲曾经眼多个版本的苏轼像,有古人创作者,如李公麟本、赵孟坚本、朱完本等的真本或摹、拓本;有同时人创作者,如闵贞、黄景仁等的笠屐图、罗聘的《东坡毡笠折梅像》、《坡公啖荔图》等等①。对这些作品,翁方纲皆有题跋创作。这些题跋从内容上看主要可分为两类,一是对坡公真实相貌的考订

① 参翁方纲:《复初斋文稿》册五,《复初斋文集》(稿本)册四,台北:文海出版社 1974 版,第 884 页;翁方纲:《复初斋诗集》(二),《续修四库全书》册 1455,上海:上海古籍出版社 1995—2002 年版,卷六十三,第 268 页。

辨正。这类作品以对《苏文忠公宋本真像》的系列题跋为代表，但在题跋笠屐图等作品中也会偶有所及。另一类是对《东坡笠屐图》较重性情的题赞，翁方纲对笠屐图的题跋虽并不排除考订因素存在，但其对苏轼画像的题跋，较多性情抒发的作品多是出于对苏轼笠屐图的题写。

一、坡公真像的题跋与苏轼真实像貌的辨正

翁方纲题跋对于苏轼真实画像的辨正，《坡公真像，吴门陆谨庭寄赠》是较早的一篇[①]。在此跋中，翁方纲曰："卅秋积疑处，一旦获快伸。"翁方纲对于苏轼真实相貌的疑虑，由陆氏所赠"坡公真像"得以释解。题跋作于嘉庆六年(1801)，时年翁方纲69岁。陆氏名恭号谨庭，王文治婿，与翁方纲同有金石之好。翁方纲从陆恭处获得坡公真像后跋曰："我斋奉公像，百摹不一真。漫堂镂施注，元迹云传神。又见梅溪本，松雪下笔亲。肥瘦迥不同，笠屐名则均。"文章开头指出苏轼画像与其真实相貌不相符的作品极多，而世人所传关于东坡画像相貌存在肥瘦迥异的差别。然后结合陆恭赠本论苏轼真实的相貌特征曰："世称仙曰髯，每拟于思伦。岂知髯逸气，超绝凡笑颦。两颧清不肥，修眉秀峨岷。神在目炯光，下上照千春。轴有声衲偈，传自吴阊闉。松下叟得之，以供吾几陈。憬然始下拜，往者空墙循"，并不讳言自我在东坡真实相貌辨别中存在的失误。接下来结合陆恭赠本与其他较为可信的版本及相关典故叙述曰："番禺朱季美(朱完)，德云参嶙峋。金山龙眠笔，江水所问津。匡庐本来面，悟此清净身。横岭与侧峰，分合谁主宾。异哉漫堂补，肯共邵髯论。松雪盖临此，兰亭帖未湮。所以郝陵川，题为王安仁。面右多黑子，江月凌霜晨。"对苏轼的相貌特征作进一步补充。诗作旨在阐明苏轼真实相貌，而与苏轼同时的李公麟画作，是诸多版本坡公真实画像流传下来的源头，同时也是判断东坡真实相貌最可信的依据。对于这一点，翁方纲在《跋东坡像》中阐述得更为明确。跋云：

> 此真本刻石于阳羡蜀山书院，今以石本对此轴，又合明嘉靖丙寅吴门尤茂先家藏松雪手写本，及康熙戊寅长洲李枢以所藏写本刻于《王注苏诗》卷前者，又南海朱完摹刻小金山本，凡四本合对，信世间所传丰颐

① 文见《复初斋诗集》(二)卷五十六，第184页。

多髯者，非真也。吴门尤叔野茂先藏松雪白描坡像，后有陆五湖师道题，云有合于伯时所作按藤杖坐磐石意态也。又南海朱完所作小金山像，及长洲李枢藏松雪画像，皆与宋人所画真本相合。盖疏眉凤眼，秀摄江山，两颧清峙，而髯不甚多，右颊近上，黑痣数点，是为宋李伯时之真本，赵松雪、朱兰嵎临本，皆足证也。嘉庆壬戌二月，以此数本合对得真，敬识于此。

世人不知详考，谓坡公貌丰腴，山谷貌清瘦，此因读其诗而误会耳。其实山谷貌转丰，而坡公两颧清峙。即以东坡集中题跋一条云："传神在于颧颊，吾尝灯下顾见颊影，使人就壁画之，不作眉目，见者皆失笑，知其为吾也。"以此条证之，最明白矣。右颊有黑痣数点，见《郝陵川集》。[1]

翁方纲对《苏文忠公宋本真像》的撰额及所临妙声赞文

此则题跋是为题写李公麟创作的东坡真像而作，它针对世人苏轼"丰颐多髯"之言，对苏轼真实相貌进行确证。在考证过程中，翁方纲采取多种版本相对照的方法。他列举当时所能见到的关于苏轼画像的四个著名版本：阳羡蜀山书院石本、尤茂先家藏赵孟頫手写本、李枢藏本、朱完摹刻小金山本，四个版本相互对照，并以李公麟所创作的东坡"按藤杖坐磐石"的画像意态相合为佐证，同时进一步证以苏轼对自我画像题跋的形态描写，以确定苏轼清瘦、髯不甚多的真实相貌，证明"丰颐多髯"者非真，而李公麟真本即阳羡蜀山书院刻石本则为"坡公真像"。这种对东坡真实面貌的辩正，在翁方纲《跋苏文忠公宋本真像》中亦有论及，但言语相对简略。文曰：

① 翁方纲撰，沈津辑《翁方纲题手札集录》，桂林：广西师范大学出版社2002年版，第445页。

岷山峨峨，江水所出，锺为异人，生此王国。秉帝抒机[①]，岩鯖万物，其文如粟帛之有用，其言犹河汉之无极。若夫紫薇玉堂，琼崖赤壁，阅富贵于春梦，等荣名于戏剧。忠君之志，虽困愈坚。浩然之气，至死不屈。至其临绝答维琳之语，此尤数子之莫及也。启宗讲主慕苏文忠公之为人，得真像以事，俾九皋妙声制赞于上。辛酉二月。方纲临。

南海朱完者所画"小金山像"正与王梅溪注本内所摹"赵松雪画像"可以相证。十二月十九日。宝苏室书。

此本刻石于阳羡蜀山书院，今以石本与王注本，又尤茂先刻松雪本，南海小金山本四本合证，皆与多髯本异。壬戌二月记。

按《陵川集》云："坡公真像面有黑痣。"此为当日真本无疑。方纲识。

怜余老病艰扶拜，累尔开筵笋脯加。
欲借元诗添白集，故教松翠接邻家。
欢髯笑示金针度，笠屐来凭玉画义。
试卜苏门风格近，瓦盆消息逗梅花。

兰卿借苏像并"偃松屏赞卷"作坡公生日。嘉庆丙子十二月十九日。八十四叟方纲。（沈津注：此为石刻，在苏州祠内。）[②]

此组题跋中，第一则跋语是翁方纲对画像已有题跋的临摹。跋文原作者为僧人妙声，叶廷琯(1791—?)对妙声曾做考证，其《鸥陂渔话》卷一《东坡画像赞》言"妙声吴人，居常熟慧曰寺"，为明洪武间僧人[③]。此则跋语后所列各跋是翁方纲多次题写而成，其中第二跋与《跋东坡像》同样提及"刻石于阳羡蜀山书院"，落款日期与《跋东坡像》同题为嘉庆壬戌(1802)二月，二者的题跋对象应为同一版本，其原本皆为李公麟所画。而《坡公真像，吴门陆谨庭寄赠》曰："轴有声衲偈"[④]，"声衲偈"即指上文所提及的僧人妙声的题跋。因此可知，《坡公真像，吴门陆谨庭寄赠》、《跋苏文忠公宋本真像》、《跋东坡像》皆

① 此处疑为"杼机"之讹。参"任真的网络书房"http://13165621. blog. hexun. com/70931768_d. html

②《翁方纲题跋手札集录》，第445页。

③［清］叶廷琯撰《鸥陂渔话》，清同治九年刻本，卷一。

④《复初斋诗集》(二)卷五十六，第184页。

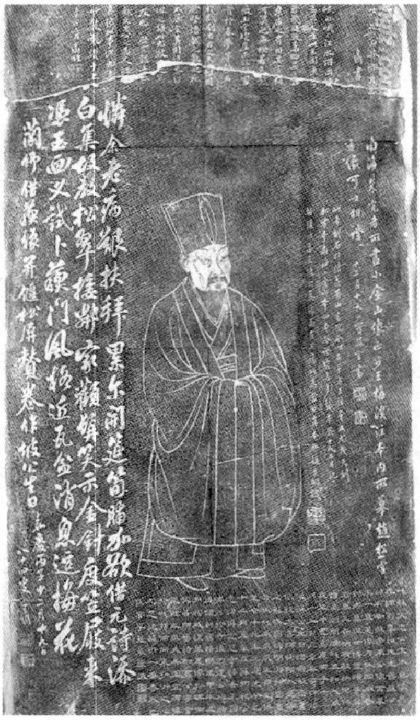

翁方纲、李彦章跋《苏文忠公宋本真像》石拓本

是针对同一幅画像而作。另叶廷琯《东坡画像赞》曰:“吾郡陆氏旧藏宋本东坡画像,貌秀伟而髯不甚丰,不类世所传者。”幅间题云:“岷山峨峨,江水所出。锺为异人,生此王国。秉帝杼机,万物其文……乾隆末,我郡韩旭亭封翁是升主讲宜兴蜀山书院,尝借摹此像,刻石龛奉院中”①,同样可证翁方纲在《坡公真像,吴门陆谨庭寄赠》中所言的“坡公真像”、《跋东坡像》中所言的“真本”以及上组题跋所涉及的“苏文忠公宋本真像”乃是针对同一画像而言。翁方纲为此画像撰额曰“苏文忠公宋本真像”,以苏轼的谥号命名,极为正式。画中人物神态严肃、端庄,衣冠整齐。“苏文忠公宋本真像”曾为翁方纲收藏多年,它的题跋时间跨度较长,从嘉庆辛酉(1801)至嘉庆丙子(1816)年。现此版画像的石刻本藏于苏州定慧寺,翁方纲题写的部分跋语也一并刻于石面。石面题跋字体大小不一,围绕画像分布于画面空隙处。图像正上方为翁方纲抄录妙声的跋语,正下方的隶体小字为翁门弟子李彦章的跋。翁方纲跋语题写内容、形式多样,除有结合不同版本对苏轼相貌的考订外,还有对自我情怀的抒发,以及对相关事件的随笔记载,其中散体与韵体,四言、杂言、七言随表情达意的需要各有所用,既随意适性,又紧密结合题跋的阐释说明功能。题跋文体的共性与翁方纲对苏轼的敬重与崇拜在多次、多形式的题跋中都有所反映。

而“真像”一词,在翁方纲题跋苏轼画像时并非“真实画像”意义上的泛指,而是对陆恭所赠以李公麟创作为原本的“坡公真像”的缩略与特指;此真像经后人反复临摹、刻石,以上关于苏轼画像辨正的三组作品,皆是针对这幅作品而言。同时,在覃溪诗文中,其他为东坡“真像”创作的题跋,也可能是

① 《鸥陂渔话》,卷一。

针对这幅画像创作的。在嘉庆甲子(1804)年翁方纲还曾为“真像”作诗四首。此四首见于《复初斋诗集》,其中三首题为《十二月十九日苏斋拜先生真像三首》:

三年阙拜像,公乎不我嗔。今日腊雪筵,惠此真精神。昔也兰嵎生,今之朱野云。肖彼颧右志,会此眉后纹。双瞳翦岷江,碧宇下星辰。大海回紫澜,浩荡谁知津。万古一元气,偶露于斯文。敢谓十笏斋,片纸留公真。

是日墨卿子,自前惠守至。为写白鹤峰,轩然堕空翠。商略龙眠稿,参诸汎颍义。湖滨前梦在,尚想骑鲸气。梦中同笑者,野云记旁睨。定影即吾斋,松风荡虚吹。涉川莽无涯,喻苇得根蒂。印须招我友,寻源托攸济。

昔闻山谷翁,快觌龙眠轴。揞藤据于磐,醉态忆之熟。谓当诸友集,筵间挂一幅。想约秦、晁、张,共此窗灯烛。吾斋渺何有,遗字照犹绿。苏斋偈无二,苏门客侻卜。三山叩蓬莱,一峰携天竺。试问垂慈老,菖蒲连石竹。①

此诗是翁方纲为高宗守陵归来后第一次苏轼生日集会时所作。诗歌提及朱之蕃、朱鹤年对苏轼画像的摹写,表达对苏轼的崇敬,并着重记录了集会时的情境与心情。在第三首诗后,翁方纲有注曰:“山谷老人云:‘见李伯时作子瞻像,按藤杖坐磐石,极似其醉时意态,可乞伯时作一幅。吾辈会聚时如见其人,亦一佳事。’嘉庆九年,岁在甲子十二月十九日,先生生日,敬拜新摹真像,赋此三诗。”②嘉庆九年为1804年,离陆恭赠坡公真像三个春秋,而翁方纲“阙拜像”亦三年,此跋虽言“新摹”但其最原始的作者仍然是李公麟。题跋由自我与友人的集会联想到黄庭坚在苏轼去世后请李公麟绘坡公像,以便与秦观、晁补之、张耒等人集会共同缅怀的建议。藉黄庭坚对苏轼的怀念来表达自己对苏轼的敬仰,并以黄、秦等人集会怀苏轼与自己及友人的聚集拜坡公相映衬,其中透露着对前贤的钦慕、追从甚至是以东坡自我比附意。

---

①《复初斋诗集》(二)卷五十八,第208页。

②《翁方纲题跋手札集录》,第301页。

元赵孟頫《苏轼像》

以上三诗以苏轼真像与集会拜坡公为题写中心，另《野云摹坡公真像以赠金进士，题此即以送别》云：“磐石筇枝醉态真，谁从灯影见精神。匡庐八万四千偈，正要吾斋举似人。”①(坡公云：吾尝灯下顾见颧颊，使人就壁画之，不作眉目，见者皆一笑，知为余也。据此知外间所摹像皆非真耳。)诗作简短，但以李公麟的画像与苏轼自叙作为说明真像特征的依据，实可谓简明扼要而说服力极强。辨正苏轼真实面貌，是翁方纲一些苏轼画像题跋中花大量篇幅反复论证的问题，翁方纲创作了大量的苏轼画像题跋，在部分题跋中，即使辨正真像不再是题写的重点，也会常常提及苏轼相貌特征。如在《十二月十九日苏斋拜先生真像三首》创作的同一天，翁方纲还创作了一首歌颂苏轼才华及成就的诗作：“禅人瘦影道人风，虽写轩髯实不同。书格僧虔兼子敬，诗怀白傅接陶公。圆光汝海澜翻偈，真面庐山峡吐虹。酣放精微难喻处，试拈仍在雪窗中。”②诗作把苏轼对佛道二家的信奉与其清瘦形象结合，并再次强调后世苏轼多髯丰颐形象的误传，同时结合苏轼的生活经历、处世态度，对其书风、诗风、诗学理论予以高度评价。题跋围绕画中人的学术、相貌、性格等展开，与同日创作的其他三诗同样采取在刻写苏轼画像的同时联系相关人事的题写方式。

二、《东坡笠屐图》的题赞中的相貌辨正

“我斋奉公像，百摹不一真。漫堂镂施注，元迹云传神。又见梅溪本，松雪下笔亲。肥瘦迥不同，笠屐名则均”③，《坡公真像，吴门陆谨庭寄赠》

---

① 《复初斋诗集》(二)卷六十三，第260页。

② 《是日又题坡公真像轴后》，《复初斋诗集》(二)卷五十八，第208页。

③ 文见《复初斋诗集》(二)卷五十六，第184页。

还包含了较多苏轼画像的版本信息，从此跋我们可知，苏轼画像笠屐图较多，宋荦（漫堂）、邵长蘅（邵髯）刻补苏诗施顾注本的苏轼像，以及钱泳（号梅溪）所收藏赵孟頫临摹的坡公像皆为笠屐图。关于笠屐图的题跋是翁方纲苏轼真像辨正外的另一题写中心。翁方纲对笠屐图的题写并不排除辨正东坡容貌特征的内容。《野云为摹赵子固砚背坡像》，是一首对朱鹤年摹赵孟坚砚背坡公笠屐图的题跋。赵孟坚砚背笠屐图也是苏轼画像中较为著名的版本。翁方纲曾作《苏文忠公三像（宋李伯时画金山像、明南海朱完画广州小金山像，又宋赵子固画研背笠屐像）》是针对三种拓本的题跋①。此跋创作较早，在此翁方纲将其与赵孟坚本与李公麟本、朱完本并列，未涉及相貌辨正问题。然赵孟坚（1199—1264）虽为宋人，却并不若李公麟（1049—1106）般与苏轼（1037—1101）生活于同一时代且多有交往。“子固砚图尚未肖”②，翁方纲后来在《野云为摹赵子固砚背坡像》明确指出这一点。

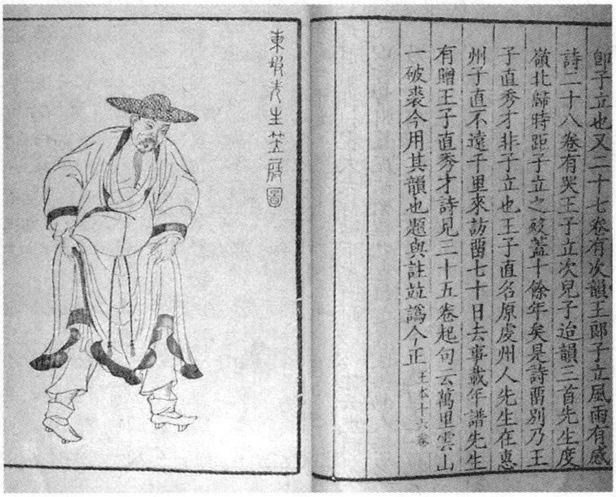

《东坡先生笠屐图》（见宋犖刊刻，邵长蘅等补遗《施注苏诗》）

《又得朱兰嵎摹龙眠坡像》、《再跋朱兰嵎画坡公像》，是针对李公麟原创、朱之蕃临摹的《东坡笠屐图》的题跋，其中也包含考订苏轼真实相貌的成份。此二跋于 1802 年前后相继创作，前诗后文，文跋叙述较为详尽。其曰：“乾隆癸卯春，颜运生购得朱兰嵎临李伯时坡公笠屐像，寄来供于苏斋，今二

① 翁方纲：《复初斋诗集》（一），《续修四库全书》册 1454，上海：上海古籍出版社，卷十三，第 467 页。
② 《复初斋诗集》（二）卷六十四，第 264 页。

十年矣，复购得此轴，即兰嵎同时所作也。此像与宋漫堂刻图于施注苏诗卷内者正相合，而彼云元人笔，此云李伯时者。”[1]据此文可知翁方纲曾收藏两幅朱之蕃临摹的东坡笠屐图，一为刚刚获得者，一为二十八年前所得，两图相合，原作者皆为李公麟，前者为朱之蕃据李公麟原作而摹写者，后者是朱之蕃对元人临摹李公麟作品的再次临写。

清张廷济《东坡先生笠屐图》

《再跋朱兰嵎画坡公像》提到“东坡谒黎子云”以及“儋州事”，“东坡谒黎子云”事《梁溪漫志》卷四有《东坡戴笠》，云：“东坡在儋耳，一日过黎子云遇雨，乃从农家借篛笠戴之，着屐而归。妇人小儿相随争笑，邑犬群吠。”[2]这段记载是坡公笠屐图大量创作的直接缘由。在李公麟后，许多画家选取东坡戴笠踏屐（或兼执杖）的题材创作苏轼图像。赵孟坚、赵孟頫、唐寅、娄坚、沈燧、张廷济、任熊等等皆有此主题的绘画存世。至现代的张大千，亦有此作[3]。各类图像中苏轼形态各异，面容清瘦及“丰颌”者并存。从这些同人不同貌的笠屐图，不难体会翁方纲作为一位实学家，对其最为推崇的苏轼的真像着力辨正的良苦用心。《再跋朱兰嵎画坡公像》还提及黄庭坚关于苏轼书法的一则题跋：“山谷题坡书云：‘李伯时近作子瞻按藤杖坐磐石，极似其醉时意态。此帖妙天下，可乞伯时作一子瞻像，吾辈会聚时开置席上，如见其人，亦一佳事。’玩此跋是坡公身后语。坡卒于建中靖国元年辛巳，则山谷云欲乞伯时作像，当在崇宁初年。是伯时画坡公儋州事，毋庸置疑者矣。”[4]黄庭坚此跋在翁方纲的苏轼像题跋中反复提及，《又得朱兰嵎摹龙眠坡像》亦用此典，其曰：“醉余真意态，江岭几人传。雨笠空云水，风襟摄海天。”[5]与画像版本最为直接的联系是画中人物的面貌意态，同一幅笠屐图的两则题跋皆涉及苏轼按藤杖坐磐石的醉时意

① 《复初斋文集》卷三十三，台北：文海出版社影印李以烜光绪补刻本，1969年版，第1309—1310页。
② [宋]费衮：《梁溪漫志》，清知不足斋丛书本，卷四。
③ 《苏轼图传》，第209页。
④ 《复初斋文集》(一)卷三十三，第1309页。
⑤ 《复初斋诗集》(二)卷五十六，第185—186页。

态，据此而推此幅作品的原本为黄庭坚题跋中所提及者或有可能。同时，翁方纲在这幅笠屐图的题跋中两次提及坡公"真意态"，仍具有阐明、辨正、还原东坡真实面貌的意图。

三、"真放本精微"与东坡笠屐图的题跋

如上文所述，翁方纲最初获得朱之蕃笠屐图摹本在"乾隆四十八年癸卯(1783)春"，此年翁方纲五十一岁。恰在这一年初，《苏诗补注》刊刻①。而在此前后，翁方纲已为笠屐图作了大量题跋。他作为苏轼的敬仰者、苏轼诗书的推崇者，以及苏轼诗集的整理者，对苏轼图像尤其是笠屐图予以极大关注。在获得朱之蕃摹本之前，翁方纲所收藏、题跋的笠屐图已有很多作品存在。这一点，我们可以从前一年翁方纲的题跋中略窥一斑。乾隆四十七年(1782)，翁方纲作《今年夏予得吴莲洋所书邢和璞事，因属安邑宋芝山为作邢房悟前生图于东坡笠屐像册子前。今同人集苏斋作坡公生日，又适题句于册。芝山为莲洋乡人，作篆及画皆有师法，故附诗及之》，诗题中提及"东坡笠屐像册子"应是其在获得朱之蕃摹本之前对已收藏笠屐图及与题跋的汇集。对众多笠屐图的收藏表现了翁方纲对东坡笠屐图的珍爱，而他对笠屐图的多次题跋以及此类题跋风格与苏轼诗文风格的相似，则更见苏轼对翁方纲的影响。

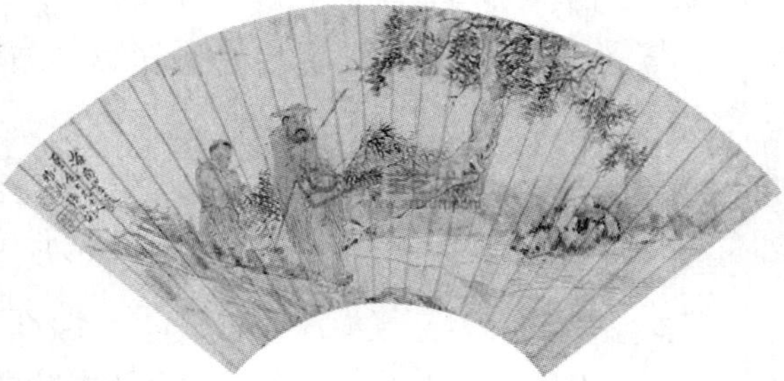
清张问陶《东坡海南笠屐图》

在翁方纲众多苏轼画像题跋中，除了涉及真实相貌辨正的作品，我们不难体会出翁方纲坡像题跋作品中与苏轼诗风类似的风格的存在。而这类作品，尤以笠屐图的题赞为多。乾隆四十八年(1783)春，翁方纲分别于正月、二月两次题跋朱之蕃摹本，前跋记录了初得此图与好友的一次集会；后者诗文二体并用，对摹写者朱之蕃的相关信息及东坡戴笠着屐事等予以交代②。

---

① 参《苏诗补注刻成有述》，《复初斋诗集》(一)卷二十六，第589页。

②《复初斋诗集》(一)卷二十六，页593；《复初斋文稿》册六，《复初斋文集》册五，第1360—1361页。

同年冬,在坡公生日作《十二月十九日东坡先生生日同人集苏斋拜像作》:

> 我为公诗补旧注,西吴施与东吴顾。先生印可意云何,去岁腊筵香一炷。果有龙眠笠屐图,摹来江左人如晤。笔力挽回五百年,纱縠行边记初度。翩然吹下横江鹤,蜑雨蛮烟渺风露。向来传本安得似,别有精神在空处。仍到焚香腊后筵,江海灵音答豪素。然犹抚卷三自思,更倩重摹恐微误。稽首今辰若有得,平生浩气端来驻。南斗日躔凭几筵,奎宿光芒拨云雾。坐中忽起弦外音,似公吴淞梦中吟。峨眉山高江水深,泠风帘幕生春阴。高生弦指思何属,宋生洪生劳寸心。或写论文对主客,皖峰万里来同岑。或写空山坐涧石,流水一曲传幽襟。二图孰为今夕写,一觞聊对明月斟。此觞属公公孰寻?此觞属我我弗任。请属苏斋今夕之明月,清光照澈无古今。何须渊源师友征配食,龙眠施顾皆来歆,意并不关诗画琴。[①]

此诗由李公麟画东坡笠屐图联想开去,牵涉翁方纲及其弟友宋葆淳、洪占铨对苏诗施元之、顾禧注本的补充整理,及其往年及当时对苏轼的祭拜。全诗诗思灵动飞转,气势磅礴,豪气灌注。它结合学术,在据实的基础上发挥想象,平实谨严之中透露出豪迈气概,颇见苏轼"酣放本精微"的诗风对翁方纲的影响。

翁方纲苏轼画像题跋诗中表现出了其题跋风格"酣放本精微"的一面。"酣放本精微"是翁方纲最为推崇的诗文风格,他常拈此评苏诗。此语出于苏轼《子由新修汝州龙兴寺吴画壁》"始知真放本精微"句[②],在《杜诗附记》中,翁方纲认为此语可作苏诗"通集总序"[③]。翁方纲东坡笠屐图题跋的"酣放精微"与苏轼的诗风甚至是其人格秉性相映合,体现了翁方纲的画像题跋的文风对画中人物其人其诗风格的照应融合。而这种照应,在翁方纲最为崇敬的苏轼画像的题跋中表现至为明显。《今年夏予得吴莲洋所书邢和璞事,因属安邑宋芝山为作邢房悟前生图于东坡笠屐像册子前。今同人集苏斋作坡公生日,又适题句于册。芝山为莲洋乡人,作篆及画皆有师法,故附诗及之》也是这类题跋中较具代表性的一篇。诗曰:"踟跌息息证前盟,月下

---

① 《复初斋诗集》(一)卷二十七,第605—606页。

② [宋]苏轼撰,[清]王文诰、冯应榴辑注,孔凡礼点校《苏轼诗集》,北京:中华书局1982年版,第2027页。

③ 《杜诗附记》,第528—529页。

松间怅望情。次律何必铁门限，莲洋傥记玉溪生。故书江渚琴弦语，短轴天风环珮声。宋迪于今为谁写？嵩阳一笑大河横。”[①]翁方纲在此“以学入诗”，却写得豪气跌宕起伏，学术性与艺术感染力共蕴其中。

苏轼画像赞，尤其是笠屐图画像赞在翁方纲众多题跋中尤其引人注目。赞文是历史最为悠久、题跋画像最为常见的一种文体。它的形式散韵不拘，四言较为多见，篇幅短小，语句凝练。这些作品在翁方纲大多客观重实学的金石书画题跋显示出更多豪放酣畅而又韵味隽永的审美特征。如《坡公笠屐像赞》曰：

> 此像绘于粤东，时甫得嵩阳帖，载一苇之烟篷。后廿七年供于苏斋之中，乃得《偃松屏赞》与《施顾集注》，共香篆而交玉虹，浩乎襟袖，大海长风。[②]

《苏文忠笠屐像赞》曰：

> 焉得好手，散发而骑鲸，惟此金山之迹，龙眠所营。蔡诗公书，宋椠公集。天风海涛，坐客起立，寄之公像，篆烟一缕。一笠一屐，横万黄古。昔闻陈氏之苏庵与蒋氏之苏斋，今我宝苏名室，真见公来。蒋有麓台之画，陈则不知。我但日诵《汉书》，以配公书与诗。[③]

另如《黄秋盦所供东坡笠屐像赞》：“黎乡载酒之东坡即玉堂制草之东坡。秋影盦中之东坡即诗境龛间之东坡。呜呼，奎躔月午，星斗森罗。乞公墨渖而不克肖也。我劳如何。”《坡公像赞》：“此像摹自苏斋，邀我友兮同侪，焚香对榻，稽首遥怀，仙风笠屐，大海云回，九霞洞开，策杖声来。”[④]这些题赞皆意象宏大，境界开阔；文笔省净，抒情酣畅淋漓。其对画面及苏轼形貌的刻画或想象，颇显苏轼的豪放个性。而翁方纲笠屐图题跋的豪放之风，也在这种对苏轼像的摹写刻画中得以展现。翁方纲坡公像题跋的“酣放”主要体现在笠屐图的题赞中，另有两则题跋，其画像是否为笠屐图已难得其详，但同样可见题跋风格与画中人物诗文风格及个体性情相谐处。如《梦苏草堂坡像赞》题

---

① 《复初斋诗集》(一)卷二十六，第 589 页。
② 《复初斋文集》卷十三，第 551 页。
③ 同上，第 552 页。
④ 《复初斋文集》卷十三，第 552 页；《复初斋文稿》册十八，《复初斋文集》(稿本)册 14，第 3777 页。

跋冯应榴所收藏的坡公像："翩然乘风为谁而来？草堂月下人静帘开。公眸炯炯注视徘徊。其有所指顾耶？喜补注之写怀，王、施、顾、查而后谁许订为同侪？是以题自宝苏之室而供于踵息之斋。"《东坡居士像赞为周载轩题》借对周厚辕的藏品以抒情："昔于湖口记石钟山噌吰镗鞳响激人寰。后七百年，有奉公像者焉。呜呼，心耳之微，口不能传，万窍喁于，即此坐间。"[①]这类题赞抒发自我对苏轼的追寻、崇敬、怀念之意，较少考订笔触，想象飞驰，情感奔腾，文风之"酣放"胜于翁方纲诗文中较为常见的平实，结合其人之文风、个性或诗歌主张题跋其画像，或是对画主表达崇敬与纪念的最好方式。画像题跋结合画主的生平、学术题写的现象极为常见，而题跋的诗文风格亦与画主紧密关联的现象则不多见。翁方纲的苏轼笠屐图的题跋是较为典型的一例。翁方纲这种题赞风格的形成，得力于苏诗的影响，在这种影响下，一方面，翁方纲题苏轼画像外的其他一些诗作，如《鱼门将售所藏僧石涛画竹西歌吹图卷，邀诸公同观，赋诗留之》、《题谢蕴山三山揽胜图》、《与诸君望落星石三首》等[②]，也以雄奇、豪壮阔大的面貌呈现。另一方面，这种风格在苏轼画像题赞中表现尤为集中、突出，则与画主苏轼的性格本色以及翁方纲在苏轼画像题跋中主观的应和不无关系。

清余集《苏文忠公笠屐图》立轴

翁方纲的苏轼笠屐图的题跋不仅以雄豪气势稍异于其他诗作，而且与其他人的东坡笠屐图的题跋相较，也不难体味出其中的雄豪特色。在元明清题跋文体渐趋繁兴的时期，东坡笠屐图成为众多文人的题跋对象。但这

① 《复初斋文集》卷十三，第552—553页。

② 《复初斋诗集》(一)卷十九，第523页；卷三十四，第674页。

些题跋赞体相对较少，多以诗与跋文的形式题写，并且多数题跋作品如张雨、张昱、郑元祐《东坡笠屐图》、陈继儒《题东坡笠屐图》、包世臣《题笠履图》、邓廷桢《东坡生日同人礼像赋诗用公集中游武昌寒溪西山寺韵》、法式善《坡公生日同人集何氏方雪斋，用公集〈李委吹笛诗〉，分韵得飞界二字》等结合东坡身世羁旅而书[①]，风格平和，读来并无情感奔泻、豪气干云之感。且很少从绘画艺术方面着手，题跋者更感兴趣的，是东坡的坎坷生平及画作留在人们心目中的东坡豁达、乐观的形象。

四、东坡笠屐典与笠屐图情结

东坡笠屐图与其在后世文人心目中的地位相协调，已经成了一种摆脱困境、乐观开朗的旗帜或符号。正如《梁溪漫志》卷四周紫芝诗所揭示："持节休夸海上苏，前身便是牧羊奴。应嫌朱绂当年梦，故作黄冠一笑娱。遗迹与公归物外，清风为我袭庭隅。凭谁唤起王摩诘，画作东坡戴笠图。"[②]笠屐图已不再只是一幅苏轼相貌的记录，其中蕴藏了更为丰富的精神内涵与情感寄托，从而形成了后世文人的一种笠屐图情结。

有宋以后，更多文人笠屐图的创作以及文人寄托情思的笠屐图题跋，实际是文人们笠屐图情结的反映。苏轼作为文人的农夫装扮，以一种"谪非病"[③]的豁达，如郑元祐《东坡笠屐图》所言："得嗔如屋谤如山，且看蛮烟瘴雨间。白月遭蟇蚀不尽，清光依旧满人寰"[④]，代表了一种率性与超脱。另如《跋临上人所藏东坡像》："平生所见坡像此笔最凡，宛然闾里一翁耳。那称如许文章学问。然文章学问东坡一生流离万状，安得如闾里翁优游终老，不识半点荣辱邪。"[⑤]此跋是否为《笠屐图》作尚待考证，但《笠屐图》中苏轼的装扮，则无疑散发出一种颇具归隐意味的祥和的田园气息。不仅如此，由于笠屐图本身就具有

---

① [元]张雨撰《句曲外史贞居先生诗集》，四部丛刊景钞元刻本，卷二；[元]张昱撰《张光弼诗集》，四部丛刊续编景明刊本，卷三；[元]郑元祐撰《侨吴集》，清文渊阁四库全书本，卷六；[明]陈继儒撰《陈眉公集》，明万历四十三年刻本，卷一；[明]包世臣撰《小倦游阁集》，小倦游阁抄本，卷九；[清]邓廷桢撰《双砚斋诗钞》，清末刻本卷五；[清]法式善撰《存素堂诗初集録存》，清嘉庆十二年王墉刻本，卷十九。

② [宋]费衮撰《梁溪漫志》卷四，清知不足斋丛书本。

③ 《复初斋诗集》(一)卷二十六，第596页。

④ [元]郑元祐撰《侨吴集》，清文渊阁四库全书本，卷六。

⑤ [宋]许棐撰《梅屋集》，文渊阁四库全书本，卷五。

超脱意蕴,而历代文人的反复题跋,使这种意蕴进一步突出、深化。冯子振《东坡先生笠屐图》较具代表性,此文在叙述借笠屐事后曰:“缣素摸索如昨日,前赤壁,后赤壁,玉堂茆屋皆瞬息。流行坎止随所适,海南海北共眠食。天一笠,地双屐,风不能飘雨不湿”。[1] 此则题跋与翁方纲对苏轼笠屐图的题跋同样具有一种雄壮之气,作者完全忽略现实时空束缚,把笠屐图中所隐含的超然予以极致拓展,极具壮阔之美。

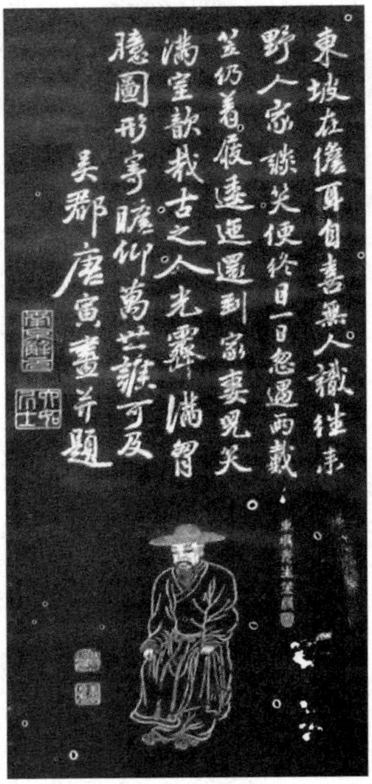

明唐寅《东坡先生笠屐图》
石刻拓本

戴笠着屐对苏轼来说,是一种文人放下仕宦沉浮的“潇洒”[2],而与笠屐图相关的“东坡谒黎子云”事本身也颇具趣味性。因此,苏轼笠屐图成为其被后人广泛接受的一幅画像,被画家反复刻画。戴笠着屐也成为后世文人画像较为常见的装束,尤其是自明清之交始,笠屐图的创作更为多见,覃溪《载酒堂》言“世间好手争作笠屐图”[3],即描绘了这样一种盛况。清代文人如吴伟业、吴历、朱彝尊、高凤翰、罗聘、汪中、程恩泽、邓石如、钱谦益、叶方蔼等皆有笠屐图存世[4]。文人画像的服装有朝服、野服之分,而笠屐尤其是斗笠则成为野服中最具有田园气息与归隐意味的一种服饰。与文人笠屐图的创作相对应,笠屐图的题跋也大量产生。其中,董元度《自题笠屐图小照》曰:“强着宫袍踏软尘,靴纹面目失天真。韩卢休吠童休咲,我本山中笠屐人”;“敢将清兴拟东坡,滑滑其如蹩躠何。指日颊川充钓叟,忘机稳对浴鸥波”[5];黄任《沈学子以王楼山先生笠屐图遗照寄示怀恩感旧奉题四诗》(其二)曰:“苍生不许遂初衣,潇洒知公意所希。脱了绣裳穿野服,劝耕春暖乐

① [明]朱存理撰《珊瑚木难》卷六,民国适园丛书本。
② 翁方纲有《东坡笠屐图研并序》“有赵彝斋(赵孟坚)爱其潇洒”语,见《复初斋诗集》(一)卷二,第378页。
③ 《载酒堂歌》,《复初斋诗集》(一)卷四,第392—393页。
④ [清]叶衍兰、叶恭绰撰《清代学者像传合集》,上海:上海古籍出版社1989年版,第43、75、87、135、263、289、355、357、379、424页。在这些画像中,屐似和普通鞋履并无太大差异,在很多东坡笠屐图中同样如此。
⑤ [清]董元度撰《旧雨草堂诗》,乾隆四十三年刻本,卷七。

郊归。”[①]皆表现了文人们向往田园生活、渴望归隐的愿望。而这种向往与渴望，正是明清之际笠屐图大量创作最直接的原因。

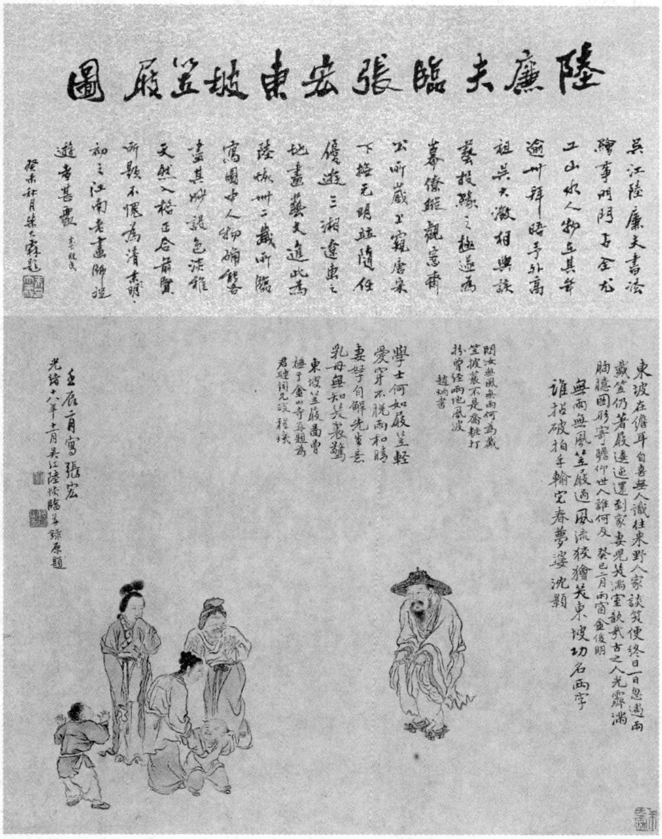

清陆恢《临张宏东坡笠屐图》

当然，笠屐图的盛行与苏轼在后世文人心目中的崇高地位也不无关系。但关于笠屐图的故事在其流传过程中起着决定性的作用。翁方纲有一则《杜少陵戴笠像赞》，是对杜甫戴笠图的题跋。文曰：“饭颗之诗，传其戴笠。太瘦之神，万古独立。其瘦似耶，其笠似耶？则吾何敢执！”从覃溪的题跋内容看，杜甫戴笠图的创作缘由盖起于李白诗：“饭颗山头逢杜甫，头戴笠子日卓午。为问因何太瘦生，只为从来作诗苦。”[②]虽然，杜甫在后世文人心目中

① [清]黄任撰《秋江集》，清乾隆刻本，卷五。

② [唐]李白撰《戏赠杜甫》，《李白全集》，上海：上海古籍出版社，1996 年版，卷三十，第 1394 页。

同样有着崇高的地位，但由于画作的起因有别，杜甫戴笠图对后世的影响远非东坡笠屐图可比。故后人题跋笠屐图多提及东坡在海南的戴笠着屐事，如张雨《东坡笠屐图》、张昱《东坡笠屐图》、王鏊《东坡笠屐图赞》等提及此典故①，翁方纲《东坡笠屐图研并序》则全文征引。

《东坡笠屐图研并序》是翁方纲最早涉及笠屐图的一则题跋。其创作于乾隆三十一年丙戌(1766)，时翁方纲34岁，是针对赵子固东坡笠屐图砚而作：

> 研长八寸八分，广五寸五分，厚一寸一分。背刻赵子固画东坡像戴笠着屐手策竹杖，右子固二字印，下文彭二字，左紫芝生藏四字，下俞龢紫芝生印，左侧下济之印，又下王澍识九字。研匣上虚舟自书赞，其序曰："东坡在儋耳，尝与军使张中访黎子云，中途值雨乃于农家假篛笠木屐载(当作戴)履而归，妇人小儿相随争笑，邑犬争吠。东坡曰：'笑所怪也，吠所怪也。'赵斋爱其潇洒，因作巨研而勒图其后。元末为俞紫芝所藏，有明宏正闲，归之王文恪已，又转入国博文三桥手，康熙丁亥十月舟过奔牛，忽得之市屠中，乃为之赞"云云。
>
> 先生负瓢行歌时，岂意后人绘诸研。严陵滩边新月出，落水兰亭神一变。脱帽晞髪狂歌呼，斯人傥亦苏之徒。不知何处得此雨归态，摩挲片石旋成图。桄榔树叶摘可书，谁谓青箬非吾须。翛然策杖出尘，泥涂那复需人扶。固宜犬吠妇子笑，岂有如此笠之农夫。往者宋商邱绢本出家藏，亦有王麓台吮笔苏斋旁。千载招邀作尚友，只疑真有载酒堂。未若此研神致尤青苍。俞紫芝、文三桥，流传艺苑非一朝。夙爱济之作赞语，谁知印章宛可靓。古墨荧荧照影寒，真研不损知者难。(真研不损语见坡公墨迹)只应却与周公瑾，薄暮西泠放棹看。②

本文以序交代砚的大致形态，从规格尺寸到砚背的笠屐图，从文彭、俞和、济之等人的印鉴文字到王澍印匣的题赞，作一较为系统的介绍，使我们对笠屐

① [元]张雨撰《句曲外史贞居先生诗集》卷二，四部丛刊景钞元刻本；[元]张昱撰《张光弼诗集》，四部丛刊续编景明刊本，卷三；[明]王鏊撰《震泽集》，文渊阁四库全书本，卷三十二。

② 《复初斋诗集》(一)卷二，第377—378页。

图砚的形貌、收藏源流等有一个较为全面的了解。而翁方纲题跋的正文,则以诗歌的形式,在内容上与序文相呼应,再现苏轼当年戴笠着屐策杖时的意态及情形,对序文中提及的"潇洒"结合海南之地境进行重墨渲染,以诗笔重现画面却较画面更具体生动,较画面蕴含了更为丰富的内容。

翁方纲在上跋中全文录入此典故,而在《予既考证李伯时画东坡笠屐图事,复题二诗于帧》则以用典的形式提及:

> 同在元符末,江南望海南。山川心不隔,笠屐影无惭。逸气留天地,蛮烟老惠儋。祇应故友识,摘叶写茆庵。
>
> 旧史传文苑,当年想画图。烹茶来释子,载酒有生徒。万丈光遥接,千秋墨共摹。衣纹托清梦,知我室名苏。①

从此则题跋看,翁方纲对苏轼除了敬重之意,还有将其视为千古一知己之情。翁方纲对苏轼的敬重,与其诗、书有着非常重要的关系,但苏轼的品德性情则是更为重要的一个方面,翁方纲对苏轼的为人处世之道有很高的评价,其在《跋苏文忠公宋本真像》中曰:"若夫紫薇玉堂,琼崖赤壁,阅富贵于春梦,等荣名于戏剧。忠君之志,虽困愈坚。浩然之气,至死不屈。至其临绝答维琳之语,此尤数子之莫及也。"②褒扬苏轼摒名弃利,忠君为国;而此跋曰"逸气留天地,蛮烟老惠儋",则凸显其洒脱、屡处逆境而从容的个性。前文提及的《再跋朱兰嵎画坡公像》、《坡公笠屐像赞》也皆涉苏轼儋州事,在说明画作创作缘由的同时揭示东坡超然物外的豁达。

五、翁方纲的"笠屐禅"

对这种超脱、乐观、豁达的精神,使得苏轼戴笠着屐事为后世文人津津乐道,争相歌咏或效仿。清代李星沅以"笠屐风流"来描绘东坡此事③,而翁方纲,则把其对苏轼的追从与敬重视为参禅,在《渔洋先生五七言诗钞重订

① 《复初斋诗集》(一)卷二十六,第596—597页。
② 《翁方纲题跋手札集录》,第445页。
③ [清]李星沅撰《题郑云麓观察笠屐图》有"笠屐风流今宛然,又持藜杖入南天"语。见《李文恭公遗集》,清同治五年李概刻本。

本锓板成，赋寄粤东叶花溪十二首》以“笠屐禅”喻之[1]，更见其对苏轼崇敬之笃。翁方纲笠屐图情结的流露从其首题赵子固东坡笠屐图砚，至其终老，不仅反映在苏轼笠屐图的题跋中，而且我们从其他的诗文也不难领会。如《腊月十九诸公集苏斋作坡公生日，观宋漫堂小像及西陂草堂图。同用西陂集中祭坡公韵》云：“十年屋扁题宝苏，掇拾补注惭功夫。空教日对笠屐像，轩轩千仞苍髯须。怜余骄笔日枯涩，但丐公迹思霑濡。”[2]《芝山为予绘杭湖新建坡公祠二首》其二曰：“先生神在水云间，夜月遥应笠屐还。”[3]《雨宿徐州记东坡石刻诗惟登云龙山一首，又送张师厚第二首尚存，因语太守拓之。先次二诗韵》曰：“今来午睡秋雨长，梦醒笠屐疑犹望。”[4]或临图如对其人，或以恍然来归、思极入梦的虚幻方式表达自我与苏轼之间的应答交流。而《和苏药玉船诗为星实两峰别》曰“年年公生日，笠屐拜我师”[5]，则是对现实生活描写。在这些诗作中，无论是虚幻还是实笔，以“笠屐”指代的东坡画像都是必不可少的媒介。这些只言片语，并非是为题跋笠屐图而作，却更见东坡笠屐图对翁方纲的影响。翁方纲所收藏的苏轼画像并非仅是笠屐图，然在翁方纲心目中，可以用来指代苏轼形象的，只有笠屐图才更为恰当。这种观念的形成，同样与明清以来文人笠屐图情结不无关系。

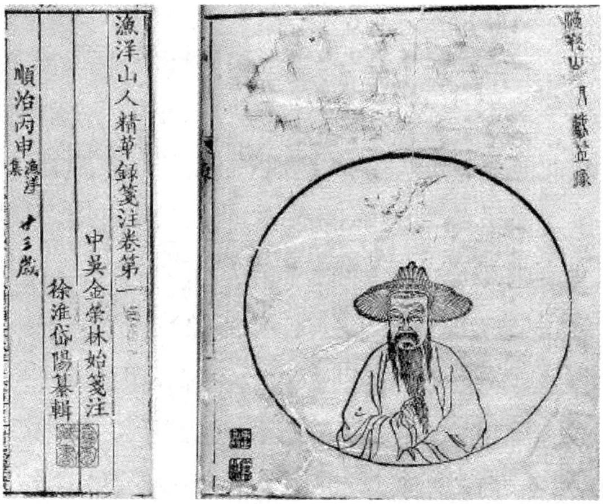

《渔洋山人戴笠图》(见康熙林佶写刻本《渔洋山人精华录》)

为自己绘一幅笠屐图，是后世文人笠屐图情结的一种表现，是他们借苏轼的超脱寄托、表达自己生活理想的一种方式。对苏轼最为敬重的翁方

① 《叶花溪十二首》(其七)，《复初斋诗集》(二)卷六十，第231页。
② 《复初斋诗集》(二)卷三十九，第30—31页。
③ 《复初斋诗集》(二)卷五十三，第164页。
④ 《复初斋集外诗》卷十三。
⑤ 《复初斋外集诗》卷二十一。

纲却对此有着不同的观点。王士禛有一幅笠屐图存世。翁方纲作《跋渔洋先生戴笠像》，是翁方纲的笠屐图题跋以至画像题跋中较为独特的一篇作品：

先生非戴笠人也，而其门人常赞之曰："身着朝衫头戴笠，孟县眉山共标格。"夫苏有笠图，韩则无之，乃以为共标格者，何哉？愚以为此诗家之喻言耳。古今不善学杜者，无若空同、沧溟。空同、沧溟，貌皆似杜者也。古今善学杜者，无若义山、山谷。义山、山谷貌皆不似杜者也。夫空同、沧溟，所谓格调，其去渔洋所谓神韵者，奚以异乎？夫貌为激昂壮浪者，谓之袭取。貌为简淡高妙者，独不谓之袭取乎？渔洋先生提唱唐贤三昧"无迹可求"之旨，其胸中超然标举，独自得于空音镜象之外者，而其一时友朋门弟子，或未之尽知也。此当时画者，但知以戴笠之况，写其萧寥高寄之神致，而于先生之实得，究未能传者也。先生尝谓杜陵与孟襄阳不同，而其诗推孟浩然独至，若宋之山谷、元之道园，皆与先生不同调，而先生尤推述之不置，则知先生论诗，初不系乎形声象貌之似矣。然则当时画者之貌先生如此，其门人之赞先生如此，而今日方纲之以所见见先生又如此。此赵松雪赞杜陵云"先生有神，当赏此意"者也。天都朱舍人，诗人之隽也，摹是图，属方纲题其后，窃举其所见者以质之。①

王士禛"貌似东坡"②，而其门人常将其笠屐像与东坡笠屐图并举。翁方纲此跋以"先生非戴笠人也"起领全篇，开门见山对渔洋门人对王士禛的夸赞提出异议。题跋鉴于王士禛及求题者的诗人身份，题写内容以论诗为主。翁方纲由人之外貌论及诗作，由追求画像的外貌形似写及诗歌创作"貌似而神离"的因袭，"渔洋先生提倡唐贤三昧'无迹可求'之旨，其胸中超然标举，独自得于空音镜象之外者，而其一时友朋门弟子，或未之尽知也"，认为学诗只追求"形声象貌之似"，并非王士禛的初衷。从而以对王士禛笠屐图的创作

① 《复初斋文集》卷三十四，第 1351—1353 页。
② 《渔洋先生五七言诗钞重订本锓板成，赋寄粤东叶花溪十二首》（其七），《复初斋诗集》（二）卷六十，第 231 页。

者及称赞者的批评,来表达自己对诗歌创作中盲目拟古的质疑与反对。此题跋名为题图论画,实为阐述自己的诗学观点。而王士禛的笠屐图,在这则题跋中成为翁方纲演绎自己诗学主张的道具,同时也表达了翁方纲对笠屐图的观点:衣冠外貌的因袭,并非是恰如其分地表达对苏轼师从及自我人格价值或人生理想的方式。

因此,翁方纲拒绝别人为其画笠屐图。由对苏轼的崇敬而仿效,本在情理之中。然在众多学者皆效仿东坡绘制笠屐图的情形下,翁方纲却拒绝以衣着仿效的方式表达自己的崇敬。按《翁方纲年谱》:"嘉庆十七年壬申(1812)十月二日,朝鲜金正喜进士于先生旧作《拜苏轼生日诗》草稿后,又写《覃谿先生像》,洪占铨题。先生又有诗题于后,诗云:'篛笠焉能效写真,瓣香未敢许知津。只应月照松窗影,苏像筵前执役人。(或欲仿坡公,作戴笠像,予谢不敢也。第作科头服役者耳。)'(朝鲜友人藏复印本)"[①]对苏轼诗、书至为宝重,而对苏轼其人则以自我的谦逊与卑微,烘衬苏轼在其心目中的崇高地位。这种谦逊与卑微,与翁方纲终其一生的谨小慎微、兢兢业业颇为相符。苏轼画像尤其是蕴含着超然物外思想的东坡笠屐图,对翁方纲来说,的确代表了一种可以祈求之而无法实现之的人生至境。翁方纲对苏轼师从之、向往之,对其诗书成就、忠君豪放、洒脱不羁的人格魅力梦寐以求之。在翁方纲一生漫长的敬苏、拜苏过程中,东坡笠屐图一直是翁方纲对苏轼师从、敬重、缅怀情感的重要寄托之一。

作者简介

傅元琼(1971—),女,山东临沂人。南京大学古代文学专业2009级在读博士生,师从曹虹教授。研究方向为书画题跋文体、文学与书画关系等。

① 沈津:《翁方纲年谱》,台北:中央研究院中国文哲研究所2002年版,第462—463页。

《详注聊斋志异图咏》中的“语-图”互文现象

吕 东

摘要：本文首先从《聊斋志异》经典的插图文本《详注聊斋志异图咏》入手，来考察其文本层面的“语-图”关系。指出此插图本中的图像达到了“因文生图”的逼真效果，而款识中的语言也起到了对图像表达的补充，最终形成了语言与图像之间的互文互释的紧密融合。接下来，分析了这一文本结体形式与中国古代通俗叙事的配图讲故事的传统的密切关联，指出了中国古代小说插图本中“语-图”互文关系的形成是直接镶嵌在这一传统之中的。

关键词：聊斋志异　插图　图像叙事　“语-图”互文　配图讲故事

《聊斋志异》是中国文言小说的巅峰之作，可谓是家喻户晓，妇孺皆知。其中插图版本的出现和盛行，不仅开启了《聊斋志异》全新的图像[①]传播的时代，而且为这部巨著的大众化传播作出了突出的贡献。

而在其众多的插图版本中，光绪十二年(1886)上海同文书局广百宋斋主人刊刻的《详注聊斋志异图咏》[②]无疑是一颗璀璨的明珠。此书一出，便风靡市面，并赢得了极高的声誉。1935年鲁迅在给孟十还的信中就曾提到这本书的热销情况，“欢迎插图是一向如此的，记得19世纪末，绘图的《聊斋志异》出版，许多人都买来看，非常高兴的。而且有些孩子，还因为图画，才去看文章，所以我以为插图不但有趣，且亦有益。”[③]阿英更是评价此插图本为

---

① 对于图像概念的理解，可参看 W. J. T. Mitchell, “What Is an Image?” *New Literary History*, Vol. 15, No. 3, Spring, 1984, pp. 503 - 537. 米歇尔运用维特根斯坦的家族相似理论，构建了图像家族的系谱图，说明在图绘的(graphic)、光学的(optical)、知觉的(perceptual)、心灵的(mental)、语词的(verbal)这五个范畴中可被称作图像的事物的多样性，并且强调没有一致连贯的图像学。本文将重点考察物质性的图画。

② 本文所使用的《详注聊斋志异图咏》为中国书店1983年版的影印本，是据光绪同文书局石印本原大影印，但缺少了广百宋斋主人的例言。

③ 王世家，止庵编：《鲁迅编年著译全集》，第十八卷，北京：人民出版社2009年版，第332页。

“《聊斋》插图本之最善者”。[①] 那么这样经典的《聊斋志异》插图本中究竟形成了怎样的“语-图”关系？我们又如何在中国古代通俗叙事的传统中来理解这一文本层面所形成的“语-图”关系呢？本文接下来就将对这两个问题进行详细的解答。

一、“语-图”互文

《详注聊斋志异图咏》是采用石印技术完成的插图文本，该本以青柯亭本为底本，增加了吕湛恩的注，并请当时名手，为每篇故事中的主要情节或代表性人物各绘制一幅图像，分订每卷之前，“其有二则有三则者，亦并图之，共得四百四十四图。不惮笔墨之劳，务餍阅者之意。惟卷二《伏狐》第二则，事涉淫亵，卷十五《夏雪》第二则，并无事实，无从着笔，姑付阙如”。[②] 且于每幅图像中撰写七绝一首，作为款识，点明故事主旨和意蕴，并以故事篇名之字篆为各式小印，嵌入图中。如此图、诗、文并举的形式令人赏心悦目。

而此间嵌入的图像构成了文本叙事形象化的视觉再现，达到了“因文生图”的逼真效果。如《婴宁》中的插图，以精练的尺幅，将婴宁攀登庭院后面的木香架，拈花簪玩，恰被西邻家之子撞见，女笑而不避，而西邻家之子淫心肆起的情节直观形象地展现在眼前。其中，对景物的刻画细致入微，人物的神情也被描画得惟妙惟肖，从婴宁天真的笑脸中，使人不禁浮想起文本中对婴宁描绘的每个瞬间，那个爱笑喜花，纯洁娇憨，嬉不知愁的天真形象跃然眼前，沁人心脾，无怪乎王生的一片痴情，“我非爱花，爱撚花之人耳”。同时，西邻家之子的痴态和丑态也被刻画得淋漓尽致，使人不由地联想到文本中随后其因自身的淫欲而遭到的报应，并为这样的恶人恶报而暗自叫好(见图1)。还有如《画皮》插图中对王生透过窗窥视屋内，发现与自己苟合的美女原来是狞鬼而极度恐惧的场景的刻画(见图2)，以及《聂小倩》插图中小倩以黄金诱惑宁采臣，被其断然拒绝而掷诸庭墀的场面描画(见图3)，都显示出对景物的细致把握，是在忠实文本情节基础上对场景的生动再现，以及对人物个性特质的形象化再现，真正做到了“嬉笑怒骂，确肖神情”。[③]

---

① 阿英:《小说三谈》,上海:上海古籍出版社1979年版,第136页。

②③ 广百宋斋主人:《详注聊斋志异图咏例言》,选自朱一玄编:《聊斋志异资料汇编》,天津:南开大学出版社2002年版,第393页。

图 1 《婴宁》

图 2 《画皮》

图 3 《聂小倩》

上述在图像密切配合文本叙事的过程中，图像自身直观形象性的优势也显现了出来。正如亚里士多德所言：“求知是所有人的本性。对感觉的喜爱就是证明。人们甚至离开实用而喜爱感觉本身，喜爱视觉尤胜于其他。不仅是在实际活动中，就在并不打算做什么的时候，正如人们所说，和其他相比，我们也更愿意观看，这是由于，它最能使我们识别事物，并揭示各种各样的区别。”① 可见，图像和视觉在人的感官感觉和获取信息中的重要性。达·芬奇也认为，图像就像自然景物一样，即刻为一切人通晓，而且比语言文字更真实准确地将自然万象表现给我们的知觉。② 中国古人对图像在直观再现形象方面的优越性也多有论述，西晋的陆机就曾明确指出：“丹青之兴，比雅颂之述作，美大业之馨香，宣物莫大于言，存形莫善于画。”③唐代的张彦远也曾说道：“记传所以叙其事，不能载其容，颂赞有以咏其美，不能备其象，图画之制，所以兼之也。”④ 南宋的郑樵在《通志·图谱略·索象》中同样提到：“古之学者为学有要，置图于左，置书于右，索象于图，索理于书。故人亦易为学，学亦易为功。”⑤

可是，在此插图本中，每则故事只配有一幅图像，虽然图像能够凸显其作为空间艺术的形象性优势，但是在此媒介状况的限制下，图像展现时间中的动作的能力受到了根本性约束。此时，编者在插图中采取了三种方法，来提高图像与文本的黏合度，进而增强图像的叙事能力和信息容量。

---

① [古希腊]亚里士多德：《形而上学》，苗力田译，北京：中国人民大学出版社 2003 年版，第 1 页。
② [意]列奥纳多·达·芬奇：《达·芬奇论绘画》，戴勉译，北京：人民美术出版社 1979 年版，第 17 页。
③④ 张彦远：《历代名画记》，北京：人民美术出版社 2004 年版，第 3 页。
⑤ 郑樵：《通志》，王树民点校，北京：中华书局 1995 年版，第 1825 页。

一是莱辛式的顷刻。莱辛在《拉奥孔》中强调诗画之间的界限,指出绘画是空间的艺术,并且是自然的符号。诗是时间的艺术,并且是人为的符号。莱辛从媒介的符号属性的基本差别出发,引出了诗与画在模仿对象上的差别,物体及其感性特征是绘画所特有的对象,而动作是诗所特有的对象。绘画也能模仿动作,只不过是通过物体来暗示动作。诗也能描绘物体,只不过是通过动作来暗示物体。而且由于模仿媒介的限制,绘画在其同时并列的构图中,只能运用物体中的某一顷刻,那么就要"选择最富于孕育性的那一顷刻,使得前前后后都可以从这一顷刻中得到最清楚的理解"①。这一顷刻就是动作发展的顶点前的一顷刻,既包含过去,也暗示未来,可以让想象力有自由发挥的空间。在莱辛看来,绘画中表现激情的顶点,既会损失掉艺术想象的空间,又违背艺术的永恒性的特质,只会换来观者的厌恶。此插图本的许多图像在以物体来暗示动作时,也同样选取了"最富于孕育性的那一顷刻",在包含过去和暗示未来中使图像叙事的时间性得以延展,增强了图像叙事的能力。如《崂山道士》的插图中,描画了王生在妻子面前逞能,冲向墙壁,欲施展穿墙之术的顷刻,既使人联想到此前王生贪羡世俗生活,好逸恶劳,不去苦心修持,但求一知半解地学到点法术,借以逞一己之私的丑行,又暗示了其碰壁倒地的滑稽下场,令人忍俊不禁(见图 4)。还有如《叶生》插图中表现的叶生魂归故里,妻子大惊失色的顷刻(见图 5),《侠女》插图中描画侠女忽至顾生之室,手提革囊的顷刻(见图 6)等都属于这一范畴,可以说,对最富于孕育性的顷刻的表现,是此插图本图像叙事较多使用的手法。

图 4 《崂山道士》

图 5 《叶生》

图 6 《侠女》

① [德]莱辛:《拉奥孔》,北京:人民文学出版社 2008 年版,第 85 页。

二是场景的并置。一方面采取了中国绘画中“散点透视”的构图手法，不同于西方绘画中“焦点透视”下的静态写生，强调视点在空间内的变化，形成了“步移景换”的动态视觉效果。正如宗白华所言，“把全部景界组织成一幅气韵生动、有节奏有和谐的艺术画面，不是机械的照相”，①同时此手法能够在有限空间内并置不同视点下的场景，从而扩充了图像的叙事容量，提高了其叙事表现力。如《鸦头》的插图中，图像在视点的转换下，将近景的房内，客官们注视着被杀死的狐尸的场景，与远景中，王孜在房内举箭欲射向房梁的场景并置起来，既暗示了近景的房内，经历过一场打斗，椅子倒地，狐尸横陈地上，也暗示了远景中的房内，王孜之箭将要射落梁上之狐。一幅图像容纳了大量的信息，而场景依然错落有致，富于美感（见图7）。还有如《青梅》、《胡四娘》、《刘夫人》、《鸟语》等的插图也都使用了此种“散点透视”下的场景并置的手法来增强图像的叙事能力。另一方面，在构图之中，用线条的轮廓构筑起梦境的区隔性空间，使现实的场景和梦境中的场景并置，同样达到了增强图像叙事能力的效果。如《续黄粱》的插图中，既描画了曾孝廉与友人在寺中避雨，一老僧静坐蒲团，友人谈笑风生，而曾孝廉却梦中睡去的场景，同时又并置了梦的空间，在其中，有曾孝廉拜受高官的场景。如此，既暗示了梦境中曾孝廉的宦海倾覆，同时也暗示了现实中，其黄粱一梦后，丧气而返的可悲结局，梦的空间的形象化建构，使图像叙事充满张力（见图8）。此外，《竹青》、《金永年》、《顾生》、《梦别》等的插图中也分别构筑了梦的区隔性空间来增加图像的叙事能力。值得注意的是，《刘亮彩》和《饿鬼》的插图还同时使用了这两种场景并置的方法，使图像的信息容量和叙事能力得到了更进一步的增强（见图9和图10）。

图7 《鸦头》

三是视角的融合。图像的“构图取景多为俯视式，而‘人物’塑造仍采用平视角，其中的‘观察者’类似于语言叙事中全知全能的叙述主体，这类叙述主体视角与事件把握能力大于故事之中的任何一个人物”②。如此，在远景

① 宗白华：《美学散步》，上海：上海人民出版社2005年版，第165页。
② 于德山：《中国图像叙述传播》，济南：山东文艺出版社2008年版，第209页。

图 8 《续黄粱》

图 9 《刘亮彩》

图 10 《饿鬼》

俯视式的全景构图中,图像叙事的空间得以延展,上帝般的“观察者”可以从容地完成不同时空中的场景的并置,同时采用平视角展现人物,人物的形象跃然眼前。视角的融合,不仅提高了图像叙事的能力,还无损于图像的生动逼真性。如《青梅》的插图中,俯视式的全景构图,为“散点透视”中步移景换的场景并置提供了空间保障,使张生啖糠粥,以及青梅入室见张生之母,见桌上摆放着可口佳肴这样两个不同空间中的场景并置得以实现,图像具有了动态性,并且在场景井然有序的安排中为观者构筑了流动性的叙事体验的空间。而平视角下人物精细的刻画,更使得图像逼真而传神(见图 11)。正如潘天寿之所言:“吾国祖先,辄将平透视人物,纳入俯透视之背景中,既不减少景物之多层,又能使人物形象与平时所见无异,是合用平透视、斜俯透视于一幅画面中,以适观众心眼之要求。”[①]可以说,此三种方法相互密切配合,共同完成了图像叙事能力的提升以及加强了图与文的黏合度。

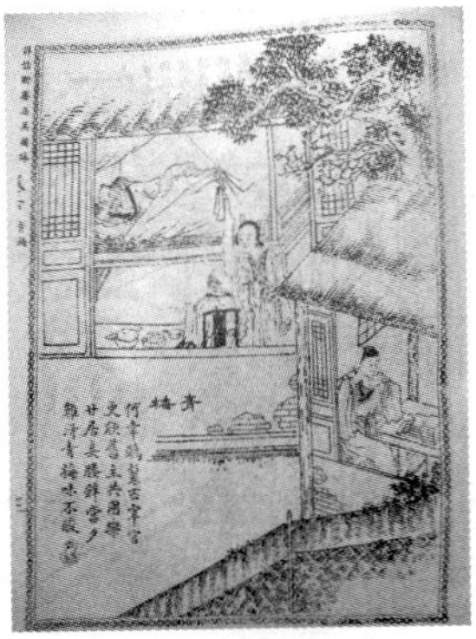

图 11 《青梅》

但是,图像自身的信息传递和意义表达终究要以语言的形式展现出来,就正如巴克森德尔所言,“我们不是对图画本身作出说明,我们是对关于图画的评论作出说明——或者,说得更确切点,我们只有在某种言

① 潘天寿:《潘天寿美术文集》,北京:人民美术出版社 1983 年版,第 31 页。

辞描述或详细叙述之下考虑过图画之后才能对它们作出说明”。① 可见唯有借助语言才能对图像进行说明。巴赫金同样认为话语是包括图像在内的一般意识形态的意义的基石，“没有内部语言的参加，无论哪一种意识形态现象（绘画、音乐、仪式、行为）的理解过程都不会实现”。② 而图像自身内在的语言表达不具备清晰性，于是，在此插图文本中，编者就为每幅图像配以七绝一首作为款识，并嵌入篆有篇名之字的小印，在享受书法所带来飘逸俊秀的视觉美感的同时，也由语言在点明故事主旨的基础上，还原了图像表达的清晰性。如《婴宁》插图中的七绝：“拈花微笑欲倾城，情到弥时转不情。一味天真何烂漫，只宜呼作太憨生。”故事中，婴宁由起初的喜不知愁，到最后转喜为悲，请求王生帮助自己归葬鬼母的主要情节脉络在“情到弥时转不情”的诗句中得到了准确的概括，并且点明了婴宁爱笑喜花，纯洁娇憨的个性特质，并予以热情赞美，正符合了文章中对婴宁的赞美，和对污浊世风的鄙夷的思想主题。图像在诗作语言的指涉中得以复归本文叙事，进而其描画的场景得以清晰识别，并且诗作也清晰地表达出了图像的深层意义。又如《聂小倩》插图中的七绝：“既具光明磊落肠，不逢剑侠亦何伤。良宵自诧奇缘者，多半青燐注暮杨。”诗中点出了故事中男主人公宁采臣光明磊落的君子品行，并且突出了邪不胜正的故事主旨，图像场景的描画和意义的表达都在诗作的嵌入中得以清晰的显现。

最终，在此插图本中，图像构成了文本叙事的形象化的视觉再现，真正做到了“因文生图”。而嵌入图像中的作为款识的诗作，在点明故事主旨的基础上，完成了对图像的信息传递和意义表达的补充，还原了图像表达的清晰性。如此，在文本的叙事中形成了语言与图像的完美的“缝合”③，进而达到了彼此之间互文互释的紧密融合。

二、配图讲故事

以上考察了《详注聊斋志异图咏》文本层面所形成的“语-图”互文关系，

---

① [英]巴克森德尔：《意图的模式》，曹意强等译，杭州：中国美术学院出版社 1997 年版，第 1 页。

② [俄]巴赫金：《马克思主义与语言哲学》，选自《巴赫金全集》，第二卷，钱中文译，石家庄：河北教育出版社 2009 年版，第 348—349 页。

③ 关于“缝合”这一概念术语的思考，可参见 W. J. T. 米歇尔：《图像理论》，陈永国、胡文征译，北京：北京大学出版社 2006 年版，第 79 页注释②。

如果联系中国古代通俗叙事的传统来加以理解,便会发现这一文本结体形式与中国古代通俗叙事的配图讲故事的传统有密切关联,而这一民间传统在敦煌“变文”中得到了有力的证明。

何谓“变文”?“变文”是指因通俗化讲经的需要而在文体上对正式经文的变易。开始时,僧徒宣讲佛经,而以梵音配合着唱诵,此种讲经形式便是“唱导”。唱导的内容无非就是佛经,或佛名。后来,在唱导中,常常根据佛经的教义,用俚语讲佛经故事,或采用民间故事进行“改编”,加入佛经“轮回”、“因果报应”,以吸引听众。这种通俗化讲经的形式就叫做“俗讲”,俗讲的本子便是“变文”。而且有证据表明,宣讲“变文”不仅是一种韵散结合的讲唱形式,还极有可能配有“变相”。所谓“变相”,是指以图像的形式将佛经内容形象化,并且“变文”讲唱与“变相”相互之间密切配合,达到了很好的互文互释的效果。就正如白化文所言,“大多数的看法,都认为变文与变相有关。也就是说,变文,作为一种文字,和另一种叫做“变相”的图画有不可分割的关系,两者相辅而行”。①

首先,现藏于巴黎国家图书馆的伯希和敦煌卷子 P. 4524R 的五幅连环画卷,卷子的背面有相应的七言韵文,其词句与《降魔变文》中的韵文部分完全相同,而图像中描画的正是牢度差与舍利弗斗法的故事场景,正是对“变文”故事内容的形象化的再现。那么此连环画卷很有可能就是配合“变文”讲唱的“变相”,并且“变文”讲唱与“变相”之间的密切配合从中也可见一斑。而从此变相卷子中,金维诺就敏锐地发掘出“变文”与“变相”的密切配合与明清插图本小说的相似性,“伯希和盗劫到巴黎去的四五二四号卷子,一面是变文,一面是图画,这一变相正是表现牢度差与舍利弗斗法的故事,而每节图画都和变文相应。图文的结合,就像明清插图小说一样”②。其次,在 S. 2614 的“变文”写本中,其题名既为《大目乾连冥间救母变文并图一卷并序》,这个题目下面的“并图”二字,虽有用墨线划掉的痕迹,但依然清晰可见。也就是说,此写本是原拟附图的,但很可能图像单独成册,所以抹除了题名中的“并图”二字,那么,此“变文”讲唱很可能是配有“变相”卷子的。再次,在“变文”写本中,存在着大量提示图像出场的叙事套语,如“……处”,

① 白化文:《什么是变文》,选自周绍良,白话文编:《敦煌变文论文录》,上册,上海:上海古籍出版社 1982 年版,第 434 页。

② 金维诺:《〈祇园记图〉与变文》,选自周绍良,白话文编:《敦煌变文论文录》,上册,上海:上海古籍出版社 1982 年版,第 353 页。

“看……处”，“且看……处”，“且看……，若为陈说”等，“看”表明了变文讲唱是结合着视觉内容的，而“处”就是场面的意思，就正如荒见泰始所言，它很有可能就用来指示图像中的某个场面。① 在“变文”讲唱中，这些叙事套语作为由散文说白到韵文唱词的过渡性衔接，不仅提示着将要由白转唱，也指引着听众在听的同时观看“变相”，图像构成了讲唱中的形象化的视觉再现，而讲唱也使图像的表达更加明晰，如此讲唱与图像紧密配合，相得益彰。

而佛教俗讲中的“变文”讲唱也经历了不断世俗化的发展历程，一些世俗故事题材的讲唱也开始采用此种艺术形式，并且讲唱者也不局限于僧人，民间艺人也加入了讲唱“变文”的行列，晚唐诗人吉师老的《看蜀女转〈昭君变〉》，就传神地描绘了一位蜀中女艺人转动画卷，富有神情地讲唱《王昭君变文》的情景：

妖姬未著石榴裙，自道家连锦水濆。
檀口解知千载事，清词堪叹九秋文。
翠眉颦处楚边月，画卷开时塞外云。
说尽绮罗当日恨，昭君传意向文君。②

题目中的“看”字，说明“变文”讲唱的受众，在听之外，还享受着视觉的观看。而诗中的“画卷开时塞外云”一句，更是明确展现了蜀中女艺人配图讲唱《王昭君变文》的生动场面，讲唱与图像互文互释，令受众如痴如醉。

值得强调的是，关于“变文”讲唱的缘起问题，学界仍存在着分歧，那么其配图讲故事的艺术形式的源流也有待考证。但无论“变文”讲唱起源于印度还是中国，都有理由相信它就是一种配图讲故事的口头表演的艺术形式，且在这一艺术表演中，讲唱与图像密切配合，达到了很好的互文互释的效果。

虽然变文讲唱在宋代逐渐消亡，但是其配图讲故事的艺术形式很可能在早期的“说话”艺术中保留了下来。明代时，曾随郑和航行到过东南亚的马欢，在他的《瀛涯胜览》的“爪哇国”条目中写道：

---

① ［日］荒见泰始：《敦煌变文写本的研究》，北京：中华书局 2010 年版，第 57 页。
② 吉师老：《看蜀女转〈昭君变〉》，选自《全唐诗》，上海：上海古籍出版社 1986 年版，第 1915 页。

> 有一等人以纸画人物鸟兽鹰虫之类,如手卷样,以三尺高二木为画干,止齐一头,其人蟠膝坐于地,以图画立地,每展出一段,朝前番语高声解说此段来历。众人环坐而听之,或笑或哭,便如说平话一般。(冯承钧《校注》本页十五)①

这段文字不但生动地描绘了爪哇国中的配图讲故事的生动场景,更直接表明这一场景"便如说平话一般"。而巩珍的《西洋蕃国志》的《爪哇国》条目中,亦有相同内容的记载,只是表述的方式略有不同。向达即已提出:"马欢纪其在爪哇所见,与唐代转《昭君变》之情形,亦甚相仿佛。"② 梅维恒更是据此记载明确指出:"它使人不得不相信,元明时代的平话最早就是一种看图说故事,这是现今学术界到目前为止还未认识到的一个事实。如果我们可以假定,话本来自马欢和巩珍提到的口头平话,那么话本的版式(上图下文,图画前后连续,描绘故事)的来源就清楚了……平话就是宣讲变文故事在元代(1260—1368)的直接继承者。我们甚至可以简单地说,平话根本就是'变'的一个中国化的名字。"③虽然最早出现的小说插图本④中上图下文的版式与配图讲故事的传统无太多关联,但梅氏使我们意识到其插图所采用的连环画的形式很可能源于配合"变文"讲唱的"变相",并且他还明确地指出了"平话"艺术对"变文"讲唱所形成的配图讲故事的传统的继承。而梅氏也引述了许多材料来论证他的观点,如他引用了《说岳全传》中王佐说书的故事。宋军的王佐假扮成了说书人,来到敌军将领陆文龙的营中,以配图讲故事的方式让陆文龙明白自己的身世真相。文学中所描述的配图讲故事很可能就是现实中"平话"的说唱表演所采用的方式。⑤

也正是在这一民间的通俗叙事的配图讲故事的传统的传承过程中,一方面创造了大众喜闻乐见的讲唱与图像密切配合,互文互释的口头叙事样式,另一方面这一口头叙事的样式也为通俗叙事的文本传播准备了大批潜

---

①② 向达:《唐代俗讲考》,选自周绍良、白化文编:《敦煌变文论文录》,上册,上海:上海古籍出版社1982年版,第65页。

③ [美]梅维恒:《绘画与表演——中国的看图讲故事和它的印度起源》,王邦维、荣新江、钱文忠译,北京:北京燕山出版社2000年版,第4页。

④ 现存最早的小说插图本,即是元代建安地区刊刻的《新刊全相三分事略》与《全相平话五种》。

⑤ 更详细的论述,参见梅维恒:《绘画与表演——中国的看图讲故事和它的印度起源》,王邦维、荣新江、钱文忠译,第3—8页。

在的“读者”。那么,当“平话”的口头表演转变为书面的“话本”时,口头的讲唱与图像互文互释的叙事样式自然会沉淀为小说文本的结体形式,以符合读者的接受心理,进而增加小说的阅读量,使书商获取商业利益。而正是在商业利益的驱动下,小说插图本逐渐兴盛起来,至明万历年间,书坊间所刊刻的小说书籍,更是无书不图,文言小说也自不例外。可以说,正是在这一配图讲故事的传统之中,直接促使了通俗叙事之中语言与图像由分体状态向合体状态的转变,[①]进而促成了小说插图本的产生和兴盛。而中国古代小说插图本中的“语-图”互文关系的形成,也是直接镶嵌在这一配图讲故事的传统之中,而《详注聊斋志异图咏》无疑是这一传统孕育下的一颗璀璨的明珠!

作者简介

吕东(1986—),男,陕西省宝鸡市人。华东师范大学中文系10级硕士研究生。主要研究方向为文学理论和图像学。

① 关于“语-图”关系的历史化梳理,可具体参见赵宪章:《文学与图像关系中的若干问题》,载《江海学刊》2010年第1期,第189—191页;以及李彦锋:《中国绘画史中的语-图关系研究》,上海大学博士学位论文,2010年。

从文字到图像

——《红楼梦》接受过程中的视觉性及其意义

陆 涛

摘要:《红楼梦》在问世之初,以文字的形式而存在,其文本形态有手抄本和印刷本,读者对其的接受是一种文字接受。当《红楼梦》以图像的形式出现后,文本形态有插图和影视,读者对其的接受开始涉及到了视觉性,特别是在影视形态中,视觉性占据了主导的地位。对接受者来说,视觉性的接受给读者带来了凝视的快感。这种快感包括两个方面,一是性的快感;二就是权力的满足感。

关键词:文字　图像　红楼梦　视觉性

新版《红楼梦》在电视屏幕上热播,给广大观众带来了耳目一新的接受效果,亦使我们开始重新思考对《红楼梦》的不同接受方式。从对《红楼梦》的接受来说,主要有两种接受方式,文字接受和图像接受,亦有在一定程度的听觉上的接受,即以说书的形式。在《红楼梦》问世之初,主要以文字的形式进行接受。后来,《红楼梦》出现了图像①的形式,主要表现在小说插图和各种图像形态的《红楼梦》。到了影像时代,又出现了《红楼梦》的影视改编,出现了各种影像形态的《红楼梦》,如电视和电影。无论是图像形态,还是影像形态,都涉及了《红楼梦》接受过程中的视觉性因素。对《红楼梦》的接受如何由文字形态转变到图像形态,以及其中涉及的视觉性因素对《红楼梦》的接受有何意义,这将是本文所探讨的内容。

一、《红楼梦》的文字接受

我们说《红楼梦》的文字接受,是指通过阅读文字的方式对其的接受,这里的文字不仅指的是印刷文字,还有手抄文字。我们知道,在印刷技术还不

---

① 本文中的图像有这种含义,包括广义和狭义,广义的包括纸质图像和影像,狭义的只包括纸质图像。本文有时采用其广义概念,有时采用其狭义概念,这要视语境而定。

是很发达的明清时期，手抄亦是文字传播的一种重要方式。因此，我们所说的文字接受的对象包括手抄本和印刷本。

虽然明清时期已经出现了印刷术，但《红楼梦》从其问世之日起，主要还是以手抄本的形式流传。在曹雪芹创作《红楼梦》的过程中，虽没有完稿，就已经在他的好友圈中进行流传，并以手抄本的形式进行接受与传播。现藏于美国康奈尔大学图书馆的《脂砚斋重评石头记》即“脂砚斋甲戌抄阅再评本”(甲戌本)就是当今发现的最早的手抄本。《红楼梦》的抄本都是根据曹雪芹创作的八十回而抄录，题名《石头记》，大都附有脂砚斋评语，又名“脂本”系统。这种手抄本虽然在《红楼梦》的传播过程中起到过重要作用，但这种流传形式代价颇高，费时费力亦费金钱。这就导致了其传播范围有限，只有那些达官贵人才能接触到手抄本并进行再抄录。程伟元在乾隆五十六年(1791)刊本的《红楼梦·序》中写道：“好事者每传抄一部，置庙市中，昂其值得数十金，可谓不胫而走矣。”[①]说的就是这种情况。据说，当时的文人携带一部手抄本的《红楼梦》足以游历大半个中国。每到一处，达官贵人就会以手抄的形式对《红楼梦》进行复制，以期能拥有并收藏一部《红楼梦》。而对携带《红楼梦》的文人加以招待，临走时并加以金钱酬谢。这足以说明手抄在《红楼梦》传播和接受过程中的风行。在《红楼梦》问世后的几十年(1745—1791)间，《红楼梦》流传越来越广，不断被喜爱它的文人传阅、抄录和收藏。

根据李希凡、冯其庸主编的《红楼梦大辞典》，《红楼梦》的手抄版本多达35种，包括三类：一是确有实物并被收藏的版本15种；二是在文人作品中记载的所见过的版本19种；三是被称为“写本”的版本，是文人对原作进行删节、简化或插入自己的文字而形成的版本，这种版本少见，《红楼梦大辞典》中列有作于乾隆甲辰年(1784)的梦觉本1种，有梦觉主人序。直至乾隆五十六年，程伟元与高鹗第一次将《红楼梦》通过木活字印刷术进行印刷，并插入了人物绣像，即“程甲本”。至此，手抄本才逐渐失去它在《红楼梦》传播中的地位。

随着造纸术和印刷术的出现，使文学以纸质文字的形式出现，我们称为印刷文学。早在唐代就用雕版印刷术来刻印佛经，如变文等。北宋的毕昇

---

① 转引自宋莉华：《明清时期的小说传播》，北京：中国社会科学出版社2004年版，第65页。

发明的活字印刷术大大推进了印刷术的发展,使印刷的文学著作日益增多,特别是在明清时期,各地出现了众多专门印书刻书的书坊。由于明清时期流行的文学形式是小说,因此,各种版刻印刷的小说纷纷出现,这就为《红楼梦》小说的接受和传播提供了极大的便利。相比口头和手抄本传播,这种印刷本的传播显然更具有优势。印刷本的出现使《红楼梦》的传播更加便利和广泛。

《红楼梦》的印刷本主要有两类:

一类是以曹雪芹《红楼梦》原著八十回为主体的文学作品,有高鹗所续四十回,主要是"程高本"。这类作品的版本很多,据《〈红楼梦〉大词典》统计,1990 年前已有 107 种。代表性的版本有:

程甲本,此本由书商程伟元和高鹗于乾隆五十六年付梓刊印,封面题"绣像红楼梦"。全书 120 回,有程伟元、高鹗作的序和二十四幅绣像,并有高鹗续的 40 回。这是第一部摆脱了手抄的方式而用木活字印刷的《红楼梦》印刷本。

程乙本,即"乾隆五十七年壬子(1792)萃文书屋活字本",与程甲本相比,增加了引言且有所改动。

桐花凤阁评本,此版本以程乙本为底本,前面有陈其泰所作《吊梦文》,后有跋,并附有点评。在此之后,出现了各种评点本。

还有一类是以《红楼梦》原著为题材创作的其他门类的印刷版本,如清代仲振奎的《红楼梦传奇》等。

从小说接受来说,文学以文字形式的出现使读者的视觉派上用场,这是相对于口头传播来说的。但与视觉性意义上的"观看"还是不同的,虽然同样是通过眼睛,但还不能称之为视觉性的接受。这是因为,"书写和印刷媒介让'看'的主要是语词和概念,它是以认识性、象征性、理解性的内容诉诸人们的认知、想象和思考。而视觉文化让人看的主要是形象,诉诸人们的视觉。"[①]这里就区分了两类看,严格地说,第一类的"看"还只是阅读,并不是视觉文化中所说的观看;第二类的"看"才是视觉文化所研究的观看。所以说,在印刷时代的文本文学(指的是纯文字的、不加插图的小说)的接受中,视觉性这个问题还没浮出,但是印刷时代的文本文学为文学接受中的视觉性的

---

① 陈龙、陈一:《视觉文化传播导论》,上海:上海三联书店 2006 年版,第 167 页。

浮现做好了准备。因为正是印刷本小说的出现，使小说插图的出现成为可能，《红楼梦》的插图就是伴随着其印刷本的出现而出现的，从而最终使视觉性在小说接受中以浮现出来。

二、《红楼梦》接受的视觉性

我们知道，自从宋代出现了第一部小说插图本《列女传》后，小说插图日渐增多，明清时期达到顶点，出版商为了吸引读者，往往在小说中插入精美的插图。作为不朽名著的《红楼梦》更是被插入了大量图像，出现了《红楼梦》的图像形态。读者在面对一部《红楼梦》时，不仅可以阅读，亦可以观看。至此，《红楼梦》接受过程中的视觉性因素终于浮出了水面。我们所说的《红楼梦》接受的视觉性首先就是指小说插图本以及根据小说创作出来的图像形态。

《红楼梦》插图肇始于乾隆五十六年的"程甲本"，称为《新镌全部绣像红楼梦》(如图)。所谓绣像，是一种有中国特色的版刻艺术，于刻印图书时在卷首冠以书中人物的图像，既能增加图书之美观，亦能增强阅读之兴趣，可促进图书的销售。还有一种插图形式被称为全图，即在每回都配有故事情节插图。《红楼梦》的插图大致就有这两种形式。在鲁迅先生看来："书籍中的插图，原意是在装饰书籍，增加读者的兴趣，但那力量，能补文字之所不及，所以也是一种宣传画。"[①]因此，《红楼梦》的插图并不仅是种装饰，而是文字的补充，从而有利于读者的接受。

《新镌全部绣像红楼梦》之"林黛玉"，清乾隆五十六年初印本

《红楼梦》插图版本繁多，有阿英所说的四大系统：《增评补图石头记》、《增评补像全图金玉缘》、《增评绘图大观琐录》和《绣像全图金玉缘》。此外，还有孙逊所说的三大系统：一是流行初期，以"程甲本"、"程乙本"为代表；二是流传中期，以道光十二年双清仙馆本为代表，一直到光绪年间；三是以光绪年间上海广百宋斋铅印本和同文书局石印本为代表，既有卷首绣像，也有回目画，但印刷质量有所下降。

---

① 鲁迅：《连环图画辩护》，见《鲁迅全集》(6)，北京：人民文学出版社 2005 年版，第 458 页。

从形态上分,《红楼梦》的插图大体上可分三类:

一是版刻插图,主要有程伟元刊本插图二十四幅,即“程甲本”和“程乙本”。此外,有藤花榭藏本《绣像红楼梦》插图四幅,王希廉评本《红楼梦》插图六十四幅,姚伯梅评本《石头记》插图十六幅,以及荆石山民《红楼梦散套》插图三十二幅等。二是画家绘本,这种插图众多,最负盛名者则是改琦的绘本插图,改琦的插图作品有《红楼梦图咏》五十八幅图附粉本八幅、《红楼梦临本》十二幅和《红楼梦图》十二幅。此外,有周权《红楼梦十二钗》图十二幅,王墀的《增刻红楼梦图咏》十五幅。另,还有清末吴友如的《红楼梦十二金钗》十二幅和吴岳《红楼梦七十二钗画笺》七十三副等绘本。三是民间艺术类插图,有《红楼梦》壁画六幅、灯屏画四幅和年画二十二幅等。下面择其要点进行介绍。

最早的二十四幅插图,刊于乾隆五十六年(1791)的《新镌全部绣像红楼梦》。这个插图本是清程伟元的木活字本,通称“程甲本”。第二年,程伟元又选刊了十八幅图,所刻之插图本称为“程乙本”。程伟元所作的二十四幅图是:石头、宝玉、贾氏宗祠、史太君、贾政、王夫人、元春、迎春、探春、惜春、李纨、贾兰、王熙凤、巧姐、秦氏、薛宝钗、林黛玉、史湘云、妙玉、李纹、尤三姐、袭人、晴雯。在这每幅图下,均附评赞诗词一首。[①] 这些人物绣像都取自书中某个情节,所附诗词一方面可以对图像进行补充说明,同时也添加了插图者自己对于该作品的独特体验,体现出了作者的创造性。显然,这些插图也是插图者创造性的结果。这些图像与所配诗词相得益彰,图文互动,使读者对原著获得了再度体验的过程。这些诗词则是插图者对于书中情节的提炼与概括,人物图像与诗词之文的互文,亦是与原著小说的互文。正是在这图文互动之中,给了小说读者双重的审美愉悦。人物的插图都是程伟元所作,但在人物造型上,个性表现不够,脸型都是千篇一律的瓜子脸,有时令人很难区分。当然,这些插图并不毫无价值,这些插图使我们第一次与《红楼梦》中的人物图像相遇,还是会“感到亲切的、兴奋的”(郑振铎语)。在阿英看来,这二十四幅插图,在传统的中国小说插图里,是别具风格的。画家逐幅刻画了人物及其环境,并且几乎全是以细线组成。有些人物造形硕长俊

---

① 见洪振快编:《红楼梦古画录》,北京:人民文学出版社 2007 年版。

美，神态很吸引人。[1]《红楼梦图咏》为清人改琦所绘，清光绪五年 1879 年浙江杨元氏文元堂刊本，图五十幅，前图后赞，这点类似程伟元的《红楼梦》刊本，只不过这里赞语更长。这里的赞语多出自当时的翰苑名家，亦是绘图者改琦的朋友，如周绮、罗凤藻、翟应绍等。这些赞语，都是根据画中人物的性格特征而作，文辞极为优美，文采斐然。与画中人物相互照应，图文互动，使我们无论理解图还是文，都能达到意想不到的审美效果，这是单凭文字或单凭图像所无法带给我们的。

而到了 20 世纪，进入了本雅明所说的机械复制时代，或当今称为电子传媒时代，《红楼梦》出现了新的图像形态，即影像形态，主要以电视、电影为代表。如果说通过观看《红楼梦》的纸质图像，使读者在接受《红楼梦》过程中已经涉及视觉性。而通过对《红楼梦》影像形态的接受，则使这种视觉性被无限放大，图像成为我们接受《红楼梦》的主要载体，而文字则降到辅助的地位。而在传统的小说插图接受过程中，我们主要接受的还是文字，而图像只是处于辅助地位。到了电子传媒时代，这种情况则为之一变。读者接受《红楼梦》则主要依靠视觉，而不再是思维。

由于《红楼梦》的影像版本众多，不仅是在大陆，就是在香港、台湾地区亦有不少版本，这里就不全部列出《红楼梦》的所有版本，而只简要介绍《红楼梦》的一些经典影像版本。

早在 1936 年，上海新华影片公司就将《红楼梦》搬上银幕，周贻白编剧，卜万苍导演，周璇饰林黛玉。此外，电影版还有 1988 年谢铁骊导演、编剧，北京电影制片厂制作的电影《红楼梦》。在《红楼梦》的影像版本中，1987 年中央电视台拍摄的 36 集电视连续剧可谓是一次成功的影视改编，由王扶林导演，陈晓旭饰林黛玉。这部电视剧自问世以来，曾在各大电视台反复播放，据统计，播放次数达到了七百多次，至今还在播放。而《红楼梦》的最新电视剧版则是当前李少红导演的新版《红楼梦》。

李少红版《红楼梦》图像

---

[1] 阿英：《漫谈红楼梦的插图和画册》，见《阿英说小说》，上海：上海古籍出版社 2000 年版，第 176 页。

正是这些影视形态的《红楼梦》的出现,使广大读者可以抛开书本,而全心投入对《红楼梦》的视觉接受上来。也正是这些图像形态的《红楼梦》的出现,使读者在接受《红楼梦》过程中发生了由“读”到“看”的变化。当然,我们在研究《红楼梦》接受的视觉性时,所指向的并不是视觉对象本身,而是看的行为,是隐藏在看的行为中的全部关系。我们研究《红楼梦》的视觉性也并不是仅仅考察其图像本身,而是要去揭示这一看的行为在背后所隐藏的隐秘机制,即凝视。

三、凝视的快感:图像接受的意义

小说插图本的出现使小说文本变成了“插图小说”的合成文本。这样,我们对小说的接受就不再仅是对文字的阅读,而是结合“观看”这一接受形式,这就涉及了视觉的问题。在西方,视觉的问题早已被哲学家所关注,在他们看来,视觉为五官中最重要的感官,特别在艺术交流中,更主要是通过视觉。而到了19世纪,艺术家们试图从作为一个视觉感知对象的状态来理解艺术品,在这些艺术家看来,艺术品纯粹是一个视觉感知对象,而不是它所呈现的意义,艺术批评所关注的是艺术品的色彩和光线等形式特征,如瑞士艺术批评家沃尔夫林的艺术批评理论。进入20世纪,在艺术批评中,批评家仍从色彩、光线等形式特征入手来解释如抽象表现主义这样的艺术运动。相比于19世纪的艺术批评,这种从视觉感知对象来研究艺术品的方法已经在更大范围内被发展成为一种所谓的“凝视”理论。这是因为,当我们在观看一幅插图时,并不是简单地看,而是和其他因素交织在一起。在当前学术语境下,凝视(gaze)已经不再仅仅是知觉的一个术语,即机械地观看或者以某种物理性的方式展示图像,而是包括了主体性、文化、意识形态、性、种族以及阐释等诸多问题。美国电影理论家帕特里克·富瑞(Patrick Fuery)认为:“凝视这一概念所观照的,既是看的行为,也是被看的行为;既是知觉,也是解释;既是眼前呈现的事物,也是事物在光学的物理世界和人的主观世界中的呈现和消逝。”①

凝视(gaze)一词首先在拉康的精神分析理论中出现。在拉康的理论中,并没有对凝视概念的统一界定,认为“凝视是自我与他者之间的一种镜像关系”②。视

---

① 帕特里克·富瑞:《凝视:观影者的受虐狂、认同与幻象》,见吴琼编:《凝视的快感:电影文本精神分析》,北京:中国人民大学出版社2005年版,第64页。

② 廖炳惠:《关键词200》,南京:江苏教育出版社2006年版,第114页。

觉文化理论家米尔佐夫认为:“凝视不只是看一眼或瞥一下。它是凝视者通过把自己与凝视的对象区分开来从而建构起自己的身份的一种手段。”[①]显然,凝视不仅是观看,还涉及了某种权力关系。约翰·伯格认为:“我们观看事物的方式深受我们所知或我们所相信之物的影响,在中世纪,当人们相信地狱的现实存在时,人们看到的火与今天看到的火可能会有不同的意味。”[②]有的学者认为:“在看的状态中,包含着复杂的意识形态内容,这些意识形态因素由于文化的遮蔽和常识的掩盖,一方面变得难以察觉了,另一方面又使种种行为似乎是自然而然的。”[③]

这样,通过凝视理论的引入,我们就可以揭示观看背后所隐藏的意识形态因素。显然,这种理论同样适合我们对于《红楼梦》的视觉图像的研究。通常意义上,我们在研究《红楼梦》的视觉性过程中,可以有两种路径:一是把其中的女性作为故事中的男性的凝视对象,如大观园中的女性都可以作为贾宝玉的凝视对象;二是把其中的女性作为文本接受者的凝视对象。这里我们所采用的是第二种研究路径,即把《红楼梦》中的女性图像作为接受者的凝视对象。无论是小说还是图像,《红楼梦》呈现给我们的都是女性形象,下面就以读者与文本中女性图像之间的凝视关系为例进行分析。

小说插图在初期主要是以全相的情节插图为主,图中所涉及人物不止一人,描绘的是正在发生的事件。到了明清两朝,特别是晚清,插图日益转向人物绣像,主要是单个的人物肖像,其中所插入最多的绣像是女性的形象,如《红楼梦》插图中的女性绣像。从插图功能上说,这种插图主题上的转变固然是从实用(解释、说明)到审美(观赏、把玩)的变化,同时也满足了广大读者[④]的观赏要求。依据凝视理论,主体的观看并不是单纯地看,而是携带着权力运作或者欲望纠结的观看方法;不仅是看,还是控制。那么,男性

---

① 米尔佐夫:《视觉文化导论》,倪伟译,南京:江苏人民出版社2006年版,第203页。

② John Berger, *Ways of seeing* (London: British Broadcasting Corporation and Penguin Books Ltd.,1972), p. 8.

③ 周宪:《读图,身体,意识形态》,见汪民安编《身体的文化政治学》,郑州:河南大学出版社2004年版,第131页。

④ 我们需要明白的是,由于封建社会男尊女卑的思想存在,使得女性的文化水平相对比较落后,能读书写字者甚少,因此,这里的读者(观看者)主要是男性。这就涉及谁在观看的问题,是凝视理论中的一个重要的问题。我们说观看者是男性,亦是有一定限定的,更多的是指当时的知识阶层,相比普通百姓,当时的知识分子都是具有一定的经济基础的,有条件接触这些文学作品,才有可能观看到这些女性的图像,这也涉及了凝视与知识、权力等因素的关系。

观看者在看这些女性的图像时，就不是简单的观看，而是一种凝视。在《红楼梦》中，插图者创作了大量的可供男性读者凝视的对象，最有名的如吴友如创作的《红楼梦十二金钗图》和周权的《红楼十二钗图》，有元春、薛宝钗、林黛玉等十二个女性形象。通过观看这些插图，一方面满足了读者们的视觉需要，同时满足了男性读者们的深层的欲望需要，具有某种意识形态因素。这里所说的意识形态因素，包括两个方面，一是性，二是权力。

根据精神分析学的理论，人(特别是男人)天生有种窥视癖(scopophilia)或称观看癖，这样，就需要某种可供观看的视觉对象来满足自己的这种癖好，从而获得某种快感。而图像(包括影像)恰恰能提供诸多可能的快感，其中一种就是窥视癖。美国电影理论家劳拉·穆尔维在她那篇著名的论文《视觉快感与叙事电影》一文中认为，在某些情况下，看本身就是快感的源泉，被看也是一种快感。弗洛伊德在他的《性学三论》中更是把观看癖分离出来，作为性本能的成分之一，认为它是作为完全独立于动欲区的内驱力而存在的。这样，弗洛伊德就把观看癖和以他人为看的对象联系在一起，使被看的对象从属于控制性的目光之下。当读者在观看《红楼梦》中的女性图像时，亦存在着这种观看癖的现象，读者通过视觉而使其观看对象即《红楼梦》中的女性成为其性刺激的对象从而获得快感，恰如书中人物贾瑞在观看风月宝鉴时那样。这种现象不光在《红楼梦》的图像中，在明清时的小说绣像中，更是屡见不鲜，广大文人更是把观看小说中的女性绣像作为一种消遣活动，这就是因为在观看女性绣像时存在的凝视的快感，而这种现象发展的极致就是具有色情色彩的春宫图的出现。基于这种凝视理论，对春宫图的出现也就不足为奇了，这都和男人的凝视是分不开的。

凝视涉及的另一重要意识形态因素就是权力。穆尔维认为："在一个由性别的不平衡所安排的世界中，看的快感分裂为主动的/男性和被动的/女性。"[①] 这样，就是这种观看，也不是平等的，而是具有某种权力关系，男性是观看的施行者，女性是被看的对象。恰如有人指出，在观看过程中，"起决定作用的男人的眼光把他的幻想投射到照此风格化的女人形体上。女人在她们那传统的裸露癖角色中同时被看(to-be-looked-ness)和被展示，她们的外貌因编码而具有

---

① 劳拉·穆尔维：《视觉快感与叙事电影》，见吴琼编《凝视的快感：电影文本精神分析》，北京：中国人民大学出版社2005年版，第8页。

强烈的视觉和色情感染力，从而能够把她们说成是具有被看性的内涵。”[①]约翰·伯格在《观看之道》中亦指出，在父权社会中，男性可以在广阔的天地里驰骋，女性则被封闭在家庭这个狭小的空间。为了生存，女性被迫寻求男性的保护，而这种保护，需要她们用自己作为商品来交换。女性是否有足够的魅力，能否给男性留下印象，将决定她们终身的幸福，这就决定了女人永远只是男人的凝视对象。在伯格那里，女性仅是男人的“景观”而供男性观赏。

> 一言以蔽之：男子重行动而女子重外观。男性观察女性，女性注意自己被别人观察。这不仅决定了大多数的男女关系，还决定了女性自己的内在关系，女性自身的观察者是男性，而被观察者是男性。因此，她把自己变为对象——而且是一个极特殊的视觉对象：景观。[②]

当读者在观看《红楼梦》的女性图像时，图中女性就承受着男性的视线，并在绘画者或导演的操纵下而迎合着男人的目光。我们无论是观看小说绣像还是影视中的女性形象，她们都故意呈现出某种媚态，如上面所示的“湘云眠芍”的图像（如图），从而满足男性观众的观看欲望。这样，当观看者在凝视这些女性的形象时，被赋予了看的特权，通过观看确立了自己的主体位置，从而取得了相比于女性的特权。女性主义理论认为，在凝视过程中，凝视者把被凝视者降格为物体，而人是高于物的，这样，看与被看就表示着一种等级关系，凝视的主体就高于被凝视的客体。在中国传统社会里，普遍存在着男尊女卑的思想，女性的生存要依附于男性，为此，女性必须吸引男性的关注才能实现这一目的。久而久之，也就构建了男性作为观看的主体这一地位，而这种观看的主体地位，不仅体现在现实中，也体现在文本中。当男性读者在观看《红楼梦》的图

《红楼梦图咏》之“湘云眠芍”，清·光绪年间刊本

① 劳拉·穆尔维：《视觉快感与叙事电影》，见吴琼编《凝视的快感：电影文本精神分析》，北京：中国人民大学出版社2005年版，第8页。

② 约翰·伯格：《观看之道》，戴行钺译，桂林：广西师范大学出版社2005年版，第47页。

像时,自然可以产生这种主体性的优越感。这样,男性的目光就成为女性塑造自己外形的一个标尺,久而久之,这种看与被看的关系就产生了严重不平等的权力关系,男人是观看者,女人只能是被观看者且作为男人的"物"而存在。就是在这种凝视中,男人的主体地位得到显现,通过凝视而产生的优越感和满足感彰显无疑。这样,男人的窥视癖就深深扎根于心灵深处,伺机就要满足这种观看的欲望。《红楼梦》的女性图像的出现正好从某个方面满足了男性凝视的欲望。这样,无论是在小说插图中还是在影视中都出现了大量的美女形象,通过对这些图像的观看,男性读者依然可以获得某种满足。这样,小说中的女性图像的出现就不仅是为了以形象化的形式示人,更是为了满足男性读者凝视的欲望。我们可以发现,无论是在明清小说中还是在晚清的期刊小说中,美女图像的插入都很流行,后来发展成为期刊的封面女郎,直至今天的期刊和书籍的封面上颇为流行的美女图像以及各种影视作品中充斥的美女形象,都和男性的凝视不无关系。

结语

《红楼梦》的文本形态在时间的推移中发生了由文字到图像的转变,自然,读者在接受过程中,也经历了从文字接受到图像接受的转变。在这种转变过程中,图像的出现使读者的视觉性派上了用场。本文着重分析了在《红楼梦》接受中,视觉性的出现意味着什么,即满足了接受者的凝视的快感。这种凝视的快感主要体现在两个方面,一是性的快感;二是权力的欲望满足感。我们要明白的是,这种分析主要是基于男性读者而言,不能一概而论。自然,也有男同性恋和女同性恋的凝视,但这种凝视不是本文讨论的重点,就此略过。当然,在研究《红楼梦》的视觉性接受过程中,从凝视的理论切入也只是一种研究路径,还有很多方面需要研究。在当前的图像时代的背景下,文学的视觉性接受成为一个普遍存在的现象,大量的文学作品都被改编成影视作品,读者对作品的文字接受逐渐转变成为对图像的接受。其中涉及的文字与图像的关系以及图像的自身特质,这都值得我们去关注。

作者简介

陆涛(1980—),男。文学博士。阜阳师范学院文学院讲师。研究方向为文学理论和美学。

美术在鲁迅生命活动中的价值和地位

孙　伟

摘要：鲁迅一生对美术投入了大量的时间、精力和金钱。这不仅是他身体和灵魂的休憩地，也是他进行启蒙所依赖的两翼之一，并对文学领域中的失论之处进行着有效的补充。最后，美术还是鲁迅保持旺盛创造力的重要源泉。

关键词：鲁迅　美术

鲁迅与美术的关系，很多研究专著已经出版。人民美术出版社自 1977 年起策划并陆续出版了“鲁迅与美术研究资料丛书”，包括王观泉的《鲁迅美术系年》以及由出版社编定的《回忆鲁迅的美术活动》、《回忆鲁迅的美术活动续编》和《学习鲁迅的美术思想》。这对于研究鲁迅的美术活动是一套较为重要的资料。张光福在 1982 年出版《鲁迅美术论集》①，将鲁迅论述美术的文字集结成册，对于了解鲁迅的美术思想颇为有益。日本学者内山嘉吉与奈良和夫合著的《鲁迅与木刻》②详细回忆了鲁迅与中国新兴木刻运动和版画家的关系。1985 年，人民美术出版社出版由马蹄疾和李允经编著的《鲁迅与新兴木刻运动》，对鲁迅的木刻活动进行了详细的论述。1986 年，岭南美术出版社出版王心棋的《鲁迅美术年谱》，该书材料详实，既包括鲁迅日记、书信及作品中涉及美术的材料，也收录了同时代人关于鲁迅美术活动的回忆，该著比王观泉在 1979 年出版的主要论述鲁迅在上海期间美术活动的《鲁迅美术系年》丰富了不少。鲁迅生前一直希望能将收藏的美术作品出版，但碍于经济及其他原因，只出版了一小部分。新时期对于鲁迅藏品的整理出版成果丰硕。1986 年，人民美术出版社出版《拈花集》，内含鲁迅收藏的

---

* 鲁迅当时所讲的美术，其外延范围大致与现在所说的艺术相似。这一点在萧振鸣的《鲁迅美术年谱》（北京：国家图书馆出版社 2010 年版）里有着较为明晰的论述。

① 张光福编注：《鲁迅美术论集》，昆明：云南人民出版社 1982 年版。

② [日]内山嘉吉、奈良和夫：《鲁迅与木刻》，韩宗琦译，北京：人民美术出版社 1985 年版。

120 幅苏联木刻家的作品。1986 年,上海书画出版社影印《寰宇贞石图》,收图 291 种。1986 和 1991 年由上海人民美术出版社出版《鲁迅藏汉画像》(一、二两册),第一册包括从鲁迅收藏的 246 幅河南南阳汉画像中择取的 200 幅,第二册收入从收藏的 404 幅山东、江苏、甘肃、四川的汉画像中择出的 278 幅。1991 年 9 月,江苏古籍出版社出版《版画纪程——鲁迅藏中国现代木刻全集》(全五册),内含从收藏的 2 000 余幅中国现代版画中择取的 1 700 余幅。1994 年,上海古籍出版社联合鲁迅博物馆筹备出版《鲁迅收藏外国版画全集》,这是鲁迅生前一直想做的事,但可惜因版权问题未能达成。近年来,鲁迅与书籍装帧、连环画、书法、篆刻和小说插图等领域也开始引起研究者的关注。[①] 崔云伟将《鲁迅与西方表现主义美术》[②]作为博士论文题目,较系统地研究了鲁迅与西方表现主义美术之间的关系。2009 年,江苏文艺出版社出版由周令飞主编、王锡荣编著的《鲁迅的艺术世界》,包括鲁迅的画作、书法、篆刻、书籍封面装帧、徽标设计及收藏的碑帖、邮品等三百多件。2010 年,国家图书馆出版社出版萧振鸣的《鲁迅美术年谱》,该著对鲁迅一生所从事的美术活动进行了巨细无遗的统计。这些研究成果极大丰富了我们对鲁迅的认识,除了作为文学家和学者,他美术家的角色开始得到重视。但在这些著作中,多是将鲁迅与美术之间的关系视作是其文学活动的补充或帮衬,这样的定位不利于充分理解美术活动在鲁迅生命中的价值和地位。鲁迅对美术的如痴如醉仅仅是源于启蒙大众的需要吗?投身在美术的世界里对他的生活起着怎样的影响?美术活动和文学活动之间有着怎样的关系?鲁迅在论述美术时对待中国传统资源的态度和在文学创作中有什么差别?本文试着通过梳理鲁迅的美术活动对这些问题进行回答。

一、美术对鲁迅人生道路的影响

鲁迅不仅在幼时就表现出对美术的极大兴趣,也不仅对书籍的装帧、封面设计、插图极其重视,积极向读者推荐国内外各种优秀作品,亲身参与木刻运动,更重要的是,美术也是影响他改变人生轨迹的重要因素。我们固不能武断地说是幻灯片这一图像刺激决定了鲁迅弃医从文,但无疑这是一个

---

① 参见崔云伟:《新时期"鲁迅与美术"研究述评》,《东岳论丛》2004 年第 5 期,第 113—118 页。

② 崔云伟:《鲁迅与西方表现主义美术》,山东师范大学 2006 年博士学位论文。

重要的触发媒介，或者可以说，鲁迅愿意借这样一种直观的感受方式来表达他发生人生转变的原因。在多年以后描述这一转变所朝向的新的人生目标时，他说道：

> 所以我们的第一要著，是在改变他们的精神，而善于改变精神的是，我那时以为当然要推文艺，于是想提倡文艺运动了。在东京的留学生很有学法政理化以至警察工业的，但没有人治文学和美术。[①]

这里的文艺当然不只是单指文学，后面更明确指出是“文学和美术”。鲁迅在筹办《新生》杂志时，“第一期的插图也已拟定，是英国十九世纪画家瓦支的油画，题云‘希望’，画作一个诗人，包着眼睛，抱了竖琴，跪在地球上面。”[②]这副插画的题目“希望”和杂志的名字“新生”都是寄寓在将来的意思。鲁迅不仅由于图像刺激改变了人生路向，而且将以后的人生也定位在文学与美术上。他晚年时，当捷克汉学家普实克来信表示欲付他翻译《呐喊》的稿酬时，他婉言谢绝，但表示，“对于捷克，我却有一种希望，就是：当做报酬，给我几幅捷克古今文学家的画像的复制品，或者版画（Graphik），因为这绍介到中国的时候，可以同时知道两个人：文学家和美术家。”[③]这种将美术与文学并举的做法甚至在他的遗嘱里也有体现，“孩子长大，倘无才能，可寻点小事情过活，万不可去做空头文学家或美术家。”[④]可见鲁迅始终是视“文学和美术”同等重要的。

在鲁迅遇到心灵伴侣许广平后，两人通信的过程中，鲁迅曾手绘《刺猬撑伞图》赠之。鲁迅在北京寓所的园子里捉到两只小刺猬，许广平和同学们都很喜欢逗它们玩，后来却逃脱了。许广平在一个雨天撑伞来探望鲁迅。鲁迅在后来的信中，附了一幅图给许广平，绘一只小刺猬很神气地撑着伞走路。由于这幅图已失，绘制的具体时间无法确定，所以不知这幅图是出现在恋爱之前的朦胧阶段，还是正式开始交往以后。但鲁迅借此表达对许广平的亲近之感则是无需怀疑的。这幅图将许广平幻化为自己丢失的小动物，

---

① 鲁迅：《呐喊·自序》，《鲁迅全集》第1卷，北京：人民文学出版社2005年版，第439页。

② 周遐寿：《鲁迅的故家》，见鲁迅博物馆、鲁迅研究室、《鲁迅研究月刊》选编：《鲁迅回忆录：专著》（中册），北京：北京出版社1999年版，第1049—1050页。

③ 鲁迅：《书信·360723致雅罗斯拉夫·普实克》，《鲁迅全集》第14卷，第389页。

④ 鲁迅：《且介亭杂文末编·死》，《鲁迅全集》第6卷，第635页。

而神情则是许广平所独有的昂然，这中间再辅以是在下雨天这样的环境里，个中意味，颇为深长。许广平和鲁迅对这幅画都极为重视，希望能够再找到，但由于从北京南下的忙乱，终于没有找到。许广平认为这幅画有很高的价值，“如果还有，那就不让他手书的‘无常’专美了。”①图像相对于文字而言，有着其不及之处。尤其是在爱情这样难以言说的幽深领域，文字自有很多局限之处，图像则可以用巧妙的构图传达丰富的含义。这样的情感表达方式，在鲁迅以后与许广平的通信中也多次显现着。鲁迅对信纸的选择极为讲究，不仅缘于美观的需要，更寓含着他真挚浓烈的情感。1929 年 5 月 15 日，鲁迅北上探亲，此时的许广平已有身孕，鲁迅所选的两张信笺上的绘图，一为许广平爱吃的枇杷，一为饱含莲子的莲蓬，用心不可谓不独特。

二、北京时期鲁迅的美术活动

对于文学和美术的作用，鲁迅在《科学思教篇》里认为：

> 盖使举世惟知识之崇，人生必大归于枯寂，如是既久，则美上之感情漓，明敏之思想失，所谓科学，亦同趣于无有矣。故人群所当希冀要求者，不惟奈端已也，亦希诗人如狭斯丕尔(Shakespeare)；不惟波尔，亦希画师如洛菲罗(Raphaelo)；既有康德，亦必有乐人如培得诃芬(Beethoven)；既有达尔文，亦必有文人如嘉来勒(Garlyle)。凡此者，皆所以致人性于全，不使之偏倚，因以见今日之文明者也。②

基于此，鲁迅在日本留学时即花大力气收集美术作品，希望可以介绍到国内。据周作人回忆，“那时浮世绘出版的风气未开，只有审美书院的几种，价目贵得出奇，他只好找吉川弘文馆旧版新印的书买，主要是自称‘画狂老人’的那葛饰北斋的画稿，平均每册五十钱，陆续买了好些”。③ 陈烟桥回忆说：“在日本留学时，他收集了一些西欧著名的文艺作品的插画以及作家们的画像。”④

---

① 许广平：《关于鲁迅的生活》，见《鲁迅回忆录：专著》(中册)，第 719 页。
② 鲁迅：《坟・科学史教篇》，《鲁迅全集》第 1 卷，第 35 页。
③ 周遐寿：《鲁迅的故家》，见《鲁迅回忆录：专著》(中册)，第 1052 页。
④ 陈烟桥：《一生热爱美术的鲁迅先生》，《萌芽》，1956 年第 8 期，第 19 页。

正是由于鲁迅深谙美术对于涵养人的情思的巨大作用，所以深得主张以“美育代宗教”教育方针的蔡元培的嘉许。许寿裳回忆：“这种教育方针，当时能体会者还很寥寥，惟鲁迅深知其原意；蔡先生也知道鲁迅研究美学和美育，富有心得，所以请他担任社会教育司第一科科长，主管图书馆、博物馆、美术馆等事宜。”①教育部在“一九一二年九月十二日成立了一个美术调查处，目的是为了给计划建立的美术馆、博物馆‘美术部’及古物调查出版等进行一些研究和准备工作”，鲁迅“参加了这个处的领导工作”。② 此外，鲁迅还亲身参与美术的宣讲活动，在1912年六七月份教育部组织的夏季讲演会上主讲《美术略论》。1913年2月，发表《拟播布美术意见书》。1913至1914年间，组织筹办为期一个月的全国儿童艺术展览会，并选出优秀作品赴巴拿马万国博览会参展。

鲁迅在北京期间广泛搜求画像和拓片，“自1915年至1924年(其中缺1922年记载)就达1 500余枚”。③ 鲁迅有意将其编印成册，但由于资金问题，终于没有能够实现。据王心棋统计，鲁迅一生收集的拓片在五千枚以上，而1915至1918年是其收集金石拓本的旺盛期。“为了较全面地研究各地的金石艺术，鲁迅不断地扩大搜集范围，不仅多次请人在陕西、山西、山东、浙江等地收购拓本或摹拓碑碣，甚至不惜工本，托人在新疆‘打碑’。”④

对于鲁迅在发表《狂人日记》之前的“钞古碑”⑤生活，多数学者困于鲁迅的说法，认为这是为了排除无可驱遣的寂寞而做的无聊的打发时光的举动。这在鲁迅看来或许真的如此，但实际上并非全无意义，况且这些活动也没有随着他创作的开始而结束，而是一直持续到了他生命的终点。鲁迅在1926年12月31日致李小峰的信中言及来厦门的打算时说道：“还希望将先前所集成的《汉画像考》和《古小说钩沉》印出。”⑥它不仅对于传统文化的整理有益，而且更着眼于以具体可观的实物管窥古时的社会风尚及审美习惯，而这

① 许寿裳：《亡友鲁迅印象记·许寿裳回忆鲁迅全编》，上海：上海文化出版社2006年版，第40页。
② 孙瑛：《鲁迅在教育部》，天津：天津人民出版社1979年版，第28页。
③ 王心棋编著：《鲁迅美术年谱》，第56页。
④ 同上，第71页。
⑤ 鲁迅：《呐喊·自序》，《鲁迅全集》第1卷，第440页。
⑥ 鲁迅：《华盖集续编·厦门通信(三)》，《鲁迅全集》第3卷，第413页。

些对于今人的生活也有着重要的借鉴意义。

在 1918 年鲁迅决定开始写些文字的时候,也于本年 12 月 29 日的《每周评论》第 2 号的"新刊批评"栏里发表《美术杂志第一期》专文,表达对当下美术的看法,并指出其中的问题。如果说 1918 年是鲁迅在 1907 年创办《新生》杂志失败后又重新拾起以文字的方式表达自我的话,那么对美术的关注和推介则是贯穿了他一生的活动。美术作品以直观可感的方式涵养人的心灵,比起文字在启蒙方面有着不可替代的作用,况且对于当时文化程度普遍低下的国人,再加以汉字的不易学习,美术更容易获得启迪人心的效果。鲁迅不仅在日本时广泛搜集各种美术作品,而且在回国以后至钱玄同来访的十几年间,对于美术作品的搜集、整理和推广,做了大量工作。鲁迅于 1912 年 11 月为绍兴《天觉报》创刊作《如松之盛》(如图)赠之。

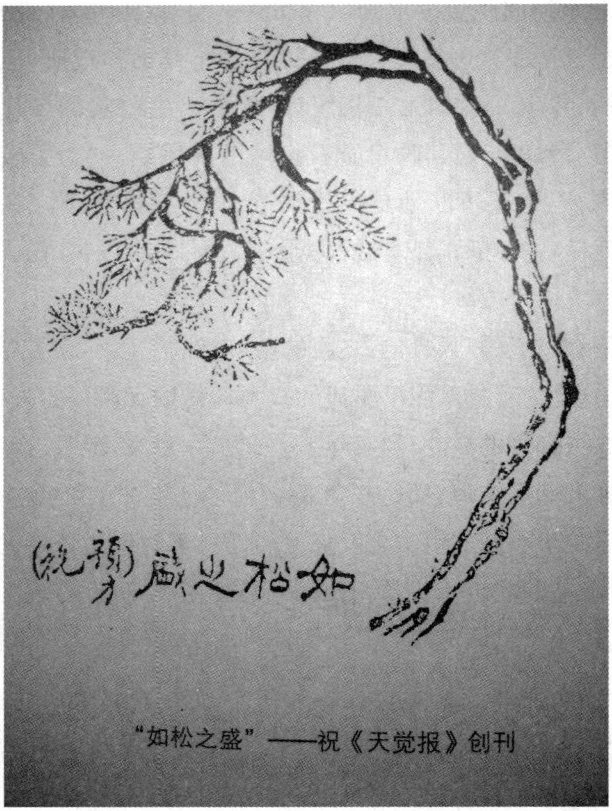

鲁迅《如松之盛》

“《如松之盛》图，长 24 公分，宽 19.5 公分，作一枝干苍劲、嫩叶如针的青松，傲岸挺拔，不畏风寒，象征《天觉报》的蓬发生机。画面利用松树枝杈，勾画出‘天觉’两字的造型，并与下端的题款联成‘天觉如松之盛’的画意，以寄托作者的殷切期望和良好祝愿，署‘预才祝’。”[①]1917 年 8 月，鲁迅应蔡元培先生之邀为北大设计校徽（如图）和校旗。[②]

上为鲁迅设计的北大校徽
下为北大现在的校徽

由于美术作品的创作和传播都需要巨大的人力、财力支持，所以鲁迅本人的创作并不多，但在力所能及的范围，他总是为美术活动上下奔波。多数人以为从事木刻运动是鲁迅晚年的举动，但据许钦文回忆，在 1924 年 12 月 3 日，鲁迅与美术家陶元庆初次见面时，“鲁迅先生就谈起木刻来，说这不但容易通俗化而普及，而且材料容易办到，即使到了战争的时候，也是可以借此继续进行宣传的。”[③]可见他从很早的时候就考虑采用何种办法以便有效普及美术作品，到了上海以后，他仍坚持这个想法，“我的私见，以为在印刷术未曾发达的中国，美术家倘能兼作木刻，是颇为切要的，因为容易印刷而不至于很失真，因此流布也能较广远，可以不再如巨幅或长卷，固定一处，仅供几个人的鉴赏了。”[④]但也只有他到了上海，才有较为充足的时间、精力和财力出版一些画册，并组织一群年轻人从事具体的木刻运动。

三、上海时期鲁迅的美术活动

鲁迅到了上海以后，不惜斥巨资大量购买各种美术作品，以 1930 年为例：

> 本年，鲁迅买书达到了最高峰。全年收之于“编辑费”共 9 次，计 2 700 元。但鲁迅用它来购买了大量画册和马克思主义书籍。所购美

---

① 王心棋编著：《鲁迅美术年谱》，第 40 页。
② 以上两图分别见王锡荣：《鲁迅的艺术世界》，南京：江苏文艺出版社 2009 年版，第 3 页，第 143 页。
③ 许钦文：《学习鲁迅先生》，上海：上海文艺出版社 1959 年版，第 32 页。
④ 鲁迅：《集外集·〈奔流〉编校后记·十》，《鲁迅全集》第 7 卷，第 192 页。

术类书籍有《世界美术全集》、《世界出版美术史》、《台尼画集》、《新洋画研究》、《造型美术概论》、《浮世绘大成》以及大量的外国版画、书籍插图，仅购书资费达 2 404.50 元。[①]

在这些书费里面，美术类的图书无疑是费钱最多的。仅“Die Schaffenden 第二至四年三帖”就花去 370.50 元之多，“德国原枚[板]木刻十一枚”则高达 120 元，“Zement 插画木刻十枚”要花费钱 141.30 元。[②] 鲁迅不仅自己大量购买美术作品，而且托朋友从国外想方设法搜集寄到国内来。为了从苏联朋友那里得到版画，鲁迅从国内大量购买他们所希望得到的宣纸寄给他们，有时宣纸在出境时被查扣，他就托人从日本购买了再转寄苏联。

除了大量购买美术作品，鲁迅与当时的美术社团关系密切，或亲身参与，或予以帮助，如朝花社(1928)、中国左翼美术家联盟(1930)、时代美术社(1930)、一八艺社(1931)、木刻讲习所(1931)、春地画会(1932)、野风画会(1932)、木铃木刻研究会(1933)、野穗社(1933)、榴花社(1933)、M. K 木刻研究社(1933)、无名木刻社(1934)、铁木艺术社(1934)、广州现代版画研究会(1934)、平津木刻研究会(1935)和铁马版画社(1936)等。

鲁迅在上海期间还组织、参与了各种类型的美术展览会，如外国版画藏品展览会(1930 年 10 月 4 日)、德国作家版画展览会(1931 年 11 月 26 日、12 月 7 日；1932 年 6 月 4 日)、外国木刻藏品展览会(1933 年 10 月 14 日)、俄法书籍插图展览会(1933 年 12 月 2 日)、巴黎中国革命美术展览会(1934 年 1 月 17 日、3 月)、第一届全国木刻联合流动展览会(1935 年 6 月 4 日)、苏联版画展览会(1936 年 2 月 23 日)和第二届全国木刻联合流动展览会(1936 年 10 月 8 日)等。在这些展览中，鲁迅都是极为用心的。许广平在回忆鲁迅举办的第一次外国版画藏品展览时说：“一切会场布置，以及图片的安排，都是煞费苦心的。配合光线，引起美感……这一次展览会很引起各方注意，至少逐渐唤起文化界对于木刻的认识了。”[③]1932 年 6 月 4 日，“逾期半年的德国作

① 王心棋编著：《鲁迅美术年谱》，第 166—167 页。

② 鲁迅：《日记・1930 年书帐》，《鲁迅全集》第 16 卷，第 228、228、233 页。

③ 许广平：《关于鲁迅的生活》，见《鲁迅回忆录：专著》(中册)，第 727—728 页。

家版画展览会，经汉嘉堡夫人和鲁迅的筹划，于本日开幕。鲁迅从出借版画藏品、装镜框以及撰写介绍文章，为画展费了不少的心力。”①

鲁迅为了给当时的美术工作者以具体的参考，还编印了很多中外美术作品，而这些作品又多是造价昂贵，甚至收不回成本的。他编印成书的就有《近代木刻选集》(一、二)、《蕗谷虹儿画选》、《比亚兹莱画选》、《新俄画选》、《梅斐尔德木刻〈士敏土〉之图》、《一个人的受难》、《北平笺谱》、《引玉集》、《木刻纪程》、《十竹斋笺谱》、《凯绥・珂勒惠支版画选集》、《苏联版画集》和《死魂灵百图》。另外，尚有已编好但没有出版的《小说〈士敏土〉之图》、《俟堂专文杂集》、《汉唐画像选集》、《六朝及唐之土俑选集》、《陈老莲博古叶子》、《德国版画集》、《E.蒙克版画集》、《拈花集》、《麦绥莱勒漫画集》、《铁流》之图和《城与年》之图等。

鲁迅为了提高木刻青年的技艺水平，专门请日本版画家、内山完造的弟弟内山嘉吉给为期六天的“木刻讲习会”授课，鲁迅亲自担任翻译。据内山嘉吉回忆，鲁迅为了酬谢他，给他送来礼物：

> 讲习会第四天的下午，鲁迅先生来到家兄的书店，给我送来非常珍贵的礼物——德国著名版画家凯绥・珂勒惠支的版画。一幅铜版画和六幅一套的石版画《织匠》(《织工起义》)，这是每一幅上都有珂勒惠支铅笔签名的难得的佳品。可能是鲁迅先生亲自加上衬纸，并在另纸上加上画题，还在上面签上鲁迅的名字和赠予我的姓名。这一定是鲁迅先生非常珍爱的收藏品，当时在日本恐怕也没有第二份；欣喜之余，不禁又感到惶悚。②

这一定是鲁迅非常喜欢的作品，但他为了提高中国当时的木刻水平，毅然割爱。

至于将收集到的版画翻印传播，鲁迅更是时时不能忘怀。“至于得到的木刻，我日日在想翻印，现在要踌躕一下的，只是经济问题，但即使此后窘

---

① 王心棋编著：《鲁迅美术年谱》，第189页。

② [日]：内山嘉吉、奈良和夫：《鲁迅与木刻》，韩宗琦译，北京：人民美术出版社1985年版，第11页。

迫,则少印几张就是,总之是一定要绍介。”[①]甚至在生命受到威胁时,他仍以大无畏的精神坚持这一事业。“一星期前,北平有两个和我兴趣相同的朋友被捕了。怕不久连翻刻旧画本的人都没有了,然而只要我还活着,不管刻多少页,做多久,总要做下去。”[②]鲁迅甚至觉得如果收集到的版画流失,则“比失了生命还可惜的”[③]。

四、鲁迅在美术活动中对传统的态度

鲁迅不仅对国外版画大力绍介,而且对于采用中国传统木刻方法制作的诗笺也极为重视。他和郑振铎合作编印《北平笺谱》,“北京夙为文人所聚,颇珍楮墨,遗范未堕,尚存名笺。顾迫于时会,苓落将始,吾侪好事,亦多杞忧。于是搜索市廛,拔其尤异,各就原版,印造成书,名之曰《北平笺谱》。”[④]他将印好的《北平笺谱》“分寄各国图书馆(除法西之意,德,及自以为绅士之英)”。[⑤] 他还建议郑振铎,“此书一出,先生大可以作第二事,就是将那资本,来编印明代小说传奇插画,每幅略加解题,仿《笺谱》豫约办法。”[⑥]

鲁迅在文字上彻底否定传统,表达了对中国传统的绝望,倡导“要少——或者竟不——看中国书,多看外国书”[⑦],但在美术上对中国传统的作品颇多肯定之处,在感情上,也很少表现出消沉低落的一面。他在《〈引玉集〉后记》里说:“我已经确切的相信:将来的光明,必将证明我们不但是文艺上的遗产的保存者,而且也是开拓者和建设者。”[⑧]这样对所从事的活动自信满满的话,在论述中国传统思想和文学的杂文里是不多见的。在美术领域,他认为传统的技法有很多可取之处。在致魏猛克的信中谈道:“中国旧书上的插画,我以为可以采用之处甚多”。[⑨] 在《论“旧形式的采用”》中说:

---

① 鲁迅:《书信·331125 致曹靖华》,《鲁迅全集》第 12 卷,第 505 页。
② 鲁迅:《书信·340807 致增田涉》,《鲁迅全集》第 14 卷,第 317 页。
③ 鲁迅:《集外集拾遗·〈引玉集〉后记》,《鲁迅全集》第 7 卷,第 436 页。
④ 鲁迅:《集外集拾遗·〈北平笺谱〉序》,《鲁迅全集》第 7 卷,第 427 页。
⑤ 鲁迅:《书信·340111 致郑振铎》,《鲁迅全集》第 13 卷,第 6 页。
⑥ 同上,第 7 页。
⑦ 鲁迅:《华盖集·青年必读书》,《鲁迅全集》第 3 卷,第 12 页。
⑧ 鲁迅:《集外集拾遗·〈引玉集〉后记》,《鲁迅全集》第 7 卷,第 441 页。
⑨ 鲁迅:《书信·340403 致魏猛克》,《鲁迅全集》第 13 卷,第 61 页。

我们有艺术史，而且生在中国，即必须翻开中国的艺术史来。采取什么呢？我想，唐以前的真迹，我们无从目睹了，但还能知道大抵以故事为题材，这是可以取法的；在唐，可取佛画的灿烂，线画的空实和明快，宋的院画，萎靡柔媚之处当舍，周密不苟之处是可取的，米点山水，则毫无用处。后来的写意画（文人画）有无用处，我此刻不敢确说，恐怕也许还有可用之点的罢。①

在这里，他不仅充分肯定前人的可取之处，而且对他一向讨厌的传统文人所作的写意画，也留下了足够的讨论空间，显示了他对传统文艺宽容的一面。

在文学思想上，鲁迅表达了对传统要推倒重建的想法，呼吁出现“冲破一切传统思想和手法的闯将”②；但在美术上，鲁迅主张在传统的基础上，融合新机，渐进地发展。他在致友人的信中谈道：“新的艺术，没有一种是无根无蒂，突然发生的，总承受着先前的遗产。”③在谈到中国新木刻的前途时，他认为：“别的出版者，一方面还正在绍介欧美的新作，一方面则在复印中国的古刻，这也都是中国的新木刻的羽翼。采用外国的良规，加以发挥，使我们的作品更加丰满是一条路；择取中国的遗产，融合新机，使将来的作品别开生面也是一条路。”④

当然，鲁迅在论述中国思想文化的未来时，对于传统也并不总是一笔抹杀。例如他主张新文化应当是“外之既不后于世界之思潮，内之仍弗失固有之血脉，取今复古，别立新宗”⑤；提倡“拿来主义”，对祖上遗留下来的东西，“或使用，或存放，或毁灭”⑥。但这些并不是人们经常听到的声音，人们听到更多的是他对传统的彻底否定。鲁迅对传统的激烈态度，在于他对传统文化积弊的深刻了解，更在于他看透了时下遍布中国的各种病相。对这些病灶的揭露、批判，占去了他大量的文字，并使他一次次地卷入各种论争中，在

① 鲁迅：《且介亭杂文·论“旧形式的采用”》，《鲁迅全集》第6卷，第24页。
② 鲁迅：《坟·论睁了眼看》，《鲁迅全集》第1卷，第255页。
③ 鲁迅：《书信·340409致魏猛克》，《鲁迅全集》第13卷，第70页。
④ 鲁迅：《且介亭杂文·〈木刻纪程〉小引》，《鲁迅全集》第6卷，第50页。
⑤ 鲁迅：《坟·文化偏至论》，《鲁迅全集》第1卷，第57页。
⑥ 鲁迅：《且介亭杂文·拿来主义》，《鲁迅全集》第6卷，第41页。

明枪暗箭的搏杀中,他的内心也变得伤痕累累,而这些又使得他的攻击变得更加激烈。正是在这样的消耗战中,鲁迅无暇论证传统文化的具体可资借鉴之处。美术这个没有那么多硝烟的领域,给了鲁迅更平静的心态去补足在文学上的失论之处。

五、结语

美术活动贯穿了鲁迅的整个生命,这是鲁迅身体和灵魂的休憩地。美术作品的创作比起文学需要更多的前期准备,属于更小众的尖端艺术,因此一般人难以涉足,文人相轻的恶习在这里也不那么严重,鲁迅在此领域所受的刺激相应也会较少。这里可以作为他灵魂的休憩地,沉浸其中,使由于在杂文战斗中磨砺得粗糙的灵魂暂时得以休养。

美术不仅仅是鲁迅进行启蒙所依赖的两翼之一,而且也是文学这一领域的有效补充。在文学领域里,由于守旧势力的顽固和强势,鲁迅不得不以极其决绝的姿态,为新空气的吹进赢得方寸之地。但这绝不意味着鲁迅对于传统就真的持全盘否定的态度,他对古代文学的整理也不仅由于上课的需要,而且也寄寓着新生的希望。因此,我们欲全面地了解鲁迅的思想,不可只看到他在文学创作中所表现出来的激烈,也要看到他在美术领域里持论的公允平和。在这里,他主张在中国传统的基础上,采用外来文艺,渐进地创造出新的艺术。他对传统遗产加以甄别,择其优良,弃其糟粕,而不像在杂文中所表达的必须在"人"和传统文化之间做出抉择。

美术也是鲁迅产生创造力的源头活水。美术以直观感性的色彩和线条涵养着人的情思,滋润着人的心灵,它不仅是个人健全心理的组成部分,也是如博兰尼所说的是人的创造力的"支援系统"。它对鲁迅的小说、杂文创作起着潜在的影响,也是支撑鲁迅始终保持旺盛创造力的重要因素。

作者简介

孙伟(1983—),男,山东曹县人。南京大学文学院2010级中国现当代文学专业博士生。曾在《鲁迅研究月刊》、《齐鲁学刊》发表论文多篇。

刘以鬯与城市图像

[香港]黄劲辉

摘要:城市图像的出现与五四时期上海现代主义有很大关系。刘以鬯,成长于20世纪三四十年代上海,是战后第一代南来的香港作家。他熟谙西方现代主义,经历上海与香港两座城市的盛世,他的作品有意识地从视觉入手,汲取了意识流手法、西方法国新小说、电影语言等技巧塑造城市图像。在60—90年代,刘以鬯对城市图像探索的作品不少,以1972年《对倒》成就最高,由一帧错体邮票的视觉图像发展为独特形式与音乐结构,启发了2000年香港导演王家卫编导电影《花样年华》。《对倒》建构的城市图像,汲取不少电影语言技巧,而文学作品《对倒》又倒过来启发了电影语言讲述城市图像的方法,突显了现代城市多元复杂的文化特色。

关键词:香港文学　香港电影　城市图像　音乐结构　法国新小说

现代城市的高速发展,冲击了旧有农村文化,所改变的除了是空间上由散落的边缘转为地图上的中心要汇,还有文化生活的改变,继而影响人的思维活动、美学感受,种种转变都会反映在现代文学之上。这种观念来自雷蒙·韦尔斯(Raymond Williams)所撰写的文学评论专著《城市与乡村》(*The Country and the City*, 1973)①,这本具有启发性著作思考19世纪中英国城市出现与现代文学的关系。中国"五四"出现的现代文学,同样在城市文化冲击下诞生,从视觉而来的冲击是最敏锐和直接的。中国社会与文学一向重视图像文化,由先秦以降的原始岩画、甲骨文字、青铜器文饰与铭文、象形文字为先的造字法,魏晋南北朝的诗画并合的题画诗、《文心雕龙》有关言、象、意的图像理论,隋唐五代的敦煌石窟、壁画、王维的诗画,宋代的《沧浪诗话》的图像理论,到明清的戏曲、杂剧等,中国的图像与文学的发展并行。②

---

① Raymond Williams, *The Country and the City* (London: The Hogarth Press, 1973,1993).

② 该说法的资料,参考自南京大学文学院主持:"《中国文学图像关系史》开题报告会"上讨论的报告文章,2012年1月7日。

中国文学现代主义的诞生,集中在充满西方文化符号的城市上海实非偶然。西方的现代文化对19世纪初上海带来了重大变化,黄浦滩头出现向高空发展的现代建筑改变了城市景观。月份牌、西式服饰与时装、图文并茂的杂志《良友》等在视觉上带来新的刺激。当时西方新兴的电影大量传入中国,曾有人统计过在1916至1936年间,市场上主要的电影来自美国的好莱坞,不少于127部,其次为苏联、日本。[①] 咖啡厅、逸园跑狗场、赛马场等娱乐场所的大量出现,构成了全新的城市图像。城市图像,包含了视觉为主的各种城市空间经验与符号文化,此外,当时便利的交通枢纽、西方音乐、歌舞厅文化又赋予文学在时间与声音(包括城市声音、西方音乐与节奏等)的各种动态描述与想象。现代城市带来的新文化与新生活,构成了现代文学崭新的品味与美感。19世纪初鸳鸯蝴蝶派与上海新感觉派汲取了大量现代视觉美感,刘以鬯(1918—)在上海出生成长,在上海圣约翰大学念书时,除了接触大量西方文学,亦经常出入电影院看不同西方电影。[②] 自小孕育在上海都会消费文化中,视觉文化对新文学写作的影响不可能无动于衷。在上海早期短篇小说《迷楼》(1947)中,刘以鬯从侍臣与御车夫一问一答的声音开场,然后低角度拍摄破晓的景象,接着镜头出现三支香,烟霭的飘散。一个远镜,展现禁宫御园为秋意的树林所包围。一个移入镜头,从左掖宫墙推近,两三片枣红色的枫叶摇落下来……大量的电影镜头运用,拍摄出华丽禁宫的慵懒和秋意,“皇上还没有醒”[③]的提问反复出现,成为故事的悬念。花了差不多一半的故事篇幅,就在铺陈这种氛围,然后日上三竿,千呼万唤的烘托下,主角隋炀帝才在迷楼的床上懒洋洋醒来。这种叙事手法固然与别不同,其着眼于视觉书写,透过景色、闲角的侧面描写展现时空的延展与糜烂的气氛,特别是运用了电影叙事的书写模式。

1948年,刘以鬯在上海桐叶书屋出版《失去的爱情》。1949年,他到

---

① 资料来自刘恩平、刑祖文编:《鲁迅与电影——资料汇编》,北京:中国电影出版社1981年版;转自黄爱玲:《试论三十年代中国电影单镜头的性质》,载香港中国电影学会:《中国电影研究》,第一辑,1983年版,第31页。

② 本人与刘以鬯伉俪多次访问中得知。

③ 刘以鬯:《迷楼》,载柯灵主编:《上海四十年代文学作品系列:短篇小说集之三·迷楼》,上海:上海书店出版社2002年版,第266页。(原载《巨型》1947年)

《失去的爱情》1948年版书影

了香港,无缘看到上海大光明电影院解放后放映的第一出电影《失去的爱情》,这是改编自刘氏的同名小说。刘以鬯跨越1949的意义,[①]同时代表带着上海视觉方面的生活与写作风格到香港。50年代开始,刘以鬯有一部分的实验小说以视觉先行,形式独特,探索城市图像具有很大的创意和意义,例如《梦街》(1958)、《链》(1968)、《动乱》(1968)、《春雨》(1968),1970年代的《时间》[②]与《对倒》(1972),八九十年代的《打错了》(1983)、《黑色里的白色　白色里的黑色》(1991)。当中以70年代的《对倒》最具代表性,这个长篇小说探索了构图美学、时空关系与音乐结构,为城市图像建立了崭新而独特的美感。

城市图像的构成跟电影关系很密切,不少五四新文学作品受到电影启发而来。鲁迅写作受到电影影响,早已受到不少评论注意。[③] 而其中短篇小说《示众》(1925),运用12岁胖孩子视点作为摄影机镜头。因为叙事本来没有特定景框,只有摄影机才有景框,把要看到的事物放入镜头内,将不想看到的事物放在镜头外。在《示众》中众人围着争看示众场面,人群围成三四层以上。胖孩子因为矮小,常常要在脖子与脖子间张望,因为前排人物身体的摆动,有时看到有时遮挡,总是看不到全貌,胖孩子有时又回头,看看后面和附近人群反映,明显是电影摄影机镜头与摄影机运动的结果。前者强调景框内所见与不见的事物,后者强调时间流动与镜头移动。而鲁迅亦在《呐喊》序言(1922)中透露了在大学读书时微生物课教授经常运用课堂休息时间

---

① 该观念参考自黄万华。〔见黄万华《跨越一九四九:刘以鬯和香港文学》,载梁秉钧、黄劲辉、黄淑娴等编:《刘以鬯与香港现代主义》,香港:香港公开大学出版社2010年版,第16—26页。〕

② 该作品写作时间不详,收入《刘以鬯卷》中却没有附上原载资料。从作品的编排是放在1970年代,按该书前后作品的顺序推断,《时间》的年份当在1974—1979年间发表。

③ [美]周蕾:《原初的激情:视觉、性欲、民族志与中国当代电影》,孙绍谊译,台北:远流出版事业股份有限公司,2001年版,第22—38页;[美]安敏成(Marston Anderson):《现实主义的限制(革命时代的中国小说)》,姜涛译,南京:江苏人民出版社2001年版,第84页。

放映电影画片,《示众》故事就是根据他在课堂看过的一些有关日军当众砍下一个中国人头颅时,体格强壮的国民竟然麻木围观场景写成的。[①] 这个电影片段促使鲁迅弃医从文,为五四新文学揭开重要的一页。

张爱玲在40年代编剧电影作品《太太万岁》剧照

向来重视小说可视化的张爱玲,同时是个电影编剧家,早在40年代末上海以电影《不了情》(1947)与《太太万岁》(1947)而广受关注。张爱玲笔下多个可歌可泣故事无不来自城市的种种现代生活。她在散文《公寓生活记趣》(1943)中曾自述生活,"我喜欢听市声。比我较有诗意的人在枕上听松涛,听海啸,我是非得听见电车响才睡得着觉的,在香港山上,只有冬季里,北风彻夜吹着常青树,还有一点电车的韵味。"[②]通过文字,张爱玲从生活的声音找到了城市感觉,找到与古典诗意有别的美感与韵味。城市人的美感追求,需要通过文字构筑的世界有别于乡村想象,一种只属于城市文化的新语言、新美感,即本文所称的城市图像。张爱玲更相信,这种城市的生活与经验,直接进入人类的意识世界之中。"长年住在闹市里的人大约得出了城之后才知道他离不了一些什么,城里人的思想,背景是条纹布的幔子,淡淡的白条子便是行驰着的电车——平行的、匀净的,声响的河流,汩汩流入下意识里去。"[③]上海新感觉派作家刘呐鸥(1905—1940)、穆时英(1912—1940)都是爱好电影者,亦曾写剧本及拍摄电影。刘呐鸥出版第一部小说集《都市风景线》(1930),文字对城市可视化与节奏感的掌握已经崭露头角,31岁时完成剧本《永远的微笑》(1935)进入影坛,他亦分别在《电影周报》及《现代电影》等杂志上发表影评。[④] 穆时英在香港曾自编自导电影《夜明珠》(1937),影片现时失存,据现存资料显示,得知故事以新感觉派小说所惯写的舞厅文化为主题,大概讲述一名舞女虽然遇上

① 鲁迅:《自序》,《呐喊》,香港:三联书店有限公司1999年版,第2—3页。

②③ 张爱玲:《公寓生活寄趣》,《流言》,台北:皇冠出版社1968年版,第26页。(原刊《天地月刊》第3期,1943年)

④ 资料来自叶佳树:《刘呐鸥传奇》,康来新、许秦蓁合编:《刘呐鸥全集:电影集》,第5页。有关《永远的微笑》的整个剧本及刘呐鸥的影评均收录入该书。

真爱，终不为社会接受而含恨而终。[①] 另外他亦在香港自编自导过电影《十五义士》(1937)及撰写过电影剧本《中国万岁》(1937)。[②] 穆时英在小说《中国一九三一》中运用电影分镜或分场方法，描述社会上贫富悬殊、城乡对立现象。最主要场景是以“镜头一”、“镜头二”等描写一班村民起义的过程，分法有点含糊，例如镜头一是描述村口人来人往的传口令，似是一个镜头观念；镜头五却是描述一个大场面及描述众村民移动的路线，初时有头目出发前传口令，然后众人翻过一个山头，又一个山头，最后众人走到城门前讨论行军去向。这个大场面在电影的实际拍摄上有场景的迁移、亦有动作与大量对白，需要有近有远的镜头配合，疑似一个分场概念。不过可以肯定的是，穆时英尝试将电影技巧放入文学创作中，除了视觉元素，他亦有留意声音元素，加入“小曲一”、“小曲二”，从视觉与听觉方面加强电影感。由于起义场面很大，同一时间有不同将领在不同地方攻城或指挥，穆时英尝试以电影分镜或分场为本来混乱的战争场面，整理出细致规律的秩序出来，并且注重声画配合，加强真实感。新文学与电影互相影响，关系密切。21 世纪华文文学与城市图像的发展，在中国五四时期已经奠定基础。

刘以鬯与电影亦甚有渊源，在上海时导演汤晓丹曾改编他的同名小说《失去的爱情》(1948)为电影。[③] 另一部小说《私恋》(1959，书影见彩色插页)在香港改编为电影，由电懋公司导演王天林执导、上官牧编剧，1960 年上映。[④] 电影影响了文学的创作，文学亦会影响电影，刘以鬯《对倒》在形式上启发了香港导演王家卫拍成蜚声国际的电影杰作《花样年华》(2000)，王家卫凭该片荣获戛纳影展最佳导演。《花样年华》故事与《对倒》几乎毫不相干，难以归类为一般所谓的故事改编，而是更抽象地汲取《对倒》在形式上的创新性，尤其是来自音乐结构方面的启发。以下本文会分成三个小节分析刘以鬯如何以他独特的文学技巧，展开对于香港城市图像的构筑与想象。第一

---

① 黄淑娴编：《香港影片大全》第 1 卷，香港：香港电影资料馆，市政局，1997 年版，第 167 页。

② 李今：《穆时英年谱简编》，严家炎、李今编：《穆时英全集》第 3 卷，北京：北京出版社，北京十月文艺出版社 2008 年版，第 566 页。

③ 易明善：《刘以鬯传》，香港：明报出版社有限公司 1997 年版，第 46 页。

④ 资料见香港电影资料馆网页，网址见：http://www.lcsd.gov.hk/CE/CulturalService/HKFA/index.php

部分会先讨论刘以鬯自50年代至90年代比较重要的城市图像实验,后两部分会集中分析70年代重要作品《对倒》,第二部分会探讨《对倒》如何透过时间与空间构筑城市图像,并进一步探讨刘以鬯在这方面的构思与法国新小说派的关系,第三部分会分析《对倒》所运用的音乐结构表达主题以及流露作者本人对城市的情感和想象。这一部分亦会将《对倒》与《花样年华》比较分析,看看受电影启发文学的现代图像,又如何通过文学影响电影。

一、刘以鬯的城市图像实验

刘以鬯有一个独特的成长背景——20世纪三十四年代东亚最繁荣的城市上海。他年轻时很喜欢看电影,尤其是西方电影。他接触的文学除了来自西方的现代主义,还有中国新文学作家穆时英、张爱玲、鲁迅等用华文文字构筑各种由视觉而来的城市图像。50年代,刘以鬯在香港作品中自然流露了视觉语言与城市观察的敏锐,例如中篇小说《梦街》(书影见彩色插页),刘以鬯描写男主人公"我"早上起来所见的晨光与海景:

> 我抬头远望,东方已微微发白。晨风习习,眼前的景物开始从混沌沌的一片,渐渐显出黝澹的轮廓,其情形像极了电影里的"淡入"镜头。然后繁星的光芒减退了。大海是墨绿色的,在短短几分钟内,出现了浅浅的柔波,于是我们看到几堆美丽的朝霞,一块红,一块黄,看起来颇如画家的泼墨。然后太阳冒出海面,温柔的阳光虽不强烈,却叫人感到温暖。①

作者直接运用电影镜头"淡入",描写眼前所见的晨光,可以看到刘以鬯早已具备对城市图像构筑的敏锐性。刘以鬯对城市图像较具艺术性的探索,可以分为几个时期:第一个时期是60年代末的微型小说,当时受到法国新小说派影响较深;第二个时期是七八十年代,这段时期的探索最为成熟,开始摆脱法国新小说派影响,作品较具个人风格,以《对倒》成就最高;第三个时期是90年代,刘以鬯超过70高龄仍然尝试从印刷美学与表意功能思考构筑城市图像的可能性。

刘以鬯在1962年创作了《酒徒》这个重要的严肃文学作品后,他对于心

---

① 刘以鬯:《梦街》,香港:海滨图书公司1958年版,第70页。

理小说手法开始转变，由注重内心的深层挖掘，逐步转向结合表层的人物动作描写或景物描写手法。[①] 在60年代末，刘以鬯创作的微型小说《春雨》可以看到这段转变时期的痕迹。有意思的地方是，《春雨》是刘以鬯开始探索现代图像的作品，这个微型小说没有传统故事的叙事者，一开始是透过电影镜头呈现方式描写：

> 忽然响起一阵雷声，訇隆隆，像几十只铁球在楼板上滚来滚去。蓝森森的闪电，一再使那些云层的颜色由灰转黄，仿佛厚密的云层中有什么东西在燃烧。天色黝暗，筑在半山区的高楼大厦里有人扭亮电灯。平地刮起一阵狂风，天就落雨了。雨点很大，打在玻璃窗上，发出窸窸窣窣的声音。这是农历三月上旬，气候还没有转暖。[②]

然后紧接着一个人的内心独白，由括号和黑体字标示出来，自始至终没有让叙事者出现，叙事者是男是女、年纪大小全无透露。整个故事就以一段仿如透过电影镜头呈现的方式描写雨景，一段是隐藏叙事者的内心独白，彼此梅花间竹地出现。实际上，一段是朝向内心挖掘，另一段是朝向表层的视觉观察。前者重视人的主观感情与意义，后者重视客观的描述与反意义，这种独特矛盾的方法可以看到刘以鬯逐渐由混合深层与表层心理叙事手法走向表层心理书写的痕迹。刘以鬯后来对于向内心挖掘的意欲愈来愈低，对于以视觉为主的客观写作愈感兴趣。刘以鬯这种转变，显然是受到他一向推崇的作家——法国新小说派代表人物罗伯·格里耶(Alain Robbe-Grillet，1922－2008)——所影响。刘以鬯曾在《小说会不会死亡?》(1979)及《现代中国短篇小说的几个问题》(1981)中赞扬新小说，这两篇文章收录入《短绠集》(1985)。刘以鬯本人亦曾跟罗伯·格里耶面谈，内容记录在《旧文新编》(2007)内的《新小说·反小说》(2003)。罗伯·格里耶批评现代心理小说，提出物体客观性的存在，达致反意义的美学。罗伯·格里耶在《未来小说的一条道路》(1965)中谈道："我们必须尝试着构筑一个坚实、更直观的世界，

---

① 该说法参考自黄淑娴观点。(见黄淑娴：《表层的深度：刘以鬯的现代心理叙事》，梁秉钧、黄劲辉、黄淑娴等编：《刘以鬯与香港现代主义》，第94—119页)

② 刘以鬯：《春雨》，香港：华汉文化事业公司1985年版，第33页。

来代替充满‘意义’(心理学的、社会学的、功能上的)的这一宇宙。首先,让物体和动作以它们的在场来起作用,随后,让这种在场继续凌驾于所有解释性理论之上……”①他把心理小说归入“意义”与主观性,然后站在对立面提出他对新小说的观念。刘以鬯在1968年先后发表《链》和《动乱》两个形式独特、视觉主导的小说。这两个小说完全摆脱自《酒徒》以来朝内心挖掘的心理叙事,转向注重客观性呈现的城市图像。《链》描写不同人物在不同时空中的碰面,有些人与人发生直接关系,会交谈或受影响,有些人跟人只有间接关系,只是无意间踩到对方的鞋,这些人物都是流水账式出现和消失,作品只是冷峻地描述这种人来人往的情况,描写城市在时间急促下,人与人之间经常碰面又没有交流的现象。叙事笔调只是冷眼旁观,没有明确的意义指涉。而《动乱》则更明显地受到罗伯·格里耶的影响,以十四种物体如电灯柱、汽车、石头等为叙事者,叙述1967年香港暴动。各种物体受到不同程度的破坏或损伤,由自身不同角度描述暴动情形,似是将不同摄影机置放在同一空间的不同地方,呈现动乱同一时间与空间的多角度描述。最后一幕由尸体描述:

> 我是一具尸体。虽然腰部仍有鲜血流出;我已失去生命。我根本不知道将我刺死的人是谁;更不知道他为什么将我刺死。也许他是我的仇人。也许他认错人了。也许他想藉此获得宣泄。也许他是一个精神病患者。总之,我已死了。我死得不明不白,一若蚂蚁在街边被人踩死。这是一个混乱的世界。这个世界的将来,会不会全部被没有生命的东西占领?②

《动乱》故事主题是以物体的非人性角度反思1967年动乱,表达当时人类行为比物体更非人性。而这种物体为叙事者的观念,几乎可以借罗伯·格里耶一番说话作为注脚:“在未来小说建筑中,动物和物体在成为某种东西之前,都将在那里;之后,它们还将在那里,坚实、不变,永远在场,仿佛嘲笑着它们的特有意义,这意义无谓地试图把它们的作用减弱为相当于不确定的器皿,相当

---

① [法]罗伯·格利耶:《未来小说的一条道路》,余中先译,《为了一种新小说》,长沙:湖南文艺出版社2011年版,第24页。

② 刘以鬯:《动乱》,《春雨》,第149页。

于临时的和不体面的材料，只有更高的人类真理才能赋予——以深思熟虑的方式——它们以形式，人类真理在其中表达之后，便立即把这一碍事的助手抛弃到遗忘中，到黑暗中。”[①]在《动乱》的表达中，物体尚保留自己的思想、感情与批评的意义，1969 年《吵架》将客观性、非人性的表达手法推向更极致地步。《吵架》纯粹运用长镜头直接呈现一个家庭吵架后的面貌，文字不带丝毫情感地描述家庭暴力吵架后呈现的破损物体，例如其中一段描述：

> 电视机依旧放在墙角，没有跌倒。破碎的荧光幕，使它失去原有的神奇。电视机上有一对日本小摆设。这小摆设是泥塑的，缺乏韧力，比玻璃还脆，着地就破碎不堪。电视机的脚架边，有一只日本的玩具钟。钟面是一只猫脸，钟摆滴答滴答摇动时，那一对圆圆的眼睛也会随着声音左右摆动。此刻钟摆已中止摇动，一对猫眼直直地“凝视”着那一列钢窗。这时候，从窗外射入的阳光更加乏力。[②]

客观而细致的笔触，没有任何主观意义的加盖，读者仿如已亲眼目睹这个家庭吵架后的乱局。究竟这场吵架过程是怎样呢？让读者好像侦探一样，透过暴力吵架后的场面自行回想，发生吵架的场面就由视觉进入读者意识想象之中。读者无形中参与了创作过程，将没有写出来的过程在意识里重新组织出来。这段时期刘以鬯受到罗伯·格里耶很大启发，这几个微型小说实验以后，刘以鬯将罗伯·格里耶观念转化得更匠心独运，1972 年完成形式独特的《对倒》，将城市图像构筑带入艺术高峰，另外 70 年代中后期《时间》与 80 年代《打错了》都会在下面两个章节中探讨。

90 年代，刘以鬯已经有 70 高龄仍然醉心于形式创新。他在重庆、新马及香港分别担当过编辑，从事报刊的经验接近半个世纪，对于印刷技术的熟谙启发了他尝试将文字印刷提升到表意功能。[③] 在《黑色里的白色　白色里的黑色》中，作者以黑底白字写城市的阴暗，以白底黑字写城市人的善良。

---

① 罗伯·格利耶：《未来小说的一条道路》，第 24 页。

② 刘以鬯：《吵架》，《刘以鬯卷》，香港：三联书店有限公司 1991 年版，第 182 页。

③ 有关《黑色里的白色　白色里的黑色》结合小说与印刷写作的讨论，过往亦有论者有类似的观点。见温儒敏：《刘以鬯小说的“形式感”》，黄维梁主编：《活泼纷繁的香港文学：一九九九年香港文学国际研讨会论文集》，香港：中文大学出版社 2000 年版，第 522 页。

作者有意抗拒剧情上堆砌情节,故事透过麦祥一天的经历为主题,只着眼于琐碎的生活片段以呈现真实,而城市中善与恶已经掺杂其中,善中有恶,恶中有善,似是有意回应1956年短篇小说《天堂与地狱》。《天堂与地狱》中借一只苍蝇对香港餐厅的游历,目睹三千块钱辗转于不同角色手里,人与人之间的关系充满金钱罪恶而得出结论:所谓天堂比垃圾的地狱更龌龊。刘以鬯刚抵香港,不太了解当时香港文化,故事因而带着南来文人黑白分明的观点。刘以鬯在60年代第二次来香港,时移世易,明白重返上海生活已不可能,逐渐在香港落地生根,生活了差不多40多年后写成这个作品,对于香港城市文化充满爱与恨。这种矛盾心情遂透过印刷技术的配合,化为构筑城市图像的形式美学。这种黑白并置手法令作者褒贬立场鲜明,有趣的地方正在于刘以鬯以反情节方法记录,着眼于生活上微细事情,例如空间的转移,呈现褒贬:麦祥乘小巴在英皇道堵车三分钟,麦祥从车上目睹有妇人在人行道上吩咐一个四五岁男孩当街撒尿;麦祥在太安楼附近下车,走向西湾河文娱中心欣赏音乐演奏,洗涤心灵。小巴上的叙事用黑底白字,西湾河文娱中心用白底黑字。有时同一个空间亦因事件性质而褒贬有别。例如麦祥由家里朝地铁站走去的一段路,路上遭一个青年推撞,原来是劫匪。再往前行有人为内地灾胞募捐,麦祥将二十元塞入募捐箱。遇到劫匪用黑底白字,捐款用白底黑字。《黑色里的白色 白色里的黑色》将城市人一天生活中善恶交缠、爱恨难分的复杂心情,借助黑与白形式构成有趣的城市图像。

二、城市图像的时空构成法:法国新小说与《对倒》

刘以鬯在城市图像上探索的努力,当以《对倒》的艺术成就最高。《对倒》一共有两个版本:第一个版本是1972年11月18日开始在香港《星岛晚报·星晚版》连载,约11万字;第二个版本是应也斯之邀为《四季》杂志写稿,作者把《对倒》改写成一个短篇小说。① 这个故事的形式独特,以双线并行的方式叙事。② 两个故事都保留这个形式,而故事内容大致相若,同样是一节写老人淳于白;一节写少女亚杏,彼此互相穿插。然而彼此互不相干,前者是单身老人,靠回忆度日,很多追悔的往事令他感慨;后者是单身少女,对未

---

① 刘以鬯:《序》,《对倒》,第21—22页。

② 同上,第18页。

来充满憧憬,常希望找到个英俊男友,发明星梦,希望逃避现实中穷困的家境。故事在这种互相隔膜、一正一负的节奏下产生张力。长篇版本分成64节,短篇版把内容精简化成42节。相对而言,长篇版本有较多意识流的描写,人的意识与城市之间的关系探索较多。短篇版本几乎只是第一个版本的删减版,更注重结构。有论者曾认为短篇版具有更精密的对称结构,却失去了淳于白个人背景和过去历史的交待,弱化了个人和城市历史故事的独特性。[①] 而刘以鬯曾经在一次访问中谈到《对倒》,指出这个故事一如西方的现代小说,不大重视主题。如果必定要谈谈主题,他只会答:"一般小说是写人与人之间的直接关系,《对倒》是写人与人之间的间接关系。"[②]综而观之,长篇版《对倒》是个没有情节的故事,主题隐含两条主线,一条是人与城市的关系,另一条线是人与人的关系;这两种关系不是直接的,而是间接的。不过短篇版的改动使结构分明,让人与人的关系变得更清晰。城市图像的基本元素是由时间与空间组成的,而这种时空关系分别表现于视觉上与音乐上,在长篇版本视觉上的演绎较为清晰,意识流的运用让街上事物与城市人意识产生互动关系。而在短篇版本中音乐的演绎则更具风格,结构以音乐节奏(composition)[③]谱写,让主题在多次重复的旋律中演绎出来,这种独特的结构与主题的形式,启发了香港导演王家卫电影名作《花样年华》。本节会集中以长版本分析人与城市的主题,探讨城市图像在视觉上的演绎方法。而分析人与人的主题则以短版本为主,探索城市图像在音乐上的演绎方法,这个讨论则在下一节"城市图像的音乐结构"中分析。

过去有不少论者将《对倒》放入心理小说或意识流小说的范畴讨论,[④]向

---

① [日]西野由希子:《刘以鬯〈对倒〉和一九七〇年代香港文学》,梁秉钧、黄劲辉、黄淑娴等编:《刘以鬯与香港现代主义》,第171页。

② 陈耀华、杨淑贞:《"小说家族"热线之对倒》,《对倒》,第246页。(原载《新报》1987年6月19日)

③ 本文所用的"结构"一词,应译为composition,这是源自音乐作曲的概念。有关结构作为音乐的说法,主要参考自[捷克]米兰·昆德拉:《小说的艺术》,尉迟秀译,台北:皇冠文化出版有限公司2004年版,第87—118页。

④ 罗贵祥:《评刘以鬯的〈对倒〉》,刘以鬯:《对倒》,第288—296页(原载《大拇指》,1982年1月1日);绿草:《长夜读〈对倒〉》,刘以鬯:《对倒》,第299—300页(原载《星岛晚报·彩虹路》,1996年5月1日);杨义:《刘以鬯小说艺术综论》,刘以鬯:《对倒》,第302—304页(原载《文学评论》1993年第4期);王友贵:《刘以鬯:一种现代主义的解读》,刘以鬯:《对倒》,第306—308页(原载《香港作家》,1998年9月);周伟民、唐玲玲:《论东方诗化意识流小说》,北京:中国社会科学出版社1997年版,第107—108页。

内心深层挖掘的心理小说往往重视人物内在的意识活动。事实上,发表《酒徒》(1962)以后,刘以鬯的心理小说由深层逐渐趋向表层,《对倒》处于这些转变的实验时期,所以他采用的是混合深层心理书写与表层心理书写手法。亦有一些论者留意到蒙太奇手法,[①]小片段与小片段经过作者细心剪接,例如第 10 节的尾和第 11 节的首重复同一句“交通恢复常态时”[②],而第 11 节的尾与第 12 节的首又重复“这出现实生活中的戏剧接近尾声”[③]的文字,将不同空间发生的事物接驳起来。除了叙事上的连接,连对白亦可以接上,例如在第 38 节至第 41 节中,淳于白与亚杏在同一时间的不同空间与人讨论下午在街上目睹的金行抢劫案件,二人的对话却可隔空连接,好像互相对话。实质上,刘以鬯把他们一天的经历以不同的对位方式,有时并置,有时错位,有时交错,将都会的物质性与都会人的思想、人与人的关系、都市的时间与空间、想象与现实,带入一个复杂的形式结构的美学探索之中。这种对于城市图像呈现的新方法,似乎是受到刘以鬯一向推崇的罗伯·格里耶所影响。刘以鬯《对倒》的艺术性与实验性相当独特及抽象,在深入了解《对倒》之前,需要明白了解罗伯·格里耶关于文学与电影两种语言的艺术观点。

《去年在马伦巴》电影剧照

① 白舒荣:《一部颇富创意的作品——试析刘以鬯长篇小说〈对倒〉》,刘以鬯:《对倒》,第 277—286 页;陈持:《蒙太奇(montage)——对列的构成技巧》,刘以鬯:《对倒》,第 310—315 页。(原载《刘以鬯小说艺术新论》,广州中山大学硕士学位论文,1997 年)

② 刘以鬯:《对倒》,第 128 页。

③ 同上,第 130 页。

罗伯·格里耶曾经担当过法国名导演亚伦·雷奈(Alain Resnais, 1922—)的编剧,合作一出颠覆电影叙事的名作《去年在马伦巴》(*L'Année dernière a Marienbad*, 1961),他亦担当过导演,对电影语言有很深的研究。罗伯·格里耶认为电影与文学是不同属性,强调各自表现媒体的本性。例如他认为电影画面的本性是有景框限制与实时性,同时,断续性要由镜头与镜头连接和组合,所以容易产生蒙太奇美学。小说方面,他喜欢强调时间的连续性,完全静态的动作。[①] 例如罗伯·格里耶的文学代表作《嫉妒》(*La Jalousie*, 1957),故事形式非常风格化,整个故事以巨细无遗的笔调,写一间花园洋房外貌,从窗口窥见女主人公在洋房内不同时间的生活细节,极尽琐碎的生活片段。故事透过一个客观、冷静的角度,好像电影镜头一样,从固定角度遥远观看花园洋房的人与物。这个故事表达形式相当别致,艺术水平亦很高,表面上几乎没有一般情节性或戏剧性的处理,但是不代表完全没有线索阅读,而是突破传统叙事情节的旧模式。故事中其实布下很多悬疑性。例如她在餐桌用餐时只有一个人,却准备两份餐具,似是期待一位神秘客人来进餐。这位神秘客人直到故事完结亦没有出现过,反而另一个男士会探访女主人公(这位已为人妻的妇人),甚至相约进城而当晚没有赶回到洋房。读者产生很多疑问,会追问很多问题:神秘人是谁?这个叙事的特殊视点是谁人的视点?故事名称《嫉妒》为读者提供了线索和想象的空间。阅毕全书,读者就推想到一直没有露面静静地监视妻子的人,正是这个洋房的男主人公了。这种曲折离奇的叙事手法,确实匠心独运。罗伯·格里耶曾经在1984年访问中国,在演讲中谈及他的电影和文学所共有的一个共通点,"也许,有一个特征确实是作者罗伯·格里耶的特征,即世界的静态存在。但是静态是什么?我觉得这是强烈激情的凝聚。在我的小说《嫉妒》中,静止状态之下始终潜伏着爆炸、犯罪、谋杀。我个人总是被抑制状态之中包含的更多的暴烈情绪所震动,这比表现出来的东西更强烈。我选择通过静态表现强烈的激情。"这段话正具备帮助分析《对倒》的几个要点:其一,角色情感处理的方法。[②] 罗伯·格里耶所关心的是"静态的表现"与"激烈的情感"

---

① [法]罗伯·格里耶:《我的电影观念和电影创作》,胡濒译,广州:博尔赫斯书店1996年版,第6—8页,第15页。

② 罗伯·格里耶:《我的电影观念和电影创作》,第15页。

之间的一种张力,故事不加修饰地描写时间的慢慢流动,让读者慢慢感受那种嫉妒的火有多大。逗留观察的时间愈延长,空间的描写愈细致,那种情感便愈激烈。第二,“静态的世界”呈现方式是拆除传统具有性格感情的叙事者,让读者仿如透过视觉直接接触物象一样,不赋予任何意义。并且强调时间上的现场感,让读者阅读时间与故事中叙述时间有历时同步的感觉,这种呈现方式是要逼使读者主动参与阅读,而让作者消失于作品之中。第三,故事以没有情节见称,是要突破传统的阅读习惯,读者几乎不可能循传统阅读模式找寻到任何意义。有更深层的内在意义潜藏在叙事过程中而不是在情节的结局中,故事留下线索让读者把零碎的、片段式的各个不同时段见到的物象,在脑海中重组以寻找意义。由作者引领读者得到意义的传统阅读法,变为由读者从作品中直接参与意义重组的创作过程,这种方法更接近后现代的阅读模式。

刘以鬯创作《对倒》时很有可能从罗伯·格里耶的作品中得到启发,他创作《对倒》思考的问题与方向跟罗伯·格里耶有点相似;但他不盲目跟从,而是创新性地由香港本土文化出发,重新思考呈现城市图像的方式。首先,在情感表现方面,《嫉妒》的张力是在(隐去的)角色情感与静态的表现手法之间,《对倒》长版本尝试的是把角色一分为二,让角色情感以更直接的意识流方式呈现出来,构成精致而复杂的多层张力的拉锯状态。首先世界呈现的方法,是通过淳于白与亚杏两个人的视觉与目光。他们两人身处同一个时间,故事主要发生场地是同一条街道,他们所见到的却是两种不同诠释的世界。他们两人的性别、年纪(年老与年轻)、阅历(过去上海的繁华与战乱走难的经历与年轻人的流行文化)、看事情的方法(一个回顾过去,一个展望将来)形成第一层张力。淳于白经常回忆过去,他看到的现实世界常常跟意识内的旧香港印象产生重叠而互相排斥的现象。亚杏经常发白日梦,透过视觉看到的现实世界与内心想象世界有很大距离,两个角色本身产生了内在的第二层张力。《对倒》有趣的地方是运用深层与表层心理书写的混合模式,一方面借鉴于罗伯·格里耶保持客观而不带情感的冷峻笔调呈现世界的事物,另一方面借着角色内心的意识活动释放情感。简言之,《嫉妒》的静态表现手法或静态世界的描述,目的是要表现角色的情感;《对倒》在长版本不介意角色情感透过意识世界直接表现出来,反而关注角色与角色之间,外在世界与内心世界构成的冲突。深层与表层心理书写的混合表现手法所追求的重点不在角色身上或角色情感身上，而是以香港这个城市为描述的主体。多层次的矛盾与冲突构成城市的多元文化，表现解读一个城市的困难。

其次，城市图像的构成，《对倒》跟《嫉妒》同样是从视觉出发，而且关注于时间与空间的关系。例如《嫉妒》呈现的静态世界是由视觉出发的，所有对人与对物象的描述，都运用一种抽离人性人情的笔调，一种接近绝对客观的摄影机镜头的冷静观察。而这种叙事角度是有限制的，例如不可以随便移动叙述的视点，有一些视点会受到墙壁、窗帘等物体的阻碍，而影响了叙事的能见度与描述的功能。这个故事分成没有编号的几个章节，每一个章节表示不同时间的开端，而视点几乎都是一致地在一个遥远的角度窥视洋房内的一切。例如以下两则分别来自第一次和第二次出现的章节开首：

> 现在，柱子的阴影将露台的西南角分割成相等的两半，这个露台是一条有顶的宽廊子，从三个方向环绕着房舍，那根柱子就撑住廊项的西南角。露台的宽度在横竖两个方向都是一样的，所以，柱子的阴影正好投在房子的墙角上；不过阴影并没有向墙上延伸，因为太阳还很高，只照到了露台的地面。房子的板墙（即指南面与西山墙）仍处在屋顶（房舍与露台的顶端是连着的）遮蔽的阴影中。这样，此时此刻，房檐犄角的影子和两面墙与地面形成的夹角正好重合，而且都是直角。①

以下为第二次出现的章节：

> 现在，露台西南角——即靠近卧室的那一侧——那根柱子的阴影投射到花园的地面上。太阳在东边天际的位置还很低，阳光洒满了山谷。山谷里的香蕉树是斜向排列的，在朝阳的照耀下，处处显得阡陌分明。
>
> 在与房子遥遥相对的山坡上，从谷底到种植园最高处的地段边缘，树木的植株很容易数清，尤其在正对着房子的一带，因为这里栽种的是些幼树。②

---

① [法]罗伯·格里耶：《嫉妒》，李清安译，南京：译林出版社 2007 年版，第 13 页。
② 同上，第 25 页。

时间透过暗示的形式表达，我们可以从日照过来的影子长短与光影变化而辨出时间的流动。空间没有改变，随着视线的变化而专注点不同。例如第一次出现的章节是集中于房间与露台，在第二章节却看到洋房的花园、洋房远处的山坡与田间。空间与时间的呈现是含蓄的，读者是以全无阻隔的状态(意指没有赋予其他意义的形容或指涉)直接接触物象。文字上强调“现在”，再加上纤细的雕琢，加强读者仿如置身现场的感觉，情形跟观看电影相似，突破文字阅读所没有的历时感。《对倒》的处理则分为两个角色的视觉来呈现城市图像的空间与时间关系。淳于白与亚杏两个人在弥敦道上行走，彼此互不相见。当中二人只在戏院碰面，淳于白坐在亚杏旁边，二人却没有交谈。电影落幕，又各自分离，一人走向东，一人走向西。弥敦道是九龙区尖沙咀和旺角两大心脏地带的重要交通要道，几乎是全香港最热闹和拥挤的街道。故事描述这条街道的空间感，以亚杏走过街道，身体与人碰撞两三次，而淳于白甚至践踏到女路人的鞋，显示街上的游人众多。《对倒》中呈现城市图像的方式同样以视觉为主，例如透过亚杏的目光，作者这样描述弥敦道：

> 照相馆隔壁是玩具店。玩具店隔壁是眼镜店。眼镜店隔壁是金铺。金铺隔壁是酒楼。酒楼隔壁是士多。士多隔壁是新潮服装店。亚杏走进新潮服装店，看到一些式样古怪的新潮服装……当她走出那家新潮服装店时，心里有一种莫名其妙的感觉，说是高兴，倒也有点像惆怅。新潮服装店隔壁是石油气公司。石油气公司隔壁是金铺。金铺隔壁是金铺。金铺隔壁是金铺。①

作者以客观方式呈现街道的面貌，冷峻笔调毫无情感地描述一个商铺紧挨着一个商铺的情况，金铺互相竞争，一间金铺挨着另一间金铺。由一个铺走过另一个铺，同时呈现着时间的流动。这种近乎镜头移动的写作方法，显然受到罗伯・格里耶冰冷而非人性的笔调所影响。空间的描述会受到淳于白与亚杏的视点而影响，除了戏院那幕戏，他们身处的空间是分割呈现，而彼此之间最大的关联是时间。《对倒》强调两条线的时间关系是同时并

---

① 刘以鬯：《对倒》，第79页。

进,但是文字不可能像电影一样出现分割画面,只能以连续性的方法呈现,作者聪明地把淳于白与亚杏的叙事分割成 64 节的不同小片段,二人梅花间竹地出场,每个小片段成为了时间的单位。例如第一节淳于白一出场是坐巴士穿过海底隧道,第二节这样描述,“……现在,走下木梯时,她手里拿着一只雪梨。这雪梨是姨妈给她的。每一次走去姨妈处,多多少少总会有点好处。/走出旧楼,正是淳于白搭乘巴士进入过海隧道的时候。”[①]透过类似蒙太奇的方式,两条主线得以呈现共时性。“现在”的强调一如罗伯·格里耶追求电影的现场感,刘以鬯似乎有意让读者感受城市时间的流动。“走出旧楼,正是淳于白搭乘巴士进入过海隧道的时候。”这一句子明确告诉读者两者时间的一致。在时间运用上,《对倒》另有一个有意思的手法显示二人的时空关系。例如第 2 节亚杏见到一只黑狗,第 3 节淳于白又见到那只黑狗,暗示了二人在时间上的先后,而空间上的距离亦不远。又例如第 7 节淳于白在餐厅饮茶的时候,碰到一个瘦削的鳏夫与男童为吃雪糕而大吵大闹,到了第 16 节亚杏在戏院看到同一个瘦削的鳏夫与男童为吃雪糕而大吵大闹。城市街道中有很多不同的人在不同空间与时间相碰,这些主角以外的角色亦有自己的节奏与行走路线,这种间接的方法很精彩地将香港闹市街道挤逼的空间感与城市快速的时间关系表现出来,同时人物与人物之间互相碰面的机会充满巧合性。《嫉妒》以定点视觉下同一个空间的光影变化表示时间的流动,《对倒》对时空的表达方法显得更灵活有趣,刘以鬯是取其法再加以活用转化,以表现香港的城市特色。

相对于《嫉妒》,刘以鬯处理《对倒》所呈现的城市图像时空关系更加复杂。《对倒》其中一个有趣的地方是,安排两个闲荡人漫无目的地在街上游玩。[②] 时空关系经由角色与角色、外在世界与内心世界多重的张力拉锯表现出来,时间与空间的呈现更错综复杂了。城市时间的流动性本来是快速的,例如透过亚杏观察所显示的时间描写:“墙壁是招纸的战场。墙壁上贴着太多的招纸。刚才,走去姨妈家的时候,见到贴街招的人将一种药丸的招纸盖没了一部色情电影的海报;现在,药丸的招纸已被跌打医生的招纸

① 刘以鬯:《对倒》,第 75—76 页。

② 类似观点可参看蔡益怀:《浪迹香港江:试析刘以鬯小说中的游荡者形象》,《华文文学》2002 年第 3 期,第 50—55 页。

盖没了。亚杏知道:再过一两个钟头,这跌打医生的招纸一定会被别种招纸盖没的。"[1]但是作者安排视点呈现的方式,要通过两个在城市主流以外的人物——闲荡人——得以实现。淳于白是个靠收租度日的人,他总有太多时间可以花,所以与城市的主流观念"时间即金钱"有别。亚杏是个独生女,有太多的自由。"母亲的溺爱,使她养成了野猫似的性格,每一次出街,总会漫无目的地在街边闲荡,直到腿弯发酸时才回去。"[2]这两个角色喜欢以闲散无心的态度观察城市的快速变化,例如第10节与第12节有一场交通意外,亚杏刚巧经过目睹整个过程,她看到血想起五岁时从祖母尸体接触到死亡,她以冷静的角度看完整个过程,由受伤妇人被撞倒、流血、不知死活到张开眼睛,有路人报警,警察到来,指挥交通恢复常态,救护车来。作者这样描述:

> 救伤车离开现场,这出现实中的戏剧终告结束。看热闹的人群散开了。只有亚杏依旧站在那里。亚杏望着马路中心;望着马路中心的鲜血;望着汽车的车轮一再碾过鲜血。在短短的两三分钟中,路面上的鲜血已被吸干。亚杏心中暗忖,"不知道那个妇人的伤势严重不?她家里有些什么人?她的丈夫知道不知道这件事?她的子女知道不知道这件事?她的亲友知道不知道这件事?她是谁?做什么的?为什么在这个时候穿过马路?她怎会这样不小心?穿过马路时,为什么不看看两边的车辆?她有丈夫吗?她有子女吗?……"[3]

街上发生车祸,看热闹的人多,却没有时间关心路人,看完又散。只有亚杏这种闲荡人才会留下来,她的时间相对缓慢,所以当看热闹的人散开,她仍会留下,又想一想那个受伤的人。类似情节在另一个闲荡人淳于白身上亦可以见到,例如有一节写淳于白目睹抢劫案过程,以旁观者客观角度书写:

> 那个被劫的女人在人群中呐喊;在人群中奔来奔去。大家都睁大眼睛望着她,将她当做街头剧的主角。

---

① 刘以鬯:《对倒》,第76—77页。类似观点可参看蔡益怀:《浪迹香港江:试析刘以鬯小说中的游荡者形象》,《华文文学》2002年第三期,第50—55页。

② 刘以鬯:《对倒》,第76页。

③ 同上,第130—131页。

“她的财物被抢走了。这是应该得到同情的；但是，人们只用观剧的目光望着她。那个劫匪早已不知所终，她的呐喊一点用处也没有。难道香港人已经容忍这种不法行为了？一宗抢劫案在大家的眼前发生；可是谁也不理会那个劫匪。人们只是用好奇的目光凝视那个被抢走了财物的妇人，看她怎样奔来奔去；怎样呐喊。”——他想。

妇人哭了。淳于白不忍将她当做街头剧的主角，暗自叹口气，继续朝大厦走去。[①]

路人的冷漠与围观，似是对鲁迅名作《示众》的回应。只有在急速节奏以外的人，才有闲情逸致观察、思考这座城市的人与物，当中亦隐含对城市的褒贬。而刘以鬯将本人真实经历，投放入淳于白角色身上，又形成了作者与虚构角色之间的微妙关系。相对于亚杏，《对倒》透过淳于白所呈现的城市时空复杂得多。“淳于白常常睁大眼睛做梦，见到的人和物与展现在眼前的完全不同。”[②]城市时间流动的节奏太快，淳于白往往跟不上节奏，例如看电影的时候，经常受到脑中过去的事情干扰，“极力排除脑子里的杂念后，再一次将精神集中在银幕上。当他这样做的时候，刚才那种视而不见的情形消失了。不过，他已跟不上剧情的发展。”[③]跟不上时代步伐的淳于白，很容易陷入回忆与过去时间节奏之中。淳于白几乎与作者本人拥有同样的经历，在上海出生及成长，见证着上海的繁华与摩登生活，抗战时到重庆，战后到了香港，其后又迁转到新马一带生活，淳于白在《对倒》所处的 70 年代，已经是第二次再到香港了。因此，淳于白眼中的香港，是带着过去（50 年代）与现在（70 年代）的双重视觉。小说开首出现的是由淳于白坐巴士，进入当时新通车的海底隧道，象征着新颖、摩登，时间上的快捷便利前所未有。正如淳于白所想：“海底隧道通车后，方便得多了。从九龙到港岛来；或者从港岛到九龙去，三十分钟左右就够了。二十年前，从旺角到北角，少说也要一个半钟头。”[④]故事中淳于白两度乘搭巴士进入海底隧道（第 1 节和第 50 节），象征时间的高速向前，但他的脑海里却回忆倒流过去在上海的情景。上海

① 刘以鬯：《对倒》，第 200 页。
② 同上，第 68 页。
③ 同上，第 144 页。
④ 同上，第 198 页。

城市的节奏、50 年代香港城市的节奏都无法追及 70 年代香港城市的节奏，淳于白在香港城市中明显落后的时间观念，显示了他对香港的复杂矛盾心情。有论者陈智德曾分析刘以鬯的《对倒》，直接以淳于白作为刘以鬯的化身分析，并指出：

> 昔日中国以至东亚最先进的都会上海，现已(在当时而言)被香港盖过，迫使来自上海的淳于白重新思考香港的意义。五十年代南来者本认为五十年代香港不如内地，到七十年代，香港的都会文化及其发展已超越内地，南来者这时发觉，他们昔日所居的先进文化都会上海已落后，而本来被他们蔑视的香港已成为超越内地的先进都会，于是一种相对的观念便随故事产生：一种"对倒"式的本土思考。[①]

陈智德认为刘以鬯是对过去上海怀恋的断裂，又对香港作为本土居住地不适应的矛盾。[②] 淳于白对香港的情感复杂，例如他坐巴士时会将当时 70 年代香港与昔日 50 年代香港对照而感到惊喜："巴士在天桥上疾驰。/'这是填海区。我初来香港时，这一区是海。现在，它已织成一个交通网。香港一直是在进步中。今天的香港，与二十年前的香港，外貌已有了显著的改变。二十年前的香港，处处缺乏现代感。今天的香港已变成一个现代化的都市。'——他想。"[③]走在街上的淳于白，看见一幢大厦又有另一种想法："现在的香港与二十年前的香港大不相同。现在，到处是高楼大厦。今后仍将有更多的高楼大厦出现。由于空间太少，不但大部分战后新楼已拆卸；中区有些落成不过十多年的高楼大厦也在改建了。香港就是这样一个地方：人口多；空间小，楼宇必须向高空发展。"[④]刘以鬯对香港情感的复杂矛盾，是一种南来文人的特殊情感。意识流的运用，除了彰显个人内心世界与外部世界的冲突，更有意思的地方是，《对倒》中城市物体或事件看似与人无关，却在不知不觉间进入深沉的潜意识之中。亚杏在街上拾到色情照片，在电影院

---

① 陈智德：《"错体"的本土思考——刘以鬯〈过去的日子〉、〈对倒〉与〈岛与半岛〉》，梁秉钧、黄劲辉、黄淑娴等编：《刘以鬯与香港现代主义》，第 136—137 页。

② 同上，第 141 页。

③ 刘以鬯：《对倒》，第 192—193 页。

④ 同上，第 199 页。

看了儿童不宜的色情电影宣传片段。回到家里看杂志，杂志在题为《婚前与婚后》的文章中用暧昧字眼宣扬性开放，她的思想意识受到影响，她想："何必这样害怕？这又不是什么坏事。每一个人结婚之后，都要做这种事情的。现在。一切都讲究新潮。有些女人，在结婚之前就与男人发生关系了。这不是坏事，不必害怕。"[①]心里产生了联想："仔细阅读那篇文字，内心中的火焰越烧越旺，脸孔热辣辣的。这时候，一种奇异的渴望使她希望有个男人陪着她。这是一个荒唐的想念，使她自己也吓了一跳。"[②]故事终结亚杏遂发了一个荒唐的梦。另一个例子是淳于白在电影院看了一些暴力的电影镜头，日间又亲眼目睹多宗劫案，返回北角居住的大厦时，电梯内遇到一个长发少年。故事这样描述："淳于白的情绪顿时紧张起来，心跳加速。他望望长发青年，长发青年也望望他。/这似乎是难以置信的；然而事实确是如此。淳于白见到那个长发青年仿佛在火线见到敌人似的，不能没有恐惧。在火线遇见敌人，最低限度，手中还有武器，但在电梯里，情形完全不同。如果那长发青年拿出刀子来的话，他只好将口袋里的钱交给他。"[③]事实上那长发青年只是取出打火机和香烟，吸了一口烟，一切都不过是意识受到城市所见的事物所影响。更广泛地说，刘以鬯希望透过这个故事，探讨人类意识与他们所生活城市的关系，从视觉表层到人类内在的意识世界，描写更抽象的城市风气、城市特质。

综而论之，《对倒》受到罗伯·格里耶新小说所启发，写作时注重很多视觉元素以及电影技巧。通过《嫉妒》的比较分析，可以更清晰地看见刘以鬯注重的是转化与活用。首先，城市图像呈现的方法是通过角色视觉，《对倒》改变《嫉妒》那种隐身角色的视点，转为一分为二的两个角色。其实两个小说同样关注视觉呈现世界的客观描述，只是角色情感处理有别。罗伯·格里耶对角色情感的处理是压抑的、客观的、间接的，《对倒》长版本是依赖两个城市闲荡人的目光看城市，而出现多元、复杂的不同心态，产生不同年纪、性别的张力，以及人物内部世界与外部世界的冲突。空间的呈现同时夹杂角色意识世界（回忆与想象），意识世界与城市之间产生微妙而有趣的关系。短版本的修改反而更接近罗伯·格里耶的新小说，意识流部分大量删减，更

---

①② 刘以鬯：《对倒》，第197页。

③ 同上，第203页。

倾向透过人物行动的表层书写。其次,两者注重形式与内容的关系。为什么要运用摄影机镜头相似的呈现方式?阅读达致观看电影历时感的作用何在?《对倒》与《嫉妒》同样是重视叙述的过程,传统故事是通过叙述的结果带出主旨,刘以鬯跟罗伯·格里耶一样想探索从叙述过程中呈现主体的方法。《嫉妒》是追求一种张力效果,以静态手法表现激烈的情感。在《对倒》长版本中描述的主体不单是人物,还有香港这个城市。刘以鬯透过错综复杂的多层张力,更希望捕捉多元复杂的香港都会面貌。此外,城市图像的时间呈现亦十分有意思,罗伯·格里耶喜欢保持叙事时间的连续性,《对倒》则倾向以蒙太奇的断裂与接驳呈现时间上的两个相反方向,将城市的现在事物连接到城市的未来想象及过去历史,进一步思考人与城市以及人与人之间的间接关系。除此之外,在《嫉妒》中的作者是消隐的,读者几乎感受不到作者的存在。《对倒》却是由作者的个人经历赋予淳于白这一角色身上,淳于白这个跟不上城市节奏的闲荡人,与城市的主流保持距离,对城市有所褒贬,而这种对城市的矛盾看法其实来自作者南来文人情感,令故事具有个人历史的真实感。在短版本中,刘以鬯有意将淳于白与作者的关系淡化,大量关于淳于白与作者本人经历吻合的内容遭删去。他追求的是结构的完整性与音乐性,以使主题更加清晰。

二、城市图像的音乐结构:刘以鬯《对倒》与王家卫《花样年华》电影的关系

小说《对倒》之名,译自法文 Tête-bêche,本为邮学上的名词,指一正一负的双连邮票。作者刘以鬯因为在 1972 年伦敦吉本斯公司举行华邮拍卖,投得"慈寿九分银对倒旧票"双连,而引发以一正一负,双线平行的方式,写了这个故事。[①]《对倒》形式结构的灵感来自一帧错体邮票(见彩色插页),可以说是由视觉产生的意念。刘以鬯在形式上的联想,却转而为近乎音乐上的结构模式,丰富了城市图像的表现手法。1975 年,刘以鬯把《对倒》修改成短篇版,把原来大量的意识流部分删去,把作者本人真实经历与淳于白的联系弱化,把注意力放在角色动作的表现力以及主题的表达,结构上更注重音乐性和形式化,这一节有关《对倒》的讨论主要以 1975 年短篇版本为准。不过,

① 刘以鬯:《序》,《对倒》,第 21 页。

这种音乐结构的表达方法，主题不是很明显地表现出来。如果以传统阅读法可能会对《对倒》感到失望，容易误以为故事本身缺乏深度。[①]

这个讨论更有意思的地方是，香港导演王家卫荣获戛纳电影节最佳导演殊荣的电影作品《花样年华》，与《对倒》之间有千丝万缕的关系。电影《花样年华》片末特别鸣谢名单中，第一个出现于鲜红银幕的是"刘以鬯先生"；2000 年出版的《对倒》，点明电影中出现了七次字幕，其中三段文字引自小说《对倒》，其余四次只是交代时地的信息资料[②]，可以说整部电影所引用有关文学资料皆来自《对倒》；《对倒写真集》（*Tête-bêche*，2000，见彩色插页）在电影上映后出版，该书由《花样年华》剧照与英译《对倒》的文字互相对照，导演王家卫在该书前言中更以"时间的交错"形容两者的关系："Tête-bêche 甚至可以是时间的交错，一本 1972 年发表的小说，一部 2000 年上映的电影，交错成一个 1960 年的故事。"[③]这两个故事之间的关系耐人寻味；不能单纯以原著与改编关系形容。毕竟两者在内容上或类型上有太大的分别。《对倒》是一个实验性很高的小说，很难把它归类。尽管里面有男女主角，一个是老人，一个是少女，彼此互不相识，甚至毫无关系，仅仅是电影院中坐在身旁的陌生人，连一句话也没有交谈，擦身而过；《花样年华》显然是一部爱情电影，叙说一对男女邻居，各自的另一半分别隐瞒其夫及其妻偷情共处。两个被隐瞒的受害者在追寻过程中，竟然互生情愫。道德成了一道墙，把两人隔开。"我们不会好似他们这样"，成为他们互相提醒的告示。最终一个到了新加坡，另一个留在香港，各自分开了。从内容上分析，两者很难加以比较。王家卫构思剧本意念与拍摄方法向来喜欢先由音乐想起，先选定音乐作为整部电影的节奏，才以场面调度与镜头移动配合。[④] 王家卫从《对倒》中领悟的灵感，正是与该作品音乐结构有很大的关系，《花样年华》在镜头运动与叙事音乐结构上建构精致优美的城市图像。音乐结构这个概念参考法国结构主义学者李维·斯陀（Lévi-Strauss, Claude）[⑤]关于音乐和神话的说法，并且结合米兰·昆德拉

---

① 穆思林：《寺内——刘以鬯的技巧和内容》，梅子、易明善编：《刘以鬯研究专集》，成都：四川大学出版社 1987 年版，第 238—243 页。

② 刘以鬯：《对倒》，第 11 页。

③ Wong Kar Wai, "Preface," *Tête-bêche* (Hong Kong: Block 2 Pictures, 2000).

④ 资料内容来自本人主持的王家卫公开讲座中，该讲座在 2008 年 11 月 11 日香港公开大学举行。

⑤ 李维·斯陀：法国著名人类学家，结构主义开派宗师。他研究亲属关系、宗教仪式与神话等集体现象提出了新的研究方法，影响遍及人类学、神话学、语言学、文学批评及其他人文社会学科。

(Milan Kundera, 1929—)在小说上的实践经验而来。[①] 本章通过以下分析,旨在清楚而科学地了解《对倒》音乐结构与主题的关系,以及理解这种独特的音乐结构如何启发电影《花样年华》,城市图像的表达如何由电影启发文学,又如何由文学启发了电影。

1. 音乐与意义

李维·斯陀借用现代语言学的理论[②],分析音乐与神话的关系。现代语言学一般用音素(phonemes)、语字(words)、语句(sentences)作为分析语言最基本的三层结构。所谓音素,是语言的基本组件。它本身并无意义,组合起来才具有意义。李维·斯陀用音符与音乐的关系来解释,指出音素犹如音符,本身是一个没有意义的音;唯有透过音符的组合,才能构成音乐。在语言的结构下,音素组合仅能造成语字。只有通过语字组合,才能构成语句。李维·斯陀指出音乐里头没有语字,音符组合可直接成为语句、成为音乐;神话中则没有音素,最底的元素是语字,经由语字的组合成为语句。简言之,以语言作为中介,显示出一边是音乐;另一边是神话。正如现代语言学家索绪尔(Ferdinand de Saussure, 1857 - 1913)指出语言是由不可析离的成分组合而成,一方面是音乐;另一方面是意义。音乐与神话两者同是导源于语言,前者根源于语言中的声音层面;后者则强调感觉的面向、意义的面向。[③]

对于意义方面,相信我们可以很容易把握;究竟李维·斯陀所指的音乐,又是什么意思呢?他所指的音乐,并不是随便任何一种音乐,而是17世纪初的弗瑞斯可巴第(Girolamo Frescobaldi, 1583 - 1643)、18世纪初的巴赫(Johann Sebastian Bach, 1685 - 1750)而出现于西方文明的音乐。这种音乐于18到19世纪,借着莫扎特(Wolfgang Amadeus Mozart, 1756 - 1791)、贝多芬(Beethoven, Ludwig van, 1770 - 1827)与瓦格纳(Richard Wagner, 1813 - 1883)之手而发扬光大。交响曲一般有开头、中间、结尾。我们不能用

---

① 该文学与电影的比较研究概念,最初来自拙文,现在加以发展。见黄劲辉:《结构与意义:〈对倒〉与〈花样年华〉的关系》,梁秉钧、黄淑娴等编:《香港文学与电影》,香港:香港大学出版社、香港公开大学出版社2012年版,第180—191页。

② 现代语言学理论所指的,主要是由索绪尔(Ferdinand de Saussure, 1857 - 1913)、雅可布逊(Roman Jakobson, 1896 - 1982)等发展出来的一套当时被视为崭新的语言学理论,这种语言学理论除了对语言学本身甚具影响力,对于后世各种思潮理论影响深远,遍及符号学、结构主义、心理学等。

③ [法]李维·斯陀:《神话与意义》,杨德睿译,台北:麦田出版2001年版,第85—88页。

连续性的方法聆听，因为我们无法把刚才和当下所听到的音乐一一记下，再汇集起来，一直维持着整体的意识，这种做法可谓没有带来任何音乐的喜悦。我们欣赏时，必须要拿主题与变奏的音乐公式，牢记着首先听到的主题，然后才能感觉出每段变奏及其独特的风味。[①]

2. 音乐结构与意义

李维·斯陀对于音乐与神话的说法，十分有趣。他把语言中的音乐与意义分开来谈，这一点启示了我思考《对倒》与《花样年华》的关系时，并不一定要循意义一脉去追寻，如果从音乐的方面入手又如何？音乐的聆听方法未尝不可以是一种阅读的策略。在文学或者电影的范畴内，故事的编织过程，往往也有一些不断重复的主题，在故事中往返出现。然后可以寻找到主题的变奏，寻找到每个变奏的风格等。这种情况跟音乐很相似。为方便行文，我更喜欢用“音乐结构”[②]来代替“音乐”这个字眼，因为音乐很容易产生从听觉入手的错觉，我更注意的是故事编排的组织过程中，主题的出现，以及其变奏。这些主题并不是完全跟意义脱离的。音乐结构在小说上的应用，捷克作家昆德拉可算是个代表。昆德拉的父亲是钢琴家，亦是音乐艺术学院的教授。昆德拉自幼受父亲的音乐熏陶，曾经在25岁前用钢琴、中提琴、单簧管、敲击乐器四种乐器谱写乐曲，这些作曲经验成为了昆德拉日后小说的建筑结构。[③] 他将音乐结构放入小说之中，借用音乐概念上的复调，即是声部之间的平等，没有任何一个声部是单纯伴奏或突出于其他声部。在小说运用上，他强调这种小说对位法有两个必要条件：第

《缓慢》书影

---

① 李维·斯陀：《神话与意义》，第78，82—83页。

② 本文所用的“结构”一词，应译为composition，这是源自音乐作曲的概念。有关结构作为音乐的说法，主要参考昆德拉：《小说的艺术》，第87—118页。

③ 昆德拉：《小说的艺术》，第110—111页。

一，各条线之间的平等；第二，整体的不可分割。[①] 他曾经在小说《缓慢》(*La Lanteur*)中，以5条故事线穿梭于叙事之中，构成复杂的音乐结构。以聆听的方式阅读《缓慢》这本小书，你好像欣赏一首交响乐。这首交响乐一直围绕着速度的高低与遗忘的快慢关系，构成了时代巨轮的高速加快了遗忘的节奏这个主题。全书51个小节，每个小节亦互相呼应，形成大量的意象重叠。

当然这种意义不是浮显于字面的，而是深沉的、潜藏的。要寻求这种内在的意义，我们必须逃离连续性阅读的策略；改用音乐欣赏的方法，把故事分为一列一列的片段，寻找其主题，并找出各个变奏的独特性和功能。简单一点说，连续性阅读的策略是重视内容，方便寻求表面的意义；以音乐结构阅读的方法是重视结构的肌理，寻求的是内在的意义。

3.《对倒》与《花样年华》的音乐结构

小说《对倒》短篇版的故事分成42节，一节写老人淳于白，一节写少女亚杏，梅花间竹地互相穿插，彼此却互不相干。在互相隔膜、一正一负的节奏下，有一个主题式情节在故事中反复出现。第一次出现于第21节至第30节，这是两个主角第一次，也算是唯一的一次碰面。二人走进了电影院，并排而坐。这是他们双方最接近的一次，然后“亚杏朝南走去”，“淳于白朝北走去”[②]，各自走了。这是一个离而合，合而离的主题。主题第二次出现的地方是梦，这是延续此前主题的一种变奏。淳于白和亚杏在不同空间同时睡觉，同时做梦，做的不是同一个梦；但是梦的结构很相似。淳于白梦见一个神秘的地方，有点像公园，自己跟亚杏并排而坐于长凳上，亚杏不知何时变成赤裸，长凳变成了床，淳于白变成年轻人。在淳于白这个梦中，两个主角在梦中相会，在清醒时分离。这也可视为一种离而合、合而离的主题变奏。亚杏的梦内容不同，结构却很接近。她梦到自己在一个没有墙的粉红色卧室，跟一个英俊的男人赤身裸体相处，醒来只留下前所未有的刺激感。男女主角各自做的梦可说不脱主题的模式。只是在梦中，一切都变得不合逻辑，主题的呈现变得荒诞；不过观乎其结构，我们可以视之为一个变奏。主题第三次出现是在故事的末处，淳于白发噩梦睡不了，看着日出：“窗外有晾衫架，一只麻雀从远处飞来，站在晾衫架上。稍过片刻，另一只麻雀从远处飞

---

① 昆德拉：《小说的艺术》，第93—94页。

② 刘以鬯：《对倒》，第57—58页。

来，站在晾衫架上。牠看牠，牠看牠。然后两只麻雀同时飞起，一只向东；一只向西。”[①]一只麻雀和另一只麻雀相遇，一起并排站在晾衫架上，由离而合；然后各自飞起，一只向东，一只向西，是合而离的结构，再一次重复主题。电影《花样年华》的故事，主要是讲述隔壁相邻的陈氏夫妻和周氏夫妻之间复杂荒诞的四角恋。周生（梁朝伟饰）和陈太（张曼玉饰）各自的另一半偷情，二人透过对方证实了这个事实，猜想、模拟各自另一半相恋的同时，二人发生了感情。故事便集中描写二人在道德与感情之间不断拉锯的心理角力。电影在结构上，也跟《对倒》十分相像。故事的拍摄，也是用一正一负的方式呈现。一节是男主角，另一节是女主角，是一种双线平行的拍摄。首先是陈太向房东孙太租房子；然后是周生经孙太介绍向其邻房顾生租房。接着是搬家的穿插拍法，各自工作情况、跟另一半的关系，等等。整体而言，整个电影的拍摄都以这种双线并行的方式运作，成为电影的主调和节奏。电影中的主题，每次出现总是伴随着音乐，以类近 MTV 的方式拍摄。主题的出现是在第一次各自吃消夜的情况，陈太买外卖回家，途中巧遇刚出门的周生，准备到面档吃云吞面，彼此擦身而过。这种擦身而过的主题，跟《对倒》中的离而合，合而离很接近，同样是彼此接近，然后又各自离去。第二次出现同样是吃消夜，不过这次是周生先吃完回家，途中遇到陈太到面档，彼此擦身而过。忽然下雨，周生跑回小巷躲避；陈太则坐在面档，却没有碰面。这是一个很明显的变奏。故事发展到 1963 年，周生到了新加坡星州日报工作，发现了自己的家被人偷进过来，留下一个神秘的烟屁股，烟屁股上留有陈太的红唇。然后陈太打电话给周生，陈太没有说话，二人非常接近，陈太最后挂上电话。两人透过电话，在空气中擦身而过。最后一段发生在 1966 年，周生探访旧房东顾生。所有认识的人已搬了，他临走时，驻足在以往陈太所住的房间，凝视良久。他不知道陈太生了两个孩子，搬回了原来租住的这个单元。他和她只有一门之隔，最后他没有拍门，离开了。他们又擦身而过。

小说《对倒》和电影《花样年华》不单主题接近；从结构上来看，也几乎是相同的。小说《对倒》把故事分为 42 节，一节写男主角，一节写女主角，中间只有第 21 至第 30 节是彼此共同并坐看电影，之后基本上没有碰过面。电影《花样年华》也用双线平行方式作为节奏，一节拍男主角，另一节拍女主角。

---

① 刘以鬯：《对倒》，第 64 页。

王家卫导演运用时间作为中介把故事分为四大段落:1962年香港、1963年新加坡、1966年香港和1966年柬埔寨。后三个段落男女双方是完全没有见面的。1962年香港这一段落,主要可分成上下两段:上半段可以说仍是用双线并行的方法;男女主角的碰面,严格而言就只有下半段发生。故事的开首先拍陈太找孙太租房的情况,再拍周生找孙太租房的情况。之后的搬家、工作、跟另一半的谈话等情节,虽然间或有双方碰面,拍摄仍然是以双线并行的方法为基调。直至男女主角相约于餐厅,才进入下半段的部分,并发展为整出电影中双方有交流的情节。由此,我们可以得出一条简单的结构:

两个互不相识的男女→相遇→在同一空间同时并处→分开

以主题与变调的分析,可以见到小说《对倒》与电影《花样年华》同样透过音乐结构的方法组织故事,两者在结构上基本上相同,而反复出现的主题也是相近的,前者着力离而合、合而离的意象,后者注重擦身而过的具象。当然,这些分别又跟彼此不同的媒体很有关系,前者用文字抽象表达,自然可以用气氛、意象,甚至梦等具想象性的方法来描写;后者要透过影像表达,自然要具体化、动作化。

4. 音乐结构的内在意义

音乐结构的寻求并非没有意义的,正如上文所说的,音乐结构揭示的往往是内在意义。刘以鬯曾说"《对倒》是一部没有故事的小说"①,他指的没有故事是情节上的,一般读者感到难读或很难找到故事意义的原因,也跟前述的连续性阅读方法有关。因为故事的意义不是仅仅在表面上,而是内在的、潜藏的。通过音乐结构的分析来阅读,有助寻找到故事的内在意义。《对倒》这种音乐结构形式最大的特色,就是强调了距离。两个主角要双线平行的强行分开叙述,其本身已经有了凸显二者距离的倾向。这种距离是多方面的:可以是男和女的;也可以是人与人的。通过小说《对倒》和电影《花样年华》的详细阅读,可以发现这种距离的强调,俯拾皆是。《对倒》中两性的想法差异很多、很大。淳于白和亚杏并坐观赏电影,电影院播放了一段色情电影的预告片,全场寂然,播放完后,二人的思想很不相同:

---

① 刘以鬯:《〈对倒〉新版前记》,《对倒》,第17页。

淳于白想,“既然儿童不宜观看,怎么可以在这部片子之前放映这种预告片?这部片子并不禁止儿童观看,但是,许多儿童看了刚才那段预告片。”

亚杏想,“这只老色狼刚才看预告片时,头也没有动过;现在,又转过脸来看我了,真讨厌!”①

亚杏见到淳于白看她,总会联想到他是一个猥琐老伯的形象,心里鄙视他;淳于白则只是从社会角度想,感叹电影院处理色情电影预告片的方法,思考这段预告片对年轻人的影响。这固然是两性思考方式的距离,也同时是老人和少女在年龄上的距离。人与人之间的距离,也是这个结构之下显示的意义。故事中的人物都是在城市间独来独往,我们很少看到小说人物跟其他人来往的片段。即使有碰面,并不感到丝毫温暖,只有更加突出了彼此的疏离。以亚杏为例,她在城市游荡,接触最多的是母亲;然而母亲总是逼她寻找工作,逼她当工厂女工;她想的却是当明星,嫁有钱人。母亲不了解她的想法,她也不了解母亲的想法,人与人之间,隔着无形的墙。淳于白也是独自穿梭于城市中,依靠回忆度日。长版本对淳于白有较多描写,回忆中透露了他结过婚,生了个孩子;然而他对妻子没有多大眷恋,儿子到了美国念书,应该已经念完;但去年连圣诞卡也没有寄来,信件更加欠奉。孤独的淳于白在故事中遇到过一个朋友,唯一一个有互相交谈的朋友,但是这个二十年前同一个机构工作的同事老李,淳于白想了老半天也认不出来。他们的关系如此生疏,老李甚至要反复提醒,淳于白才恍然大悟。这样的“老”朋友,聚首一堂,依然十分兴奋,甚至立刻到酒楼吃海鲜,彼此互诉心曲。老李甚至连自己有两个妻子的感情困扰,也向二十多年没见的工友诉说,他们心底的孤独、寂寞,明晰地浮然纸上。而且他们对话时,并不是双方的交流。对方的话,只能是重唤起淳于白对往事的回忆。小说这样描述:“淳于白望望老李,暗忖,‘二十年前,老李是那个机构的杂工,因为肯努力,现在弄得这么好;但是钱大发,当年是那机构的主管人,因为自暴自弃,竟弄成这个模样了。——人的道路,就是这样迂回曲折的。’想到这里,下意识地举杯喝了一大口酒。老李好像在跟他说什么,因为声音低,淳于白没有听清他在讲些什

① 刘以鬯:《对倒》,第55页。

么。淳于白想着自己走过的道路。二十年来……”①他们虽然在交谈;但是淳于白仍然处于自己的世界,继续他的回忆活动。甚至连老李的话也听不进去,进入自己的沉思当中。淳于白的过去有很多小插曲和遗憾的事,每每遇到一些小小的事物都能触发他过去的记忆。甚至跟朋友见面,想的仍是旧日的片段。所以严格来说,他不是活在现实的人。在短版本中,淳于白连这个唯一的“老”朋友也遭删去了,只剩下零碎的上海回忆片段和结婚回忆,短版本的淳于白变得更孤单。淳于白和亚杏的形象,其实都是大城市中的孤独人。他们一个沉醉于过去记忆的回溯,一个对未来盲目的狂想,其实两者都是对现实的一种逃避。大城市中个人的孤独与无助,人与人之间的疏离冷漠,似乎是这个结构带给我们的一个内在信息或意义。

同样地,电影《花样年华》的音乐结构中,我们或多或少都找得到这样类似的内在意义。男性与女性一正一负地并列双行;双方之间总是有一点无形的距离。首先周生、陈太住在隔壁,二人之间已经象征性地有一墙之隔。这道墙就是道德之墙、心理之墙,一直使二人无法走在一起。周生邀请陈太写武侠小说,步步进逼,后来由邀请到房间合写,转而到酒店租 2046 房间合写,周生似乎想引诱陈太发生越轨的事情。陈太一再说“我们不会好似他们那样”,这道无形的道德的墙隔阻了越轨的可能性。当周生离开香港,到了新加坡。陈太专程飞到新加坡找他,偷入他的房间,故意留下一个带有红唇的烟屁股。之后,她打了一个电话给周生,她并没有说话。双方的空间不同,只有电话一线联系。如果她开口回答一句,整个故事就会改写;她始终没有开口的勇气,她无法冲破这道墙。三年后,周生回香港,他显然想找陈太,或透过房东孙太探问陈太的下落,结果人面目全非,孙太也移民了。殊不知陈太就在房内,周生对着陈太的房门凝视良久,跟她一门之隔。他们的距离就只差那么一点点,这就是男女之间的缘分吗?更有趣的是,王家卫在处理周生和陈太的另一半时,故意没有一个清晰的近镜,似乎是故意让他们各自的另一半成为模糊的形象。这样的处理,配合双线并行的叙事,更加把周生或者陈太的形象孤立起来,使他们各自的世界更加孤独。陈太的世界似乎只有孙太这位房东太太是朋友,她们的交情也不见深,交谈的内容都是很表面的,甚少谈及心底话;周生有个朋友,是个好赌好色的酒肉之徒,周生

① 刘以鬯:《对倒》,第 158 页。

对陈太的思念，使他十分困苦。他找那个朋友出来聊天，谈起隐藏秘密的方法，那朋友竟叫他找个妓女发泄。他跟这个朋友是两个世界的人，那个朋友对他的事情并不了解，只有徒添他的孤寂。他不能把这件事告诉朋友，这是他和她之间的秘密。所以最后他只能笃信那个古老传说，老远跑到柬埔寨郊外，找一棵老树挖个洞，向洞口说出秘密，再找些东西塞了洞口，让秘密永藏树内。这又是大城市中孤独个人的写照。

《对倒》透过音乐结构的方式来构筑作者对城市的想象和情感，启发了电影《花样年华》在镜头运作与叙事结构上的艺术性。由以上分析，可见两者运用类似的音乐结构，所表现的内在意义亦接近。城市图像的构筑，由电影启发了文学，又由文学启发了电影。电影反映的是 60 年代香港，文学写的亦是 70 年代初香港，两者时间很接近。六七十年代是香港的转变期，60 年代香港人对社会多批判和不满，殖民地文化与本土文化之间的冲突终于在 1967 年暴动中爆发出来。有论者认为 1967 年是香港社会的分水岭，当时港英政府在暴动后安抚民心，开始面对民生问题，改善教育和居住状况。新一代年轻人开始办很多同人杂志如《四季》、《诗风》等，吸收西方文学的现代手法，在政治上亦不限于表达示威，而是从文化角度关注社会公共生活。[①] 例如也斯(1949—　)《李大婶的袋表》(1976)，是一出个人在商业社会集体生产工厂模式下的荒诞剧，小职员不断加班令生命被榨取，忘记了时间，是对个人在社会存在意义的反思。又或者李国威(1948—1993)《罗健的决定》(1979)，一个在商业大机构下忠心守着岗位 13 年的中年编辑，因为一个来自另一间大公司的挖角电话，家人、主管、年轻同事竟然没有人赞成他留下来，惯于旧公司生活文化的男主人公不为世所理解，只有孤独地思考个人去留以及在大公司机构的存在意义。社会渐趋商业化、物质化的年代，个人在工作岗位上或者社会上显得更浮动无根。年轻人的暴动被殖民政府打压下来，直到 1970 年代中出现了香港电视新浪潮，以暴力与社会批判将当年的躁动宣泄出来。南来文人面对当时内地局势的混乱，重返内地的希望渺茫，留在香港的心情矛盾。《对倒》以年轻人和一个带有作者背景的南来老年人目光构成的城市图像，面对商

① 该看法参考也斯对 1960 年代的分析，见也斯、叶辉、郑政恒：《漫长的中间状态——香港短篇小说三人谈》，也斯、叶辉、郑政恒编：《香港当代作家作品合集选：小说卷》上册，香港：新加坡青年书局、香港明报月刊出版社 2011 年版，第 X—XI 页。

业社会的种种改变,主题所探索的个人孤独具有时代性的反思。

总而论之,刘以鬯对城市图像的探索以《对倒》成就最高,这个作品受到法国新小说派影响,注意电影技巧的挪用,描述手法以视觉为主,时空处理与音乐结构上构成独特的城市图像,在形式上与意义上勾勒了刘以鬯心目中的香港。《对倒》以闲荡人的散漫目光看城市的快速变化,其后刘以鬯创作的《时间》则以当局者的心态追逐时间,以另一种模式刻画城市图像的时空。一对夫妻为了从家中赶赴码头乘搭十点那班水翼船往澳门,故事集中写他们由出门的九点十分到抵达码头的五十分钟。原来不过二十分钟的车程,因为一连串的事件一再延误行程,包括排队等小巴、中区交通灯多、交通挤塞、换乘出租车、路面发生车祸等。夫妻沿途互相争吵,二人恩爱而心情急躁,最后化险为夷。透过这个琐碎的生活片段,呈现香港时空的紧张关系,人多车多马路狭窄,时间流动的快速,同时来自心情的紧迫等。有意思的地方是,故事在日常生活的小事小节上反映出香港人精神紧张、分秒必争的特性。1980 年代,刘以鬯创作了一个匠心独运的微型小说《打错了》。故事源起于 1983 年 4 月 22 日作者早上读报,看到一则题为《太古城巴士站发生死亡车祸》的新闻,刘以鬯住在太古城中心,肇事地点就是他经常乘搭巴士出入的巴士站,心有所感而成,1983 年 6 月 1 日在《星岛晚报·大会堂》上发表。[①]《打错了》探索城市中时间与空间观念的微妙,似是《对倒》源起的错体邮票那种一正一负的视觉形式再现,故事分为前后两节,两节文字几乎一模一样地重复,都是描述男主人公陈熙下午准备与女朋友看一场五点半的电影,刚出门,有电话铃响。所不同之处在于男主人公在第一节没有接听电话,匆匆出门,结果在巴士站遭一辆疾驰的巴士撞倒,男主人公与两个途人一起遭碾成肉酱;男主人公在第二节接听了电话,竟是打错的电话,男主人公愤然离去,结果在巴士站目睹一辆疾驰的巴士撞倒两个途人,一起遭碾成肉酱。城市危机四伏,人的命运只是一线之差。城市图像的时空关系,在刘以鬯笔下发挥成别具哲理性的形式。那种带有新闻报道式的冷漠字眼,将城市人的命运悬于时空的分秒之差,在报纸载体上带来震撼性的后设解读,读者无法不为命运的无常、个人在城市的渺小而感叹,反思个人与城市的关系,为城市图像带来更高层次的哲理思辨。

---

① 刘以鬯:《自序》,《打错了》,香港:获益出版事业有限公司 2001 年版,第 17 页。

刘以鬯对于城市图像的探索，开始于60年代末，而以七八十年代的探索最具成绩和意义，不论在时空建构上、结构形式上、时代意义上与哲理思想上都是具有创意和艺术性的。创作源头可以纵向追溯至中国五四新文学与三四十年代上海现代派，横向汲取自法国新小说，刘以鬯在纵横方面的创作基础上能转化活用，适切地反映和思考香港的城市文化。城市图像的研究，体现了20世纪中国文学都市文化多元混杂，艺术上媒体越界互涉的复杂现象。刘以鬯这种城市图像的探索，影响了下一代香港作家也斯创作《剪纸》(1977)，以现代抒情美学捕捉城市东西文化混杂性，在形式上结合中国民间传统剪纸左右对称的结构，又有点受《对倒》形式的启发，以两个互不相干的女性分别代表传统与西化两种思想，男主人公夹杂其中，左右为难。充满电影感的视觉化文字与平衡蒙太奇剪接美学，呈现都市文化的多元混杂。他其后又进行不少越界的创作，例如用诗与时装设计师合作的装置艺术作品《衣想》(1998)，思考香港城市回归后身份与衣服的关系。西西(1938—)以童话笔调描写《我城》(1979)，手法注重视觉化效果，呈现都市商品化繁盛美好的一面。而后她又写下《浮城志异》(1986)，小说文字与比利时超现实主义画家玛格里特(René Magritte, 1898 - 1967)的画作展开想象与对话，为香港文化悬浮无根的状态构筑可见的城市图像。城市图像跨媒体或越界的写作方向，为现代主义打开一个新方向，刘以鬯为华文在现代城市的书写上树立了良好的典范。

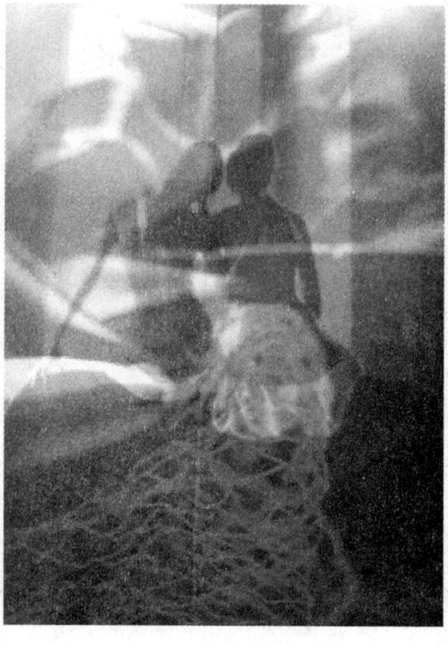

《衣想》图片

作者简介

黄劲辉(1976—)，男，中国香港人。香港大学哲学硕士，山东大学文学及新闻传播学院博士。主编及策划"文学与电影"丛书。作家、电影编剧，第18届华语电影传媒大奖及香港电影评论学会最佳编剧得主(《夺命金》，合编)。

诗与时装:试论《衣想》的文字与图像的对话

[香港]黄淑娴

摘要:本文讨论香港作家梁秉钧(笔名也斯)与时装设计师凌颖诗的一次诗与时装的对话。梁秉钧是香港著名作家,写诗、小说、散文和评论,出版著作丰富。凌颖诗在巴黎学习时装设计,回港后在香港从事时装设计的工作,1990年代末在香港理工大学念博士,现于英国伦敦任教时装设计。在1998年,他们两人合作出版了一本图文集,名为《衣想》,书内有梁秉钧诗作十首,有凌颖诗的时装摄影图像回应。他们这次合作是较罕有的文学与时装的跨媒的对话,值得我们细探。本文以《衣想》为研究对象,尝试讨论诗和图像如何以自身不同的媒体反省时装与身份文化的关系,同时亦检省这次对话的成果。

关键词:诗与时装　也斯　衣想　流行文化

一、前言

张爱玲在《重访边城》散文中,提到她离开内地,从罗湖口岸过渡香港边界的情况,她这样写道:

> 我们火车上下来的一群人过了罗湖桥,把证件交给铁丝网那边的香港警察。拿了去送到个小屋去研究,就此音信杳然。正是大热天,我们站在太阳地里等着。这香港警察是个瘦长的广东靓仔,戴着新款太阳眼镜,在大陆来的土包子眼中看来奇大的墨镜,穿的制服是短袖衬衫,百慕达短袴,烫得折痕毕挺,看上去又凉爽又倨傲,背着手踱来踱去。中共站岗的兵士就在我们旁边,一个腮颊圆鼓鼓的北方男孩,穿着稀皱的太大的制服。①

① 张爱玲:《重访边城》,台北:皇冠文化2008年版,第40页。

张爱玲写的是她人生中历史性的时刻,一如她的小说,她没有以煽情或悲壮的手法把事情或感觉记录下来,她留意的反而是最日常的东西——服装。站在粤港边境的张爱玲,对比了香港与内地的警察:一个是时尚的追随者,入型入格,另一个土里土气,穿着不合身的衣服。通过服装的书写,张爱玲对代表殖民地社会的英俊警察有所批评,他好像是在人群中唯一能够享受特权的分子。然而,张爱玲的文字不光是贫与富的对立,或者是政治立场的对立。她继续写道,当衣着老土的中共兵士,以善良的态度邀请张爱玲等人,移师到较遥远的阴凉处等待时,她们一众在太阳下干蒸的人群反而更挤近香港边界。张爱玲以服装带出当时复杂的心情,香港警察时尚的百慕达短裤和墨镜,代表了张爱玲所渴望前往的现代生活,但内心不能完全接受背后的意识形态,对快要离开的家乡带着矛盾的心情。

在中国现代文学发展中,张爱玲以她城市和消费的触觉,非常自觉地以时装切入情节和人物心理的变化。她的时装图像,内化于她的文字中,作为叙事的元素。中国文学的发展过程中,不同作家都有在这方面作出尝试,例如刘呐鸥、穆时英、刘以鬯、白先勇、朱天文、也斯等。这种文学与时装的关系是我们较常见的。本文讨论的是另一种文学与时装的关系,希望可以开阔文学与时装对话的可能性。本文讨论的是香港作家梁秉钧(笔名也斯)与时装设计师凌颖诗的诗与时装的对话。梁秉钧是香港著名作家,写诗、小说、散文和评论,他的作品已翻译成多国文字。凌颖诗在巴黎学习时装设计,回港后在香港从事时装设计的工作,1990 年代末在香港理工大学念博士,现于英国伦敦任教时装设计。在 1998 年,他们两人合作出版了一本书,名为《衣想》[①],书内有梁秉钧诗作十首,有凌颖诗的时装摄影图像回应。他们的合作方法是先有诗,然后有图像。除了书的出版以外,他们亦举办了时装表演会,凌颖诗设计一系列的时装,在香港视觉艺术中心表演,会场上亦同时朗读梁秉钧的诗。他们这次合作是较罕有的文学与时装的跨媒的对话,值得我们详细探讨。本文以《衣想》为研究对象,尝试讨论诗和图象如何以自身不同的媒体反省时装与身份的关系,同时亦检省这次对话的成果。

---

① 梁秉钧、凌颖诗:《衣想》,香港:青文书屋 1998 年版。

二、时装杂志与严肃文学

法国文学家罗兰·巴特(Roland Barthes)曾以符号学的角度讨论时装杂志。他的著作《符号学与服饰符码》指出时装杂志中的时装照片是“意象服装”(vêtement-image),是以摄影或绘图的形式呈现“真实服装”(vêtement réel)。巴特又以“书写服装”(vêtement écrit)来形容时装图片旁的文字。[①]我们一般看时装杂志的时候,“意象服装”是焦点,但它其实并不是真实的服装,它只是“真实服装”的某一种穿着方法的可能性。然而,在这个以视觉为主导的服装世界中,文字扮演什么角色?巴特认为“书写服装是由语言支撑的,同时它又抗拒着语言”。[②] 服装的图像,或者是真实的服装,好像永远不想被简化成一两个形容词。

《衣想》与巴特所研究的时装杂志不同。时装杂志是消费主义的产物,目的在推销货品;《衣想》是以严肃文学的姿态出版,目的是反思消费文化。《衣想》与时装杂志有着不一样的目的,但有趣的是,它所表达的形式与巴特所指出的三种服装有类同的地方。首先,《衣想》有非常耀眼的“意象服装”,这亦是在时装表演中的“真实服装”的一个面貌,可以说《衣想》的视觉部分仍然是书的重点。然而,《衣想》中的“书写服装”与时装杂志中的文字有所不同,它不是一种图片的说明,而是一种反思“真实服装”,甚至是反思“意象服装”的功用,文字与图像之间存在了矛盾的关系,文字不是完全的认同图像,但又不是完全排斥图像。可以说,借巴特研究时装杂志的框架看,《衣想》在反思流行文化的同时,亦用了流行文化的模式,但在内里作出了调整。《衣想》所作的调整,主要是把文字的主导性提高,把原来在流行时装杂志中文字所处的从属位置改变。《衣想》的整个构思是对流行文化的反省,反思香港文化那种以潮流挂帅,以影像为主导的世界。然而,诗作在批评的过程中,没有压抑视觉的发展而达至批评的效果。复杂的是,诗作本身其实是充满图像性的,凌颖诗的图像亦有灿烂的发展。可以说,《衣想》的策略是以图像反思图像,这更可以带出两位作者对香港文化深入的了解。

---

① [法]罗兰·巴特:《流行体系(一):符号学与服饰符码》,敖军译,台北:桂冠图书公司1998年版,第11页。

② 同上,第12页。

三、《衣想》:图像与文字的对话

《衣想》这个有趣的名字已经带出了两位作者的创作意图:他们要想一想衣服背后的意思。我们穿在身上的衣服会影响我们的生活,又会建构我们的身份,例如男性穿着张爱玲文中所说的百慕达时尚短裤,其实是不能进入香港半岛酒店的某些餐厅,可见衣着符码(dress code)仍然影响着我们的日常生活。凌颖诗设计的封面,好像马上告诉我们她对时装的一个看法。书是瘦瘦长长的,好像张爱玲文中的漂亮的人儿。封面的外层是一张透明的米纸,上面以橙色印着一些简单的图案,有现代简约的风格(见彩色插页)。米纸是有其特色的,影图像印在上面会有点含糊不清、若隐若现的感觉。如果你想看清楚一点,尝试把米纸揭开,你会发现内里真正的封面其实是白色的,没有任何东西的。凌颖诗的封面设计是建基于当时坊间流行的台湾和日本书籍,喜以折页来包装,但凌颖诗改用了米纸,好像要告诉我们美丽的包装背后其实是空白一片,找不到任何东西。米纸又好像一件衣服,你可以把它脱下来,加上别的衣裳,营造不同的身份。凌颖诗擅用物料,为读者带来很多想象。

《衣想》有十首诗作,每一首都配以图像回应。以下我们讨论几个比较成功的例子。诗集中的第五首诗是《芭比娃娃》,诗的开始是这样的:

> 我是一个芭比娃娃/在一个芭比城市里/我戴上芭比假发/每日更换不同的芭比套装/我有一个塑胶家庭/模型砌成的芭比办公室/还有一群非常芭比的朋友/在海港照例璀璨的烟火/伴奏下共进烛光晚餐/在芭比节送芭比花/留意连卡佛什么时候大减价/在快乐时光评说人家的衣着

芭比娃娃是美国的流行产物,在1950年代末开始,后风靡世界。她不光是一个玩具,她的形象亦影响了女性对自身的看法,成长的女性好像要像芭比一样才是真正的女性,芭比为现代社会提出了一个标准,有不少专著讨论芭比与美国意识形态的关系。梁秉钧在诗中强调的是芭比带来的统一性,抹杀了个性。诗作以"我"第一人称出发,"我"向读者夸耀自己的生活:她住在一个井井有条的世界,什么都是可以预计的,因为所有事情都是"芭比的”。不光是环境，甚至是朋友与情感都是一样的。“我”是不自觉的，因为她活在一个“芭比”的世界，所以她对外面的事情不明白，作者无疑对这样的生活有所批评。诗中的芭比来自中产阶级，他们会到香港名贵的时装店连卡佛购物，他们又会批评别人的衣服来娱乐自己。可见梁秉钧诗中的芭比世界是针对香港某一个阶层写的。

然而，诗发展下去不光是批评某一阶层，而是对社会的怀疑：

> 我是一个芭比娃娃/参观芭比立法局/人们都好好坐着/讨论严肃的芭比问题/用芭比的程序/用芭比的言语/我感到很放心/我高高兴兴地走到街上/我很高兴我生活在/一个芭比的城市里

诗作以这段作结，思想简单的芭比，发现原来她的语言在政府办事处也是通用的，她感到很高兴。诗这样作结，让读者看到一个香港的大环境，作者批评的不光是一个人、一个阶段，还有这个社会。

凌颖诗的“意象时装”不是一件衣服，而是一个观念。她以一件丝质的衣服作主调，但柔软光泽而花巧的丝质衣裳内是一堆堆凌乱的尼龙网(见彩色插页)。在构图上，尼龙网和衣服的比例是等同的，可见两者的重要性。这是一种对比的手法，强调表与里的分别。芭比娃娃外表是吸引人的，但内里是由不一样的物质支撑着，凌颖诗的图像让我们看到芭比背后的并不漂亮的风景。如果我们比较诗作与图像，诗作以较幽默的手法，一层一层地把芭比的问题揭露出来，诗作是较讽刺性的，并不是直接把问题说出来。相对来说，凌颖诗的图像较直接呈现她对芭比的批评，以对立的物质把问题放在读者的眼前。这种处理图像的手法是凌颖诗在《衣想》中的一个特色。我们可以看到她在书的中间大页的时装图像(见彩色插页)，上层是鲜红的丝绸，但内里是尼龙网，丝绸与尼龙网是她两个主要的母题，我们在《中国娃娃》的图像上也可以看到这个处理(见彩色插页)。

另一首较成功的作品是《潮流女神》，诗是以非常幽默的语调，讽刺那些追随潮流的人，潮流变成了他们的宗教：

> 伟大的潮流女神/我们匍匐在你脚下/请接受我们的膜拜/接受鲜花和美酒/我们献上金钱和时间/献上谦卑的自己

请你指点迷津/请你给我们引路/带领我们走出被鄙视的陋巷/带领我们步向光明/请你帮我忘记过去/请你帮我适应未来

从你的眉梢眼角/从你的纤纤指尖/从你摇曳的躯体/从你芬芳的皮肤/请你透露/春天的讯息

我们一定聆听/我们一定遵从/我们早晚背诵/欲望的规条/我们定期缴交/必须的费用

以上是《潮流女神》的上半节,全诗从信徒向女神祈祷的角度出发,所用的文字与宗教的经文亦相似,例如"请你给我们引路"和"带领我们步向光明",等等。在时装的世界是不真实的,当我们还处于盛夏的时候,时装杂志已经迫不及待告诉我们冬季流行的款式。时装界忙于在每年推出多个的潮流,《潮流女神》把这些潮流追随者写成是忠实的信徒,以幽默的笔调,让他们的行为变得荒诞可笑。最后一句"我们定期缴交/必须的费用",简直是把幽默与讽刺推到高峰,让读者在笑声中反思。凌颖诗的图像是一些彩色的流行杂志堆一起,做成凌乱的样子,甚至有点像垃圾堆的废纸(见彩色插页)。图像不是对诗逐字逐句的回应,凌颖诗强调潮流杂志的影响,但这些"圣经"像七彩的废纸。

四、小结

《衣想》是一次很特别的合作,以上我们讨论了一些比较成功的例子,这次合作让我们看到文字与时装图像的不同取向。梁秉钧的十首诗的排列,从《掉下去的爱丽丝》到《新美学的诞生——爱丽丝的变奏》包含了叙事的元素。诗人好像是以十首诗来说一个故事,以活在童话世界的爱丽丝这个人物开始,她跌进现实的世界中,她穿上不同的衣服,扮演不同的人物:

往下掉!往下掉/我掉进一个非常巨大的衣柜里/怎么这一跤一辈子也摔不完呢/丝绸从我的脸旁滑过/五颜六色的百衲被翻起波涛/长了翅膀的钥匙叮当飞过/棉袄上紫晶晶的毒果酱往下滴/世界在我身旁往下掉往下掉

这是《掉下去的爱丽丝》的开始,诗人借用了著名英国小说《爱丽丝漫游仙境》(Alice in Wonderland, 1865)中的主要人物爱丽丝。在诗中衣柜是一个意象,代表着一个物质的世界,开始她的时装之旅。诗中亦有不少旋转和往下掉的意象,这不是要带出爱丽丝的状态?一种面对社会无能为力的状态?如果我们把这首诗与最后一首诗比较,我们会发现爱丽丝在经历了不同事情、穿过了不同服装以后,她好像寻找到自己。《衣想》最后一首诗《新美学的诞生——爱丽丝的变奏》是这样写的:

别人往博物馆朝圣/但见你在玩具反斗城闲荡/在那些定型的 Lego 模型间/找一些落了单的小人物/拼凑一个新的故事

诗人在结尾的时候是带着新的希望,诗中所说的"新的故事"是人物开始寻求自己的生活,不跟着潮流而走。从以上的分析,我们可以看到诗人尝试在十首诗作之间寻找一个关系,带出叙述性,然而,这个特点我们并没有在图像中找到。整体来说,《衣想》的文字要比图像来得深刻,诗在反思流行文化所作的尝试较多样化。

凌颖诗作为时装设计师,她对时装的看法与诗人梁秉钧是有分别的。凌颖诗的图像有另一种的焦点,她强调的是实际制作衣服背后的种种,例如,我们看到她在中间大页的一幅图像(见彩色插页),前景是尺和剪刀,后景才是时装模特儿。一般购物的人,只会看到美丽的衣服,而不会关心制作的过程,作为时装设计师,凌颖诗通过图像把背后的制作展现出来。

本文通过讨论《衣想》,希望可以带出文学与时装图像不一样的合作,开阔以往在这方面的讨论。同时,《衣想》让我们看到文字和图像各自的好处及其局限,让我们对文字与图像的本质有进一步的了解。梁秉钧和凌颖诗的《衣想》是一次确确实实的文学与图像的对话,希望这类型的合作可以发展下去。

作者简介

黄淑娴,女(1965—),中国香港人。香港大学比较文学系博士,曾任香港电影资料馆总编辑,2000—2002 年获奖学金于日本东京大学中文系任博士后研究员,现任岭南大学中文系助理教授。著有《女性书写:电影与文学》(1997);编有《香港文学书目(1950—1996)》(1996)等。主要研究范围包括文学与视觉文化、香港文学与世界文学。

成果选登

山海经图：寻找《山海经》的另一半

马昌仪

摘要：《山海经》成书至今近两千年来，呈现给世人的只是其面目的一半，即文字部分，而另一半——山海经图，人们则知之甚少。《山海经》是我国第一部有图有文的经典，尽管原始古图、六朝张僧繇、宋代舒雅的《山海经图》均已佚失，但以图叙事的古老传统仍保留在明清之际绘制与流传的《山海经图》中。本文在对历代古本《山海经图》搜集、比较的基础上，追索三类《山海经图》的来龙去脉，剖析明清两代《山海经》图本的特色与文化意蕴，探讨《山海经》据图为文的叙事风格。

关键词：山海经图　据图立说　畏兽画　流观山海图

《山海经》是一部有图有文的书

《山海经》是中国上古文化的珍品，自战国至汉初成书至今，公认是一部奇书。说它是一部奇书，一是在不到三万一千字的篇幅里，记载了约四十个方国，五百五十座山，三百条水道，一百多个历史人物，四百多神怪畏兽。《山海经》集地理志、方物志（矿产、动植物）、民族志、民俗志于一身，既是一部巫书，又保存了大量的原始神话。二是因为它开中国有图有文的叙事传统的先河，它的奇谲多姿，形象地反映在山海经图中。

古之为书，有图有文，图文并举是中国的古老传统。一千五百多年前，晋代著名诗人陶渊明有"流观山海图"的诗句，晋郭璞曾作《山海经》图赞，在给《山海经》作注时又有"图亦作牛形"、"在畏兽画中"、"今图作赤鸟"等文字，可知晋代《山海经》尚有图。而且，在《山海经》的经文中，一些表示方位、人物动作的记叙，明显可以看出是对图象的说明（如《大荒东经》记王亥："两手操鸟，方食其头。"《海外西经》："开明兽……东向立昆仑上"，等等）。可惜陶、郭所见到的《山海经》古图并没有流传下来。

唐代，山海经图被视为"述古之秘画珍图"。张彦远在《历代名画记》中列举的97种所谓“述古之秘画珍图”中,就有“山海经图”和“大荒经图”[①]。宋代学者姚宽与当代学者饶宗颐都认为《山海经》是一部有图有文的书。宋姚宽在《西溪丛语》中说:“《山海经·大荒北经》:‘有神衔蛇,其状,虎首人身,四蹄长肘,名曰强良。’‘亦在畏兽书中’,此书今亡矣。”[②]饶宗颐在《〈畏兽画〉说》一文中引姚文曰:“大荒北经有神兽衔蛇,其状虎首人身,四蹄长肘,名曰强良,亦在《畏兽画》中,此书今亡矣。”饶先生把“畏兽画”一词打上书名号,并说:“如姚言,古实有《畏兽画》之书,《山海经》所谓怪兽者,多在其中。”又说:“《山海经》之为书,多胪列神物。古代畏兽画,赖以保存者几希!”[③]姚宽所说的“畏兽”二字,显然来源于郭璞据图而作的注,“畏兽书”指的可能便是有图有文的《山海经》,而此书已经失传了。由此可知,《山海经》的母本有图又有文,它(或其中一些主要部分)是一部据图为文(先有图后有文)的书,古图佚失了,文字却流传了下来,这便是我们所见到的《山海经》。

山海经图探踪

历代注家对山海经图的介绍,以清代注家毕沅和郝懿行的论述最详。毕沅说:

> 沅曰:《山海经》有古图,有汉所传图,有梁张僧繇等图。十三篇中《海外·海内经》所说之图,当是禹鼎也;《大荒经》已(以)下五篇所说之图,当是汉时所传之图也,以其图有成汤、有王亥仆牛等知之,又微与古异也。据《艺文志》,《山海经》在形法家,本刘向《七略》以有图,故在形

① 唐张彦远《历代名画记·述古之秘画珍图》中说:“古之秘画珍图固多,散逸人间,不得见之,今粗举领袖,则有……山海经图(六,又钞图一)……大荒经图(二十六)”。此说未见于其他记载。见京华出版社2000年版,第40页。

② 宋姚宽:《西溪丛语》(孔凡礼点校)卷下,北京:中华书局1993年,第91页。此书在“亦在畏兽书中”句前后加引号,并对之作注云:“据《山海经》,此句乃郭璞注文。‘亦’前疑脱一‘注’字。”查郭璞为强良作的注原文为“亦在畏兽画中”。宋尤袤《山海经传》载郭璞为强良作的注文为“亦在兽画中”。(中华书局1984年影印本第三册)对姚文“亦在畏兽书中”一句,是否也可理解为不一定是郭璞的注,其理由,一是郭璞为强良所作的注原文为“亦在畏兽画(一作兽画)中”,而非“畏兽书”;二是《西溪丛语》卷下收有姚宽的名篇《陶潜读〈山海经〉十三首》,多次引用郭注,在引用时,都写明“郭璞注云”,如果“亦在畏兽书中”确是郭氏所注,不会不加说明。因此,“亦在畏兽书中”一句很可能是姚宽的见解。“畏兽”一词来源于郭璞,而畏兽书指的是有图有文的《山海经》。

③ 饶宗颐:《澄心论萃》,上海:上海文艺出版社1996年版,第264—266页。

法家。又郭璞注中有云“图亦作牛形”，又云“亦在畏兽画中”。又郭璞、张骏有图赞。陶潜诗亦云：“流观《山海图》”。[①]

郝懿行在《〈山海经〉笺疏序》[②]中说：

> 古之为书，有图有说，《周官》地图，各有掌故，是其证已。《后汉书·王景传》云：“赐景《山海经》、《河渠书》、《禹贡图》。”是汉世《禹贡》尚有图也。郭注此经，而云：“图亦作牛形”，又云：“在畏兽画中”；陶徵士读是经，诗亦云：“流观《山海图》”，是晋代此经尚有图也。《中兴书目》云：“《山海经图》十卷，本梁张僧繇画，咸平二年校理舒雅重绘为十卷……”是其图画已异郭、陶所见。今所见图复与繇、雅有异，良不足据。然郭所见图，即已非古，古图当有山川道里。今考郭所标出，但有畏兽仙人，而于山川脉络，即不能案图会意，是知郭亦未见古图也。今《禹贡》及《山海图》遂绝迹，不复可得。

毕沅、郝懿行为我们勾勒出有图有文的《山海经》母本的大致概貌，从中可以看出，山海经图至少有下列三种：

（1）古图。毕沅认为，古图有二，其一，《海内经》和《海外经》所说之图是禹鼎图；其二，《大荒经》以下五篇为汉所传图；这两种古图略有不同。

郝懿行也认为古图有二，但与毕说不同：其一为汉世之图，上有山川道里、畏兽仙人，郭璞注此经时并没有看到此图；其二为晋代郭璞注《山海经》、陶潜写诗时见到的图，上面只有畏兽仙人，似乎与最古老的汉世之图也有所不同。

（2）张僧繇（南朝画家）、舒雅（宋代校理）绘画的《山海经图》。据《中兴书目》，梁张僧繇曾画《山海经图》十卷，宋代校理舒雅于咸平二年重绘为十卷。张、舒所绘《山海经图》与郭、陶所见的《山海图》也不相同。

（3）“今所见图”。郝懿行所说的“今所见图”，指的是目前见到的明清时

---

① 清毕沅：《〈山海经〉新校正·古今本篇目考》，光绪十六年学库山房仿毕氏图注原本校刊。

② 清郝懿行：《〈山海经〉笺疏序》（嘉庆九年，1804 年）。据《中国历代小说序跋集》，丁锡根编著，北京：人民文学出版社 1996 年版，第 21 页。

期出现与流传的《山海经图》,明清古本中的《山海经图》同样“与繇、雅有异”。

毕沅说古图亡、张图亦亡;郝懿行说“《山海图》遂绝迹,不复可得”。指的是传说中的禹鼎图、汉所传图、汉世之图和晋代陶潜、郭璞所见之《山海图》均已亡佚;而张僧繇、舒雅画的十卷本《山海经图》也不复可得,没有流传下来。

三种山海经图中,有两种均已失传,给我们探讨山海经图造成许多困难。因此,要寻找山海经图的踪迹,首先要对历代学者有关《山海经》古图的种种猜测,对失传了的张僧繇、舒雅画的《山海经图》有一个大致的了解,然后对目前所能见到的明清时期出现与流传的各种版本的《山海经图》加以搜集、整理、分类、比较,为尽可能地重现《山海经》古图的风貌,进一步探讨这部有图有文的《山海经》奇书打下扎实的基础。

对《山海经》古图的几种推测

历代注家和研究者对《山海经》古图的推测,大致可归纳为禹鼎说、地图说、壁画说和巫图说四种。

一、禹鼎说 禹鼎又称九鼎、夏鼎。传说夏代的第一个君王禹曾收九牧之贡金铸造九鼎,以象百物,使民知神奸。关于禹铸九鼎,《左传·宣公三年》有详细的记载:“昔夏之方有德也。远方图物,贡金九牧,铸鼎象物,百物而为之备,使民知神奸;故民入川泽山林,不逢不若,魑魅魍魉,莫能逢之。用能协于上下,以承天休。杜预注云:禹之世,图画山川奇异之物而献之。使九州之牧贡金。象所图之物著之于鼎。图鬼物百物之形,使民逆备之。”① 王充《论衡》曰:“儒书言:夏之方盛也,远方图物,贡金九牧,铸鼎象物而为之备,故入山川不逢恶物,用辟神奸。”② 上面所说的所谓铸鼎象物,所象之物、百物、鬼物或恶物,亦即川泽山林中的魑魅魍魉,也就是司马迁在《史记·大宛列传》中所说的“余不敢言之也”的《山经》中的所有怪物。鼎上刻画着各地之毒虫害兽、鬼神精怪的图像,使百姓得以预先防备;日后出门远行,进入山林川泽,遇上恶物之时,亦可辟邪防奸。

---

① 《左传·宣公三年》,长沙:岳麓书社 1988 年版,第 121 页。

② 王充:《论衡·儒增篇》,上海:上海人民出版社 1974 年版,第 127 页。

那么,九鼎图与山海经图、《山海经》究竟有什么关系呢?

明代学者杨慎在《〈山海经〉后序》中,在引用《左传·宣公三年》上述引文后指出,九鼎图是《山海经》的古图,《山海经》是禹鼎之遗象:

> 此《山海经》之所由始也。神禹既锡玄圭以成水功,遂受舜禅以家天下,于是乎收九牧之金以铸鼎。鼎之象则取远方之图,山之奇,水之奇,草之奇,木之奇,禽之奇,兽之奇。说其形,著其生,别其性,分其类。其神奇殊汇,骇世惊听者,或见,或闻,或恒有,或时有,或不必有,皆一一书焉。盖其经而可守者,具在《禹贡》;奇而不法者,则备在九鼎。九鼎既成,以观万国……则九鼎之图……谓之曰《山海图》,其文则谓之《山海经》。至秦而九鼎亡,独图与经存……已今则经存而图亡。①

毕沅的看法与杨慎略有不同,他认为《海外经》、《海内经》、《大荒经》之图为禹鼎图:

> 《海外经》四篇,《海内经》四篇,周秦所述也。禹铸鼎象物,使民知神奸,案其文有国名,有山川,有神灵奇怪之所标,是鼎所图也。鼎亡于秦,故其先时人尤能说其图而著于册……《大荒经》四篇释《海外经》,《海内经》一篇释《海内经》(指海内四经——引者)。当是汉时所传,亦有《山海经图》,颇与古异。②

明代学者胡应麟在《少室山房笔丛》中说:"(《山海经》)盖周末文人,因禹铸九鼎,图象百物,使民入山林川泽,备知神奸之说,故所记多魑魅魍魉之类。"③清代学者阮元在《〈山海经〉笺疏序》中指出:"《左传》称:'禹铸鼎象物,使民知神奸。'禹鼎不可见,今《山海经》或其遗象欤?"④现代学者江绍原认为,禹鼎虽属传说,但图象百物的观念古已有之,这种观念成为山海经图中精怪神兽

① 明杨慎:《〈山海经〉后序》,据《中国历代小说序跋集》,第7—8页。
② 清毕沅:《〈山海经〉新校正·序》,见《中国历代小说序跋集》,第15页。
③ 明胡应麟:《少室山房笔丛》卷32《四部正伪下》,北京:中华书局1958年版,第413页。
④ 清阮元:《〈山海经〉笺疏序》,见《中国历代小说序跋集》,第22页。

的一个重要来源[①],当代学者袁珂则指出,《山经》部分依据九鼎图像而来[②]。

禹鼎说认为《山海经》古图本于九鼎图,《山海经》则为禹鼎之遗象。此说必须有两个重要前提才能成立,一是禹是否铸过九鼎,二是有没有铸刻上百物图象之鼎或九鼎图,而考古学目前还没有为我们提供这两个方面的实物的证据。因此,禹铸九鼎和铸鼎象物只是传说,古人把铸造象征定国传国安邦的九鼎的伟业加诸大禹身上。所谓九州贡金、远方献画、禹铸九鼎,也和息壤填渊、神龙画地、杀防风、逐共工、诛相柳、娶涂山氏女、化熊通山、石破生子等故事一样,成为禹平治洪水系列神话传说的一个组成部分。至于说到铸鼎象物,把所谓"百物"、恶物、精物以图画的方式画出,以备人们进入山林川泽时辨识之需,又可作辟邪、驱妖、送鬼之用,这一带有浓厚巫事色彩的观念,在巫风极盛的先秦时代备受重视,以至于把"象百物"之举与神圣的九鼎相连,竟然以官方的方式把魑魅魍魉一类精怪的图像刻在鼎上,还通过周大夫王孙满之口,记录在《左传》、《史记》等史书之中。因此,尽管禹鼎和九鼎图并没有得到考古学的支持,但青铜器(包括各种形态的鼎)作为礼器,在上面铸刻动物怪兽纹样之风,在《山海经》成书以前、《山海经》古图尚存,甚至更早的夏商周时代,便已蔚然成风。所以说,禹铸九鼎,铸鼎象物很可能是传说,却正好说明图象百物的巫事活动和巫风炽盛是这一传说产生的背景,也为我们下面将要谈到的《山海经》古图有可能是巫图这一推测提供了重要依据。

二、地图说 自古以来,相当一些中外学者把《山海经》看做地理书,并推测《山海图》是地图。东汉明帝时,王景负责治水,明帝赐景以《山海经》、《河渠书》、《禹贡图》,可知《山海经》在当时被看做地理书。

古代的地理书常有地图为依据,是据图为文之作,如成书于六世纪初北魏郦道元撰的《水经注》。郦学研究专家陈桥驿指出:"郦氏在注文撰述时是有地图作为依据的。这就是杨守敬在《水经注图·自序》中所说的:'郦氏据图以为书。'"[③]

---

① 江绍原:《中国古代旅行之研究》,上海商务印书馆 1937 年版,现见上海文艺出版社 1989 年影印本,第 7,13 页。

② 袁珂:《袁珂神话论集》,成都:四川大学出版社 1996 年版,第 17—18 页。

③ 陈桥驿:《民国以来研究〈水经注〉之总成绩》,《中华文史论丛》第 53 辑,上海:上海古籍出版社 1994 年版,第 67 页。

毕沅明确指出《山经》为古代的土地之图：

《山海经·五藏山经》三十四篇，古者土地之图，《周礼·大司徒》用以周知九州之地域广轮之数，辨其山林川泽丘陵坟衍原隰之名物。《管子》：'凡兵主者，必先审知地图轩辕之险。'滥车之水，名山通谷经川陵陆丘阜之所在，苴草林木蒲苇之所茂，道里之远近，皆此经之类。(《〈山海经〉新校正·序》)

袁珂也指出古代学者曾根据古地图来推测《山海经》古图之形貌："郝说'古图当有山川道里'，也只是本于《周礼·地官》'大司徒之职，掌建邦之土地之图'、《夏官》'职方氏掌天下之图'推论得之。"(《袁珂神话论集》第17页)

20世纪30年代，日本学者小川琢治推测山海图"当是据周职方氏所掌天下之图而编纂"，与中世纪欧洲的古地图相类，他在《〈山海经〉考》中说："西汉之间，有山海图与经文并行，后世图失而经独存……余以为此图，与欧洲中世末叶所成之地图相类；均于辎车不到之远方，而画其异人奇物者也。乃举经文所载之山川、草木、禽兽、人物、鬼神，而描插于地图中。有可以窥山海图旧面目之一助。"①

当代学者扶永发在《神州的发现——〈山海经〉地理考》一书中，对山海经图为地图一说有详细的说明。(1)《山海经》有图有经，先有图，后有经；图为地图，经是图的说明。(2)《山海经图》为地理图，该图显示了远古时代的中国所在之地——古昆仑一带的概貌。根据《山海经》记载的三种地理现象(即：北面有"冬夏有雪"之山，西南有"炎火之山"，又有"正立无景"的寿麻国)，可证此古昆仑在云南西部。《山海经》记载的是云南西部远古时期的地理。(3)《山海经图》上的怪物是象形图画，是地图符号。以"地图符号"而不是以"怪物"的形貌去解读《山海经》是打开此书宝库的钥匙。(4)《山海经图》的制作时代当在大禹之世。该图为一人所作，而《山海经》则为多人写

---

① 小川琢治：《〈山海经〉考》，见《先秦经籍考》下，上海商务印书馆1931年版，第82页，第2页。小川文中还介绍了西方学者拉克贝里的观点，拉氏在《古代中国文明西源论》(1894)中认为，海外海内两经，是周时之地理图；山经五篇，原有奇怪之人兽图，与经相附而行。至6世纪时，此旧图佚去，别附以新图。(见小川上引文，第9—10页)此处所说之旧图可能指的是《山海经》古图，6世纪的新图可能指的是张僧繇绘画的《山海经图》。

成:但该书的第一个作者是《山海经图》的制作者,而其余的作者只对书中的世系、传说等内容加以补充。原始的《山海经图》于周末已失传。①

马来西亚华裔丁振宗在《古中国的X档案——以现代科技知识解〈山海经〉之谜》中认为:"《山海经》是由好几个作者,在不同的时期参考一幅山海图而写的,这幅图其实就是黄帝时代的青藏高原地图。"②

有关《山海经》古图为地图一说,还有待于考古发现和科学的验证。

三、壁画说 曾昭燏等在所著《沂南古画像石墓发掘报告》一书中说:"沂南画像石中有神话人物、奇禽异兽的计有三十一幅……纪录神话人物禽兽的书,以《山海经》为最完备。此经原亦有图……我们揣测《山海经》原图,有一部分亦为大幅图画或雕刻,有类于今日所见画像石,故经文常云:某某国在某某国东,某某国在某某国北,某人方作某事,似专为纪述图画而成文者。"③

史学家吕子方在《读〈山海经〉杂记》中指出,楚国先王庙壁画上的故事主要是《大荒经》,屈原是看了这些壁画才写出《天问》来的:"屈原宗庙里壁画故事的脚本就是《山海经》,而且主要是《大荒经》。这不仅因为《天问》的内容许多取材于《山海经》,更重要的是,他看了描绘《山海经》的壁画故事才写出了这篇著名作品来的。"④

在山野石壁、祖庙神祠上作壁画是中国的古老传统,早在先秦时代便已蔚然成风。正如刘师培在《古今画学变迁论》中所说:"古人象物以作图,后者按图以列说。图画二字为互训之词。盖古代神祠,首崇画壁……神祠所绘,必有名物可言,与师心写意者不同。"⑤近百年来无数楚辞专家就《天问》与楚宗庙壁画的关系问题进行过认真的探讨,由于《天问》和《山海经》几乎是同时代的作品,楚宗庙壁画的形貌对我们了解《山海经》古图与壁画的关系显然有重要的意义。

---

① 扶永发:《神州的发现——〈山海经〉地理考》(修订本),昆明:云南人民出版社1998年版。

② 丁振宗:《古中国的X档案——以现代科技知识解〈山海经〉之谜》,台北:昭明出版社1999年版,序第3页。

③ 曾昭燏、蒋宝庚、黎忠义著:《沂南古画像石墓发掘报告》,南京博物馆、山东省文物管理处编,文化部文化管理局出版,1956年3月,第42页。

④ 吕子方:《读〈山海经〉杂记》,见《中国科学技术史论文集》,成都:四川人民出版社1984年版,第113,160页。

⑤ 刘师培:《古今画学变迁论》,见《刘申叔遗书》卷13。

四、巫图说 巫图说认为《山海经》是古代的巫书、祈禳书,其中相当一部分是根据古代巫师祭祖招魂送魂禳灾时所用的巫图和巫辞写成的,最初没有文字,只有图画,其巫辞也只是口传;后来有了文字,才由识字的巫师写下来,成为有图有文的用于巫事活动的巫本。

关于《山海经》与巫的关系,鲁迅的见解最具权威性。他在《中国小说史略》中指出,《山海经》"盖古之巫书",巫书"是巫师用的祈禳书"(《门外文谈》),其作者是巫,"以记神事"(《汉文学史纲要》)。鲁迅指出,这类巫书有两个重要的特点,一是"根柢在巫",二是"多含古神话"[①],而这两点正是有图有文的《山海经》母本的特征和性质所在。

袁珂在鲁迅的基础上,进一步阐明《山海经》的图是巫图:

> 《山海经》尤其是以图画为主的《海经》部分所记的各种神怪异人,大约就是古代巫师招魂之时所述的内容大概。其初或者只是一些图画,图画的解说全靠巫师在作法时根据祖师传授、自己也临时编凑一些歌词。歌词自然难免半杂土语方言,而且繁琐,记录为难。但是这些都是古代文化宝贵遗产,有识之士不难知道(屈原、宋玉等人即其例证)。于是有那好事的文人根据巫师歌词的大意将这些图画作了简单的解说,故《海经》的文字中,每有"两手各操一鱼"(《海外南经》)……这类的描述,见得确实是说图之词。(《袁珂神话论集》,第15页)

前面我们介绍了历代学者对《山海经》古图的一些推测,可以看出,四种见解都包含有巫信仰的内核,是远古时代初民企图认识世界和把握世界的经验的产物。从考古学、文献学、民族学、民俗学发现的大量实物和资料中,从我国一部分少数民族在敬祖、祭祀、招魂、禳灾和送葬时常用的神路图、指路图、送魂图、打鬼图,以及现今遗存下来的与之配套的经书、巫歌、招魂词、画本和一部分符书等文字材料,可以看出,这类以巫为根柢,又多含古神话的有图有文的巫本,是巫风炽盛、文字不发达的时代和民族的遗存,并由此

---

① 1925年3月15日鲁迅给傅筑夫信:"中国之鬼神谈,似至秦汉方士而一变……且又析为三期,第一期自上古至周末之书,其根柢在巫,多含古神话……"见《鲁迅书信集》,北京:人民文学出版社1976年版,第66页。

推测,《山海经》母本(相当一部分)的成书过程很可能与这些民族的巫事活动和所用巫图巫辞相类,其文字部分最初作为古代巫图的解说词,几经流传和修改,才有了我们所见到的《山海经》。因此,认为山海经图主要来源于巫图的说法是比较有根据、比较可信的。

明清古本《山海经图》及其特点

《山海经》的古图早已亡佚,此后,公元 6 世纪南朝梁著名画家张僧繇和宋代校理舒雅都曾绘制过《山海经图》。郝懿行在《山海经笺疏叙》中引用《中兴书目》的话:“《山海经图》十卷,本梁张僧繇画,咸平二年校理舒雅重绘为十卷,每卷中先类所画名,凡二百四十七种。”

张僧繇(502—549)是南朝梁武帝(萧衍)时吴地的著名画家,擅画云龙仙佛人物,精工传神,有关张氏画龙点睛、画龙柱、禹庙梅梁的传说,把画家高超的画艺渲染到出神入化的境界,十卷本《山海经图》便出自他的手笔。舒雅是宋旌德人,曾于咸平二年(999)任校理编纂经史时,见僧繇旧图,便重绘《山海经图》十卷。可惜这两种十卷本的《山海经图》都没有流传下来。尽管如此,明清时期创作与流传的若干《山海经》古本,却保留了根据张、舒绘本或更古老的图加以增删修绘而成的《山海经图》,仍然可以看出中国亦图亦文的古老传统,可以看出《山海经》据图为文、以图立说的独特的叙事风格。历代注家如郭璞、杨慎、吴任臣、汪绂、毕沅、郝懿行、袁珂等,正是根据某些《山海经》图像对经文加以校注的。

目前所能见到的《山海经图》是明清时代绘画与流传的图本。就笔者所见,有以下几种版本:

1. 明《山海经图绘全像》18 卷,广陵蒋应镐武临父绘图,李文孝镌,聚锦堂刊本二册,共 74 图。

2. 明《山海经释义》18 卷,一函四册,王崇庆释义,董汉儒校,蒋一葵校刻,明万历二十五年,第一册《图像山海经》,共 75 图。

3. 明《山海经》18 卷,日本刊本,四册,有杨慎《山海经图序》,共 74 图(此书未见出处,据小南一郎先生为我提供的日本《和刻本汉籍分类目录》146 页载,日本刻印的《山海经》汉籍图本有五种,均为蒋应镐绘本。笔者所见日本刊本之图与蒋绘本完全相同,可证)

4. 明胡文焕《山海经图》,格致丛书本,郑振铎藏书,见《中国古代版画丛刊二编》第一辑，上海古籍出版社 1994 年。此书有图 133 幅，其中有 25 图的神怪异兽未见于《山海经》。

5. 清《增补绘像山海经广注》，吴任臣（志伊）注，佛山舍人后街近文堂藏版；图 5 卷，共 144 幅。

6. 清《山海经存》，汪绂释，光绪二十一年立雪斋印本。

7. 清《山海经》，光绪十六年学库山房毕（沅）氏图注原本校刊，四册，图一册，共 144 幅。

8. 清《山海经笺疏》，郝懿行撰，六册线装，144 图；光绪壬辰五彩公司三次石印本。

9. 清《古今图书集成·禽虫典》中的异禽、异兽部。

10. 清《古今图书集成·神异典》中的神灵。

上述十种明清古本《山海经图》共收图 2000 多幅，经整理、编排和比较，大致可以看出有以下特点：

一、明清古本中的《山海经图》已非古图，二者有着本质的区别。古图有相当一部分可能是古代巫师“象物以作图”（刘师培语），以备巫事活动所需的巫图；而明清古本中的图是明清画家和民间画工根据《山海经》经文创作的作品，反映了明清民众对《山海经》的理解，带有鲜明的明清时代的特色，从许多神灵穿着的明清服装便可见一斑。然而，明清古本《山海经图》与古图之间，又有着古老的渊源关系。古图虽然失传了，如果我们把明清《山海经图》与目前已发现的与古图同时代的远古岩画、战国帛画、汉画像石，以及新石器时代的陶器、商周青铜器上的图像、图饰和纹样作些比较，便可以从另一个侧面发现二者之间的渊源关系是十分古老的。再者，历代注家据图作注时对图像的解释和说明，以及一些古老的少数民族现存的有图有文的巫图，都可以从更多的侧面帮助我们探寻二者间的古老渊源。此外，从明清各种版本《山海经图》的图像造型有一个比较固定的模式，某些图几近相同（如混沌神帝江、失去头颅还奋斗不止的刑天等）来看，很可能有古老的图为母本；或者说，有一部分图是根据张、舒的图本增删而来的。因此，从整体来看，明清古本中的《山海经图》仍不失古意，在画像造型、特征勾勒、线条运用、结构、神韵、意境、写实与象征的处理等许多方面，仍保持了古图和《山海经》母本原始古朴粗犷的风貌，道佛的影响并不明显。可以认为，明清古本《山海经图》在一定程度上再现了已经失传了的《山海经》古图，对进一步探讨《山海经》这部有图有文的奇书有重要的意义。

二、编排与结构形式多样。从上述多种《山海经》图本中图与文的编排来看,有图像独立成卷的(如明王崇庆释义本,明胡文焕本,清毕沅本);有全部图按五大类(神祇、异域、兽族、羽禽、鳞介)置于《山海经》十八卷卷首的(如清吴任臣本、郝懿行本);有按《山海经》十八卷经文顺序依次插图的(如明蒋应镐绘图本、日本刊本、清汪绂图本);有作为丛书插图选用的(如《古今图书集成·禽虫典》本、《古今图书集成神异典》本)等多种。从图的结构来看,有以山川为背景的多神图(如明王崇庆本、蒋应镐绘图本、日本刊本);有以山川为背景的一神图(如《古今图书集成》的两种本子);有无背景的一神一图(一神一图中,又有图上附神名、释名、郭璞图赞的,如毕、郝、吴本;或合页连式右图左说的,如明胡文焕本);有无背景的多神一图与一神一图穿插编排(如汪绂本)等多种样式。

三、明清古本《山海经图》是明清画家(有署名的与未署名的)与民间画工的作品,其风格各不相同。明蒋应镐绘图本(王崇庆本与日本刊本的图像与之基本相同,显然出自蒋氏绘本)、明胡文焕本和清汪绂本的图像比较精细、生动传神、线条流畅、有创意,显然出自有经验的画家的手笔;相比之下,吴任臣本、毕沅本、郝懿行本彼此雷同,相当一部分图采自胡文焕本,其刻画造型也比较简单,无个性、模式化、粗线条,图像编排与图上的文字错讹不少,很可能是民间画工、刻工所为。同是吴任臣本,不同地区刻本的图也有粗细、简繁的差异,这正是民间刻本常见的特征。可以看出,明清古本《山海经图》是上中层文化与下层文化共同创造的成果。

四、一神多图与一神二形(或多形)对神话研究的启示。从笔者目前所搜集到的2 000多幅图的470例神怪畏兽中,一神多图与一神二形甚至多形的现象处处可见。同一神怪畏兽,在不同版本不同时代不同画家笔下,有了许多变异。这不仅说明,这种变异性是神话所固有的,也使《山海经图》的画廊显得更加丰富多彩。如《西山经》与《海外南经》都有毕方鸟,是一种兆火独足奇鸟,在所见的8幅图中,有7幅是非人面的独足鸟,而《禽虫典》本《海外南经》的毕方图却是人面独足鸟。历代注家如吴承志、郝懿行、袁珂均认为《海外南经》所记"其为鸟人面一脚"中的"人面"二字为衍字,应删去;他们没有看到神话中的毕方鸟有人面的与非人面的两种形态。明清古本《山海经图》以《山海经》的文本为依据,以形象的方式反映了原始初民对世界和人类自身的幼稚认识,自然也反映了明清时代的民众以及作画者、刻工对《山海经》的理解,一神多图或一神多形正是不同时代、不同地域、不同作画者的不同理解的结果,为我们了解《山海经》神话的多义性、歧义性、变异性提供了生动的形象资料。

五、《山海经图》的流传与变异。明清之际,《山海经图》在全国各地广为流传。大家都知道,鲁迅就曾搜集过两种带图的《山海经》,一种是他幼年时,长妈妈给他买的四本小书,刻印都十分粗拙,纸张很黄,图像很坏,几乎全用直线凑合,连动物的眼睛也都是长方形的,那上面画着人面的兽,九头的蛇,一脚的牛,袋子似的帝江,没有头而"以乳为目,以脐为口",还要"执干戚而舞"的刑天。鲁迅说,"这四本书,乃是我最初得到,最为心爱的宝书。"另一种是他后来买的石印带图《山海经》郝懿行本,每卷都有图赞,绿色的画,字是红的,比那木刻的精致多了①。这两本书伴随了鲁迅的一生,给他以重要的影响。

晚清民国期间,全国各地刻印的带图《山海经》地方本子,有了不少变异:

其一,以老本子为本,图像有修饰,如上海锦章图书局于民国14年印行的《山海经图说》(校正本),此书共四册,是根据上述毕沅的图本刻印的,收图144幅,其编排结构一如毕沅图本,图上有神名、释名、郭璞图赞,图像也和毕沅本同,只是有一部分图经过修饰,那线条清晰匀称、眉目清秀的神和兽,似乎有点失去了老本子神兽的古朴和神韵,但总的来说,还是一个有味道的本子。

其二,带有相当明显的精怪化与连环画化的倾向,最突出的例子是四川顺庆海清楼于清咸丰五年(1855)刻印的《山海经绘图广注》,清吴志伊注、成或因绘图。此书标明用的是清吴任臣(志伊)的注,但图和吴任臣的图本完全不同。上面我们介绍过,清代吴任臣本、毕沅本、郝懿行三种图本采用的是无背景的一神一图格局,但四川的这一成或因绘图本采用了明代蒋应镐绘图本式的有山川背景的多神图格局。特别值得注意的是神与兽的造型带有明显的宗教化与连环画化的倾向,如《中次十二经》帝二女娥皇女英画成两个浓妆富态的贵夫人,身后有佛光;又如《海外西经》的女子国图,画了24

① 鲁迅:《阿长与山海经》,《鲁迅全集》(二),北京:人民文学出版社1958年版,第229—231页。

个裸女在水中沐浴,岸上站着三个着装举扇的女子,沐浴女子向岸上女子招手,似乎在说些什么。另外一部上海上洋久和斋印行的《新出〈山海经〉稀奇精怪后本》(现藏匈牙利东方艺术博物馆),图上尽是些鱼精、鸡精、狐狸精、羊精,完全失去了《山海经》的本来面目。

《山海经图》的流传与变异是一个很有意义的话题,值得进一步搜集资料和深入研究。

《山海经》的图像世界

神奇瑰丽的《山海经图》为我们展示出中国先民心目中神话的图像世界,数百个形态各异的神话形象出现在我们面前。这些神话形象共分五类:(1)神灵,包括天帝(帝俊、颛顼、帝舜、西王母、帝丹朱……),自然神(司昼夜之神烛阴、日月之神、四方之神、时间之神、水神、山神……),人王(夏后开、刑天、王亥……)等;(2)异兽;(3)奇鸟;(4)异鱼和怪蛇;(5)远方异民,等等。中国著名的远古神话都有图:羲和浴日、常羲生月、夸父逐日、精卫填海、刑天争神、女娲之肠化人、黄帝与蚩尤战、丹朱化鸟、王亥仆牛、西王母与三青鸟、混沌神帝江、创世神烛龙、颛顼死而复生化生鱼妇、人面龙身的雷神、九头蛇身的怪物相柳、巴蛇吞象……

这些形象在造型、想象、表现形式上都是典型中国式的。与希腊神话(就其主体来说)之人神一体,人神和谐,讲究形体美、均衡,神的形象举止优雅、风度翩翩不同。山海经图所展示的是一种儒、道、释以外的中华文化,其形象原始粗犷、率真稚拙、充满野性,中国人的始祖神黄帝轩辕氏、创世神女娲,竟然是人面蛇身的怪物!人形神与非人形神(或人兽合体神)约1与4之比。山海经图的形象造型夸张怪诞,通过人与动物器官、肢体的加减、交错、异位、夸张、变形,重新组合,出现了新的神话形象。《山海经》的神不讲究人的形体美,常把人的器官肢体加诸鸟、兽、蛇身上,于是出现了大量的人面鸟、人面兽、人首蛇身的形象。中国人以这些形象表达自己对人与自然,对天、地、人关系的理解,以这种方式与天地沟通,与自然调协,与山水、动植物对话,进行交流,保留下大量原始思维的模式与遗韵。

《山海经图》再现了中国民族童年的梦。神话是人类童年的梦,是人类走出混沌的第一声呐喊,是人类从自然走向文明所采摘的第一批果实。神话是民族生命力的源泉,是民族文化的根,是民族精神之所在。中国是一个多民族国家，神话蕴藏十分丰富，神话品种和类型齐全。山海经图以形象的方式向子孙后代讲述着远古发生的一个个至今并未消失的动人故事，把中国的神话世界和民族的童年展现在读者面前。

要了解一个民族，最好从她的神话入手。山海经图体现了中国的民族精神，那人面的兽、九头的蛇、一脚的牛、袋子似的混沌神帝江，将给人以无穷的艺术享受；而那与日竞走、道渴而死、其杖化为树林的夸父，那口含木石、以湮东海的精卫，那没有了脑袋而以乳作目、以脐作口，还要手执干戈，斗争不息的刑天，正是中华民族精神的写照！山海经图蕴含着深厚的中国文化，是中华民族心灵的历史和民族生命力的赞歌，同时又是各门学科取之不竭的源泉，艺术发生学、神话学、考古艺术学、民俗文化学、古典文学等等，都可以从中找到联系的纽带。而山海经图对我们理解《山海经》这部博大精深的奇书，其意义更是不言而喻的。

对山海经图的搜集、整理和研究是一个大型的基础性建设工程，包括三个研究系列：一是古本《山海经图》的搜集、整理和制作，为研究者和读者提供一部有观赏、收藏和研究价值的、可靠的古本山海经图；二是山海经图与《山海经》的比较研究，这项工作的第一步是给读者提供一部带研究性质的图说；三是山海经图与古文献、考古文物、民俗文物、民族巫图及其他学科的比较研究。

笔者目前已完成的《古本山海经图说》（包括 1 000 幅图与 25 万字的图说，2000 年由山东画报出版社出版）只是上述基础工程的第一步，图本还有待补充，研究还有待深入开展，真诚希望得到海内外学者的指教和支持。

（原载《文学遗产》2000 年第 6 期）

作者简介

马昌仪（1936— ），女。1957 年毕业于北京大学。中国社会科学院文学研究所研究员。编著有《中国神话学文论选萃》、《中国灵魂信仰》、《古本山海经图说》等。

文学与图像的对立与共生

高建平

摘要：本文以西方古代、中世纪和近代，以及中国古代的“图”与“词”关系的观念作为切入点，对文学与图像的关系进行了探讨，并联系图像转向这一流行的话题，对现代与后现代、日常生活审美化，以及视觉与听觉之争等问题逐一作了分析，说明了科学技术对人类社会的推动作用及其局限，最后，文章归结到社会生活的话题上来，提出人的社会生活实践是处于共生关系的文学与图像背后的原动力的观点。

近年来，文学理论界盛行“图像转向”和我们正在走向“图像时代”的说法。对于人类社会来说，图像并不是一件新东西，图像的作用受追捧也不是第一次。实际上，在人类诸感官中，视觉被认为具有优先地位已经几千年了。但谈论“图像时代”的人努力要说出的一个意思是：“这一次真的与以前不一样了！”那么，究竟怎么不一样？我们会走向一个什么样的时代？这些提法背后的理论预设是什么？这些问题带给我们的，有欣喜，有焦虑，更有思考。

一、图与词之争在希腊

图像的优先地位，本来可以指在思考人的行动、思想，以及世间事实本身与它们的外在表现之间关系时的一种观念。如果这样的话，那么，行动、思想与事实才是优先的，而不是作为它们的外在表现的图像。受欧洲哲学史上形而上学传统影响，这种关系被转化为图与词的关系。于是，我们所讨论的问题，被放在一个独特的语境之中展开，这是我们在读西方有关图像论述时感到晦涩难解的原因。

我们在柏拉图的哲学中，看到了理念的世界要比现实的世界更为真实的思想。对于他来说，现实的世界只是理念世界的镜像，就像我们在洞穴中所看到的透过火光而投射到墙壁上的影子。真实的床不是木匠所打造的床,而是理念的床[①]。因此,这种观念具有一种反视觉的特点:眼见不为实。亚里士多德努力给予视觉以认识论上的证明,从而确认人的感觉是通向真理的途径。在《形而上学》的一开始,亚里士多德就写道:"无论我们将有所作为,或竟是无所作为,较之其他感觉,我们都特爱观看。理由是:能使我们识知事物,并显明事物之间的许多差别,此于五官之中,以得于视觉者为多。"[②]哲学家们的这种论述和论争,与希腊人当时的艺术状况有着对应关系。在当时,希腊艺术正在完成一种向视觉中心主义的转变。

如果曾经去过大英博物馆,你可能不会忘记从埃及厅走进希腊厅的那几步之遥带给你的震惊感。埃及雕塑的面容僵硬刻板,仿佛这些人像的脸上罩着面具,而到了希腊厅,这个面具被一下子揭开了。希腊雕像的面容、体态、衣褶,一切都向人们宣示,这是一个视觉的盛宴。在博物馆里,从埃及厅到希腊厅只有几步的距离,而在历史上,这种艺术风格的变化也是在很短的时间里发生的。埃及艺术保持其风格有几千年之久,在希腊艺术的古风时期,埃及影响仍保存着。只是到了希腊艺术的古典时期,在短短的几十年时间里,造像的风格就有了彻底的改变。英国艺术史家冈布里奇将这种变化说成是希腊艺术革命。他曾这样概括:埃及人所再现的是他们所"知道"(know)的世界,希腊人所再现的是他们所"看到"(see)的世界。冈布里奇所做的对比简洁而清晰,一下子说出了两种艺术的基本特征:在埃及人那里,图指向了关于对象的知识,而在希腊人那里,图再现了对象的外观[③]。

二、希伯来精神进入图与词之争

在欧洲,影响图与词之争的另一条思想线索是犹太—基督教传统。在《圣经·旧约》的《创世纪》中,神说要有光,神说水要聚在一处,神说要有草

① 参见柏拉图《理想国》和《巴门尼德篇》。

② 亚里士多德:《形而上学》,吴寿彭译,北京:商务印书馆 1983 年版,第 1 页。

③ 参见冈布里奇的著作《艺术与错觉》(林夕、李本正、范景中译,杭州:浙江摄影出版社 1987 年版)和《艺术的故事》(范景中译,三联书店 1999 年版),特别是《艺术与错觉》一书中的"论希腊艺术革命"一章。

木果实,神说要有飞鸟鱼兽,神说要造人,于是,这一切先后就都有了。[①] 这段话本来可能是对从神的意愿到这个意愿的实现所作的描述,并不排斥神的创造活动,但后来被普遍解读为神只是用词在造物。

在《出埃及记》中,以色列人铸金牛受到了神的谴责,在《利末记》中明令禁止作虚无的神像,包括偶像、柱像、石像。这些记载成了以后很多世纪犹太—基督教传统中反偶像崇拜的来源。这种观念在宗教发展史上具有重要意义。早期的人类相信图像与实物具有神秘的联系,因而造像与巫术和原始多神教的观念结合在一起。对图像的排斥,代表着新生的一神教与原始多神教的决裂。然而,一神教的胜利并不表示"词"一劳永逸地战胜了"图"。历史上,图像不断地,以不同的理由出现。偶像崇拜与反偶像崇拜观念间的斗争曾出现过多次。在犹太教中,在早期的基督教中,在东正教中,以及在后来的新教的历史上,这种斗争一再重复。甚至在伊斯兰教中,反偶像崇拜也成为一项重要的教义。这是由于《古兰经》中有与《圣经》类似的谴责以色列人"认犊为神",因而是"不义"的词句[②]。由于斗争出现在不同的时代,有着不同的文化语境,从而使不同时代的艺术呈现出不同的面貌。

反对铸金牛,只信奉一个其形象并不向普通人显现的神,这是一种在摩西领导下的宗教的变革,一种意识形态上的改变,一种当时的以色列人在出埃及后割断与埃及传统关联的努力,其中也包括与埃及人造像传统的决裂。如果是这样的话,我们会看到后来的一个有趣的发展:希腊人从另一方向与埃及造像传统决裂。最后到了中世纪时,希腊与希伯来这所谓的"二希"文明的造像传统又形成了某种形式的结合。

希腊人的视觉世界被罗马人继承,却在罗马帝国后期随着东方思想影响的增强和基督教的兴起而受到挑战。冈布里奇没有说以色列人再现什么,根据《圣经》的记载,似乎他们要再现一种"不知道"的世界;然而,冈布里奇对在《圣经》思想影响下的中世纪人的造像观念作了评价,他说,中世纪的人所再现的是他们所感到(feel)的世界。确实,我们从中世纪的圣像上可以

---

① 这里关于《圣经》中观点的引述来自中国基督教三自爱国运动委员会印发的《新旧约全书》(上海 1981 年)。

② 见《古兰经》,马坚译,北京:中国社会科学出版社 1981 年版,第 5 页。

看到这样的特点。模式化人的面部表情，无肉体感觉的身体，突出的眼睛，神秘符号的巧妙安排，显示出视觉本身只是一种中介，这些作品指向着图像背后的东西。希腊雕塑重视身体，而中世纪圣像则指向内心。从某种意义上讲，这是图与词的钟摆向词的一方所作的新一轮摆动。希腊人的视觉世界，被中世纪心灵的世界所取代。当然，这种心灵的世界仍有其外在的表现，因为希腊艺术毕竟不可逆转地训练了人的眼睛，从而使图与词的争斗盘旋向上发展了一个层次，图成了词的意义的显示。

三、中国人的"书画同源"说

关于图与词的关系，中国古代艺术史给我们讲述了一个与西方不完全相同的故事。中国古代也有重文字而轻图画的观念。老子书中讲"五色令人目盲"(《老子·十二章》)和"大象无形"(《老子·四十一章》)，王充讲"古贤之遗文，竹帛之所载粲然，岂徒墙壁之画哉"(《论衡·别通篇》)。这些都对图像持否定态度。但更多的人还是承认图像的作用。《周易·系辞》中有"圣人立象以尽意"的词句，说的是卦象。后来有人提出三种符号说，即图理的卦象、图识的文字和图形的绘画[①]。更为著名的是"书画同源"说，认为书画在最早的时候曾有一段"同体未分"的状态，即使后来被区分开来以后，也有着密切的联系。

这种"书画同源"说，显示出绘画向文字的"双重攀附"。一是论证绘画也像文字一样，具有"成教化、助人伦、穷神变、测幽微"之功，从而通过肯定绘画的伦理和认识的功能而强调绘画及画家的社会地位；二是论证绘画须接受书法的笔法，从而规定绘画的本质不等于物象的再现，而是人的活动的痕迹。[②] 在这"双重攀附"中，如果说前者是为视觉艺术的存在作辩护的话，后者则是对视觉优先性的挑战。我们从前者中看到了像格利高里大帝所说的那样，"愚人从图像中所接受的，是受过教育的人从《圣经》中所接受的东西。愚人从图像中看到他们必须接受的东西，从中读到他们不能从书本上读到的内容。"[③]也就是说，绘画成为道德教化的载体，协助文字完成宗教、思

① 颜延之语，转引自张彦远《历代名画记》卷一，北京：人民美术出版社 1963 年版。

② 对这里所说的"双重攀附"的详细论证，请参见拙作《"书画同源"之源》一文，载《中国学术》，北京：商务印书馆 2002 年(秋季号)。

③ 转引自阿列西·艾尔雅维克：《眼睛所遇到的……》，高建平译，载《文艺研究》2000 年第 3 期。

想、政治和社会教化的功能。但我们从后一个攀附中看到了诺尔曼·布莱森(Norman Bryson)所谓的绘画中的看不见的身体(invisible body),即人的身体运动留下的痕迹的观点[①]。也就是说,绘画成了人的身体姿态和手的动作态势的展现,而这种动作展现之中,显示出人的精神状态[②]。

两个攀附说明了两种图像制作理想。前一种理想说的是可以制造与词的意义相匹配的图像。后一种理想说的是图像本身并非是与人相对立的对象的外观,而是制作者活动的产物,对图像的接受也与对这种活动的体验联系在一起。

四、现代性与媒体革命

十多年前,在英国美学学会召开的一次学术会议上,有人发言说,照相机这种机器不可能最早由中国人发明。古代中国人有很多的科技发明,他们是恰好没有发明照相机,还是根本不可能发明照相机?这个问题似乎很难一下子说清。但是,提出这个问题的人是想用一种特别的方式说明,中国绘画与欧洲绘画在视觉再现的追求上具有重大的差别,这种差别导致欧洲人能够发明照相机,而中国人不能。

在欧洲,照相术的发明的确有着一些历史的准备,与他们的视觉观念有密切的关系,甚至可以说,是欧洲人的视觉观念发展的自然结果。在15世纪,意大利建筑师菲利普·布鲁内斯奇(Filippo Brunelleschi)等人发明了焦点透视,使画家有可能在平面上描绘三维的空间。布鲁内斯奇的这一发现在阿尔贝蒂(Leon Battista Alberti)的名著《论绘画》中得到系统的总结,为欧洲近代绘画打下了基础。在该书中,他叙述了焦点透视法的基本原理。在这本书的一开始,他对绘画作了两条规定:第一,画家只画看得见的东西,第二,数学是自然之根,也是这门艺术之根[③]。我们从前一条可以看出希腊思想的影响,这一点可与前面所引述的冈布里奇对希腊艺术的评价,以及对

---

① 参见 Norman Brysom, *Vision and Painting: The Logic of the Gaze* (London: Macmillan, 1983)一书,特别是该书的第163—171页。

② 参见 Jianping Gao, *The Expressive Act in Chinese Art: from Calligraphy to Painting* (Stockholm: Almaqvist & Wilsell Intenational, 1996)一书,特别是该书的第33—41页和第176—193页。

③ 阿尔贝蒂:《论绘画》,耶鲁大学出版社,1966年版,第40—43页。

希腊艺术与埃及艺术、中世纪艺术的对比联系起来考察。历史经历了一个新的轮回。希腊人走出东方，文艺复兴时的意大利人走出中世纪，所采取的办法都是回到视觉。但是，文艺复兴时期的人又与古希腊人不同，这种不同从其对科学的理解上可以看出。古代希腊人讲“认识”，不讲求精确性，而现代科学则追求精确性。海德格尔曾以我们所熟悉的伽利略在比萨斜塔上抛铁球挑战亚里士多德自由落体理论为例，指出，这不能简单地认定伽利略对了而亚里士多德错了，只能说明不同时代有着不同的存在观①。由此我们再来看阿尔贝蒂的第二条规定，即将绘画的基础归结为数学。绘画被当成一种几何学，经过数学的计算，运用透视规律展现逼真的现实。到了16世纪，一些艺术家使用一个盒状的设备，盒子的一边有一个小孔，另一边有一片玻璃，称为camerao bscura(拉丁语，意思是“黑房间”)。这种盒状设备可以取代计算，画家只要将透过这种装置看到的物象记录下来即可。据记载，当时的著名艺术家列奥纳多·达·芬奇和米开朗其罗都曾使用过这种装置。正是在这种装置的基础上，19世纪初有人发明了照相机(camera)。

致力于在平面上再现三维的对象，运用透视的方法使这种再现显得更加逼真，是照相机发明的前提。英国画家康斯泰伯(John Comstable)说，绘画是“自然哲学的一个分支，在其中，图画只是实验而已”，②这种观点在欧洲近代绘画中占据着主流的地位。因此，从这个意义上讲，欧洲近代绘画一直在朝着照相机的方向发展。

照相机与照相术的发展，对于图像技术的发展具有革命性的意义。从照相，到电影、电视，以及目前数码与网络技术的结合，经过了四个阶段。照相使廉价地再现物象成为可能；电影通过迅速转换胶片而实现了对运动着的图像的再现；电视通过另一种技术原理实现了在电影中已实现的动态图像，使之走进千家万户；而网络则以其所提供的互动的可能性而给人以更为浸入性的经验，使人仿佛置身于一个虚拟的世界之中。这种发展还会延续下去，我们会有第五、第六，甚至更多的阶段。然而，我们在考察这些阶段时，不能将照相机出现之前的一个阶段排除在外，这就是焦点透视的视

① 见海德格尔《世界图像的时代》。中译本参见孙周兴译《林中路》(上海译文出版社2004年版)，第77—115页；郜元宝译《人，诗意地安居》(广西师范大学出版社2000年版)，第131页。

② 康斯泰伯1836年给皇家学院的讲演，转引自《美学百科全书》(牛津大学出版社1998年版)第4卷，第411页。

觉观所形成的阶段，而这正是在由文艺复兴时期视觉优先性思想下形成的。

科学技术所制造的图像，是一种廉价而致力于普世性的图像，但它不是唯一的。在视觉艺术领域，它随着这种图像的日益普及而成为挑战的对象。正如前面所说，照相机实现了欧洲近代画家们再现物象的理想，但照相机并没有取代绘画。现代绘画史的实践以及相关的艺术理论研究力图证明，文艺复兴时期以来所形成的视觉观并不是唯一可能的视觉观。一方面，学术界努力证明，其他的视觉观是可能的。例如，鲁道夫·阿恩海姆就指出："由文艺复兴时期所创立的西方绘画风格，它所再现的事物的形状，总是局限于从一个固定点所看到的那个局部。而埃及人、美洲土人以及西方现代的立体派画家们，却不理睬这种限制(即从一个固定点只能看到事物的局部)。"①不仅是阿恩海姆所列举的这些地方的艺术，而且中国、日本、韩国等东亚地区的绘画，非洲和大洋洲的艺术，也都没有走向这种焦点透视。世界上众多的民族都各自具有自己的视觉观，从而产生不同的、非常精美的绘画。更进一步说，恰恰是照相以及随之而来的电影和电视方面的成功，造成了视觉艺术方面的反弹，从而成为现代主义艺术的一种重要推动力量。而这种新的绘画意识又进一步促进了人们对于视觉的重新认识。

当然，我们应该承认，在今天，以照相为代表的这种通过技术手段所制造的图像，正在日益占据着越来越重要的地位。由于坐在电视机前的时间越来越多，人们的生活方式已经得到了不可逆转的改变，但我们不要忘记的是，对于这种图像挑战的力量也越来越强烈。

五、文学与图像

让我们再次回到"图"与"词"之争上来。"图"与"词"之争的一个集中体现，就是文学与图像的关系。这种关系，在古代突出表现为诗与画的关系，而到了现代，文学与电影或电视的关系则成为研究者的主要关注点。这里面是否有某种继承关系，这也许可以成为我们考察的切入点。

关于诗与画的关系，贺拉斯喜欢将两者放在一起，从而对诗歌创作提出

---

① 鲁道夫·阿恩海姆:《艺术与视知觉》，滕守尧，朱疆源译，北京:中国社会科学出版社1984年版，第57页。

一些要求[①]。莱辛在著名的《拉奥孔》中则想说明诗与画之间的界限，说明诗歌是时间艺术，因此需要表现，而画是空间艺术，因此需要美。前者是在古罗马时期，带着对希腊留下的伟大的造型艺术作品的崇拜心情，说明诗歌风格方面的道理。而后者则处在启蒙运动中，力图说明诗歌在情感表现方面的力量。一般说来，在历史上的艺术革新中，文学都起着先行者的作用。冈布里奇指出，希腊的造型艺术是在叙事性文学，即史诗和戏剧的影响下才产生了逼真性的要求。文学从再现什么（“what”）到怎么样（“how”）的追求，对于造型艺术逼真性的发展，是一个推动力。罗马帝国后期艺术追求精神性表现，与神学的气氛和抒情诗的兴起有关。在中世纪，《圣经》中的各种描绘，成为造型艺术取之不尽、用之不竭的源泉。文艺复兴中，文学的世俗性引领着艺术的世俗性。在此以后，文学上的古典主义、浪漫主义、现实主义，都是艺术上相应潮流的先河。只是到了20世纪，文学上的先锋派与造型艺术上的先锋派，才出现了分离。在中国，诗画一律的说法，一方面成为诗的意境进入绘画，从而对绘画进行改造的根据，另一方面绘画业也通过与诗歌的联系而使画家的社会地位得到了提高。中国的“文人画”在历史上不仅仅是作为一个新画种，而且是作为一场彻底改变整体绘画风格的艺术运动而出现的。具体说来就是，不是画家上升为诗人，而是诗人兼任画家，进而改变绘画业的发展走向。

《拉奥孔》关注时间艺术与空间艺术之分，指出绘画和雕塑长于描绘，只能在空间并列和陈列动作，用姿态暗示动作，而诗则相反，长于记述动作，只能通过动作用暗示的方式来描绘物体[②]。他没有也不可能说到一种情况，这就是当图像也成为时间艺术时，情况会是怎样。这种情况在莱辛时代不可能出现，而到了20世纪，这已经成为事实。随着电影和电视的出现，过去的时间与空间艺术的分野就受到了挑战。人们将之说成是综合艺术，这种说法具有一种并不完全正确的暗示，仿佛这些新的艺术在结合不同的艺术门类的特点，特别是文学与造型艺术的特点。实际上，新的艺术并不是传统艺术因素的叠加。随着时间性的加入，原有静态造型艺术的一些规则早就得

① 贺拉斯：《诗艺》，杨周翰译，见亚里士多德《诗学》和贺拉斯《诗艺》合订本，北京：人民文学出版社1982年版，第137页，第156页。

② 莱辛：《拉奥孔》，朱光潜译，北京：人民文学出版社1979年版，第16、17章。

到了彻底的改变，成为全新的艺术门类，有着自己独有的规律。影视艺术与文学形成新的关系，从而使“图”与“词”之争呈现出新的面貌。

在新一个层次的“图”与“词”之争中，影视艺术与文学作品的改编是一个富有理论意味的现象。大体说来，这种改编有这样几种情况。第一种是文学名著的改编，所改编的作品由于原著而闻名。中国古典文学名著，如《红楼梦》、《三国演义》、《水浒传》、《西游记》，被多次搬上银幕和荧屏，一些外国文学名著，则多次被影视艺术所演绎。这些改编对社会的影响力，常常依赖于原作的权威地位。对于这种改编，我们可能会有改得好与不好的评价。所谓改得好与不好，是否体现原作精神是一个重要的标准。因此，作为文学作品的原作仍起着主导的地位。第二种是影视艺术创作者选取文学作品作为素材进行再创作。原作可能是不太知名，或者是只在文学圈子里知名，由于影视艺术家的改编而为一般大众所接受。从建立广泛影响方面看，影视艺术家显然在起主导作用，然而在创作方面，仍遵循着从原作到剧本到拍摄这样一个路子。也就是说，这仍是一条从词到图之路。除此之外，还有种种对原作的戏说，这种脱离原作的自由创造，常常借助一种与原作格调的对比和张力关系。

更为重要且值得我们注意的是这样一种挑战：一些影视艺术努力冲击当代技术条件所能提供的视觉效果极限，向观众提供目不暇接的视觉大餐，并有意无意地压抑其中的文学性因素。这一现象作为一种艺术尝试，在倡导多样化的今天，当然可以成为多样中的一样。但是，如果由此而对这种现象在理论上进行无限引申和扩展，证明图像性在取代文学性，则根据并不充分。图像艺术的成功并因此而具有更大的独立性，形成与文学关系的疏离，作为一种新艺术风格创造的尝试是有意义的，然而，这并不能说明图像时代的到来或文学的终结。至于那种违背自己的感受，用图像转向的说辞来为一些只提供视觉效果而在审美上不成功的作品辩护，则更不足取了。

六、图像、语言和声音

在中国学术界流行着一种说法，图像代表感性，语词代表理性。于是，图像时代的到来代表着感性的胜利，这种说法只是一种印象性的描述而已，不能当做学术术语来对待。

一方面，正如我们前面所论证的，图像，特别是那种运用透视理论构筑起来的图像观，是建筑在数学和科学观念基础上的；另一方面，那种将语言归结为理性的观点也不符合实际，语言的起源恰恰是建立在人与人感性交往的经验基础之上的。

图像带给现代社会的，恰恰是另外一种东西。图像（image）来源于拉丁文的 imāagō，意思是像某物。人类社会从相信图像与实物间有神秘联系，利用图像施行巫术，发展到认定图像只是实物的摹仿，在摹仿说的引导下迎来造型艺术的繁荣时期，这是“理性”的第一次胜利。图像包围人类，使他们不再过问图像背后的实物，这既与科学技术的发展，又与视觉优先性的意识联系在一起，从某种意义上讲，这是“理性”的第二次胜利。从照相到电影、电视、数码技术和互联网所代表的恰恰就是这种方向。这时，图像与世界的分离，人们生活在一种错觉的世界之中。

人们在谈论图像转向时，喜欢引用海德格尔关于世界图画的论述。本来，海德格尔的意思是要区分“世界图画”和“关于世界的图画”[①]。后者是古希腊罗马和中世纪时期都具有的图画。当古代中国人讲“宣物莫大于言，存形莫善于画”[②]之时，说的都是这种图画。这种图画只是世界的再现，我们通过这种图画生活在世界之中。现代社会的一个根本特点，是由于人的主体性与科学技术的共同发展，人越来越生活在一种所谓的“世界图画”之中。这种图画只是一种幻觉而已，它们并不一定指向外在真实的世界，却具有逼真的外观。一些主张图像转向的人，如弗里德里希·詹明信和阿列西·艾尔雅维奇等，都对电视带来的这种幻觉的发展忧心忡忡。

面对这滚滚的视觉洪流，沃尔夫冈·韦尔施提出听觉的文化革命的构想。他说：“在技术化的现代社会中，视觉的一统天下正将我们无从逃避地赶向灾难，对此，唯有听觉与世界那种接受的、交流的，以及符号的关系，才能扶持我们。堕落还是得救，灾难还是拯救——这就是不同选择的图景，人们正试图以它来搭救我们，打开我们的耳朵。”[③]尽管怀有这么大的期待，他

---

① 海德格尔：《世界图画的时代》。这里的解说参见 William McNeill, *The Glance of the Eye: Heidegger, Aristotle, And The Ends of Theory*(Albany: State U-niversity of New York Press, 1999), pp. 166–173.

② 陆机语，转引自张彦远《历代名画记》卷一，北京：人民美术出版社 1963 年版。

③ 沃尔夫冈·韦尔施：《重构美学》，陆扬、张岩冰译，上海：上海译文出版社 2002 年版，第 209 页。

却同时仍然对听觉保持一种疑虑的态度。他的文章的题目是:“走向一种听觉文化?”这个问号说明他的一种试探性立场。在文章的最后,他仍回到一个话题:“安静地带。”

看来,这似乎仍符合一个古老的道理,“大音”还是“希声”。感官的轰炸后,人还是需要宁静。① 当然,听觉的拯救只是假想而已。我们可以生活在视觉的幻觉之中,也可以生活在听觉的幻觉之中,并且,两者都可随着科学技术的进步而变得更逼真,更具虚拟性,产生更具浸入性的经验。听觉的出现,甚至可以与视觉协作,制造更具虚幻性的图像。也就是说,成为制造海德格尔所谓的“世界图画”的工具。但是,韦尔施的意图仍是显而易见的,他的目的不在于听觉,而在于拯救,并将拯救寄希望于视与听的竞争和平衡。

七、什么样的日常生活审美化?

在中国,谈论“图像转向”的人常常将这个话题与“日常生活审美化”联系起来。但是,他们常常忽视对不同的“日常生活审美化”进行辨析,对这种“审美化”应持什么样的立场,中国的研究者们似乎讨论得也不够充分。

众所周知,审美地看待世界与审美地生活并不是一个现代现象。中国古代的庄子,也许可以说是最早的日常生活审美化的倡导者。他说“天地有大美而不言”(《庄子·知北游》),而人则须“虚静恬淡寂寞无为”(《庄子·天道》),在生活中像解牛时的庖丁那样游刃有余(《庄子·养生主》)。除了庄子之外,一些儒家经典中所讲的诗乐舞的统一,具有将礼教制度审美化的功效;至于后来的琴棋书画并举,并不致力于一种艺术概念的寻找和诸高等艺术的组合,而是一种对才子生活方式的描述和提倡。在西方,古代希腊有大量的对世界美和生活美的论述。至于中世纪,《圣经·创世纪》中有一句话:“神看到所造的一切,凝神注目,确实是非常美。”这句话是“世界是美的”的权威证明,在中世纪产生了深远的影响。然而,日常生活审美化并不是从这些论述中直接生长起来的,而是通过对康德以后的现代美学批判而实现的向古代人审美观念的回归。因此,日常生活审美化的命题具有这样一层含义,即挑战康德所描述的对审美无功利和无目的片面强调,挑战那种艺术成

---

① 沃尔夫冈·韦尔施:《重构美学》,陆扬、张岩冰译,上海:上海译文出版社 2002 年版,第 231—232 页。

为封闭、自律、精英性活动的美学观。

艺术的自律或独立，艺术自身生长的有机性，艺术为了自身的目的而存在，或者说，罩在艺术之上某种特殊的、给人以神秘感的光环，随着一种所谓的“现代性”的发展而得到高度发展。一种本来在法国路易十四时代发展起来的贵族趣味，在资产阶级新贵们那里达到了新的高度。作为对这种理论的批判，日常生活审美化在 20 世纪后期的西方美学界成为越来越重要的思潮[①]。

在今日世界的美学圈，对日常生活审美化的论述产生最大的影响的还是叙斯特曼和韦尔施。叙斯特曼通过对“拉谱”(Rap)音乐的解读和一种“身体美学”(somaesthetics)的思路，从平民的角度对精英性的分析美学提出了挑战[②]。韦尔施则将审美扩大到日常生活的各个领域，特别是在 1998 年于卢布尔雅那召开的第 14 届国际美学大会上，他作了题为《体育——从审美的观点看，甚至作为艺术?》的发言，产生了某种轰动效应[③]。这篇文章的观点本身受到许多人的质疑，但它以一个突出的姿态向人们宣示美学正在超出传统的，由黑格尔所规定而由分析美学家们所继承的限定——艺术哲学[④]。当代关于日常生活审美化的讨论，实际上在三个层面展开的：第一是它的治疗性，第二是它的政治性，第三是它的审美性。

从治疗性方面看，现代消费文化为快感的满足提供了极大的可能性。但是，什么是对人有益的快感，这个问题仍然会提出来。欲望的压抑会造成不健康的身体和心理，因此，身体的解放和心理的解放是有益的。这种思路中也许有弗洛伊德思想的影子。但是，过度的放纵也会有害健康。如果说甜蜜的生活就像糖一样的话，对于营养不良者，糖的确是一个好东西，而对于营养充足的人，吃糖太多不是好事，糖甚至被一些人看成是毒药。什么样的享受才是健康的享受，这既是一个道德和文化问题，也是一个生理学和医学问题。

---

① 关于这方面的情况，请参见《第 14 届国际美学大会论文集》(卢布尔雅那，1998 年)和《第 15 届国际美学大会论文集》(东京，2001 年)。

② 参见理查德·叙斯特曼：《实用主义美学》，彭锋译，商务印书馆 2002 年版。叙斯特曼早年曾编辑过《分析美学》一书，常被人误解为是分析美学家，他的《实用主义美学》和近年来的一些其他著作，都表现出他与“分析美学”的决裂。

③ 见 Philozofski Vestnik(Filozofski institut，ZRCSAZU)2/1999，第 213—236 页。

④ 高建平：《走出唐人街》，北京：中国文联出版社 2000 年版，第 214—216 页。

从政治性来看，我们可提出这样的问题：是倡导平民的文化权利还是赞美富豪们的穷奢极欲？显然，很多当代国外美学家谈论的都是前者。无论是英国的文化研究学派，倡导通俗文化的新实用主义者叙斯特曼，还是其他一些学派的美学家，如马丁·杰、詹明信、本雅明、阿列西·艾尔雅维奇等人都是如此。与他们相反，一些中国学者说的是后者，他们将日常审美化等同于富人对高档次享受的追逐和不能获得这种享受时的艳羡之情。尽管上面的这两种情况都可以冠以日常生活审美化之名，两者都是对传统艺术概念的挑战，却有着根本性质上的不同。当然，对于西方学者来说，倡导平民的文化权利是一种政治上的正确，这种做法甚至被一些人批评为政治上的左翼机会主义者。但是，这种从《圣经》直到现代社会长期而深厚的为平民服务的观念，这种政治上正确的意识本身，对于社会的健康发展起着有益的制约作用。然而，一个在革命时代曾长期倡导平民意识的中国，由于政治上的钟摆现象抛弃了这种"政治上正确"的观念。中国社会发展到今天，公平和正义已经成为强烈的社会要求，希望它们也能早日进入人文学术的视野。随着社会和技术的发展，生活在发生变化，日常生活审美化成为一种潮流，然而承认这一潮流与站在什么立场上对待它，却是两回事。资本与技术合在一起，可以产生种种新的可能性，艺术与美学的存在环境也在不断地改变。但是，万变不离其宗的仍是人文知识分子的社会责任。

最后，我们再归结到审美性上来。韦尔施指出："处处皆美，则无处有美，持续的兴奋导致的是麻木不仁"，"在日常生活审美化已经如此成功之时，艺术不应再提供悦目的盛宴，反之它必须准备提供烦恼、引起不快。如果今天的艺术品不能引起震惊，那它多半表明，艺术品成了多余的东西。"① 当我们有了美的广告招贴画、美的手机、美的居室之时，艺术的作用改变了。它不再需要给人以甜美，而需要给人以力量。在审美疲劳之际，人们期待一些有阳刚之气的东西出现。

八、视觉、听觉与活动着的人

维特根斯坦在他的后期代表作《哲学研究》中提出要对语言和逻辑背后

① 沃尔夫冈·韦尔施：《重构美学》，陆扬、张岩冰译，上海：上海译文出版社2002年版，第168页。

的生活予以关注。他指出:“为真和为假乃是人类所说的东西;而他们互相一致的则是他们所使用的语言。这不是意见上的一致而是生活形式的一致。”①维特根斯坦思想曾为分析美学的建立提供了基础,他的著作是分析美学家的“圣经”,但是,正是上述对“生活形式”的重视,为走出分析美学提供了思想依据。

正像神创造世界不能最终归结为“词”创造世界一样,无论是图的世界,还是词的世界,都不可能是最终的世界,最终的世界是活动着的人的世界。德里达批评语音中心主义,强调书写的重要性,可以被看成是视觉向听觉的挑战。许慎所描述的那种汉字从结绳到书契的过程,暗示着一种书写具有语音之外的独立起源的含义。文字活动与语音是一种相遇并逐渐相互配合的,而不是依附于语音的“符号的符号”。通过对文字意义的重视,我们可以发现一种可能性,这就是,文字符号系统与语音符号系统的相互独立,在相互作用的过程中实现对理性主义毒素的消解②。梅洛-庞蒂从肉体的活动出发,也是一种走出认识论之后所进行的意义的探寻。对于这种倾向,W. J. T. 米歇尔强调其重视书写痕迹,从而归结到视觉的一面,实际上,当我们将之放置在图与词关系的语境中进行讨论时,就可以看出,这是对视觉的挑战。中国古代的文人画,致力于超越形似的气韵和用笔,起的就是这种作用。

从以上所有这些论述中,我们都看到了一种对人的活动的重视。在讨论这些观点之时,我还是坚持回到马克思的观点上来,强调社会生活在本质上是实践的。世界不处在我们的对立面,而处在我们的周围。“图像世界”离我们越来越近之时,真实的世界就会离我们越来越远。回到真实的世界,这才是人类永恒的追求。视觉与听觉,图像与语言,是我们生活所借助的符号,人被这些符号所包围,但归根结底,人仍然会成为这些符号的主人。视不可能一劳永逸地取代听,视与听的平衡基于人性的冲动,但是,处于这种冲动背后的,还是人的活动,人的实践。尽管科技与市场这两大驱动力会使艺术产生种种变化,我们却只可能有这样一种后现代:文学与艺术的

① 维特根斯坦:《哲学研究》,北京:商务印书馆 1996 年版,第 132 页。
② 对这里所说的“双重攀附”的详细论证,请参见拙作《“书画同源”之源》一文,载《中国学术》,北京:商务印书馆 2002 年(秋季号)。

发展会使自身与生活的结合日益紧密,而不是制造一个幻觉的世界诱使人们远离生活。

(原载《文学评论》2005 年第 6 期)

作者简介

高建平(1955—),男,江苏扬州人。中国社会科学院文学研究所研究员,博士生导师。

思想史家眼中之艺术史

——读2000年以来出版的若干艺术史著作和译著有感

葛兆光

摘　要：在同样面对图像时，思想史与艺术史有不同侧重选择和不同研究进路。和艺术史主要关注天才的精彩的艺术品不同，思想史家可能更关注落入俗套的反复出现的图像；与艺术史要从审美的角度分析风格、布局、笔墨、技法不同，思想史家可能会更关注图像背后呈现的观念和知识。但是，由于近年来艺术史在考古学和人类学的影响下，渐渐趋近追求"历史证据"的历史学，越来越注意讨论艺术背后的社会、政治、制度、宗教等因素，它和同样与社会生活史日益趋近的思想史越来越角色混融。因此，本文特别指出的问题是，艺术史尤其是中国艺术史，是否要有中国的和艺术的研究立场，以及诸如"风格"、"笔墨"、"气韵"之类的分析方法？同样，这些传统的艺术分析方法又如何可能在艺术史越来越趋向历史学的现代趋势下，使艺术史可以有自己的脉络和边界？

关键词：艺术史　思想史　图像　风格

一、面对图像：思想史和艺术史之间

中古佛教与道教造像，是否表现了民众社会普遍的救赎信仰和来世观念？唐代以前墓室壁画中常见的四神图像和出行仪卫在宋代渐渐变少，宋代墓室壁画中家庭日常生活画面的普遍出现是否折射了唐宋之间社会和观念的巨大变革？南宋临安与北宋汴梁以前的都市空间格局的不同，是否体现了北宋与南宋对于政治中心的想象的变迁？明代以后传统家族祠堂祭祀时悬挂左昭右穆整齐有序的挂轴画，是否流露的是上下内外等级森严的社会伦理意识？至于乾隆时代的《万国来朝图》和《职贡图》，是否可以看做是近代中国朝野仍然沉湎在朝贡体制和天下观念中的历史证据？

近些年来，古代中国图像资料中蕴含的相当丰富的思想史内容，引起了研究者的关注，因而这些图像渐渐成为思想史研究领域的资料。我曾经为

此写过一篇题为《思想史研究视野中的图像》的论文,①就说到思想史因为要改变围绕着精英和经典的传统写法,试图关注社会与生活世界中处于“无名”状态中的普遍常识和一般思想,以及这些普遍常识和一般思想的历史环境,于是不断拓展自己的边界,因而必须注意各种图像资料。显然,艺术史中的很多作品,不仅隐含了作者观察自然、观察社会时的观念,而且相当多的普通艺术作品,还呈现着当时人的共同兴趣、共同视角和共同认识,前面列举的都市空间、祠堂挂画、宗教造像、人物肖像、唐宋墓室壁画等就是例子。甚至像现存的很多风水地理书中,关于大地的描述,也多少透露了在风水师以及普通民众心目中,关于“好的”和“美的”山水形势的想象,如果对这个风水想象和真实地貌进行比较,你可以体会到,古往今来汉族中国人对居处自然环境的一般观念和普遍理想。

同时,另一个学术取向是,现今的艺术史也越来越不像传统的艺术史了。正像西方一些大学常常设置考古与艺术史系,而艺术史课程中常常突出考古学和人类学一样,艺术史现在受考古学和人类学的影响很大。② 一方面,考古学取向不仅使艺术史被遗迹、文物和种种新发现包围,而且让艺术史家自己也提出了学科性疑问,究竟他们是“研究艺术的考古学家,或研究图像的历史学家”?而这一问话的主语中,一个是考古学家,一个是历史学家,却没有一个是艺术史家。③ 而另一方面,人类学取向则使艺术史越来越变得有点像思想史或文化史,对于艺术作品作民族志的,诸如风俗、仪式、心理的研究,使艺术史渐渐离开“虚”越来越远,倒是离“实”越来越近,褪去了它“艺术”的那一面,剩下的是“历史”的这一面。例如,巫鸿的《礼仪中的美术》,分析“天堂”图像和“天堂”观念,讨论汉代画像中儿童形象中呈现的“公”与“私”,研究汉明帝、魏文帝的礼制改革和汉画像之兴衰,仿佛项庄舞剑,一团意念都集中在艺术品在什么背景下呈现意义,这些意义表现在什么“历史”和“思想”上面,主题(呈现历史的内容)要比风格(艺术乎法的类型、感染力的来源)重要得多。④ 同样,姜伯勤的

① 葛兆光:《思想史研究视野中的图像》,《中国社会科学》2002 年第 4 期。

② 巫鸿:《礼仪中的美术——巫鸿中国古代美术史文编》,郑岩译,上海:三联书店 2005 年版,第 2 页。其序文说到,人类学、美术史又进而与另外两个学科结合,一个是考古学,一个是历史学。

③ 李凇:《代序:研究艺术的考古学家,或研究图像的历史学家》,《长安艺术与宗教文明》,北京:中华书局 2002 年版,第 1 页。

④ 巫鸿:《礼仪中的美术》,文中所举的例子,参看其中《礼仪中的美术——马王堆再思》、《“私爱”与“公义”——汉代画像中的儿童图像》、《汉明、魏文的礼制改革与汉代画像艺术之盛衰》等。

《中国祆教艺术史研究》，就明确说明自己要实践巫鸿倡导的礼制艺术（Ritual Art）和莫德提倡的纪念性艺术（Monumental Art）的历史学方法，[①]相反，他在书中反复提及的贡布里希，以及贡布里希在分析艺术时所谓的象征、秩序感等等，其实在他的研究中倒未必真的能够占很大的分量。而最新出版的李星明《唐代墓室壁画研究》，其实上编讨论唐代壁画墓的形制和壁画配置，偏重于考古学，中编讨论壁画图像中的儒家礼仪思想、道教文化因素，则像思想史的做法，只有在下编把墓室壁画放在绘画史中来讨论人物、山水、花鸟绘画的风格时，才显得稍稍像"艺术"的历史。[②]

正是因为这一点，艺术史和思想史有了更加共同的话题。因为，同样出现在思想史领域的是，这些年思想史也在渐渐向社会史和文化史靠拢，过去从历史文献中抽出来单独叙述的思想和观念，现在需要放回"历史语境"中去理解和解释，过去只关注"有名"者的经典文本，现在也需要关心"无名"者的各种痕迹。所以，间接受到文化人类学影响，和直接受到年鉴学派影响的思想史，也和艺术史殊途同归。前些年，北京大学出版社出版了一套书，既有思想史家陈启云的论著，也有艺术史家罗森的论著，总的名称就叫做"艺术与思想史丛书"，这意味深长地显示了这两个学科的彼此接触。

二、思想史和艺术史的选择差异

当然，思想史和艺术史还是有一定差异。和艺术史不同，思想史尤其是我所提倡的"一般知识、思想和信仰世界"的研究，常常关注和选择的艺术作品，是那些看上去"落入俗套"的东西。

传统的艺术史家关注的，一是最精彩的天才作品；二是某类作品的源头或者代表；三是风格异乎常规的特例，由于"类型""超常"和"源头"常常是他们研究的重心，因此创造的天才和天才的创造常占据了大量的篇幅。过去，我的印象里，凡是"美术史"、"艺术史"冠名的著作，除了历史早期没有特别多的"有名"作品之外，从展子虔以下，排山倒海而来的，是董源、巨然、宋徽宗、马远、黄公望、唐寅、董其昌、石涛，等等，在艺术史这是必然的。可是，思想史家可能未必

① 姜伯勤：《中国祆教艺术史研究》，上海：三联书店2004年版，第8页。

② 李星明：《唐代墓室壁画研究》，西安：陕西人民美术出版社2005年版，第9—11、393—397页。其前言与结论部分尤其值得重视。

一定重视这些艺术精品,他们可能并不特别看重展子虔、董源、巨然、宋徽宗、马远、黄公望、唐寅、董其昌、石涛,反而特别喜欢的是"落入俗套"的艺术品,就是那些看上去平庸的、重复的东西。思想史绝不轻视那些看上去没有艺术水平的图像,因为思想史和雕塑史、绘画史、建筑史、书法史等不同,研究艺术,当然要注意高明的、杰出的、独特的,但是从思想史上来说,那是"超常"的,不代表同时代人的一般想法。尽管"落入俗套"在艺术史上不好,可是,"俗套"恰恰说明这是世俗的日常观念和普遍习惯,当一种图像成了一种惯用的套数,就像贺寿、喜庆、辟邪、冲喜等场合照例使用的装饰物一样,当很多绘制者都不自觉地这样制作,使用者都习以为常地认可它们的象征性的时候,恰恰说明,这些东西背后已经有一个普遍的习惯的观念。换句话说,研究艺术史的人是注重"异",与众不同才有价值和独创性,而研究思想史的人却恰恰要注意"同",就是烂熟的套数。正因为大家都不自觉地习惯这样画,画面背后才反映了一个被普遍接受的日常观念,这个观念,正是新思想史要研究的东西。就像颐和园长廊的绘画虽然只是匠人之作,可是它却呈现那个时代的生活世界,究竟熟悉什么历史、故事和人物;就像各种年画的主题,虽然被视为"落入俗套",但是它一方面呈现着普通民众的文学知识和历史记忆,也一方面呈现着不同地域之间,在历史知识、民俗风尚、崇拜对象上的差异。

例如,在艺术史里面,过去是不那么看重道教的画符的,尽管它同样与书法中的笔墨、线条甚至创作时的精神状态相似,但是没有人去认真讨论,因为它表面上实在不那么像"艺术",可是思想史家不同。如果你考虑到早期道教对于书法的偏重,考虑到道符由解注瓶上的图形、《太平经》中的复文,如何渐渐神秘化走到"龙篆凤文"方向,又注意到道教能把各种具体图形抽象化成《五乐真形图》之类的符,而在后世又有如"魁星点斗"之类的形象化符图,其实,也可以看到道教的宗教化历程和知识的神秘化过程,更可以看到古代中国人对于历史与文字、文字与图像、图像与世界之间关系的一些想象,也可以看到古代中国关于"复古"合理性的观念。可是研究精品的艺术史,却未必对它有什么太大的兴趣,至今我也没有看到有艺术史家对道教符图的研究。再如,"文革"中的种种宣传画,在艺术史看来是千人一面,没有价值的,可是,如果读近来由山东画报出版社出版的《激情时尚》,你会感受到那个时代的"疯狂、激情、荒诞及其非常沉痛的社会悲剧",而思想史研究者还可以读出那个时代普通民众对于职业和身份的价值认知,可以看到那个时代由于意识形态而铸成的时尚选择，当然，也可以看到那个时代思想世界惊人的整齐划一和呆板平庸。[①]

三、怎么看思想史和艺术史的研究进路

和艺术史家不同，思想史家并不打算去讨论作品风格，也不把艺术和审美的分析、赏析和归纳当做中心，而是以这些作品为材料，讨论它们产生的历史背景如何，这些作品又构成什么样的历史背景，这个背景促成了什么样的观念，什么人会有这样的观念。因此，思想史通常会比艺术史更加注意和生活史、政治史、经济史之间的关系。

这是在历史文献里面偶然看到的一个事例。清代乾隆年间，是西洋艺术进入东方并和东方传统艺术发生对比的时代，西洋人的精美异常的绘画，常常引起人们好奇。[②] 当时来北京的朝鲜使者也颇佩服西洋人的绘画技艺，他们在参观了天主堂后说：

> 四壁皆画本国所尊泰之神，千态万形，不可名状。人形之外，各样仪物，奇奇巧巧，天然似真，迫而细审，乃知其为画，绝可异也。[③] 壁图画楼殿山岳鸟兽花草之状，活动神奇焉，见之如真境。[④]

西洋绘画通过传教士和教堂装饰性绘画在东方产生影响，这一艺术史的现象在莫小也《十七—十八世纪传教士与西画东渐》和顾卫民《基督宗教艺术在华发展史》里面，都有很好的讨论，比如莫小也就注意到“中国以往的肖像画不注意明暗关系与严格的面部结构”，而西洋绘画在天主教手中的传入，使这两方面都有所突破。[⑤] 可是，研究思想史的人并不注意这两方面，却

---

① 卢跃刚：《我们这代人（代序）》，萧悟了：《激情时尚——70年代中国人的艺术和生活》，济南：山东画报出版社2003年版，第1页。

② 参见方豪：《中西交通史》（下册）（重印本）第四编第九章第三节，《明清间国人对西画之赞赏与反感》，长沙：岳麓书社1987年版，第910—913页。

③ 李喆辅（1691—?）：《丁巳燕行日记》，《燕行录全集》卷三七，第474页。

④ 李在学（1745—1806）：《燕行日记》，载《芝圃遗稿》卷一一至卷一三，《燕行录全集》卷五八，第187—188页。

⑤ 莫小也：《十七—十八世纪传教士与西画东渐》，见第三章《天主堂壁画与中国修士画家》，北京：中国美术学院出版社2002年版，第93页；另参见顾卫民：《基督宗教艺术在华发展史》，上海：上海书店出版社2005年版。

会去追问另一个问题，究竟当时的中国、朝鲜人，如何理解和解释这样的差异：为什么西洋人画的画会栩栩如生，而东方人不能？这其中一个解释很有意思，就是当时朝鲜和中国人觉得，这是因为他们有阴阳水，“故能画阴阳于一幅之上，所以如此云云”。那么，这种把西洋人基于光影认识的立体绘画技巧，解释为他们有“阴阳水”的说法，背后究竟呈现了什么样的观念？而这种被命名为“阴阳”的观念和东方人的传统知识背景有什么关系？接着可以追问的是，这种传统知识是在什么时候，以及为什么被新来的西洋知识打破？

这是因为思想史家和美术史家关注点不同，思想史家有可能会把它放在文化生活史、知识社会史的视野里面讨论，而通常不会把这些作品放在视觉艺术的风格、技巧中去讨论，有可能把它和当时当地的戏曲、曲艺、节庆、风俗等联系在一起解释，而不太会把它们自身从语境中抽离出来，放在一个自足的艺术史脉络中去解释。不过，我也看到，在近来的艺术史论著中，这似乎也已经是艺术史家的通常做法了。李凇曾经引用了一段高居翰的话说，“在西方艺术史领域，已经提升到去重视艺术与环境之间相互关系的层面，这些学者一直关心的是，要如何做才能回到作品本身，去进一步分析其呈现于外的特质。而在中国艺术的研究上，我们仍需要走一段很长远的路，才会面临到这种困境。现在我们仍停留在解决我们所获得的文献资料，与外在环境之间的关系这一问题上”，[①]这话也许太悲观了，因为现在这一“重视艺术与环境之间相互关系”的方法，在中国的艺术史领域已经很流行了。

一些很有趣的艺术史论著，似乎在这一点上与思想史文化史越来越接近。不要说前些年出版的周宝珠《〈清明上河图〉与清明上河学》，此书除了第六章考究真伪和第七章讨论《清明上河图》的城市风景，还略略有“艺术史”意味之外，第一章至第五章从东京开封府、汴梁风俗、宋代画院、画中的历史内容，几乎就是把《清明上河图》当做“东京的百科全书”，把自己的著作写成了宋代城市社会生活史。[②] 就是近年出版的著作，比如原本就是历史学

---

① 高居翰：《中国绘画史方法论》，李淑美译，原载《新美术》1990年第1期，第32—33页，转引自李凇《长安艺术与宗教文明》，第11页。

② 周宝珠：《〈清明上河图〉与清明上河学》，郑州：河南大学出版社1997年初版，2004年再版。

家的姜伯勤在《中国祆教艺术史研究》中就明确地表示重心是在讨论"语境"(context),按照他的说法,就是讨论"中国祆教画像石的来龙去脉及其背景",而阐明这个语境就是为了说明,来自波斯的祆教画像石艺术如何通过商人、宗教徒的往来,与中国汉族的陵寝制度、丧葬习俗结合,而这些祆教画像石,又如何继承了汉画像石的艺术传统,逐渐融入中国艺术之中,所以他有一节的题目就是"中国礼制艺术容纳祆教艺术的意义"。[①] 同样,艺术史家也越来越像一个在使用艺术资料的文化史或思想史家,比如艺术史家景安宁对《元代壁画——神仙赴会图》的研究中,最引人瞩目、也是最着力的部分,并不是第六章讨论这些壁画的风格(这一章讨论风格仅有两三页),而是第三章讨论元代佛教与道教角力过程中,由于历史事件而导致的壁画主题从道教到佛教的变迁,以及第四章在复原元代道教壁画中,对于北宋以来道教"六御"即四帝二后(北极、玉皇、后土、天皇、圣祖、圣祖母)崇拜历史的研究,和第五章对四圣即天蓬、真武、黑杀、天猷的讨论。这些讨论与其说是艺术史,倒不如说是借了元代壁画讨论宋元宗教史和思想史。[②]

罗森(Jessica Rawson)有一篇讨论后世观念与随葬陶俑的论文,其题目就恰好揭示了艺术史领域的这一倾向,叫做《思想与图像的互动》。[③]

四、角色混融:思想史与艺术史的合流

现在的考古、历史与艺术史之间已经很难划分畛域了。雷德侯的《万物——中国艺术中的模件化和规模化生产》、郑岩的《魏晋南北朝壁画墓研究》,是考古学著作还是艺术史著作?[④] 李淞的《长安艺术与宗教文明》、胡继胜的《西夏藏传绘画》是艺术史研究还是考古学研究?[⑤] 其实,无论是历史学家还是艺术史家,在面对古代艺术品的时候,都不得不同时讨论艺术与历史两面,在撷取资料的时候,他们的身份,时而像一个具有考古和历史知识的艺术家,时而又像一个涉及艺术的考古学家或历史学家,而在解释艺术资料

---

① 姜伯勤:《中国祆教艺术史研究》,见第三章《中国祆教画像石的"语境"》,第 25、326 页。
② 景安宁:《元代壁画——神仙赴会图》,北京:北京大学出版社 2002 年版。
③ 罗森:《中国古代的艺术与文化》,孙心菲等译,北京:北京大学出版社 2002 年版,第 394 页。
④ 雷德侯:《万物——中国艺术中的模件化和规模化生产》,张总等译,上海:三联书店 2005 年版;郑岩:《魏晋南北朝壁画墓研究》,北京:文物出版社 2002 年版。
⑤ 胡继胜:《西夏藏传绘画——黑水城出土西夏唐卡研究》,石家庄:河北教育出版社 2002 年版。

的时候,他们的角色,好像既是艺术史家,又是思想史家。

以历史学家邢义田的《格套、榜题、文献与画像解释》一文为例,[①]这是讨论一个失传的“七女为父报仇”的汉画故事,这篇论文除了前四节一一叙述和考证可以归入“七女为父报仇”故事的画像石画像砖,如东莞、和林格尔、武氏祠、孝堂山、吴白庄宿县褚兰诸汉代画像以及这一故事的内容之外,第五节“格套、创造空间与榜题”就进入了艺术分析,在这一节里,他讨论在七女报仇故事的基本“格套”规定下,在一座居于中心位置的桥之外,工匠们如何自由选择和呈现最有表现力的场面,他所指出的“画工可以集中呈现故事最精彩的一刻,也可以选择故事中不同的片段”,这几乎涉及了人们熟知的莱辛《拉奥孔》所讨论的重要艺术理论即“最富于包孕性的刹那”。而他讨论的榜题在画面的位置,它对于间隔画面、填满空间的作用,也和雷德侯讨论郑板桥绘画的印章、签名和画面的组合变化一样,这个时候,他显然是一个拥有艺术鉴赏力的艺术史家。[②] 可是,当他在第六节《文献与画像解释:汉代报仇文化中的女性》进入主题内容的分析时,他立即成为了一个思想史家,因为在汉代,“复仇”其实是一个相当重要的观念问题,因为这里有一个贯穿历史的思想问题,就是道德和制度,究竟什么是优先的问题?社会秩序究竟应该建立在正义上面,还是建立在法律上面?究竟应当由个人来裁决合理性问题,还是由政府来判别合法性问题?合理的是否就一定合法?[③] 尤其是女性复仇,它不仅仅涉及一个儒家经典的理解和解释问题,而且涉及汉代女

① 邢义田编:《中世纪以前的地域文化、宗教与艺术》,台北:中研院历史语言研究所,2002 年,第 183—234 页。

② 雷德侯:《万物——中国艺术中的模件化和规模化生产》,第 272—278 页。

③ 日原利国在《复仇论》指出,据《礼记》,复仇是天经地义的,尤其为父亲报仇,所以《曲礼》说“父之仇,弗与共戴天”。但这里有两个问题:第一,凡是为父亲报仇都是合理的吗?《公羊传・定公四年》说,如果父亲有罪应当被杀,那么复仇就是“推刃之道”了,就像现在武侠小说里说的“冤冤相报”。第二,如果每个人都以“复仇”为正当,那么是不是应当由他自己去随意报仇?这样是不是会导致社会无序?因此,古文经学里如《周礼・地官・调人》就对“调停”很关注,虽然它也承认父母、兄弟、君主、师长、朋友的仇应该报,但是它提倡,一是把仇人迁到海外、异国、边地,二是主张向官府报告(“书于士”),所以它觉得应该规定“凡杀人而义者,不同国,令勿仇,仇之则死”,这就使复仇纳入政府秩序的轨道。因此,复仇是中国古代一个很重要的思想史和法律史话题。参见辛冠洁等编:《日本学者论中国哲学史》,北京:中华书局,1985 年,第 95—122 页。后来关于这一问题争论不休,比如荀悦《申鉴》的《时事第二》、唐宋的陈子昂、韩愈、柳宗元,一直到王安石、苏轼,都讨论这个话题,一直到晚清,像光绪二十三年十一月二十一日的《知新报》第四十册就有顺德刘祯麟的《复仇说》。

性问题，更涉及一个秩序和自由、家庭与社会的大问题。

身份和角色的混融，其实是学科与学科之间界限的淡化，因为这种淡化，如今艺术史和思想史之间，应当说沟通已经相当容易。前面已经说到，现在两个学科之间的对话基础已经产生。第一，由于传统的艺术史在某种程度上也要讨论思想史的话题，即同样要理解和解释艺术品的思想意涵，因此艺术史和思想史本来就有相通的基础。第二，因为思想史越来越朝着与社会生活史结合的方向走，越来越强调思想如何在政治、宗教、社会背景中产生，又如何回应政治、宗教、社会，这是现在的潮流。而艺术史呢？同样也在朝着社会生活史结合的方向走，也需要回答艺术作品和政治、社会、学术和文化的关系。这样两者就拥有共同的话题、资料、方法和思路。第三，由于艺术史渐渐从"风格"中心里解放出来，逐步摆脱依赖于经验的鉴定和鉴赏，往往要把艺术品放置在历史中，讨论它的制造者的身份、它的流传途径、它的交易方式、它的仿制方法、它的社会用途，等等，因此，它便成为历史"语境"中的一个有待理解和解释的"文本"。每当我们把"图像"还原成为"文本"，把"艺术"还原为"历史"的时候，面对的只是一些比较确凿的资料，至于你是进行艺术风格的诠释，还是作思想观念的解释，则是下一个问题了。

如果艺术史采取和思想史一样的立场，面对图像艺术作品，那么，便使艺术品成了"历史证据"。

五、和而不同：艺术史和思想史能守住各自的边界吗？

可是，努力"把视觉图像提升到历史证据的地位"[①]，这种看起来追求"确凿"的取向，使得这种关于艺术品的研究，越来越远离传统的艺术史，就像前面说的，这使得现代的艺术史家越来越像把艺术品当做历史资料的历史学家：这些艺术史家有时候看起来像思想史家，因为他总是努力在图像艺术中发现潜藏的观念性意味；有时候看起来像文献学家，因为他常常在描述艺术史中的人物和作品时，花大力气发掘有关作者的传记资料和作品著录；有时候看起来又像是科学史家，因为他常常用心地复原一件艺术品的"构件"及制作工艺、材料成分；还有的时候他像一个人类学家，尤其当他通过艺术品

① 曹意强：《艺术与历史》，引英国艺术史家哈斯克尔《历史及其图像》，北京：中国美术学院出版社2001年版，第97页。

来想象和追溯当年的礼仪的时候。套句时髦的说法,这也许是艺术史领域的"现代性入侵",尽管有的艺术史家仍然勉强地强调,"美术史学科的独特方法、语言和理论体系,比它的专有对象和领域更加重要",因此"不用担心美术史家会在考古学、历史学或其他人文科学交织的迷宫中走失",[①]但是,现在的趋势却仍然使我们担心这一由于边界淡化而引出的学科危机。

当然,这个问题在思想史领域也同样存在,因此,必须再讨论一个问题,就是在努力跨越不必要的学科畛域的同时,思想史家和艺术史家是否需要保持,以及如何守住各自的学科边界?

通常,恪守传统的艺术史家保持自身学科领域独立的方法,往往强调艺术史不仅是历史而且更是艺术,理解和诠释历史中的艺术,必须一方面凸显"布局"、"笔墨"、"色彩"等要素,一方面依赖欣赏者的主观感受和丰富经验。在"艺术史"这一名词中,"艺术"虽然是"历史"的定语,却是这一学科主体性的基础。因此,他们不能不把论著的一部分笔墨和思考的一部分注意力,放在诸如"风格"之类的辨析中。过去的艺术史家对于这一点是很重视的,比如,谢稚柳就特别注意"时代特征,画家的个人风格"[②],如绘画史中所谓的笔墨特征、画家风格不仅是鉴定的依据,而且是艺术史叙述的主要领域。因此,对于这些具有视觉图像意味的艺术品,在艺术史论著中有这么一些感性的分析,专家们根据自己深厚的感性经验,给一个时代、一个区域、一个流派的"风格"定下"类型",比如郭熙用笔壮健,气势雄厚,"圆笔中锋而富于凝重",王诜用笔爽利,风格俊俏,"显露着圆笔尖锋的特性"等,然后根据这种关于类型的"后见之明"去"追根寻源"。在这种追寻中,将各种图像资料解释出一个系统和脉络来。当这个系统和脉络,被一一有序地整编到时间线索中,就构成了古代中国的艺术史。[③] 而在这个艺术史中,又因为引入了"西

---

① 李淞:《代序:研究艺术的考古学家,或研究图像的历史学家》,《长安艺术与宗教文明》,第11—12页。

② 如谢稚柳在《石涛研究》中就说"认识艺术风格,就要从他的风骨到情采,从他的习性作根本的探求,相反地可以与考订年岁相互引发",又说石涛的笔墨不论如何变化,它的性格只是一种,他在另一篇《美术史研究的方法——关于实践美术史学的访谈》中也承认这一点,参见氏著:《中国古代书画研究十论》,上海:复旦大学出版社2004年版,第244—245页,另,附录,第278页以下。

③ 或者像罗樾(Max Loehr)那样,用西方的艺术史观念,划分出中国绘画的"再现式"(汉到南宋)、"超越再现式"(元代)和"艺术史式"(明清)的三阶段,见氏著《中国绘画的阶段及其内容》(Phases on Content in Chinese Painting. In Proceedings of the International Symposium Chinese Painting, Taipei National Palace Museum, 1970, pp. 285-97)。

方”这个“他者”作为参照，便总结出一些特别属于中国艺术的总体性“风格”。

以古代绘画为例，有人就曾指出，中国特有的绘画观看方式，如正面的中堂、手中的扇面与四面环绕中央的宗教壁画，如何以特有的“叙述”方式让阅读者“进入图像”，而题字跋尾又如何与画面互相配合，暗示图像的欣赏趋向；也有人指出，与西方绘画的焦点透视（又叫做西方绘画的“凝视逻辑”，The Logic of the Gaze）不同的中国绘画的散点透视（又叫中国绘画的“扫视逻辑”，The Logic of the Glance），是如何借由中国特有的图卷展开方式来呈现想象和观察，更有人指出，这些不同于西方的，表现“空间”和“幻觉”的手法和风格，以及它自身的历史即艺术史，便展示了中国的审美心理和人文趣味，甚至呈现了中国的民族传统和文化意义。所以，它不是借由“中国文化”或“中国历史”来界定“中国艺术”，而是从“中国艺术”来展示“中国文化”和“中国历史”的，这就避免了艺术史被其他历史学科一样被本质化因而同一化，保证了艺术史学科存在的价值。因此，艺术史著作常常会讨论，这是写实主义还是自然主义，空间布局为什么如此展开，这些人物的形象是丰满还是清癯，表情是悲哀还是喜悦，笔法是流畅还是呆滞，这些山水的气势是雄伟还是奇崛，线条是飘逸还是峻洁，色彩是鲜艳还是清淡，这种风格是受到什么传统、什么人物、什么流派的影响等等，也许只有这一点上，传统的艺术史仍然保持着自己的领地，捍卫着自己的中心和边界。

我认为，谈论艺术风格，是相当困难和麻烦的。① 尽管它常常作为鉴定艺术品作者和年代、分析艺术价值，甚至构成艺术历史环节的基础，但是，所谓“风格”的认定，常常是属于个人和经验的，它建立在一个研究者长期和大量阅读观看的基础上，它因人而异，常常不可言传，这就像1999年关于《溪岸图》的争论一样，即使是像方闻、谢稚柳、高居翰、班宗华、傅申等一流的艺术史家，也无法仅仅依赖对于“画风”的经验和感觉，对《溪岸图》得到一致的意见。② 那么，当这些来自个人经验和感觉的“风格”，被一些印象式的术语描述出来，并且被运用到艺术史中之后，它常常会变成“先入为主”的提示，以

---

① 其实，应该讨论的还有：1. 这一风格是如何被凸显和强调出来的？它依靠什么来凸显和强调？2. 这一风格的凸显和强调，对于宗教、礼仪和生活的意味是什么？3. 这一风格对于特定的观看者，心灵上的刺激和感染是什么？否则“风格”就完全是研究者自己经验基础上的感受和印象了。

② 参见卢辅圣主编：《朵云》第58集，上海：上海书画出版社2003年版。

高明者的复杂体会和经验感觉,制造若干似是而非的风格类型,当艺术史以它为中心的时候,它会使艺术史变得很神秘。

但是,如果抛开风格、空间、色彩等艺术分析手段的话,艺术史又将如何自处呢?这是笔者要向各位请教的问题。

(原载《清华大学学报(哲学社会学科版)2006 年第 5 期)

(本文曾在 2006 年 4 月由中央美术学院与香港城市大学中国文化中心合办的"现代性:20 世纪中国美术转型跨学科学术讨论会"上宣读)

作者简介

葛兆光(1950—),男。原清华大学历史系教授,现为复旦大学文史研究院院长,博士生导师。

文学和图像关系研究中的若干问题

赵宪章

摘要:文学是语言的艺术,但是语言并非文学的全部,这一观念使文学和图像的关系研究成为可能,而“语-图”关系则是其中的关键。“一体”、“分体”与“合体”是语-图关系的三大历史体态;与此相应,“以图言说”、“语-图互仿”和“语-图互文”是其各自的特点,其中包含并可能引出许多非常有价值的学术命题。特别是“语象”和“图像”的关系,作为语-图之间的“统觉共享”,当是文学和图像关系研究的平台。只有这些深入的学理分析,而不是止于情绪表达和表态,文学遭遇“图像时代”的困惑才有可能自然释怀。

主题词:文学　图像　语言　语象

一、文学和图像关系研究之可能

文学遭遇“图像时代”的问题是当下学界十分关切的问题,也是学术热点之一,特别是在文化研究的语境中,早已被翻炒得炙手可热。但是,统观有关论述,无非是“狼来了”之类的老调,情绪性的表达多于学理探讨;即使持肯定意见或不以为然者,大多也停留在表态式的价值判断,鲜有学理层面的深度阐发。究其原因,没有对研究这一问题的可能性展开先验反思是其重要方面。这是长期以来我们提出和探讨学术问题的习惯——尽管康德关于“认识之可能”的追问已为学界所熟知,但是一旦进入自己的语境仍然我行我素,学术提问的自我置疑规则并未普遍践行。

文学遭遇“图像时代”的问题说到底是文学和图像的关系问题。文学和图像的关系问题是否属于一个“真问题”,是否可能进入我们的学术话语,并非全由这一问题的现实紧迫性所决定,也不是因为前人多有涉及便不言自

---

* 本文为教育部人文社会科学重点研究基地 2006 年度重大项目《艺术与语言的关系研究》(06JJD75011 - 44010)的中间成果。

明,而是学理逻辑使然。对于这一问题的历史反省将有助于明确我们在当下的言说立场和可靠的逻辑起点。而对于文学和图像关系研究之可能明确表示否定意见的当属美籍学者雷纳·韦勒克。

韦勒克最著名的理论之一是将文学研究划分为“外部研究”和“内部研究”。自从他和沃伦合著的《文学理论》于1984年译为中文之后,这种划分曾在我国文学理论界激起不少批评。批评意见认为,文学的所谓“内部”和“外部”是统一的、不可分割的,机械地划分为“内”、“外”两部分割裂了文学和文学研究的有机整体性。这种批评意见不能说没有道理,但在批评的背后可能另有隐情,那就是韦氏的划分带有明显的褒贬倾向,对于被他划为“外部研究”的“思想史”和“社会学”等方法,显然是一种“学术歧视”;而追寻文学的“思想主题”和“社会性”又是我国文学研究的传统和兴奋点,于是戳到了自己的痛处,贬抑了我们的主流话语,引起中国学界的愤怒也就在所难免。可惜,这种批评意见并未反思自己长期坚持的“主题学”方法恰恰是建立在“内”“外”二分的基础之上的,黑格尔的“内容与形式”长期以来就是我们文学研究的基本范畴。

如果将目光回溯到此前的俄国形式主义,我们就会发现,韦氏的划分确实是文学观念的退步。在前者那里,黑格尔关于“内容与形式”的划分已被否定,文学本身就被定义为“形式”,是一种蕴涵着“内容”的“语言形式”。可能是“矫枉过正”使然,“俄国形式主义”之后的“新批评”为了进一步凸显“形式”的意义,将文本之外的文学研究,包括思想史的、社会学和心理学的等研究方法一概斥之为“外部”,甚至将文学和其他艺术关系的研究也排除在“内部”之外,其中包括文学和美术的关系研究,着实令人难以接受和匪夷所思。

韦勒克认为,文学与美术的关系研究“是一种毫无价值的平行对照”,所谓“诗如画”、“雕刻似的”之类术语只是一个“朦胧的暗喻”,意谓诗歌可以在某种程度上传达类似绘画或雕刻的效果,“但我们必须认识到诗中的清冷和接触大理石的感觉,或者和从白色联想到的感觉是完全不同的;诗中的宁静与雕刻中的宁静也是完全不同的。”①这一观点显然源自英美“新批评”的“语言本体论”,即把作家意图和读者反应等统统贬斥为文学的“外部”,只有文学的语言文本才是文学本身(“内部”)。另一方面,韦氏又没有全盘否定文

① 韦勒克、沃伦:《文学理论》,刘象愚等译,北京:三联书店1984年版,第132—134页。

学和其他艺术之间的联系,因为这种联系显而易见和人所共知。既然这样,他为什么断定研究二者的关系"毫无价值"呢?韦氏解释说只是因为找不到"各种艺术可以进行比较的共同的因素","没有进行各种艺术间比较的任何工具"[①],所以它们之间的比较研究才是不可能的。这就使韦勒克不得不陷入自己所设置的矛盾:文学和其他艺术的联系是存在的,但是研究二者的关系又是"毫无价值"的,也是不可能的;而"不可能"的原因,只是由于找不到它们之间的"共同因素",因而也就不存在比较二者的"任何工具"。

韦勒克的自相矛盾不是偶然的,说到底是他将"语言本体论"推向了极端,从而陷进了"语言唯一论"的泥沼。文学的语言本体论可以追溯到亚里士多德,他用"媒介"的标尺划分不同的艺术类型,并由此展开了他的全部诗学研究,从而最早确立了"文学是语言的艺术"这一观念。但是,如果将这一论断再向前推进一步,像韦勒克等"新批评"那样认为语言文本就是文学的全部,那就大错特错了。"语言唯一论"必然导致韦勒克不可能在不同艺术类型之间找到共同的媒介,因为正是"媒介"的不同才使各种艺术之间有了区别,构成了艺术的"种差"[②]。就此而言,韦勒克找不到文学和美术之间的"共同点"和比较的"工具"也就在所难免,他将文学和其他艺术的比较研究贬抑为"外部研究"也就自然而然。

从历史上看,关于"文学是语言的艺术"的界定毫无疑问是一个共识,无论后人或国人如何变幻文学的定义或将其意识形态化,都没能彻底颠覆这一朴素的表达,即使那些坚持文学意识形态本质论的学者也很难丢弃这张金字招牌;更重要的是,大凡将语言作为文学之本体存在的文学研究,都在文论史上留下了货真价实的遗产;反之,仅仅将文学作为非文学的言说工具,大多随着时代语境的变迁而远离文学而去。但是,将语言作为文学的本体存在不等于将其作为文学的全部,作家、读者、社会、心理等都有可能对文学产生这样那样的影响,进而浸入文学文本并改变着文学的本体存在,恰如阿布拉姆斯所精心勾画的"艺术批评坐标系",[③]就比较客观地展示了文学的

① 韦勒克、沃伦:《文学理论》,刘象愚等译,北京:三联书店 1984 年版,第 137 页。

② 亚里士多德:《诗学·第一章》,《诗学/诗艺》(合订本),罗念生译,北京:人民文学出版社 1982 年版,第 6 页。

③ 阿布拉姆斯:《镜与灯》,北京:北京大学出版社 1989 年版,第 1—40 页。需要说明的是,他的这一"坐标系"也忽略了文学和其他艺术之间的关系,缺憾是明显的。

语言文本(作品)和其外部因素的多维联系。如果说被"新批评"绝对化了的语言本体论在20世纪上半叶还有一定的合理性的话(相对浪漫主义批评而言),那么,从20世纪下半叶开始,随着思想观念和科学技术等众多"外部"因素对文学媒介所产生的重大影响,韦勒克的文学观已经远远不能解释当下的文学现实。丹托的"艺术界"和迪基的"体制"理论就是对阿布拉姆斯"坐标系"的进一步扩展,"艺术"成了那些足以代表艺术世界的权威赋予待认定对象的一套"观念",所谓"作品"已经延展到它的全部外在语境及其"相关性",包括文学的"观念"在内。尽管这类"先锋"理论主要是针对"先锋艺术"的,却有着广泛的普适性,说明"文学"已经不仅仅被作为"作品",同时也被作为"观念""体制""活动"等复杂外因而被认定,新批评的"语言文本唯一论"也就失去了当年的现实性及其存在的理由。①

如果走出韦勒克和新批评的怪圈,我们就会发现,将文学和其他艺术进行比较的"共同点"和"工具"并非不存在,这当然不是韦氏所要寻找的用以划分艺术类型的"媒介",而是存在于作家、读者和文本三者之间的"统觉"②。"统觉"存在于作家和读者的头脑中,属于"观念",但其存在本身又是"媒介"的映射物,是审美主体面对"白纸黑字"并由它唤起的统觉联想,也是一种"虚拟的空间"。不同的媒介决定了不同的艺术种类,它们在物理世界的置换几无可能;但是,能通过联想和"统觉"实现互文共享,从而使不同艺术之间的比较研究成为可能。

廓清了这一问题,我们就可以谈论我们所面对的现实问题,即被文化研究所反复论及的文学遭遇"图像时代"的问题。文化研究较早、较集中提出这一问题是其学术敏感的表现,但是仅仅停留在大而化之的层面难免空泛,更难在语言和图像关系的技术层面提出任何建设性的理论并解决具体问题。于是,如何将这一问题从文化研究的"宏大理论"落实到具体的"文学理论",应当是将这一研究继续向纵深推进的关键。这并不是说我们的文学理

---

① 包括新批评在内的活跃在20世纪上半叶的文学"本体论"毫无疑问有着不可抹杀的进步意义,无论是相对此前的浪漫主义而言,还是相对社会批评和心理批评而言,他们在文本细读和语言形式方面的精雕细刻至今令人惊叹不已。此略。

② "统觉"和"通感"相近,但又有所不同:后者来自心理学,指视、听、触、嗅等各种感觉的相通性,钱锺书等学者已有专题论述。本文所使用的"统觉"取自康德所赋予的意义,特指将知觉、想象和概念进行综合统一的主体意识,从而使杂乱的感性经验得以认识成为可能。笔者将另有专论阐发审美活动中的"统觉"问题,此略。

论尚未涉及这一问题，而是说关于这一问题的阐发远未触及文学和图像关系的根本，宏观的、情绪性的和表态性的论述仍然是这一话题的主流，学理层面的深度阐发仍然显得相当薄弱，甚至缺乏最基本的学术调查。

文学遭遇“图像时代”尽管是一个非常现实而紧迫的问题，但是，关于这一问题的学术调查还应该首先从历史出发，即在语言和图像的关系史中发现其中的蛛丝马迹。只有这样，我们所提出的问题才有可能是一个真问题，才有探讨的价值并具备充分的学术资源。

二、“语-图”关系史及其诸问题

既然我们坚守“文学是语言的艺术”这一观念，那么，关于文学和图像的关系研究，就应当定位在语言和图像的关系，即“语-图”关系问题。关于它的学术调查，也应始终将“语言”作为基本参照。因此，我们有必要回溯语言的历史发展，通过语言史（主要是汉语史）的视角考察语言和图像的关系史。

相传黄帝史官仓颉始创汉字，造字时出现了“天雨粟，鬼夜哭”的奇观，足见文字的出现是人类历史上惊天动地的大事变，此前只能“结绳记事”的局限得以改变。因此，我国历有“敬天惜字”的传统，焚烧字纸居然成了一种礼仪，说明文字早已被人赋予了非常神圣的意义，对于人类文明的发展具有里程碑的性质。因此，文字的出现也应当是“语-图”关系史的里程碑。

文字出现的里程碑意义就在于以此为界语言有了“口语”和“书面语”的区分，即“口传语言”和“文本语言”的区分；①文学也因此有了“口传文学”和“文本文学”的不同。那么，口语时代的口传文学是怎样的呢？鲁迅曾有这样的描述：

> 在昔原始之民，其居群中，盖惟以姿态声音，自达其情意而已。声音繁变，浸成言辞，言辞谐美，乃兆歌咏……踊跃吟叹，时越侪辈，为众所赏，默识不忘，口耳相传，或逮后世。②

---

① “文本”(text)的词源学意义是“编织物”，一般意义是指显性的、书面的语言文本，但在具体使用中已被泛化为任何释义或分析的对象，诸如“社会文本”“文化文本”“意识形态文本”等。本研究仍然使用其原初本义，仅指相对“口语”而言的“书面语言”，即所谓“白纸黑字”。

② 鲁迅：《汉文学史纲要》，《鲁迅全集》，第 9 卷，第 343 页，北京：人民文学出版社 1982 年版。

应当说,包括鲁迅在内的其他先贤,关于这一问题的描绘多为推测,很难完全真实地再现当时的面貌,因为口语时代并没有语言的文字记载,“结绳记事”只能应付最简单的记忆。相对而言,我们却可以通过当时的图像略窥一二。

口语时代的图像即原始社会留存下来的原始图像。就现有的考古学成果来看,原始图像包括人体装饰、陶器纹饰、史前雕塑和原始岩画等,题材涉及自然和社会、天文和地理、狩猎和农事、祭祀和礼仪、生殖和战争。它们和语言的关系明显地表现为“以图言说”的特点,即用图像表达人类的所见所闻、所知所行、所想所信。也就是说,图像应当是原始先民最主要的语言符号(并非所谓“结绳记事”)。这就是“语-图”关系在口语时代的基本体态——“语-图一体”。例如原始岩画,就是一种典型的原始语言,是原始先人以图像表达他们的认知和信仰的语言符号。

1979年发现的连云港将军崖岩画被认为是3000至5000年前活动在沿海一带的东夷部族的作品,刻画其上的人面像、天象图和动植物(农作物),以及它们的空间布局和联结线条等,就可以使我们轻易地从中解读出东夷部族关于“天·地·人”及其三者关系的观念。由于包括原始岩画在内的原始图像不讲究透视和比例,是原始人内心意念的直观的线条书写,其中有些符号很可能就演化为后来的象形文字,因此,将其作为汉字的来源之一也是合乎逻辑的猜测。如果这一猜测是可信的话,那么,这当是对于“以图言说”的最好说明——在文字发明之前的口语时代,原始人主要是以图像符号表达他们对于世界的指认和自己的宗教信仰,描述他们的社会生活和内心世界。换言之,原始图像实则是一种原始语言,它是迄今为止我们所能发现的关于原始社会最真切的记录。

文字的出现使人类从“口语时代”进入“文本时代”,“以字言说”取代了此前的“以图言说”。文字符号的抽象性为语言表达展开了无限自由的空间,它的能指和所指的准确对应更使图像符号望尘莫及。于是,文字书写自然成了语言记忆和非口语言说的基本形式。这时,图像作为语言符号的记忆和叙述功能尽管没有消逝,但是,它只能降格为文本语言的“副本”而存在。于是,“语-图分体”也就成了“文本时代”语-图关系的基本体态,并必然表现为图像对于语言的模仿。例如目前我们仍然可以看到的许多汉画像,就其内容而言,绝大部分都是对既往文献(经史子集)的模仿或演绎;也就是说,其中涉及的神话传说、寓言故事、史传记述、民间信仰和文学作品等,大多已有文本语言的现成品，鲜有图像本身的独创和新语。[①] 至于六朝和隋唐时代的佛教美术，更是严格的佛经文本的图像化，恕不赘述。

另一方面，我们也不能忽视此间也有语言对于图像的模仿，例如东汉王延寿的《鲁灵光殿赋》，就是因为它对殿内壁画的摹写而闻名于世，生动再现了宫观艺术的奢靡和华美。当然，单就这些被摹写的壁画题材而言，其中很多内容也已经被不同的语言文本记载过了，仍然属于图像对于语言的模仿。如果暂且不论究竟谁是最早的原本和后来仿本，那么，将这一时期的"语-图"关系定义为二者的互相模仿比较恰当。这就是文本时代"语-图"关系的基本特点——以"图像模仿语言"为主导的"语-图互仿"。

"文本时代"的"语-图"关系并不是一成不变的。这就需要我们将这一问题放在整个汉语言文学史和美术史关系的视阈中继续考察，那么就可以看到另一个惊人的变化，那就是宋元之后，以纸张的普及和印刷术的发明为标志的"后文本时代"的到来。[②] "后文本时代"是"近代汉语"的肇端，也是文人画繁盛的时代，语言和图像的关系又发生了重大变化，这就是"语-图合体"和"语-图互文"的开始。[③]

如果说从文字发明到中古汉语之前的语-图关系是"语-图分体"的话，那么，近代汉语以来的语-图关系则呈现"合体"的趋势，主要表现为文人画

---

① 张道一著《汉画故事》（重庆大学出版社 2006 年版），将汉画分为"人事故事"、"神话故事"和"祥瑞故事"，涉及中国的历史、神话和民间信仰三个方面，基本上全是可以溯源到既往典籍中的文字记载，是汉画模仿语言的很好例证。

② 为了与文字出现之前的"前文本"、文字出现之后的"文本"相对而言，我们在此姑且使用"后文本"这一概念，并同以当今的电子文本为代表的"超文本"相区别。"前文本"、"文本"、"后文本"和"超文本"的主要区别是语言的交流媒介不同，即声音交流、文本交流、纸印文本交流和电子文本交流。

③ 纸张的普及和印刷术的发明是公认的史实，这是我们从语言的交流媒介出发为语言划分历史形态的主要依据。至于"近代汉语"以及汉语史的分期，却是一个难以断定的问题，多有争论。其中，将晚唐作为"中古汉语"的下限、宋代作为"近代汉语"的上限，无疑是其中最有代表性的观点之一。汉语史的分期当然有许多理由，主要是指语法和词汇的变化，也就是汉语文本内部的变化；另一方面，交流媒介的变化也应是影响这一变化的重要因素，但是汉语史界从不涉及这一问题。就此而言，将宋代之后的"近代汉语"称为"后文本时代"也是可以的。这就涉及文本内部的变化在哪些方面以及在何种程度上决定了它和图像的不同关系，诸如"一体"、"分体"与"合体"，"以图言说"、"图语互仿"和"语-图互文"等。特别是宋代之后汉语的"近代转型"，是否引发了它和图像关系的变化，即由"分体"过渡到"合体"，由"互仿"演化为"互文"？按说应在情理之中，但是，无论语言学界还是文学理论界同样也未涉及过这一问题，所以我们不敢轻易妄言，在此只能假定汉语文本在宋代之后的转型是存在的，从而影响到它和图像的关系。这只是一个朦胧而大胆的猜想，容待日后细究。

兴盛之后的“题画诗”和“诗意画”,以及小说戏曲插图和连环画的大量涌现。“题画诗”和“诗意画”属于“诗画合体”,小说戏曲插图和连环画则是“文画合体”,都是将语言和图像书写在同一个文本上,即“语-图互文”体,二者在同一个界面上共时呈现,相互映衬,语-图交错。

“语-图合体”是中国画从写实走向写意的必然选择。这是因为,由于写意画的叙事功能大大弱化,虚拟和玄想成为它的审美倾向,也就必然求助于语言表达①;另一方面,文本文学历经图像艺术的长期熏染,也受其色彩、笔法、构图和意象等审美元素的启发和影响,在语言文本中展现绘画的效果也成了中国诗文的审美需要,即追求所谓“诗中有画”的文学时尚。于是,语言艺术和图像艺术彼此需要、相互吸吮,“语-图合体”的历史体态自然生成。相对“文本时代”的“语-图分体”及其“语-图互仿”而言,宋元之后的“语-图合体”及其“语-图互文”,由于是在同一个文本界面上相互映衬,也就收紧了语言和图像的空间距离,从而使二者的联系更加密切,甚或密不可分,直至融为一体。

尽管上述学术调查是非常粗略的,但是,语言和图像关系的大体轮廓已经基本显现,这就是我们以语言交流的媒介为参照所作出的区分:一是文字出现之前的口传时代,“语-图”关系的体态表现为“语-图一体”,“以图言说”是其主要特点;二是文字出现之后的文本时代,“语-图”关系的体态表现为“语-图分体”,“语-图互仿”是其主要特点;三是宋元之后的纸印文本时代,“语-图”关系的体态表现为“语-图合体”,“语-图互文”是其主要特点。现以下图总括这一关系史的大致轮廓:②

“语-图”关系史

历史时段	语言交流的媒介	语-图关系的体态	语-图关系的特点
文字出现之前	口传交流	语-图一体	以图言说
文字出现之后	文本交流	语-图分体	语-图互仿
宋元之后	纸印文本交流	语-图合体	语-图互文

① “以图言说”说明绘画本身就具有叙事功能,但在写意画兴盛之后,中国绘画的叙事功能被大大弱化。“弱化”不等于“消失”,而是从“庙堂”转向了“民间”,民间美术担当起了图像叙述的主要功能。这是中国民间美术的重要特点,但是并不代表中国美术史和绘画史的主流。

② 关于语言和图像的关系问题,我和我的研究生李彦锋同学有过多次讨论。其中,关于语-图关系史的分期,就是我们共同讨论过程中形成的观点。现在,他已决定以此为题撰写博士论文,将对这一问题展开非常详细的阐发,恕本文从略。

需要说明的是,无论是"语-图一体"、"语-图分体"还是"语-图合体",都是关于语-图关系的静态分析;如果将它们纳入"表演"等动态场景,二者的关系恐怕应当另论,例如莱辛的"顷间"理论就很难适用,此文暂不涉及。另外,就"语-图分体"和"语-图合体"而言,我们同样只是将其作为两种静态类型,尚未涉及语言和图像在"超文本时代"的体态怎样,同样不能在此论及。[①]总之,尽管我们不能在此描述语-图关系的全部和细部,但是,仅从以上最简单的历史回溯,已足以引发我们很多思考,至少涉及以下几个问题:

1. 文学和图像的关系,主要表现为语言和图像的关系,自有其分分合合的客观规律,不以我们的主观意志为转移。因此,鉴于当下文学遭遇"图像时代"的一切简单的价值判断和情绪性表达都是徒劳的,个人的、主观的好恶不会改变任何历史和现实。因此,探讨这一问题的关键在于深入的学理分析,包括作品层面的细读和技术分析,止于空泛的"宏论"和轻率的"表态"无济于事。

2. 语言和图像是人类符号的两翼,同源共存,对立统一,缺一不可。从历史上看,文字出现之后,二者关系表现为越来越紧密的趋向;而所谓"表演",更是二者"紧密接触"的高级形态。因此,它们之间的相互模仿及其"互文关系"当是这一研究的重心,而所谓"语-图高低"论则是一个伪命题。因为语言和图像对于人类而言,无所谓谁"高"谁"低",因此也是一个不可能讨论清楚的问题;即使言之凿凿,貌似说出什么名堂,也没有什么学理意义;就像当年"逻辑思维和形象思维"问题的讨论一样,关于它们谁高谁低的论争只能白费口舌,浪费精力。

3. 单就文本文学之后的历史来看,图像对于文学的重要意义之一是它的传播作用。[②] 例如明代,特别是万历、崇祯年间,被郑振铎称为版画艺术"光芒万丈"的时代[③],图像艺术的繁荣就极大地推动了小说戏曲等文学的民间传播。晚清以来的近现代文学也是如此,图像艺术在文学的"大众化"进程中

---

① 所谓"超文本",就是以互联网为代表的电子文本,例如"网络文学"。关于这一问题,可参见赵宪章《论网络写作及其对传统写作的挑战》,《东南大学学报》2002 年第 1 期。

② 佛教图像对于佛经义理在中国的广泛传播意义重大,已经人所共知,但不是严格意义上的"文学",所以在此不论。

③ 郑振铎:《〈中国版画史图录〉自序》,中国社会科学院科研局编选《郑振铎集》,第 433 页,北京:中国社会科学出版社 2004 年版。

毫无疑问是一股强大的助推力量,从而也应当是所谓“中国文学现代转型”中的重要因素,可惜我们还没有从这一角度讨论过这一话题。① 如果从这一角度思考这一问题,那么我们就可以说:不仅是社会、历史、语言和西学东渐等方面,包括图像文化在内,也是中国现代文学及其启蒙意识生成的重要因素。我们这样说不仅指“鸳鸯蝴蝶”派之类的“俗文学”,恰恰相反,主要是指以鲁迅为代表的伟大作家,他们的“现代转型”同样深受图像文化的助推和影响。

4. 在语言和图像的关系史上,大凡被二者反复书写或描绘的题材,多为人类精神的“原型”。无论是神话传说还是历史故事,无论是《圣经》叙事还是中国的经史子集,无论是西方的莎乐美还是中国的王昭君、蔡文姬等,之所以在文学史和艺术史上反复出现,被文学和图像艺术反复书写或描绘,就在于其本身蕴涵着深厚的历史积淀,萦绕着某种足以使整个民族难以忘情的心结。因此,研究这些原型在语言和图像之间被长期复写、互仿和演绎的规律,探讨其中可变和不变的东西,当是“语-图”关系研究的典型个案。

5. 如前所述,文学和图像关系的核心是语言和图像的关系,而语言和图像关系的核心就应当是“语象”和“图像”的关系。因为,语象和图像是文学和图像关系的“细胞”,是二者可能实现“统觉共享”的主要基因;因此,只有在这样的层面,而不是在其他层面,更不是在“大而化之”的层面,才能最终发现语言艺术和图像艺术得以“共享”的内在规律。换言之,所谓文学和图像的“统觉共享”,实则是语言文本和图像艺术之间“语象”和“物像”的相互唤起、相互联想和相互模仿。它们既是文学和其他艺术之间的“共同点”,也是我们对文学和图像的关系进行比较研究的平台和“工具”。离开这一关键,所有关于“文学遭遇图像时代”的表述都很难解决具体而实在的学理问题。

现在,我们就以鲁迅为例,对语象和图像的关系问题做一简要阐发。

三、语象和图像的统觉共享

鲁迅小说非常注重语言的色彩描绘,这一特点已被学界所认识。我们不妨摘录一段他在《补天》里的场景描写略作分析:

---

① 陈平原教授近年来编撰了两本关于图像文化的著作:一是《看图说书》(三联书店 2003 年版),一是《图像晚清》(与夏晓虹合编,百花文艺出版社 2006 年版),说明我国近现代文学研究已经开始关注图像问题,可惜其中较少涉及文学和图像的关系,更没有涉及图像文化在所谓“中国文学现代转型”过程中的意义和作用问题。

> 天边的血红的云彩里有一个光芒四射的太阳，如流动的金球包在荒古的熔岩中；那一边，却是一个生铁一般的冷而且白的月亮。

这段场景描写一共52个字，和色彩相关或者可能使人联想到色彩的句段有“血红的云彩”、“光芒四射的太阳”、“金球包在荒古的熔岩中”、“生铁一般的冷而且白的月亮”，合计34个字，超过总字数的65%。也就是说，鲁迅的这一场景描写，主要不是描写场景的空间，而是描写场景的色彩；与其说这是用“语言”去表述，不如说是用“画笔”去涂抹，可谓浓墨重彩，畅酣淋漓，光艳刺目！说明鲁迅对于色彩的敏感和倚重。

但是，语言描绘的色彩并非物理世界的色彩，而是通过语言描述唤起了色彩的联想，是诉诸想象中的色彩，即文学的“语象”色彩。这段语言书写之所以能够引发“光艳刺目”的视觉效果，关键在于色彩语词的强烈对比，诸如“血红”和“金黄”、“铁黑”和“月白”等。为了能使对比的效果更加强烈，鲁迅尽可能地制造语词的陌生化，例如将云彩说成“血红”，将太阳喻为“金球”，并被“荒古的熔岩”所包裹，等等。不仅如此，为了达到这样的效果，鲁迅甚至不惜违背常识，将(铁)“黑”和(月)“白”两个相反的意象叠加在一起，还将(热的)太阳和(冷的)月亮同时并置在一个画面，显然是有意为之。那么，这种强烈的对比是一种怎样的隐喻，或者说它的象征意味是什么呢？

细读《补天》全文可知，完全相同的这一场景描写先后出现过两次。最先出现在小说的开篇，即女娲惊梦之后和造人之前；第二次出现在女娲造人和补天成功但疲惫致死之后。如果将前者看做女娲在“开幕前”的“闪亮登场”，那么，第二次复现则是她“谢幕后”的灿烂辉煌。无论是初现还是复现，这一场景全是大自然的造化，并非女娲的自我张扬。与这一自然造化两次复现相对应的是被置放其间的女娲故事，即其“捏泥造人”和“炼石补天”的剧情，同样是出自女娲的天性和本能——不是她有意为之，她也没有去想这样做的后果，更谈不上要实现什么“远大理想”或者完成“丰功伟业”，以便“后世留名”，等等，一切都是无意识的行为。[①] 相反，她在无意识中所创造的

---

① 鲁迅自谓《补天》(原名《不周山》)这篇小说“不过取了弗罗特说，来解释创造——人和文学的——的缘起。”(《故事新编·序言》，《鲁迅全集》，第2卷，第341页，北京：人民文学出版社1982年版)“弗罗特”即弗洛伊德。

众生和尘世,却是一个嘈杂、龌龊、伪饰和争权夺利的世界。这就是《补天》所设置的两组对比:自然和人事、本能和伪饰。可见,《补天》的场景描写就是要刻意制造"对比"效果,不仅通过所叙之事,而且还通过语象的色彩对比——"血红"和"金黄"、"铁黑"和"月白"的强烈对比,直接映衬并隐喻女娲和众生的对比:纯粹和"庸俗"、伟大和"油滑",[①]从而使叙事和描写相得益彰、故事和环境协调一致。

如果我们进一步分析就会发现:在"血红"和"金黄"、"铁黑"和"月白"这两组对比中,"黑白对比"当是其中的主色调,"红黄对比"服从于"黑白对比"。因为,那个"血红的云彩里"的"太阳"好像"金球""包在荒古的熔岩中"所造成的语象色彩和心理效果,仍然是"白光"(光芒的太阳)被"黑洞"(荒古的熔岩)所包裹,从而融入"铁黑"和"月白"的直接对比。这样,我们不仅可能从"血红"和"金黄"的组合中联想到西方的油画,更可能从"黑"和"白"的色调中联想到中国画——但不是以写意著称的中国水墨画,而是在中国有着悠久历史的以写实见长的版画,强烈的黑白对比恰恰是版画的基本色调。

如果我们将视野进一步展开,通观鲁迅的全部小说,那么就可以明显地感觉到,黑白对比其实是整个鲁迅小说语象的基本色调。《狂人日记》中"黑漆漆的,不知是日是夜",以及"很好的月光"和"全没月光"。《药》中"秋天的后半夜,月亮下去了,太阳还没有出来,只剩下一片乌蓝的天……街上黑沉沉的一无所有,只有一条灰白的路,看得分明"。《故乡》中的"深冬",天气"阴晦","苍黄的天底下,远近横着几个萧索的荒村,没有一些活气"。《社戏》中的"白篷船"行驶在月色朦胧的水汽里,"漆黑的起伏的连山,仿佛是踊跃的铁的兽脊似的"。《祝福》中鲁镇的"新年气象"则是"灰白色的沉重的晚云中间时时发出闪光……爆竹声连绵不断,似乎合成一天音响的浓云,夹着团团飞舞的雪花,拥抱了全镇"。《在酒楼上》的"深冬雪后……几株老梅竟斗雪开着满树的繁花,仿佛毫不以深冬为意;倒塌的亭子边还有一株山茶花,从暗绿的密叶里显出十几朵红花来,赫赫的在雪中明得如火"。

不仅仅场景描写,还包括人物肖像、故事细节和主题意象,在鲁迅的小说中始终贯穿着黑白对比的主色调。阿Q、祥林嫂和《示众》里的"白背心";

---

① "庸俗"和"油滑"是鲁迅在谈到《补天》创作时的自嘲,以此表示对当时批评界的不满。见《故事新编·序言》,《鲁迅全集》,第2卷,第341—342页,北京:人民文学出版社1982年版。

秦益堂(《兄弟》)和万瑶圃(《告老夫子》)的“花白胡子”;魏连殳(《孤独者》)和吕纬甫(《在酒楼上》)蓬松的须发、浓黑的眉毛和苍白的长方脸。还有《药》中的“黑乌鸦”,《明天》中“黑沉沉的灯光”,《奔月》中的黑色火。《狂人日记》共13则,其中7则注明了“晚上”、“全没月光”、“黑漆漆,不知是日是夜”、“黑沉沉”、“太阳也不出”等。阿Q向吴妈求爱、被抓,丁举人向赵家转移财物、赵家被抢都是在晚上。《长明灯》里的“疯子”在暮色中被关进黑暗、寂静的社庙。祥林嫂死在除夕夜。涓生在“昏暗的灯光”下写下了自己的悔恨和悲哀,发现那生路像一条“灰白的长蛇”游弋不定,最终“消失在黑暗里”……诸如此类,以及萦绕鲁迅小说始终的主题意象“铁屋子”等,毫无疑问是鲁迅所精心书写的黑白语象,和黑白交错的版画图像何等相似乃尔!

据统计,在鲁迅的三部小说集(《呐喊》、《彷徨》、《故事新编》)中,使用描述性色彩词的地方有526处,使用频率由高到低依次是:白色系29.7%,黑色系21.5%,红色系15.9%,黄色系9.9%,青色系8.2%,绿色系5.5%,蓝色系4.4%,紫色系2.5%,拼色系1.5%,透明系1.1%。[①] 这一数据进一步证明鲁迅小说语象的色彩偏好主要是黑白交错,和版画艺术的色调完全吻合。也就是说,小说语象和版画图像的统觉,在鲁迅这里实现了二者的“共享”。就此而言,将鲁迅小说的总体特点定义为“版画风格”也是恰当的。

当然,鲁迅的小说语象和版画图像之间的相似性,不仅表现在黑白色调方面,还可能表现在其他诸多方面,例如笔法的刚硬挺直,对于“力之美”的共同追求;构图的简练抽象,在结构布局方面的相似性;意象的诡异老辣,在陌生化效果方面的异质同构,等等,有待于我们日后进一步深入细究。我们在此只是为了说明:在鲁迅的小说中,文学语象和艺术图像之间确实存在着必然的联系,这种联系毫无疑问和鲁迅的美术情结有关,特别是和他对于版画艺术的偏好密切相关。

我们知道,鲁迅首先是一个文学家,但对绘画艺术情有独钟。他自幼嗜画,不是一般的“喜欢”,而是“痴迷”。这方面的材料在知堂、许寿裳等人的回忆著述中多有涉及,他人和后学的评述也已很多。特别是他“弃医从文”之后,这方面的兴趣有增无减。尽管他几乎没有创作过绘画作品(只有很少几幅),但是对于美术史论、美术教育和美术创作的评论、译介、组织和推广,

---

① 金玲:《鲁迅小说色彩与知识分子形象》,《鲁迅研究月刊》2005年第9期。

毫无疑问作出了重大贡献。可以这样说，在中国现代文学史上，没有一个文学家能像鲁迅那样同时赢得美术界的巨大声誉，甚至被誉为中国现代版画运动的精神领袖。这就是鲁迅的文学语象深受图像艺术浸染的重要旁证。

纵观鲁迅的全部美术活动，尽管涉及的范围非常广泛，但是有一点应当是公认的，那就是在所有的美术和绘画品类中，版画是他的最爱。从《八戒招赘》和《老鼠成亲》的童年记忆①，到晚年在病榻上弥留之际对苏联木刻的反复品赏②；从对陈老莲等中国古代版画的好感，到对陶元庆、孙福熙等现代版画家的褒扬；从对比亚兹莱、柯勒惠支、蕗谷虹儿和新俄版画的译介，到身体力行组织版画展览和讲习班；从对中外文学插图资料的搜集整理，到为自己的文集和期刊设计封面和插图……毫无疑问，版画是鲁迅最为倾情的艺术。个中原委是显而易见的，那就是版画的黑白逻辑所隐喻的是非分明和批判精神，和鲁迅的语言叙事和文学理想一脉相承。只有这样一种解释，只能有这样的解释。

鲁迅的小说语象和艺术图像之间的统觉共享还可以从另一角度得以证实，那就是鲁迅特别注重自己的文集、译著、编著与刊物等书刊的插图和封面设计，有时还亲自为之，这在当时可谓引领风气之先。早在浙江两级师范学堂任教时，他就曾为自己编写的讲义亲手绘图。《坟》的扉页装饰图就出自鲁迅之手，还有《朝花夕拾》后记中的“活无常”插图(题名《哪怕你，铜墙铁壁!》)，以及《中国小说史略》、《热风》、《华盖集》、《呐喊》、《华盖集续编》、《而已集》、《三闲集》、《二心集》、《两地书》、《鲁迅杂感选集》、《南腔北调集》、《准风月谈》、《花边文学》等文集的封面，都是鲁迅亲自设计。鲁迅注重对自己的文集、译著和期刊的图像装饰，说明在他的心目中，已将语言表达和图像展示看做是相辅相成的统一体，二者的相互映射可以起到事半功倍的效果。当然，鲁迅的文学语象和图像的密切关联，更可以从旁人和后人对其作品的大量改编、摹写和图绘中得到更多的证实。这种热情之所以一直延续到今

---

① 鲁迅:《狗·猫·鼠》,《鲁迅全集》,第 2 卷,第 237 页,北京:人民文学出版社 1982 年版。

② 据肖红回忆,鲁迅先生在病中不看报、不看书,只是安静地躺着,“但有一张小画是鲁迅先生放在床边上不断看着的。”(《肖红文集》,第 3 卷,合肥:安徽文艺出版社 1997 年版,第 291 页)这张“小画”就是在鲁迅逝世后,许广平在其背面用铅笔写上以下文字的那幅画:“鲁迅病中收到苏联木刻家寄来,非常喜爱,为病中浏览珍品。”许广平还将这幅小画装入封套保存,又在封套上写明:“鲁迅寄中国宣纸给苏木刻家,木刻家以之印成木刻,寄给鲁迅留念,鲁迅在病中常浏览的。”

天，更能说明鲁迅的文学语象和艺术图像的密切关联，其间必有许多我们尚未认识的语-图规律的存在。

需要说明的是，无论是对于语-图关系的历史回溯，还是以鲁迅为例探讨文学语象和艺术图像的统觉共享，本文的论述都是十分粗略和相当简要的，并未详细展开。包括鲁迅的小说语象及其版画风格问题，也只是在色调方面的一致性略作分析，没能就笔法、构图、意象等其他方面的统觉共享进一步展开，更没能就统觉共享本身的规律做些探讨，仅仅是“举例说明”而已，说明在文学和图像关系的研究中尚有许多未知应当去关注。也就是说，本文只是提出问题，并没有、也不可能穷尽所有问题并详尽探讨。但是有一点是肯定的，那就是我们坚信本文所涉及的这些问题，对于研究文学和图像的关系具有重要意义，当是文学和图像关系研究中具有普遍性的重要命题。例如语象和图像的统觉共享，是否主要表现为色调、笔法、构图和意象这四个方面？或者说表现在鲁迅身上的统觉共享是否具有普遍性？等等，就有待于我们做出进一步的论证和探讨。

但愿本文所提出的这些问题能够引起学界的注意和兴趣，但愿这些问题能被越来越多的学者所阐发、所探讨，但愿由此引发学界提出更多和更有意义的“语-图”关系命题，但愿那些情绪性的诉说和表态式的判断远离我们的学术话语。

2009 年 8 月 28 日

（原载《江海学刊》2010 年第 1 期）

作者简介

赵宪章（1951—　），男，山东莘县人。南京大学文学院教授，博士生导师。主要从事文艺美学、文学理论和文学与图像关系研究。

语言的图像与图像的语言

——“语言哲学”转向“视觉哲学”

尚 杰

摘要:在研究兴趣上,西方哲学已经历了从“观念哲学”到“语言哲学”的转变,而受制于科技发展倾向的21世纪哲学,人类理解世界的方式,将从“语言图像”的时代向“图像语言”时代转变。语言在交流中的媒介作用越来越被形形色色的、广义上的虚拟数字图像形式所取代,这样的趋势清晰表明语言的局限,即习惯心理所认为的语言再现视觉的能力,是相当有限的。在这个意义上,随着“印刷术文明”的衰落,令人眼花缭乱的现代媒介“不使用语言”却能传达更丰富的、“言不尽意”的意义。语言的作用并非消失了,而是人们突然意识到,语言的本质,是一幅并不能实现指向外部事物功能的元图像,语言成为图像或者一种图像的语言。也许人类将培养起对图像的抽象能力,或许人性将因之彻底改变,人类的道德、政治、经济、文化生活也将随之天翻地覆。

关键词:语言的图像　图像的语言　语言哲学　视觉哲学　象形文字

从通过语言来“看”到通过图像来“说”——这种转变,可能是当代人类理解方式具有里程碑式意义的巨大变革。传统哲学—社会科学乃至人文知识分子的知识结构之精华,在于掌握语言,具有以语言作为思想工具的修辞能力。20世纪西方哲学所谓“语言学的转向”,就是基于这样一种认识:如果说古代哲学家更关注事物本身,近代哲学家更关注思想本身,那么,20世纪以来的欧洲大陆与英美哲学家们终于发现,虽然所谓“事物本身”只有通过思想或概念①才得以显现,但是“概念”究竟是什么意思呢?没有赤裸裸的概念,就像没有赤裸裸的思想一样,所谓“概念”不过是语言本身表达的结晶。因此,词语问题、being问题、语言含义问题等等与语言本身有关的问题,才是“真正的”哲学问题。就此而言,从胡塞尔②到德里达的欧洲大陆哲学与从弗莱格到当代英美哲学之间的冲突,要远远小于它

---

① 康德的论述最为经典:人类是通过一种先天的理解框架(或者叫图式结构)认识事物的,简洁地说,就是通过“概念”。

② 国内现象学研究忽视了胡塞尔同时是一个“语言哲学家”,他的奠基性著作《逻辑研究》是通过“有意义的表达式”探讨逻辑和数学基础的。

们之间的相似性。换句话说，他们不相信意识形态或者思想本身(即反对传统的形而上学)，于是纷纷回到对语言本身的分析——他们之间的全部冲突，集中在对语言是否可以实现精确表达问题上的严重分歧。但是，无论他们相信还是不相信语言表达的能力，一种根本性的研究视野的转变始终没有完成，这种转变，就是从“语言哲学”到“视觉哲学”的转变。

一

所谓“语言的图像”，就是说，自从脱离广义上的“象形文字时代”(脱离原始的蒙昧状态)，人类进入文明时代的最主要标志，在于不再通过原始的语言(包括肢体语言，它是一种广义上的象形文字)或直接观看的方式获得知识，人们从此通过“文明语言”去“看”。黑格尔的见解，代表了所谓“文明语言”的态度。他认为东方只是世界文明的黎明，西方文明之所以能战胜以中国为典型代表的东方文明，根本原因在于只有拼音文字(主要是欧洲诸语言)才是哲学的语言，而汉语这样的象形文字既含糊又不深刻，没有办法传达思辨思想。我这里并不想讨论黑格尔的偏见，而只是想说，一个根深蒂固的看法是，“文明的”人类理解力主要得通过语言。什么是“语言图像”呢？就像索绪尔说的，语言的“能指”与“所指”就像一片树叶的两面，语音连接概念，两者是须臾不分的，否则就没有语言。也就是说，“语言的图像”中的“图像”，是一个准概念性的东西，它有一大堆相似词，比如意义与真理。所有这些，也决定了人类文明，是通过语言的途径实现理解的文明，它是关于以视觉为主体的感官印象之语言再现，它想当然地认为语言可以再现视觉内容——“视觉哲学”这个提法，来自对语言再现视觉能力的怀疑，这是一个细节，却也是最为关键的细节。

原始进入文明，意味着人类原始生命能力或者是以视觉为中心的原始感官能力的急剧下降，同时概念性思考能力的无限膨胀。这里所谓“急剧下降”，当然不是指由于人脱离自然界而组成政治-经济共同体后，人类的视力有所下降，而是说人类从此通过概念式的语言解释自己的视觉——在这里，哲学史和文学艺术史空前一致。哲学在分析感性与理性关系时，一致认为只有被语言理解了的东西，才能更深刻地感觉它，而赤裸裸的感官享受，则是没有智慧的。至于全部文学艺术史，离开了语言阐释或描述，则根本无法成史。这里一切都被比喻为语言：小说语言是变相的哲学语言，它们都编排符合逻辑的情节或概念，过渡时间-空间关系；戏剧也是这样，它是剧本的、文学的、导演的戏剧,范本就在莎士比亚那里;古典的西方绘画史,就相当于用线条和色彩再现事物本身,而线条和色彩则相当于绘画语言;甚至电影这种“图画运动的艺术”,也被生硬地比拟为“电影语言”,有声电影最终战胜了无声电影。但事实上,在从哲学到小说、戏剧、绘画、电影的过渡中,纯正的语言之作用,是一个逐渐被淡化的过程。

追究起来,人类以视觉为中心的原始感官能力的急剧下降,并非是因为人的身体结构或视觉等感官本身的能力有什么变化,而是语言限制视觉和身体的感受范围,其最典型的例证,就是人们宁可相信语言而不相信自己的眼睛,因为相信语言就等于相信理性、根据、因果性、逻辑、历史经验的结晶等;而相信眼睛,却并不等于相信了明晰性,因为荒谬的文明习惯认为,如果眼睛看见的内容不变成语言,就是杂乱无章的、偶然的、没有意义的。① 简言之,可以把感性(这里所谓“感性”指感官的生理获得,而非哲学史上所谓“感性认识”,因为后者仍旧是语言的附庸)上升到理性,比拟成化视觉为语言——但这样的变化是天然合理的吗?如果把这个过程理解为文明战胜了蒙昧,那也属于卢梭所谓“文明的异化”。人类从此获得的东西并不比丧失的东西更多或更有价值,而丧失的东西,却只能以变味或异化的形式,再还给人类。②

语言终究战胜不了视觉,这不是一个判断,而是一个事实。语言能力(主要指书面语言)不是天生的,获得它要克服人天生的懒惰,要有自主的学

---

① 但是,语言对图像(或眼睛看见的内容)的解释,恰恰是任意性的而非清晰的,即使对最简单的人类肢体语言,比如握手和拥抱,语言做出的解释也是乏力的——之所以是乏力的,是因为语言的一个天性,就是断定事物的原因。或者语言的天性之一,就在于编造原因。但是,视觉作为事实之所以抗拒语言或者解释,乃在于“原因”往往是语言强加给事物的。哲学史上的“立场们”就是相互打架的“原因”,而事物或者事实本身,则冷眼看着这些“原因”,感到好笑。学科分类所依靠的,就是概念,也就是“原因”或“根据”。“眼睛”看见人们在打架、接吻、游行——它们都是赤裸裸的事实,但“语言”却说,它们分别是政治事实(因为对某社会事实不满而导致的)、心理事实(爱情)等。

② 卢梭憧憬人类曾经幸福地生活在自然状态下,享受着自然风光,与自然融为一体。在“全球化”时代的当代人,再也无缘享受卢梭的理想了。和卢梭时代比较,人们的视力并没有衰退,但看东西分辨事物的能力大大异化了:人们以假当真,或者真假不分,享受着电视和国际互联网所带来的便捷、自由、幸福。似乎“不使用语言的判断能力”不但是荒谬的,而且是不可能的——但这样的结论或许下得太早,因为语言本身就是荒谬的。比如有语言,还有“非语言”,但“非语言”也还是语言,不过是一种闻所未闻的语言、像似结结巴巴的语言、不遵守逻辑和语法的语言、能看见的语言、虽然结巴却速度极快的语言、虽然速度极快却没有说出任何“命名式”的语言。这些词语不是从外部强加给视觉的解释,而是像空气一样弥漫于我们的生命本身,它极其细微或微妙,它不是获得的知识而是天上掉下来的,供我们畅饮。

习、记忆、研究能力，精通智慧者必定是掌握语言者（而且不止一种语言），这就是传统意义上的知识分子，却也是一个被异化了的人，因为人生来不是这个样子的。人生来并没有动“思辨”脑筋的习惯，卢梭不愿意做个哲学家，喜欢回到大自然，却是个极有智慧的人。智慧不能被传统哲学垄断，可以分一部分给视觉吗？这不是愿不愿意的问题，而是“不得不”的问题。19 世纪中叶以后，有谁想到摄影、电报、电话、留声机、电影的出现，将对语言形成巨大威胁——因为这些“媒介”不使用“语言”却能传达意义。① 20 世纪上半叶西方哲学家的洞察力不够，因为他们还沉醉于哲学之“语言的转向”，那么，到了铺天盖地的电视、电脑和互联网时代，以至于到了 21 世纪，“语言们”就再也沉不住气了，难道不是吗？摄影、电话、早期和当代的“留声机们”（唱机和录音机等）、电影、电视、电脑、互联网中的声音与图像，远比语言（狭义的有声语言和文字）生动，它们渐渐代替语言的趋势，似乎是不可逆转的（一个全球化的事实是，人类的阅读写作能力越来越差）。

语言是人的延伸，没有语言，人将回归动物。② 但是，以上列举的现代媒介，也是“人的延伸”，它们属于广义的“语言”而超越了习惯上的语言。语言不得不改变自己的形状，于是，智慧也得改变自己的形状——其中重要的一环，就是传达智慧形式的改变，“形状”，就是形式。例如，经典著作是不能变成影像的，甚至也不能变成声音，阅读一首诗与带有感情地吟颂它的效果，绝不相同；电视剧《三国演义》绝不是罗贯中的《三国演义》。这两个例子中的“绝不”，并不是在改编意义上，而是说它们完全是两样东西。

二

索绪尔的假设是不全面的，不仅因为语言不一定有声音，还因为没有声音的语言并非一定是被阅读的拼音文字。我的意思是说，语言也可以是抽象的“图像文字”。但是，按照这个思路，马上暴露了一个严峻的问题，这种

---

① 不使用语言却能传达意义的情形，就是当代加拿大著名传媒哲学家麦克卢汉（Marshall Mcluhan，1911—1980）说过的一句名言“媒介即信息”。但是，他的判断由于太简洁而略显晦涩，他的意思其实是说，信息并非一定是语言信息，信息也并非一定以语言符号作为载体才得以传达。电视、电脑、国际互联网上的信息，并非可以等同于语言信息，却能传达出大量的意义。

② 汉字是象形文字或者表意文字，“象形”和“表意”就是抽象画。汉字起源于画这样的“抽象画”，一个例证是，严格讲只有汉字有书法艺术，书法“不用语言”却能表达含义，因为在欣赏书法作品时，人们是在欣赏艺术的形状，而不在意文字的含义。

作为抽象画的“图像文字”，自身却是个“元图像”。所谓“元图像”，相当于这样一个表达式“这句话有七个字”(若不信数一下，正好七个字)，这句话(或者“元图像”)沉醉于自身而不是身外之物——当然，又是索绪尔的假设不全面，因为这个表达式中没有什么一片叶子的两面，“所指”就是“能指”，两者是重叠的。与索绪尔关于语言符号的“能指”与“所指”的划分相比，“这句话有七个字”与“我在说谎”的语言悖论，更加严肃地暴露了语言的本质，即一切语言都是一个自指的乌托邦，语言的含义是在自身中消化完成的——这确实是一个非常严峻的话题，因为我们从来就认为语言可以表达语言之外的世界，“所述的”能够表达“可见的”。

事实上，潘诺夫斯基[①]、维特根斯坦、福柯、德里达已经开始把注意力从可说的转向可见的。[②] 维特根斯坦说，我们走不出图画，因为我们的语言就相当于图画。[③] 维氏这番话是深刻且新颖的，它与索绪尔的词语-概念(所指)相冲突。概念本来就是图画(所谓“隐喻”或“好像”，就相当于“图画”)，就像德里达在《哲学的边缘》中说的，形而上学就相当于把硬币上的人头肖像磨平了，使之不再显形，再也看不到自己原来是“隐喻”，形而上学成了“白色的神话”，就像是蘸着白墨水写的。

哲学一向对图像感到焦虑，因为图像对哲学有莫大威胁。维特根斯坦感到焦虑——他本来在研究分析哲学，却发现分析哲学本身就是以图像的基本概念即自证性和再现性为基础的。或者说，分析哲学的基本问题，也是“元图像”所带来的问题。哲学为什么抵制图像呢？因为图像或者视觉的本质是艺术的，而艺术视觉抵制哲学领域的“语言学转向”——再现视觉的，还是一个视觉，而不是语言，即使它表面上表现为语言。[④]

但是，严重的问题还在于，视觉也是多层次的，比如，外部世界发生的事

---

① 欧文-潘诺夫斯基(Eriwin Panofsky，1892－1968)，德国人，20 世纪最著名的艺术史家之一，其代表作是 *Perspective as Symbolic Form*。

② 潘诺夫斯基确立了“图像学”；维特根斯坦有一句名言：“不要说，只要看”；福柯在他的一系列著作中，尤其是在《这个不是烟斗》中，深刻地讨论了可述的与可见的之间的鸿沟；德里达在《论文字学》中，把西方形而上学归纳为“语音中心论”，并通过 différance 与 différence 之间的差异，暴露出象形文字问题或者视觉问题的重要性。

③ 参见 Ludwig Wittgenstein，*Philosophical Investigations* 1:115，Macmillan，New York，1953.

④ 这方面的例子，可以参见福柯在他的小册子《这个不是烟斗》中对超现实主义画家马格利特一幅画的分析：一幅逼真的烟斗画，下面一行小字“这个不是烟斗”——这个“表述”不是“表述”，而应该理解为“视觉效果”，就像那幅画并不是真正的烟斗本身。

情被拍摄下来并在电视上放映，在效果上就不是外部世界发生的事情，这与透过概念解释外部世界的道理是相似的，又是有差异的。说其相似，因为它们都是反映；区别在于，反映是透过概念还是视觉（镜头或者影视上的运动图像，相当于视觉中的视觉，眼睛里的眼睛）。通过概念理解与通过视觉理解，南辕北辙。语言有能力说得天花乱坠，视觉有能力使我们眼花缭乱，但它们之间是多么不同啊！语言之“说”的精髓，并不在于用声音表演（演说、说评书、有感情的朗读等）的能力，而在于文字阅读的效果（它代表了逻辑与理性）。无论言语还是文字，骨子里是严肃与真诚的；但是，视觉问题的严重性在于，即使它在放映严肃的画面（战争或者竞选演说的记录片），在效果上却是趣味的甚至娱乐的，它甚至能在不知不觉中改变人的本性。[①] 视觉原本是生动的，却使观众变得麻木甚至“愚蠢”——但“愚蠢”应该被打上引号，因为它不公正，它潜含的前提是认为“语言文字”（或者“解释”的能力）才使人智慧，而人长期习惯于面对画面只能变得愚蠢。但是，如果在搁置了阅读或者阐释的情况下，单纯的凝视就可以有“深刻性”，我们就不得不重新审视在很多概念上的混乱，因为单纯的凝视之深刻性，无法在语言那里获得通行证——或许这种深刻性来自“灵魂的眼睛”（康德、叔本华、柏格森、胡塞尔都重视理性直觉，尽管不是通过眼睛看）与单纯的视觉发生共振。

哲学家们从来不承认“视觉快感”（或者感官享受）是深刻的。可以有纯粹的“视觉读写”（这个过程没有语言参与）吗？为什么语言没有资格参与呢？因为语言是用于解释的符号。既然图像抗拒解释，图像就不必是一个语言符号。图像和乐音一样比词语的含义更少约定性或者更多任意性（尽管交通信号中的红黄绿、葬礼上人们佩戴的黑纱、消防警车的鸣声，更类似于约定的词语，但这些因素毕竟不是语言，只要场合变化，它们比词语更容

① 比如，“善良”这个概念，无论我们带有感情地说“善良”还是把“善良”写下来，都把我们的意向引入理解“善良”的含义，也就是寻找事情的根据。就此而言，语言或词语的表达是真诚的，它组成了一个真诚的语言社会（这与故意说谎无关，说谎属于道德问题）。也正是因为传统的文明社会之精髓，是一个语言的社会，所谓“真善美”的问题，才成为文明社会崇高的理想——它也形成了对“好人”的评价：一个诚实的人，或者一个能区分善恶的人；它也形成了基本的哲学问题，比如人性是善的还是恶的——但是，如果我们把这些说教拍成电影放映出来教育人，即使是 2001 年在纽约发生的“9·11”恐怖大事件，在电视上的效果却是娱乐或趣味——这是影视导演们始料未及的，它甚至能改变电视观众的人性，使一个原本善良的人对无辜人民的死亡无动于衷，因为那场面就像在放映美国电影大片。

易溜号走神,它们的含义不像词语那样具有强制性),它们所唤醒的感情是不确定的——可以把这些不确定的视觉享受理解为“深刻性”吗?这又是一种思想创新,就像说诡辩具有深刻性一样。就像说“人一次也不能踏入同一条河流”,从哲学上追溯,它归结为赫拉克利特传统。如果诡辩有所依据的话,那就是抓住不确定性。显然,任意性属于“不确定性家族”。严峻的问题又出现了,任意性、不确定性、诡辩论等,哲学史上还赐予它们一个更吓人的标签,即“非理性主义”。如果我这个叙述过程遵循的逻辑没有错误,那么可以说,图像带来的视觉享受,属于非理性主义的。

古今哲学家的代表性人物,比如柏拉图和罗素,都不承认非理性主义的深刻性,尽管后者被主流哲学家压制,却从来没有断绝。在这条线索上,有赫拉克利特、芝诺、蒙田、卢梭、尼采等。当然,如果我这里用自己不擅长的相对论的“相对性”和量子力学的“测不准原理”来说明“不确定性”问题所具有的深刻性,是力不从心的,因为它们毕竟不同于图像带给我们视觉享受中具有的不确定性。用语言解释图像是确定的,比如“这是一个烟斗”。但是,用图像解释图像是不确定的。尽管不能把索绪尔的语言学理论照搬到图像领域,但我们这里有“艺术史的索绪尔”潘诺夫斯基,后来福柯把潘诺夫斯基关于图像的议论归纳为“可视的”与“可述的”之间的关系。

三

元图像,是自我指涉的图像,是关于图像的图像。[①] 这个思路的精髓,是一种深刻的怀疑态度:不相信人家的立场,却也懒得反驳。这里所谓“元”也是事物的无前提性、事实本身、非目的性或者把事实本身当做“目的”(为真理而真理、为艺术而艺术,与康德的人本身就是目的而非为获取人之外其他目的的手段,是相通的)。这种元叙事角度,可以比拟为一个人画画而他自己就是这幅画的一部分,这个人无缘欣赏自己的画并使自己成为被欣赏的对象——由于这幅元图像与外部世界一点关系都没有,因此,“元”问题,就是纯粹创造性问题。

---

① 这种情形,在思辨哲学中叫做“反思”(比如“我思故我在”),在语言哲学中称为“表达式的悖论”(比如“我在说谎”),它们的共性在于,搁置了概念或者词语表面上的使用价值,回到概念或者词语本身,这也是现象学还原的思路。

上述思路，与再现外部世界的西方绘画传统冲突，是现代与后现代艺术理论的基石，它的要害，就在于否定了绘画中的“再现”传统。“再现”的传统与语言息息相关，它是一种被认为具有“深刻性”的“内部思想”，因为它区分了摹本与原本或者现象与本质。元图像局限于自身，不承认反映论，因此很像是一种来自“外部的思想”——这确实是一个“美妙的新世界”，它质疑对事物“一分为二”的方法（比如，内与外、好与坏）。画中可以有画，但这不是内与外的关系，它不是“再现”的深刻性，而是层次、嵌套或界限之间的关系。此情此景，才是德勒兹所谓“重复”与“差异”的真实情形，或者说“重复”导致一种“差异”的效果，而非“再现”。在这个过程中，“内”与“外”的死板结构被打破了，连续性或连接中的忽内忽外，以至于我们用“断裂”、“分界”、“复制”这样的描述，都没有说到点子上，因为它们之所以是一个又一个令我们眼花缭乱的“元点”，就在于它们除了自身，并不指向别的什么。

视觉心理学教科书中著名的“鸭-兔”图像，也是一种元图像，不要从“再现”的立场理解它，只要变化观察的“元点”，图像就时而为鸭，时而为兔。维特根斯坦痴迷于“鸭-兔”图像并认为，我们永远在画中，不在这幅画中就在那幅画中，要走出画是不可能的。① 虽然在画中，却是不确定的画。维特根斯坦的立场包含这样的意思：精神变成了画，而且是元图画。与语言不同，元图画不去解释什么，而它自己等待观察者的“解释”——但是这里说“解释”并不准确，画面一览无余，但如福柯所言，是不可说的。换句话说，元图像的重要特征是不确定性，比如一幅非鸭非兔的画（或“亦鸭亦兔”）。但“解释”是什么意思呢？即一定把这画面说成鸭或兔，这当然是“解释学的偏见”。我生活在一个形象的世界，并不与谁相像，我只像自己——这就是所谓“元图像”。有趣的是，完全不相似的鸭和兔究竟是怎么被连接在一起的呢？因为有某些共同的线条，分别描述了鸭和兔形状的不同部分，这又涉及差异与交换。

其实，上述过程在思想领域并不新鲜，类似笛卡儿这样的思辨哲学家们，早就把认识归纳为“自我意识”或“反思”，这个过程处理的也是观察与再现的问题。超现实主义画家马格利特把“自我意识”融会到一幅自我指涉的

---

① 参见维特根斯坦《哲学研究》中他亲手画的“鸭-兔”图像，转引自（美）W. J. T. 米歇尔：《图像理论》，陈永国译，北京：北京大学出版社 2007 年版，第 40 页。

《这个不是烟斗》画中，这幅逼真的烟斗画下面的“解说”词“这个不是烟斗”无形中被变成了有形象的视觉语言、画面内的语言(其中的“这”＝自我指涉，相当于表达式“这句话有七个字”)。无论马格利特是否意识到，其实这句话还暗含这样的意思：语言无法说明图像，因为它一说就错——它是一幅表示烟斗的画，而不是烟斗本身；还暗含着我们无法谈论这幅画，而这幅画对我们“说话”(这才是海德格尔“语言是存在的家”的深刻含义，这里的“言”相当于“自我显露”)。

如果我们对上段意思感到费解，那是因为我们往往下意识地把我们谈论某事物的方式与所谈论的事物混为一谈，混淆了“怎么”与“什么”。换句话说，马格利特并没有真的在说什么“这个不是烟斗”，他的话(画)里有话(画)，即画上的图形并不是一个烟斗，而只是一幅画。但这是危险的，它不但是过度的自恋，还相当于“吸毒”、“手淫”(卢梭在《忏悔录》中对手淫的准确描述是，“那毁灭我的与拯救我的是同样的东西”)。显然，沉醉于手淫——获得美的享受而不需要美人的同意——与沉醉于女人怀抱是两种一点关系都没有的两种性质不同的沉醉或者“自我毁灭”。

如此看来，汉字尤其是一种“元图像”，与其说它的“象形”意味着与外部世界某物相似，不如说汉字是“自我指涉”、自己讲自己的故事(比如“眼泪”的“泪”是水和眼睛之间的故事，而“爱”显然要用“心”)。汉字的象形与指事的作用是连在一起的，其表意的功能，都离不开用图形讲故事。“这个不是烟斗”(Ceci n'est pas une pipe 或者 This is not a pipe，其中的 P 的形状像似烟斗[①])与德里达的“延异“(différance)一样，不仅试图使拼音文字向“象形文字”靠拢，还想脱离逻各斯或“语音中心论”的管束，暴露出不听话的“视觉”问题的严重性。这警示我们：当繁体字被简化字取代时，会弱化繁体汉字自发产生的浮想联翩的能力——汉字文化的深奥性就是从这些幻觉产生的，它们就像吸烟斗“抽吐”的烟雾一样，激发汉语特有的沉思——这是一种消遣或消费过程中的快感，而不同于拼音文字做假设的能力(索绪尔关于“能指”与“所指”的划分就是一种假设)。比如，各种字谜和汉字书法，就以汉字

---

① 其实，20 世纪初法国著名的象征派诗人阿波利奈尔早就著有诗集《美丽的象形文字》(参见 Apollinaire, Galligrammes, Gallimard, 1966)。在这部诗集中，诗人用拼音文字组成图形，用这些图形表达诗的含义。在《这个不是烟斗》中，福柯对《美丽的象形文字》做了详尽分析。

自身的结构作为基础，汉字书法是眼睛对形状的“物质享受”——这才是属于汉语文明自身的“形而上学”，我们的精神家园。

汉字是可视语言，它对我们的眼睛说话，而拼音文字是做假设或解释性的语言，单词只是概念或者思想的工具，字母的形状却什么都不是，于是，拼音文字只是“听觉”（包括沉默的听，即阅读）的文字。现代西方杰出思想家和作家为他们的语言无法象形而苦恼，而鲁迅甚至吕叔湘那代人却认为汉语应该彻底拼音化才有前途，才能摆脱落后。也许汉字更像是象形的符号（这里的符号相当于抽象画）而非狭义的语言，因为这样的符号是用来观察的，而世界绝大多数的语言，都是字母语言或听觉语言。

结合汉字理解现代西方绘画，具有特殊的学术价值，因为它们都相当于可视的“元图像语言”，我甚至认为，当代欧洲所谓“新小说”的技巧，恰恰相似于“元图像语言”描写，并且抛弃了西方传统所擅长的深度心理描写（并因此与普鲁斯特和乔伊斯区别开来）。声音（心理活动相当于独白）在文字化的过程中改变了模样，视觉想象区别于深度心理描写。

四

以下，我结合巴洛克风格简要讨论“不使用语言的判断能力”，就像我在以上注释中所说——像似结结巴巴的语言、不遵守逻辑和语法的语言、能看见的语言、虽然结巴却速度极快的语言、虽然速度极快却没有说出任何“命名式”的语言。这些词语不是从外部强加给视觉的解释，而是像空气一样弥漫在我们生命本身。它们极其细微或微妙，它们不是获得的知识而是“天上掉下来”的，供我们畅饮。巴洛克风格或许与汉字形态或书法有极其隐蔽的相似，尽管似乎两者一点关系也没有——它们都是不切实际的或者富于想象的，狂野、紊乱、激动、轻率、深奥、晦涩——现在，我面临的严峻问题是，我大胆地称这些“非理性”的词是理性的，因为理性和启蒙一样，不是一个样子的，就像我们不仅可以描述“图像的语言”，还能用“图像的语言”做判断与推理。

这种“非理性的理性”，最重要的特征，就是观看角度的不确定性，时而这样时而那样，似乎没有观点。它似乎是一些摇摆的技巧，随着好奇心左顾右盼。它高度赞赏“犹豫不决”、“忧郁”与“焦虑”等这些传统形而上学意义上的贬义词。就像潘诺夫斯基谈到巴洛克风格时说的：“这种新的风格肯定意味着精神能量和情感表达的集聚膨胀,并且严重丧失和谐性。”①所谓“和谐”绝对不能以丧失个性作为代价,千万不要排斥而要欣赏“不一致”。我不是否认和谐,而是反对只有一个标准的和谐。思考、写作、创造艺术作品、行为等,并没有一个所谓预先的见解或观察角度,就像它同时是“鸭-兔”,而一座优秀的巴洛克风格的雕塑作品,似乎有“一百个”观察角度。就是说,永远使你有新的审美感受。② 每个形象的角度都仿佛是一个可以打开的“心窍”,形象是“心眼”的直接现实(这个过程不需要概念或者前理解作为中介,这就是艺术家与哲学家的根本区别,以至于“视觉哲学”的本质是艺术的——以下我将由此出发批评一部杰出的“媒介哲学”著作《娱乐至死》)。心窍像塑形艺术一样,既然没有不可能的形状或者图像,也就没有不可能的心窍:“……悲伤是如此强烈,以至于它原封不动地把自身转变成快乐……由此,我们可以理解巴洛克最高的具象。”③这已经暗含着崇高或者宗教感情了,因为它预示着面对死亡的精神升华,它似乎是一种神秘而荒谬的理性,在招呼人们说:正因为是神秘而荒谬的,才令人如醉如痴。沉醉代表“相信”吗? 在那个瞬间是这样的!

巴洛克风格的艺术作品有极其强烈的视觉震撼效果,还在于它强调细节。无论画面上是什么,朴素还是奢华,精神的层层褶子无所不在。例如上述那种“痛苦的快乐”(对比“鸭-兔”画面效应),一种崇高的精神释放效果,这样的感情接近艺术且富有天才。心灵和眼睛在一起,思想和概念在一起——我们相信感动自己的真理还是逻辑的真理呢? 自由意志才诞生奇迹,相比之下,逻辑是不生育的。“痛-快”既是冲突的感情也就是巴洛克的,含有感情的中断、一种心理裂痕,可见它也是所谓“后现代思想”的精神资源。以想象作为桥梁嫁接不同的精神元素诞生了新的意识、一种沉浸之中的超越(爱),感情爆发过程的“逻辑”④相关物。

所强调的细节,可以是“微不足道”、“毫无价值”的东西,但如果一切瞬间和场合都是平等的,就不存在微小而无价值的东西。说“门的铜把手是方便开门”的,与说“这铜把手是冷冰冰有个性的东西”这两种评价之间,是完

---

① Erwin Panofsky, *Three essays style*, The MIT Press, Landon, 1995, p. 29.

② 以朦胧为美,恰恰也是中国传统的审美习惯,就是留有余地或空白。

③ Erwin Panofsky, *Three essays style*, The MIT Press, Landon, 1995, p. 51.

④ 参见尚杰:《“外部的思想”与“横向的逻辑”》,见《世界哲学》2009 年第 3 期。

全平等的。笛卡儿的"我思故我在"已经意味着一种惊世骇俗的批评态度：一种元图像的态度，即心思不接受任何其他的前提条件，除非是对自己精神活动的意识——这是最大的精神特权，是帕斯卡尔说的虽然人在宇宙面前无比渺小却同时十分伟大的根源。这自然会产生创造性，由此滋生的既不是原始的事实也不是独断的教条，而是一个又一个鲜活的生命。但我们都忽略了笛卡儿这个伟大命题暗含着绝不放弃"小心眼"或者微不足道的东西，也忽略了这个伟大命题中含有嘲笑自己的幽默："这种幽默感是创造性的，而不是破坏性的，它要求一种卓越的想象性和绝不低于卓越理智的自由，不低于批判的哲学家的自由。这种幽默感不仅表现在巴洛克时期的诗与文学，也表现在它的造型艺术。"①

五

我想结合《娱乐至死》这部极其尖锐的著作，简要探讨视觉哲学的可能性。严格来说，语言的含义是听出来的，而不是看出来的（阅读是不出声音的自我倾听，而"看"出文字含义的说法是奇怪的，因为这里的"看"意味着去理解思想，意味着连接字母的含义，"看"字母是无意义的，字母只意味着"听"。"看"只与图像或形状连接）。通过语言来"看"的文字，只能是日渐衰落的象形文字或表意文字。哲学应该承认"视觉快感"是深刻的。可以有纯粹的"视觉读写"。图像所唤醒的感情是不确定的——我正是把这些不确定的视觉享受理解为"深刻性"——用图像"解释"图像。

循着以上"不使用语言的判断力"，像似结结巴巴的语言、不遵守逻辑和语法的语言、能看见的语言、虽然结巴却速度极快的语言、虽然速度极快却没有说出任何"命名式"的语言——其实，这就是视觉语言，《娱乐至死》非常逼真地描述了它的效果，并且做出了极其悲观的结论：在电视、电脑或互联网时代，人类将变得越来越"傻"。难道不是吗？我们处于一个包装或者表演远胜于实际价值的时代，这都是图像或广告惹的祸；上帝偏爱那些能使人发笑的人；电视会话的表现形式是形象（语气、腔调、装束、身材乃至相貌等）而非语言；印刷术时代行将没落，而电视网络时代蒸蒸日上；人类全面进入

---

① Erwin Panofsky，*Three essays style*，The MIT Press，Landon，1995，p. 84. 我们应该注意笛卡儿哲学与巴洛克艺术处于同一历史时期。

“不使用语言”却能“交流”的时代，因为有各种各样的媒介替换了语言；这些并非人主动选择的结果，人类并非自主地放弃语言所带来的对清晰深刻性的追求而自甘堕落为“视觉奴隶”的。但是，“读图时代”肯定是人自己造成的，因为现代与当代媒介技术严重倾向于视觉。①

总之，人还有抽象能力吗？也许问题在于图像是否能培养起我们的抽象能力，如果能，那是一种怎样与思辨哲学迥然有异的抽象能力？亚里士多德说，语言使我们成为人。但在当代和未来，伴随着抽象或复杂地使用语言能力的大幅下降，会出现“人将不人”的现象吗？或许人性将因之彻底改变，随之人类的道德、政治、经济、文化生活也将天翻地覆，就像经历过“奥斯维辛”集中营后，传统形而上学的“宏大叙事”方式宣告解体。

回顾文明史，文字代替了口传心授，这种替换甚至是社会乃至现代国家得以产生的重要原因(限于篇幅，我这里省略了论证过程)，其中有大量“必要的丧失”，它也是疏远或异化的过程——字母的文明排斥形象，就像书面默读和生动的口语比较，根本是另一种声音。反之，在视觉文明的时代，画面上的形象甚至谈话，与附属于印刷术的语言，完全是两样东西。发明“媒介即信息”这个判断的功绩，可以和“我思故我在”的重要性媲美，因为它们本身含有大量颠覆性信息。我们太习惯于某种交流媒介，从而丧失了对它的新鲜感以至批判能力。比如与口语比较，文字的奇特性，它的魔力就在于文字超越了时空，它永远可和任何人说话，却没有任何声音。那么，电视和网络呢？我们曾经像康德所表明的，戴上“概念的墨镜”，从此世界一片灰蒙，但如果我们的眼镜换了呢？现在，电视和网络就是我们眼睛的延伸，甚至就是我们的眼睛本身(视觉异化的结果)。我们沉浸于电视时，早已经没有最初的惊喜——我们不再注意到：严肃的纪实影像，在效果上却是娱乐。但是，这样的描述，未必是贬义的，因为它又有些像鸭-兔的图像效应，其中一个蕴涵、暗示另外一个，就像古代人把大自然变成一首美妙的诗歌，而牛顿却说自然界是被数学的语言写成的。究竟谁更有真理性呢？所谓隐喻，

---

① 这是不争的事实，电视这种技术就是用来视觉享受的，不是用来阅读的。当然，夜里关上电视的声音，电视光亮甚至可以当台灯用；不看画面，电视还可用做收音机。甚至电视可以被当成书架把书摞在上面，但所有这些，都不是电视的主要功能。就像印刷术意味着书面语并因此改变世界文明一样，以电视为代表的当代媒介意味着视觉并因此改变了世界文明。参见[美]尼尔—波兹曼：《娱乐至死》，章艳、燕茳译，桂林：广西师范大学出版社 2009 年，第 73 页。

就是说，要理解一个事物，就得引入另外一个事物，就像“苏格拉底是人”，但人并不就是苏格拉底，因为人还同时是别的什么。所以，“个别就是一般”是多么荒谬的表达啊，但我们习惯认为这就是标准的哲学命题，我们对它已不感到诧异。

有了文字，记忆力就没有像只有口头表达的民族那样重要了。在我们的“读图时代”，文字所带给我们的记忆力，将遭受灭顶之灾，因为与电视和网络对应的，是断续的遥控器或鼠标的快速链接，反映在脑际，就是自然地抵制“往深处想”，既没有时间又不能把印象连成统一的整体。但是要知道，在印刷文字时代，记忆力就不再是高智商的标志了。唯一不同的是，文字时代是“推理为实”，读图时代是“形象为实”。

但是，我不能同意这样的结论：“根据皮亚杰的理论，只有口头语言的人在智力上不及有书面文字的人，而‘电视文化’里的人比前两者都显得低下……我相信电视创造出来的认识论不仅劣于以铅字为基础的认识论，而且是危险的和荒诞的。”[①]显然，尽管作者对“视觉时代”的消极效果分析得十分精彩，但是立场还是坐在“字母”的板凳上，他不可能了解我所谓“视觉哲学”之微妙。

说穿了，就是在我们的生命中，如何给偶然性、意料之外、不确定性、不可预测性、自发性等所谓“非理性因素”定位。或者说，为不遵守传统的形式逻辑，为悖谬乃至冒险的荒诞性辩解，为否认永恒性、规律性辩解。前面我们说到“个别就是一般”，现在可以说“一般就是个别”(谁见过“人”？人就是张三李四)——如果说这是哲学中的老生常谈，那么，“视觉哲学”将认为，诞生于一切瞬间和场合的众多画面、感受、心情、领悟、判断等，在学理上都是平等的(就画面而言，没有所谓正确的画面，它们只是画面)。应该抵制任何嵌入性的独断。这样的嵌入，一言以蔽之，就是用概念做判断的习惯，它是语言天生具有的遗传病，即把瞬间的印象凝固，化为雕塑般冷冰冰的词语，一锤定音，但这就像婚姻的选择一样在本质上只是把瞬间的道理(画面、感受、心情、领悟、判断等)化为永恒。如果人是破碎的而被用来“说人”的词语却是完整的，荒唐的就不再是人而是词语。视觉画面给了我们这样一种可能性，即它不必说话，它只要显示给我们，使我们有说不出的感受就可以了。

---

① [美]尼尔-波兹曼：《娱乐至死》，章艳、燕莛译，桂林：广西师范大学出版社2009年版，第25页。

这些感受确实是抵制语言的，由于人类进入读图时代，我们再也回不到“语言这个家”，就像足不再踏在地上，一切都轻飘飘的。

“视觉快感”、纯粹的“视觉读写”、用图像“解释”图像，这些究竟是怎么回事呢？电影是电视或互联网的师傅，如果用视觉语言描述这些运动的影象，就像似结结巴巴的语言、不遵守逻辑和语法的语言、能看见的语言、虽然结巴却速度极快的语言、虽然速度极快却没有说出任何“命名式”的语言。这些词语不是从外部强加给视觉的解释，而是像空气一样弥漫在我们生命本身。它们极其细微或微妙，它们不是获得的知识而是“天上掉下来”的，供我们畅饮。元语言与元图像融为一体，而它们是活动的，接踵而来，一个替换一个，这种“时间的空间化”按照广义上的蒙太奇方式(或者叫“没有关系的画面关系”方式)过度零碎的视觉快感，在固定不变的舞台上，要靠台词或语言表达思想感情，而影视的画面速度，要远远超过语言速度；另外，相对不动的舞台与世俗生活相似，在舞台上，我们只能靠语言和肢体动作打破空间的局限性，由此带来的想象是语言性的，它绝不同于影视画面的快速转换带给我们的想象。

不确定的闪烁画面，能向我们吐露它的抽象能力吗？与其说这样的抽象能力是理解换来的，不如说是由激情换来的。这种抽象能力形成的，也不再是一个单纯的想法或者观点而是绵延不断的质变，就像毕加索的立体画一样，上演同时性的多视角场面，有趣味中的阐释功能。就此而言，最幽默的语言，也难以与最枯燥的画面或形象所蕴涵的潜在情趣相媲美，因为它们不是同一种性质的语言。视觉语言天生具有艺术气质，视觉对人的刺激远胜过语言，否则，广告史就不会是从广告词到运动着的广告画面的历史了。

在视觉哲学中，时间既不是钟表产生的分秒，也不再是现象学的时间意识，而是一种绵延不断的画面(空间的或形象的)时间，既不是外部(钟表)时间，也不是内部的心理时间。也许可以把这种绵延不断的画面时间称为空间化了的虚拟时间，由遥控器和鼠标快速链接或者断开的时间。选择的空间意向，就是这种虚拟时间的方向，其中“同时性”不是一个方向的，就像速度不朝向一个方向。速度所裹挟的画面信息泛滥成灾，其选择的标准不在于是否有深刻的真理或者意义，而在于是否新奇刺激有趣。与观众一点关系都没有的信息却成为最有人情味儿的近在咫尺的东西，人不再由于有思想而出名，却由于能使人发笑而出名，而电视和网络，就是制造最具轰动效应的“让人发笑”的最佳媒介。流行趋势越来越短，情绪来得快去得也快，“信息过剩”(多得选不过来)与“想法过剩”(无处可说，说了也没有人愿意听)交相辉映。

在读图时代，传统道德意义上的“忠诚”变得可疑了，因为注意力连同时间一起变得支离破碎。同样被质疑的还有“坚定的立场”“言行一致”等以往的道德箴言，因为读图时代的刺激与冲动支离破碎。通过画面理解消解了“理解”的原有含义。

在视觉哲学中，与过去有关的“记忆”和“后悔”等字眼越来越没有地位，“现实”被虚拟的画面所取代，“过去”被“当下”所取代，同时意味着时间的空间化、虚拟化。整个世界似乎变成了图像，七零八落的图像。事物在丧失了连续性之后，因果性同时变得扑朔迷离，人类将享受不确定性带来的焦虑与幸福。

(原载《浙江学刊》2010 年第 4 期)

作者简介

尚杰(1955—)，男。哲学博士，中国社会科学院哲学所研究员、博士生导师。

域外传真

·文·学·与·图·像·

言语意象简史及其宗教渊源[①]

米歇尔　著　李永新　译

一、言语意象(verbal imagery)简史

> 语言是思想的图像，思想则是事物的图像；我们都知道，图像与图画因非常逼真而能够真实地表现人和事……因此，诗人与画家一致认为，他们的职责是通过描述事物的外观而展示事物的模样。
>
> ——约瑟夫·普(Joseph Trapp)《诗歌讲演集》(*Lectures on Poetry*)
>
> 听到一句话后是不是根据它勾画一幅图画，这对理解一句话无关紧要；听到一句话时是不是设想什么东西也并不更重要些。
>
> ——维特根斯坦(Wittgenstein)《哲学研究》(*Philosophical Investigation*)[②]

言语-图像(verbal imagery)根本不会被看做是存在于人们主观意识空间中的不可知的抽象实体，相反，精神意象则往往会被认为是抽象实体。文本与言语行为毕竟不仅是一种“意识”，还是借助我们创作的图画、雕塑、图表与图谱等其他的具体表现方式而向公众传递信息的一种手段。我们可以肯定的是，一段描述性文字就是一幅图画，因为它们与公众使用的符号具有同样的功能，都能使我们暂时认清事态的大致情形。

具有反讽意味的是，维特根斯坦早年显然奉言语-图像概念为圭臬，并且

---

① 英文原作见 W. J. T. Mitchell, *Iconology: Image, Text, Ideology*, The University of Chicago Press 1986, pp. 19 - 36.

② 维特根斯坦：《哲学研究》，陈嘉映译，上海：上海人民出版社 2001 年版，185 页。

明确指出:“命题是现实的形象……像我们所设想的现实的模型”,并且这根本不是一种隐喻,而是一种“常规意义”:

> 最初看来,命题——比如它在纸上所印着的那样——似乎不是它所处理的现实的形象。可是乐谱最初看来似乎也不是音乐的形象,我们的发音符号(字母)好像也不是我们口语的形象。而这些记号语言还是它们所代表的东西的形象——即使是就这词的通常意义说的。[1]

维特根斯坦进一步指出,这种“通常意义”所指的是,一个命题只能是“被标记着的类似物”,并且“为了要了解命题的本质,我们应回忆一下描写所叙述的事实的象形文字”[2]。更为重要的是,(维特根斯坦)认识到“形象”尽管存在于语言中,而且试图以其虚假的表现形式欺骗我们,但与其类似物及象形文字完全不同。《逻辑哲学论》认为,形象既不是超自然的力量,也不是存在于内心的思绪,而是一种符号结构。并且,这两者不但是异质同型的,而且在结构上存在着同源关系,还遵循着互相转换的原则。维特根斯坦有时将形象称为“逻辑空间”,认为它们既适用于音乐符号、表音文字,也适用于唱片上的纹路。事实上,这也表明形象不可能与狭义的栩栩如生的图像画等号。因此,我们可以从感知经验的角度分析精神意象与物质意象之间的关系,进而借此说明维特根斯坦关于言语意象的看法。但是在探讨这一问题时,我们必须指明,言语意象与我们在脑海中形成的图像并不完全相同,因为它虽然是由图像所表现的,却是被一系列重要的经验主义命题所决定的逻辑空间。

当然,言语-图像是否可以被称为“图像”的问题也使我们面临着维特根斯坦所谓的“心智的痉挛”(mental cramp),因为字面意义与比喻意义本身就存在着很大的差异,并且这种差异从字面意义来看又与我们要解释的言语-图像概念纠缠在一起。语言的字面意义(在文学批评家看来)通常具有简朴直率、不加修饰的特点,与言语-图像及修辞格毫无关联。相反,我们在讨论言语意象时通常

---

① 维特根斯坦:《逻辑哲学论》,郭英译,北京:商务印书馆1985年版,第38页。

② 同上,第39页,根据原文有改动。

所指的是比喻意义。换句话说,“言语意象”似乎是隐喻的隐喻!因此,这也难怪有些文学批评家指出,这一术语应该被撤出文学批评领域。

然而,我们在将“言语意象”这一术语撤出文学批评领域之前,应该回溯其历史并予以批判性分析。我们一开始就注意到,从语言学角度来看,言语意象表示两种完全不同甚至完全相反的意义。一方面,我们所谓的言语意象是一种具有修饰作用的隐喻性语言,并且其能够将人们的注意力从言辞的字面意义所隐含的主题转向其他方面。但是,我们也可以从维特根斯坦的立场上来说,言语意象“像一幅生动的图画……描画出原子事实”①。维特根斯坦的这一观点将言语意象局限于一个命题的字面意义,并且认为如果现实世界中存在着原子事实的话,言语意象对其的描述则是真实的。在现代主义诗歌理论中,休·肯纳(Hugh Kenner)极为明确地分析了维特根斯坦的言语意象的观点,认为言语-图像“事实上是词汇所指涉的一切”。由此推断,诗歌语言只能是一种按字面意义理解的非隐喻性语言。

休·肯纳所提出的言语-图像只能指涉具体而又简单的对象的现代主义观点,至少可以回溯到17世纪,因为当时的人们对语言所做的基本假设是,词语所指涉的是我们通过对对象的感知而镌刻于脑海中的“精神图像”。我们根据这种论述可以指出,一个作为“言语-图像”的词汇(例如“人”)的意义与其所描述的原物之间存在着两次转换。一个词汇只是一个观念的映像,一个观念则是一个事物的映像,因此这种表意链可以通过在经验性的认知模式中加入另外一个环节展示出来:

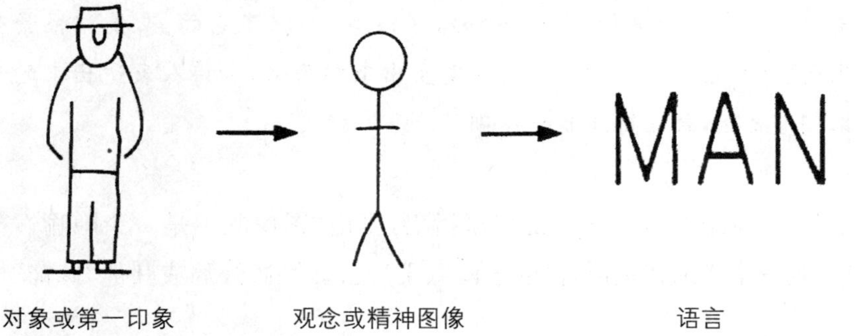

① 维特根斯坦:《逻辑哲学论》,郭英译,北京:商务印书馆1985年版,第41页。

我可以凭借更为生动的细节而不是表示精神图像或“观念”的简笔人物画来描画“真实的人”(或对他的“第一印象”)。这一比较可以用来解释休谟借助“有力量和有生气”两个术语对印象与观念所做的区分。当然,“有力量和有生气”也可以区分生动逼真的写实主义绘画与只具示意作用的不甚自然的抽象绘画之间的差别。休谟在霍布斯与洛克之后,以形象化的隐喻分析了认识与意义之间的联系:观念在传统观点看来是与语言有着密切关系的“模糊的图像”或“衰退的感觉”。休谟认为,澄清语言,特别是抽象术语的意义的正确方法应该是追溯观念与其对象之间的联系:

> 当我们对一个被使用而没有任何意义或观念的哲学名词发生疑问的时候(这是常见的),我们只需追问:**所假定的那个观念是从何种印象得来的?**[①]

这种语言理论给诗歌造成的影响当然是,强调诗歌要运用非常生动的语言,因为艺术语言能够恢复人们对事物所形成的第一感觉。艾迪生非常明确地指出了他对艺术所持的这种信念:

> 文字如果选择得好,力量非常大。一篇描写往往能引起我们许多生动的观念,甚至比所描写的东西本身引起的还多。凭文字的渲染描写,读者在想象看到的一幅景象,比这个景象实际上在他眼前呈现时更加鲜明生动。在这种情形之下,诗人似乎是胜过了大自然。诗人确实是在摹仿自然的景物,可是他加深了渲染,增添了它的美,使整幅景致生气勃勃,因而从这些东西本身发生出来的形象,和诗人表达出来的形象相形之下,就显得浅弱和模糊了。[②]

艾迪生与18世纪的另外一些批评家指出,言语-图像既不是一个隐喻性概念,也不是一个借助普通语言(的字面意义)发挥隐喻、修辞或其他“修饰”性

---

① 休谟:《人类理智研究》,吕大吉译,北京:商务印书馆1999年版,第15—16页。

② 艾迪生:《旁观者》,赵守垠译,参见伍蠡甫等编:《西方文论选》(上卷),上海:上海译文出版社1979年版,第570页。

作用的术语。言语-图像(通常被解释为“描写”),是所有语言都具有的功能。准确恰当的描写能够形成用更为鲜活的“语言表达出来的形象”,而不是“从这些东西本身发生出来的形象”。艾迪生的阅读与写作理论指出,亚里士多德所提出的且从深印于我们感觉的事物自身生发出来的“属”(species),在此被转化为语言自身的属性。

17 世纪与 18 世纪的英国文学理论界对修辞格与比喻等问题的兴趣渐趋式微,开始将更多的精力转向对诗歌以及一般意义上的语言是如何进行形象描述与再现这一问题的研究。“图像”取代了“修辞”,因为“修辞”被看作是陈旧的“修饰性”语言。言语意象代表着一种能够直截了当的描述对象的“清楚明白”、“简明易懂”的文学风格,甚至比(如艾迪生所说的)从事物自身发生出来的形象更为鲜明生动。修辞艺术因具有“欺骗性装饰”的特点而无法与言语意象相媲美,因为修辞艺术现在只能被看作是由不同符号所建立的各种关系。因此,修辞格要么被看作是处于现代科学技术兴起之前的愚昧迷信时代的过度矫揉造作的伪饰而被抛弃,要么则为顺应言语-图像所确立的霸权地位而被重新界定内涵。隐喻被重新界定为“简短的描述”;“引喻与明喻则是从相反的视角所做的描述……夸张只是一种超越可能性的范围而进行的描述”。甚至连概括也被看作是借助拟人化的言语意象所表现的栩栩如生的视觉对象。

言语-图像在浪漫主义和现代诗学中仍然限制着人们对文学语言的理解,并且毫无秩序地将字面意义与比喻意义混合在一起使用,还在“意象”这一标题之下聚合了描写、具体名词、修辞格、“感官”词语等概念,甚至反复使用了语义、句法结构或音位图式等概念。然而,为了胜任这些工作,意象概念的内涵必然遭到净化,并变得极富神秘色彩。浪漫主义时期的作家通常将精神意象、言语意象甚至图形意象融入“想象”的神秘过程,并使其与借助脑海中的图像进行“纯粹”回忆、对外部场景的“纯粹”描述以及(绘画)对外在事物的“纯粹”描写形成对照,因为这些“纯粹”的回忆、描述以及描写都被看作是与精神、情感或“诗意”性场景相对立的。

换句话说,在“想象”这一概念的掩护下,意象这一概念被分成两个完全不同的部分:一种是极为低级的活灵活现或栩栩如生——外在、机械、毫无生气,并且与经验主义的认知模式密切相关——的图像;一种是内在、有机、充满生机的“更高级”的图像。尽管艾布拉姆斯(M. H. Abrams)认为(如灯)

的“表现”在19世纪已取代了(如镜的)摹仿,但是意象以及能够进行生动描绘的词汇仍然频繁出现在此时对语言艺术所进行的各种讨论中。然而,意象在浪漫主义诗学理论中被重新界定并抽象成为康德式的图型论(schematism)、柯尔律治的象征符号(symbol)和“纯形式”或超验结构的非再现性(nonrepresentational)的图像。这种抽象化的图像不但意义范围缩小了,而且以对物质现实的明确表现取代了经验主义的言语-图像概念,并将后者归入前者,就像图像在此之前曾被看做是修辞格一样。

图像的意义范围不断缩小而达到顶峰时,整首诗或整个文本都被看做是一幅图像或“言语-图像”(verbal icon),并且这种图像并没有被看做是与形象极为相似的图像或精神印记,而是存在于某种隐喻空间中的共时结构——(用庞德的话说)“瞬时呈现出一种理智和情感的复杂结合”。意象派诗人所强调的诗歌要做详细具体描写的观点源自18世纪,因为我们已经注意到,艾迪生曾指出诗歌的生动性与直接性要远胜于“从这些东西本身发生出来的形象”[卡洛斯·威廉斯所提出的“除了物,没有意念”(no idea but in things)观点似乎是这一观点的翻版]。但是,现代主义旗帜鲜明地指出,图像作为一种透明结构,本身也是一种展示诗歌所传达的理智和情感力量的动态模式。形式主义批评从诗学与解释学的角度分析了这种言语-图像,使我们看到诗歌拥有一种遣词造句的构造张力,并展示了诗歌作为构造张力的母体与其所传达的内容之间存在的重叠关系。

尽管现代主义认为图像只是一种纯粹的形式或结构,但是我仍然要回到这场言语-图像巡展的起点,回到维特根斯坦年轻时所提出的真正重要的言语-图像是由一个命题所表现的存在于“逻辑空间”中的“形象”。然而,逻辑实证主义者把这种形象误看做是一扇能够直接观察到现实的窗子,误看做是17世纪理论家所梦寐以求的能够直接触摸到对象与观念的完全透明的语言。事实上,维特根斯坦终其一生都强调语言中的形象并不是任何现实的直接复制,并且试图纠正这类误读。这种存在于我们的语言中的形象无论是否能够展现在心灵或纸上,都是一些约定俗成的人造符号,并且这些人造符号与其指涉的命题一样多。这类形象非常像几何图形与代数公式之间的关系。这就是为什么维特根斯坦指出我们应该以精神意象的现实对应物来取代精神意象,从而揭开精神意象的神秘面纱(“用观看一个对象的过程,或者用描绘、刻画或模拟的过程,取代每一个想象的过程”)。这也是为什么在维特根斯坦看来“思维”不是一种不可思议的神秘过程，而是一种以言语和绘画等进行“符号操作活动”[①]的原因。

维特根斯坦之所以对精神和言语-图像提出批评，是因为他借助经验主义的认识论提出了一种分析语言、观念和图像之间联系的新方法：

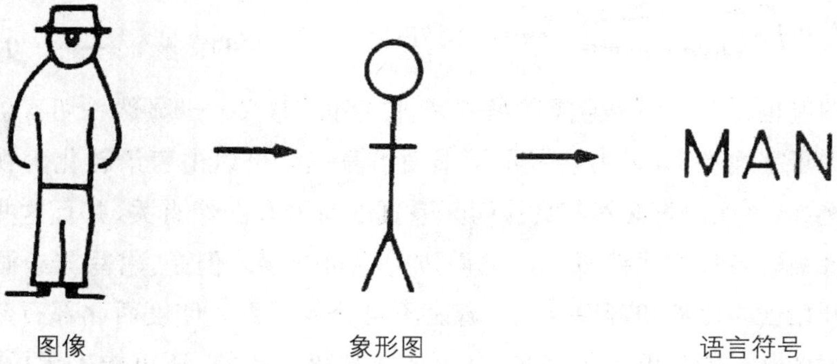

他现在试图将这个画面看做是被书写历史所证明的从一种符号到另一种符号的发展过程，而不是从世界到心灵再到语言的发展过程。这个过程现在是从图像到相对概要的“象形图”，再到表音文字。事实上，这一连串的关系可以通过插入一个新的中介符号——象形文字或“表意符号”（因此维特根斯坦在《逻辑哲学论》中指出一个命题像是“描写所叙述的事实的象形文字”[②]）而变得更加丰富：

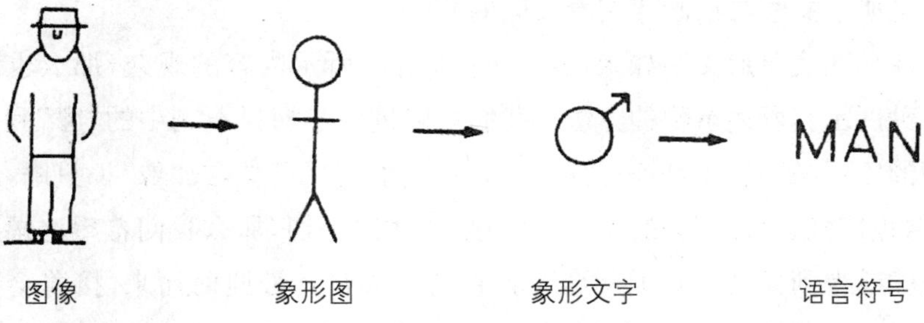

象形文字通过比喻的方法，更为具体地说通过提喻或换喻方法取代了最初的形象。如果我们把圆圈和箭头看做代表的是身体和阳具，那么符号就具有提喻的性质，也即以部分代替整体；如果我们把这个符号看做是盾牌和

① 维特根斯坦：《维特根斯坦全集》（第 6 卷），涂纪亮译，石家庄：河北教育出版社 2003 年版，第 7、10 页。

② 维特根斯坦：《逻辑哲学论》，郭英译，北京：商务印书馆 1985 年版，第 39 页。

矛,那么这个符号就具有换喻的性质,也即以相关对象代替事物本身。当然,我们也可以运用言语——视觉双关语来做这种置换活动,因此以图像为事物命名就像在为人所熟知的字谜游戏中以听起来相近的名字为另外一个事物命名:

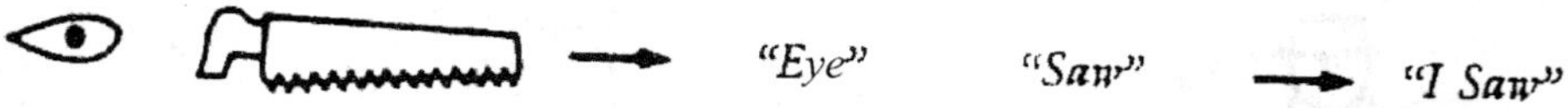

这些图例也说明了言语意象的另外一种"字面"意义——显然一切言语意象都拘泥于字面意义,因为它展示了书面语言完全可以由言语转化为视觉符号。例如,书面语言必然与具体而又逼真的符号和图像有关,并且这些符号和图像被以各种方式缩减或压缩而成为字母文字。但是,书写与绘画符号从一开始就与比喻和言说方式有着密不可分的关系。印度西北部石刻中的鹰的图像既可能是勇士的签名,又可能是部落的象征,还可能表示勇气,或者——只是一幅鹰的图画。图画并不因其直接明了地指涉了其所描画的对象,而使其意义不言自明。图画可以表现一种观念、一个人、一种"看起来意义相近的图像"(例如画谜),或者一个事物。我们为了知道如何解读图像,必须知道图像是如何表达意义的,如何借助图像自身恰切地传达这些内容。"栩栩如生的图像"一方面既便于描绘某种诗意存在或鲜活的画面,另一方面又展示了修辞的形象性,因此这一切不但充分显示了艺术的独特效果,而且也证明了文学与绘画存在着共同的渊源。

象形图或象形文字如果需要一个理解其所示内容的观众,那么也就需要一种展示其所述事物的方法。我们可以进一步探讨石刻中的"鹰"到底是模糊的象征、签名,还是表意符号。如果武士是一只鹰,或"像"一只鹰,或者(更像是)"雄鹰自己"去战斗,并且回来复述这一切,那么我们希望这幅图的意义能够得到扩展。鹰无疑会看到它的敌人自远处迎面而来,接着会在毫无警示的情况下向其俯冲而去。鹰的"言语-图像"构成了言辞、描述和写作的联合体,因为这一联合体不仅能够描述鹰所做的一切,而且还要预测并展示鹰能够和将要做的一切。这就是鹰的"符号",既是由言语和图画构成的签名,又能描述鹰的行为,还能概括其所做的一切。

象形文字曾经与言语和精神图像并行发展。17 世纪的批评家因认为具体的修辞和隐喻拥有"迷信"和过多的哥特式色彩而将其抛弃,并经常将之与象形文字相比较。沙夫茨伯里(Shaftesbury)则把象形文字看做一种"虚假的摹仿”,认为其是一种“存在魔力的神秘象征,具有与修道院相似的哥特式风格”,并且可以将象形文字与真实清楚的“镜像写作”(mirror writing)相比较,因为后者可以让人关注作家的写作主题,而不是关注他的奇技淫巧。但是,象形文字在现代启蒙时期遭到了实质性的改变,一直与之相伴而存的神秘与魔力被分离出来,成为一种能够确保交流的完整性并清楚地表述客观现实的新型科学语言。这种对具有普遍性的科学语言的期待受到了维科(Vico)和莱布尼兹(Leibniz)打算以数学为基础创造一种新型象形文字的意图的重要影响。同时,经验主义认识论以及基于反映论模式的文学理论认为,栩栩如生的图像不仅可以接受心理分析,而且对文字与事物之间的关系起到特殊的调节作用。埃及的象形文字就得到了(其中最为著名的是18世纪彼谢普・沃波顿(Bishop Warburton)的)修正,并变得通俗易懂,因此当时很多理论家认为古代的符号简明易懂,普遍较为易读,但随着时间的推移而变得佶屈聱牙、玄秘深奥。

言语-图像与形象文字颇为相像,并且在浪漫主义诗学中恢复了其本有的崇高性与神秘性的特点。更为重要的是,现代主义艺术仍然使用了言语-图像的这一重要功能,其中比较有代表性的观点是:维特根斯坦把象形文字看做一种语-图理论,埃兹拉・庞德(Ezra Pound)将其喜爱的中国“图画文字”(picture-writing)看做一种诗意图像。事实上,我们最近已经看到象形文字再次出现于德里达的后现代批评概念“文字学”中,并且“文字学”在研究语言和交流的过程中将口语去除,还以“书写符号”(graphein)或“书写语言”(gramme)、书写记号、痕迹、符号或者另外一些符号等取代口语,因为“语言……成了一种以文字的一般可能性为基础的可能性”。[①] 德里达重新把世界的远古形象看做一个文本(文艺复兴时代的诗学理论认为,世界的远古形象使自然本身成为一种象形文字),却提出了一种新的意义链接关系。尽管这个文本的作者不再与我们处于同一时代,或者说不再具有权威性,但是这种符号根本没有基础,可以无休止地建立新的表意链接。这一分析让我们认识了“套层结构”(mise en abime),也即一种令人厌恶的空虚能指,并且其所采用的唯一制造方法是具有虚无主义特点的肆意放纵的自由游戏策略。或者说,也可以理解为,我们的符号以及我们的世界是人类行为与理解的产

① 德里达:《论文字学》,汪家堂译,上海:上海译文出版社1999年版,第72页。

物,并且尽管我们的知识和表述模式可以是“任意的”或“约定俗成的”,但它们是生命形式、实践活动和传统的构成要素,我们必须在其中做出认识的、伦理的和政治的选择。因此,德里达在回答“什么是图像?”这一问题时非常肯定地指出:“[图像]只是另外一种书写方式,一种栩栩如生的符号,并且这种符号能够将自身伪装成所描绘事物、观看方式以及展示事物的本质特征的直接摹本。”这种图像怀疑论的观点似乎只有从某一角度观察时才能得到验证,并且与存在于日常生活以及通过各种表现手段所展示的场景存在很大差异,同时还需要对经常出现的各种解释保持警惕。一切事物——自然、政治、性以及其他民族——现在对我们而言都是一幅图像,而且只有在遭到强烈质疑的情况下才以亚里士多德的“属”概念做似是而非的界定。我们现在所面临的问题似乎根本不是“什么是图像”的问题,而是“我们如何使图像以及对事物的想象变得值得人们信任和尊重”。

解决这一问题的一种方法是,把想象与存在于精神领域的图像看做笛卡儿式的(Cartesian)幻象。(理查德·罗蒂(Richard Rorty)曾指出)精神与言语-图像以及书写、印刷和绘画等的反映与展示机制作为一种过时的表现方式都应被抛弃,因为哲学与心理学借“认识论”之名混在一起并占据西方思想史的主流地位的局面已延续了三百多年。这是“行为主义”(behaviorism)对言语意象提出的重要批评。我在一定程度上同意这种观点,却反对把知识看做是镌刻于心灵的现实世界的摹本或图像。知识显然更应该被看做一种社会实践、争端和认同,而不应被看做是某种与生俱来的或无中介的具体表现模式。当然,明显不符合时代要求的是,人们现在对存在于精神领域的图像被看做一种“享有特权的表现”(privileged representation)方式的观点提出了批评,因为现代人在研究具体图像时已经取消了这种特权。但是,我们如果不再深入研究图像理论,那么就无法揭示语-图理论的真面目。

因此,我们在解决这一难题的过程中,似乎并不应该抛弃心灵或语言表现理论。因为,这样的做法是徒劳无益的,并且试图清除所有图像的反传统行为也充分证明了这一点。然而,我们可以追根溯源,探讨图像作为一种明白易懂的形象或“享有特权的表现”(privileged representation)方式是如何展示我们的心灵与语言中的各种观念的。我们如果能够理解图像发展到现在是如何逐步拥有战胜我们的力量的,那么就可以在此拥有不断形成图像的想象。

二、样式相似的图像(Image as Likeness)

我之所以能够行笔至此,是因为我从字面意义看,“图像”这一词汇能够生动形象地表现事物,是一个具体的物质实体,不过,精神意象、言语意象或认知意象等概念则是由“图像”的字面意义经过不准确的推导而得来的,并且生动形象这一比喻可以使图像发挥作用的区域得到扩展。我认为现在必须以另外一种方法分析图像问题,因为传统观点认为“图像”这一词汇的字面意义绝对是与形象的表现无关,甚至是反对形象表现的。这一观点当然是起源于上帝按照自己的“形象与相似的样式”造人的说法。我们现在称之为“形象”的词(希伯来语“*tselem*”,希腊语“*eikon*”,拉丁语“*imago*”)可以被准确地理解为言说者喋喋不休地向我们讲述,而不是任何具体的图画,但也可以被理解为普遍存在于精神领域的抽象的“相似样式”。“图像”之后通常加上“与相似样式”的短语的行为(希伯来语“*Demuth*”,希腊语“*homoioos*”以及拉丁语“*similitude*”)可以被理解为并不是增加了一些新信息,而是为了防止可能出现的语义混乱:“图像”不能被理解为“图画”,而是“相似样式”,也即一种存在于精神领域的相似性。

根本不会使人感到吃惊的是,充满禁忌的宗教既反对庄重威严的图像与偶像崇拜,又重视存在于精神领域的无形的图像。迈蒙尼德(Maimonides)等犹太法典(Talmudic)学者已经明确告诉我们,图像的精神意义可以被理解为:“图像一词,可用于自然的形式,我是指这样的概念,一个事物可借助于它而构成一个实体,成为它实在的样子。在这里如果说后者是一个具体的东西,那么,这个概念就成了这个东西的真正实在性。”[①]迈蒙尼德强调指出,图像从字面意义来看是指一个东西具有不可或缺的实在性,并且正是由于其自身的堕落才建立起与如偶像等有形事物之间的联系:“偶像之所以也被叫做‘图像’乃在于这样的事实:人们崇拜偶像,追求的不是它的形态和外貌,而是被误认为存在于其中的概念。”[②]其实,图像的字面意义指的是存在于精神或心灵中的形象;图像的比喻意义则是由字面意义经过不准确的推导而得来的,是指由我们的感觉,特别是眼睛所感知的具体物质形态。

---

① 迈蒙尼德:《迷途指津》,傅有德等译,济南:山东大学出版社1998年版,第23页,根据原文有改动。
② 同上。

这一观点至少可以被明确地论述为,图像是一种相似样式,而不是一幅图画。迈蒙尼德甚至在实际使用这一概念时指出,图像是一个表示“具体形式”(如,一个事物的“属”或特性)或“人造形式”(有形的形式)的“模棱两可”或“意义含糊”的词。但是,他显然知道字面意义与比喻意义之间的差异,并且非常明确地知道哪一种意义具有原创性且真实可靠,哪一种意义则是经过不准确的推导而得来的。我认为,迈蒙尼德有意提升存在于观念领域的抽象图像的地位,这也充分地体现了犹太教与基督教分析这一问题的特点。图像一词最初的“精神”意义及后来的发展,也即推导出对其的“具体”运用,往往使我们感到难以理解,这在很大程度上是因为,我们对图像一词历史发展的理解受到我此前所论述的经验主义认识论的影响:我们通常把一个词最具体的用法看做是其最基本的原始意义,因为我们通常是借助图像从具体事物本身推导出词的意义。这种词义推导模式肯定会影响到我们对“图像”一词的理解。

但是,这种根本不与任何具体图像搅和在一起的“精神性”的相似样式的具体内涵是什么?我们应该注意到,它似乎一开始就假定了差异的存在。例如,一棵树或一种树中的一棵极像另外一棵树,其实这并不是说它们完全一样,而是说它们在某些方面极为相似,在另一些方面又完全不同。然而,从一般意义来看,我们并不是认为,每一种相似的样式都是一幅图画。一棵树虽然像另外一棵树,但我们并不把一棵树看做是另一棵树的图画。在我们试图提出一种如何判定两棵树样式相似的理论时,“图像”一词才在这种涉及相似样式的理论中出现。这种解释往往试图求助于某种居中的或超验的对象——一种观念、形式或存在于精神领域的图像,并且这种对象为解释我们如何给事物归类提供了一种方法。因此,“属”不但“起源于”生物进化论,而且也是描述心灵层面的意识反映机制的一种方法。

但是,我们也应该注意到这种存在于理念的对象——形式、属或图像——并不需要被理解为图画或印象。这种“图像”只能被看做是通过如实列举一类事物的特征而形成的列表,例如:树(1)高大垂直的物体;(2)绿冠如盖;(3)根植沃土。因此,我们根本不可能将这组命题误看做是一幅树的图画,但我也要指出,我们所讨论的这一切只有在一个图像不(仅)是一幅图画时才能得以成立。我们只有承认了一个图像不(仅)是一幅图画的观点,才可以用“模型”“图式”甚至是“定义”来解释我们所指涉的事物。因此,样式相似的图像可以被看做是包含了一系列的相似性与差异，并对之做出了判断。但是，如果这就是“精神性”图像所涉及的具体内容，那么我们必须探究这些内容为什么被冠以极易与生动形象的表现相混淆的“图像”之名。事实上，这些内容之所以被称为图像，其主要意图并不在于反对盲目的偶像崇拜意识，因为人们只能猜测到图像这一术语是由一种隐喻性“主旨”演变而来的，并试图在盲目的偶像崇拜意识的影响下从字面意义角度对我们周围的人以及不同的以色列人做具体的类比。当然，具有相似性的样式与图画的混合有助于教士教育不识字的信徒。教士知道“真正的图像”并不是任何有形的物，而是一种借助存在于精神领域的悟性——也即言语和文本——理解的编码，但同时必须赋予人们一种具体的物质性图像，以便他们理解并为之献身。存在于心灵之内的精神性图像与显现在外的物质性图像之间的差异不但关涉到神学教义的内容，而且从教士的角度来看，也涉及保守派与改良派（“图像爱好者”（iconophile）与“偶像破坏者”（iconoclast））之间的斗争以及民族身份的保护（以色列人试图清除自己的偶像崇拜意识）等政治问题。

弥尔顿在《失乐园》第四卷把亚当与夏娃看做是**上帝的形象**，并藉此极为准确地论述了存在于精神领域的相似样式与物质性图像之间的张力关系，其恰切程度再无事例堪比：

> 中有两个高大挺秀的华贵形象，
> 他们的高大挺秀俨然神的挺立。
> 以本身原有的光彩，披在庄重的
> 裸体上，看成万物灵长也很相称。
> 因为那神样的容颜，映照出
> 造物主的光辉影子，即真理、智慧
> 和严肃、清纯的圣洁；他们严肃，
> 却有真正子女的自由意志为基地。[1]

弥尔顿有意将图像的栩栩如生的形象感与对存在于精神领域的不可见的图

① 弥尔顿：《失乐园》，朱维之译，上海：上海译文出版社1984年版，第141—142页。

像的口头理解搅和在一起。诗中的一切都受到"容颜"这一关键词较为模糊的意义的限制,因为这个词既向我们指明了亚当与夏娃的外表、他们的赤裸、挺秀与"华贵的形象",又指出他们遭到注视与"描写"的特征几乎都是无形的"容颜"。亚当与夏娃的这些特征根本不是一种视觉图像,因为看起来与其他事物完全不同。相反,这些特征更像是一束藉此能够充分看清图像的光线,是一个发光体而不是一种映像。同时,弥尔顿为了解释这个形象如何在"那神样的容颜"中"放出光彩",而求助于一系列判断,一系列亚当、夏娃与上帝共同拥有的存在于精神领域的抽象特征——"真理、智慧/和严肃、清纯的圣洁",进而揭示人与上帝所存在的明显差异是:"他们严肃/却有真正子女的自由意志为基地"。上帝尽管尽善尽美、浩然独往,根本不需要子女,但是为了使其形象在人类社会中更加臻于完美,男人与女人的性别与社会关系必须在"真正子女的自由意志"中形成。

人类看起来像上帝,或者说与上帝存在着相似性,是否藉此可以判断人是被根据上帝的形象创造的?弥尔顿希望同时兼顾两个方面,因为他是一个异端的唯物主义者,或者也许更为重要的是,他把存在于精神领域的相似样式——特别使人成为一个上帝形象的"理性精神"——看做是物质性的图像,由此也对意象这一概念做出了历史性的改变。弥尔顿的诗歌体现了"偶像破坏者"(iconoclast)对外在物质性图像的不信任与"图像爱好者"(iconophile)过分看重物质性图像之间的矛盾。并且,为了阻止读者过分关注任何具体的图像或情景,弥尔顿也在不断增加视觉图像的过程中持续的展示着这一矛盾。因为,为了分析这一矛盾是如何被展示的,我们需要更为仔细地考察这场把图像或"表面形式"等同于作为"相似样式"的图像(迈蒙尼德所谓的"具体的形式")的革命。

译者简介

李永新(1978—),男。文学博士,南京师范大学文学院副教授。主要研究西方文论与美学。

论图像与诗歌[1]

约翰·哥特弗里特·赫尔德　著
李永新　译

人类作为一种复杂的生命体，在其生命历程中总是充满了各种虚伪与谎言，以至于他们尽管做过各种努力，却无法回到完全本真的状态。他们时时刻刻都通过外在感官的各种复杂机制在看，在听，在无意识地享受，但仍然对外在世界保持着极为模糊的感觉。当然，他们的全部感觉都时时刻刻在不知不觉地相互作用。他们漂浮在不断对外在客观世界产生各种印象的海洋中，其中既受到一股海浪的极为轻柔的拍打，又受到另外一股海浪的极为粗蛮的撞击，因此外在世界的各种变化不断刺激着他们的内心世界。他们在一定程度上也是一个小宇宙，因此普罗泰戈拉(Protagoras)在其著作中指出，人可以被称为所有事物的尺度。

在普罗泰戈拉看来，看和听能够非常明显而又直观地将来自模糊的感官世界的对象提交给心灵；由于人类拥有以语言保留和展示这些对象的技艺，因此人类的认知与观念世界，特别是来源于那些看和听的事物不但能够构成语言，而且甚至从最为遥远的源头上揭示了语言的起源。正是基于这一原因，甚至连心灵的刹那的触动都被认为是起源于看和听，并因此而被命名为直觉与观念、幻想与图像、表现与对象，以及除此之外的各种其他名称。眼睛、耳朵以及各种触觉，特别是感觉敏锐的手给予心灵最为丰富的观念；但是味觉与嗅觉却不能提供很多观念，尤其是在世界的北半部，情况更是如此。

---

① 英文原作见 Johann Gottfried Herder, *Selected Writings on Aesthetics*, translated and edited by Gregory Moore, Princeton University Press 2006, pp. 357－67.

尽管很多反对者都明确指出美学不应该被看做是关于审美的哲学,但是我们仍然支持把美学看做是关于审美的哲学,因为很多深刻的见解,特别是由我们本民族哲学家所提出的见解充分论述了这一观点。如果我们将美学称为激发美感的情感哲学和让人感到优美和完善的赏心悦目的哲学,那么美学是关于审美哲学的说法也并不完全有失公允,因为审美的确是美学的一部分,并且绝不是毫无价值的一部分。每一种感觉所面对的每一种对象好像性质完全相同,都拥有其独特的臻于至善的法则。哲学家为了确立完善的最大价值试图寻找这种法则,并从中推导出艺术的规律。为了实现这一目标,哲学家不限于一种感觉,而是对各种感觉进行比较,观察其最初的起源及发展演变过程,并时刻留意一种感觉是如何支持、纠正并启迪着其他感觉的。因此,是否有比美学更好的名称适合为审美的哲学研究命名?美学这一名称既非常好地描述了其研究范围,又非常好地描述了客体所引发的主体的心理效果。趣味、审美等尽管只是起源于一种感觉,却向关注感觉整体性的哲学提供了一些不完整的碎片。

因此,如果视觉是最丰富、最精美和最明确的感觉,并能用由此而形成的意义丰富的世界充实心灵,进而标明这个世界的内涵,那么对激发美感的对象进行研究的哲学在转向研究其他感觉之前必须首先要关注视觉。在数学中,光学不但发展成为一门独立的学科,而且几乎成为其他各门科学的基础,准确地说这是因为自然通过眼睛与光学法则以极为完善的精美模式呈现于我们面前。对于研究感觉的哲学而言,我们一旦试图对各种艺术品的外形进行理论探讨并提出一些具有普遍意义的规则,那么就发现光学与图像理论同样具有多重功用。

一、论图像

1. 我认为图像表现了借助某种有意识的知觉所感知到的对象。如果事物存在于我们眼前,那么我们会对它形成一幅完整可看的图像。如果事物存在于我们的想象中,那么我们就对它形成一种幻觉,然而这种幻觉从可看的对象中借用了一些法则。首先,我是清醒的;其次,我处于梦境中;并且我们注意到尽管人处于清醒状态,他在没有受到干扰的情况下却总是处于耽于幻想的梦境。

我们感觉到所有的对象之所以是我们自己的,在一定程度上是因为我们意识到了我们的感觉;也就是说,我们借助我们的意识印迹较为清楚而又明确地感受到自己的意识。面对周围可以明确感知到的对象,我可以通过将对象与其他事物区分开来并赋予其外观、体积与外形,进而以我自己的方式把握各种扑面而来的混乱感觉;简言之,我的内在感官通过创造多样性的统一,从而充满自信地明确感受到这些对象,仿佛确证了真理的存在。因此,我们全部生命在一定程度上都充满了诗意:我们并没有看到图像,而是创造了图像。上帝在由光构成的巨盘中为我们勾画出了整个世界,我们藉此可以在我们的心灵中用精美的刷子而不是光束感受到事物的外观并描绘出精美的图像。投射于视网膜上的图像完全不同于你从对象自身所推导出的观念,因为图像是由你的内在感官构成的,是由你的心灵的认知功能所创造的艺术品。

2. 因此,图像像我们的语言,是我们的心灵不断以寓言的方式所进行的言说。当心灵把对象看做是图像时,或者当心灵把对象改变成为存在于心灵的图像时,根据心灵铭记对象的法则,心灵所做的一切是否只是一种翻译,"以图像所进行的元解释"(metaschematizing)? 如果心灵现在试图通过词汇与听觉符号解释这些存在于心灵的图像——这也是心灵所发挥的唯一作用——并试图向其他人传达意义,那么心灵所做的一切是否只是翻译或合成? 对象与图像、图像与思想、思想与表达、视觉感知与命名几乎毫无关系,也就是说它们只是通过复杂的感官才相互联系在一起,因此我们的感官同时通过多种感知认识不同的事物。多种感觉之间的"可通性"(communicability)以及它们之间的协调既构成了交流所依赖的对象,也构成了人的"内部形式"(inner form)或所谓的完善的人性。如果我们只有一种感觉,因此只能从一个角度看世界,并藉此而被与上帝联系在了一起,那么我们根本无法将对象变成图像,将图像变成词汇或其他符号。我们因此将不再拥有人类的理性! 如果人类的直觉与现在相比强大十余倍,但因未受到其他任何一种感觉的支援而只能发挥一个方面的作用,那么他与现在相比绝不会更为完美,因为此时他不得不为了努力使自己适应新环境并获得新形式而不断改变上天赋予他的那点贫瘠的财富。人类的这种财富将是一种完全不同的感觉,也显示出完全不同的特点,还与现状保持完全不同的关系并发挥完全不同的作用。

3. 我们纵然运用各种完全不同的名称表示与图像及其所示含义关系密

切的认识功能,并且这些功能都屈从于判定一个图像是否完善的同一种法则:也即真实、生动和明确。尽管每一种感觉与每一种认识能力都有其独特性,但其总是不同程度地拥有上述特点;尽管一种感觉能够并且必须限制另外一些感觉,同时每一个图像所追求的具体表现目标以及图像完整设计总能不断改变人们对其的看法,但是完善的图像所遵循的内部规则是完全相同的。如果我们心灵中的各种能力的组织及其和谐组合能够使真实、生动和明确在同种程度上汇聚于同一个对象,那么它们为什么就不能以同样的方式相互兼容呢?上帝所拥有的最高的真实、生动和明确能够在互不削弱的情况下共同存在,并且上帝不需要对其中的任何一种感到羞愧。因此,令上帝引以为豪的是,所谓心灵的更为高级的官能对其姊妹——各种感觉深感不安,因为这些感觉被轻蔑地称为更为低级的官能,而且根本不是高级官能的姊妹,只是它们的婢女。人类的认识能力源自各种感觉与经验,并且所有事物都能追溯到感觉与经验;理解力由于没有羽翼与器官,不能幻想与记忆,因此根本无法关照自身,理性也不能对自己进行反思,以符号表示的思想也不可能借助任何符号表达自己的意义。图像的真实与生动有助于准确明晰地展示图像自身的意义,因此,所有抽象观念如果不能借助图像展示自身的意义,都只能是一种幻象。艺术与科学所追求的臻于至善的最高原则只能是:严格服从表现目标,各种属性互不损害,也即不明确损害生动,生动不损害真实;相反,每一种属性不但能够助益于其他属性,而且还能促使其他属性实现自己的目标。

4. 因此,事实上,我们可以看到只有人的内在感觉才能生成模型,也即这种感觉可以通过眼睛和其他的任意一种器官根据内部法则创造形式,并且不同的感觉能够尽其所能地相互交流自己的发现。我们也可以看到这种内在感官——也即理解与意识所遵循的规律——可以成为判定图像在每一种艺术作品或演说中是如何被定位、调整与润饰的唯一尺度;简言之,艺术的每一种特征能够在多大程度上维持真实、生动和明确的属性。普通的物理性法则对此毫无助益,因为我已经指出,我们从外部对象自身所看到的一切并不存在于事物自身,而是依赖于我们认识它们的器官及对其产生意识的内在感官。苍蝇所看到的世界与蜗牛是完全不同的;鱼所看到的世界与人也是完全不同的;但是它们根据完全相同的真实、生动和明确的法则,只能看到同一个上帝。这种差异既是由于视角和光的强度所导致的,也是由于我们的身体和心灵随着时间的变化而不断改变所导致的。然而，表现和感觉遵循同一种法则；的确，表现和感觉的每一次变化都确证了其内在的真实。因此，规定心灵应按照何种规则运用自然的图像的做法是很愚蠢的；心灵只要遵循了理解和意识的内部法则，就必然会根据艺术家和鉴赏家的具体情感类型，以具体的艺术作品所需要的方式并为实现具体的目标在特定的时间和地点学会运用一种图像。

例如，让我们以完全相同的寓言与明喻为例，探讨如何将之直接运用到讨论数学和哲学的书中，运用到讲演中，运用到说教性的诗歌中，运用到歌曲、颂诗、叙事诗、喜剧和悲剧以及诸如此类的事物中。我们的内部感官难道没有告诉我们图像在不同的文本中不能被以相同的方式认识？寓言在祝酒歌或柏拉图的对话中、埃斯库罗斯的合唱或阿里斯托芬的短剧、利希波斯(Lysippus)的雕塑或阿佩利斯(Apelles)的绘画中是完全不同的，哪怕这些艺术作品所描绘的是同一个对象。如果我们现在通过诗歌和艺术作品所描写的各种情景，通过诗人和艺术家的强烈感情，通过不同时间、地点及环境中的国民性格的每一次变化来追求这种多样性，那么我除了借助心灵中所存在的必然规律以及寓言与“制造心像”(image making)的理解本身来体验——真实、生动和明确之外，根本不会看到适用于每一种具体艺术实例的普遍法则。歌曲的每一个韵律与音调都在以自己的方式遮蔽了由幻想所生成的图像；一幅图画如果没有被一种新的精神赋予生命并进行再创造，就几乎不可能被完全转译为另外一种图像。因此，事物因刻板的摹仿而看起来比较糟糕，寓言和图像的每一次知识迁移行为都不是出于自身的原因，因为那些外来的知识碎片之所以能够被储存于诗文集和知识宝库中，最终只是为了将来的运用。然而，年轻人所受到的令人感到悲哀的训练是，他们只能以功利的方式欣赏图像！让他们学会热爱、尊重和钦佩每一幅美丽的图像以及在与其相适应的地方所存在的每一个适切的明喻，因为他们甚至完全不需要考虑如何利用某种完全相同的特征来掩饰其隐蔽的意义。他们越是感到图像的真实与完善，就越不希望向其伸出“第三只手”；相反，他们应满怀激情地描画出一幅图像，那么这个图像既显得比较自然，也基于他们自己的感觉所产生的认识。

5. 因此，有些抱怨是毫无来由的，例如：自然宝藏已消耗殆尽；余生也晚，与前人相比根本无法更好地描绘狮子和太阳。事实上，这种认为存在更好的描述的观点是偏离主题的,因为事实在每一个时代都完全相同。但是,每一个拥有感知能力的人都能以自己的方式描述对象,就像对象此前从来没有被人描述过,因此在我看来,任何持怀疑态度的人都不可被否认。荷马所使用的明喻是无法被超越的;但是任何人都不希望为了超越荷马而能比他更好地描述狮子、驴、鹤、苍蝇。如果这些图像必须出现于你的诗歌和演说中,那么你完全可以依据你的认识以及你的诗歌所需的独特方式进行描写。你只需要这样做,因为你会发现你根本不需要自寻烦恼地强迫自己去剽窃古代诗人的明喻;的确,你根本不可能毫无改变地使用这些明喻,即使这些明喻赋予了你很多灵感。精神只要充满诗意,内在感官自会创造出图像。精神自然会为自己创造出新的图像,因为即使对象此前已经被观看或歌咏了数千次,由于人们是以自己的眼光观看的,并且人们对其的感觉越真实,他们的创作和描述就越具有原创性。

这就是为什么为他人修改作品总是一道难题。我们可以设想你为另一位画家的绘画增添了一些美的要素,你为寓言增添了一项合适而又新鲜的意义,但是你一旦这样做就破坏了绘画原有的整体和谐。为了使你在绘画中涂抹的颜色光彩照人,是否真的值得因此而损伤整幅作品的魅力?我们暂且不论图像的物质属性,而是应该关注创造整幅绘画并使之保有活力的创造性精神。

6. 因此,图像在何种程度上才能显得生动的一般法则在此根本无法被恰当地推断出来。每一部艺术作品都有自己的风格,都有自己的旋律,其中任何内容都不能被过分夸大或掩饰;不断增加或减少的感觉自始至终都决定着这种风格与旋律的变动。这种情况也适用于每一位诗人、作家或艺术家;他将自己的天才灌注于艺术品以至于他的风格得以显现。图像的生动绝对不会与其真实和明确相矛盾;如果图画的确生动,那么它既要受到另外两者的支持,又要反过来对另外两者发挥促进作用。即使诗歌存在着所谓的模糊性,那么也是符合艺术规律的模糊性;也就是说,模糊本身就是一种更高的秩序。

由于我们的感觉绝对不会仅以其中的一种来感受事物的特征,并且我们仍然保留着受微风和气流的拨动而发出潺潺响声的伊奥利亚人(Aeolian)的竖琴,因此准确地说,艺术之所以能够生动表现,是因为我们在以对象为乐时能够同时使各种感觉协同发挥作用。我们内在的诗意感官能够如此忠实而准确地把各种感觉集合在一起，以至于我们能够把在虚拟世界中所感受到的一切当做完全现实的世界，因为准确来说各种细枝末节——不为严苛的理解所关注，甚至被更为平民化的呆板理解视为冗余——是个人情感的最为真实的构成部分，并且准确来说，正是因为这些细节是真实的，因此能够发挥极具决定性的效力。所谓重复荷马的明喻，事实上首先是使之获得重生；荷马使这些明喻处于运动之中，并且有生命的人必须使四肢运动起来。如果四肢被切除了，那么无生命的躯干将既不能站立，也不能行走。

我还将在分析寓言时进一步分析图像问题，因为哲学家、诗人和艺术家都使用寓言，并且他们基于不同的目的在不同的著作中使用寓言。我在此必须提示大家注意一个不言自明的道理，也即整个世界对于没有情感的动物而言是一潭死水，对于充满困惑的心灵而言则是一片凌乱的色彩；同样，对于平淡乏味的人而言，整个世界则是一幅毫无生趣的绘画，根本不存在内在的确定性与真实。然而，我们越是准确地认识了真实，就越能够生动而又深刻地感受到这种真实，因此我们无论能否在绘画或感觉或音乐中分辨出这种真实，都能更为准确地描述它。所有的事物都聚集在一起，并且最终又是由表现自然的图画所描绘的对象所决定的，还被人们审视事物的角度以及人们认识并设计世界的感觉器官与取向所决定的。我们在更为细致地思考人类语言、抒情诗，特别是颂诗这类最美的图画时将继续讨论这一问题。

二、论诗歌

我们现在继续讨论，并深入探究诗歌是如何起源于可看的图像的。事实上，讨论主题的转移也是我们意料之中的事情。也就是说，我们如果认为图像不但受到对象自身情况的限制，而且存在于我们的心灵中，还受到我们的器官以及内在感官——总能从多样性中创造出和谐整体——的限制，并且我们无论是有意识还是完全无意识，做梦和写诗都是无目的的，那么就需要注意我们心灵的“内部形式”(inner form)及其特点，以及我们的心灵“制造心像”(image-making)的能力。更为重要的是，我们凭借这些分析，自然会发现人类诗歌的本质特征及其受人喜爱的原因。我们所创作的诗歌并不是无源之水，而是来自我们内心的感受与体验；就像我们能借助我们个人所见的图像改变我们的感觉，因此我们也能借助一系列图像将我们的情感与思考方式投射给外部对象。如果这种类推方式本身就是一种艺术，那么我们可以将其称为诗歌。我们应该注意辨别属于我们感觉能力的三个重要特征;其余特征自然由此推演而来。

1. 我们认为世界上的每一种事物都能发挥自己应有的作用,并且我们可以由此推断一种重要的力量以及由此而衍生出的主题都隐藏于其背后;由于我们都是人,我们将自然力量所发挥的全部效力都归咎于人类自身。我们相信自然中的一切都是有生命的,并且可以不断与周围的事物进行对话,因此,我们之所以崇拜这些事物,并对其进行描写,在一定程度上也是因为它们不断影响着我们。我们发现这种拟人化与人格化的情况存在于尘世间的所有人身上。人格化在很大程度上被看做是无知的,但是如果无知是人格化之母的话,那么理解所具有的认识功能就是人格化之父。我们与黑人部落相比,对隐藏于自然内部的精神力量知道得并不多。我们也许熟悉各种力量;我们也许不但试图不断创造并运用这些力量,而且试图更好地排列这些力量的次序;然而对我们而言,我们感觉所有的事物都充满了诗意,并且需要根据我们的体验对其进行重新安排。我们的心灵如果试图运用不同的器官理解自然,那么就必须依据不同的原则为自然分类。敏感的人只能根据自己的感觉排列世界的次序,并且当他把自己的力量转化为自然力量时,上帝在他看来必然存在于自然的每一个角落。生机勃勃的人类总是在奔腾咆哮的瀑布、大海、暴风雨、闪电与雷鸣以及微风和大自然的所有运动中发挥着积极能动的作用。我们从各种游记中得知所有拥有敏锐感觉的民族都积极地发挥这种作用;的确,我们发现感觉敏锐的人、儿童、女性、充满激情与狂喜的人以及充满梦幻的人都能发挥这种作用,因此他们即使不再心怀警觉,在其他方面又会如何呢?恐惧——特别是对黑暗的恐惧——悲伤、爱恋、思慕、绝望以及其他各种激情——使我们每一个人都出人意料地成为荒蛮愚蠢之人,因为对我们而言,不论是这个对象还是那个对象似乎都是有生命力的,并以异乎寻常的外观影响着我们。我们自孩童时代开始多年来就以这种眼光看待世界,并且我们自孩童时代就有的拟人化观念不断出现在我们的梦中。**这种比较冷静的沉思尽管是不真实的,却是由经历、教诲和癖好等逐步培养而形成的,**并且我们发现当我们遇到完全无法预料的情况时就难以维持这种冷静的沉思了。

地球上的每一个民族由于有时无法考察其风俗习惯,因此便出现了很多这类拟人化的观念;每一种游记、每一种神话中都充满了这类拟人化,并且我希望我们不是根据修饰性的需要，而是根据气候的特点以一种独特方式展示我们人类的幻象。这种展示也构成了“理性疯癫”(rational madness)的历史。就像波洛涅斯(Polonius)在评论莎士比亚时所指出的，这种展示的方法无处不在，出现在各种文集以及人类社会的各种富有与贫穷的情景中。

2. 显然，有能力对人产生各种影响的仍然是人类自身。除了存在于人类天性之内的相互矛盾的情感与态度——积极与消极、付出与接受、爱与恨——以及最终由自然所划分的最具生命力的两性模式之外，他并不能构思出任何其他的对人类产生影响的模式。我们可以看到在人类、动物界乃至草本植物与树木中同样存在着这种两性模式；他们为什么只能发展到这等地步，而不能在自然力量的作用下向更为高级的方向发展，难道是因为上帝所创造的一切事物都不能给予或攫取、施动或受动、恨或爱吗？并且天堂里的男女诸神以及各种灵魂正是以此种方式互相躲避或勾引、鼓励或迫害。自然成为各种相互牵制或支援的力量进行斗争的场域；除此之外还有什么呢？自然哲学在发展过程中必然以类同或相似关系建构着世界与两性；除此之外，自然哲学并没有做任何其他事情。因此，自然界所存在的各种类比使我们拥有了诗歌，也即由人类心灵所评说并由幻想所完成的图像。由此可见，诗歌的另外一个更为直接的源头是：

3. 所有的自然现象及其生与死的循环往复。新的生命力量是从爱中诞生的，另外一些生命形式则在破坏性的斗争中消失了。与那些分析自然界的各种生命形式的诞生与消失的神学、宇宙起源论以及谱系学相比，哪种将世界上所有神话囊括于自身的理论更为自然？

这里存在着将所有人类诗歌囊括于其中的三种简单的观念；我的确怀疑是否还存在着第四种观念。它们分别是：

(1) 发挥实际作用的拟人化观念；

(2) 爱和恨、给予与付出、活动与休息、统一与分离；简言之两性之差异；

(3) 从两性之统一中诞生的第三者；两者必有一方在其冲突中毁灭。这完全可以由存在进行解释，由生解释死亡。

因此，历史最为悠久的神话与诗学是关于自然法则的哲学，并且试图在宇宙的起源、存在与毁灭中解释其变迁。这就是愚钝无比的黑人和聪慧无敌的希腊人所扮演的角色；除此之外，人类的心灵不能，不可能，或者根本无法进行创造。创造另外还意味着什么？或者说是否存在像撒旦一样的职业神学家?当创造这个词被运用于人类心灵,除了其完全与荒谬事物相联系并且自身也变得有些荒谬之外,我根本不理解这个词的意义。人类只能创造一些不存在的事物,因为他迫切需要;人类之所以能够想象并用诗歌表达,是因为他并不知道这一切。即便如此,人类诗歌所发挥的想象力事实上也只是一种敏锐的直觉,是其内在感官通过类比的方式形成的。从较为绝对的现实角度来看,人类既不能诗意地传达,也不能无中生有,如果人类真的能做这一切,那么他将成为另一个世界的创造者。人类所能做的一切是将图像与观念联系在一起,以类比的方法传达其中的意义,并且将其打上自己的印痕。这就是人类所能做并且可以做的一切。我们之所以能够称自然界中的一切为图像,是因为我们接受了自然,并且以灵魂认识、分离、重组并传达自然的意义。

不言而喻的是,诗歌只要记录了一个民族的英雄传奇故事,是一种口传历史,那么在一定程度上就成为不断流传的财富。并且从另一个方面来看,它也必然很快就会变成赝品。它之所以成为赝品,是因为每一个言说者总是在自己不知道且无意的情况下增加或删节某些内容。一些机智聪明才思敏捷的人创作出英雄传奇故事,并且不断讲述这个故事;但是一些愚钝的人只能大致理解这个故事,或者根本无法理解它,不过,他们仍然不断传播这个故事。这些英雄传奇故事因此最终失去了其原本的意义,并且图像也失去了其意义与价值。各种详细的历史事件经过世代传承而演变成为故事,并且准确说来是因为这些历史事件是一种描述家族中的英雄的传奇故事,因此也必然为儿童所牢记。世界上的任何神话因此都不可能是一种非常纯粹的英雄传奇故事,或者说纯粹的英雄传奇故事也不可能成为一种神话。神话往往将对自然的各种幻想与家族、国家以及生命所经历的各种事件交织在一起;前者不是纯粹的物理学,后者也不是纯粹的历史。然而,人类在这两种情况下都不是有意地编造或说谎;他们仔细审视并记录自然与社会生活中的一切;他们力所能及地以与对象毫无关系的语言或并不完善的象征性语言或更为复杂的方法表述自己的想法,也就是说他们在讲述一个故事。英雄传奇故事被从一个孩子传给另一个孩子,并且充满诗意的虚构故事也因此而在英雄传奇的基础上像雪球一样越滚越大,不分好坏地将各种内容裹挟进来。英雄传奇作为记忆的产物也正是以此种方式不断发展,最终成为艺术,而这种艺术也可以被称为诗歌。这种内容驳杂的精神财富不断得到提炼和锻造，英雄传奇最终也就具有了艺术性。

任何一位讲故事的人都希望讲好他的故事。由于讲故事的人希望自己是一位睿智的传道者，因此他也希望这些故事能够得到更多人的认可，并且更为生动持久地留在人们心中，简言之，以极为完美的方式留在人们心中。诗歌艺术正是基于这一原因而出现的。一位讲故事的人为了转述他所继承或获得的各种观念，创造出更为鲜活生动、更具说服力的新图像和词汇；其他人则为他的词汇创造出更为准确的韵律和精美的音调。各种肢体语言凸显出所要强调的重点，有节奏的舞蹈也为演说带来了精美的旋律，诗歌艺术因此而诞生，并且几乎无人知道谁应为此而负责。任何一个民族都没有从其祖先那里继承诗歌艺术，却发明了自己的诗歌；图像、英雄传奇和诗歌不断以自己的新形式展现出一种更为美丽的全新外貌。因此，很多黑人部落与美洲土著的情况都表明，神话在任何一位没有受到圣诗、颂歌、表演、艺术和舞蹈以及书面语言陶冶的人的心目中都保持着一种混沌未分的混乱状态。因此，秘鲁人一旦将降雨女神和她的兄弟雷公引入颂歌，他们的诗歌也就创作完成了。不过，当英雄传奇的各种沉渣腐泥被抛弃之后，这种图像及其寓言被各种圣诗、各种音乐旋律、各种新型的叙事诗以及舞蹈表演乃至新型道德和哲学故事更为精致地包裹起来，并得到更为仔细的安排。简言之，一个民族无论是否充满诗意精神，其神话和思索在其文化发展的每一个阶段通过与各民族不断竞争，终将变得优雅或粗糙。

我们如果在充分考证了诗歌艺术的起源之后，再探寻每一种诗歌形式的发展，那么就将离题万里。我们认为这些诗歌形式不是根据哲学原则，而是根据历史原则被分类的。它们遵循历史发展的原则，并且无论是在什么时候，特别是在希腊和罗马时代，各种不同的诗歌类型都被冠以具体的名称，以至于为了发挥示范作用，各种原则必须被由具体的例子推导出来，或者说各种例子也论证了这些原则。因此，我根本不可能怀疑，除这些类型与名称之外，另外的类型可能或者的确存在。也就是说，在我看来，如果人们还需要从哲学角度对诗歌进行划分，那是因为希腊和罗马人并没有详尽地研究诗歌。相反，很多诗歌可以被归为一种类型，并且所有的诗歌可以被归结为三四种类型：叙事诗、抒情诗、戏剧诗以及单纯的教育诗。叙事诗详细叙述了上帝或英雄、人或动物、市民或牧羊人的行为或一件事情或一段历史的传奇故事。戏剧诗则真实地描写了或悲或喜、或清白或邪恶的行为，以至于这个行为像是发生在我们面前。抒情诗则或喜悦或悲伤、或愤恨或痴爱的歌唱,由此而为歌者或其他人提供了教益;这也充分说明抒情诗能够声调抑扬地唱出一种独特的感情。如果抒情诗中没有这种抑扬的声调,并且还充满了一种诗意的劝诫,那么这种诗歌就成为一种教育诗了。然而,教育诗总是渗透到前述的一种或更多种类型的诗歌中,并且在其命名的过程中总是从前述类型中借用一些修饰性成分。为了更为仔细地探讨每一种诗歌类型,让我们暂时先离开诗歌类型这一论题,转而探讨与更为古老的传奇、诗歌关系密切的《伊索寓言》。

“虹”字与它的龙形图像:试析商周至汉代双首一身龙纹的含义

[法]李晓红

摘要:商周青铜器纹饰中龙纹图像占有一个重要位置,它的发展历史和形成过程与中华民族的历史、文化有着密切的联系。它起源于何种动物,学术界有过多种说法和争论,而本文只准备选用源头之一的形象,即辽宁喀左县东山嘴红山文化建筑群址出土的玉石器中的玉璜,双首一身(龙头,蛇身)去研究众多古代龙纹中的一种,即虹的龙形图像。图像是观念的载体,并体现观念的演变。本文的宗旨是运用图像学研究手法,上溯“虹”的祖型,再与“虹”字的商代甲骨文字象形字比照,旁及“虹”字及双首一身的“虹”/龙纹的形态和性格,并与文学中、文字学中的“虹”与“虹”字做一个比较研究,从起始到演变,到“退化”,再到具象,研究它的发展历史和形成过程,寻找规律,探讨因人们对自然神之一“虹”的崇拜,而到它的被物化了的龙纹图像的历史意义。

关键词:商周青铜器　甲骨文　图像学研究　双首一身龙纹

本文通过“虹”字和它的图像比较研究,讨论以下三点:第一,甲骨文“虹”字与工、壬、癸和巫等字的关系,即虹化为文字的工,工化为巫、癸、壬,这几个字都源于同一系列概念的宗教性符号。金文中工字竖画中央有一点的“壬”字,有怀妊含义;二龙交缠,反映了“龙战于野”的结果,实际上“壬”字一方面有巫舞的意思,一方面像是“交接”。而“癸”字的斜线交叉,除了有巫舞之意,还有性爱与繁殖之意。第二,探讨以象形为基础的大篆体C形“虹”字与雷、闪电、电和雨等自然界的天气现象有关的雷电征识,和龙蛇蟠绕的S形形态。古人(应该是当时的占卜专家)希冀以龙蛇之形,以雷电之身,隐喻生命和光明。虹以桥或蛇/龙的形态出现,达到生命符号、雷电征识与龙蛇形象的统一,笔者认为虹/龙和雷神的结合,应是祥瑞形象(但在先秦古籍记载中,蜺(即虹)出现在北,在西,在北方是“有祟”,见到它为灾祸之始)。第三,商周青铜器、骨器等中双首一身的蛇/龙之象,双龙并立或交尾之像,这里也许是一种形象的联想,但双龙的雌雄角,有可能意味着天地,阴阳。虽然在战国以前中国还没有出现太极图,但有了反映太极意向的双龙或双蛇图像，这无疑反映了原始宗教的性崇拜。

西方人在《圣经》中谈到虹，在同性恋同志的节日聚会时的七彩旗上，人们也可以看到虹的象征形象，他们眼中的虹都反映了美好的形象或现象。而澳大利亚土著神话里的“虹蛇”(Rainbow-Serpent)，即是“地气”、泉水所“凝聚”的虹，联系着天/地、阴/阳，以巨蛇的形态出现，又能发出雷电，控制雨水，他们的虹蛇最与中国的虹相似，准确地说是与有着其中之一含义的中国虹/龙纹相似。

中国古代先民常把不得其解的事物付诸神秘的色彩，造成荒诞不经的神话，流传到后世。在大自然的现象中，很多难解的问题，例如虹霓，便是其中之一。说到自然界的虹，人人都见过，也认识“虹”字，学者们对虹的文学研究也不少，可是对它的字在历史长河中的成因，造字的依据，从图像学角度对商周虹字和与虹字同时代存在的虹/龙纹形象做比较研究的不多。

我们在研究商周青铜器，玉器龙纹样时，发现除了通常所见的一头一身的龙纹——这是主龙纹形，我们还发现变异的龙纹纹样，或曰派生纹样，两头一身，即两个龙头以一个曲形的蛇身相连接的纹样，它们几乎与甲骨文“虹”字构字方式如出一辙，而一头两身龙纹也与“虹”字的龙形图像有一定的关联。这些龙纹中有的是圆雕，像辽宁喀左县东山嘴出土的红山文化龙形玉件①(一身两头，见图1)，或是以高浮雕形式出现的河南安阳出土的商代妇好墓

图1　左为辽宁喀左县东山嘴双龙首璜形玉饰②，右为线描摹写③

司㚸母方壶中部的龙纹(一头两身，见图2)④。到了西周中晚期和春秋时代，青铜器纹样开始衰退变形，原本具象的动物纹样抽象化了，一身两头和一头双

① 双龙首璜形玉饰，见郭大顺、张克举：《辽宁喀左县东山嘴红山文化建筑群址发掘简报》1984年11期，第11页，图19，图20。

② 《喀左简报》1984年11期，第11页，图19－1，图20。

③ 见刘志荣、杨静荣：《龙与中国文化》，北京：人民出版社1994年第2版，第111页，图42。

④ 高浮雕龙纹，河南安阳出土的商代妇好墓司㚸母方壶中部的龙纹，见《殷墟青铜器》，北京：文物出版社1985年版，图26，彩页第XLVI页。

图2　饰于河南安阳出土的商代妇好墓司㚸母方壶上的一头两身龙纹

身这两种龙纹简化到了只剩下线条,例西周孝王时期几父壶颈部上的云带纹,或波带纹(抽象变形后的窃曲纹的一种)[①],一直到汉代,汉画砖上"雷神出行图"上"虹"字的概念与双龙纹又再次出现。我们是否可以说"虹"字之形是以龙为象?这两种龙纹之间是否有相同的概念?字与纹之间以及纹与纹之间的关系又如何?"虹"字的龙形图像的后世发展又如何?我试图从商代甲骨文与当时的青铜器,玉器龙纹中"虹"、"蜺"字与龙纹实例入手,探讨其造型理念,造型变化的规律,以及文字寓意,将涉及图像学、词源学以及文学和神话学等方面的问题。

Ⅰ、甲骨文虹/蜺字与青铜器等器上的双首一身龙纹形态及其象征意义

龙在中国古代被视为水神,它的形象几乎都与反映大气现象中云、雷、电、闪电等的象形字有关。

原始社会时代的中国先民认为自然界中的某些现象,其实是自然界里的神在显灵。刘志荣、杨静荣对这一现象在《龙与中国文化》一书中说道:"虹既被附会于龙,也就引起了先民的敬畏,因《诗经·鄘风·蝃蝀》中有'蝃

① 后世学者有的称这种变了形的动物纹为窃曲纹,见容庚:《商周彝器通考》(下册),北京:哈佛燕京学社 1941 年版,第 99 页;见马承源:《商周青铜器纹饰综述》,载上海博物馆编:《商周青铜器纹饰》,北京:文物出版社 1984 年版,第 25 页。

蛛在东，莫之敢指’的诗句。”这里的“虹”或龙不能用手指指认，与云和水有关。

从考古资料分析，双龙(头)玉璜有可能是商代甲骨文中的“虹”字的原型，象征雨后天空出现的弧形彩虹。彩虹由外圈到内圈呈红、橙、黄、绿、蓝、靛、紫七种颜色，出现在与太阳相对的方向，这个常常在雨后出现的大气中光的自然现象，被先民们想象成连接天地之间的桥梁，所以在中国古代虹又是桥的代称。目前所知最早的见于出土于辽宁喀左县东山嘴红山文化遗址的双龙首璜形玉饰(图 1)(该遗址石建筑基址的 14C 测定年代为 4895±70 年)。《辽宁喀左县东山嘴红山文化建筑群址发掘简报》作者对这个淡绿色的 4 厘米长的璜形玉饰这样描绘道：“……雕纹为两端各作一龙首，较长，吻向上伸，上唇翘起，口微张，目作菱形框，身饰瓦沟纹样……虽体形甚小，但龙首形象明确……这个出土的龙形玉件再一次证实，作为中华民族文化象征的龙的形象，早在距今五千年前，就在西辽河流域的红山文化中出现了。”[①]同类似的两头一身的玉器或其他器物的龙纹样在后世有很多。

Ⅰ-1　甲骨文中虹/蜺字的字形资料

根据字典、古籍及学者们议论的有关虹解释或定义，我们可以看到虹有以下几种形象，先录于此，以便作为字的含义与图的寓意分析研究的基础。

《新华字典》“虹”字解：形声，从虫，工声。甲骨文“虹”与杠梁，古玉璜之形相似。本义：雨后天空出现的弧形彩晕。主虹称虹，付虹称霓。《说文》中虹字解，螮蝀也，状似虫。《尔雅·释天》疏：虹双出，色鲜盛者为雄，雄曰虹。暗者为雌，雌曰霓。虹通蜺(通今“霓”字)，亦作虹蜺。此说见《列子·无端》：“虹霓也，云雾也，风雨也，四时也，此积气之，成乎天者也。”

关于“虹”字，叶玉森先生猜测是“桥”的初文。关于螮蝀，郭沫若先生注云：“蜺，雌虹也。”陈梦家先生《殷墟卜辞综述》第七章《历法天象》中引：“郝懿行疏云‘虹有两首，能饮涧水，山行者或见之’，《穷怪录》曰：‘后魏明帝正光二年下六月，首阳山中有晚虹下饮与溪泉’。卜辞虹饮于河，正与此种神话相符合。虹蜺为阴阳二性。虹字象两头蛇龙之形。”

综上所述，虹别名蜺(今作霓)，还有螮蝀和蝃蝀，都是虹的别名[②]。为雨

① 郭大顺、张克举：《辽宁喀左县东山嘴红山文化建筑群址发掘简报》(简称为《喀左简报》)，第 11 页。

② 虹即蝃蝀一说采自《诗经》，见《诗经·鄘风·蝃蝀》。

后或日出、日没之际天空中所现的七色圆弧。虹霓常有内外两环,内环被称为正虹、雄虹,即阳性;而外环被称为副虹或雌霓,即阴性。虹或蜺的体,可能是蛇躯或龙躯,有一躯,也有可能有双躯[1](即内外两环)。虹蜺可能为阴阳二性,亦可能是雌雄阴阳合一体。郭沫若先生对虹的躯体还有一段说法:"……盖古人以单出者为虹,双出者为蜺也。"[2]由于中国古代故事的多重说法和多种版本,目前我们暂以此为基础,以方便下面的字和纹讨论。

卜辞含虹/蜺字的第一段甲骨文字

我们首先看看董作宾《平庐文存》书中熊海平文中所摹写的三段含"虹"的甲骨文字形象,即陈梦家《殷墟卜辞综述》书中所称:"卜辞所谓虹字三见,作[3],郭沫若释蜺像雌雄二虹而两端有首。"[4]

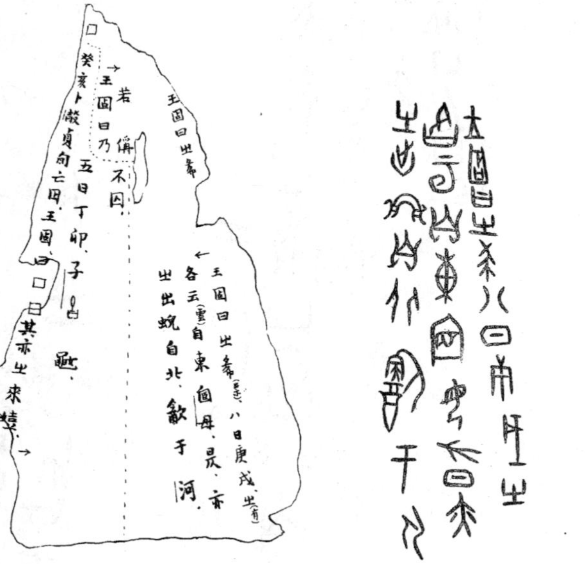

图3　左为含虹/蜺字的第一段卜辞文字[5],右为熊海平摹写的含字的甲骨文[6],郭称该字为"蜺"

---

[1] 我相信郭沫若引用的古人的"单出"为虹,"双出"为蜺一说不会是绝对的,我们暂且用这个叫法来归纳。

[2] 郭沫若:《卜辞通纂》,北京:科学出版社 1983 年版,第 388 页。

[3] 陈梦家:《殷墟卜辞综述》,第 242 页。

[4] 郭沫若:《卜辞通纂》,第 86 页。

[5] 同上,第 387 页。

[6] 熊海平:《三千年来的虹蜺故事》,引自董作宾,《平庐文存》(下册),台北艺文印书馆 1963 年版,附录一,第 47 页(图 3,第一段卜辞文字)。

郭沫若释之云:“王占曰:有祟。八日庚戌,有各云自东,宦母。昃,亦有出虹自北,饮于河。”①这里原文的大概是指有云,从东来,而“霓”自北来,不是好日子。蜺的出现,据古人认为“有祟”,是不祥之兆。据郭氏注解,而出于北方的“霓”,更不是好兆头。农民用虹出现的方向来占验天晴/下雨与吉/凶,蜺出现在东方,预示要出太阳,蜺出现在西方,预示要下雨。如果出现在南方或北方,则人们遇灾祸导致要卖自己的儿女。含虹/蜺字的第一段卜辞辞条中我们看到虹/蜺被写成一个屈体,两端各有一个龙头,很像一条躬起身躯的双头龙。这两个龙头均有代表角的曲线。

卜辞含虹/蜺字的第二段和第三段卜辞文字

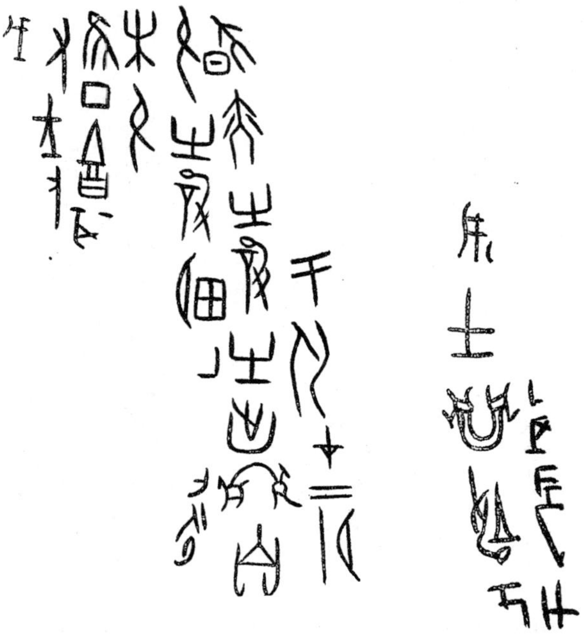

图4 左为含虹字的第二段卜辞文字,右为含蜺字的第三段卜辞文字(均为熊海平摹写)②

含“虹”字的第二段卜辞文字由于甲骨残缺,看不出“蜺”字出于何方向,但可以看得清楚这个字与第一条相比较,字形相似,却是一个单蛇/龙躯

① 郭沫若:《卜辞通纂》,第387页。

② 熊海平:《三千年来的虹蜺故事》,引自董作宾《平庐文存》(下册),附录一,第48页(图4,左边第二段卜辞文字),第49页(图4,右边第三段卜辞文字)。

的虹字。郭氏称这三段卜辞中的虹/蜺字均为蜺字,但笔者根据郭氏引文中"盖古人以单出者为虹,双出者为蜺也"的说法,认为第二段卜辞文字中的单出的应是虹字),而且它是倒着写的。而含蜺字的第三段卜辞文字意思为:虹在西方出现,而且是朝虹,将占雨。

图3内蜺字　　图4内虹字　　图4内蜺字

图5　三段卜辞文字中的虹/蜺字

这里我们看到以上三段卜辞文字中的虹/蜺字形象都类似,都是曲线"C"形身躯,不论单躯还是双躯,都有具有龙角的龙头。口张得很大,表示它要喝水。其实虹,蜺(或霓),以及后面我们要讲的螮蝀或蝃蝀,都是虹的别名。含义相同,只是叫法不同,我们在下一节中看一看虹/蜺字的构成写法及其发展。

Ⅰ-2　甲骨文和篆字中的虹/蜺字字形及含义

甲骨文蜺字	"虹"字的小篆写法	"虹"字的大篆写法	"霓"字的小篆写法	"蜺"字的小篆写法
见图3,卜辞之1内蜺字	图6a	图6b	图6c	图6d

图6　虹/蜺字的甲骨文、大篆和小篆的写法①

以上图6为虹/蜺字的甲骨文,和四个《说文解字》卷十三中的虹/蜺字的大篆和小篆写法。我们接下去分别解释。关于图3,甲骨文蜺字为"C"形。它的图形是雌雄同一体的类型,两端都有龙头。后世古书《尔雅·释天》中

① 虹字,《说文解字》卷十三,虫部,编号8888,见 http://tool.httpcn.com/Html/Zi/35/KOILILPWUYXVTBMERN.shtml.

云:“螮蝀,虹也,蜺为挈贰。”这句话可理解为:“盖古人以单出者为虹,双出者为蜺也。”①《山海经·海外东经》所指的“(虹虹)在其北,各有两首”的形象即是这样两头蛇/龙之象,玉器中的璜也许是图3中甲骨文的原型,而《山海经》等书中这些说法也许都是从甲骨文“虹”字附会而来:“由于虹与雨紧密相连,人们遂幻想其为饮水与河之龙。”②在此我们可以看到甲骨文“虹”字字形是双龙一身的龙形象。

“虹”字的造字依据:虹、工、壬、癸和巫字之间的关系

关于图6a:,“虹”字小篆字体,形声。从虫,工声。“它”,虫也,“虹”字以古字小篆的“它”写法为偏旁,从蛇,反映了蛇身扭曲之形,我们暂且不深入讨论虫/蛇/龙字之间的关系。

现在我们谈一下该“虹”字右边的“工”字小篆。据袁德星研究:“二龙插图形象及含义上(关于二龙或双龙我们下文再叙),和文字学中的壬、癸、巫、工、帝、矩皆有极密切的关系。而主要当然是巫字。”③他认为工是虹的简化,甲骨文的虹字是两头龙,两头龙简化为工。袁德星还认为工、巫二字同一意思:“巫就是古时的祭师,古时由女性担任,显示女巫是女娲这一系统的传统,乃女性中心社会的遗迹。而巫字的主要结构是‘工’,工有二意,一是壬,在甲骨文时代壬字都写成‘工’形,‘壬子’写成‘工子’;一为百工、工巧之工,《说文》云:‘工巧饰也,象人有规矩,与巫同意。’规矩是古代工匠所用的一种工形的工具,可以画圆和方形。”④“虹”字的右半边的“工”是巧饰,也就是巧妙与艺术的象征,它同时又通巫,还通壬,则这三字之间都有关系,即虹化为文字的工,工化为巫、癸、壬,这几个字都源于同一系列概念的宗教性符号。

我再引袁德星有关巫、壬与工的论述:“《说文》说,巫是女性以舞降神的一种职务,而与‘工’同意,说明二者有不可分离的密切关系。故“巫”字从工,甲文的巫字是二‘工’作十字形交叉,造型上有一种动态感,合乎舞蹈的形态,和殷墟出土的旋龙盂装饰意向相同……而金文中“壬”字是“工”字竖

---

① 郭沫若:《卜辞通纂》,第388页。
② 刘志荣、杨静荣:《龙与中国文化》,第112页。
③ 袁德星:《双龙纹簋的装饰及其相关问题》(以下简称《双龙纹簋》),载《故宫》第十二卷第1期,1977年,第112页。
④ 见袁德星:《双龙纹簋》,第89页。

画中央有一点[①],《说文》认为‘工’形的壬字有怀妊之象,乃是‘龙战于野’造成的,二龙交缠在一起,因‘战者接也’,实际上一方面有巫舞的意思,一方面也象‘交接’。”[②]这里讲到了“壬”字工形的甲骨文写法,有怀妊含义,乃二人舞蹈后的结果。而“癸”字的斜线交叉,除了有巫舞之意,还有性爱与繁殖之意。

图7　壬(竖行左)、癸(竖行中)、巫(竖行右)的
甲文、金文、小篆、楷书的根源[③]

释与雷、电及雨相连的虹的大篆字体,以及其龙蛇蟠绕的S形身躯

图6b中的大篆虹字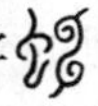,由两个部分构成,左边的虫偏旁表示蛇或龙,右边是“申”字的甲骨文写法,表示或雷或闪电或电。申字与图5a不同形,为“S”形,《说文》说“虹”字的右边是申(见图6b右边的S形曲线),它的中轴线是曲线,上下各有两个反向的弯钩(如图8a和8b),或者在S形曲线的上下处或中间加上一个像“田”或像“口”的符号(如图8c和8f,这个“田”或“口”符号也可以是圆形的),表示雷形,或象征雷声,意思是雷声轰鸣,游转于闪电的主体线的上下左右,比如甲骨文雷字的另外几种写法:,,皆有相通之

① 见图7左边第一竖行第二字——笔者注。
② 见袁德星:《双龙纹簋》,第92页。
③ 同上,第94页,插图十二。

形。甲骨文的“神”从申,“坤”从申,“虹”字也从或[1],蚺即“虫”加“申”的合体字,也是古代“虹”字的一种写法,其实都是从的像电一般攻击的蛇龙形。郭沫若解说此:“《说文》籀文虹,从申,申电也。此字正从申,于申旁附以小圆或细点者,示虹之周遭有雨滴”[2],点即雨滴。容庚在《商周彝器通考》一书中这样阐述雷纹:“《说文》曰,‘雷,阴阳薄物,雷雨生物者也,从雨,畾象回转形。’沈括《梦溪笔谈》(十九:二)云:‘礼书言罍画云罍之象,然莫知雷作何状。今祭器中画雷有作鬼神伐鼓之象,此甚不经。予尝得一古铜罍,环其腹,皆有画,正如人间屋梁所画曲水,细观之乃是云罍相间为饰,如者,古云字也,像云气之形;如,或者,雷字也,古文为雷,像回旋之声。其铜罍之饰,皆一一相间,乃所谓云雷之象也’。宋之所称为云雷者,今概称为雷纹”[3]。在同一书中,容庚引《吕氏春秋》语[4],称云雷纹饰于乙毛鼎上,相间与蝉纹与饕餮纹之间,表示这二兽因贪吃而被雷纹惩罚。当然云雷纹还是补龙或饕餮或夔之空,它是环绕龙周围的辅助纹,有助腾龙登天之意(此纹样之说在本文中不作详细论述)。

(图 8a), (图 8b), (图 8c), (图 8d), (图 8e), (图 8f),

图 8 申字与雷,闪电,电等的关系示意图[5]

大篆的虹字的S形形象有与雷、闪电或电相似的外貌,它化为云雷纹,是地气、水所凝固的虹,联系着天地和阴阳,它又以桥或蛇/龙的形态出现,可以发出雷电,又具报复心理,惩罚贪者。从文字到图像,从表面到内涵,从符号转化为文字,再从文字转化成图像,它要传达的意思可谓深而多义,甚至这个与雷电有关的虹/龙纹与山东嘉祥汉代画像石的“雷公雨师图”隔着几个朝代却呼唤着类似的天象概念。这个被绘为背脊微拱的双首兽形龙的虹霓之象反

① 郭沫若:《卜辞通纂》,第 385—386 页。
② 同上,第 385 页。
③ 容庚:《商周彝器通考》下册,北京:哈佛燕京学社 1941 年版,第 117 页。
④ 同上,第 99 页。
⑤ 图 8 的六图采自徐中舒:《甲骨文字典》,成都:四川辞书出版社 1993 年版。雷字见第 1241 页和 1242 页,申字见第 1599 页和 1600 页。图 8e 是大篆写法。

映了龙所具有的代天赐福降祸之神的身份,从这个意义上来讲应该是祥瑞之兆,古籍中“夫虹蜺,天使也,降于邪则为戾,降于正则为祥”①之说印证了此意。

Ⅰ-3　试解商周青铜器中的双首一身龙纹图像及其象征含义

如果说双首一身龙纹是甲骨文虹/蜺字的物化形象,那么一头双身龙纹则是化为工字的“虹”字的衍生形态,同样体现到“壬”字的意义。反映了雌雄对立,阴阳同体的双蛇或双龙交尾的形态,而这一形态正具有性爱或繁殖的意义,像后世出现的伏羲和女娲像。在此为了便于上文中“虹”字与“壬”字关系的讨论,我们先谈几例龙纹礼器的研究。

根据笔者对几例龙纹礼器的研究,发现中柱旋龙盂上(图 9-1,左)②两对旋龙分别拥有一对角,螺旋形角和瓶形角③,也就是说相对的龙角都具有阴阳的意义,也许是性爱之意,也许是繁殖之意。根据资料袁德星认为,“我们似乎可以假定双龙纹中有螺形角的龙是雌龙,而‘且形角’为雄龙,二者也是女娲伏羲二皇(二君)的根源。”④双龙纹簋(旧称作宝彝簋⑤,图 9-2,右)上的各一对同前器相同的螺旋形角和瓶形角,应该也有雌角和雄角之意。

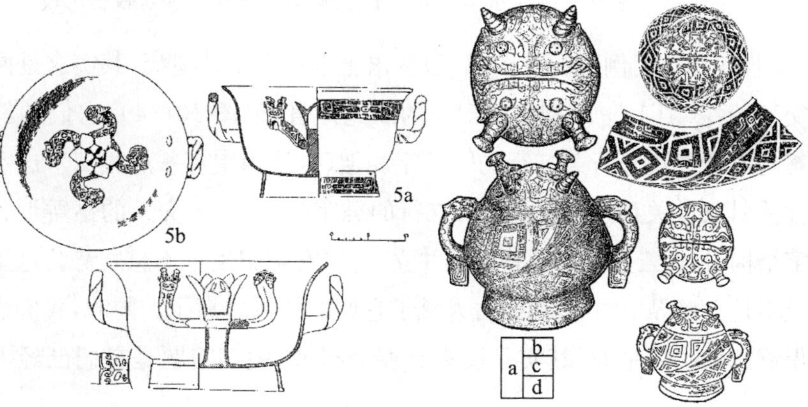

图9　左,河南安阳侯家庄大墓出土的中柱旋龙盂;右,双龙纹簋

① 刘志荣、杨静荣:《龙与中国文化》,第 114 页。

② 李济、万家保:《殷墟出土 53 件青铜器之研究》,台北:中央研究院历史语言研究所 1972 年版,第 61—62 页,图版十。

③ 袁德星称前者为螺形角,后者为‘且形角’,‘且形’之说有男性生殖器崇拜的意思,而笔者在之前的龙纹研究中一直以形象来定名,即在讨论之前不先给结论。

④ 见袁德星《双龙纹簋》,第 87 页。

⑤ 谭旦冏,《夭矫蜿蜒—试论作宝彝簋上纹饰的意匠》,载《故宫》季刊第二卷第 2 期,1967 年。

这两器的龙纹的身体交叉或动势交叉可能正符合一个双重的虫字，即双蛇形象：图 9－2，“蚰”，[①]这个字是“虫”之总名，即古人动物之全称，也许二蛇(见图 10－1)或二龙相交(见图 10－4)，或者不相交，仅仅并列，也都反映了雌雄对立，或阴阳合体的寓意。

	“蚰”			
10－1 商代甲骨文虫字[②]	10－2 商代甲骨文中的蚰字[③]	10－3 河南安阳侯家庄 N° 1001 大墓出土商代木雕[④]	10－4 安阳出土的商代双龙形骨雕[⑤]	10－5 汉代武梁祠汉画像，伏羲和女娲[⑥]

图 10 商代甲骨文二虫字与双蛇形木雕，双龙形骨雕和汉代的比较

图 10 另外两例，蛇/龙图像：殷墟出土木雕虫虫神遗痕(其实这是两条相互交叉的蛇，图 10－3)和安阳出土的双龙形骨雕(图 10－4)，它们的斜交叉形态与图 7 左边竖行第二行的“壬”字相似(竖线当中有一点相交)，这字必然和性爱有某种关系。对照图 7 第二行的癸字，又有二工交叉的巫舞形象。从文字结构讲，这二蛇或二龙是雌雄并立，有男女阴阳生生不息之势。这里的蛇已经不是自然界中的蛇，而是古人赋予它们的神灵之意了。同时，我们也很难分得清它是蛇还是龙，其实是没有必要分得清，关键问题是它们已经人文化

---

① 图 8－1，8－2，刘渊临，《甲骨文中的字“蚰”与后世神话中的伏羲女娲》，(以下简称《甲骨文中的蚰字》)台北：中央研究院历史语言研究所 1969 年版，第 604 页，图 5。

② 刘渊临：《甲骨文中的蚰字》，第 595 页。

③ 同上。

④ 刘渊临：《甲骨文中的蚰字》，图 5，第 604 页。

⑤ 刘渊临：《甲骨文中的蚰字》，图 5－1，第 604 页。

⑥ 袁德星：《双龙纹簋的装饰及其相关问题》，《故宫》季刊第十二卷第 1 期，1977 年，第 85 页。袁德星称商周的双龙纹，汉代的伏羲女娲汉画像石，以及汉之后的太极图均为古代双虫神纹之演变，商周时期甚至更早的年代为虫神崇拜之图像，而战国秦汉之后则代表天地阴阳，和生生不已的永恒的时空概念。由于篇幅所限，对伏羲女娲的人首蛇躯交尾是否有阴阳和合或繁殖生衍等的概念，本文不作详细讨论。

了。正如谭旦冏先生所说的:"总之,蛇与龙二名从来就纠缠不清……因为一是神话的图腾,一是取向的生物,也就是'一而二,二而一',不必分清"[①]。这些双龙蟠绕的结构,旋转的动态表现了生生不息之意的意向,极似后世的太极图(见图 11)。敦煌出土的《瑞应图》残卷引《括地图》:"禹平天下,二龙降之。"《山海经·海外西经》载"大乐之野,夏后启与此(二人舞)儛九代、乘二龙",皆暗示夏人和二龙(蛇)龙有不可分离的关系。而河南安阳出土的木雕和骨雕的蛇/龙交叉形态又与工、壬、癸、巫有关,是雌雄同体的"虹"字翻版,又好似西周时代的蛟龙形象,也许它还是汉代画像砖上人面蛇身(交尾的)的伏羲女娲像的前身(笔者在此特引用图 10-5 的伏羲女娲像)。这些蛇龙之像或交尾,或缠绕,或并立,代表了天地、阴阳,虽然在战国之前,中国没有出现太极图,却无疑反映了原始宗教的性崇拜,有了反映太极意向的双龙或双蛇图像(见图 10)。

甲骨文字和龙图像到底何为先,何为后?根据刘一曼先生的研究:"研究龙,必须注意有关的文字资料,但龙的形象更为重要,因为龙的图像资料丰富而生动,而且在文字出现之前它早已存在……在殷墟出土的商代文物的造型与纹饰中,龙的形象屡见不鲜,它们是甲骨文龙字的蓝本。"[②]

图 11　中柱旋龙盂,双龙纹簋与太极图之间的联系示意图

从商代虹/蜺字的甲骨文字的构成到双首一身之蛇/龙形身躯图象的资料研究可以看出,后世关于虹字的论说似乎都是从甲骨文附会而来,而玉璜则是蛇或龙的物化形象。它可能像甲骨文虹/蜺字那样呈 C 形,横置,双龙首朝向下方,作在河中饮水状,也可能像申字犹如瞬间的闪电,而申字旁附与的小圆点或"田"字符号则像轰鸣的雷声蟠绕在田野之上,分不清是闪电

① 谭旦冏:《肥遗和龙凤配》,《东吴大学中国艺术史集刊》第六卷,1976 年,第 12 页。

② 刘一曼:《略论甲骨文与殷墟文物中的龙》,载中国社会科学院考古研究所:《二十世纪中国考古学与世界考古学——考古学专刊甲种第二十八号》,北京:中国社会科学院出版社 2002 年版,第 268—269 页。

还是雷声,夹着雨点,迅疾尖利地刺向大地。在这里,S形身躯可能是蛇躯,它是智慧又是邪恶,既代表黑暗,又可能带来光明。总之,这种古代甲骨文和青铜器之纹样的设计者(准确地说应该是占卜者)创造出的字和图,反映了中国古人的阴阳和合思想的来源。

Ⅱ 商周青铜器虹/龙纹至汉代的演变

上一节我们通过的商周甲骨文虹字和虹的龙形图像之间的关联,探讨了虹/龙纹的形与意的含义,本节将再看一下两首一身的玉器与汉代画像石或砖上和青铜器上的虹/龙图像的艺术造型特征,试论它纹样造型的走向和承继关系。

Ⅱ-1 新石器时代玉璜与汉画像石比较

从新石器时代的双首一身龙纹玉璜的C形身躯,到蜺字甲骨文字的双身双头的C形身躯,再到商代的一端呈龙首,一端呈龙尾的玉璜(见图12-1),我们可以看到它们尽管承载器物不同,或玉璜,或在甲骨上,但都保持着式的弧形,这里也许有"虹"字的象征意义,同时也有当时的造型艺术手法的需要,即利用圆形玉石材形态而因器饰质地雕刻。这种型式到了春秋、战国时代双龙首玉璜已广为流传(见图12-2),甚至到汉代仍有这种C形形制(见图12-3),它反映了虽经时代的更换,但纹样的概念仍然有承继性,只不过器物身上的云纹变得抽象了。

12-1　　12-2　　12-3

图12 玉璜式的C形型式的虹/龙纹

12-1:河南安阳殷墟妇好墓出土的龙首玉璜;12-2:那志良,《玉器辞典》,第53页,图28,N°0309;12-3:河南唐河县针织厂出土的西汉画像石:龙形虹图①

Ⅱ-2 青铜器纹饰:玉璜式的C形型式,双龙横置,作龙口向下饮水状

在商代的青铜器上我们没有发现类似甲骨文虹字的拱形形象,只是发现不多的变了形的双首一身龙纹。图13左图表现的两个龙头不同样,左边有

① 刘志荣、杨静荣:《龙与中国文化》,第112页。

一夸大角的龙头，右边的龙头则有一个鸟形嘴的龙头，可能表示阴阳不同，但合体。而右边的是双首龙纹，应是因器而饰的例子，也具有鸟形嘴，瓶形角表现了明显的龙的神性特征。

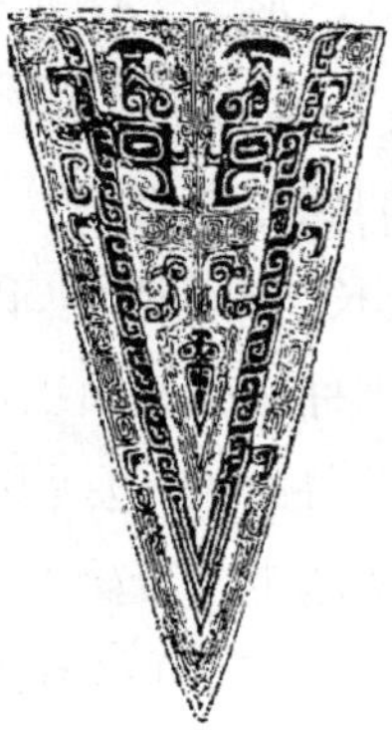

图 13　左为商代的变形的双首一身龙纹（青铜器纹饰）[①]，妇好墓 M5:785 青铜器适合图案；右为妇好墓 M5:866 方罍纹饰

图 14 的两个刻画在西周铜器上的变形的兽面纹，见《武英殿彝器图录》中的口侯壶上的容庚称之为盘夔纹[②]的纹样，有学者称云蜺纹，也就是盘夔纹，被装饰于壶的腹部，环绕三圈，这两个纹样与甲骨文之蜺字的双龙首，拱形身躯几乎如出一辙，曲体亦呈双线，似表示阴阳同体的意念。

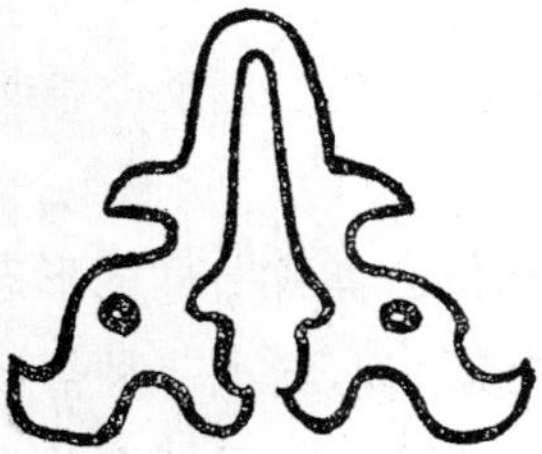

图 14　《武英殿彝器图录》中的周代口侯壶上的虹/龙纹（容庚称盘夔纹）[③]

但是图 14 的虹/龙纹已开始显示了殷墟中期就开始的商周青铜器纹饰

① 中国社会科学院考古研究所：《殷墟妇好墓》，北京：文物出版社 1980 年版，第 30 页，图 19－8。

② 关于夔龙纹，根据马承源《商周青铜器纹饰综述》（载《商周青铜器纹饰》，第 8 页）中说："以往所称的夔纹或夔龙纹是概念不清和形象混乱的大堆龙类纹饰的缀合……宋代以来金石学家都把青铜器上具有一足或根本省略了足的侧视龙形图像称之为夔纹"。

③ 见熊海平：《三千年来的虹蜺故事》，引自董作宾，《平庐文存》（下册），附录一，第 50 页。

抽象和变形的趋势，这些纹饰渐渐地变成一些以抽象曲线为主的纹样。原来的龙头、龙足都被省略，甚至它的蛇形“躯干则只是一段没有任何特点的头部的延长物……这种公式化的纹样也就是图案的抽象，即不同物体，用一种统一的象征性的形象来代替”①。到了西周的中、晚期，出现了大量的兽面纹，这些总体呈S形的变形纹饰也许是饕餮纹、龙纹，或是夔纹的变形形态，人们分不清它们到底是饕餮纹、龙纹，还是夔纹。《吕氏春秋·适威》云“周鼎有窃曲，状甚长，上下皆曲，以见极之败也”，称这种变形龙纹为窃曲纹。而马承源先生则称它叫兽面纹，也就是说动物纹样的变形纹样。青铜器、玉器以及骨器中的兽面纹，包括龙纹双首一身龙纹形象等纹样，到西周和春秋时期就更加迅速地走向衰落。

我们从图15中仍可以看到虹/龙纹的形象，虽然它们的体积已缩得很小。虽还是双龙首，却已是没有龙角的龙纹②，它的一条拱形身躯跟“虹”字

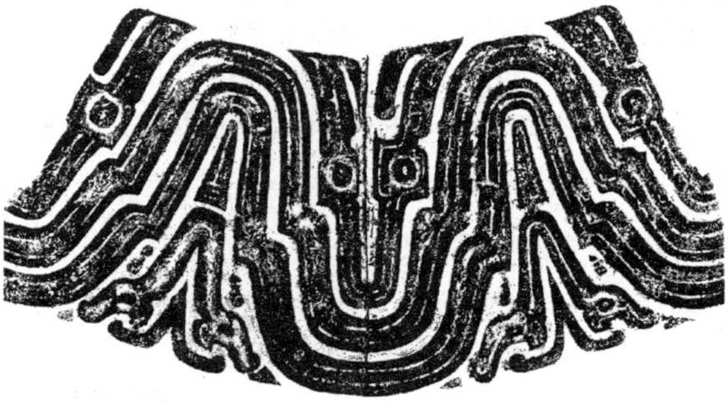

图15　西周孝王，几父壶，颈部纹饰③，是变了形的虹/龙纹-环带纹或波曲纹，可以称为窃曲纹的一种

的甲骨文形象非常相似，也具有和图14的两例云霓纹一样的形态。而这个二方连续纹样环绕在壶的颈部，像海浪般连续出现，给人一种舒畅和愉快的感觉。这是一种被称为环带纹或波曲纹的图案结构。马承源认为环带纹或

---

① 马承源：《商周青铜器纹饰综述》，载《商周青铜器纹饰》，第22—24页。

② 马承源曾在《商周青铜器纹饰综述》(载《商周青铜器纹饰》，第4页)中谈论《铁云藏龟》编号为一六三、一六四的甲骨文字为龙纹，他认为这种没有角的，蛇身的字亦为龙，而笔者则认为这个字有一个大的口，和一条长形曲线的蛇的身体，但它没有角，也许是蛇，顶多是个从蛇向龙变化的过程中，尚没有完全变成龙的字。而龙应该有角，一个表示神性的角，可以让它升天的角。由于本文不是专门讨论龙纹图像的文章，仅此说明，恕不赘述。

③ 上海博物馆编：《商周青铜器纹饰》，1984年版，第287页，上图。

波曲纹是西周时代变相兽体纹饰的一种，“……可以说是一种龙蛇体躯变形后的图案……绝大多数的商代艺术家从未尝试过采用某种波曲状的构图。但这种情形到殷末周初就有了变化……波曲纹波宽阔的线条，可能意味着龙蛇类体躯连续不断的回环……这类条纹有时表现为两头相连的兽纹，这种兽纹有的学者称为霓虹纹，因为它很像卜辞中的“虹”字。但是两头兽纹在青铜器上大多表现为兽纹的变体，因而我们难以判断它必定是虹的图像。”①

笔者认为，霓虹纹、环带纹或波曲纹，都是兽面变形纹，即西周晚期出现，而流行于春秋早期的窃曲纹的一种。尽管它们已经抽象变形为两头兽纹，但也应该是与虹有联系的，因为虹作为自然界现象本身只是弧形状态的，但它被附会于龙以后，就变成双龙首一身(或衍生为一首双身，像壬字的概念，和伏羲女娲的人首蛇身的交尾)。而龙则是幻想的神异动物，也是兽的一种，当西周中晚期的青铜器纹饰抽象化以后，在图像的绘制上出现大量的变形兽面纹，它们中的某些形象与虹的甲骨文字和龙的兽身有关联，例如霓虹纹、环带纹或波曲纹。当然，也有可能像彭裕商文章中所说：“……窃曲纹的产生，当然与社会变化和思想意识有一定关系，但其主要原因恐怕还在于删繁就简的客观规律。”②

总之，从殷商晚期，到西周，再到春秋战国的龙形虹纹(虹/龙纹)的发展和变形，我们看到了时代变迁留下的痕迹，西周以后的霓虹纹、环带纹或波曲纹很轻松，舒畅，也许改变了商代纹饰的时代风格，逐渐褪去了宗教的气氛，趋于装饰意味，明显工艺化了(见图 16 的西周宣王虢季子白盘)。正如

图 16　西周宣王虢季子白盘上的环带纹

① 马承源：《商周青铜器纹饰综述》，收于《商周青铜器纹饰》，第 26 页。
② 彭裕商：《西周青铜器窃曲纹研究》，载《考古学报》2002 年第 4 期，第 421—422 页。

《礼记·表记》中记载着孔子对于夏商周三代的宗教、政事即礼制的不同论述,他在讲了"夏道"之后说:"殷人尊神,率民以示神,先鬼而后礼,先罚而后赏,尊而不亲……周人尊离尚施,是鬼敬神而远之,近人而忠焉。其赏罚爵列,亲而不尊。"[1]

Ⅱ-3 汉代雷公出行图,再次表现了具象的虹/龙图像

山东嘉祥武梁祠的汉代雷公出行图,表现了两首垂地的龙形虹,作夭矫蜿蜒之状。虹的顶端雷公、雷母和雨师还在播雨放电(见图17)。李立在《汉墓神画研究》一书中谈到此画像砖时说:

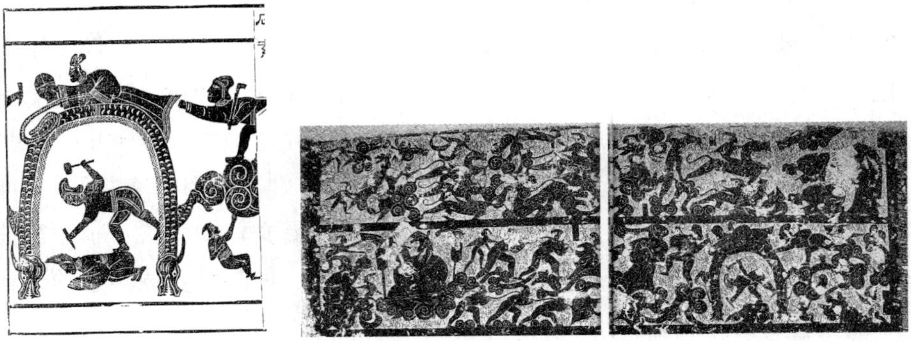

图17 山东嘉祥汉代汉画砖:虹龙及雷公出行图[2]

> 朱骏声《六十四卦经解》(卷三)释"象曰:雷出地奋豫"时说,"雷阳气,震亦为龙。夏至后,阳气极而一阴生,阴阳相击而成雷声"。震为雷、为龙;阴阳相击而成雷,阴阳相合而为龙。龙含阴阳之变,成阴阳之体,故《庄子》假托孔子之语:"吾乃今于是乎见龙。龙合而成体,散而成章,乘乎云气,养乎阴阳。"(见《太平御览》卷九二九)这段话是否为孔子所说,不得而知,但确能代表先秦乃至秦汉时期人们对龙与阴阳之关系的认识。[3]

阴和阳本是一个既对立又统一的哲学范畴,而反映在龙身上,它秉承阴

---

① 转引自马承源:《商周青铜器纹饰综述》,收于《商周青铜器纹饰》,第23页。

② 左图见刘志荣、杨静荣:《龙与中国文化》,第113页;右图见朱相军、张朝杰、张守东:《嘉祥汉画像石中的神话故事》,北京:科学文化艺术出版社2005年版,第16,17页。

③ 李立:《汉墓神画研究——神话与神话艺术精神的考察与分析》,上海:上海古籍出版社2004年版,第30页。

阳之性,体现阴阳和合之德,具联通天地之能,乃它的神性所致。相传为孔子所作、成书于战国时期的《周易·系辞》云:“一阴一阳为之道。”阴阳交合的概念由此出现。两汉时期的雷神崇拜与虹的相连,受到了阴阳五行的影响,已没有了商周时代纹饰反映的浓厚的宗教意识的神秘感和夸张感,也不再像西周春秋时期的纹样衰退,抽象或变形,而又一次用具象的形式刻画描绘自然神、龙形的虹,以及出行的雷公和播雨的雨师、电母等神的足迹,画呈现出古朴的风格,偏向神话和对鬼神的崇拜,当然我们看到的也是汉代人对自然神虹、雷公的崇拜痕迹。

结语

我们所讨论的虹/龙纹是商代龙纹中很有创造性的纹样之一。古代占卜者、巫师、工匠们总是用他们生活中最熟悉、对其影响最大的、对心灵最震撼的东西作为对象,去进行艺术创造,反映的是当时他们最重视的宗教意念。因此,虹/龙纹的起始,兴衰都与一定的历史阶段和社会现象相连。

我们在此因篇幅所限,没有多谈先秦文学中先人们对虹的负面议论,相信会有很多非常重要的补充(例如《诗经·鄘风·蝃蝀》里所表现的对私奔女子的讽刺,诗人刻薄的语气所表现的对此行为的不满,在此彩虹被视为淫邪之气,不祥之兆。

笔者根据虹字与龙图像的研究认为,正如虹有美丽的具体的可视外形,及图形符号:虹,雌雄二虹合体的,龙形,像桥,像蛇,躬起的身躯表现了动势,似蛇,游走自由,似龙,可致雷电轰鸣,可降云播雨,显示了自然神的神威。但它纹样本身的构成,就像它的龙图像所表现的寓意:阴阳相间,又阴阳合一,当然它就可能有吉祥的一面,也有不祥的一面。

本文论述中提到的许多自然界的现象,如天空中的彩虹、云、雷、电、雨,都与神话中、现实世界中或幻想世界中的蛇、龙以及曲形纹相联,甚至与人首蛇或龙身的伏羲和女娲有关,这些由神或自然神祇之像间的联想所产生出的概念常常使西方人莫名其妙,无法理解,而中国的古人和学者,包括笔者本人却津津乐道,饶有兴致地观察和解释着,人们试从字、图案、符号的个案或并案或交换案解中找寻规律,也就是说从构成,解构,再构成的图所隐喻的意思中,从文化和宗教信仰的概念中,从前后年代同一纹样的使用或不使用,兴或衰等方面去对比,去解释,寻找其通常的和特殊的意义,无论是曲线的增加或减少，动势的加强或减弱，纹样的交替或取代，都应有一定的说法，或仅仅是纯装饰性的艺术表现手法，或有一定的文化价值或含义。总之，种种图像都是观念和意识的载体，体现了那个时代人们的观念。

虹的阴阳合体，和它的龙形图像的起始、发展、衰弱或再兴起也许都来自气的概念，那个著名的象征了宇宙起源规律的太极图，却来源于商晚期的双龙纹的交叉(或交尾)的意念，来源于虹字的工、壬、癸和巫字的概念和交叉概念，穿越时代，影响至今。

由于商代年代太早，中国古人的想象太丰富，文字、图像、文学版本也太多，很复杂，而能够印证的文字材料却有限，故虹与龙形图像方面的考证，它的纹饰想说明或传达什么意义，尤其对夏商周三代礼器纹饰的定义往往要通过前、后代相关的图像比照分析，以及文字和文学方面作补充研究，不可能就字、就纹论义。本人以图像学、考古学、文字学结合的方法简略地比照分析虹和龙的关系及其图像演变，希望能得到国内学者和前辈的批评指教。

作者简介

李晓红(1951—)，女，旅法学者。法国巴黎一大造型艺术硕士，巴黎索邦大学考古艺术史博士。博士论文《神龙——中国古代龙图像学》曾获得法兰西学院奖。现为法国阿尔多瓦大学外国语言文学系副教授。主要从事中国古代龙的文字与图像、中国书画造型艺术以及中国近代留法艺术史研究。

学术纵论

近十年语-图关系研究综述

侯　爽

摘要：语-图关系研究在近几年中受到了各领域学者的关注，本文主要对近十年"文学与图像"关系研究作出评述，分别从研究现状、研究的范围与分支、研究方法与角度以及当前研究的热点和重点案例这几方面来阐述该问题。得出结论为，我国"文学与图像"的关系研究，已经基本达到了自觉和成熟的地步，但宏观上，仍然缺乏较为成熟的理论构建；微观上，优秀的研究个案不多且研究方法尚未达成共识。研究中也存在着诸如图像资料搜集及筛选困难等问题。

关键词：文学与图像　叙事学　传播学　图像理论

一、研究现状概括

迈向新世纪的这十几年来"图像"逐渐占据了人们的视野，从大众到专家学者都开始对此领域产生了浓厚的兴趣，从另一个角度看：在图像不断普及的情况之下，各位学者开始对此进行了介入式的研究。看看当今的图书市场，以"图像"、"图说"冠名的屡见不鲜，甚至有些旧版图书会进行重新的插图排版以吸引读者的眼球，以词条"图说"搜索较具有代表性的图书网站"当当网"，出现了1303本图书（2012年6月1日搜索结果），其中涉及的领域也是相当广泛。诸如经济学《图说资本论》①、历史《图说世界史》②、古典文化《图说科举制度》③等，可谓包罗万象，但绝大部分的"图说"作品，并非是学术性的，只是定位在粗略的介绍上。"图像"的广泛普及改变着人们的日常生活，尤其是网络技术的快速发展，使图像有了比以往任何时期更加便捷的传递途径。据尹德辉统计④："在《中国学术文献网络出版总库》(CNKI)的初

---

① [德]卡尔·马克思原著，谢洪波编译，北京：华文出版社2009年版。

② [德]伯恩德尔等著，黄洋等译，上海：上海文艺出版集团发行有限公司(上海锦绣文章)2010年版。

③ 刘景云、杨林、孙建军编著，长春：吉林人民出版社2009年版。

④ 尹德辉：《新世纪以来国内"图像"研究述评》，载《文艺争鸣》2010年第10期。

级检索中,取自2010年1月19日的检索结果,以'图像'为主题、题名和关键词,在'哲学与人文科学'范围内所检索到的文献量历年变化情况如表(1)。"

表(1) 以"图像"为检索词(检索时间:2010年1月19日)

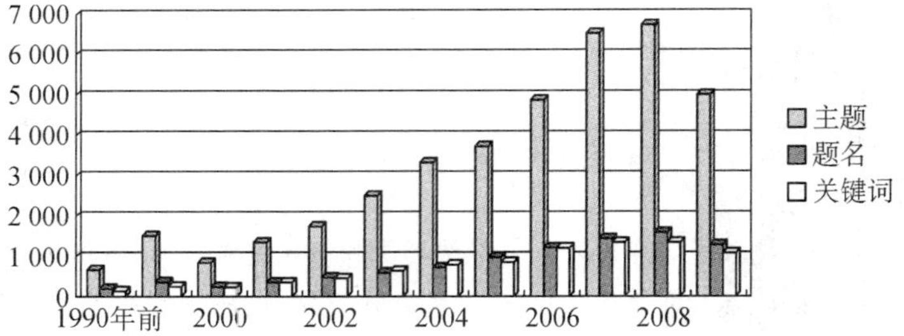

由上表可以看出,文献创作在2007、2008年达到最高峰,2009年以来在一定幅度内呈现减少的趋势。这是否说明关于"图像"研究的文章在数量趋稳的情况下,质量在不断地提升呢?

本文的研究重点是,在"图像研究"的热潮中,回顾近十年图像在文学领域中的研究情况,当然,在这些文献中,有的是以图像为本体立足;而大多数是从文学的角度出发,分析图像之于文学作品的作用,图(图像)与文(文学、文字)是怎样交互作用的。我们先以各高校为着眼点进行考察,在"哲学与人文学科"的分类下搜索《中国博士全文论文数据库》,以"图像"为主题的论文共有278篇,而主题中包括"文学"与"图像"这两者的论文共64篇。这些论文从不同角度阐释了文学与图像的关系这一话题。而硕士论文则更多,据《中国优秀硕士学位论文全文数据库》统计,同时包括"文学"及"图像"两个关键词的论文数多达227篇,值得注意的是,这些文章全部产生于2000年以后。研究者主要包括国内一些文艺理论、古代文学、文化研究、美学、哲学、艺术学等方面的专家学者。在文艺理论方面关注的重点主要是理论层面的问题,如文学与图像的关系、图像时代文学的未来发展趋势等;古代文学侧重探讨中国古代诗画的关系,小说与插图的关系等;文化研究关注的主要是当今中国呈现出的视觉文化转向的一些态势。现当代的学者探讨的问题包括文学期刊与封面的关系,还有一些著名作家,如张爱玲、鲁迅等人的作品及其与作品中插图的关系;艺术学所关注的领域范围较广,但有价值的成果主要是出现在传统美术史在其他学科影响下研究领域和方法得到的一些拓展。

南京大学是这一领域研究的先行者之一，在赵宪章教授的大力支持下，于德山博士于 2001 年发表的《视觉文化与叙事转型》[①]一文，从叙事学角度出发，阐述了“不同类型的叙事样式组构了社会叙事格局”，2008 年，他出版了专著《中国图像叙事传播》[②]。该书围绕中国古代图像叙述传说中的“语-图”互文现象，重点探讨了影响中国古代图像叙述传播的诸多问题，同时总结出了中国古代图像叙述传播与众不同的方法、风格和规律。为“语-图”关系后继的研究者提供了较好的示范作用。关于文学与图像关系研究的专著，不止于此：四川大学的博士许宜兰于 2009 年出版的《道经图像研究》[③]一书，主要阐释了道经图像与中国传统绘画之间的相互影响；浙江大学博士崇秀全的《耶稣图像的象征艺术研究》[④]，通过构建象征理论，对 12 至 15 世纪意大利被钉十字架耶稣图像作出象征艺术的归纳和神学象征的演绎，从而实现神学与艺术的汇同，有理论价值和实际意义；西南大学文学院教授肖伟胜于 2011 年出版的《视觉文化与图像意识研究》[⑤]，对视觉文化研究的问题谱系进行了梳理，将这一跨学科界定为“图像学”，即对图像意识的研究。除此以外，还有不少外国的学者也对中国文学领域涉及的有关文学与图像互动尤其历史渊源进行研究，如英国学者柯律格的《明代的图像与视觉性》[⑥]。这位英国学者在“视觉文化”这一大背景之下，以“图绘”这一范畴来连接绘画作品和印刷作品以及诸如陶瓷或漆器这类物品上的图像，对明代的语-图关系研究作出了自己的贡献，值得广大研究者借鉴参考。另有一些有关中国传统文化与图像相结合的专著，如尹笑非的《中国民间传统吉祥图像的理论阐释》[⑦]、王立导的《中国传统寓意图像》[⑧]。最后，还有较为重要的一个分支，即从语言学和符号学出发研究语-图关系：朱永明的《视觉语言探析——符号化的图像形态与意义》一书围绕着视觉图像的符号化语言展开，特别关注语言与图像关系、图像形态与意义关系以及艺术价值如何在形式和话语

---

① 于德山：《视觉文化与叙事转型》，《福建论坛（人文社会科学版）》2001 年第 3 期。
② 于德山：《中国图像叙事传播》，济南：山东文艺出版社 2008 年版。
③ 许宜兰：《道经图像研究》，成都：巴蜀书社 2009 年版。
④ 崇秀全：《耶稣图像的象征艺术研究》，杭州：浙江大学出版社 2011 年版。
⑤ 肖伟胜：《视觉文化与图像意识研究》，北京：北京大学出版社 2011 年版。
⑥ [英]柯律格：《明代的图像与视觉性》，黄晓鹃译，北京：北京大学出版社 2011 年版。
⑦ 尹笑非：《中国民间传统吉祥图像的理论阐释》，上海：上海书店出版社 2009 年版。
⑧ 王立导：《中国传统寓意图像》，北京：人民美术出版社 2008 年版。

创造层面得以实现的问题。而南京大学的韩丛耀也是较早研究“图像学”的学者之一，他从图像本体的角度入手，在《图像——一种后符号学的再发现》[①]中指出，图像文化已经由一个对从事艺术史、影视和媒体研究、社会学及其他视觉研究者有用的术语，变成了一个新兴的交叉学科研究领域。而他把这个博杂的学科看做符号学、对艺术和再现的哲学探究、电影和大众媒体研究、艺术的比较研究，而所有这些都汇聚于图像文本之上，从某种角度来看，它是对图像的一种“后语言学”、“后符号学”的重新发现。这种重视本身就是当代图像取得重要性的一个典型表征。同样在语言学范畴内的还有沈玮的《汉语俗语的文学图像》[②]，该作品从文艺民俗学的视角出发，重点研究汉语俗语的文学图像与文艺和文化的相互关系。作者综合运用了语言学、文艺学、民俗学等学术视角和理论成果，涉及的俗语与图像的关系这一角度，也颇具新意。

有了众多专家学者的关注探讨，国家对这一课题也给予了大力的支持，与此相关的课题获得基金资助的大致有十来项。[③] 研究学者主要集中在南京大学、徐州师范大学、上海师范大学、四川大学、西南大学、阜阳师范学院等高校。与之相关，国内一些高校机构召开了与“文学与图像”相关会议。2007 年 12 月，由中南大学、湖南师范大学、湖南大学、长沙理工大学、湖南商学院等 5 所高校联合举办的“图像社会与文学发展”专题学术座谈会在中南大学文学院召开。会议主要探讨：图像社会到来的必然性及其本质、图像社会的到来对文学的冲击、图像社会文学研究的调整与应对。但该会议所涉及的还仅仅是图像与文学关系表层问题，多的是一些论断，少一些实证。2011 年 10 月，中国文艺理论学会和南京大学文学院联合主办的“文学与形式”国际学术研讨会暨中国文艺理论学会第十届年会在南京大学召开。来

---

① 韩丛耀：《图像——一种后符号学的再发现》，南京：南京大学出版社 2008 年版。

② 沈玮：《汉语俗语的文学图像》，北京：世界图书出版公司 2011 年版。

③ 赵宪章主持的 2012 年度国家社会科学基金资助重点项目“文学图像论”；南京大学包兆会主持的 2011 年度教育部人文社会科学青年基金项目“先秦两汉图文关系研究”；徐州师范大学张玉勤主持的国家社科基金项目“中国古代‘语-图’互文传统研究”；教育部人文社科项目“中国古代戏曲插图本‘语-图’互文研究”和江苏省高校哲社项目“明刊戏曲插图本‘语-图’互文现象研究”；2009 年上海财经大学徐巍主持的上海市哲学社会科学规划课题“面对图像时代的小说发展趋势研究”；陆涛主持的教育部人文社科青年基金项目“中国古代小说插图及其语-图互文研究”；西南大学李彦锋主持的 2011 年教育部人文社科青年基金项目“中国传统绘画中的语-图关系研究”等。

自海内外众多高校和科研机构的近 200 名专家参加了此次会议，围绕“文学与形式”、“语言与图像”、“文学与叙事”等议题展开了热烈的讨论。该会议除了探讨“文学与形式”诸问题，主张把文学的内部研究与外部研究有机结合起来之外，“文学与图像”关系也得到了重视。在赵宪章学者的主持下，南京大学汇聚了众多关注此领域的学者，从 2010 年开始筹划撰写《中国文学图像关系史》，预计于 2015 年出版，全书规模 13 卷(15 册)，约 750 万字。这标志着“语-图关系”研究达到了自觉和成熟的地步。

对语-图关系的探讨的热点不仅仅在高校，文学理论的相关刊物也留出版面专门刊登这方面的学术成果：《江西社会科学》杂志 2007 年第 9 期组织“语-图”互文研究笔谈。《中国美学》①是南京大学文艺学学科和南京大学美学研究所主办的专题性学术辑刊，在第一、第二辑中，专门设立了“文学与图像”这一专栏，由赵宪章教授主持。第一辑包括《汉赋与汉画像艺术的比较问题》、《中国美术史中的语-图关系》、《论文学语象及其生成》等文，第二辑包括《论“镜子说”的图像意识内涵》、《〈红楼梦〉图像研究：从艺术史模式到视觉文化模式》、《西方美学史上的“语-图”关系》等文，赵教授在(第一辑)主持人语中说道：“虽然文学与图像的关系是一个历久弥新的话题，情绪的表达很多，但这种表达是无济于事的，只有深入细致的学理分析才是正途。而上述提到的三篇文章，正是朝着这一方向努力的。”尹德辉的《新世纪以来国内“图像”研究述评》，以及周展的《改革开放以来中国大陆地区图文关系研究综述》均为对此领域的研究综述，可供后来研究者参考。

二、研究范围与分支

“文学与图像”研究大致包括三个层面：首先，文学与图像的关系。此属于理论研究的层面。这一层面大体包括中国古代诗画关系，文学与图像的关系等。在这方面，目前已经出现了不少史实与理论结合的优秀论文：如赵宪章教授在《语-图互仿的顺势和逆势》②一文中认为，语言符号的崇实性和图像符号的虚指性使语言艺术与图像艺术的“互仿”效果存在非对称性态势：图像模仿语言是二者互仿的“顺势”，语言模仿图像则表现为“逆势”。在

① 包兆会主编：《中国美学》第一辑，上海：上海古籍出版社 2010 年版。
② 赵宪章：《语-图互仿的顺势和逆势》，载《中国社会科学》2011 年第 3 期。

语-图悖反的情况下,语言从内部颠覆了图像的“相似性确认原则”;在“语-图唱和”的情况下,语言对画境的引申、延宕往往会造成对图像的遗忘或遗忘性驱逐。邹广胜《谈文学与图像关系的三个基本理论问题》[①]中,提及各种插图本、超文本的流行、文学与图像的关系这些理论热点。高建平《文学与图像的对立与共生》[②],从西方古代、中世纪和近代以及中国古代“图”、“词”关系的观念为切入点,对文学与图像的关系进行探讨,并联系图像转向这一流行的话题,对现代与后现代、日常生活审美化,以及视觉与听觉之争等问题作了分析。最后,提出人的社会生活实践是出于共生关系的文学与图像互动背后的原动力。

其次,不同于上一层面的对理论层面的构建,是文学与和该文学作品相关的插图或者封面的关系。这里是从不同的侧面试着探讨“语”、“图”如何相互作用,这又大致包括文学作品与插图,文学叙事与图像叙事,文学和各种媒体间的关系(如影视改编、摄影等),文学与“文学图像史”的关系。李征宇的《语-图关系视野下的〈列女传〉文本及其图像》[③]就立足于文学与文学图像史之间的关系,通过翔实的文字及图像史料为我们呈现出了一条有关《列女传》文字及图像的传播脉络;沈鹏的《从文字到影像——影视改编中传统审美价值的缺失与再认》[④]一文,从影视改编中对传统审美要素的消解,审美钝化等方面问题入手,提出在视觉文化传播时代平衡文学与图像关系再认识传统审美价值等观点;而郝世宁的《论鲁迅作品色彩词的艺术功能》[⑤],研究了鲁迅小说和散文中用色彩所勾勒出的独具艺术表现力和独创性的各种色彩的画面,以此反映出作者高超的表现力和当时的时代特征;包兆会《“图文”体中图像的叙述与功用》[⑥],以传统文学和摄影文学中的图像为例,考察了中国传统“图文体”的一些特点和摄影文学中所需要的图像的功用,并从现象学角度考察图像意识所包括的三种立义[⑦],突出了图像叙述有形象的视觉,

---

① 邹广胜:《谈文学与图像关系的三个基本理论问题》,载《文艺理论研究》2011 年第 1 期。
② 高建平:《文学与图像的对立与共生》载《文学评论》2005 年第 6 期。
③ 李征宇:《语-图关系视野下的〈列女传〉文本及其图像》,载《贵州文史丛刊》2012 年第 1 期。
④ 沈鹏:《从文字到影像——影视改编中传统审美价值的缺失与再认》,载《大众文艺》2009 年第 17 期。
⑤ 郝世宁:《论鲁迅作品色彩词的艺术功能》,载《河北大学学报(哲学社会科学版)》2008 年第 3 期。
⑥ 包兆会:《“图文”体中图像的叙述与功用——以传统文学和摄影文学中的图像为例》,载《文艺理论研究》2006 年第 4 期。
⑦ 倪梁康分别把它们称为“图像事物立义”“图像客体立义”“图像主题立义”。

不易有形象的内容等特点。

在图像时代,为了捍卫文学性,探讨文学发展的新出路,许多文学研究者包括徐巍、赖大仁、王纯菲、斯炎伟、彭亚非等都对此发表了自己的观点。归纳起来,大概有这几个方面:(1)图像的扩张确实会对文学产生排挤,但图像也有一定的积极性。(2)图像的扩张其实并不能对文学或者文学性构成实质的威胁,研究者们也提出了自己的见解。如彭亚非认为无论图像如何扩张,"它对文学生存的所谓威胁其实就人文诉求方式而言并不存在。文学是唯一不具有生理实在性的内视性艺术和内视性审美活动,因此与其他任何审美方式都毫无共同之处。这是文学永远无法被其他审美方式所取代的根本原因之一"①。(3)面对图像社会文学创作的可能选择和出路,如何坚守住文学性。其中,徐巍提到:"面对图像时代,作家应该积极介入和利用视觉媒体;文学创作应回归言志的传统。"②不管这些有无实际可操作性,这起码是文学研究者们对当下文学研究中出现的新问题给予的积极回应。(4)一些文章对于图像认识存在一定的偏颇,有"崇图抑文"的倾向。最后,有学者指出,文学图像化带来的去深度性问题并非根源于图像本身,图像的广泛传播并不意味着文学的退场,看也未必能取代读;并且要看到,图像化也使文学有了更多新的生存空间,如文学积极介入社会实践和读者的需求当中。

再者,有关文字与图像的关系,在广义上,也属于"语-图关系"所要研究的范畴,由于两者都是符号,符号的共性就表现得较为明显,而文字却又比图像有着更"隐秘"的符号意义。周彦的《重建文字的地位:谈文字和图像的关系》③一文,从一个角度表达了他对当今图像时代对图像崇拜的忧虑。作者提出,要重建文字在当代艺术中的地位,不是要而且也不可能代替或抹煞图像的功能,而是要为图像注入精神注入思想。作者也认为,正是视觉图像与书写语言之间的权力关系,特别是视觉图像对书写语言的崇拜和挑战,成就了人类视觉艺术变化和发展的历史。龙迪勇的《图像与文字的符号特性及其在叙事活动中的相互模仿》④一文,注意到了文字与图像同为符号的特

① 彭亚非:《图像社会与文学的未来》,载《文学评论》2003年第5期。

② 徐巍:《图像时代文学创作的危机与选择》,载《社会科学》2011年第9期。

③ 周彦:《重建文字的地位:谈文字和图像的关系》,载《批评家》,总第四辑,2009年。

④ 龙迪勇:《图像与文字的符号特性及其在叙事活动中的相互模仿》,载《江西社会科学》2010年第11期。

性,而正是由于“图像是出于纯粹符号与表意符号之间的一种特殊符号,它具有‘再现’和‘造型’的双重性质”,而文字是抽象度更高的一种表意符号,它在叙述或再现外在事件时可以不受“造型”因素的干扰。作者还认为,图像叙事与文字叙事间相互模仿的情况,既发生在内容层面,也发生在形式层面:图像叙事模仿文字叙事的情况,多发生在内容层面;而文字叙事模仿图像叙事的情况,多发生在形式层面。这切实地回应了文字与图像互动中的规律。

三、研究方法与研究角度

在众多专家学者的不断探索中,许多研究的切入点值得我们进一步深入挖掘。将图像放入叙事学这一领域,于德山是较早从事这方面研究的,他从叙事主体和叙述者、叙事功能、叙述传播、叙事策略等方面对文学和图像叙事展开研究。这种“元叙事学”研究的观点和方法对于图像中的“元图像”研究具有极好的借鉴意义。另外,于德山还是文学领域中切近于传统艺术史研究的学者。他对《韩熙载夜宴图》①的文献考据,拓展了美术史学界对这件作品的研究所涉猎的文献范围。他把这件已在美术史中形成定论的作品重新置入作品产生的历史环境中,通过分析而提出作品创作的真正目的并非是叙述韩熙载的夜宴过程,而是韩熙载夜宴这个题材本身在中国古代绘画史中成了表征社会劝诫意义的传达形式:“《韩熙载夜宴图》的图像叙事内容及其传播的诸多矛盾之处,认为《韩熙载夜宴图》参与了宋代以降相关话语的改造活动,成了历史叙述传播的一种典型的图像政治的修辞形式,其真伪由此变得可疑,也变得无足轻重。”②于德山采用图画和历史文献互证的方式将《韩熙载夜宴图》从美术史的狭窄领域中抽取出来,在更广阔的社会文化史语境中努力还原其本来面目,具有跨学科的图像学研究倾向。而由南昌江西社科院中国叙事学研究中心主办的“跨媒介叙事”学术研讨会上,很多学者都认同图像叙事已经出现跨媒介叙事的特点。龙迪勇特别强调了叙事中的空间因素。作为空间叙事学立论构建的重要内容之一,他认为图像叙事的本质在于使空间时间化,即把空间化、去语境化的图像重新纳入新的

---

① 《韩熙载夜宴图》设色画,绘于五代(原迹已佚失,今版本为宋人临摹本),作者顾闳中。绢本,宽28.7厘米,长335.5厘米,现藏于北京故宫博物院。以连环长卷的方式描摹了南唐巨宦韩熙载家开宴行乐的场景。

② 于德山:《〈韩熙载夜宴图〉的叙事传播》,载《江西社会科学》2007年第9期,第21页。

进程，来恢复或重建其语境。由时间、线性的文本阅读到空间、平面甚或多维度的视觉观看，构成了图像时代的显著特征。包兆会的叙事学研究着眼于叙事媒介自身的变迁和特性，尤其关注新出现的叙事媒介，如网络中的“超文本文学”、“媒介中的速度”等，富有时代意义；叶青考察了图像的“写实”与“叙事”的关系，并指出“图像叙事与写实程度之间没有必然的联系”[1]。而陆涛认为在叙事学角度中，插图其实是叙事的停顿；从阅读学的角度来说，小说插图使“阅读”转变为“观看”，是观看的“凝视”，就此而言，可将小说插图视为叙事过程的停顿和凝视[2]。总体说来，将图像之于文学作品的作用放入“叙事学”中研究，更加切近了图像的本体。图像叙事成为和语言叙事、文字叙事具有同样重要地位的叙事方式。研究者的队伍包括傅修延、于德山、龙迪勇、包兆会、叶青、马生龙等。

文学领域中研究图像的另一个切入点是图像与文字的互文性，涉及语言与图像的关系问题。赵宪章在《传媒时代的“语-图”互文研究》[3]中认为，在图形对语言的战争中，“语-图互文”研究是文学理论面对传媒时代，从文学自身的境况出发必须面对的问题之一，相关的研究应该在图与文之间找到一个中介平衡点。陈学广、王珍以扬州八怪的文人画[4]和《红楼梦》插图[5]为例讨论了图文关系及特点。南京大学陆涛的《“语-图互文”与中国现代小说的兴起》[6]一文，通过梳理图像与小说的历史纠葛，发现图像文化在中国的形成，和小说的兴起几乎是同步，它们二者之间在传播学上有互相补充促进的密切联系。

从艺术史角度进行图文关系研究也值得关注，这些学者通常研究的方式是从某艺术作品或某幅画，或从青铜器等承载古代艺术符号的物品出发进行研究。如李彦锋的《语-图视阈中的诗画关系》[7]一文，虽然文章也涉及

---

① 叶青：《对写实与图像叙事关系的再思考》，载《江西社会科学》2007年第9期。

② 陆涛：《叙事的停顿与凝视——关于〈红楼梦〉插图的图像学考察》，载《红楼梦学刊》2010年第3期，第80—95页。

③ 赵宪章：《传媒时代的“语-图”互文研究》，载《江西社会科学》2007年第9期。

④ 陈学广：《形象文本中的“语-图”互文关系——以扬州八怪为例》，载《江西社会科学》2007年第9期。

⑤ 王珍：《图绘〈红楼梦〉及其“语-图”互文》，载《江西社会科学》2007年第9期。

⑥ 陆涛：《“语-图互文”与中国现代小说的兴起——关于图像与文学关系的一种解读》，载《东方论坛》2010年第2期。

⑦ 李彦锋：《语-图视阈中的诗画关系》，载《南京艺术学院学报》2012年第1期。

诗歌的语言特征,但突出的特点是,他敏感地抓住文学语言中“图像性”的一面,加以细致分析,如对谢灵运山水诗中多出现趋向于绘画色彩的词语,宋元词曲中一系列名词短语连缀成的“宛如一轴中国画”似的场景描写等进行考察。其次,他分析图像时,十分注重用一些绘画专业术语,这对描述图像来说更加精确,能够关注绘画技法的具体细节,并加以引申发散。最后,作者从艺术出发,结论又回归到艺术,把眼光更加集中在图像的艺术表现力和感染力等层面。这些都值得文学研究者们借鉴。阮璞的《中国画诗文题跋浅谈》[①]对中国画诗文题跋的性质及其在绘画艺术中应居何种地位进行了探讨。作者认为,中国画的诗文题跋,是以依存于所题的绘画形象为前提的,但它同时也具有相对独立性。艺术史研究者较之文学史研究者明显更加注重“图像”或“画作”这一本体,既从这里出发,最终又回归于此。邵宏的《文字的图像化尝试》[②]以回文诗为研究对象,与上面提到的阮璞的切入点相对应,如果说上文中题跋是对画作的一种补充、伴奏的话,回文诗这一形式,便是“图像”援助“语言”的一种方式,在它们各自属性的互补中,彼此相互帮助,尽力达到作者所预期的创作效果。

四、当前研究的热点及典型案例

在文学与图像关系的研究领域中,根据《中国学术期刊网络出版总库》中的数据,有关影视文学改编的有 1 479 篇,小说、戏剧与图像关系的有 914 篇,诗画关系的 306 篇。何希凡、龚奎林的《新时期中国文学与影视艺术的互动及其未来走向》[③]一文将文学与影视从整合、实践、话语三个层面透视二者多元复杂的关系;作家莫言的《小说创作与影视表现》[④]一文根据他自己的小说《白沟秋千架》改编而成的电影《暖》出发,认为电影中的一些对文学的改变使得电影有观赏性。他认为小说家没有必要迎合影视导演而媚俗,小说和电影可以各行其道。王一川的《泛媒介互动路径与文学转变》[⑤]认为,当今

① 阮璞:《中国画诗文题跋浅谈——“美术史论研究生画学十讲”选》,载《美术研究》2003 年第 2 期。

② 邵宏:《文字的图像化尝试——以回文诗为例》,载《美苑》2008 年第 6 期。

③ 何希凡、龚奎林:《新时期中国文学与影视艺术的互动及其未来走向》,载《四川师范学院学报(哲学社会科学版)》2002 年第 6 期。

④ 莫言:《小说创作与影视表现》载《文史哲》2004 年第 2 期。

⑤ 王一川:《泛媒介互动路径与文学转变》,载《天津社会科学》2007 年第 1 期。

的阅读者在阅读文本之前，媒介往往会影响文学文本的传播方式和表意系统，文学空间既有伸张又有所见，这是我们目前文学研究中必须面对的一个问题。

而专门针对“文学与图像”这一问题进行专题研究的489篇文章中，探讨文学当前的危机与未来发展趋势的占大多数，还有就是涉及一定理论的问题、图文关系的历史考察，等等。我们来细读张玉勤《论明清小说插图中的“语-图”互文现象》①。文章从探讨插图的意义功能入手，阐释明清小说插图所体现出的“互文性”。虽然图像有它自身的优势，但由于画幅限制，能够表达的信息量也会随之受限。作者归纳出了明清小说插图通常采用的四种方式来增强图像的文本信息量与叙事表现力。这四种方式分别为：(1)“莱辛式”的“暗示”。利用图像“选择最富于孕育性的那一顷刻，使得前前后后都可以从这一顷刻中得到最清楚的理解”。作者选取明万历年间容与堂刊本《李卓吾先生批评忠义水浒传》中“武松斗杀西门庆”一图(如图)，该图否定了“眼睛就不能朝更远的地方去看”的视觉局限，让读者拥有更大的想象空间。(2)图像并置。明清小说插图中，图像往往能够突破时空界限，将同时发生的多个事件有机并置，这无形中增加了文本的信息摄入量，既能加深读者的认知理解，又非常到位地描绘出故事内容。(3)叙事视角转换。明清小说插图大多采用“俯视”的叙述视角。这是作品内在设定的一个类似于文本叙事中“全知型”的“叙述者”，它始终站在画面的对面，俯瞰画面，画面中的一切都在其统摄之中。(4)叙事区隔。为了丰富和拓展图像表现，明清小说插图还采取多种手段进行叙事区隔，进而表现不同时间里的情节叙事。有的通过表现“梦境”，把天上与人间、实界与虚界连接起来。以上四种方式是作者深入考察明清小说文本及图像后得出的结论。我们从中选取一项，来看关于第一点的例证图像，它刚好为图像最富孕育性的那一刻，文学与图像的关系并不完全对等，很多文本中

明容与堂刊本《李卓吾先生批评忠义水浒传》中“武松斗杀西门庆”插图

① 张玉勤：《论明清小说插图中的“语-图”互文现象》，载《明清小说研究》2010年第1期。

的信息会被图像所遗漏,有些还会超出文本信息表达的范围。

整篇论文都是在切实的语料、图像资料的基础上层层推进,举例清晰得当。最后作者提出要确立“插图文学”的观念,它所确立的理论平台和基本事业都是一种“大文学观”、“整体文学观”,要加强“传播学”对于“文学与图像”关系研究。其实,已有不少的学者已经致力于“图像传播学”方面的考察研究,如陆涛的《图像与传播——关于古代小说插图的传播学考察》[①]等。

赵勇的《影视的收编与小说的末路——兼论视觉文化时代的文学生产》[②]一文,是从影视改编与文学的角度来阐释这个问题的。自1980年代中后期至1990年代初,先锋作家的小说与第五代导演的电影因在精神气质、叙事模式等方面存在着某种同构关系,二者的交往可看做精英文化之间的对话。此后,伴随着文学市场化进程,二者的合作逐渐演变成为大众文化之间的联手,其代表性事件是张艺谋同时约请六位作家撰写《武则天》小说[③]。随着作家与影视的大面积接触,视觉思维与影视逻辑开始进入小说创作,小说的生产方式、叙事方式和语言表达方式因此发生了很大的变化,从而呈现出写作逆向化、技法剧本化、故事通俗化、思想肤浅化等特征。作者认为,在视觉文化时代,小说在看似繁荣的表面下,实则面临严重危机,其主要症候是震惊效果、经历、感受、展示价值、心神涣散地接受、消遣式阅读等摧毁了小说世界残存的“经验”系统,也改写了小说的阅读系统,致使“生命的困惑”、“复杂性”等小说传统走向衰落。正如小说的兴起杀死了史诗传统,电影电视的兴起也很大程度上杀死了小说传统,小说已经失去了它的灵魂。很明显,当下影视对小说的改编对于小说的发展来说,作者是持悲观态度的。

图像研究在这十年中得到了很大的发展,已经逐步从宏大阐发和情绪式判断,逐渐深入到学理与具体个案研究,但还有一些问题存在。在宏观层面,成熟的理论尚未建立,把西方现成的理论“照搬”过来,往往有牵强附会之嫌;在微观层面,非常好的个案研究还不多。对于文学与图像关系这个研究课题,前人可借鉴的不多,西方这方面的研究也没有被系统地介绍进来。

---

① 陆涛:《图像与传播——关于古代小说插图的传播学考察》,载《江西社会科学》2011年第11期。

② 赵勇:《影视的收编与小说的末路——兼论视觉文化时代的文学生产》,载《文艺理论研究》2011年第1期。

③ 张艺谋同时约请苏童、北村、格非、赵玫、须兰、钮海燕等作家撰写《武则天》的小说,作为他筹划开拍电影《武则天》的底本。

涉及图像资料这一问题，明清时代的资料较多，却难以从中筛选真正有价值的；唐宋以前的资料又较少，且真伪难辨。而这些研究中，批评多于建构，应进一步解决视觉文化理论本土化的问题。

■ 作者简介

侯爽(1986—　)，河北秦皇岛人。现为南京大学文学院2010级文艺学研究生。研究方向为先秦语-图关系研究。

《语词与图像》杂志述评

马迎珺

摘要:《语词与图像》(*Word & Image*)是西方学者研究文字与图像关系的重要期刊之一,它所包含的题材并不局限于单纯的文字和图像,而是包括了图案术语、戏剧场景中的某一事物、媒体,等等,具有多元性。杂志虽围绕文字与图像关系展开,但有时更加强调图像存在的必要性。本文旨在通过对杂志宏观的概述、三条线索的把握,试图给致力于这一领域的中国学者一些建设性的建议和启示。

关键词:语词与图像　文字　图像　图案术语

米歇尔(W. J. T. Mitchell)指出,图像具有自然的和模仿的特征,而语言迫于只能用文字传达信息的特殊性,并不能和图像一样表达出脑中所想之物或相像的东西。在单纯阅读小说或欣赏某一幅绘画作品(抑或是观看电影、电视图像)时,观看者不免会产生这样的感觉:文字可以表达出图像表达不了的具体的细节和细微的心理活动。但文字的描述也存在局限性,它有时艰涩难懂,缺乏图像的直观性,所以在阅读过程中可能会造成读者理解上的偏差;而图案鲜明、易懂、一目了然,作者能够用最简明的视觉语言刻画丰富的表情和自然生态,人们在观看时所花费的心力也许比阅读文字的读者要少一些,但这样做也很容易引发人们懒于阅读、不愿思考的不良习惯。文字与图像各有其特点,当它们结合在一起的时候会产生什么样的效应?它们之间会引发出什么样的话题呢?也许《语词与图像》(*Word & Image*)杂志会替读者解开这个谜。

一、《语词与图像》杂志概述

《语词与图像》是一本关于图文关系的杂志,这种关系包括两者的“邂逅”、对话、相互协作或相互冲突。杂志的主要编者有两位,分别是来自密歇

根大学的 *Michèle Hannoosh*① 和宾夕法尼亚大学的 Catriona MacLeod②。杂志一年出版四期，从 1996 年起持续发行至今。每期发表文章 10 篇左右，内容丰富、信息齐全，大致涉及历史与生活、艺术、艺术史、人文和在线期刊等，以及当前的、历史的、语言和语言行为等的摘要。

下面分别以 2009 年总第 25 卷第一期和第二期杂志的目录为例，以展示杂志研究的内容、栏目的设置以及所包含的信息。

序号	中文名	英文名
1	浪漫的希腊神话，雕塑与罗马	Romantic Hellenism, Sculpture and Rome
2	Jean Louis Schefer：在艺术史写作中所遇难题的用途	Jean Louis Schefer: the uses of difficulty in art history writing
3	背景色彩——图案术语走入歧途了吗?	Couleur locale—a pictorial term gone astray?
4	优雅、拉斐尔和郎世宁"艺术的范围"	Grace and "the reach of art" in Castiglione and Raphael
6	户外男性裸泳者：史前 19 世纪共和政体的修辞	Nude male alfresco swimmers: the prehistory of a nineteenth century republican trope
7	"女性，公平的代表"：在 1650—1700 年英国作品中的性和绘画	"Woman, that fair copy": gender and painting in English writing, 1650 - 1700
8	从玻璃到文本：福楼拜对《圣朱利安传奇》的收用和转录	From glass to paper: Flaubert's expropriation and transcription of the legend of Saint Julian
9	理解文徵明：隐喻和中国画	Reading Wen Zhengming: metaphor and Chinese painting
10	牢记审判日：中世纪晚期英国戏剧文学和插图中的"记忆"	Remembering doomsday: memoria in late medieval English drama and iconography

（2009 年总第 25 卷第一期）

① Michèle Hannoosh，法国学者，1982 年在斯坦福大学获得了博士学位。她研究所涉及的领域广泛，涵盖 19 世纪的文学、艺术以及文化。曾发表过关于颓废主义、城市和现代性的滑稽模仿理论，对艺术以及艺术史的关系做过特别研究。在 19 世纪时，她曾致力于艺术批评和艺术理论，特别是波德莱尔的理论。此外，她对诗歌也非常有兴趣。

② Catriona MacLeod，本科毕业于格拉斯哥大学，随后在苏格兰大学攻读硕士，最后在哈佛大学获取了博士学位。其研究领域包括歌德，18 世纪晚期和 19 世纪的文学、文化，其中重点对性别、语言和视觉艺术的关系、魏玛古典主义中高雅艺术和流行文化的共同之处等进行研究。曾经发表过 *Embodying Ambiguity*，*Androgyny* 以及 19 世纪 *All That Is* Solid Melts into Air 等书。

序号	中 文 名	英 文 名
1	是字符还是漫画?感情主义的描述与理查德·牛顿在劳伦斯·斯特恩《感伤之旅》中的插图	Character or caricature? Depicting sentimentalism and Richard Newton's illustrations of Laurence Sterne's A Sentimental Journey
2	用色彩描绘欧洲绘画中的埃塞俄比亚故事	Drawn in color: Aethiopika in European painting
3	《哈姆雷特》中富于戏剧性的挂毯	Hamlet's dramatic arras
4	从霍斯蒂德大厅标志上体现的视觉、外表和肤色	Vision, appearance and skin colour in the painted emblems from Hawstead Hall
6	"我们甚至对宣传画进行想象":约翰·阿士贝里,哈利·马修斯和特雷弗·温菲尔德的共同研究	"We even imagined the posters": collaborations between John Ashbery, Harry Mathews and Trevor Winkfield
7	亨利·马蒂斯:近年来的文学	Henri Matisse: the recent literature

(2009 年总第 25 卷第二期)

在翻阅数期《语词与图像》后,笔者发现,杂志包罗万象,它所研究的对象:语词和图像,并不只局限于文字和绘画作品,招贴画、广告在内的各式平面图像,故事、神话以及雕塑、媒体等都有所涉及。这大概是由于:其一,"word"在杂志中表现出的意义不止"字"或"词"一种;其二,"image"单词本身的多元含义。除了我们耳熟能详的"图像"解释外,影像、镜像等意义都可以用来诠释"image"。

所以在研究语-图关系时,对"语词"(word)和"图像"(image)的定位不应有局限性,而两个词语的丰富性从某些文章题目中就可以看出,例如《用色彩描绘欧洲绘画中的埃塞俄比亚故事》(Drawn in color: Aethiopika in European painting)①、《浪漫的希腊神话,雕塑与罗马》(Romantic Hellenism, sculpture and Rome)②,可以发现,word 既表示某一词语,又囊括了故事、神话,具有文本的性质,而 image 不仅是美术史中的图像,还含有色彩、雕塑等其他元素。

---

① Crewe, Jonathan, "Drawn in color: Aethiopika in European painting," Word & Image, 2009,25: 2, pp. 129 - 142.

② Cheeke, Stephen, "Romantic Hellenism, Sculpture and Rome", *Word & Image*, 2009, 25: 1, pp. 1 - 10.

每个事物都有其存在价值和自身特点，《语词与图像》杂志也不例外，归纳起来有如下三个特点：

(1) 该杂志不但专业性强，而且具有跨学科的性质。除了重点关注语-图关系外，其中关于政治学、历史以及传媒领域的讨论也不胜枚举。比如在《原文的副文本——电影的座右铭和其屏幕上的视觉化表现》[1]中，作者关注的焦点是媒体，他注意到在电影正式开始前，也就是在片名映入观众眼帘之前，银幕上会出现一段话，这一行或两行字大多是引用的谚语或名句，它们几乎都起到启下的作用，即解释片名甚至概括电影的大意；又比如在《用色彩描绘欧洲绘画中的埃塞俄比亚故事》(Drawn in color: Aethiopika in European painting)[2]中，埃塞俄比亚的历史传说也穿插在其中。

(2) 虽然研究的对象是图像与文本间的关系，但研究的时期不限，时间跨度大，它既介绍了历史上前人对图案与文本关系的观点、看法，比如《但丁在〈神曲〉微型图中的文字描述：图案上的文字说明作为诗人权威的评论》[3]，也有讨论现代媒体的，如 Sarah J. Paulson 和 Anne Gjelsvik 的《文学的电视化：Olaug Nilssen 的小说〈讨厌在空中找到我〉》[4]，还有关于中国明代画家文徵明[5]。

(3) 杂志中的话题并没有被空泛、单调的理论充斥，它也有具体个案研究。如在《看得见的帝国灭亡的政治学——从拜占庭的编年史转化为西西里的视觉叙事》(The politics of visualizing an imperial demise: transforming a Byzantine chronicle into a Sicilian visual narrative)[6]中，文章以拜占庭的历史故事为背景，主要陈述了从叙事文本——拜占庭的编年史到视觉图像

---

① Johannes Mahlknecht, "The textual paratext — the cinematic motto and its visual presentation on the screen," *Word & Image*, 2011, 27:1, pp. 77-89.

② Crewe, Jonathan, "Drawn in color: Aethiopika in European painting," Word & Image, 2009, 25: 2, pp. 129-142.

③ Karl Fugelso, "Dante's words in *Commedia* miniatures: pictorial textuality as commentary on the poet's authority," *Word & Image*, 2010, 26:3, pp. 273-284.

④ Paulson, Sarah J. and Gjelsvik, Anne, "Making literature Televisual: Olaug Nilssen's Get me on the air, godammit (2005)," *Word & Image*, 2009, 25: 3, pp. 317-333.

⑤ Craig Cluns, "reading Wenzhengming: metaphor and Chinese Painting," Word & Image, 2009, 25:1, pp. 96-102.

⑥ Boeck, Elena N., "The politics of visualizing an imperial demise: transforming a Byzantine chronicle into a Sicilian visual narrative," *Word & Image*, 2009, 25: 3, pp. 243-257.

的创造性过程，以及由于政治变革而对这一叙事的重新定位。作者首先总结了把拜占庭编年史改编为视觉图像的基本思路，如设计者需要思考是仅用一幅画还是以连环画的形式——用多幅画面叙述一个故事；再如设计者需要决定是用直接还是间接的画面呈现故事。其次，作者也看到文本和图像直接的脱节，比如图像对历史的遗漏和补充。显然，这篇文章不但适合语-图关系研究者，也同样能够给绘本工作者在编排等问题上带来一些启发。

以上都是这本杂志的特色。除此之外，《语词与图像》的读者分布广泛，包含了文学批评家、艺术史学工作者、史学家、哲学家、媒体工作者、各个大学中文系的同仁，以及致力于艺术史、传媒、通讯和文化研究的学者等。

二、三条主要线索

笔者在杂乱的几十篇文章中整理出三条主要线索，下面就依据这三条脉络结合具体文章进行具体分析。

1. 文字与图像的相互共存与影响

文字对人类的积极意义已经被无数经典作品诠释得淋漓尽致，约翰·伯格在《观看之道》(Ways of Seeing)中承认了影像(image)对人的影响，虽然这种影响只是在欣赏者认可画家对画中人的观察中得出。而在 Michael J. Call 的《从玻璃到文本：福楼拜对〈圣朱利安传奇〉的收用和转录》[①]，首先利用米歇尔《图像学：图像，文本，意识形态》(*Iconology*: *Image*, *Text*, *Ideology*)书中的观点开篇，以此来分析语言与图像之间的关系和意义。米歇尔首先表明文字和图像的辩证关系恒久存在，他看到了两者的差别，并将两者的关系总结为“斗争”(battle)，“从某种程度上说，文化史甚至是文字符号与图像符号长期为统治地位而斗争的历史”[②]。

而作者的分析则相对辩证，他以文本《圣朱利安传奇》与卢昂大教堂彩色玻璃上的故事为例，试图揭示出文字与图像间的微妙关系。作者在文章的开篇提到《圣朱利安传奇》中的最后一段话：“在我们家乡大教堂的花玻璃上可以看到行善者圣朱利安的故事，大致就是如此。”这一行字无疑是个提

---

① Call, Michael J., “From glass to paper: Flaubert's expropriation and transcription of the legend of Saint Julian,” *Word & Image*, 2009, 25: 1, pp. 85－95.

② Ibid, p. 85.

示，它提醒读者“窗户”的出现并不是偶然，据福楼拜自己说，圣朱利安的故事正是依据卢昂大教堂彩色玻璃上的图案而来。虽然如此，两者之间却存在着显著的差异：大多数学者认为，由于福楼拜查阅了大量的文学资料，所以他的版本比彩色窗玻璃上的故事更加丰富。可以看出，福楼拜完成的文本，即《圣朱利安传奇》，在图像的基础上生成但又不完全照搬图像，他加入了自己的写作风格以及参考了其他材料：他多次运用过去时态，并在写作时参阅圣朱利安拉丁文版本的传记。

既然图像与文本存在着些许的不可调和性，那么它们的结合还有必要吗？答案是肯定的。Michael Hancher 在《定义和描述》(Definition and depiction)一文伊始就引用了 Nathan Bailey 的话表明自己的观点：“(我在自己书中)用了近 500 幅插图以给这些形象提供更清晰的解释，有些解释是无法用语言描述的。”①作者从洛克(Locke)和艾文斯(Ivins)的观点出发，通过对某些短语、俗语(比如“eye candy”)以及图像的功用的阐述，试图凸显文字形象化、图案化的重要性。中国有一句谚语叫“画意能达万言”(A picture is worth a thousand words)，人们从一张张图片中能够获得极其丰富的经验和强大的信息来源，更为重要的是，图像不仅可以引起人们感官上的愉悦，更能鼓励并激发出他们的阅读兴趣。这一点对儿童来说更是如此。洛克认为，当儿童开始识字的时候，父母可以在同一时间提供给他们与每个字词相对应的图片，使他们既在乐趣中培养了阅读习惯，又获得了探索知识的能力。

可以看出，虽然图文间的斗争性客观存在，但学者们仍然关注它们之间的亲密关系，而且有时他们似乎更加重视图像存在的必要性。文字与图像从互为个体到互相影响，是大势所趋，也为人们的研究带来更多新的挑战。

2. 对某一特殊术语或具体场景中的事物的研究

《语词与图像》涉及的研究领域宽广，其中有对某图案术语或某一具体戏剧场景中出现的实物等分析。

有人不禁会问，这些和我们研究的图文关系相干吗？笔者认为有一定的关联。比如对“优雅”(grace)一词的使用范围(文学、美学领域)等方面的

---

① Michael Hancher, “Definition and depiction,” *Word & Image*, 2010, 26:3, p. 244.

讨论[①];比如在 Rebecca Olson《〈哈姆雷特〉中富于戏剧性的挂毯》[②]中,《哈姆雷特》这一经典戏剧中的挂毯受到作者的关注。他认为,这些织物不但有着特殊用途,而且这块织物上的图像在戏剧与舞台场景中都起了重要的作用;比如背景色彩——Couleur locale[③]——它既是图案术语,又是一种美术上的表现,即图像,当其被赋予了文学性之后——它在文学中的使用、转变等,又产生了其他的效果。下面对此例进行详细分析。

法国艺术理论家与批评家 Roger de Piles 站在艺术的立场提出自然色彩和人造色彩两个概念。自然色彩是大自然中人们都看得见的色彩,而人造色彩是画家通过模仿自然色彩而来,若对人造色彩再细分,则产生了简单色彩和背景色彩。简单色彩提供了人造色彩的成分,而背景色彩则是从属于人造色彩的特别的形式,它是一种混合色彩。背景色彩需要模仿一个单一的对象,譬如康乃馨、亚麻等。形容词 locale 强调了背景色彩颜色和空间的互为依存性,换句话说,Roger de Piles 暗示,我们对一种颜色的感知为其环境和明暗的配置所改变。因此,为了实现真实性这个幻想,画家需要改变对象在画布上的位置。这是 Roger de Piles 对背景色彩美术层面的理解。18 世纪是文字与图像之间重新定位彼此关系的重要时期,背景色彩(colour locale)进入到文学领域,标志着美术的语言开始运用于文学篇章中,例如在诠释"戏剧性场面"时用到的素描、绘图工具、背景色、色彩等美术用语,这既是对戏剧性场面生动形象的描述,又让读者渐渐掌握图案术语在文学作品中是如何使用的。浪漫主义的胜利宣告了背景色彩确切的含义和形式走向的稳定。背景色彩以法国浪漫主义家的戏剧理论为特征,并广泛被使用在各种美学、政治的跨文学期刊中。此术语的文学含义随后被收录在 1835 年法国科学院的词典中,不过基于它在美术上的定义并不明晰,所以其文学含义也只是在字典的子条目中敷衍地提到:"在涂色方面,背景色和各个物体的原本颜色是独立于光影分布的。背景色彩,在文学方面会有引申含义。在希腊诗歌中,背景色被完美地彰显出来。"这样的解释偏离了 Roger de

① Carthy, Ita Mac, "Grace and the 'reach of art' in Castiglione and Raphael," *Word & Image*, 2009, 25: 1, pp. 33 - 45.

② Olson, Rebecca, "Hamlet's dramatic arras," *Word & Image*, 2009, 25: 2, pp. 143 - 153.

③ Kapor, Vladimir, "Couleur locale — a pictorial term gone astray?" *Word & Image*, 2009, 25: 1, pp. 22 - 32.

Piles 对其最初的理解，他认为，背景色彩和绘画中的明暗对照法(chiaroscuro)组成了色调，但它们是两个分开的元素。图案术语从美术向文学转移过程中实际上发生了偏离，它远离了 Roger de Piles 对背景色彩相对性特征的坚持，也削弱了它在画布上的本质、鲜明的特征。

可见，关于这一题材写作的范例并不多见，且把握不好易偏题，但对于某些特殊的、具有代表性的图像术语或图案，作者们照着文本或真实戏剧场景中的事物(也可作为图像)进行分析。

3. 文学与媒介

在现阶段学界已提及文学的媒体化，譬如文学的影视改编，但笔者认为，Sarah J. Paulson 和 Anne Gjelsvik 的《文学的电视化：Olaug Nilssen 的小说〈讨厌在空中找到我〉》[①]中以 Nilssen 运用的写作新型策略——电视化策略为例，启示读者读文学作品也可以像看电视那样身临其境。

和网络、电影等其他媒体一样，电视无疑也是图像的另一种存在方式，在日常生活中，它必不可少，其重要性在现代社会已不言而喻。该文提到，“电视”这一形象在 Nilssen 的小说中经常出现，它抑或是生活的一部分，抑或引起人物的想象，也或者作为实现某可视目标的途径。Sarah J. Paulson 和 Anne Gjelsvik 注意到 Nilssen 把小说分成四个部分，他们以普通观众和电视名人间产生明显的矛盾为主题，用诙谐、批判的态度评论当今的社会：观众们把上电视节目作为自身的目标和成名的手段。Sarah J. Paulson 和 Anne Gjelsvik 通过 Nilssen 小说中的“电视”看到了文学(以小说为例)和电视的融合与联系。其一，小说受到了电视的影响。电视节目包含譬如肥皂剧、情景剧、真人秀等多种类型，它们似乎都影响着小说的主题、结构和审美。其二，小说和电视相互影响，有着共同的特点。由于小说和电视节目都聚焦在与普通百姓日常生活密切相关的话题，比如爱情、性、友情等，所以两者涉及的主题、情节、角色都有相似之处。从审美上看，Nilssen 的小说和电视肥皂剧有着碎片化、绵延不绝、来自现实生活等共同特点。其三，文学作品可以善用电视的策略和技巧，以增进视觉感受。Nilssen 在小说中多用“看”(look)等词语加强了词义的渲染，这种写作方法使得观众有时在阅读其

---

① Paulson, Sarah J. and Gjelsvik, Anne, “Making literature televisual: Olaug Nilssen's Get me on the air, godammit (2005),” *Word & Image*, 2009, 25: 3, pp. 317 - 333.

小说时就像在看电视一样,有着视觉上的冲击与感受。

由此可见,文学与媒体的关系——不止电影、网络,还有电视,都可以纳入文字与图像的研究范畴中。这篇文章使我们了解到读者性质的转变,即我们不但是书的阅读者,也是媒体的观看者,作家也给我们带来一种全新的、带有视觉化的写作方法。Nilssen在小说中用的视觉化的技巧与西方世界视觉和听觉深层次的文化息息相关,这既可以作为理解世界的重要手段,又是认知"眼见为实"的凭证。这个例子不但明晰地告诉我们带有视觉化指向的文学作品也可以作为分析、解读的对象,通过洞察它的自身以获得对世界的无穷尽了解,而且还借此鼓励我们去探寻、感知媒体文化,以及加深对当代文学媒体化的理解。

三、方法论上的启迪

1. 追溯历史,有条理地思考问题

《语词与图像》刊物在研究方法上给笔者留下最深印象的是语词的谱系学的研究方法,即考察一个语词在历史脉络语境当中如何衍变,并从一个领域渗透到另一个领域。"对过去的研究和描述,是现代人所取得的一项杰出成就。古人对在他们之前发生的事了解甚少。希腊历史学家中最无偏见的修昔底德在开始研究伯罗奔尼撒战争时曾说过,在他所处的时代之前,没发生过什么重大事件——对历史的不了解,使他对雅典的无与伦比的光荣和贡献不能有所认识。"[①]这一段引述告诉我们对历史全面、正确认识的重要性与必要性。而对历史的全面把握尤其对文字与图像的共同作用及相互影响渗透的把握,可用语词的谱系学方法。《语词与图像》关于对历史的把握,在分析图案术语的文章中显得格外突出。

在《背景色彩——图案术语走入歧途了吗?》[②]一文中,作者首先追溯背景色彩的起源。在《苏联大百科全书》中背景色彩被假定为一个概念,最初在达·芬奇的绘画专著中被引用,经过作者对这一概念的考辨,最终得出Roger de Piles是使用此术语的第一人,即便这个术语在17世纪前的画室就

① 斯塔夫里阿诺斯:《全球通史(上)》,北京:北京大学出版社2005年版,第3页。

② Kapor, Vladimir, "Couleur locale — a pictorial term gone astray?" *Word & Image*, 2009, 25: 1, pp. 22-32.

被使用过。确定来源后，作者又列举一些理论家和作家，以证明这个概念如何在文学与图像中运用，并从美术领域扩展到文学领域。在理论家中，阿贝·杜博斯（Abbe' Dubos）、巴托（Batteux）和莱辛（Lessing）尽力去编纂、整理所谓的"姐妹艺术"（sister arts）之间的关系；而在作家中，特别是狄德罗（Diderot）和歌德（Goethe），开始对艺术批评感兴趣，不仅如此，他们还开始在自己的文学写作中使用美术术语。

"以史为鉴可以知兴替"，作者追根溯源，按照背景色彩的起源——背景色彩首次在文学中的使用——背景色彩从美术领域扩展到文学领域转变这一历史线索逐层深入梳理。

2. 由浅入深，从单纯的图文关系中挖掘出更深层的意义

《语词与图像》给我们的另一启迪是作者们的题材选择。他们在考察文字与图像的关系时并不总是围绕着纯粹的图和文展开，而是着眼于如何将单纯的图文关系与作家或画家的行文/绘画风格相结合，从而探索其更深刻的历史意义、社会意义和政治意义。

米歇尔认为在比较文字和图像时，人们不应将注意力集中在如何协调两者之间的分歧上，而应更多地关注这个分歧能够带来什么样的利害和影响。《从玻璃到文本：福楼拜对〈圣朱利安传奇〉的收用和转录》[①]的作者用福楼拜的《圣朱利安传奇》一文来回应了米歇尔的观点。作者在对文学作品与彩色窗玻璃版本的差异与联系进行分析和比较的基础上，通过结合福楼拜现实主义者的身份，最终将文图关系上升到社会层面：福楼拜乐于把所见所闻用文字记录下来却并不直接表达，他把尖锐的政治问题升华至美学领域，把对社会不平等的愤怒转而用带有讽刺含义的言语表达出来，用对风格的探索代替了对社会公平正义的搜寻。这种"转化"（transform）既是一种表达方式，也是一种特别的写作方法，当读者合上书本细细回味时，才可以品出其中想要表达的真谛。

综上所述，《语词与图像》在研究题材上具有丰富多样性，在研究方法上具有溯本追源和放在社会历史政治更大的环境中去考察，对图文的关系，既展示了文字与图像之间一种互相影响、互为补充、相得益彰的联系，同时也

---

① Call, Michael J., "From glass to paper: Flaubert's expropriation and transcription of the legend of Saint Julian," Word & Image, 2009, 25: 1, pp. 85-95.

展示了它们之间冲突的一面。汉字的魅力恰恰体现在它本身是由图像(甲骨文)演变而来,而这与希腊文、拉丁文、英语等其他文字的形态、文化背景大相径庭,所以我们在研究中国的语-图关系时,需要吸收西方研究的精华,但并不完全效仿它们。

作者简介

马迎珺(1989—　),女,江苏南京人。南京大学中文系文艺学专业11级硕士研究生。

语–图关系的现代演绎：简评《文化演绎中的图像》

张　勇

摘要：姚玳玫教授2010年出版的专著《文化演绎中的图像——中国近现代文学/美术个案解读》对近现代"语-图关系"进行了较为细致严谨的阐释，书中以11个文学和美术学个案为主题，搜集了大量现代文学、美术学史料，结合文学与图像关系理论，对"近现代女性形象的构型问题"、"图像背后的文化制衡问题"、"雅俗文化的互为僭越问题"进行了细致解读和学理分析。该书概念明晰，从语-图互仿、语-图互文、语-图的实指与虚指等方面解析了近现代语-图关系的复杂状态。作者运用了文学与美术学的多种研究方法对不同文本、图像进行阐释，这种尝试对语-图关系研究有较大的启发，但也容易导致章节逻辑关系不紧密，读者易迷失于文本与图像的细致分析中，而无法把握作者关注的语-图关系衍变的文化内涵。

关键词：近现代　语-图关系　文化演绎

当前，"文学与图像的关系"不仅是文艺理论研究中的热点问题，也已成为牵涉文学、文化、艺术学、社会学、新闻传播学等领域的学术问题。学者姚玳玫2010年出版的专著《文化演绎中的图像——中国近现代文学/美术个案解读》是近现代"语-图关系"研究中较为独特的一部。作者为华南师范大学文学院教授，她在丈夫中央美术馆馆长王璜生的影响下，对美术和图像研究产生了浓厚兴趣。本书中她搜集了大量现代文学、美术学史料，结合文学与图像之间的互涉关系理论，对"近现代女性形象的构型问题"、"图像背后的文化制衡问题"、"雅俗文化的互为僭越问题"[①]进行了细致解读和学理分析，致力于探讨近现代以来"图像"背后的文学性、文化意味及其在多方力量的制衡下形成的独特格局，并结合11个文学和美术学的个案研究对"语-图关系"

---

① 姚玳玫：《文化演绎中的图像——中国近现代文学/美术个案解读》，广州：广东人民出版社2010年版，第358页。

这一命题进行深入的文化阐释。

作者治学态度严谨,对相关概念进行了明确的界定。如作者在导语中对"近现代"所指的时间范畴做了解释,她指出:"所谓的'近现代',指19世纪中期(鸦片战争之后)至20世纪中期。"以1840年的鸦片战争为近现代分界点的主要原因是:"鸦片战争之后,中国近代社会文化变革实践——新的文化意义生产和交流的实践,拉开序幕。图像作为一种符码,参与了这一实践。"这种划分符合近现代史学的认识,同时结合了图像史与文化史的说法,体现出"以图证史"、"文图结合"的研究倾向,侧重于将图像中的历史与真实信息提炼出来进行分析,并将文本与图像的背景结合起来重新解读,以期凸显文化革新的复杂性和"语-图关系"演进的紧密关系。

本书是在作者前期出版的专著《想象女性——海派小说(1892—1949)的叙事》(中国社会科学出版社,2004)的基础上结合图像理论和实例进行的研究的,作者2010年底将本书研究成果转化为2010年"'自我画像':女性艺术在中国(1920—2010)"图像专题展,成功地完成了文学与美术学研究的融合。她在接受《HI艺术》记者采访时指出自己对女性语-图关系的关注来源于早期对海派文化的研究,她说:"我的专业是中国现代文学史,做的是民国文学这块的研究。我花了七八年做海派小说研究,六年前我出版了我的博士论文《想象女性——海派小说(1892—1949)的叙事》,讨论的就是海派小说中的女性形象问题。我当时就注意到海派文学的整个叙述,不只是靠文字更靠图像,图像不只是静态的摄影、绘画更有动态的电影。这是一种立体的叙述,它们共构了海派文学的整个形态。从那时起,我就注意到了图像中的女性形象问题。"[①]在《想象女性》中作者以"女性形象"为线索考察海派小说中的文化想象,搜集整理了大量的文学史料。在《文化演绎中的图像》中作者延续了"女性"主题,将媒体图像中的女性形象作为该著作研究的重点,将近现代媒体中对女性形象的描述分为三类:风情性描述、表现性描述和历史性描述,展现了作为城市叙述的女性图像的衍变及其与现代文学、城市文化的关系。作者首先从19世纪末期的仕女图、早期女性肖像照入手,描述了晚清至民国时期女性图像服务于文学、新闻并营造出与物质世界同步发展、互相映照的城市镜像的过程。随后分析民国初年海派媒体封面、插图中的

---

① 罗颖:《姚玳玫VS杨帆 穿越世纪的女性自画像》,《HI艺术》2011年第1、2期,第8页。

仕女图像与鸳鸯蝴蝶派文学作品共同具有的通俗浅显、细腻动人的艺术风范，体现出语言与图像的互仿性，即当语言和图像共享同一个文本并彼此唱和时，“语言可以不受图像的局限，或引申而去，或补其不足，或延宕而‘比德’。它的极端后果表现为语言对图像的‘遗忘’。文学和图像的互仿关系史证明：在‘语-图’互仿中，语言失去的只是自己的非直观性，它所得到的却是‘图像直观’这一忠诚的侍臣。”①这一时期的女性图像艺术上臻于完美，成为小说文本中女性形象的典型写照，并成为现实生活中女性的模仿对象。再次，作者指出20世纪20年代图像的现代主义转向，纪实性插图被摄影所取代。同时以叶灵凤的插图为例指出图像进入观念时期，以变形、抽象的现代手法展现出现代文学家、画家对城市的认识。最后，作者以三四十年代的“摩登女郎”题材漫画和女画家的自画像为主要论述对象，重点描述了新感觉派文学、艺术的媚俗和历史叙述的无力，凸显了女性自我艺术的觉醒和个人生命姿态的塑造。尤其对张爱玲手绘的插图、漫画进行了细致分析，指出张爱玲将女性书写与绘画结合起来，以强势精准的文字符号破除了图像的虚指性和任意性，揭示了现代女性与现实抗衡、挣扎求存的过程。

第一章的个案三《“自我的真相”：民国时期的女性自画像》集中体现了作者在文学和美术学方面的深厚功底，她从潘玉良、蔡威廉、孙多慈、关紫兰、曾奕、郁风、麦绿之、周丽华等女画家不同时期的自画像入手，细腻分析了她们在自画像中对内心世界和自身存在状态的探讨，建立民国女性个人表达姿态的途径。姚玳玫认为“自画像的内倾性、自恋性、自传性与中国女性在漫长历史格局和天然保留格局中形成的人格心理，有某种天然的契合。20世纪百年间，中国女性美术创作日新月异，唯独没有太大转变的是，女性作品总或多或少地带有自我画像的寄寓和意味，这一现象与女性在一个世纪的自我醒觉、自我命名、自我确立、自我成长的历史历程相关，也与女性阴柔内倾的心理脾性相关”。② 以民国文学刊物中出现的女性自画像为研究对象体现了民国女性语-图的互文关系，一方面自画像的出现使女性文本中的女性形象更加生动，民国知识女性的个性更加突出；另一方面自画像与女性文本中共有场景的展示，图像更好地与语言互相阐释，贴近时代和女性

---

① 赵宪章、黄春黎：《文学与图像——赵宪章教授访谈录》，《教研天地》2012年第2期，第9页。

② 章润娟：《女人的历史在自画像里》，《新周刊》2011年第3期，第102页。

内心。

本书的第二章重点描述译介、图示与文化对图像的制衡,作者以鲁迅、郁达夫、叶灵凤、赵家璧与1933年麦绥莱勒木刻集的译介为个案,通过四位作家对麦绥莱勒四个不同木刻作品的再叙述,详细解析了译介过程中"语-图分体"的现象,"文字符号的抽象性和任意性为语言表达提供了充分自由,图像降格为文本语言的'副本'。"[①]四位作家通过麦绥莱勒的木刻作品突出个人的文学观,以"左翼叙事、城市叙事、个人欲望叙事、通俗言情叙事"[②]四种不同的文学叙述方式,展示出图像在演绎过程受到不同因素影响、改造乃至最终被整合的命运,这并不代表文学的地位高于图像,只能说明艺术的多元平等共存的本真状态。

本书的第三章回归到现代文学研究,作者以雅俗制衡的角度分析至民国以来的文学建构及权力划分,并通过创造社、李金发这两个典型个案分析现代文学的文学体制和传播系统。这一章对"语-图关系"的论述相对薄弱。

作者在本书中试图将文学、美术研究手法结合起来分析不同属性的文本,这种努力在全书的重点部分即第一章关于女性图像的描述中最为突出,在这个章节中作者对文学文本的分析相当到位,选取的图像资料丰富且与文学关系密切,关于张爱玲的漫画部分的论述尤为精到。但附录1《柯勒惠支与弗里达:从自画像看女性表达的两种途径》及附录3《从经验走向超验:关于喻红》打破了作者限定的"近现代"时间范畴,评述内容扩展到当代,同时以美术视角进行比较分析,虽然资料翔实、论述有力,却无法对第一章正文起到补充作用,进入图像解析的具体个案,偏离了"语-图关系"这一命题。同样的问题出现在第二章中,个案八《演绎与重建:20世纪中国美术的人文图式》及附录5《历史视域中的"红色经典"》和附录6《艺术:以成长的背景重构——"卡通一代"的追求》偏重美术理论和现象的介绍,扩展了研究的时间范畴,图像成为论述的主题,文学与美术学的研究方法再次形成巨大分歧。作者的这种安排可能导致著作结构分散,"语-图关系"论述不够有力,读者迷失于著作的细致分析中,而无法达到作者努力追究的不是图像所指称的事物是否存在而是图像所生成的意义从何而来的创作预设。第三章的论述

---

① 姚玳玫:《文化演绎中的图像——中国近现代文学/美术个案解读》,第217页。

② 同上,第23页。

则完全转向现代文学研究,手法的巨变与内容向现代文学的回归,使章节逻辑联系不够紧密,打破了章节之间基本的平衡。

总体看来,作者在本书中以其丰厚的文学、美术功底针对近现代"语-图关系"进行了文化意义上的阐释,从语-图互仿、语-图互文、语-图的实指与虚指等方面解析了近现代语-图关系的复杂状态,尤其对于女性图像的关注和解读极具创新性。文学、美术研究手法的结合对近现代语-图关系研究方法和研究思路有较大的启迪,体现了跨领域交叉学科研究的难度,章节安排及论述尚有值得商榷之处。

作者简介

张勇(1979—),山西灵石人。东南大学艺术学院博士后,南京信息工程大学中文系副教授,文学博士。主要研究方向为中国现代文学思潮。在《文艺争鸣》、《名作欣赏》、《社会科学评论》等刊物发表论文十余篇。

《圣经》文学与中国化图像
——访画家何琦

包兆会

近日,著名旅美艺术家何琦博士在宁举办个人画展(2012 年 2 月 19 日至 29 日)。何琦画展由国内著名现代艺术策展人南京艺术学院顾丞峰教授担任策展人,画展在南京草场门北京西路的艺事后素现代美术馆举行。笔者在展览现场采访了他。

以下是笔者与他的对话(笔者简称包,何琦简称何)。

包:何老师,您好,我以前在南京大学听过您的讲座,您那次讲座专门讲基督教艺术,我也看过您的简历,知道您 1983 年经丁光训院长介绍,进入金陵协和神学院工作,主要授课《西方基督教艺术》。我更感兴趣的是您在绘画中把西方《圣经》文学题材用中国化图像来处理。

何:这要从我的经历谈起。1978—1981 年,我去西藏,那几年我一直临摹西藏壁画,我刚南师大美术系毕业,被派到西藏工作。1981 年我回来后在江苏省美术馆工作。西藏的那几年写生对我绘画产生影响。

包:是的,我在您的画作中认出了西藏的一些文化元素,比如《圣经·出埃及记》14 章描写以色列人在摩西带领下过红海,当时有法老率领的六百辆特选的车和埃及所有的车以及军队,他们在后面拼命追赶,前有红海挡路,结果是摩西在耶和华帮助下,用杖让海水分开,以色列人下海中走干地,平安无事,埃及人则被水回流淹没了车辆和马兵,跟着以色列人下海的法老全军,连一个也没有剩下。但在您的画作(见图 1)中,则用两个藏族服装打扮的姑娘用藏族舞蹈的方式完成了法老兵败被洪水冲走的场景。

包:作为叙事性文学题材的《圣经》进入中国,并用绘画的方式表现出来,主要从晚明开始。起初西方传教士也用西方的绘画方式描绘《圣经》故事,但中国百姓尤其底层百姓的视觉经验和视觉习惯都是本土经验,不适应

图 1　过红海，年代不详

西方绘画语言和图像造型风格，若图像里那些人的胡子、那些房子结构，以及背景等，都是异文化，这些异文化产生的视觉符号的排斥力始终在百姓聆听信仰的过程中被突出显示，百姓对信仰核心耶稣本身也就不再关注。所以 19 世纪戴德生要求内地会传教士在中国内地完全过“入乡随俗”（见图 2、3）生活，并要了解中国底层百姓生活视域。除了西藏视觉符号外，您在您的绘画中还结合了哪些中国本土视觉符号？

图 2　内地会传教士在传教

图 3　内地会的传教画

何:我的宗教绘画中确实有很多中国元素,比如民间美术中的剪纸,我小时候喜欢剪纸,曾在国外不止一次办过剪纸展:1990 年在日本京都和东京,1991 年在德国汉堡、瑞士日内瓦、荷兰莱登、英国伦敦等地。我的绘画中也有中国传统山水画的视觉符号,比如在《出埃及记》第 2 章所记载的摩西出生的故事中,法老的女儿到河边洗澡,她看见箱子在芦荻中,打发其中的一个婢女拿来。我在绘画时让法老女儿的婢女穿中国古代水袖衣服,"芦荻"替换成了"荷花",犹太人婴孩摩西则是中国民间美术中福娃的形象(见彩色插页)。在犹太人大卫与扫罗的故事中(见《圣经·撒母耳记上》16—19 章),扫罗当王后,妒忌百姓喜悦大卫,一直想方设法杀他。为了展现扫罗追杀大卫,中国戏剧舞台中的视觉符号,京剧的脸谱、马鞭、戏袍,我都用上了,但少年人大卫手上拿的竖琴及肩上斜背着的放石子用的袋则符合原初文本记载(见彩色插页)。另外,中国传统壁画式的线条、西北民族的装束,甚至云南重彩画派使用的水粉等,都可以在我绘画中找到影子。

包:有评论指出您的绘画艺术,在内容上采用了西方普及的基督教教义《圣经》中的故事,在美术的形式上采用的是中西合璧的装饰画的手法,其中有中国画的勾线、填色、皴擦,也有西画的对比、明暗、大块着色;有较为具象的造型,也有抽象的手法。知道您有这样的专业背景,本科就读于南京师范大学美术系,硕士和博士就读于南京艺术学院和德国汉堡艺术学院,专攻西方中世纪艺术史。在诠释流传于西方两千年的《圣经》文学题材时您融入了大量现代特别是中国东方元素,在东西方文化碰撞中试图找到一个完美的切入点。您为了照顾中国观众的本土视觉经验,绘画中采用了很多中国视觉元素,但您有没有考虑过,当您的视觉符号过于"中国化"时,是否会面临一些困境?比如对不了解《圣经》文学的中国观众来说,在他们看来,你讲述的是一个中国故事,与西方他者一点都没有关系,如标为"所罗门断案"(见《圣经·列王纪上》第 3 章)的一幅画作(见彩色插页)中,西方的文化符号在绘画中几乎找不到;再如发生在加利利地区的迦拿婚筵故事(见《圣经·约翰福音》第 2 章)中,在您的画(见彩色插页)中见不到任何犹太人的习俗,也见不到故事的主角耶稣,充斥画面的是中国西北的婚俗;对于外国人来说,他们在欣赏您的画作时,若画作中没有西方文化元素,他们能读懂画面中所讲的本是西方文化中的故事吗?

何:这确实是一个很有意思的话题。为什么发生在公元前 10 世纪古代中东地区的所罗门断案故事用的是中国北宋时期包拯断案的视觉图景，如果仔细想一想，在文化传播和影响上是有可能的。因为在北宋时期有犹太人定居开封，《旧约》有关所罗门王断案的故事在犹太人中间流传，自然有可能在当地民间流传，对不熟悉异文化的中国民间百姓来说，他们就可能把这一故事复制到包公事迹中也不是没有可能的。以色列国王所罗门提审两个真假母亲，儿童的恸哭使真母亲心痛万分，由此假母亲露出真相。

包：看了您这三十多幅画作，给我印象最深的是用色，尤其您色彩感非常好，用色大胆，如青色和蓝色这样中国画中少用的颜色，您使用后使您的画风充满迷幻、迷离，与宗教的那种神秘与畏惧相对应。另一个是中国少数民族和民间美术的夸张和变形的构图所产生的绘画效果与您吸收了西方的毕加索等立体主义的构图模式相得益彰。另外，您的画装饰性很强，所用的纸质也很好，用的是高丽纸，不是宣纸，这种纸柔韧性很好，画画时先用墨勾勒出轮廓和线条，然后在背面用水粉画，水粉撒在上面肌理扩散开来真得很好看。有个发现，您的画作在2008年以后越来越少，不知您以后在视觉符号和构图模式上是否会有所改变？

何：我现在对德库宁、夏加尔的绘画很感兴趣，估计将来的画风会作一些改变。

包：好的，采访就到此，谢谢何老师。

何：不客气。

（采访记录经何琦本人审查）

文学图像文献存目

《列女传》图像文献存目

许　结　李征宇

《列女传》是东汉学者刘向的重要著作之一，它以《母仪》、《贤明》、《仁智》、《贞顺》、《节义》、《辩通》、《孽嬖》七卷，分门别类的方式记载了先秦百余位古代妇女的事迹。据钱穆《刘向歆父子年谱》可知[①]，《列女传》编撰于汉成帝永始元年（公元前 16 年），它的编撰，主要是针对汉元、成之际后妃逾礼、外戚擅权的现实，《汉书·楚元王传》云："向睹俗弥奢淫，而赵、卫之属起微贱，逾礼制。向以为王教由内及外，自近者始。故采取《诗》、《书》所载贤妃贞妇，兴国显家可法则，及孽嬖乱亡者，序次为《列女传》，凡八篇，以戒天子。"[②]刘向不仅是编撰《列女传》文本的作者，他还亲自将《列女传》图像化。据刘向所著《七略别录》残卷可知，《列女传》上的故事曾被图绘和注解于一座四扇屏风之上："臣向与黄门侍郎歆所校《列女传》种类相从为七篇，以著祸福荣辱之效，是非得失之分，画之于屏风四堵。"[③]《汉书·艺文志》著录："刘向所序六十七篇。"班固注曰："《新序》、《说苑》、《世说》、《列女传颂图》也。"[④]后世对《列女传》的图像演绎形式各异、异彩纷呈，根据图像表现所运用的材料的选择来看，可以分为屏风图像、壁画图像、画像石与画像砖图像、绢本图像、纸本图像与版画图像等，以下图目仅为现存《列女传》图像资料的部分而已。

1. 武梁祠东壁画像

约东汉桓帝、灵帝时期（147—189）；作者不详；石质；凸面线刻；原石为锐顶，纵宽为 183×163 厘米；画面分为五层，第一层刻的是东王公、仙人和奇禽异兽等；第二层从右至左刻的是梁节姑姊、齐义继母、京师节女的故事；第

① 钱穆：《刘向歆父子年谱》，见《两汉经学今古文平议》，北京：商务印书馆 2001 年版，第 50 页。

② 班固：《汉书》，北京：中华书局 1962 年版，第 1957—1958 页。

③ 徐坚：《初学记》，北京：中华书局 1962 年版，第 599 页。

④ 班固：《汉书》，北京：中华书局 1962 年版，第 1727 页。

三层,自右至左是三州孝人、义浆羊公、魏汤、赵□□、孝孙原穀的故事;第四层自右至左为要离刺庆忌、豫让刺赵襄子、聂政刺韩王、钟离春说齐王的故事。

原石现藏于山东省嘉祥县武氏墓群石刻博物馆。拓本见中国画像石全集编辑委员会编,蒋英矩主编,《中国画像石全集 1 · 山东汉画像石》,河南美术出版社、山东美术出版社 2000 年版,第 30 页,图版 50。

2. *武梁祠后壁画像*

约东汉桓帝、灵帝时期(147—189);作者不详;石质;凸面线刻;原石为长方形,无山起部分,纵宽为 164×240 厘米;画面分为四层,第一层从右至左是梁高行拒、鲁秋胡戏妻、鲁义姑姊舍儿、楚昭贞姜待符的故事;第二层自右至左是韩柏榆被笞、邢渠哺父、董永卖身侍父、朱明和章孝母、李善保小主、金日磾见阏氏的故事;第三、第四层中央耸立一座双层楼房和一株大树,把三、四层分隔成左右两个部分。楼上有女主人两个,均头戴五梁冠,正面并排端坐,另有侍者数名。楼下男主人中坐,也有侍者数名。第三层右边为蔺相如完璧归赵的故事和范唯辱魏须贾的故事。第三层左边,位于大树左方,刻有数人,但无榜题,不知何故事;第四层刻有轺车两辆,二骑,一熊。

原石现藏于山东省嘉祥县武氏墓群石刻博物馆。拓本见中国画像石全集编辑委员会编,蒋英矩主编,《中国画像石全集 1 · 山东汉画像石》,河南美术出版社、山东美术出版社 2000 年版,第 31 页,图版 51。

3. *武氏祠前石室东壁上石画像*

约东汉桓帝、灵帝时期(147—189);作者不详;石质;凸面线刻;原石为长方形,纵宽为 93×200 厘米;画面分为四层,第一层从左至右依次为赵盾喂灵辄、邢渠哺父、闵子骞失棰和鲁义姑姊舍儿的故事;第二层左边为文王、文王夫人以及文王十子,右边为老莱子娱亲和伯瑜伤亲的故事。

原石现藏于山东省嘉祥县武氏墓群石刻博物馆。拓本见中国画像石全集编辑委员会编,蒋英矩主编,《中国画像石全集 1 · 山东汉画像石》,河南美术出版社、山东美术出版社 2000 年版,第 37 页,图版 57。

4. *武氏祠左石室后壁小龛西壁画像*

约东汉桓帝、灵帝时期(147—189);作者不详;石质;凸面线刻;纵宽为 71.5×74 厘米;画面分为四层,第一层从左至右为季札挂剑、邢渠哺父、丁兰供木人的故事;第二层左边为梁高行拒的故事,右边为赵氏孤儿的故事;第三层为周公辅成王故事；第四层为车马出行。

原石现藏于山东省嘉祥县武氏墓群石刻博物馆。拓本见中国画像石全集编辑委员会编，蒋英矩主编，《中国画像石全集1·山东汉画像石》，河南美术出版社、山东美术出版社2000年版，第58页，图版82。

5. 武氏祠左石室第一石画像

约东汉桓帝、灵帝时期（147—189）；作者不详；石质；凸面线刻；拓本纵宽为64×111厘米；此石断裂为三，其中左段不可见；右段分为两层，第一层右方刻颜淑握火故事，左方刻信陵君和侯嬴故事；第二层右方刻范赎的故事，左方故事不详。中段分为两层，上层刻王陵母的故事，下层刻范赎、晋灵公故事，其中范赎故事在右边，大概是从右段石头延续过来，晋灵公故事在左边。

原石流落国外，藏地不详。拓本见朱锡禄编著，《武氏祠汉画像石》，山东美术出版社1986年版，第47页，图版45。

6. 武氏祠前石室隔梁石西面画像

约东汉桓帝、灵帝时期（147—189）；作者不详；石质；凸面线刻；尺寸不详；画面剥蚀严重，大部分画面内容已辨别不清；画面上下分为三层，中间以横栏相隔；第一层锐顶部分仅存二龙；第二层漫漶不清，综合前人著录可知，其上刻有故事三则，依次是钟离春说齐王、鲁秋胡戏妻和高渐离击筑刺秦王的故事；第三层刻车骑出行。

原石现藏于山东省嘉祥县武氏墓群石刻博物馆。拓本见中国画像石全集编辑委员会编，蒋英矩主编，《中国画像石全集1·山东汉画像石》，河南美术出版社、山东美术出版社2000年版，第47页，图版71。

7. 武氏祠其他第十三石画像

约东汉桓帝、灵帝时期（147—189）；作者不详；石质；凸面线刻；尺寸不详；画面分为两层，上层刻王陵母故事；下层刻狗咬赵盾故事。

原石流落国外，藏地不详。拓本见朱锡禄编著，《武氏祠汉画像石》，山东美术出版社1986年版，第72页，图版74。

8. 宋山小石祠西壁画像

东汉；作者不详；石质；凸面线刻；纵宽为73—76×67厘米；画面分为四层，第一层刻有西王母；第二层为周公辅成王故事；第三层为骊姬故事；第四层为车骑出行。

原石1978年出土于山东省嘉祥县满洞乡宋山村，现藏地不详。拓本见中国画像石全集编辑委员会编，蒋英矩主编，《中国画像石全集1·山东汉画像石》，河南美术出版社、山东美术出版社2000年版，第66页，图版91。

9. 沂南汉墓中室南壁西侧画像

东汉晚期(147—220)；作者不详；石质；纵宽为120×76厘米。画面上下分两层，边饰和层间装饰与东侧画像同。上层，左一老者戴山形冠，斜佩长剑右向立，上榜题"斋(齐)桓公"，左上角悬挂一璧，下垂缨；中一妇女向齐桓公跪伏，其下一方席，其上一屏障，内题"卫姬"；右一人右向侧立，手捧方从箧，箧内二笄，上榜题"御者"。此幅当为齐桓公将伐卫，卫姬请罪的故事。下层，左一人佩长剑，手扶有套的长矛右向立，前上方榜题"斋(齐)侍郎"；右二人佩剑，左向拱手立，上二榜题"苏武"和"菅叔"。

原石1954年3月山东沂南县北寨村出土，现藏于沂南北寨汉画像石墓博物馆。拓本见中国画像石全集编辑委员会编，蒋英矩主编，《中国画像石全集1·山东汉画像石》，河南美术出版社、山东美术出版社2000年版，第160页，图版211。

10. 大汶口墓门前室西壁横额画像

东汉晚期(147—220)；作者不详；石质；纵宽为44×210厘米。画像从左至右刻孝子故事三则。左刻赵苟故事：左一树上悬二盒，右一老者扶鸠杖坐于独轮车上，榜题"此苟峃父"，车后一童子推车；车前一人执锄间苗，榜题"孝子赵苟"；车上方缀二羽人。中刻邢渠哺父故事：两人相对坐于榻上，右者捧碗喂食左者，榜题"孝子丁兰"，左者榜题"此丁兰父"，榜题似误刻。右刻骊姬计杀申生的故事：左一妇持镜右向立，榜题"此后母离(骊)居(姬)也"；其前有一人执便面右向坐，榜题"此晋浅(献)公贝(被)离(骊)算"；右一人左向跪，持匕首抵颈，榜题"浅(献)公前妇子"，其后一人抚其背劝阻。右端停一轺车。

原石1960年6月山东省泰安市大汶口镇东门外出土，现藏于泰安市博物馆。拓本见中国画像石全集编辑委员会编，蒋英矩主编，《中国画像石全集1·山东汉画像石》，河南美术出版社、山东美术出版社2000年版，第176页，图版230。

11. 岱庙藏画像石画像

东汉；作者不详；石质；凸面线刻；纵宽为44×211厘米；画面分为左中右

部分，左边为赵苟哺父的故事（榜题误刻为丁兰），中间为晋献骊姬的故事，右边为董永肆力田亩故事（榜题误刻为赵苟）。

原石1960年出土于山东省泰安市大汶口镇汶河北岸东汉墓，为该墓前室通耳室的门楣，现藏于泰安县岱庙。拓本见刘慧、张玉胜编著，《岱庙汉画像石》，山东画报出版社1998年版，第4页，图版2。

12. **宋山画像第2石**

东汉；作者不详；石质；原石纵宽为73—76×67厘米。画面分四层：第一层，正中为西王母，左边有一羽人双手捧杯，长跪进浆，在其后面有一个蟾蜍、一个玉兔，均执一杵在捣药。药臼旁地面上长着像麦穗状的仙草，捣药玉兔后面有另一玉兔蹲着，前左肢举一仙草。右边一羽人手持三珠树果，后面有二羽人。第二层，是周公辅成王的故事。成王头戴一顶山形冠立在几上，左方一人持一曲柄伞罩在成王头上方。执伞者后方站立二人。成王右方跪坐一人，大约即周公，其后亦有二人，可能为召公等人。第三层，左边四个男子，三人站立，前面一人跪坐，此人可能是晋国太子申生。对面一人抬手躬身，应是晋献公，其前一犬死于地上。晋献公后面一女人，当是骊姬，一儿童是骊姬之子。

原石1978年山东省嘉祥县宋山村出土，现藏于山东石刻博物馆。拓本见朱锡禄编著，《嘉祥汉画像石》，山东美术出版社1992年版，第37页，图版44。

13. **宋山第二批第一石画像**

东汉；作者不详；石刻；凹面线刻；纵宽为114×67厘米；画面分为四层，第一层刻有一戴冠男子；第二层刻孔子见老子故事；第三层刻骊姬故事；第四层刻一树、一车、一马。

原石1980年出土于山东省嘉祥县满洞乡宋山村，现藏地不详。拓本见朱锡禄编著，《嘉祥汉画像石》，山东美术出版社1992年版，第44页，图版51。

14. **“鲁秋胡戏妻”画像**

约东汉明帝至和帝年间（58—105）；作者不详；石质；凸面线刻；纵宽为74.5×213厘米；画面上有7个人物，最左边两位分别为秋胡和秋胡妻，所刻为鲁秋胡戏妻的故事。

原石出土于四川彭山282号崖墓，为一个石棺，此为石棺正面，现藏于四川大学博物馆。拓本见中国画像石全集编辑委员会编,高文主编,《中国画像石全集 7·四川汉画像石》,河南美术出版社、山东美术出版社 2000 年版,第 166 页,图版 202。

15. “梁高行拒”与“鲁秋胡戏妻”画像

东汉;作者不详;石刻;凸面线刻;拓本纵宽为 68×205 厘米;画面有 5 个人物,左边为“梁高行拒”故事,最右边两位分别为秋胡和秋胡妻。

原石出土于四川省新津,为崖墓石棺的一侧。藏地不详。拓本见高文、王锦生,《四川新津县汉代画像石棺上之新发现(二)》,《四川文物》2003 年第 6 期,第 71 页,图四。

16. 新津五号石棺“鲁秋胡戏妻”画像

东汉;作者不详;石刻;凸面线刻;拓本纵宽为 68×225 厘米;画面有 5 个人物,最右边两位分别为秋胡和秋胡妻。

原石 2000 年 9 月出土于四川省新津邓双县龙岩村的汉代崖墓中,为一个石棺,此为石棺的一侧。藏地不详。拓本见高文、王锦生,《四川新津县汉代画像石棺上之新发现(二)》,《四川文物》2003 年第 6 期,第 71 页,图五。

17. 新津一号石棺“梁高行拒”画像

东汉;作者不详;石刻;凸面线刻;拓本纵宽为 77×218 厘米;画面表现的是“梁高行拒”的故事。

原石出土于四川省新津,为崖墓石棺的一侧。藏地不详。拓本见高文、王锦生,《四川新津县汉代画像石棺上之新发现(二)》,《四川文物》2003 年第 6 期,第 71 页,图一。

18. 新津十三号石棺“梁高行拒”画像

东汉;作者不详;石刻;凸面线刻;拓本纵宽为 73×200 厘米;画面表现的是“梁高行拒”的故事。

原石出土于四川省新津,为崖墓石棺的一侧。藏地不详。拓本见高文、王锦生,《四川新津县汉代画像石棺上之新发现(二)》,《四川文物》2003 年第 6 期,第 71 页,图二。

19. 四川绵阳“秋胡戏妻”画像砖

东汉;作者不详;人物;砖刻;长(砖宽)27 厘米,宽(砖厚)10.5 厘米。画像中间小山包上有树一株,树下有草数茎,男女各一人席地相向分别坐于树之两侧,男左女右,皆著头巾,作对语状。男子双手护持一物,有杆状部分向前斜伸，头端略上翘。右方女子与树间有篆书一行三字，上面两字为“秋胡”，笔画清晰，第三字模糊不清，参考相关材料，当是“妻”或“妇”字，连文曰“秋胡妻(妇)”；第三字下的地面上，另有一物漫漶不清。左方男子背后上方有一字，笔画显示不全，上一字声旁作禾，当是“秋”字，下一字模糊，当为“胡”字，一字相连为“秋胡”。同模画砖共收得两块，另一块画面题字，除“秋胡”之禾旁而外，其余部分清晰程度稍逊；前方怀抱器物之下，第三字下的地上似另有一物，也比上述一砖清晰。

民间收藏。拓本见张勋燎著，《四川东汉墓秋胡戏妻画像砖、画像石与常璩华阳列女传》，《西华大学学报》(哲学社会科学版)2006 年第 5 期，第 1 页。

20. 四川梓橦“秋胡戏妻”画像砖

东汉；作者不详；人物；砖刻；横长(砖宽)27 厘米，宽(砖厚)10 厘米，砖形大小和画像内容组合与上述绵阳二砖基本相同，微有差异的是除整个画像线条相对较粗之外，有个别细部不完全一样。树左侧与男像背后有“秋胡”二字，虽字画突显不全，“秋”字之“禾”旁极清晰，‘“胡”字左侧“古”旁不显，右侧之“月”旁尚隐约可见，较绵阳画砖略胜；砖面右方女子与树间“秋胡妻(妇)”三字的秋字比较清晰，“胡”、“妻”二字因技术原因模糊不显，但第三字下女像膝前地面之物为一筐状器，则远较绵阳二砖更为清晰。

藏地不详。拓本见张勋燎著，《四川东汉墓秋胡戏妻画像砖、画像石与常璩华阳列女传》，《西华大学学报》(哲学社会科学版)2006 年第 5 期，第 2 页。

21. 内蒙古和林格尔汉墓壁画

约东汉桓帝延熹年间(158—165)；作者不详；人物；墓室壁画；设色；尺寸不详。该墓 1972 年发现于内蒙古和林格尔县新店子乡小板申村，壁画尚存 46 组，57 幅画面，榜题 250 条。

其中，中室南壁上方画面分为两层，根据榜题可知其中画有晏子、田开疆、古冶子、公孙接、□军吏、□义□□、鲁漆氏女、□□夫人、□□之妻、□□□、□行处梁、□庆、孟贲、王庆忌、要离、伍子胥。

中室西壁至北壁上方画面分为三层，根据榜题可知其中画有老子、□□、孔子、颜渊、舜、子张、子贡、蹇父、闵子蹇、子路、曾子母、子游、子夏、曾子、孝子、□者、后稷母姜嫄、□母简狄、王季母大姜、文王母大任、武王母大姒、卫姑□、□姜、鲁秋胡子、秋胡子妻、周主忠妾、许穆夫人、曹僖氏妻、孙叔敖母、……妾、晋扬□姬、晋氾氏母、李□、□君、木□人、丁兰、刑渠父、刑渠、孝乌、伯禽、魏昌父、魏昌、孝孙父、□□□、甘泉、休屠胡、三老、慈父、孝子、弟褚、仲□、曾赐、公孙□、冉伯牛、宰我、仁姑、慈母、贤妇、□……、孟柯母、鲁之母、齐田稷母、□、□师□女、□□□□、秦穆姬、□□□保、楚昭越姬、盖将之妻、代赵夫人。

中室南壁甬道门上方壁画根据榜题可知,有晏子、田开疆、古冶子、公孙接、□军吏、□义□□、鲁漆室女、□□夫人、□□之妻、□□□、□行处梁、□庆、孟贲、王庆忌、要离、伍子胥。

中室西壁甬道门上方壁画根据榜题可知,有渭水桥、长安令、七女为父报仇。此为失传的"七女为父报仇"故事,在汉画像石与汉墓壁画中多有表现。

现藏于原地。图片见内蒙古自治区博物馆文物工作队编,《和林格尔壁画墓》,文物出版社 1978 年版。

22. 屏风漆画历史人物图

北魏;作者不详;人物;木质漆绘;纵横约 80×20 厘米;屏风漆画 1966 年出土于山西大同石家寨司马金龙墓中。墓主人司马金龙卒于太和八年(484),漆绘屏风画应该不晚于此时。漆画屏风共有 5 块,另有残片若干。漆板两边都有绘画,一面保存完好,色彩鲜明;另一面剥落较严重,色彩暗淡。较完整的五块漆画,上下分为四层,每层高约 19 到 20 厘米,均有榜题和题记。所画的内容为列女、孝子、高人、逸士。第一、二块拼合后正反两面自上而下各得四图,正面依次为:有舜二妃、周室三母、鲁师春母、班姬辞辇;背面依次为李善养孤、孝子李充、素食赡宾、如履薄冰。第三块正面自上而下四图为:启母涂山、鲁之国师、孙叔敖、汉和帝后。背面第一图为鲁义姑姊,接着是楚成郑瞀题记和楚子发母题记,再下面的题记待考。第四块正面与第五块背面拼合后依次为孙叔敖母、卫灵夫人、齐田稷母、刘灵故事。背面文图相混,漫漶不清。第四块背面与第五块正面拼合后,第一图似乎为介子推故事,第二图为齐宣王与臣渚,第三图为大片题语,第四图内容不详。

原物现藏于山西省博物馆暨大同市博物馆分藏。图片见张安治主编,《中国美术全集·绘画编·原始至南北朝绘画》,人民美术出版社 1988 年版,第 153、156、158、160、161、165 页,图 100。

23. 张君石棺·孝子列女

北宋崇宁五年(1106);作者不详;石质;棺长220厘米,宽85厘米,前高120厘米,后高104厘米。左右侧之线刻画。两图前半部分刻持幡仗、端果品、端寿山、捧宝瓶的仙女,服侍颇似武宗元白描人物《朝元仙杖图》。仙女周围饰祥云,间有仙鹤。后半部分和后挡刻孝子列女故事,皆有榜题。其右侧:赵孝宗、郭巨、丁兰、刘明达、舜子、曹娥、孟宗、蔡顺、王祥、董永;其左侧有鲁义姑、刘殷、孙悟元觉、琰子、鲍山、曾参、姜诗、王武子妻、杨昌、田真;后挡有:韩伯余、闵损、陆绩、老莱子,共24人。画面采用单线勾勒技法,是典型的宋代世俗人物画。

原石棺1985年于河南孟津张盘村出土,现藏于河南省洛阳古代艺术馆。拓本见中国画像石全集编辑委员会编,周到主编,《中国画像石全集8·石刻线画》,河南美术出版社、山东美术出版社2000年版,第150—151页,图版187—190。

24. 辉县石棺·孝子列女(局部一)

北宋;作者不详;石质;棺长210厘米,前高90厘米,后高65厘米,前宽85厘米,后宽60厘米。棺两侧刻孝子列女图各十一幅。每幅均有榜题。左侧有蔡顺、韩伯余、郭巨、董永、陆绩、孟宗、刘明达、王祥、姜诗妻、刘殷、田真、杨昌女。

原石棺河南辉县出土,现藏于河南博物院。拓本见中国画像石全集编辑委员会编,周到主编,《中国画像石全集8·石刻线画》,河南美术出版社、山东美术出版社2000年版,第153页,图版192。

25. 辉县石棺·孝子列女(局部二)

北宋;作者不详;石质;棺长210厘米,前高90厘米,后高65厘米,前宽85厘米,后宽60厘米。石棺右侧有十二幅孝子列女图:赵孝宗、丁兰、闵子骞、琰子、鲍山、王武妻、鲁义姑、老莱子、舜子、元觉、曾参、曹娥女。

原石棺河南辉县出土,现藏于河南博物院。拓本见中国画像石全集编辑委员会编,周到主编,《中国画像石全集8·石刻线画》,河南美术出版社、山东美术出版社2000年版,第153页,图版193。

26. 巩义半个店石棺·鲁义姑孝行

北宋;作者不详;石质;高宽为90×90厘米。棺侧局部。右站立一妇人,身穿长衣,怀中抱一幼儿。另一幼儿赤身跪地玩耍。一着圆领长衣、戴进贤冠的男子,手握缰绳策马奔至,为鲁义姑孝行。

原石棺河南巩义米河半个店出土,现藏于原址。拓本见中国画像石全集编辑委员会编,周到主编,《中国画像石全集 8·石刻线画》,河南美术出版社、山东美术出版社 2000 年版,第 156 页,图版 199。

27. 修武石棺·鲁义姑孝行(局部)

金;作者不详;石质。右侧局部。图中一人头戴软巾,面目狰狞,穿圆领窄袖长衣,腰束革带,挽袖执剑坐一巨石上,旁矗大纛,迎风招展。其前站一夫人,面容凄惨,长襦系裙,怀抱一小儿,其足下坐一小儿。旁刻楷书“鲁义姑”。

原石棺 1973 年河南修武县城西史平陵村出土,现藏于河南省洛阳古墓博物馆。拓本见中国画像石全集编辑委员会编,周到主编,《中国画像石全集 8·石刻线画》,河南美术出版社、山东美术出版社 2000 年版,第 167 页,图版 212。

28.《列女仁智图》

东晋;顾恺之;人物;卷;绢本;墨笔淡着色;纵横为 25.8×417.8 厘米,此为南宋人摹本;此画依据《列女传》第三卷《仁智卷》绘历史上有智谋远见的妇女,每节后录其颂语,注明所绘人物。此卷原本有 15 节,共收集 15 位列女故事,全卷 49 位人物,现仅存 10 节,共 28 人。其中“楚武邓曼”、“许穆夫人”、“曹僖氏妻”、“孙叔敖母”、“晋伯宗妻”、“灵公夫人”、“晋羊叔姬”七个故事得以完成保留,而“齐灵仲子”、“晋范氏母”、“鲁漆室女”三个故事则仅保存一半,剩余的五个故事不知所终,其中“鲁漆室女”的右半部分与“晋范氏母”的左半部分被人为拼凑,看起来像一个完整的故事。

现藏北京故宫博物院。图片见张安治主编,《中国美术全集·绘画编·原始至南北朝绘画》,人民美术出版社 1988 年版,第 124—125 页,图 94。

29.《列女图》

明;仇英;卷;纸本;墨笔;纵宽为 29.7×973.6 厘米。现藏于南京大学。(见《中国古代书画目录》第五册[1]著录)

30.《婕妤挡熊图》

清;金廷标;轴;纸本;设色;纵横为 150×75 厘米。冯婕妤是汉元帝的妃子,一次随帝观看斗兽,熊从兽圈跳出,左右侍从皆惊走,冯婕妤临危不惧,

---

① 中国古代书画鉴定组编:《中国古代书画目录》第五册,文物出版社 1988 年版。

以身挡熊，此作即描绘此景。现藏于北京故宫博物院。（见《中国古代书画目录》第二册[①]著录）

31.《孟母断杼教子图》

清；康涛；绢本；设色；纵横为 88.4×31 厘米。此图上方有作者以楷书题述《列女传》中的孟母三迁择邻、断杼教子的内容，下部描绘孟母断杼的情景。孟母侧身立于织机旁，手中执刀，回首教训儿子，孟轲躬身揖立于旁。现藏于北京故宫博物院。（见《中国古代书画目录》第二册[②]著录）

32.《冯嫒挡熊图》

明万历癸未（十一年，1583）；丁云鹏；卷；设色；纵横为 32.8×149.2 厘米。现藏于北京故宫博物院。（见《中国古代书画目录》第二册[③]著录）

33.《婕好挡熊图》

清；任熏；扇页；纸本；设色；纵横为 53.9×19.9 厘米。现藏于北京故宫博物院。（见《中国古代书画目录》第二册[④]著录）

34.《汉宫人冯嫒图》

清；康涛；轴；绢本；设色；乾隆十七年（壬申，1752）；纵横为 135.9×45.75 厘米。现藏于浙江省博物馆。（见《中国古代书画目录》第六册[⑤]著录）

35.《古列女传》

北宋仁宗嘉佑八年（1063）建安余靖庵勤有堂刊本；作者不详；尺寸不详，作上图下文版式；全书共八篇，一百二十三节，插图一百二十三幅；书中题"汉护天都水使者光禄大夫刘向编撰，晋大司马参军顾恺之图画"。宋刻本传世稀少，清宫中曾有收藏，清乾隆嘉庆时藏书家黄丕烈曾见过宋原刊本，后流失不知所终，清道光五年扬州阮福曾有翻刻，不过已大失原作风貌，吴兴刘氏《嘉叶堂善本书影》中收宋刊本书影两页。

现藏地不详；图片见周芜、周路、周亮编著，《建安古版画》，福建美术出版社 1999 年版，第 1 页。

36.《古今列女传》

八卷，明万历十五年（1587）；金陵富春堂刊本；作者不详；纵横为 20.9×12.8 厘米；原题《新镌增补全像评林古今列女传》；东汉刘向撰，明茅坤补，彭

①②③④ 中国古代书画鉴定组编：《中国古代书画目录》第二册，文物出版社 1985 年版。

⑤ 中国古代书画鉴定组编：《中国古代书画目录》第六册，文物出版社 1993 年版。

烊评,宗原校;插图双面连式,图上方通栏标题,左右镌以联语。

原本现藏于国家图书馆。图片见王伯敏主编《中国美术全集·版画》,上海人民美术出版社1988年版,第46页,图43。(还可见周芜等编著《日本藏中国古版画珍品》、周芜编著《金陵古版画》等书)

37.《古列女传》

七卷,续一卷;明万历三十四年(1606),文林阁唐锦池复刻徽州黄嘉育版;纵20.2厘米,横14.5厘米。四卷;汉刘向撰,明黄镐刻。汉刘向撰《古列女传》,宋已有刊本,传晋顾恺之绘,上图下文式,清嘉庆覆刻宋本。此为黄氏原刻本。插图单面方式,绘刻精致,意境天然,列女形象刻画入微,是徽派版画中的奇葩。

原本现藏于扬州图书馆与国家图书馆等地。图片见周芜编著,《金陵古版画》,江苏美术出版社1993年版,第124页。(还可见王伯敏主编《中国美术全集·绘画编20·版画》等书)

38.《古今列女传》

明万历年间(1573—1619);作者不详;尺寸不详,作上图下文版式;首页题名为《新锓全像音释古今列女传卷》,"晋安翁青阳校正","书林杨景生梓行"。

现藏地不详。图片见周芜、周路、周亮编著,《建安古版画》,福建美术出版社1999年版,第230页。

39.《列女传》

十六卷。明万历年间(1573—1619)真诚堂刊木;传仇英画;框高22.4厘米,双面宽30厘米。

西谛(郑振铎)曾有藏。图片见周芜编,《中国版画史图录》,上海人民美术出版社1988年版第116页,图94。

40.《列女传》

明万历年间(1573—1619)汪道昆刊本,刊署"仇实甫(仇英)绘画"。清乾隆四十四年(1779)知不足斋重印本。别有1924年日本大村西崖辑印《图木丛刊》本。书内插图为双面连式,题"仇英实甫补图",传为明大画家仇英绘画。

西谛(郑振铎)曾有藏。部分图片见周芜编,《中国版画史图录》,上海人民美术出版社1988年版,第117页,图95。

41.《古今列女传演义》

清代短篇小说集，六卷，署"东海犹老子演义，西湖须子客评阅"。清初古吴兰三多斋刊本，插图冠于卷首，单面方式；作者不详；尺寸不详。犹老子，即明代文学家冯梦龙。西湖须子客，真实姓名不详。冯梦龙死于清顺治三年（公元1646年），本书中所叙徐州海烈妇故事却为康熙六年（1667）事，据此可知本书实为清初人假托冯梦龙所作。小说取材于古代史书与近代事，共收录贤明、仁智、母仪类古今烈女事迹一百一十条。各人物故事之间互补联属。

藏地不详。部分图片见周心慧主编，马文大等撰写，《中国古籍插图精鉴》，中国青年出版社2006年版，第746—749页。

部分图版

武梁祠东壁画像①

① 中国画像石全集编辑委员会编，蒋英矩主编，《中国画像石全集1·山东汉画像石》，郑州、济南：河南美术出版社、山东美术出版社2000年版，第30页，图版50。

北魏司马金龙墓漆绘屏风图像(第一块)①

新津崖墓石函“鲁秋胡戏妻”画像②

---

① 中国美术全集编辑委员会:《中国美术全集·绘画编·原始至南北朝绘画》,北京:人民美术出版社1988年版,第153页。

② 中国画像石全集编辑委员会编,高文主编,《中国画像石全集7·四川汉画像石》,郑州、济南:河南美术出版社、山东美术出版社2000年版,第166页,图版202。

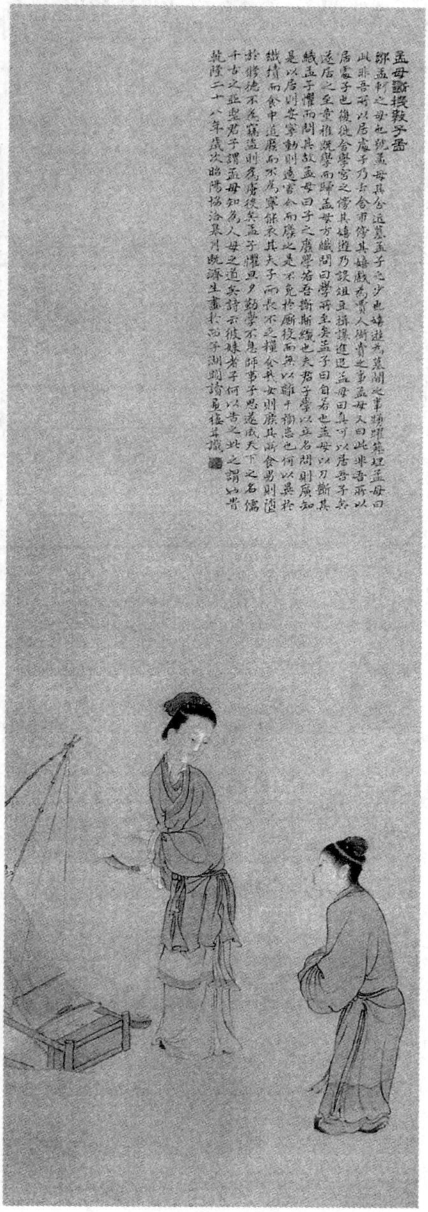
孟母斷機教子圖
鄒孟軻之母也號孟母其舍近墓孟子之少也嬉遊為墓間之事踴躍築埋孟母曰
此非吾所以居處子乃去舍市傍其嬉戲為賈人衒賣之事孟母又曰此非吾所以
居處子也復徙舍學宮之傍其嬉遊乃設俎豆揖讓進退孟母曰真可以居吾子矣
遂居之至童稚既學而歸孟母方績問曰學所至矣孟子曰自若也孟母以刀斷其
織孟子懼而問其故孟母曰子之廢學若吾斷斯織也夫君子學以立名問則廣知
是以居則安寧動則遠害今而廢之是不免於廝役而無以離于禍患也何以異於
織績而食中道廢而不為寧能衣其夫子而長不乏糧食哉女則廢其所食男則墮
於脩德不為竊盜則為虜役矣孟子懼旦夕勤學不息師事子思遂成天下之名儒
千古之亞聖君子謂孟母知為人母之道矣詩云彼姝者子何以告之此之謂也昔
乾隆二十八年歲次昭陽協洽皋月既濟生畫於西子湖蝸讀見樓并識

康涛《孟母断杼教子图》

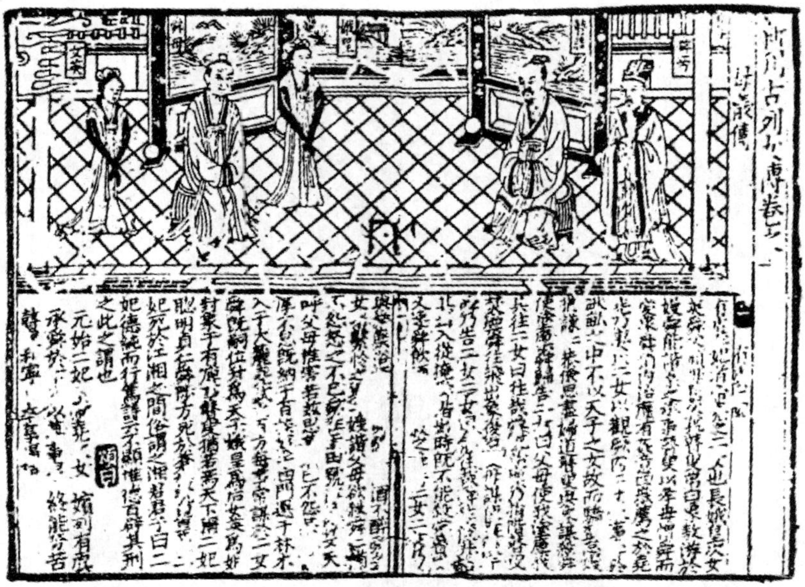

北宋仁宗嘉佑八年(1063)建安余靖庵勤有堂刊本《列女传》①

作者简介

许结(1957—),男,安徽桐城人。南京大学文学院教授、博士生导师。

李征宇(1984—),男,湖南长沙人。淮阴师范学院运河文化研究中心。

① 周芜、周路、周亮:《建安古版画》,福州:福建美术出版社 1999 年版,第 1 页。

《文学与图像》约稿函

敬启者,《文学与图像》是由南京大学文学院主办的专题性学术刊物,每年出版一期。敬请惠赐未刊的最新文学与图像研究成果。

本刊以发表文学与图像关系方面研究论文、译文、述评、书评为主,篇幅以万字以内为宜,特殊情况可适当增长。欢迎用电子邮件投稿,并请注明"《文学与图像》投稿"字样。编辑部邮箱为 wenxuetuxiang@sina.com。来稿格式请参所附《来稿格式》。

"文学与图像的关系"是包括文学理论在内的整个文学、文化和知识界普遍关注的话题,具有很强的现实性。本刊愿与学界同仁一起推进这方面的学术建设,通过实证研究、问题探讨和文献积累,使该论题在现有水平基础上有所拓展、深入、创新。现常设七个栏目:理论研究、专题研究、中外文艺史上的文图研究、成果选登、域外传真、学术评论、主要文学图像文献存目。

来稿一经刊用,即奉付薄酬及样书一本。

《文学与图像》编辑部

附来稿格式:

1. 中文注释:本刊注释一律采用页下注,以阿拉伯数字顺序编码。每页重新编号。译著须标明原著者国别,并在国别外加方括号。中文作者若要加年代,也在年代外加方括号。要求按顺序准确标明:作者,书(篇)名,卷次,译者,出版社、出版地、出版时间及页码。中文注释格式示例:

(1) 蒋孔阳:《德国古典美学》,北京:商务印书馆 2005 年版,第 269 页。

(2) [德] 沃尔夫冈·顾彬:《审美意识在中国的兴起》,见汝信、王德胜主编:《中国美学》2004 年第 2 辑,北京:商务印书馆,第 71 页。

(3) 刘再复:《论文学的主体性》,载《文学评论》1986 年第 1 期,第 15 页。

(4) 杨义:《诗魂的祭奠》,载《中华读书报》2001 年 11 月 28 日第 3 版。

(5) [德] 黑格尔:《美学》,第一卷,朱光潜译,商务印书馆 1979 年版,第

323页。

(6) 许慎:《说文解字》,四部丛刊本,卷六上,第九页。

(7) [宋] 许棐:《梅屋集》,文渊阁四库全书本,卷五。

2. 外文文献的注释一律用外文原文,原则上使用该语种通行的引证标注方式。著作名与期刊名一律用斜体标出,析出文献题名用英文引号标出。外文注释示例:

Judy Pearsall & Patrick Hanks, eds., *The New Oxford Dictionary of English*, Oxford: Clarendon Press, 1998, p. 447.

Jean-Claude Girade, "Toward a Politics of Signs," *Telos*, No. 20, 1974, p. 137.

R. S. Schfield, "The Impact of Scarcity and Plenty on Population Change in England," in R. I. Rotberg and T. K. Rabb, eds., *Hunger and History: The Impact of Changing Food Production and Consumption Pattern on Society*, Cambridge, Mass: Cambridge University Press, 1983, p. 79.

3. 引文。书稿中引用别人著作中的言论,必须认真核对原文(包括标点符号),并注明原文具体出处。为省篇幅,一篇论文中引用同一书名,第二次及以后出现时可省略出版社与出版年代。

4. 字体。正文用五号宋体,若另起一段直接引用别人言论,引用的原文须用楷体标示。脚注用小五号宋体。

5. 标点符号。标点符号一律按照国家技术监督局1995年12月13日发布(1996年6月1日起实施)的《标点符号用法》,准确地使用(请使用中文状态下的标点符号)。

6. 题目翻译成英文;300字的中文提要,作者学术简历(包括出生年月,籍贯)。

7. 请注明作者真实姓名、工作单位、通讯地址、邮政编码、电话联系方式、电子邮件地址,方便联系。

8. 提供图像要求:图像名称(没有名称的图像自行命名);[朝代]作者;简要说明图像种类或画种、黑白或彩色、尺寸、质地以及出处(馆藏或私藏以及文献出处)。如,豳风图 [清]吴求 册页 绢本设色 纵26.5厘米 横23.6厘米 南京博物院藏。

书　　名　文学与图像(第一卷)
主　　编　赵宪章　顾华明
责任编辑　王建军
出版发行　凤凰出版传媒集团
　　　　　凤凰出版传媒股份有限公司
　　　　　江苏教育出版社(南京市湖南路1号A楼　邮编210009)
苏教网址　http://www.1088.com.cn
集团网址　http://www.ppm.cn
照　　排　南京前锦排版服务有限公司
印　　刷　常熟市兴达印刷有限公司(电话 0512-52381162)
厂　　址　常熟市赵市镇南(邮编 215518)
开　　本　787×1092 毫米　1/16
印　　张　22.5
版　　次　2012 年 10 月第 1 版　2012 年 10 月第 1 次印刷
书　　号　ISBN 978-7-5499-2330-4
定　　价　48.00 元
邮购电话　025-85406265,85400774 短信 02585420909
E - mail　jsep@vip.163.com
盗版举报　025-83658579